六〇年代台灣現代主義小說的現代性

朱芳玲 著

國立編譯館◎主編

臺灣 學て書局 印行

二〇一〇年四月出版

文學史的重訪與重塑
——序朱芳玲《六〇年代台灣現代主義小說的現代性》

　　戰後文學思潮中，當以現代主義運動對台灣作家造成最大衝擊；流域之廣，時間之長，幾無出其右者。發軔於五〇年代，茁壯於六〇年代，盛放於七〇年代，散葉於八〇年代，嫁接於九〇年代；現代主義之持續發展，即使進入二十一世紀之後，欲熄未熄，餘燼猶存。從作家參與來看，那是最整齊的陣容，不分族群，不分性別，不分世代，都加入這場壯觀的演出行列。從作品技藝來看，無論是語言、象徵、感覺、想像都開啟前所未有的格局，同時也為晚出世代的創作攜來無盡的泉源。

　　現代主義在文學史上的評價，並不因此而獲得確切肯定。恰恰相反，在不同歷史階段總是遭到各種意識形態的圍剿，也受到各種民族主義的貶抑。在出發之初，現代主義者就受到黨國保守主義者的指控，被冠以共產黨的帽子。在一九七〇年代，左派中華民族情緒高漲之際，現代主義者又被污衊成帝國主義的買辦。一九八〇年代台灣民族主義隨著本土政黨的崛起而上升，也把現代主義定位為

「與台灣現實脫節」的流派。現代主義運動所揹負的罪名，幾乎已到惡無可赦的地步。尤其一九七七年鄉土文學論戰，現代主義與鄉土文學竟然被判定為兩種無法對話的審美。

現代主義的藝術精神與作品內容，並非只表現在現代小說與現代詩之中。這場規模龐大的運動，橫跨了現代畫、現代舞、現代劇場、現代攝影、現代音樂……的不同領域之間。參與此一連綿不絕的藝術運動中之介入者，到今天有不少的作品已經成為公認的經典。當意識形態退場，民族情緒退潮，權力干涉退縮，現代主義的藝術價值就不再受到遮蔽，持續散發其自有的內在輝光。

面對複雜而洶湧的歷史激流，有太多後來的研究者懼於涉入。因為現代主義的議題牽涉過多的政治與宗派，猶如一團迷霧，難以窺見真相。我的學生朱芳玲最初決心探訪現代主義運動的歷史現場時，曾經也有過徬徨、躊躇、畏怯。當她把所有的史料文本全部走過一次之後，決定以「被壓抑的台灣現代性」為題，開始展開一次頗具挑戰的精神之旅。「被壓抑」一詞，當然有其歧異性，既喻受到蒙蔽，亦喻受到曲解，相當符合現代主義在台灣戰後史上的命運。以雄辯的筆尖，自信的語言，她重新探討許多前人未曾觸及的議題。幾乎每一章都有生動的發現，文學史上未曾解決的疑惑，在她的研究中都得到恰當的答案。

現代主義在台灣的開枝散葉，與一九五〇年代美援文化的登場確實有千絲萬縷的關係。由於期間的聯繫過於錯綜複雜，在文學史上往往被史家或論者一筆帶過。論文中對此問題有極為翔實的解釋。尤其集中於《今日世界》的譯介，釐清翻譯的現代性如何啟開台灣作家的想像。正是在此關鍵點上，現代主義者才被冠以「帝國

主義買辦」的污名。受到外來文化的侵襲或影響，其實無須以原罪視之。殖民地知識分子，在理論與美學方面，往往受到殖民母國的左右。戰前之日本，戰後之美國，確實在文學史上都屬於霸權的位置。台灣作家在此既定的權力結構中，總是必須從學舌與模仿開始。這是宿命，但絕非不能翻轉。

現代主義者的正面意義，便是一方面接受，一方面創造，慢慢改變被支配的命運。左派的民族主義者，往往以馬克思主義立場對現代主義運動擅加嘲弄。然而，非常不幸，馬克思主義從來就不是中國的本土產物。台灣的馬克思主義者英勇進行批判時，常常都停留在學舌、模仿的階段。在藝術創作上，現在主義者的成就遠遠高過馬克思主義者，原因竟在於前者勇於想像，後者則拘泥於教條。同樣的，台灣意識論者視現代主義如寇讎，但是批判到最後往往束手無策。原因無他，台灣意識論者傾向於遵守某種神聖的標準，終於喪失創造性的想像。相形之下，現代主義者反而極其開放，樂於放手一搏。朱芳玲在她的閱讀經驗中，極為熟悉台灣現代作家的文本。她一方面探究現代主義論爭的真相，一方面引述現代主義作家的文學作品為其辯護。凡是在一九六○年代重要小說作品，她已到了耳熟能詳的程度；信手拈來，足以填補文學史研究者的缺口。最精彩的論證，當推第四章「再見！五四」，反覆討論現代小說家的語言實驗與實踐。夏濟安主張使用客觀、冷靜、理性的語言，余光中提倡具有節奏、音樂性的現代散文，王文興要求緩慢、精省、確切的語言，白先勇尋找真實的聲音，真實的語言。這些語言都通過現代小說的技巧來實踐，從意識流、蒙太奇到多重敘事與戲劇化。這是一次龐大的語言洗禮，也是一次藝術升級的莊嚴儀式。沒有穿

越這樣的洗禮與儀式，台灣現代文學就無法掙脫五四白話文傳說的枷鎖。

　　朱芳玲是中文系訓練出來的學生，並沒有受過西方文學理論的嚴格訓育。但是，通過台灣現代主義者書寫出來的小說、批評與論述，她已有足夠膽識建構「台灣現代主義文學」的研究視野。在「現代主義」之前加上「台灣」的定冠詞，正好可以區隔西方現代主義。不論這樣的現代主義是受到何等的誤讀，不可否認的事實是，在地化性格已經誕生。「在地的台灣現代主義」一詞可以成立時，就不容再輕率以西方現代主義的尺碼來衡量。當被壓抑的不再被壓抑時，文化的新面目與真面目便從此獲得確立。

　　現代主義的討論與研究，將因這本書的出版也開啟更多的議題。一九六〇年代的現代主義運動，絕不只限於台灣。同時期的香港作家、馬華作家也參與了這場浩浩蕩蕩的文化工程。現代主義運動在冷戰時期的台灣播種萌芽之際，遠在韓國的作家也正在醞釀同樣性質文化風暴。戰後挫敗的日本文學，在美軍佔領下也正重新整頓出發，整個東亞國家都匯入戰後心靈的再造之中。現代主義的亞細亞的傳播、濡化、再生，已經不是十九世紀末的歐洲可以想像，而且也與英美現代主義的原初面貌有了截然不同的變異。

　　後殖民理論從來不會只是停留在抵抗與批判的層面，真正後殖民論者必須走出歷史傷痛，開始向不同的國家開放對話。更重要的，後殖民論者特別重視自身的創造能力。所謂文化主體建構，固然可以從抵抗經驗中誕生，但是，抵抗之後還必須繼之以創造。台灣的現代主義運動，在創造的意義上，誠然已建立一個不容輕侮的主體。從這個觀點來看，朱芳玲的這本書其實已為眾說紛紜的歷史

解釋帶來一個清晰的答案。許多新的議題、新的思維，都將在這本書出版之後接踵而來。

　　　　　　　陳芳明　二〇一〇年三月九日政大台文所

美好時光的交會

　　初識芳玲同學，是在研究所「中國文學理論研討」的課堂上。這門課我採取先分立專題，再由師生共同參與討論的上課方式，以收教學相長之效。上完一年課程，我注意到芳玲屬於「好學深思」的那一型，每有疑惑，總能提出自己的思索，設想問題解答的可能性；在反復思索的過程中，聰慧靈動而又謙虛向學的神情，始終令人難忘。後來才知道，她的碩士論文由謝大寧先生指導，題目是《論六、七〇年代台灣留學生文學的原型》；從大寧兄那兒她早已學會思辨問題的能力。難得的是，她自覺過去用力於現代文學，對於古典文學或許有些生疏，因此轉而修習我這門課。這種不畏難的認真求學態度，更讓我心儀。她實在是一位聰慧而用功的好學生。原本這門課並不是我的專業，只因「蜀中無大將，廖化作先鋒」，不得已而權充濫竽了一年，沒想到卻教到了如此優秀而用功的好學生。

　　有一回芳玲問起：「從事現代文學研究之後，如果想要再重回古典文學研究，是不是很難？」我猜想她在尋找下一階段的研究進程時，有些掙扎吧。而我的一貫態度是，「不薄今人愛古人」，我反而鼓勵她繼續大步向前，現代文學尚有許多待懇拓的園地值得從事研究，沒有什麼題目或研究領域是可以被輕忽漠視的。當我知悉

她曾經到政治大學選修陳芳明先生的課時，更鼓勵她直接找芳明兄指導。芳明先生的學術成就有目共睹，由他一人擔任論文指導工作足矣，我亟欲促成此事，沒想到後來在芳玲的堅持下，我與素未謀面的芳明先生聯合指導了她的博士論文。

更不巧的是，芳玲撰寫論文期間，我申請赴荷蘭萊頓大學漢學院（Sinological Institute, Leiden University）訪問研究一年。雖然可以用網路通訊看論文，但是從芳玲博士論文大綱的擬定、章節的安排，平日問題的請益，乃至於最後口試委員的選定，我都敦請芳明先生全權處理。芳明先生本來就是這個研究領域數一數二的專家學者，又能費心地與芳玲溝通討論，在論文指導工作上，實際教誨最多，應居首功！若非芳明兄大力支持，這本書恐怕無法順利地如期完成。

這本書以六〇年代台灣現代主義小說為討論核心，從一開始，史料的整理就是很耗時費力的工作。接下去就會衍生如何剪裁、安頓史料，進而討論之、詮釋之。芳明老師和我都很重視從問題意識出發以進行研究的必要，也鼓勵芳玲善用史料，從整理過的材料中思索現象，提出問題梳理清楚。其實有時和芳玲溝通問題時，我想提示或啟發她的地方，她早已事先想過可能的問題癥結所在，看得出來她真是一位勤敏用心的研究者。還記得我逐字逐句讀過這本論文的初稿，因此回想起青少年時期讀過《今日世界》的經驗，聊到王文興的歐化語法、余光中的散文理論、王禎和的方言觀……，有許多當下談不完的話題，都是她將來可能再繼續深化研究的地方。書中提到的「五四運動」、梁實秋、美援文化，還有現代繪畫、現代樂舞，小說裡的「流亡者」、「父權」和「性」的書寫，也都是我感興趣的論題。因為這本書，我回到中學、大學時期讀過的許多

文本，才發覺那時讀小說只是囫圇吞棗、一知半解而已；原來現代主義小說背後有那麼多的發展因素，以及湧動不已的政治思潮與文化激盪。那一年和芳玲在網路上的筆談，讓我對臺灣現當代小說，有了深刻而長足的認識。謝謝芳玲。成長的人不只是你，也有我。那一年在荷蘭的深夜，有我；在台灣的清晨，有你；曾經一起展讀書稿，討論問題，有過距離遙遠而又溝通無礙的心靈交會！

《六○年代台灣現代主義小說的現代性》這本書，是芳玲博士論文修定後的成品，得到多位口試委員和論文審查教授的肯定。能夠和陳芳明先生一起指導芳玲的博士論文，我覺得我是很幸運的人。

王基倫 謹序於臺灣師範大學國文研究所
二○一○年二月九日

六〇年代台灣現代主義
小說的現代性

目　次

第一章　緒　論

第一節　台灣文學／藝術現代性論述的反思

一、被壓抑的台灣現代性

　　王德威在《被壓抑的現代性：晚清小說新論》中認為視中國文學的現代化起於五四時期西潮的衝擊，而把五四當作中國文學「現代性」起點的現代觀，必須重新加以審視。因為文學的「現代性」有可能因應政治、技術的「現代化」而起，卻無前因後果的必然性。如果把「現代」定義為「自覺的求新求變意識」與「打破傳承」，那麼晚清小說對藝術求「新」、求「變」的種種試驗與努力，早已開啟了中國文學的「現代」視野，作家對文學現代化的努力，實未較西方為遲，西潮的衝擊，只是使其間轉折更為複雜，並由此展開跨文化、跨語系的對話過程。準此，王德威挖掘了晚清小說的四種文類——狎邪小說、譴責小說、公案俠義小說、科幻奇譚中「被壓抑的現代性」線索，從而斷定其中所展現的豐沛創作力，早已譜出了中國文學現代化的各種可能，預告了「正宗」現代文學的四個方向：對欲望、正義、價值、知識範疇的批判性思考，以及

對如何敘述欲望、正義、價值、知識的形式性琢磨。綜言之，五四只是中國現代性追求極倉卒而窄化的收煞，而非開端，晚清作家在西方文化傳入中國時，已開始對中國傳統從事「多重」傳統的重塑，但這「多重的現代性」卻在五四期間被壓抑下來，以遵從某種單一的現代性。然而，沒有晚清，何來五四？重點是：相對於五四傳統所構造的「現代」，為何晚清小說堪稱「現代」？阻止談論晚清時期「被壓抑的現代性」的機制又是什麼？因此，王德威重理世紀初的文學譜系，挖掘晚清那些「被壓抑的多重現代性」線索，重新定位晚清文化、解釋新文學「起源」的範式，為中國文學發現另一種現代性，建構新的中國文學現代性論述❶。

　　王德威論中國現代文學「被壓抑的現代性」問題，開啟了本書對台灣文學／藝術「被壓抑的現代性」問題的思考，也提供了問題意識的生發和方法論進路。王德威所謂「被壓抑的現代性」指陳三個方向：一，一個文學傳統內生生不息的創造力，卻在五四後被歸納進腐朽不足觀的傳統之內；二，五四以來的文學及文學史寫作的自我檢查及壓抑現象；三，晚清、五四及三〇年代以來，種種不入主流的文藝實驗❷。以王德威重審中國文學現代性的企圖，而對晚清文學「被壓抑的現代性」的挖掘與建構的思考，我們可以對台灣文學／藝術的現代性提出同樣的問題：為何六〇年代的台灣文學／藝術稱為「現代」文學／藝術？如果六〇年代的現代主義是台灣作

---

❶　王德威，《被壓抑的現代性：晚清小說新論》（台北：麥田出版社，2003），頁 15-73。王德威所謂的「晚清文學」指的是太平天國前後，以至宣統遜位的六十年；而其流風遺緒，時至五四，仍體現不已。

❷　同前註，頁 25-26。

家定義與思考台灣現代性的開始，那麼學界長期以來對六〇年代台灣現代主義文學／藝術的研究與論述中，是否也隱藏著隱而未彰的「被壓抑的台灣現代性」線索？也就是說，目前台灣文學／藝術的現代性論述是否需要重新被思索與建構？

　　西方現代主義的崛起，有其特定指涉的時空背景，它源於對西方現代性的批判與反思。然而，台灣現代主義的崛起，並沒有經歷西方這樣的歷史過程。據陳芳明說法，現代主義出現在六〇年代的台灣，既是遲到的，又是早熟的。前者源於相較於西方高度現代主義（high modernism）發生於 1890 年至 1930 年，台灣對這種藝術美學的接受已是落後半世紀；後者指醞造現代主義主義的歷史條件，如資本主義的高度發達、都會生活的成熟、中產階級的形成等，並未出現於當時代的台灣社會❸。然而，西方現代主義崛起所指涉的時空背景和文化傳統，雖未出現於彼時的台灣，但這股西潮在五〇年代中期引介來台後，台灣的政經社會、文化環境還是接受了這個在當時西方已是過時的文藝思潮，並在六〇年代的台灣掀起一全方位的現代藝術運動。過去學界論述西方現代主義在台灣的傳播，多以美援文化的強勢推銷作為僅有的歷史解釋。然就歷史事實來說，西方現代主義在台灣的傳播，的確與戒嚴體制下美援文化的輸入有關，然而王德威對中國文學現代性的思考提醒我們：在跨國文學的語境中追尋「新」與「變」的證據之際，必須真的「相信」現代性；且一個絕非完全靜態的社會在回應並對抗西方的影響時，絕對

---

❸　陳芳明，〈台灣現代主義的再評價〉，《孤夜獨書》（台北：麥田出版社，2005 年），頁 183-184。

有能力創造出自己的文學／藝術現代性。以台灣來說，台灣歷史乃由原住民史、移民史與殖民史構成，文化傳統也由原住民文化、移民文化與殖民文化三種文化傳統混融而成。這三種不同的文化傳統各自投射出不同的語言經驗與歷史記憶，共同匯入台灣文學的脈流中，豐富了台灣文學／藝術的生命經驗，構成台灣文化的主體。因此，雖然西方現代主義在台灣的傳播和美援文化有關，但台灣文學／藝術的現代性卻不必化約為以西方馬首是瞻的狹隘現代性論述。忽略台灣現代性出現的迂迴／複雜過程，單一強調美援文化的影響的主流論述，其實是以西方權威的現代性標準——理性、人文精神、進步——衡量我們「現代」了沒有？這將讓台灣永遠落在「遲來的現代性」陷阱中，總有「複製」、「盜版」西方現代性的焦慮，因為相對於西方，台灣的「現代」永遠都是遲到的、西方的翻版。換個角度來說，台灣為一殖民地社會，文學／藝術自然會接受來自中國、日本和美國文學／藝術的影響，除非我們硬要在「西化」和「現代性」間畫上等號，認為台灣文學／藝術若非乞靈於西方現代主義，絕無法出現任何具體變化，否則忽略或過度強調任一文化傳統，勢必壓抑了台灣本身有發展出迥然不同的現代文學或文化的條件，也低估了台灣文學／藝術面對傳統的各種應變能力。因此，在強調美援文化帶來的現代主義思潮對台灣文學／藝術的影響時，我們必須重新省思／想像美援文化之外，台灣多元文化傳統所可能形塑的多重現代性面貌。這多元文化傳統與西方現代性相遇時，本會產生更為多重的現代性，卻在強調美援影響的歷史詮釋下被壓抑下來，以遵從單一的現代性論述。

　　以「現代性」最主要的特徵：「求新求變的新穎意識」、「打

破傳承」的意義來說，白先勇就曾經說過：「一個有民族特色的作家，也必然是『鄉土』的。如果『現代』解釋成為創新求變的時代精神，那麼，不甘受拘於僵化的傳統習俗的作家，也必然會嚮往『現代』了。」❹因此，即使台灣文學／藝術的現代化明顯受到西潮影響，但西潮拍岸所捲起的現代文學、現代繪畫、現代舞蹈、現代戲劇、現代音樂、現代劇場、現代電影等一朵朵「現代化」的美麗／力浪花，有沒有可能不必完全視為是對西潮刺激的回應，而是脫胎於台灣本地文學／藝術創作者內在求新求變的新穎意識？於是，我們必須深入思索這樣一個問題：在釀造西方現代主義的歷史條件尚未成熟的台灣，能夠產生如此蓬勃的全方位現代藝術運動，難道只是美援文化強力傾注，台灣文學／藝術創作者被迫接受影響並如實「複製」、「盜版」？翻閱五、六〇年代台灣幾份重要的文藝雜誌，除了與美援直接相關的《今日世界》外，其他如《文學雜誌》、《文星》、《筆匯》、《現代文學》、《劇場》、《文學季刊》等刊物，西方現代藝術思潮已在其中被大量翻譯與介紹，甚至五〇年代代表官方立場的《文藝創作》創刊初期即已獎勵歐美文藝與作品的引介。故，台灣文學／藝術現代性的生成，絕不能化約為單一論述，它本身即是諸種語言與文化的複雜交往，每一個文學／藝術革新的階段，都有前因後果的邏輯可尋。六〇年代台灣所掀起的全方位現代藝術運動，毋寧揭示了台灣多元文化傳統中，許多求新求變的可能相互激烈競爭的結果。因此，台灣現代主義的崛起，

---

❹　白先勇，〈花蓮風土人物誌──高全之的《王禎和的小說世界》〉，《樹猶如此》（台北：聯合文學出版社，2004 年），頁 56。

絕不能用美援的強勢推銷作為僅有的歷史解釋，台灣文學／藝術創作者必有不得不運用現代主義的理由，現代主義思潮並不是開啟台灣文學／藝術的現代性，而是使其間的轉折更複雜，並由此展開跨文化和跨語系的對話過程。這一過程才是我們定義「台灣現代性」的重心。

　　解嚴以後，在追求主體重建的台灣文學／藝術研究中，我們重新反思台灣現代主義崛起的因果脈絡，不得不思考美援之外，台灣是否有發展出迥然不同的現代文學或文化的條件？準此，面對把台灣現代主義文藝的崛起視為是美援文化強勢推銷的主流論述下，我們必須思索隱藏於台灣社會「被壓抑的現代性」問題，即：台灣文學／藝術的現代性是否只能有一種解釋、一種來源？台灣接受現代主義，是否只是美援文化的強勢推銷？如果沒有美援，台灣會不會有現代文學／藝術？我們更可以進一步追問：為何六〇年代的台灣文學／藝術表現謂為「現代」？為何他們要改造台灣現有的文學／藝術？具主體性的藝術創作者在回應西潮時，方法／路徑很多，浪漫主義、寫實主義、象徵主義、現代主義都是可能的選擇，為何六〇年代文學／藝術創作者會共同運用「現代主義」而不是其他？又，台灣文學／藝術創作者在接受這種現代藝術的過程中，是照單全收，還是予以轉化？如果是照單全收，為何在接受現代主義後，會重新反思現代主義？又是在哪一個歷史點上開始反思現代主義？如果是轉化，則其轉化後的藝術風貌如何？

　　綜合以上提問，本書所謂「被壓抑的台灣現代性」之問題意識，正是試圖重新追溯並考察台灣現代主義崛起的歷史根源與傳播管道，以見台灣現代文學／藝術傳承系譜之脈絡，並解釋六〇年代

台灣所開展的全方位現代藝術運動的前因後果的邏輯。透過其中「因革」脈絡的釐清，我們將探究這對台灣文化發展影響深遠的現代藝術運動長期被化約為簡單的詮釋架構下，那被壓抑的是什麼？

二、現代主義之爭議及其詮釋

任何文學思潮或作品的研究勢必牽涉到所謂「評價」問題，對「被壓抑的台灣現代性」的探索，是另一個問題意識的生發：即：台灣現代主義文學的評價問題。六〇年代台灣現代主義書寫達到高峰，卻在 1977 年的鄉土文學論戰開始遭到強烈批判。鄉土文學的崛起，和七〇年代台灣發生的四起極具震撼與衝擊性的事件有關，分別是 1970 年開始的釣魚台事件、1971 年 10 月 25 日退出聯合國、1972 年 2 月 21 日美國總統尼克森訪問北平，以及 1972 年 9月中日斷交。接踵而至的外交挫敗，讓恢復民族意識及自我尊嚴成為台灣社會共識；反映在文學上，就是對現代主義的檢討與批判，以及對本土文學的需求❺。鄉土文學即崛起於這樣的時空環境。

1972 年至 1973 年的現代詩論戰，揭開鄉土文學論戰的先聲。現代詩論戰是對現代文學本質與意義的反思，此一詩壇論戰和其後王文興《家變》引起的爭議以及歐陽子「秋葉」論戰，合流為檢討

---

❺　關於鄉土文學論戰中的討論文字，可參尉天驄主編，《鄉土文學討論集》（台北：遠景出版社，1978 年）。與鄉土文學論戰有關的學位論文，可參：周永芳，《七十年代台灣鄉土文學論戰研究》（中國文化大學中國文學研究所碩士論文，1992 年 6 月）；王若萍，《一個反支配論述的形成──七〇年代台灣鄉土文學的論述與形構》（台灣師範大學歷史研究所碩士論文，1996年 6 月）。

與批判現代主義的風潮。1977、1978 年間的鄉土文學論戰,是鄉
土文學運動的最高潮,一時間,現代主義被視為洪水猛獸,許多作
家紛紛與之劃清界線。然而,現代詩論戰的本質乃為揭露護航現代
主義進口的政經體制,但政治戒嚴體制未被動搖,現代主義卻被視
為和西方殖民主義或帝國主義同一陣營。其後的鄉土文學論戰中,
現代主義成了代罪羔羊,作了政治意識型態論爭的祭品,部分鄉土
文學提倡者以歐洲十九世紀的寫實主義描寫、反映現實的風格,批
評現代主義的虛無、孤絕與脫離現實,雙方爭執焦點在於:外在
「現實」與內心「寫實」,何者最接近「真實」?

　　宋冬陽（陳芳明）認為台灣鄉土文學論戰的意義有四:一,代
表台灣作家對過去三十年台灣社會經濟的一個總的認識;二,釐清
了三十年來官方文學與民間文學兩種不同路線發展;三,總結了戰
後台灣文學中「孤兒意識」和「孤臣意識」的發展;四,使台灣本
地作家陣營內部有了新的展望❻。彭瑞金對論戰結束後台灣文壇狀
況的評論是:「鄉土文學成為唯一的聲音,一片鄉土文學大好的頌
歌……。」❼顯然,論戰的結果是:鄉土文學大勝了。然而,鄉土
文學在論戰中的勝利,並不意味著它對現代主義的誤解與指控是正
確的,更不能一概抹消現代主義思潮之對台灣文學日後的發展產生
重大影響的事實。我們必須注意到日後卓然有成的作家幾乎都受過
現代主義的洗禮——包括最先批判現代主義的陳映真。許多在鄉土

---

❻　宋冬陽（陳芳明）,〈現階段台灣文學本土化的問題〉,《台灣意識論戰選
　　集》（台北:前衛出版社,1994 年）,頁 210-212。

❼　〈陳芳明、彭瑞金對談——釐清台灣文學的一些烏雲暗日〉,《文學界》第
　　24 期（1987 年 11 月）,頁 18。

文學論戰中備受攻擊的作品經過歲月的淘洗後也升格為台灣文學「經典」而被傳誦至今。

　　陳芳明認為歷來有關現代主義作品的評價，多受到七〇年代鄉土文學論戰的影響而採取「負面的、貶低的」態度。這種態度在解嚴後，才漸漸獲得「糾正」，也獲得了較為「全面的、正面的」看待❸。然而，我們的問題是：解嚴以後，台灣文學研究場域果真已對六〇年代台灣現代主義文學作出「全面的、正面的」看待？過去「負面的、貶低的」態度已得到「糾正」？我們更要進一步追問：過去「負面的、貶低的」態度從何而來？又，如何理解六〇年代台灣現代主義書寫，才能使其獲得「全面」且「正確」的評價？

　　綜觀目前對現代主義的評價，可由現代主義的「歷史背景」與「藝術表現」兩方面觀察：

㈠落後／仿冒／失根的現代主義

　　最早對現代主義展開批判的，是自認「一直沒出過『現代主義』的疹」❾，事實上卻創作出許多現代主義作品的陳映真。六〇年代後，陳映真由國際情勢和台灣的政治生態探究現代主義崛起之因，認為現代主義的興起是 1950 年的韓戰、戰後國際冷戰結構形

❽　陳芳明，〈台灣文學史分期的一個檢討〉，收入文訊雜誌社編印，《台灣文學發展現象》（台北：文建會，1996 年），頁 22。陳芳明，〈後現代或後殖民——戰後台灣文學史的一個解釋〉，《後殖民台灣——文學史論及其周邊》（台北：麥田出版社，2002 年），頁 32。

❾　陳映真在〈現代主義底再開發〉中認為他對現代主義的批判態度，使他自己的創作得以「免疫」，「一直沒有出過『現代主義』的疹」。收入陳映真，《陳映真作品集 8 · 鳶山》（台北：人間出版社，1988 年），頁 3。

成以及美國新聞處所聯合播種出來的結果:

> 降至一九五〇年代,就在韓戰爆發,第七艦隊封鎖台灣海峽
> 後,許多左翼的,或是比較干涉生活的,進步的文藝工作者
> 都遭受到嚴酷的迫害。這個「政治肅清運動」的慘烈實在遠
> 遠超過了一九四七年的二二八事變。換句話說,台灣被編入
> 兩極對立的戰後國際冷戰體系,在這個整編的過程中,經歷
> 了一場相當血腥的、慘烈的逮捕和監禁。在經過殘酷的政治
> 肅清所留下來的血腥的土壤上,美國新聞處播下的種子開出
> 了現代主義的文學這樣蒼白的花朵。❿

政治因素的考量後,陳映真對現代主義提出了他的質疑和批判:

> 現代主義文藝,比起文藝歷史上的任何時期,都是一種意識
> 的創作。無數的現代主義派別發表無數的現代主義宣言。他
> 們用一種做作的姿勢和誇大的語言,述說現代人在精神上的
> 矮化、潰瘍、錯亂和貧困,並以表現和沉醉於這種病的精神
> 狀態為公開的目的。現代派的批評家,又千方百計的利用既
> 成的科學的知識,為這些表現在現代主義文藝中的精神狀態
> 找根據,進一步予以合理化。現代主義文藝在許多方面表現
> 了這種精神上的薄弱和低能,在一種近乎自憐、自虐和露出

---

❿　《海峽》編輯部,〈「鄉土文學」論戰十周年的回顧——訪陳映真〉,《陳
　　映真作品集 6 · 思想的貧困》(台北:人間出版社,1988 年),頁 96。

症的情緒中滿足各個人的自我。現代主義文藝的貧困性，不
能包容十九世紀的，思考的、人道主義的光輝，是很明白。⓫

綜言之，陳映真把現代主義視為美帝國主義文化的殖民，以寫實主
義文學觀批評台灣現代主義「空有形式主義的架子」，患了「思想
上和知性上的貧困症」，只是「玩弄語言、色彩和音響上的蒼白趣
味」，內容卻是「墮落了的虛無主義、性的倒錯、無內容的叛逆
感，語言不清的玄學」。台灣現代主義因此是西方現代主義的「末
流」，且是這「末流」的「亞流」：

　　這樣一來，我們的現代主義文藝，不是徒然玩弄著欺罔的形
　　式，便是沉溺在一種幼稚的，以「自我」那麼一小塊方寸為
　　中心裏的感傷；不是以現代主義最亞流的東西──墮落了的
　　虛無主義、性的倒錯、無內容的叛逆感，語言不清的玄學，
　　等等──做內容，就是捲縮在發黃了的象牙塔裡，揮動著廢
　　頹的白手套。在客觀上，台灣的現代主義先天的就是末期消
　　費文明的亞流的惡遺傳；在後天上，它因為一定的發生學上
　　的環境，成為一種思考上、知性上的去勢者。⓬

　　在發表〈現代主義底再開發〉的同年（1967），陳映真又發表
〈期待一箇豐收的季節〉，就五〇年代末的現代詩論戰與六〇年代

⓫　　同註❾，頁 2。
⓬　　同註❾，頁 6。

中後期達到高峰的現代詩運動提出看法。陳映真認為現代主義是西方文藝者在歐戰後對歐洲既有價值和工業化社會的反抗。台灣的現代派在接受西方現代主義時，也跟著吸收了其中的反抗「最抽象的意義」。因其為「抽象」的，故與中國的精神、思想歷史完全疏離，以致連反抗的對象都沒有，因此「他們的憤怒、的反抗，其實只不過是思春期少年在成長的生理條件下產生的恐怖、不安、憤怒、憂悒和狂喜底一部分，在現代派文藝中取得了他們的表現型式罷了。」⑬綜言之，受到冷戰思維的敵對性意識以及社會主義的人道主義思想影響，陳映真對台灣現代主義的整體評價仍停留在語言的開發、創新的有限意義上，認為台灣現代派藝術來自西方，是模仿西方的「模仿的文學」，這些「仿製品」所訴求的不是本國民眾，而是極少數鼓吹現代派的「評論家」和欣賞者⑭。這些作品沒有台灣的生活、感情、思想，也沒有民族風格，而只是白色恐怖下作為逃避出口的個人主義的、虛無主義的文學，發展到最後只能是「過著文學的亡國者的生活」⑮。

陳映真對現代主義的批判，時間上比 1977 年的鄉土文學論戰足足早了十年。其後的鄉土文學論戰中，王拓除批判 1949 年後美、日殖民主義經濟制度對台灣的支配，也批評現代作家盲目模仿和抄襲西方，創作出「迷茫、蒼白、失落等等無病呻吟、扭捏作態

---

⑬　陳映真，〈期待一簡豐收的季節〉，《陳映真作品集 8·鳶山》，頁 12-13。

⑭　陳映真，〈模仿的文學和心靈的革命——訪問菲律賓作家阿奎拉〉，《陳映真作品集 7·石破天驚》（台北：人間出版社，1988 年），頁 97。

⑮　陳映真，〈建立民族文學的風格〉，《陳映真作品集 11·中國結》（台北：人間出版社，1988 年），頁 25。

的西方文學的仿製品。」⑯尉天驄則形容台灣作家一窩風學習現代主義的現象，是「別人感冒，我們立刻打噴嚏」。他並以歐陽子小說為例，批評現代文學是脫離現實的「病態」文學⑰。

　　綜觀以上批評，現代主義是與「抄襲西學」、「病態」及「追求形式」等貶詞等量齊觀的文學。那麼，解嚴（1987）後，這種「負面的、貶低的」評價是否已得到「糾正」？

　　彭瑞金是台灣文學本土論者，他寫作《台灣新文學運動四十年》的 1991 年，台灣本土文學的地位尚未確立，為對抗外來強勢文化的滲透與侵蝕，並翻轉台灣本土作家長期受到打壓漠視的現況，自然對五〇年代遷台作家作品和六〇年代現代主義文學的批判相當嚴厲。基本上彭瑞金贊同陳映真對現代主義文學作出的「亞流」、「末流」評價，但這評價適用於現代詩而非現代小說。不過他仍認為現代主義文學是一種「蒼白」、「衰微」的「失根」文學，現代派的功過，仍是「一團未完全解清的謎」⑱。

　　彭瑞金和葉石濤的說法可以相互參照。葉石濤是戰後第一位提出「台灣鄉土文學」主張的作家，他在《台灣文學史綱》（1987）中解釋六〇年代台灣現代文學的產生，是文學史的「橫的移植」。而之所以會產生「橫的移植」的現象，是因為：「他們（《現代文

⑯　王拓，〈是「現實主義」文學，不是「鄉土文學」〉，《仙人掌》第 2 期（1977 年 4 月 1 日）。收入尉天驄主編，《鄉土文學討論集》，頁 112。

⑰　尉天驄，〈對現代主義的考察〉，收入王夢鷗編選，《當代中國新文學大系·文學論評集》（台北：天視出版事業，1981 年），頁 427-445。

⑱　彭瑞金，《台灣新文學運動 40 年》（台北：自立晚報文化，1991 年），頁 133-139。

學》作家）不但未能接受大陸過去文學的傳統，同時也不瞭解台灣三百多年被異族統治被殖民的歷史，且對日據時代新文學運動更缺乏認識。他們跟文化傳統雙重的隔絕，使他們同樣陷入『真空狀態』。」❿葉書也再三指出寫實主義文學是台灣文學的主流，因此他把現代主義放在台灣文學傳統中檢視，批評台灣現代主義的「脫離現實」與「全盤西化」：

> 這一群第二代作家……這種「無根與放逐」的文學主題脫離了台灣民眾的歷史與現實，同時全盤西化的現代前衛文學傾向，也和台灣文學傳統格格不入。❷

顯然，葉石濤沒有把六○年代現代主義文學與台灣政治環境有所關聯，而把它視為是「雙重文化斷裂」的「真空」狀態下，「移植」西方藝術技巧的「脫離現實」之作。

關於現代主義與台灣文學、中國文學傳統的關係，呂正惠幾篇論文探討得相當詳實深入。在〈評葉石濤《台灣文學史綱》〉中，呂正惠批評葉石濤對台灣現代主義文學的處理過於簡化，因為台灣西化的問題應放在二次戰後美、蘇兩大集團的對立的背景下去了解，台灣文化的特殊發展是這一世界局勢的某種反映❷。簡言之，呂正惠批評葉石濤對歷史事件的處理過於簡化，以「橫的移植」解

---

❿　葉石濤，《台灣文學史綱》（台北：文學界雜誌社，1993 年），頁 116。

❷　同前註，頁 117。

❷　呂正惠，〈評葉石濤《台灣文學史綱》〉，《戰後台灣文學經驗》（台北：新地出版社，1992 年），頁 321。

釋《現代文學》的小說家，卻未處理與此一口號有關，代表五、六〇年代西化運動「極端」與「弊端」的現代詩運動。那麼，意識型態是馬克思主義，評價上則較接近盧卡奇的呂正惠，他對台灣現代主義的評價又是如何呢？呂正惠在〈現代主義在台灣──從文藝社會學的角度來考察〉中認為台灣現代主義是在雙重文化（五四傳統、台灣本土傳統）斷裂下，伴隨台灣的「現代化」引介來台，而台灣現代主義文學的總體表現是：

> 整體的看起來，五〇、六〇年代的台灣現代文學，現代小說的成就明顯要大過於現代詩。理由很簡單：台灣的現代小說非常「不像」西方現代小說，但台灣的現代詩有相當的一部分卻「好像」是西方現代詩的拙劣的翻譯。就是因為這個「像」，證明台灣的許多現代詩人並沒有在本身的國度裏尋求真正的生活感受，而只是按照西方現代詩的方式去「感受生活」，因而得到文學上的「慘敗」。……白先勇其實是最不「現代主義」的。……白先勇終究「很幸運」的沒有喪失他現實主義的本質，因而在小說寫作上取得了某種程度的成就。❷

顯然，這是典型盧卡奇寫實主義文學觀的評價結果。盧卡奇學派認

---

❷　呂正惠，〈現代主義在台灣──從文藝社會學的角度來考察〉，原發表於 1988 年《台灣社會研究季刊》，後收入呂正惠，《戰後台灣文學經驗》，頁 24、25。

為藝術是客觀現實的反映，他們抱持「文學要反映社會現實」的現實主義文學觀，認為小說應表現個人與外在「現實」的互動關係，而文學評論者對作品是否反映社會現實，「必須深入透視這些事實的歷史背景，由社會整體的觀點來了解。」❷因此，作品反映了何種外在現實，是盧卡奇學派評論者關心的，他們正是以「事實的歷史背景」、「社會整體的觀點」來評價作品。

呂正惠「現代小說的成就明顯要大過於現代詩」的說法，李歐梵有不同見解。李歐梵在〈台灣文學中的「現代主義」和「浪漫主義」〉（1981）中，以比較文學的方法比較了中、西現代主義的不同，他認為楊牧、紀弦和余光中以中國人的感受性「借用」並「改造」西方的形式，從而創造出具中國風味詩體，並表現現代人精神和想法的「佳作」。不過，李歐梵對台灣現代主義小說的評價卻是：

> 由於對國內和國際的文化和歷史背景缺乏特定的意識，台灣的現代主義歸根究柢是形式重於內容、風格和技巧重於深刻的哲學意義。由於沒能超越台灣的現實，台灣的現代派詩人或小說家都不免帶些「土氣」。❷

這是以西方現代主義的標準，檢驗台灣現代主義對西方現代主義

---

❷ 劉昌元，〈盧卡奇的小說反映論〉，《中外文學》第 17 卷第 8 期（1989 年 1 月），頁 95。

❷ 李歐梵，〈台灣文學中的「現代主義」和「浪漫主義」〉，《現代性的追求——李歐梵文化評論精選集》（台北：麥田出版社，2005 年），頁 186。

「移植」程度的深淺所作出的評價：現代詩因能吸收中西文學傳統精髓而成為現代詩的「佳作」，而現代小說卻因表現了台灣的現實，不具西方現代主義產生的特定時空背景與特質而是「土氣」之作。從「西方現代詩的拙劣的翻譯」（呂正惠），到「吸收中西文學傳統的精髓」的「佳作」（李歐梵）；從對現代小說成就的肯定（呂正惠），再到「土氣」的「鄉土」之作（李歐梵），呂正惠和李歐梵對現代詩和現代小說的評價，顯示同一時期、同一文類的文學成就的評價仍有相當大的差異。然而，我們也必須追問：同樣「移植」西方現代主義，《創世紀》詩人和現代派詩人，以及現代詩與現代小說的評價，標準不一的原因何在？

　　從陳映真以降，對現代主義的評價多是批評其「空有形式主義的空架子」，是「全盤西化」下，「仿冒」、「抄襲」、「盜版」西方的「脫離現實」之作，只有「西化」而無「寫實」內涵。再回到我們的問題：解嚴後，台灣文學研究場域對六〇年代台灣現代主義文學果真已由過去「負面的、貶低的」，「糾正」為「全面的、正面的」評價？過去「負面的、貶低的」態度又是從何而來？顯然，從解嚴的 1987 年出版的葉石濤《台灣文學史綱》至呂正惠（1988）、彭瑞金（1991）對現代主義的評價看來，答案是否定的；而其「負面的、貶低的」評價，明顯是由其「形式」表現、與美援有關的歷史背景，以及寫實主義文學觀下，視現代主義為脫離現實的思維而來。對於這種評價結果，王德威的說法相當一針見血，他說：

　　到了七〇年代，現代主義已與抄襲西學、自我陷溺以及追求

形式等貶詞相互看齊。以階級論出發的陳映真、王拓,以本土論是尚的葉石濤,甚至打著中華文化復興的官方論著,都對現代主義怒目相向。而征服「現代」的良方,端在「寫實」。㉕

然而,鄉土文學的重要作家,如黃春明、王禎和和陳映真,無一不受到現代主義的洗禮。王德威因此提醒我們,書寫者/論評者對文學「現代性」或「現代化」的追求,居之不疑,卻對現代主義難以認同。然而寫實/現實主義原不全是本土特產,也曾是進口的文學舶來品㉖?

㈡現代主義的台灣/中國性

關於台灣現代主義形式表現的批評,柯慶明的見解相對值得我們重視。柯慶明認為六〇年代小說家對現代主義只是「文學技巧上的學習而非意識型態的模仿」㉗,因此他在〈六十年代現代主義文學?〉(1993)中質疑現代主義文學只有西方性而無「中國性」嗎?他對台灣六〇年代的文學之視為「現代主義」文學,抱持懷疑態度。不過,柯慶明也認為現代小說「溫柔敦厚」風格的形成,和「形式技巧的講求與成熟」有關:

㉕ 王德威,〈國族論述與鄉土修辭〉,《如何現代,怎樣文學?十九、二十世紀中文小說新論》(台北:麥田出版社,1998 年),頁 165。

㉖ 同前註,頁 167。

㉗ 柯慶明,〈「現代化」與文藝思潮〉,收入丘為君、陳連順主編,《中國現代文學的回顧》(台北:龍田出版社,1978 年),頁 184。

六十年代文學作品的多意複旨，……正來自作者們有意構設的匠心，在他們對於技巧與形式的充分自覺的講究與用心之際，他們往往同時經營一個作品的，……象徵與寫實層面，……當時作者們意匠心營，一個更為豐富複雜、層次繁多的藝術情感與作品世界的基本匠心。❷⓼

「象徵」與「寫實」的兼顧，正是現代小說「形式技巧的講求與成熟」的表徵，而這不就是過去對現代主義「形式」表現上的負面評價？顯然，柯慶明對現代小說「技巧與形式的充分自覺的講究與用心」的肯定，才是陳芳明所言，「解嚴後」所獲得的「較為全面的、正面的看待」。

　　關於現代主義文學在藝術方面的成就，張誦聖在 1988 年出版的英文專著中高度肯定，她說：

現代主義作家大多顯露出對文學「深度」的執著：譬如他們專注於心理挖掘、追求詭秘風格（uncanny）、以及偏愛透過象徵手法表達真理。……這些道德議題的處理便受到很大的肯定。……現代主義作家能夠施展精緻文學技巧，不僅受到普遍肯定，甚至也得到對手的稱譽。……在這個意義上說，正是因為現代主義作家堅持藝術自主的原則，才能夠獲得這

❷⓼　柯慶明，〈六十年代現代主義文學？〉，原收入張寶琴、邵玉銘、紀弦主編，《四十年來中國文學》（台北：聯合文學出版社，1995 年）。後收入柯慶明，《中國文學的美感》（台北：麥田出版社，2000 年），頁 423-424。

種成就。㉙

面對現代主義文學在七○年代所招致的負面批評，張誦聖認為現代主義作家對「高層文化和世界性藝術的雙重追求」，是他們運用這套新的文學符碼寫作的「深奧的藝術品」必定遭遇的「曲高和寡」的命運。值得注意的是，張誦聖認為六○年代雖為台灣現代主義極盛期，但真正成熟的現代派作品卻是在現代主義風潮消匿後才出現㉚。

　　對六○年代台灣現代主義文學藝術成就的評價，施淑在〈現代的鄉土——六、七○年代台灣文學〉中提出較折衷的看法。施淑肯定現代主義小說為戰後自成系統的台灣文學建立新典範和國際視野，使文學成為批判官方文藝意識型態的異端語言。但在未達現代物質基礎下預先扮演現代文化的批判者，卻也使它有著「青蒼虛幻，自我消耗」的面貌。不過，小說視野的開拓，敘寫對象、主題、形式的創新突破，特別是在文字的自覺，新感受力的開發，個人風格的探索方面，都是現代主義不容忽視的成就。而這種專注於「文學性」的經營的創作手法，對戰後台灣小說藝術和台灣現代文

㉙　張誦聖著、應鳳凰譯，〈台灣現代主義小說及本土抗爭〉，《台灣文學評論》第 3 卷第 3 期（2003 年 7 月），頁 63-64。

㉚　張誦聖，〈現代主義與台灣現代派小說〉，《文學場域的變遷》（台北：聯合文學出版社，2001 年），頁 13、35。張誦聖所謂成熟的現代派作品，是指七○年代王文興《家變》、八○年代王禎和《玫瑰玫瑰我愛你》和九○年代李永平《海東青》。

學傳統都有明顯的作用❸。

施淑對現代主義小說專注於語言形式表現的正面評價，正是楊照認為六〇年代台灣現代主義文學成就所在：

> 五〇、六〇年代文學最大的成就，必定要數其對中文的實驗、改造一事。……一個關鍵點就在早早揭櫫了「語言獨立性」的原則。……這二十年（案：指五〇至六〇年代）文學最大的影響就是把「語言」形塑成為另一套系統。……三、四十年（案：指 1994 年）後回頭評價這些作品，真正最震撼我們的倒是他們自創一種語言的野心與成就。❸

> 六〇年代的頹廢、虛無基本上是精神取向的，現實的苦悶亟須尋找一個哲學式的出路。……在這種「存在實驗」裡，同時給中國文字帶來一個重要的革命，……從文學史的角度來看，這番文字、文學意念上的革命，可能是六〇年代……「現代主義文學」重要的成就、貢獻之一。❸

---

❸ 施淑，〈現代的鄉土——六、七〇年代台灣文學〉，收入楊澤主編，《從四〇年代到九〇年代　兩岸三邊華文小說研討會論文集》（台北：時報文化出版公司，1994 年），頁 254-256。

❸ 楊照，〈末世情緒下的多重時間——再論五〇、六〇年代的文學〉，《文學、社會與歷史想像——戰後文學史散論》（台北：聯合文學出版社，1995年），頁 127、129、131。

❸ 楊照，〈新人類的感官世界——評邱妙津的《鬼的狂歡》〉，《文學的原像》（台北：聯合文學出版社，1994 年），頁 119-120。

楊照這兩篇文章，前者寫於 1994 年，後者寫於 1991 年。由引文看來，從 1967 年陳映真對現代主義「形式主義的空架子」、「玩弄著欺罔的形式」、「頹廢」等一無是處的負面評價，到了楊照筆下，卻是「從文學史的角度」看來最重要的成就與貢獻。楊照也對呂正惠以寫實主義文學為台灣文學的典範有所批評，他說：

> 呂正惠整本書（案：指《戰後台灣文學經驗》）的問題焦點（Problematique）其實是在追訪一個「欠缺」，在反覆扣問：「台灣為什麼沒有產生優秀的現實主義作品？」而書中最大的成就也正在於提供了許多影響台灣文學遠離現實主義路線的定性歷史情境分析。……在「現實主義」的理論格局籠罩下，呂正惠一方面認為必須從作品裡讀出現實社會，可是另一方面卻又先入為主地評斷了台灣作家的作品不是「真正優秀傑出」的現實主義小說，因此其中所反映的社會又不應該是「真正的現實」。㉞

楊照舉呂正惠解讀李昂、朱天心作品的矛盾說法，批評呂正惠等「左統」知識分子「揚大陸抑台灣」說法的盲點。楊照對呂正惠的批評，正暴露了寫實主義文學論者在詮釋戰後台灣現代主義的崛起及其評價時必然面對的困境：作家所謂的「現實」何在？現代主義的心理「寫實」和寫實主義的「現實」，何者最能呈現台灣的「真

㉞　楊照，〈何必怕本土派？——評呂正惠的《戰後台灣文學經驗》〉，《文學的原像》，頁 216-217。

實」？

　　1996 年，基於對寫實主義文學觀的質疑，陳芳明以後殖民史觀重新看待現代主義文學的藝術表現：

> 現代文學作品雖未採取正面對抗，整個時期所顯現對內心世界的追求，以及對純粹藝術的經營，豈非就是對於政治干預思想的戒嚴體制做了最好的批判反擊？❸❺

「對內心世界的追求」和「對純粹藝術的經營」，不就是陳映真，甚至是鄉土派攻擊現代主義最主要的論點：前者指現代主義「逃避現實」；後者指其「空有形式主義的架子」。正是基於寫實主義文學觀對現代主義「脫離現實」、「病態」、「失根」等負面評價的懷疑，陳芳明進一步對現代主義文學的藝術表現給予高度肯定：

> 六〇年代的作家……他們所展示出來的繁複技巧、審美原則、語言鍛鍊與內心世界，在台灣文學史上都是前所未見。❸❻

陳芳明以後殖民史觀評價現代主義，他認為現代主義文學對威權體制與殖民體制的批判精神，絕對不亞於寫實文學；它所展現的繁複豐饒的藝術想像和所創造的藝術高度，更為台灣本土文學創造極可

---

❸❺　陳芳明，〈台灣文學史分期的一個檢討〉，頁 22。
❸❻　陳芳明，〈六〇年代現代小說的藝術成就〉，《聯合文學》第 208 期（2002 年 2 月），頁 152。

觀的高峰,也是後來的作家無法輕易超越的。因此,陳芳明主張應對現代主義文學的藝術成就重新予以「再評價」❸❼。

2009 年 9 月,施淑在「陳映真創作 50 週年國際學術研討會」中發表論文〈陳映真論台灣現代主義的省思〉,認為陳映真從冷戰結構與社會主義文學思想的政治意識型態而對台灣現代主義文學所提出的負面評價:

> ……這些全然負面的評價,或許忽略了戰後二十年間,以虛無、逃避的負面意義出現的台灣現代主義文學,它的負面書寫本身可能包含的對於戒嚴體制及其意識型態支配的離心和叛變;忽略了它在表現形式上的冒險錯亂,可能體現著的白色恐怖的文學斷層下,為了驗明文學正身,尋找文學規範的不自覺的實驗和努力,從而低估了作為現實主義的歷史對應物的現代主義文學在台灣現代文學的典範(paradigm)更新歷程中的可能作用。❸❽

柯慶明在講評施淑的這篇論文時也指出:陳映真對現代主義的批評都是「抽象」的,他批評的是創作現代主義文學的白先勇、王文興等人的「身分」,而不是他們的作品;批評的內容也不外乎是「蒼白」、「幼稚」、「無知」等。柯慶明認為社會主義者在堅持某種

---

❸❼ 參陳芳明,〈新文學史的「新」〉和〈台灣現代主義的再評價〉。兩篇文章皆收入《孤夜獨書》,頁 178-187。

❸❽ 施淑,〈陳映真論台灣現代主義的省思〉,收入《陳映真創作 50 週年國際學術研討會論文集》(台北:文訊雜誌社,2009 年),頁 15-16。

意識型態的情況下，很難接納其他意識型態，甚至不能容許別人有其他意識型態，而那正是一種「自我聖化」的傾向❸。

　　綜觀以上對現代主義文學的評價，從葉石濤（1987）的「過分／全盤西化」與「游離／脫離現實」，到彭瑞金（1991）的「一團未完全解清的謎」，再到陳芳明（1996）意欲「糾正」過去「負面的，貶低的」態度，給予「全面的、正面的」「再評價」，把文學史家對現代主義的評價置入當時代的台灣社會思潮與文學主流論述來看，南轅北轍的評價結果突顯的是史觀和美學立場的差異，而史觀又和政治立場有關：陳芳明是自由主義左派，呂正惠是左翼統派，葉石濤是社會主義左派。但，文學作品的藝術成就，豈能以政治立場為批評準則？身為研究者既無法評論文學史家的政治立場，對台灣現代主義書寫的認識，勢必無法透過「對比」各文學史家的評價獲得。無論是以寫實主義文學觀貶抑與窄化台灣文學／藝術創作者的主體性思考，或忽略現代主義與美帝國殖民文化的關係，兩者都無法客觀彰顯現代主義文學在台灣文學史上的意義與文學成就。因此，本書認為重要的不是「對比」文學史家的評價作一「再評價」，而是客觀考察並呈現六〇年代台灣現代主義文學在當時代台灣文學場域的文學表現與書寫意義，以及此文學表現對後來台灣文學發展的影響，則六〇年代台灣現代主義文學之「功過」自然由其中顯現，也才能對其文學表現作出最恰當的評價。簡言之，無論是正、負面評價，本書關心的是：如何詮釋台灣現代主義文學作品，才能「全面的、正面的」看待它，並給予適當的評價？

---

❸　同前註書，頁 19。

　　過去為強調台灣文學的抵抗與批判精神，寫實主義成為主流文學觀，隨美援文化而來的現代主義自然得不到正面評價。王斑在論析中國現代歷史中的歐洲歷史學框架時說，殖民國家或傳統文化的現代追求跟著歐洲歷史學大師邯鄲學步，並不表示一定導致亦步亦趨；以自己的方式吸收西方啟蒙歷史敘述，也不意味著中國歷史意識的形成是謂鸚鵡學舌，因為在借鑒啟蒙傳統的過程中，有太多的迂迴、置換和重新創造新話語和對抗主導話語的餘地❹。以這樣的意義來說，台灣大部分有關現代知識理論，皆來自帝國主義的文化擴張，現代主義思潮與作品的譯介也是遵循帝國主義文化擴張的管道來台。作家選擇某種藝術形式，本身就寓含主體思考，而西方藝術形式在被台灣文學／藝術創作者接受、運用時，勢必在地化、本土化以適合台灣本地的需要，並從而創造出新的藝術語言。這從帝國主義文化而來的舶來品，一旦被適當轉化運用後，自然就轉為台灣本土資源了。因此，承認美援文化帶來的帝國殖民文化思維，但也正視其所攜來的現代主義思潮帶給台灣文學／藝術表現上的革新，從正、反兩方面全面審視台灣現代主義文學，才能給予現代主義文學「全面的、正面的」再評價，而這必由全面性地閱讀與理解六〇年代台灣現代主義文學作品後的詮釋中方能獲得。

　　綜言之，如果六〇年代的現代主義是台灣作家定義與思考台灣現代性的開始，本書以「六〇年代台灣現代主義小說的現代性」為題，正是基於對台灣主體性的強調，而對台灣現代主義文學／藝術

---

❹　　王斑，《歷史與記憶　全球現代性的質疑》（香港：牛津大學出版社，2004年），頁 27-28。

的崛起與發展進行再認識、再理解與再詮釋的研究。本書希望透過重建台灣文學／藝術現代性的播散過程，為台灣現代主義文學／藝術的藝術表現與文學史上的定位作一適當詮釋，建構以台灣為主體的文學／藝術現代性論述。依據此一思考脈絡，本書將重新追溯並考察台灣現代主義文藝的歷史根源與傳播管道，從內部政治、文壇的現況，以及外部西方文化的輸入與刺激等面向全面理解台灣現代主義文學／藝術與台灣社會現實的互動關係。我們認為台灣文學／藝術創作者對西方現代主義的接受，並不是處於被動的位置，台灣文學／藝術的現代化，其實是以更為迂迴並複雜的方式進行，除了隨美援文化而來的西潮刺激，台灣文學／藝術創作者內在求新求變的新穎意識，也同樣促使他們主動引介並接受這種在西方已被視為是過時的藝術思潮，並進一步加以改造、運用。因此，台灣文學／藝術對現代性的追求，並不單單只是對西潮的回應，也並非缺乏目的和任何可資解讀的過程，但它長期隱沒於主流論述中，台灣文學／藝術的主體性也因此被壓抑、壓制於其中。本書將以批判性的思維挖掘並描繪這湮沒於主流論述中隱而未彰的現代性線索，重建台灣文學／藝術現代性的播散過程，抵制以西方現代性為中心觀點的論述，建構以台灣為主體的文學／藝術現代性論述，並為六〇年代台灣現代主義文學的藝術表現予以適當的評價。

第二節　文藝的「現代化」歷程：從「現代」到「現代主義」

本書討論西方現代主義引介來台後，台灣文學／藝術創作者對

此一藝術思潮的吸收、轉化與呈現，我們有必要對與此藝術形式有關的概念之源起與發展脈流作意義上的釐清。

一、「現代」、「現代化」、「現代性」

「現代」（modern）作為特定的歷史階段與社會文化型態的標誌，始自十六世紀的歐洲，它與發生在十六世紀的文藝復興、宗教改革、新航路與新大陸的發現、資本主義的興起等重大歷史事件有關，同時也與科學革命、啟蒙運動、法國大革命、工業革命等密不可分。

西羅馬帝國滅亡（十一世紀）至十三世紀，是所謂的歐洲中古世紀，此時城市開始興起，成為商人和手工業者的居留地。工商業人士日益增多，後來就形成一個新的階級，稱為「中產階級」（Middle Class）。十一世紀末，歐洲十字軍東征雖然失敗，但許多歐洲人卻將回教徒的學術著作翻譯過去，提高了歐洲學術水準；加上中國發明的造紙術和印刷術也經由回教徒傳入歐洲，促進了歐洲的文化、教育發展。由於義大利位居東西貿易要衝，商業興盛，城市居民擁有財富後，常支持文藝活動，追求精緻的文化生活。另一方面，鄂圖曼土耳其時常侵擾拜占庭，導致不少學者避難西遷，帶來許多希臘、羅馬典籍，於是十四世紀初的義大利興起了文藝復興運動，一切由神學化轉為世俗化與平民化，也就是把對神學的興趣，轉為對文藝的興趣；從對宗教文化的興趣，轉變為對希臘、羅馬古文化的興趣。當時的義大利學者從古希臘、羅馬的典籍研究中，重新找回了人文思想，其文化理想和教育目標在訓練有智慧、善表達的人，教育科目則以哲學、自然科學、歷史學、修辭學、音樂、數

學、詩歌、拉丁文、希臘文等為主，通稱為「人文學」（humanitas）
❹。人文主義反對中古歐洲以神為中心的思想，轉而肯定人與現世
的價值，文藝復興運動因此被視為歐洲近代第一個思想解放運動，
對歐洲現代文化教育發展產生極深遠的影響。

　　十字軍東征時，中國的羅盤經回教徒之手傳往歐洲，歐洲人得
以從事遠洋探險，其中葡萄牙和西班牙最先向海外發展。葡萄牙從
十五世紀開始向大西洋和非洲西岸探索，開創了新航路，十年間建
立了一個海權和商業帝國；西班牙的哥倫布發現美洲新大陸，對歐
洲勢力擴張與東西方勢力消長有相當重要的影響。另一方面，十
四、五世紀的地中海區域出現所謂的資本主義，其生產方式的主要
特徵是資本是私人（即資本家）所擁有，資本家雇用自由勞動者從事
生產。從馬克思觀點來看，資本若要繼續積累，必須佔有工人勞動
的剩餘價值❹，於是十五世紀後，西方國家便積極在海外探險、拓
殖、劫掠和貿易等，為的就是向外擴張，尋找市場、原料和廉價勞
力。

　　十六世紀後，因著新大陸和新航路的發現，海外貿易開拓，歐
洲經濟重心逐漸由地中海沿岸轉移到大西洋沿岸，文化中心也由義
大利轉往法國。十七世紀在西方科學發展上是一個重要時期。在十

---

❹　人文主義者（或稱「人文學者」）強調「全面發展的人」，力求成為學識淵
　　博、多才多藝的「通才」（Universal man），但丁、達芬奇、米開朗基羅、
　　馬基維里等，都是典型的「通才」。他們擺脫教會的束縛，在文學、藝術、
　　政治思想上都有顯著的成就。

❹　Tom Bottomore 著，任元杰譯，《現代資本主義理論》（台北：巨流圖書公
　　司，1989 年），頁 23。

七世紀前，一般歐洲人對宇宙的觀念就是亞里斯多德的物理學、托勒密（Claudius Ptolemy）的天文學和基督教的神學所混合而成的東西。據此觀念，地球為宇宙中心，其他星球皆圍繞地球作圓形運動。然而到了十七世紀，哥白尼（N. Copernicus）首先提出太陽才是宇宙的中心的論點；半世紀後，天文學家開卜勒（J. Kepler）以精確的觀察和計算，證實了太陽中心說的正確性。接著，伽利略（G. Galilei）發現慣性現象和自由落體性質，牛頓（Newton）又導出三大運動定律和萬有引力定律，皆對數學、光學、物理學等作出具體貢獻。十八世紀末，英國瓦特（James Watt）發明蒸氣機，一系列技術革命引起了從手工勞動向動力機器生產轉變的重大飛躍，工業技術尤以棉紡織工業突飛猛進，其他相關工業亦隨之革新。此種生產之劇增及隨之而起的社會變遷是為工業革命，隨後傳播到整個歐洲大陸。

受到十七世紀之科學革命和「新科學」的啟發，十八世紀，以法國為中心的啟蒙運動興起。啟蒙思想家對人類的「理性」抱持很高的期待，他們認為透過理性的運用，自然科學已有突破性發展，那麼理性應該也可以運用到社會、道德方面。「理性」因此成為啟蒙運動的一個核心概念，啟蒙運動或啟蒙時代也被稱為「理性時代」。依啟蒙運動的主張，教會是一種迷信，科學是判斷的基本依據，現實的福利才是人們所該追求的東西。因此，在啟蒙思想裡，幸福不再存在於舊天主教所宣揚的來生裡，人的存在意義要從人的自身及人的社群中找尋。藉由科學、理性、自由、進步，人將有能力掌握自己的命運，超越自然的秩序，且使自然的力量為己所用。在啟蒙的理性自由思想中，人的自由因此被提升到如同神一般的地

位。為了實現無限自由的世界,科學是必要的基礎,科技是必要的方法。自然科學應用到物質生活來,便產生了工藝技術(technology)和工業(industry),使物質生活獲得不斷改善。由於這一點的啟發,「進步論」成為一種流行的思潮,認為人類的社會和心智將與時俱進,以達完善的境界。

另一方面,啟蒙思想家也企圖把作為一種批判和解放力量的理性運用到社會生活來,成為社會改革以至革命的力量。這開啟了法國大革命的先聲。法國大革命的導火線在財政問題。在十七、八世紀,法國參與多次國際戰爭,政府負債累累,迫使國王路易十六召開三級會議,希望藉此解決財政困難。1789 年 5 月,平民代表受美國制憲影響,要求將三級會議改為國民會議(National Assembly),且要制定限制王權的憲法。路易十六表面答應,卻暗中調動軍隊向巴黎集中。消息一出,巴黎居民群起暴動,於 7 月 14 日攻破巴士底(Bastile)監獄,成立民選市政府,組織國民軍(National Guard),以武力支持平民代表。其後,法國各地人民紛紛起來驅逐王室委派官吏,組織自治政府,法國專制體系瓦解,政權落入國民會議之手。1792 年,國民公會宣布改國體為共和,而法國大革命所提出的自由、平等、博愛理想,以及推翻君主專制,成立共和政體,也成為政治體制上的重要變革❹。

---

❹ 關於西方現代性傳統,參黃瑞祺,〈現代性的省察──歷史社會學的一種詮釋〉,《台灣社會學刊》第 19 期(1996 年 3 月),頁 169-211。黃瑞祺,《馬學與現代性》(台北:允晨文化,2001 年),頁 108-113。鄭泰丞,《科技、理性與自由:現代及後現代狀況》(台北:桂冠圖書公司,2000 年),頁 77-91。

綜合以上論述,「現代」指西方社會從前一個時代,轉移到現代的過程中,所呈現的多元複雜變化而言,而這些「現代社會」的特性就是「現代性」(modernity)。現代性,一如「現代」概念一樣,依舊是言人人殊,它和現代化(modernization)問題是緊密聯繫的。現代化的實質就是工業化,它指十八世紀後半英法的工業革命以來,在科學技術和工業革命推動下,在人類政治、經濟、社會、思想價值、精神文化各個層面產生巨大、深刻變革,使人類心理狀態、價值觀和生活方式有所轉變的過程,也就是全面的理性在社會各個方面的實現過程。所謂的現代化,簡言之,就是科技化,也就是工業理性化,包括政治經濟上工具理性(或效率)的實現,如民族國家的建立、市場的運作、都市化、教育普及化等,藉由各種科技手段來追逐權力與財富的實力。

與現代化有緊密關係的現代性,就是社會在現代化過程中,在各個領域出現的與現代化相應的屬性,譬如與經濟的現代化相適應,便會出現工業化、都市化、社會分工化、職業化等現代化過程中必然產生的物質文化的現代性趨勢和現象;在精神文化領域如價值觀念、人格結構、心理態度、文化結構等方面,也會相應出現自我本位的個人主義價值取向,習慣於都市化生活節奏和模式的心理態度,強調和追求高度效率、富裕文明、自我價值實現的人格素質與結構,以及公共文化空間和大眾通俗文化的日益擴大等,形成一系列「精神領域的現代」標識。前者是一個社會學概念,指的是對傳統社會的根本變革,包括發達的市場經濟和工業化,政治民主化以及與之相應的文化變革;後者則是一個哲學性的概念,指一種不同於古典時代的新的生活方式,它被一種理性精神所支配,這種現

代理性包括工具理性（科學）和人文理性（自我價值）。理性精神因此是現代性的核心，理性精神的統治則是現代社會的標識❹。馬歇爾·伯曼（Marshall Berman）將現代性視為一種關於時間和空間、自我和他人、生活的各種可能和危機的經驗。所謂現代性，就是發現我們自己身處一種環境中，這種環境允許我們改變自己和世界，與此同時它又威脅要摧毀我們所擁有的、所知的、表現出來的一切，把所有的人都倒進一個不斷崩潰與更新、鬥爭與衝突、模稜兩可與痛苦的大漩渦。現代性，也就是成為一個世界的一個部分，在這個世界中──借用馬克思的話來說──一切堅固的東西都煙消雲散了❺。綜言之，現代性具特定的時空屬性，可以簡單說是「近代西方文明的特性」。從個人層次言，它指陳一種感覺、思惟、態度及行為的方式（即所謂「個人現代性」）；從結構層次言，則指社會制度、組織、文化以及世界秩序的一種特性❻。劉小楓以兩個不同的述語來指稱：現代化題域──政治經濟制度的轉型；現代性題域──個體－群體心性結構及其文化制度之質態與形態變化❼。

　　法國大革命與工業大革命使歐洲進入現代化「盛世」。其後西歐仗恃其船堅砲利，開始擴張海權，至歐洲以外的地區和國家掠奪

❹　逄增玉，〈現代性與中國現代文學的幾個基本問題〉，收入宋劍華主編，《現代性與中國文學》（濟南：山東教育出版社，1999 年），頁 208-221。

❺　馬歇爾·伯曼（Marshall Berman）著，徐大建、張輯譯，《一切堅固的東西都煙消雲散了：現代性體驗》（*All that is solid melts into air: the experience of modernity*）（北京：商務印書館，2003 年），頁 15。

❻　黃瑞祺，〈現代性的省察──歷史社會學的一種詮釋〉，頁 172。

❼　劉小楓，《現代性社會理論緒論　現代性與現代中國》（香港：牛津大學出版社，1996 年），頁 2，

資源，強行殖民。由於西歐國家的殖民基礎在於其進步的工業與科學，因此被侵略、被殖民的國家除了承認自己國家的傳統文化和結構落後，也興起必須向西方學習的念頭，好使自己的國家「現代化」——或稱為「西化」（westernization），以避免再受欺凌或與西歐國家並駕齊驅，甚至超越他們。非西歐國家努力使自己「現代化」的想法，使殖民文化獲得合理性，隨之而來的帝國主義合法性，都在「現代化」的藉口下被合理化，「現代性」也傳播到世界各地，成為全球性的現象了。

二、「現代主義」

西方現代性是個眾說紛紜的社會文化現象。西方進入現代社會後，存在著兩種互相對立，但又互有關聯的現代性：一是資產階級的現代性，即由科學技術進步、工業革命和資本主義帶來的全面經濟社會變化，包括進步的學說、相信科學技術造福人類的可能性、對可測度時間的關切、對理性的崇拜、在抽象人文主義框架中得到界定的自由理想以及實用主義；一是美學現代性，厭惡中產階級的價值標準，並以虛無或頹廢的反抗姿態表達這種厭惡，追求藝術形式的創新，反對科技文明對人類精神生活和獨立個性的宰制與抹殺，對於理性和進步等觀念充滿懷疑❹。現代主義描寫在現代化下，現代人如何逃避現實社會，具有深奧微妙和獨特風格的傾向，朝著內向性、技巧表現和自我懷疑的傾向，不斷省視自己，以找尋

---

❹ 關於西方兩種現代性，參馬泰·卡林內斯庫（Matei Calinescu）著，顧愛彬、李瑞華譯，《現代性的五副面孔》（北京：商務印書館，2003 年），頁 48。

生存的意義❹。簡要地說，「現代主義」不是對「現代化」的促進，而是對「現代化」的批判與超越、反撥與矯枉。它在思想上對於理性、進步、文明產生懷疑，甚至進一步與傳統猝然決裂。因此，現代主義美學觀具強烈非傳統特質，這種特質往往以「先鋒」、「前衛」（avant-garde 或 vanguard）的姿態宣示其存在，故其表現手法上傾向作者個人化的審美經驗、臆想，在觀眾看來容易顯得晦澀、艱深、悲觀、消極和虛無等；在內容方面，朝向內心和自我意識的挖掘。綜言之，現代主義是具有高度美學的自我意識與高度自覺的表現技巧的藝術❺。

　　由於現代主義是在現代化有所成之後對現代化的批判與超越，故文學藝術的現代性和社會文化的現代性是相對立的。換言之，現代性包含兩個對立且互相衝突的面貌：一是西方中產階級源於啟蒙主義的現代性概念；二是對現代性信念的質疑與反叛。現代主義和現代性的關係密不可分，故現代主義基本上可視為「現代性的追尋」。既然現代性包含兩個對立且互相衝突的面貌，則現代主義文學自然也包含了「現代」和「反現代」這互相衝突矛盾的兩個拉力：「現代」表現在反傳統的姿態，對創新和形式實驗的興趣；「反現代」表現在對理性的批判，包括過去偉大典範和傳統整體性

---

❹　袁可嘉等編選，《現代主義》（北京：中國社科院，1989 年），頁 10。

❺　現代主義最明顯且著名的特色，在於它對於一件藝術作品表現方法的強調，提高形式與風格的重要性，以及形式重於內容的程度甚至擴張到欣賞者無法接近。Gene H. Bell-Villada 著，陳大道譯，《為藝術而藝術與文學生命》（台北：昭明出版社，2004 年），頁 149。

的淪喪❺。

現代主義雖流派紛陳，各個流派在美學理論綱領和創作實踐上也面貌迥異，各具特色，但其總體方向卻是一致的，即源於西方社會工業化與機械文明帶來的變遷與異化。故它們的基本思想觀念有三個共同特徵，一是異化觀念，二是危機感，三是存在荒誕的觀念❻。現代主義堅持表面現象無意義，試圖揭示內心想像的潛在基礎。這表現在兩方面：一是風格上的，它設法抹殺「距離」——心理距離，社會距離，審美距離等——堅持經驗的絕對現在性，即同步感和即刻性；二是主題上的，堅持自我的絕對評斷，強調人不受任何限制，迫切尋求超越❼。綜言之，現代主義用新的意識概念和思維對人類文藝進行革命性探索，從以再現生活為宗旨的寫實主義創作手法，轉向人類內心深處和潛意識領域挖掘，重視藝術的想像和創造性。換言之，現代主義想要對抗的，是非人性、個人化的官僚與科技的抽象體制，是對都市文明和機械文明發展到一個地步所帶來的人性衝擊進行種種探索和批判的藝術潮流❽。豪（Irving Howe）認為，要為現代主義下定義，必須用否定性的術語，把它當

---

❺ 邱貴芬，〈落後的時間與台灣歷史敘述——試探現代主義時期女作家創作裡另類時間的救贖可能〉，《後殖民及其外》（台北：麥田出版社，2003年），頁 86。

❻ 吳昌雄，《現代主義文學研究》（武昌：武漢大學出版社，1994 年），頁 38-41。

❼ 丹尼爾·貝爾（Daniel Bell）著、趙一凡·蒲隆·任曉晉譯，《資本主義的文化矛盾》（台北：桂冠圖書公司，1994 年），頁 49。

❽ 廖炳惠編著，《關鍵詞 200》「現代性」條（台北：麥田出版社，2003年），頁 167。

作一個「包含一切的否定詞」（inclusive negative），它「存在於對流行方式的反叛之中，它是對正統秩序的永不退讓的憤怒攻擊」❺。

　　整體而言，「現代主義」作為說明二十世紀藝術風格走向的概括性名詞，指從寫實主義（realism）、物質主義（materialism）以及傳統的文類與形式解脫出來的前衛藝術而言，包括象徵主義（symbolism）、表現主義（expressionism）、未來主義（futurism）、意象主義（imagism）、漩渦畫派（vorticism）、達達主義（dadaism）、超現實主義（surrealism）等數十個不同的流派❺，其淵源可溯及十九世紀末法國象徵主義運動及英國的唯美主義或是拉斐爾前期運動，從其中繼承了「為藝術而藝術」的口號，在做法上則認為藝術要追求的世界的真與美❺。換言之，現代主義基於藝術的需要，在語言、結構和形式等作品的外形上，經常選用「誇張」、「扭曲」、「零碎」、「跳躍」以及「紊亂」、「模糊」等特殊的表現手法；在題材上也偏向喜好「疏離」、「病態」、「異化」、「頹廢」等異乎尋常的現象。簡言之，「現代主義文學」乃是一種內在的自覺性強

---

❺　丹尼爾・貝爾（Daniel Bell）著、趙一凡・蒲隆・任曉晉譯，《資本主義的文化矛盾》，頁 48。

❺　馬森，〈現代主義文學在台灣──二度西潮的美學導向〉，收入東海大學中文系編，《戰後初期台灣文學與思潮論文集》（台北：文津出版社，2005年），頁 275。

❺　蔡源煌，〈從現代主義到後現代主義〉，《從浪漫主義到後現代主義》（台北：雅典出版社，1990 年），頁 76。

烈，而且以「前衛」（avantgrade）的方式來表現的文學現象❺❽。

第三節　尋找一個新的解釋架構：
研究方法與章節架構

一、重建台灣文學／藝術主體性：後殖民立場

　　台灣數百年來的歷史，從明鄭時代至日據再至國府遷台，是一段被殖民的歷史，故重建、重現被殖民階段消失的歷史，自然是去殖民工作相當重要的一部分。為關照台灣文化主體內部的多元傳統與歷史記憶，正視文學／藝術創作者對現代性到來的複雜反應：既抗拒，也主動回應，後殖民理論（Post-colonial / Postcolonial theory），無疑提供本書相當適當的研究立場。

　　綜觀後殖民的理論背景，可以綜論為：後殖民批評家們從史賓格勒（Oswald Spengler）謂「西方的沒落」獲取靈感，從帝國內部進行解構；從德希達（Jacques Derrida）獲取解構主義的理論與閱讀策略，對描寫殖民地題材的文學作品進行再閱讀與再評價，以對過去經典文學進行重構；由巴赫汀（Mikhail Mikhailovich Bakhtin）的對話詩學中，以音樂的對位方式為多元文化語境的「話語」發聲；由葛蘭西（Antonio Gramsci）的「文化霸權論」（cultural hegemony）和傅柯

---

❺❽　張雙英，〈戰後台灣文學界的第一波西方文學思潮──現代主義與新批評〉，收入東海大學中文系編，《戰後初期台灣文學與思潮論文集》，頁240。

（Michel Foucault）的知識與權力論述的後殖民理論對帝國中心的文化
霸權主義進行抨擊❺⑨。艾德華・薩依德（Edward W. Said）繼承葛蘭西
和傅柯的後殖民理論，提供本書相當適切的思考進路。

　　薩依德（Edward W. Said）1978 年出版的《東方主義》
（Orientalism）一書，是後殖民批評的「奠基之作」，而他本人也是
一位把西方學術界關於「東方」的學術研究稱之為「東方主義」，
而與西方新舊帝國／殖民主義有著共謀關係的學者。薩依德
（Edward W. Said）的論點被進一步引述與論辯的結果，使後殖民理論
成為西方文論焦點，再加上其後的斯皮瓦克（G. G. Spivak）和霍米・
巴巴（Homi Bhabha）的推波助瀾，使後殖民理論的影響被擴大引
申，及於非西方的學術界，引起第三世界知識分子共鳴並援引，作
為消解、對抗殖民主義論述的理論話語。《東方主義》一書用話語
分析方法系統，揭示了回教世界、中東以及「東方」與歐美帝國主
義世界間歷史地形成的不平等關係。薩依德所謂的「東方主義」是
「歐洲的一項發明」，一種「文化霸權」，指的是一套西方人所建
構的關於「東方」的認知與話語系統。在這套話語系統中，「東
方」是一個歐洲觀點的再現，它被置於西方文化的權力話語──權
力網絡下被「他者」化了，「東方主義」因此是一種支配、重構東
方並對之行使權力的西方文體。它以想像力劃分地理上東、西方的
疆界，並以大量論述建構對東方（伊斯蘭）的想像，片面地扭曲並
強化其落後、野蠻的形象：東方是落後原始、荒誕無稽、神秘奇
詭，而西方則是理性、進步、科學、文明的象徵，從而合理化西方

---

❺⑨　參王寧，《後現代主義之後》（北京：中國文學出版社，1998 年），頁 52。

對東方的統治。簡言之，「東方主義」就是透過建構東方的陳述，把關於東方的視點權威化，描述它、講授它、定位它，並進而統治它的一整套話語系統及其協作機構，是西方統治東方、重新建構東方、對東方行使權威的西方話語⑩。薩依德後殖民理論因此啟發了研究者一個新的思考：「進步」的「西方」或「落後」的「東方」，都是人為想像建構出來的，人們對世界的看法，也是受到主流文化或霸權論述的影響。薩依德在此運用了傅柯的知識／權力理論，他認為「東方」不只是一種觀念或沒有相應現實支持的知識建構，相反的，「東方」與「西方」是一種權力關係、支配與被支配的關係，西方對於東方的知識霸權背後，是經濟與軍事上的霸權，兩者間存在的不平等的利益關係，才是東方「被東方化」的關鍵因素。準此，薩依德提醒我們注意並掌握的是東方主義話語與使之成為可能的社會經濟和知識機構間所暗藏的權力結構。

《東方主義》（*Orientalism*）一書只討論法、英、美在中東地區的想像、學問與掌握方式，並未廣泛討論帝國、地理與文化霸權的敘事結構及其普遍意涵。這些面向在 1993 年出版的《文化與帝國主義》（*Culture and Imperialism*）中，獲得進一步的開展。在《文化與帝國主義》一書中，薩依德以「比較帝國主義文學」的觀點，透過都會與殖民地的空間對位思考，進一步論述帝國主義對第三世界的知識殖民與意識型態的征服，顯示帝國主義充斥著政治、意識型

---

⑩　薩依德（Edward W. Said）著、王志弘等譯，《東方主義》（台北：立緒文化事業，2005 年）。陶東風，《後殖民主義》（台北：揚智文化事業，2003 年），頁 75-90。

態、經濟與社會力道，並以「雙重視野」、「兩面」的觀點分析殖民者與被殖民地、文化與帝國間的關係，最後以第三世界對西方世界的回應：脫離殖民、獨立解放、挑戰權威的政治運動、人口移動等去殖民化運動作結❻❶。薩依德的後殖民理論能夠在第三世界產生影響力，就在於它對長期具宰制力的殖民主義進行強而有力的批判，而這也包括現代主義的文化特質，因為書中薩依德也強調現代主義不僅來自於西方社會和文化的內在動態性，也包括對來自帝國領域的文化之外在壓力的回應❻❷。

　　綜言之，後殖民論述源於被殖民的經驗，強調抵制以殖民者為本位的論述。因此，後殖民論述有兩大特點：一，對被殖民經驗的反省；二，拒絕殖民勢力的主宰，並抵制以殖民者為中心的論述觀點，重建以被殖民者為中心的論述主體❻❸。後殖民立場，即主體的追求。以台灣來說，台灣社會本由多元文化傳統與歷史記憶匯流而成，這是台灣社會主流價值之一，也是台灣文化主體。殖民文化對台灣文化主體造成的傷害誠不可否認，然而，殖民體制在政治層面上也許戕害被殖民者的心靈，但這並不意味隨殖民體制而來的文化都是有害的。如何以批判態度擇取殖民文化，正是後殖民的重要課題。以對台灣影響深遠的現代主義思潮來說，它是在戒嚴時期的台

---

❻❶　參廖炳惠，〈對抗西方霸權〉，收入薩依德（Edward W. Said）著、蔡源林譯，《文化與帝國主義》導讀（台北：立緒文化事業，2004 年），頁 12-15。

❻❷　薩依德（Edward W. Said）著、蔡源林譯，《文化與帝國主義》，頁 335。

❻❸　邱貴芬，〈「發現台灣」：建構台灣後殖民論述〉，《仲介台灣・女人》（台北：元尊文化，1997 年），頁 159。

灣，伴隨著美援文化來台的舶來品，某個程度可以視為是美國對台灣的文化殖民。但現代主義在台生根發展，卻也為台灣文學／藝術帶來前所未見的革新氣象，為台灣文學／藝術帶來可觀的藝術資產。過去為強調台灣被殖民的處境，在文學創作或評論時，自然強調寫實主義的批判精神，以寓去殖民的思考。然而，薩依德的東方主義理論提醒我們，論者對台灣現代主義文學／藝術的論述與評價，無非也受到主流論述的影響。如何正視這段文化殖民歷史，又能客觀評價它所帶來的正面價值，正是本書以後殖民理論為研究立場的主因。

二、抵抗遺忘：台灣文學／藝術現代性的重建工程

從某種意義來說，後殖民主義理論的價值，就是重新喚起對於殖民歷史的記憶。換言之，後殖民主義可以被看作是對於健忘症的一種理論抵抗，它的任務就是提醒人們警惕遺忘的可怕後果。因此，後殖民批評十分關切記憶問題。後殖民批評家霍米·芭芭（Homi Bhabha）說：

> 記憶是殖民主義與文化身分問題之間的橋樑，記憶（memory）絕不是靜態的內省或回溯行為，它是一個痛苦的組合或再次成為成員的過程，是把被肢解的過去組合起來以便理解今天的創傷。❻

---

❻　陶東風，《後殖民主義》，頁 10。

記憶（memory），有「組合」與「再次成為成員」的意思，被殖民主體想要抵抗遺忘，就必須重新組合過去的經驗，回到過去被殖民的歷史，再次成為那個被統治、蒙受屈辱的成員。因此，要重新思考隨殖民文化帶來的現代主義思潮在台灣這個被殖民國家以及殖民帝國主義之間對立又妥協、抗拒又回應的複雜關係，唯有重新回溯那段台灣追求現代性的歷史，挖掘並爬梳被壓抑的台灣文學／藝術現代性線索，抗拒以帝國主義為中心觀點的論述，重建以台灣為主體的現代性論述，才是本書以後殖民理論作為研究立場最主要的意義。誠如陳芳明言，「所有的文學史的討論，一旦離開歷史脈絡（historical context）與文本脈絡（textual context），就已偏離文學的範疇。」❻對「六〇年代台灣現代主義小說」的研究，也難以偏離當時代台灣具體時空背景（歷史脈絡）與小說作品（文本脈絡）。因此，唯有重新回到台灣現代主義崛起時的時空環境和文壇概況，將小說文本置回此一歷史脈絡，才能清楚得見「六〇年代台灣現代主義小說」的書寫意義，並對其作出適當的詮釋與評價。準此，首先，本書將先以外緣研究方式，重新追溯並考察五、六〇年代台灣現代主義崛起的歷史根源和傳播管道，釐清此一西方思潮在台灣的傳播過程，以見學界對此一論題研究成果的見與不見，重建以台灣為主體的文學現代性播散脈流。

其次，本書既是以後殖民立場對台灣文學藝術與文化主體的重建，故對台灣文學藝術與文化傳統的傳承脈絡就有必要進行再認識、再理解以進行再建構。為此，本書所謂的「被壓抑的台灣現代

---

❻　陳芳明，〈台灣現代主義的再評價〉，頁 186。

性」可就以下三種向度來理解：

　　一，所謂「現代」指的是「求新求變」與「打破傳承」，故「被壓抑的台灣現代性」指的是五、六〇年代台灣文學／藝術創作者所共有的一種求新求變的新穎意識。這意識的「維新」，已使創作者的思考有別於過去的「守舊」，讓他們在面對西潮衝擊時，能夠即時掌握此一新的藝術思潮而有所回應。

　　二，「被壓抑的台灣現代性」也指操控台灣文學／藝術創作者思考與談論「現代」的心理與意識型態機制。它在某一特定時空時，某些個人或社會力量強將鐵板一塊的「現代性」定義，加諸於其他藝術創作者的聲音與實踐上，從而壓制或阻礙他人追求「現代」的可能。

　　三，「被壓抑的台灣現代性」也指對「現代性」的反思。也就是說，台灣文學／藝術對現代性的追求，並非遵循單一並直線的線性發展，任何現代藝術從「舊」翻「新」後，並不意味將自此永遠「現代」下去。而這對「現代性」的反思，將使台灣文學與文化發展出和西方極不相同的「現代」視野。

　　根據以上對「被壓抑的台灣現代性」三種向度的理解，我們將透過以下方法解決：首先，本書將重新挖掘並梳理五、六〇年代台灣文學／藝術場域中隱藏於創作者內心求新求變的新穎意識，此求新求變的內在趨力所展現的創造力將使他們對西方現代藝術形式的掌握與運用蘊含了主體思考，這將證明台灣文學／藝術之現代性不以西方馬首是瞻，台灣有能力發展出迥然不同於西方的現代文學與文化視野，此即為台灣現代性所在。其次，這「被壓抑的台灣現代性」與「現代」浪頭上某些藝術創作者鐵板一塊的「現代性」定義

相衝撞時，曾顯現出極具爭議性的反應，最後被歸為「傳統」而被
摒棄於「現代」論述之外。這「被壓抑的台灣現代性」的蛛絲馬跡
展現於被某些「現代」藝術家視為「傳統」的論述，以及其間競逐
過程中發生的各種論戰──現代詩論戰、現代畫論戰、中西文化論
戰中，被「現代」語言所壓抑、壓制的論述中。最後，對「現代
性」的反思將透過創作者在經過西方現代藝術洗禮後對「現代性」
的反省，勾勒台灣文學／藝術對現代性的追求所依循的發展圖式，
以見台灣現代文學／藝術之主體性。

　　以上關於文學／藝術與文化傳統的傳承脈絡清楚釐清後，全書
將進入台灣文學主體性建構的文本分析部份。本書將透過爬梳六〇
年代台灣現代文學創作者作品序言、演講、訪談資料或座談記錄等
原始論述所呈現的文學思想，客觀呈現六〇年代台灣現代小說家對
文學現代性的理解與建構。我們將收集 1960 至 1969 年間在文學史
上的代表性與藝術性兼顧的小說作品，以「全集式」的閱讀方式配
合理論的參酌進行文本分析❻，論述作家對現代主義藝術形式的吸
收與轉化後所創作出來的「六〇年代台灣現代主義小說」風貌及其
在台灣文學史的書寫意義，作為「全面」而「正面」評價台灣現代
主義文學之基礎，以論證台灣現代主義文學之主體性。

　　綜言之，本書以「六〇年代台灣現代主義小說的現代性」為
題，將對六〇年代台灣現代主義文學／藝術崛起的歷史根源與傳播

---

❻　本書所謂六〇年代台灣現代主義文學，主要指 1960 年至 1969 年間出版之小
　　說作品，但為討論方便，將涵蓋至五〇年代萌芽時期，以及由六〇年代延伸
　　而來，至七〇年代仍在創作的小說家作品。

管道作一全面性的考察,並藉著「被壓抑的台灣現代性」之挖掘,從過去那些被視為「不現代」的「傳統」論述中發崛其中的「現代」,揭示表面「現代」的論述中的「傳統」成分,突破台灣接受現代主義是美援文化的強勢推銷的歷史詮釋,並透過六〇年代台灣現代主義小說對西方現代藝術形式的理解、建構、轉化/反思後的藝術呈現,對台灣現代主義小說之書寫意義與文學表現作一適當詮釋與評價,以為建構台灣文學/藝術與文化主體性工程之基石。以下依本書問題意識的思考脈絡,展開各章節的論述。茲將各章節要點簡述於下:

第一章　緒論

　　　　本章凡分三節,第一節說明本書兩大問題意識,以見本書研究價值與意義。第二節對「現代」、「現代化」、「現代性」與「現代主義」作一概念界定,作為進入本書研究之基礎。第三節將提出本書研究之基本立場,並就「被壓抑的台灣現代性」所開展的三個向度論述進行的步驟,提出對六〇年代台灣現代主義文藝對現代性的理解、建構、轉化/反思過程的方法,以為本書的「章節架構」。

第二章　現代主義到台灣

　　　　本章凡分四節,將從台灣內部政治、文壇的現況,以及外部西方文化的輸入與刺激等面向理解台灣現代主義的崛起,論述由四大部分展開:一,現代主義與「雙重文化斷裂」;二,現代主義與「自由主義傳統」;三,現代主義與「美援文化」;四,現代主義文學與政治的關係。本章將還原並綜合條貫有關戰後台灣現代主義崛起論述之思考

脈絡，把與此論題相關的說法集中對話，藉以了解論者與其論述觀點所呈現的美學立場與所掌握的戰後台灣歷史現實。藉由還原學者詮釋戰後台灣現代主義崛起的思考／論述脈絡，以見目前台灣文學場域對此一論題的研究成果，並釐清某些關鍵議題之歧見，為台灣現代主義崛起的歷史因素提供更完整的詮釋與思考。

第三章　西潮拍岸下的台灣文學／藝術現代性

本章凡分三節，以「被壓抑的台灣現代性」為問題意識，並根據對此問題意識所開展的「求新求變的新穎意識」、「被壓抑的台灣現代性」、「對現代性的反思」等三種向度的理解，以「求新求變的台灣現代性」、「『本土』／『誤讀』的台灣現代性」和「未完成的台灣現代性」三節，釐清西潮來襲後，台灣所開展的全方位的現代主義運動的前因後果的邏輯，了解台灣文學／藝術創作者運用現代主義技巧的主體思考，並挖掘六○年代台灣文藝界在「全盤西化」論下，隱沒於文學／藝術創作者的論述與各種論戰文字中隱而未彰的現代性線索。透過「因革」脈絡的釐清，本章將挖掘被某些個人或意識型態機制強將鐵板一塊的現代性定義所加諸的「現代」或「傳統」論述，揭露表面「前衛」下的「守舊」，或「傳統」下的「維新」意識，最後分析台灣文學／藝術創作者在經過西方現代主義洗禮後，對「現代性」發展作出的反省，藉此勾勒台灣文學／藝術對現代性的追求所依循的發展圖式，以見有別於西方的台灣現代性視野。本章問題意識的解決，將作為

第四章和第五章對台灣現代主義小說文本的詮釋基礎。

第四章　再見！五四：現代主義小說形式的現代性

本章凡分二節，旨在論述六〇年代台灣現代主義小說對小說藝術現代性的理解、建構與轉化後的文學表現。第一節將透過對胡適推動的「文學革命」本質、意義與目的釐清，了解五四文學革命由「文學工具」的革命到「典範轉移」的革命的發展脈絡，以見從「文學革命」到「革命文學」的五四文學觀積累過程，作為第二節台灣現代主義文學觀的論述基礎。第二節以「台灣文學的現代化」、「小說語言的現代性」、「形式技巧的現代性」三主題展開。首先透過對六〇年代台灣小說創作者文學思想的分析，了解當西方現代主義思潮引介來台後，台灣作家對文學「現代化」的理解與建構，以見台灣現代主義文學觀對五四文學觀的反省內容與過程。接著，將深入探析六〇年代台灣現代主義小說對語言文字與藝術形式「現代性」的理解與建構，從而看出西方現代主義反傳統／現代精神，在六〇年代台灣現代主義小說語言與藝術形式上的轉化與呈現，以對台灣現代主義小說語言與形式之負面評價作出適當詮釋。

第五章　現代主義小說的內涵與風格

本章凡分三節，將結合歷史脈絡與文本分析，以「鄉關何處——永不停留的流亡者」、「挑戰父權的道德標準」、「『性』的書寫及其不滿」三節，論述六〇年代台灣現代主義小說家運用西方現代主義藝術形式技巧，並融入自身

所處環境與生命經驗加以改造後，所創作出來的具「現代」藝術形式，內容卻是批判官方文藝政策建構出來的一套強調偉大、崇高、道德、性善標準的正統美學書寫。本章論述目的在於說明現代主義小說所營造的文字「寫實」世界，皆指涉台灣具體時空的「現實」，從而對六〇年代台灣現代主義文學「脫離現實」、「病態」、「失根」等負面評價作出適當詮釋。

第六章　結論

本章凡分兩節，總結各章分論，對本書提出之「被壓抑的台灣現代性」、「台灣現代主義文學之詮釋與評價」兩大問題意識之研究結果作一歸納陳述，並敬祈方家指正。

附錄

本書收入附錄七篇，是五、六〇年代台灣幾份重要的文藝刊物所譯介的西方現代文學藝術思潮與作品、評論資料表列。本附錄意義在於展示五、六〇年代哪些西方現代文學藝術被引介來台，因此只要是刊物所譯介的西方文學藝術，皆附錄其中。

參考書目

為本書相關參考資料，提供研究者參考。

第二章　現代主義到台灣

　　作為一種文學思潮的現代主義在五〇年代傳播來台，除和國府戒嚴體制有關，更和其他文學、思想傳統有密切關係。目前學界有關戰後台灣現代主義文學崛起的諸多論述，雖已能跳脫「對反共文學的反動」一類說法的單線思考，但其詮釋往往因「所站的位置」不同，而在某些關鍵議題上存在許多歧見。這種對同一時期、同一對象，卻出現相異見解與爭議背後所顯示的豐富意涵，是全面理解戰後台灣現代主義文學的崛起與播散脈流所不能忽略的地方。以下論述將還原並綜合條貫有關戰後台灣現代主義文學崛起論述之思考脈絡，將與此論題相關的說法集中對話，藉以瞭解論者是站在什麼位置說話？說了什麼？為何這樣說？此論述觀點所呈現的研究者掌握的戰後台灣歷史現實與想像的過去是什麼？希望藉由還原學者詮釋戰後台灣現代主義崛起的思考／論述脈絡，以見目前台灣文學場域對此一論題的研究成果，並對其中需要進一步釐清的議題，提供更完整的詮釋與思考。

第一節　雙重文化的斷裂？

　　1988 年，呂正惠發表〈現代主義在台灣——從文藝社會學的

角度來考察〉，文中說明戰後台灣現代主義的崛起，是因為和「五四」文化斷了連結，而日據以來發展的本土文化也在二二八事件及其後五〇年代的整肅中消亡殆盡，在「雙重文化斷裂」的歷史空白中，作家在「政治冷感症」和「疏離」的心理經驗下，開始轉向內心探索，隱遁至「純粹的知識和藝術的天地中」。而相應於政治、經濟的現代化需要，一波波有關文學、藝術的現代化思潮也隨之引入，在「文化真空」和「現代化」的需求下，孕育出台灣無根的、毫無本土與現實色彩的現代主義文學❶。在〈戰後台灣知識分子與台灣文學〉一文中，呂正惠進一步闡述「雙重文化斷裂」與戰後台灣現代主義崛起的關係。他認為國民黨到台灣後，更加緊控制台灣人在日據時代發展出來，代表本土政治力量的新文化和新文學傳統。二二八事件後，國民黨以肅清和改革雙管齊下的方式，一方面剷除台灣地主階級勢力，一方面解決戰後農村凋蔽問題，積極鞏固並合法化國民黨在台灣的統治❷。於是，國民黨和台灣大部份文化

---

❶ 呂正惠，〈現代主義在台灣——從文藝社會學的角度來考察〉，頁 3-42。對於這篇文章，學者有不同看法。張誦聖認為呂正惠是以整體思考戰後台灣文學最早的學者，但張認為呂文未能擺脫實性思考的理路，是美中不足之處。參張誦聖，〈台灣女作家與當代主導文化〉，《文學場域的變遷》，頁122。詹曜齊則認為呂正惠這篇以文藝社會學為方法的重要文獻，是台灣現代主義的研究從比較文學的範疇轉向，突出了現代主義興起時的台灣社會性質。參詹曜齊，《台灣的現代化論戰與現代主義運動》（世新大學社會發展研究所碩士論文，2006 年 2 月），頁 14。

❷ 呂正惠，〈戰後台灣知識分子與台灣文學〉，《戰後台灣文學經驗》，頁19。但陳芳明認為國民黨之抑制台灣本土勢力，最主要的原因是害怕台灣人與外省人結合起來反抗，因為本省人具備草根力量，而外省人則知道國民黨過去的歷史。參陳芳明，〈國民意識：台灣自由主義的舊傳統與新思考〉，

人至此「殊途同歸」，開始疏離中國的新文學傳統：前者基於自身的政治利益，後者基於對國民黨的厭惡。戰後台灣文學和中國新文學、台灣新文學傳統都嚴重脫節與斷裂，「文化真空」的情況下，無論是本省籍或外省籍，只能取徑於西方的現代主義去學習❸。

　　持「雙重文化斷裂」論的還有葉石濤❹。葉石濤認為戰後台灣現代主義文學的崛起，是文學史上一次「橫的移植」。而「橫的移植」現象的出現，是因為現代文學作家未能接受中國新文學傳統，同時對台灣三百多年被異族統治的歷史以及日據時代新文學運動史缺乏認識❺。換言之，持「雙重文化斷裂」論者，是以「歷史失憶症」來概括戰後台灣現代主義的崛起。對「歷史失憶症」的產生，白先勇有極為貼切的描述：

　　　　這些新一代的作者沒有機會接觸到較早時代的作品，因為魯迅、茅盾及其他左翼作家的作品全遭封禁，他們未能承受上一代的文學遺產，找不到可以比擬、模仿、競爭的對象。❻

收入彭明敏文教基金會編，《台灣自由主義的傳統與傳承》（台北：彭明敏文教基金會，1994 年），頁 29。

❸　呂正惠，〈中國新文學傳統與現代台灣文學〉，《戰後台灣文學經驗》，頁 187。

❹　尉天驄和陳映真也抱持相同看法。見尉天驄，〈西化的文學〉，收入丘為君、陳連順主編，《中國現代文學的回顧》，頁 157。陳映真，〈從「西化文學」到「鄉土文學」〉，收入丘為君、陳連順主編，《中國現代文學的回顧》，頁 175。

❺　葉石濤，《台灣文學史綱》，頁 116。

❻　白先勇，〈流浪的中國人──台灣小說的放逐主題〉，《第六隻手指》（台北：爾雅出版社，1995 年），頁 110。

對於以「雙重文化斷裂」詮釋戰後台灣現代主義的崛起，陳芳明在一篇檢討台灣文學史分期的論文中有所批判。首先，陳芳明認為「歷史失憶症」是殖民地社會（1895-1945）普遍存在的文化現象，若以此概括戰後台灣現代主義的崛起，則「全然沒有觸及當時政治環境的問題」。對於以「文化真空」狀態作為作家向西方取經的理由，陳芳明認為殖民地作家抵抗殖民者的權力支配有正面抵抗和消極流亡兩種方式。當作家不能認同島上的政治信仰與政治體制時，轉向西方現代主義的創作技巧來表達內心的焦慮、苦悶與絕望，就是一種消極流亡的抵抗方式。因此，討論戰後台灣現代主義的崛起，必須瞭解當時作家焦慮與苦悶的原因，而這個問題的解答，絕對不能從台灣的戒嚴政治體制外去尋找❼。

以「雙重文化斷裂」詮釋戰後台灣現代主義的崛起，前提必須是台灣新文學和中國新文學或「五四」文學傳統原有「傳承」關係❽，如此才有日後「斷裂」與否的問題。但台灣新文學是否和「五四」文學有所謂的「傳承」關係，學者意見不一。以下論述將回顧對中國影響深遠的五四運動以及中國新文學、台灣新文學運動始末，以還原並釐清論者有關台灣現代文學與「五四」文學關係的思考脈絡與爭議。

---

❼　陳芳明，〈台灣文學史分期的一個檢討〉，頁 20-21。
❽　所謂「中國新文學傳統」指 1917 至 1949 這三十多年間所建立起來的文學傳統。

一、「雙重文化斷裂」論之一：
「五四」文學傳統的斷裂

㈠「五四」運動與文學革命

　　第一次世界大戰爆發後，日本與英國協議對德宣戰，卻乘機佔有青島和膠濟鐵路沿線，取代了德國在山東半島的勢力。1915年，日本向中國提出「山東二十一條」要求，要求中國承認將德國在山東的權利讓與日本。大戰結束，中國為戰勝國之一，但 1919年舉行的巴黎和會的山東決議案，卻無法從德國手中收回山東半島的主權，反而需拱手讓與日本。消息傳來，激起學生強烈反對。5月4日，中國學生以「取消二十一條」、「還我青島」、「外爭主權，內除國賊」為口號，在北京遊行示威，抗議政府對日本的屈辱政策，並發起一連串的抗日活動和大規模的現代化運動，希望透過提倡西方的科學與民主觀念，從事思想和社會的改革，以建設一個新中國。具體而言，「五四運動」即是以「民主、科學、愛國」為具體精神的運動❾。

---

❾　一般定義中的「五四運動」是一個複雜的現象，它是由許多新思潮、文學革命、學生運動等思想紛歧的活動匯合而成。因此，有關「五四運動」的範疇，也有許多爭議，爭執的中心，圍繞在「五四運動」一詞是否也應包括 1917 年就開始的「新文化運動」？有些人認為「五四運動」和新文化運動沒有多少關聯，因為「五四運動」非由新文化運動觸發，新文化運動的領袖們，不曾領導過，甚至不曾支援過「五四運動」。另一派人則承認「五四」的學生運動和新文化運動二者間有密切關係，但「五四運動」不應包括新文化運動在內。這派人以胡適為代表。除了上述二種意見，還有不少人採取更廣義的說法，認為「五四運動」包括 1919 年前後這段時間，中國接觸了西洋文化所產生的思想變動的文化歷程，同時隱含學生運動和新文化運動，「五

事實上，早在 1915 年，中國已有一批新起的思想界人物，以《新青年》雜誌和北大為中心，提出新思想和新文化的改革訴求。《新青年》由陳獨秀創辦並主編，標榜民主與科學，意欲藉著報刊鼓吹革命、介紹新學，以帶動多面性的批判傳統的思想革新來建設新中國。《新青年》強調個人獨立自主的自由主義精神，認定中國傳統思想文化和西洋文化是相牴觸的，所以他們強烈抨擊中國傳統，提倡個性解放，尤其是從傳統思想文化的束縛中解脫出來。1917 年，胡適由美歸國，任教北大，並接手《新青年》主編一職。胡適思想受杜威實驗主義影響很大，實驗主義從達爾文主義出發，視真理為工具，認為合用的才是真理。實驗主義在胡適手裡成了反傳統的工具，而這也影響了他的文學觀，認為文言文以及任何和現實脫節的文學都不符合大眾需求。為此，胡適發動文學革命，並把主力放在文學工具的改革，也就是白話文學運動上。

1917 年 1 月，胡適於《新青年》發表〈文學改良芻議〉，這是文學革命的第一篇正式宣言書。在這篇宣言書中，胡適強調歷史是進化的，主張改良文學需從「八事」入手，此即「八不主義」。當時《新青年》正提倡西洋文化，打倒孔家店，胡適此文一出，隨即引起眾人注意，並得到陳獨秀的回應。次期《新青年》刊出陳獨秀〈文學革命論〉，提出文學革命的「三大主義」，以勇往直前的態度回應胡適的文學主張。1918 年 4 月，胡適又發表〈建設的文學革命論〉，提倡「國語的文學，文學的國語」，也就是文學國語

四」不過是這歷程中的一個指標。參周策縱等著、周陽山編，《五四與中國》（台北：時報文化出版公司，1982 年），頁 19-21。

化，國語文學化，強調國語是古文的進化，以此指引一條「用白話作各種文學」的路子❿。至此，文學革命漸為社會人士注意。1919年，文學革命隨著「五四」運動的高潮擴大，幾乎所有雜誌、報紙及文藝作品都開始使用這種新文學媒介。1920 年，教育部正式訓令全國國民小學將一、二年級國文改為白話文。3 月，小學各年級廢棄文言文。在 1920 年至 1921 年間，白話文已被視為「國語」，與此同時，中國「注音符號」也在 1918 年至 1919 年間完成了。

　　「五四」運動後，新知識分子開始分裂。以陳獨秀為首的新知識分子，在對英法的國際行徑強烈的失望和憤恨後，開始對西方思想文化由懷疑而至動搖。在雙重文化（中國傳統思想文化、歐美資本主義社會思想文化）的否定下，適因俄共對中國大送秋波，宣稱可以協同中國反抗帝國主義，於是這群新知識分子便在胡秋原所謂的「二重文化危機」中⓫，跟隨陳獨秀，由歐美文化轉而投向社會主義懷抱，在上海組織了中國共產黨；以胡適為首的改良派，則續向西方看齊，走向文化建設的道路。

㈡「五四」文學傳統的斷裂與台灣現代主義的崛起

　　呂正惠認為國民黨撤守台灣後，之所以拒斥三〇年代的文學，是因為作為「五四」精神代表的知識分子大都左傾了，而左派知識分子和左翼文學原為二而一，所以「國民黨拒斥二、三〇年代文藝，根本就是在拒斥五四新知識分子，拒斥其一直想忘記的那一段

❿　　胡適，〈建設的文學革命論〉，《新青年》第 4 卷第 4 期（1918 年 4 月 15 日），頁 289-306。

⓫　　這是胡秋原在中西文化論戰的文章中提出的名詞。見胡秋原，〈超越傳統派西化派俄化派而前進〉，《文星》第 51 期（1962 年 1 月 1 日），頁 10。

痛苦歷史。」⓬沒有了左翼文學，國民黨又大力掃蕩台灣左派分子，剷除一切五四正統的殘餘。這種空前絕後「否決」歷史與文化的舉動，「正式宣告五四文化在台灣的死亡」⓭。因此，至「五〇年代初期，五四文學傳統基本上已在台灣島上斷絕。」⓮

　　呂正惠「五四文化在台灣的死亡」一說，應鳳凰和張誦聖有不同的思考。應鳳凰在分析五〇年代《自由中國》的作家背景與作品後，認為這些大陸來台作家都是從五四文學時代走來，他們的作品和五四文學傳統是一脈相承的；且《自由中國》刊載的文學作品多為濃厚的寫實主義之作，故謂台灣文學和五四文學「斷裂云云是見仁見智的說法」。不過，應鳳凰承認這些大陸作家來台後所創作的作品已脫離大陸，「另成一支」了⓯。

　　在「斷裂」和「一脈相承」說中，張誦聖提出了較折衷的意見。張誦聖對「三〇年代作品被查禁」，以及「五四傳統斷絕」對台灣文學產生的影響，持保留態度。她認為太過重視台灣文學與五四新文學傳統的斷裂，是無視於兩個時代裡中國知識分子特有的西化論述中，對西方文明優點的開明接受，甚或主動吸收的態度⓰。在〈現代主義與台灣現代派小說〉中，張誦聖進一步分析「文化斷

⓬　呂正惠，〈國民黨與五四新文化傳統〉，《戰後台灣文學經驗》，頁181。

⓭　呂正惠，〈現代主義在台灣——從文藝社會學的角度來考察〉，頁10。

⓮　呂正惠，〈中國新文學傳統與現代台灣文學〉，《戰後台灣文學經驗》，頁188。

⓯　應鳳凰，〈《自由中國》《文友通訊》作家群與五十年代台灣文學史〉，《文學台灣》第26期（1998年4月），頁21。

⓰　張誦聖著、應鳳凰譯，〈台灣現代主義小說及本土抗爭〉，《台灣文學評論》第3卷第3期（2003年7月），頁233。

裂」說的思考背景，她認為強調戰後台灣文學和五四傳統的斷層，是依據作品被禁和寫實主義精神成為禁忌的思考而來，但這種論述是把文學傳承看得過於單線的一種「實性思考」。因此，在歸納五〇年代的朱西甯、林海音、潘人木、琦君等人的作品屬性後，張誦聖認為這些大陸來台作家對文學形式成規的轉化，既非「斷裂」，也不是「一脈相承」，而是對五四傳統的「選擇性傳承」❶。

二、「雙重文化斷裂」論之二：台灣本土傳統的斷裂

持「雙重文化斷裂」論者認為國民黨也因台灣新文學受到大陸五四運動的影響而禁絕台灣本土傳統。那麼，台灣新文學和五四運動的關係又是如何？

㈠台灣新文學的發展

受到第一次世界大戰後自由主義和民族主義思想的影響，1920年代台灣的民族運動以「台灣是台灣人的台灣」為運動主軸展開。民族主義一進入實踐階段，勢必接觸台灣社會現實問題，於是如何傳播訊息，鼓動風潮，成為當務之急。1919 年，留學東京的台灣青年蔡惠如、林呈祿、蔡培火等人，聯絡大陸在日本留學的青年馬伯援、吳有容，響應「五四」號召，取「同聲相應」之意，成立「應聲會」。隔年（1920），留學東京，深受五四白話文運動影響的台灣留學生張我軍、蔡孝乾、施文杞等人，眼見中國白話文已成

---

❶　張誦聖，〈現代主義與台灣現代派小說〉，《台灣文學場域的變遷》，頁121。

為傳播新知、啟迪民智的利器，而台灣舊文人卻仍死抱文言文不放，加上台灣總督府還不時舉行「擊缽會」以籠絡舊文人，於是成立了「新民會」，組織《台灣青年》雜誌社，發行中、日文並用的《台灣青年》月刊，成為推動台灣新文化運動的核心。《台灣青年》創刊，不僅請蔡元培題字，同時刊名也與陳獨秀《青年雜誌》（《新青年》）雷同，林呈祿（慈舟）且於創刊號發表〈敬告吾鄉青年〉，文旨與陳獨秀《青年雜誌》創刊所撰之〈敬告青年〉桴鼓相應。十八期的《台灣青年》刊出三篇跟文學有關的語文問題的文章，分別是陳炘〈文學與職務〉，主張文學的任務在傳播文明思想，負有改造社會的使命；第二篇甘文芳〈實社會與文學〉，抨擊吟花弄月的舊文學；第三篇陳端明〈日月文鼓吹論〉，主張「日用文宜以簡便為旨」。可惜前兩篇文章皆用古文寫成，還未捕捉到時代的新潮流，最後一篇作者雖主張使用白話文，文章卻用文言文寫成。1921 年，台灣文化協會成立，成為台灣文化啟蒙運動的大本營，隔年（1922），《台灣青年》改組為台灣文化協會的機關雜誌，更名《台灣》，在台灣島內刊行。這時從大陸回來，目睹大陸白話文運動蓬勃發展的黃呈聰和黃朝琴，分別在《台灣》發表兩篇文章，黃呈聰的〈論普及白話文的使命〉介紹大陸白話文運動進行情況，提倡台灣也應使用白話文；黃朝琴的〈漢文改革論〉要台人不要寫日文，摒棄古文，用白話寫信及演講。這兩篇文章都強調推行及普及白話文以統一方言，啟蒙民眾，可視為台灣文學革命的先聲❶❽。

---

❶❽　參葉石濤，《台灣文學史綱》（台北：文學界雜誌社，1993 年），頁 20-

　　1923 年，《台灣民報》創刊（後更名《台灣新民報》），創刊號陳
逢源撰賀民報成立紀念詩，謂：「詰屈聱牙事可傷，革新旗鼓到文
章，適之獨秀馳名盛，報紙傳來貴洛陽。」明言對胡適、陳獨秀的
推崇，並預示刊物日後對兩人文章的引介。從《台灣青年》、《台
灣》到《台灣民報》，這一薪火相傳的刊物以啟發台灣文化為職
責，也讓後來作為台灣新文化運動之一支的台灣新文學得以萌芽、
茁壯。《台灣民報》創刊號也刊登了以秀湖為筆名的許乃昌的〈中
國新文學運動的過去現在將來〉，介紹《新青年》雜誌上胡適〈文
學改良芻議〉和陳獨秀〈文學革命論〉兩篇文章，同時詳述中國新
文學的發展。許文是台灣文壇第一篇介紹中國新文學的文章，雖未
積極探討台灣文學之走向，但字裡行間已暗示台灣新文學應朝中國
新文學之路線發展。隔年（1924）蘇維霖（蘇薌雨）發表〈二十年來
的中國文學及文學革命的略述〉，旅居東京的張梗也撰〈討論舊小
說的改革問題〉，對舊小說提出批評❶。此後，胡適等人的中國新
文學作品，陸續刊載於《台灣民報》❷。雖然以上諸文皆對中國新
文學作家與作品有所引介，但介紹中國新文學貢獻最大的，是在北
大受過五四文學革命洗禮的張我軍。張我軍除了把中國新文學運動

22。《台灣青年》自 1920 年 7 月 16 日創刊，至 1922 年 2 月 15 日發行第 4
　　卷第 2 號止，共出十八期，以討論政治、社會、經濟問題為主。

❶　參許俊雅，〈五四與台灣新文化運動〉，《文訊》第 283 期（2009 年 5
　　月），頁 43-44。

❷　關於《台灣民報》所刊載的中國新文學作品，可參張耀仁，〈想像的「中國
　　新文學」？——以賴和接任學藝欄編輯前後之《台灣民報》為析論對象〉，
　　收入封德屏主編，《2007 青年文學會議論文集：台灣現當代文學媒介研究》
　　（台北：文訊雜誌社，2008 年），頁 46-55。

始末介紹給台灣讀者外，也大量引進胡適、徐志摩等人的作品。
1925 年 1 月 1 日，張我軍發表〈請合力折下這座敗草欉中的破舊
殿堂〉，除詳加解釋胡適「八不主義」和陳獨秀「三大主義」外，
更大力抨擊台灣舊文學、舊文人，積極引介新文學運動的理論，將
白話文運動導入台灣新文學運動，主張台灣作家應排除艱澀難懂的
文言，使用白話文寫作。更重要的是，張文開宗明義地將台灣文學
定位為中國新文學的支流：

> 台灣的文學乃中國文學的一支流。本流發生了甚麼影響、變
> 遷，則支流也自然而然的隨之而影響、變遷，這是必然的道
> 理。然而台灣自歸併日本以來，因中國書籍的流通不便，遂
> 隔成兩個天地，而且日深其鴻溝。㉑

張我軍這篇文章一刊出，隨即引爆台灣新舊文學論爭，並繼續深化
至台灣話文運動和鄉土文學論爭。自 1924 年至 1926 年，一系列新
舊文學論戰文章出現在《台灣民報》，其中與中國新文學運動最直
接相關的是 1925 年 8 月 26 日張我軍在《台灣民報》創立五週年紀
念號發表的〈新文學運動的意義〉。在這篇文章中，張我軍大膽提
出「白話文學的建設」、「台灣語言的改造」兩個要點，強調：

> 所以我們的新文學運動帶有改造台灣言語的使命。我們欲把
> 我們的土話改成合乎文字的合理的語言。我們欲依傍中國的

㉑　《台灣民報》第 3 卷第 1 號（1925 年 1 月 1 日）。

國語來改造台灣的土語。換句話說，我們欲把台灣人的話統
一於中國語，再換句話說，是把我們現在所用的話改成與中
國語合致的。❷

這兩條原則是由胡適「國語的文學，文學的國語」而來，用意是希
望「依傍中國的國語來改造台灣的土語」，「把台灣人的話統一於
中國語」，這樣，台灣話便可以成為話、文一致的語文了。從張文
看來，可以肯定的是台灣新文學運動因提倡白話文而與五四文學革
命同樣負有改造語言的使命❸。在這裡我們也清楚看到五四運動對
台灣新文學起步階段的影響。於是，在張我軍等人的努力下，白話
文學創作漸形成風氣，但作家創作時，在中國白話文中還摻雜了台
灣的日常用語、諺語、俗語、俚語。這種「台灣式中國白話文」也
形成台灣新文學的特色❹。綜言之，身為日本殖民地的台灣，新文
學運動的推展深富曲折性。台灣新文學理論的推動者始終以漢文化
的自覺意識，抗拒官方推動的日本文化。他們有鑒於傳統文學的固
步自封，無法跟上時代的潮流，便援引五四文學革命的成果，並介
紹西方近代文學思潮，促成台灣文學形式與內容的變化。由於這些

---

❷　《台灣民報》第 27 號（1925 年 8 月 26 日）。

❸　葉石濤引大陸武治純的說法，說明張我軍對台灣新文學的貢獻有三：1.拆毀
　　封建舊文學殿堂，撒播五四文學火種；2.立下台灣新文學座標；3.在思想理
　　論和創作實踐上指出建設台灣新文學的語言方向。見葉石濤，〈張我軍與魯
　　迅〉，《走向台灣文學》（台北：自立晚報文化，1990 年），頁 75。

❹　林瑞明，〈張我軍的文學理論與小說創作〉，《台灣文學的歷史考察》（台
　　北：允晨文化，1996 年），頁 235。

文化啟蒙者的努力，使台灣文學從「現代以前之學藝文化」轉變為「現代性學藝文化」❷。

　　按葉石濤的分期法，台灣新文學起自 1920 年《台灣青年》的創刊，迄於 1945 年的台灣光復，共廿五年的時間。這廿五年中，台灣新文學可分成搖籃期、成熟期和戰爭期三階段❷。「搖籃期」從 1920 年《台灣青年》創刊至 1925 年賴和發表第一篇散文〈無題〉止。此階段中，台灣作家作品不多，小說作品有追風的日文小說〈她將往何處去〉、無知〈神祕的自制島〉、柳裳君〈犬羊禍〉和施文杞〈台娘悲史〉。由於本土作家作品稀少，此時也引介較多大陸新文學作品。「成熟期」從 1926 年賴和第一篇小說〈鬥鬧熱〉至 1936 年禁用漢文止，共十年的時間。這十年是台灣新文學運動的高峰期，日文作家的日文作品水準已可達到日本文壇標準，新一代作家也較能吸收西方或日本文學的文字技巧和表現手法。「戰爭期」從 1937 年 4 月 1 日禁用漢文至台灣光復止。此階段中，台灣作家不是被迫沈默於政治體制下，就是利用作品表現抵抗精神，吳濁流《亞細亞的孤兒》、呂赫若〈牛車〉和龍瑛宗〈植有木瓜樹的小鎮〉等，就是台灣作家對日本殖民體制的沈默抗議。比較二、三○年代的台灣作家作品，台灣日文作家的作品雖仍帶著抵抗性，卻使用殖民統治者的語言──日文──寫作，這的確是迫於無奈的選擇。然而也因語言工具的不同，使台灣新文學從而擺脫五

---

❷　林瑞明，〈台灣新文學運動理論時期之檢討（1920-1922）〉，《台灣文學的歷史考察》，頁 2-3。

❷　葉石濤，《台灣文學史綱》，頁 28。

四新文學運動的影響，展現不同的創作風格。

㈡「五四」新文學運動與台灣新文學發展

　　葉石濤認為五四新文學運動對台灣新文學帶來的深刻影響有三：一，文學語文應使用白話文；二，台灣新文學是反映台灣民眾現實生活的文學；三，台灣新文學採用寫實主義為其寫作傳統❷。從賴和作品以白話文為基調來看，五四新文學運動的確對漢文化同源的台灣新文學有所影響，但賴和顧及現實環境，同時摻雜台灣的日常用語、日式漢語的表現方式，才是二〇年代台灣文學創作的主流。呂正惠則認為台灣新文學明顯受到大陸五四運動的影響，因為當時台灣和大陸都經歷外受侵略、內須改革的時期，基於同一歷史命運、文化與血統的淵源，台灣新文學運動自然會對大陸五四運動產生認同感，但由於台灣是直接受日本統治的殖民地，政治、社會環境的差異，使台灣所發展出來的新文學和大陸文學現象並不完全相同❷。話雖如此，呂正惠還是認為一些台灣本土論者以台灣的新文學運動是透過日本去吸收世界的理由來證明台灣新文學運動與五四運動沒什麼重要關聯的說法，是不能信服的。因為五四運動大部份領袖（胡適除外）都是留日的，也是透過日本去吸收日本文化，故

---

❷　葉石濤，〈五四與張我軍〉，《走向台灣文學》，頁 72-73。

❷　見呂正惠，〈中國新文學傳統與現代台灣文學〉，頁 186。蔡淵絜比較台灣新文化運動和五四新文化運動中反傳統思想的三個面向後，也認為在批判舊文學和創造新文學方面，台灣受五四運動的影響極其深刻。見蔡淵絜〈日據時期台灣新文化運動中反傳統思想與五四運動之關係〉，收入呂芳上、張哲郎主編，《五四運動八十週年學術研討會論文集》（台北：政大文學院，1999 年），頁 758-759。

應從「基本精神」如反帝反殖民、平民主義與人道主義」去掌握五四運動和台灣新文化運動的關聯❷。

　　然而，陳芳明的看法是，殖民地社會（1895-1945）的台灣新世代作家並不拒絕日本與中國的影響，日本是台灣的殖民地母國，文學思潮、藝術技巧與流派風格，自然對台灣作家產生相當大的影響。因此，陳芳明肯定五四時期的白話文運動和追求民主科學的精神，對第一世代的台灣新文學運動者的影響❸，但介紹中國新文學運動的刊物，只是針對五四時期的語文問題加以傳播，且刊物多以留學生為中心，未能在台灣內部廣為流傳，對台灣文學的影響有待評估。再就作品內容而言，五四運動發展後期所演變出來的兩條路線：胡適的改良主義所發展出來的新月派浪漫主義風格，以及陳獨秀的革命主義所發展出來的中國左翼文學「革命加戀愛」公式的小說模式，並未相對出現在日據殖民統治下的台灣作家或三○年代的台灣左翼文學作品中。所以五四文學理論除了對萌芽階段的台灣文學產生若干影響外，隨著時間的轉移，這影響力也日益遞減。而戰後象徵中國自由主義傳統的《自由中國》隨著雷震被捕而重挫，台灣左翼運動也在國民黨政治肅清下掃除盡淨，故「台灣文學之蓬勃發展，絕對找不到五四精神的餘緒。」❹此外，在另一篇批駁陳映真以 1924 至 1926 年間，《台灣民報》轉載五四作家與作品，證明中國新文學對台灣新文學產生巨大影響的文章中，陳芳明再次強調

---

❷　呂正惠，〈現代主義在台灣──從文藝社會學的角度來考察〉，頁 15。

❸　陳芳明，〈新文學史的「新」〉，《孤夜獨書》，頁 179-180。

❹　陳芳明，〈五四精神不在台灣〉，《危樓夜讀》（台北：聯合文學出版社，1996 年），頁 147-150。

作為殖民地社會的台灣文學的主要特徵是語言的混融與混亂，故中國白話文不會是台灣作家唯一使用的語言工具，台灣文學也不可能僅接受中國五四文學的滋養❷。也就是說，身處殖民地社會的台灣新文學運動者，自始就是以日文、中國白話文和台灣話三種語言從事創作，到了三〇年代上半葉，日語漸佔有支配性的語言優位地位。1937 年後，高壓語言政策施行，台灣作家被迫全用日文創作，連最具批判性的左翼作家也多已失去使用中文的能力，全部的作品皆以日文完成。因此，在創作技巧和文學理念上，台灣新文學都和中國新文學運動毫不相涉❸。為強調台灣文學的主體性，陳芳明再以葉石濤《台灣文學史綱》的文學史分期方式，證明在葉石濤的思考中，並不否認台灣新文學的萌芽，確實受到五四運動的影響，但這影響日益淡薄，原因是二、三〇年代台灣作家的思考與寫作日益成熟，在理論與創作方面無需繼續仰賴中國新文學的養分。故以「台灣文學自主性」的觀點來看，台灣文學從日據至戰後是一脈相承的文學傳統，其間並沒有斷裂❹。

　　值得注意的是，呂正惠和陳芳明雖在台灣新文學和五四運動的「影響」層面上存在歧見，但兩人卻共同承認五四精神在戰後的台灣已產生質變，只是對質變後的五四風貌看法不同。

---

❷　陳芳明，〈當台灣文學戴上馬克思面具——再答陳映真的科學發明與知識創見〉，《後殖民台灣——文學史論及其周邊》，頁 273-274。

❸　陳芳明，〈馬克思主義有那麼重要嗎？——回答陳映真的科學發明與知識創見〉，《後殖民台灣——文學史論及其周邊》，頁 249。

❹　陳芳明，〈葉石濤的台灣文學史觀之建構〉，《後殖民台灣——文學史論及其周邊》，頁 49-50、57-58。

㈢五四精神在台灣？

　　呂正惠認為台灣新文學明顯受到大陸五四運動的影響，但台灣
現代主義與五四新文學傳統並非一脈相通，因為除了西化和反傳統
外，五四精神所表現的「民族主義與愛國主義，表現為平民主義、
人道主義和現實主義」，已在台灣被扭曲了，原因是因為台灣長期
以來扭曲了五四運動的真相：

> 在國民黨數十年的教育下，五四新文學運動變成只是以「白
> 話」代替「文言」的白話文學運動，而五四新文化運動的內
> 涵也降低為「西化」與「反傳統」，至於五四知識分子基於
> 救亡圖存所發展出來的強烈的現實主義關懷則完全被淡化
> 了，甚至掩飾了。㉟

故台灣現代主義的西化與反傳統，和植根於民族、人民和土地的五
四運動是完全不同的。簡言之，「台灣現代主義是對五四精神的背
離」㊱。

　　陳芳明基本上同意呂正惠對國府以政治方式否決五四文化的動
機，但他強調：

> 五四精神在五〇年代也並非完全與台灣現代主義全然切斷關
> 係。如果五四精神必須以「平民主義、人道主義和現實主

㉟　呂正惠，〈現代主義在台灣──從文藝社會學的角度來考察〉，頁 7、8。
㊱　同前註，頁 10。

義」來定義的話，那麼這樣的精神風貌已經以在地化、本土化的形式在台灣傳播下來。……因此對於五四精神的再轉化，顯然有必要重估。❸

綜言之，呂正惠認為台灣新文學明顯和五四文學有「傳承」關係，因此他選擇由「五四」根源考察戰後台灣現代主義的崛起；陳芳明肯定台灣文學的主體性，認為五四時期語文問題的討論確實被介紹到台灣這個殖民地社會，但這影響的層面有限，故台灣新文學的發展和五四沒有關係。只是台灣現代主義已吸納了五四傳統的人文精神，發展出「在地化」、「本土化」性格的台灣現代主義文學。

1999 年「五四」前夕，李奭學重思「五四」文學與台灣文學的關係，他認為台灣新文學運動是胡適、陳獨秀和中國保守派論爭的台灣版：賴和、楊逵等作家紹承五四遺緒；台南出身的劉吶鷗也和海派結為一體，和施蟄存並稱「新感覺派雙傑」。因此，「台灣文學」和「廣義的五四文學」關係確深。除此，五四文學的「感時憂國」精神，也在楊逵、陳映真、葉石濤、黃春明、王禎和、白先勇、楊青矗、宋澤萊等作品中重現，故「台灣文學」並未喪失某些五四精神❸。

2009 年，為紀念「五四」90 週年，《文訊》雜誌社舉辦五四文學人物影像與研究專書展覽，同時於《文訊》四月與五月號製作

---

❸　陳芳明，〈台灣現代文學與五〇年代自由主義傳統的關係——以《文學雜誌》為中心〉，《後殖民台灣——文學史論及其周邊》，頁 181-189。

❸　李奭學，〈政變與文變——從台灣看五四文學〉，《書話台灣》（台北：九歌出版社，2004 年），頁 350-351。

「懷想五四·定位五四」專題，記述「五四」人物以及對自身思想的啟蒙，探究「五四」在文學、文化運動、藝術、戲劇、女性意識各層面的影響。在四月號專題中，陳信元〈綜論五四〉一文認為1920 年至 1925 年間《台灣青年》所刊的許多台灣新文學理論文章，都受到陳獨秀、胡適「文學革命」、文學的歷史進化觀及「五四」文學的影響，積極推動台灣新文學應借鑑中國文學革命經驗，以及張我軍返台接編《台灣民報》後，大量介紹「五四」文學理論、創作及譯作，至 1930 年方歇的事實，認為五四文學革命對1920 年代台灣新文學運動有啟迪之功❸。五月號專題中，簡明海發表〈本土化的五四趨向——淺談以台灣為中心的五四論述〉，釐清五四意識在台灣的變遷。文中認為在台灣史上，五四思潮曾兩度影響台灣：一是日據時期的二〇年代對台灣新文化運動的影響；一是五〇年代以《自由中國》為中心，發出爭取民主自由的諍言與組黨行動。簡文認為引進五四運動的文學理論，改造台灣語文，都是為了對抗日本殖民政府，擺脫殖民統治的意識型態的一種「抗議」方式。《台灣民報》從文字、文學到文化啟蒙的進程，充分顯現五四新文化對殖民地台灣的現實意義。台灣話文的產生，就是受張我軍提倡五四白話文激盪後的產物。因此，簡明海認為若無五四衝擊，台灣話文運動能否產生將成一大問號。若將台灣話文運動，列入廣義受五四新文化運動影響下，所產生的台灣新文學運動的脈絡

❸　陳信元〈綜論五四〉，《文訊》第 282 期（2009 年 4 月），頁 61-62。

加以考察，也不為過❹。

　　對於陷在台灣文學與五四文學轇轕中的研究者，邱貴芬提醒：
（呂正惠）斷言「台灣現代主義是對五四精神的背離」，其實可以
反問：台灣現代派作家曾經表態要繼承中國「五四」嗎？如否，則
背離「五四」又如何❹？

　　現代派作家曾經表態要繼承中國「五四」嗎？1987 年，白先
勇在訪問廣州中山大學時，以〈台灣現代主義的興起及其影響〉為
題，發表演說。演說中，白先勇說明台灣現代主義興起的背景：

> 遠因是受「五四運動」和西方文化的刺激，但更重要的是台
> 灣本土社會歷史的發展，產生了一種土壤和氣候，使現代主
> 義作品在台灣得以生長和發展。❹

白先勇認為一個文學運動或文藝思潮的興起一定有其歷史背景，而
台灣六〇年代的現代主義和「五四」運動的共同點在於兩者都是歷
史文化危機下的產物，因此在「反傳統、反體制、創新求變、求個
人解放的叛逆精神」方面是相同的。以「影響」與「接受」的理論
來說，在盧卡奇學派看來，白先勇說法似乎暗示台灣現代主義文學
的崛起與「五四」運動隱然有歷史傳承的意義。回到邱貴芬的提

---

❹　簡明海，〈本土化的五四趨向──淺談以台灣為中心的五四論述〉，《文
　　訊》第 283 期（2009 年 5 月），頁 49-53。

❹　邱貴芬，〈「在地性」的生成：從台灣現代派小說談「根」與「路徑」的辯
　　證〉，《中外文學》第 34 卷第 10 期（2006 年 3 月），頁 132。

❹　王晉民，《白先勇傳》（台北：幼獅文化出版社，1994 年），頁 246、248。

問：現代主義作家曾經表態要繼承中國「五四」嗎？也就是說，台灣現代主義作家是否以「五四」文學為創作典範？

　　我們認為現代派作家或許不曾明確表態要繼承「五四」，但某些現代派作家如白先勇在追溯戰後台灣現代主義的崛起時，往往強調「五四」反傳統、追求個人解放的精神給予作家的鼓勵與刺激。但值得注意的是，現代主義作家在認同「五四」反傳統精神的同時，他們也「反五四以來的新傳統」，也就是對「五四」以來的文學也表達不滿之意，例如台灣現代主義小說家就承認「五四」以來的寫實主義有其局限性❸。這顯示的意義是：台灣現代主義作家並非以「五四」文學為創作典範。簡言之，雖然戰後台灣現代主義的崛起和「五四」運動對中國傳統文化的反叛精神有某種程度的相似性，但前者更強調對台灣特定時空背景所孕育出來的文化空氣的反叛。也就是說，兩者反叛精神雖是相通的，但反叛的內容有別❹。所以，台灣現代主義的「反叛」精神，其實是對中國傳統和「五四」傳統的「雙重否定」。進一步來說，白先勇肯定「五四」運動與台灣現代主義在「反叛」精神上有「傳承」關係，但這並不表示台灣現代主義作家以繼承「五四」為職志，因為「台灣本土社會歷史」對文學的影響，才是現代主義作品得以扎根、生長的關鍵因

---

❸　參 1987 年白先勇在廣州中山大學演講內容。收入王晉民，《白先勇傳》，頁 248-249。

❹　有類似說法的是張誦聖。張誦聖認為戰後現代主義小說家既是在台灣成長、受教育的年輕知識分子，那麼他們所認定反叛的對象，就不應是當時在台灣社會已然崩解變質的舊禮教傳統。見張誦聖，〈現代主義與台灣現代派小說〉，頁 14。

素。因此，與其強調「五四」與台灣現代文學的「傳承」或「斷裂」，不如將論述重心轉移至台灣現代主義文學所呈現的，經過「本土化」、「在地化」後的五四精神風貌。

此外，學者對五四傳統在戰後台灣的討論，也值得再深入思考和進一步釐清。國民黨政權對左翼思潮的壓制使左翼文學被禁，固是事實，但這是否意謂國民黨壓根兒反對五四文化？首先，我們注意到五〇年代代表官方文藝立場的《文藝創作》創刊號的「編後校記」告訴讀者，《文藝創作》定於 5 月 4 日出版，為的是紀念文藝節，並「預祝中國的文藝復興」❹。再者，中華文藝獎金委員會設立的各式獎金名目中也有一項「五四文藝創作獎金」❹。所以，從《文藝創作》創刊日期和文藝創作獎金名目理解國民黨對五四的態度，或許不能忽略國民黨以繼承五四新文學精神號召文藝青年的主張和用心。龔鵬程也說國民黨以五四為文藝節，自然表明台灣社會主流意識乃是肯定五四文學改革之功的❹。因此，對左翼思潮的壓制似乎不能斷言國府對五四文化全然否定，「五四文化在台灣的死亡」說，實有待商榷。

透過爬梳並還原有關「五四」和戰後台灣現代主義論述的思考脈絡，我們認為這些背景相異的學者是憑藉個人對五四文學、台灣新文學精神的理解來解釋現代主義和五四文學的關係。我們的說法是：戰後台灣現代主義的崛起，其實是雜揉了「部份」五四「西

❹　《文藝創作》第 1 期（1951 年 5 月 4 日），頁 158。
❹　見《文藝創作》第 1 期（1951 年 5 月 4 日）刊載之「中華文藝獎金委員會四十年度『五四』文藝創作獎金啟事」。
❹　龔鵬程，〈五四的典範〉，《文訊》第 282 期（2009 年 4 月），頁 107。

化」和「反傳統」的精神在台灣開展,而這經過台灣本土社會歷史
洗禮後的台灣現代主義文學,實已具備和西方現代主義和大陸五四
文學不同的精神風貌。由此可知,從「五四」根源討論戰後台灣現
代主義的崛起,存在許多爭議,而日後學者也相繼提出其他的詮釋
進路,豐富了此一論題的內涵。

第二節　現代主義與自由主義傳統

　　陳芳明認為五四精神在五○年代並非與台灣現代主義完全切斷
關係,但他認為現代主義的發展,並不必然要從「五四」運動的根
源考察,因為戰後台灣現代主義是在五○年代與自由主義結盟下開
展,而自由主義又是右翼五四運動重要的一環,故對於五四精神的
再轉化,顯然有必要重估❹。除陳芳明外,學界也有多人對自由主
義與現代主義的關係提出相關論述,惟對於戰後台灣自由主義與現
代主義文學接軌的關鍵人物卻出現歧見。以下論述,將說明中國自
由主義精神對五四文學與戰後台灣現代主義文學的影響,除勾勒自
由主義傳統與台灣現代主義文學的關係,也將釐清引起爭議的,影
響戰後台灣現代主義文學的自由主義人物。

---

❹　陳芳明,〈台灣現代文學與五○年代自由主義傳統的關係──以《文學雜
　　誌》為中心〉,頁 18。

一、自由主義到台灣

㈠自由主義精神與中國新文學

自由主義是西方的政治社會傳統，隸屬人文主義思想的一環，它從十八世紀啟蒙運動中萌芽與開展，在清末民初經嚴復的譯介，傳播至中國，對中國的思想界影響甚鉅。從 1890 年到 1910 年，自由主義以思想傳統之姿，不僅是五四精神的重要形塑成分，也以一種社會變革的工具價值被中國知識分子所重。五四時期，自由主義作為民主與科學的精神基礎，對新文化和新文學產生重大影響，當時中國最主要的自由主義分子是北大校長蔡元培和自美返國任教於北大的胡適❹。

在推動新文化運動的過程中，胡適意識到語言是改革思想意識最重要的工具，因此他推動文學革命，認為文學革命先要做到文字體裁的大解放，方才可以用來做新思想新精神的運輸品。於是，胡適將其〈建設的文學革命論〉提出的「八事」總括為「四原則」。此「四原則」的提出，已隱約可見胡適對文學革命的思考，已由文體形式的解放，晉升至精神內容的解放❺，目的是從傳統中國社會與文化中掙脫出來。準此而言，「個性解放」之為五四時期的重要概念，既是自由主義思想的核心，也是新文學思想的基調。

---

❹　周策縱原著、楊默夫編譯，《五四運動史》（台北：龍田出版社，1980
　　年），頁 68-77。

❺　此「四原則」為：1.要有話說，方才說話；2.有什麼話，說什麼話；話怎麼
　　說，就怎麼說；3.要說我自己的話，別說別人的話；4.是什麼時代的人，說
　　什麼時代的話。見胡適，〈建設的文學革命論〉，頁 142-143。

　　1918 年，《新青年》刊載周作人〈人的文學〉，這篇文章被胡適認為是最能代表五四文學內容的中心觀念，也是當時關於改革文學內容最重要的宣言❺❶。周作人〈人的文學〉就是希望「從文學上起首，提倡一點人道主義思想」，其「人的文學」，就是「人道主義」思想的文學，也是一種「個人主義的人間本位主義」❺❷。以「人道主義」、「個性主義」為核心內容的「人的文學」，是周作人對五四文學概括性的總結，經由胡適的肯定與傳揚後，成為自由主義對五四文學的具體影響與貢獻。此後，為呼應「人的文學」的寫作目標，五四作家發展出兩大文學主張：其一是「為人生而藝術」，其二是「為藝術而藝術」。前者聚集至胡適、周作人提倡的以人道主義為寫作路線的「文學研究會」，揭示寫實主義的創作主張；後者組成「創造社」，服膺浪漫主義理想。1926 年，「創造社」成員因思想左傾而由浪漫主義轉向革命文學，成立「中國左翼作家聯盟」，胡適則繼續堅守其自由主義立場。國民革命軍北伐、清黨後，胡適一系自由主義者群聚上海，繼續思想文化的改革。三○年代後，中國新文學分裂為三大陣營，其一是上海的左翼作家之革命文學；其二是南京國民黨提倡的民族主義文學；其三是介於二大陣營中間的自由派作家。自由派作家又概分為二支：一是繼承周作人以來的散文小品路線；二是《新月》派、新感覺派和《現代》派作家。1949 年國共內戰失利後，胡適等自由主義者也隨著國民

---

❺❶　見胡適編選，《中國新文學大系：建設理論集》導言（台北：業強出版社，1990 年），頁 29-30。
❺❷　見周作人，〈人的文學〉，收入楊牧編，《周作人文選》（台北：洪範書店，1989 年），頁 64-66。

黨來到台灣。

(二)國府文藝政策與反共文學論述的形成

　　遷台初期，國民黨有鑑於在大陸對左派文藝政策的失敗，於是一立足台灣，立刻制定一系列文藝政策，企圖控制文藝思潮，鞏固統治基礎。1949 年，警總發布全省戒嚴令，依據「戒嚴令」、「動員勘亂時期臨時條款」和「懲治叛亂條例」，針對人民言論、出版、集會結社等自由嚴加管制。同年 11 月，國民黨中央宣傳部代部長任卓宣抵台北，開始制定一系列反共文化運動❸。其後，國民黨雙管齊下，在民間、軍中同步展開文藝運動。1950 年，以張道藩為主任委員的「中華文藝獎金協會」（簡稱「文獎會」）獎助撰寫反共文學作品的作家，發行機關刊物《文藝創作》，並於同年 4 月 4 日成立「中國文藝協會」（簡稱「文協」），團結全國文藝界人士，從事文藝創作，並舉辦各種文藝活動，配合三民主義與反共抗俄的宣傳❹。1953 年，蔣中正〈民生主義育樂兩篇補述〉發表，除揭示國民黨對當前文學走向的看法，也間接提出以民族主義和反共抗俄文藝為最高指導原則的文藝政策。此文一出，立刻得到張道

---

❸　陳芳明認為國民黨以政治權力合法介入文藝活動，當以此為起點。見陳芳明，〈反共文學的形成及其發展〉，《聯合文學》第 199 期（2001 年 5 月），頁 150。

❹　褚昱志認為「中國文藝協會」應定位為「具備官方色彩的民間團體」，而非正式的「官方文藝團體」。見褚昱志，〈五〇年代的《文學雜誌》與夏濟安〉，收入林燿德主編，《當代台灣文學評論大系·文學現象卷》（台北：正中書局，1993 年），頁 599。有關「文協」成立宗旨，請見「中國青年寫作協會會章」第二條。收入劉心皇選編，《當代中國新文學大系·史料與索引》（台北：天視出版事業，1981 年），頁 488-489。

藩等右派文人的回應。同年 12 月，文藝協會發表〈中國文藝協會全體會員研讀總統手著〈民生主義育樂兩篇補述〉的心得與建議〉，除極力頌讚蔣總統豐功偉業外，更主動建議高層制定文藝政策。1954 年，張道藩發表〈三民主義文藝論〉，除為蔣氏文藝觀建立更完備的理論基礎外，也於同年 4 月 4 日發起「文化清潔運動」，落實蔣氏文藝政策❺。「文化清潔運動」表面上聲討的對象是「赤色的毒」、「黃色的害」、「黑色的罪」，但真正目的則在於主張修正現行出版法及刑法，以「爭取言論自由」之名行限制言論自由之實。當然，文化運動背後的動機，立即被自由主義者識破，同時期《自由中國》發表社論，表達以文藝政策為理由，對出版品進行搜索與查禁是違法與違憲的看法❻。文化界的知識分子爭取言論自由的努力，並沒有得到太大效果。國民黨為配合文藝政策的實踐，再由蔣經國號召「文藝到軍中去」運動，培植並鼓勵軍中文藝人才與創作，《幼獅文藝》（1954 年 3 月 9 日）即為製造和宣傳反共論述的重要推手。

　　在文藝社團、軍中文藝和文藝雜誌三方推動下，反共文學在「量」的膨脹達到了高峰，但在「質」的提昇方面，卻漸呈公式化

---

❺　「文化清潔運動」起因於當時《新生報》的副刊主編，原是「鴛鴦蝴蝶派」的才子作家傳紅蓼，他在主編的《新生報》上造成一股赤色、黃色、黑色的文藝氣氛，也影響了其他報刊雜誌的跟進，終引發了轟動一時的「文化清潔運動」。該運動本身是由中國文藝協會發動，主要的訴求在打擊「內幕雜誌」；但就其背景和推行手法言，該運動實為官方支持的政治整肅運動。見褚昱志，〈五〇年代的《文學雜誌》與夏濟安〉，頁 601。

❻　見《自由中國》社論，〈對文化界清潔運動的兩項意見〉，《自由中國》第11 卷第 4 期（1954 年 8 月 16 日），頁 102-103。

且有趨於浮濫的現象。1954 年，「中美共同防禦條約」簽訂，國民黨政權漸趨穩定，反共文學的迫切性逐漸失去現實基礎。1955年，蔣中正再提出「戰鬥文藝」號召，力挽反共文學頹勢，王集叢撰《戰鬥文藝論》加以系統闡釋，要求「讓文藝負起戰鬥任務」，進一步強化反共文學的意識型態❺❼。但反共文學「宣傳品」性質和公式化的內容實在引不起讀者興趣，詩人率先表達對文學藝術性的追求，各詩社紛紛成立❺❽，其後文化界也陸續湧現批評聲浪，強力抗拒文藝政策對創作和言論自由的箝制。

二、自由主義思想與現代主義文學的結盟

自由主義思想與現代主義的結盟，必須由《自由中國》（1949）、《文學雜誌》（1956）和《現代文學》（1960）三本雜誌的發展脈絡來考察；《自由中國》與現代主義的接軌，則可從自由主義的現代性，以及《自由中國》文藝欄的現代主義轉折理解。

過去共黨國家慣常將自由主義與資本主義結合而論，認為兩者為同一物。但資本主義是經濟的概念，強調經濟上的自由；自由主義的興起則與資本主義的深化、中產階級的壯大和民主政治的建立密不可分，是隨著現代國家的興起而產生，其基本目標是反對干預與解決束縛，以個人為目的，對父系社會和國家權威的顛覆與排

---

❺❼　王集叢，《戰鬥文藝論》（台北：文壇社，1955 年），頁 8-9。

❺❽　1953 年，紀弦創辦《現代詩》季刊；1954 年，覃子豪成立「藍星」詩社；同年 10 月張默創立「創世紀」詩社，開啟反共文學論述外一章。

斥，注重個體自由與權利❺❾。因此，現代化的來臨，有助於自由主
義思想的推展，而自由主義又以現代理性為基礎，故自由主義的現
代性也由此展現。《自由中國》與現代主義的接軌，立基於《自由
中國》的自由主義立場，以及聶華苓等擔任文藝欄主編後，刊物的現
代主義轉折而來❻⓿。

㈠「人的文學」的重新標舉

　　《自由中國》是五〇年代台灣自由主義分子追求自由、民主和
言論自由最具代表性的刊物。《自由中國》創刊於 1949 年 11 月
20 日的上海，由胡適、雷震、杭立武、王世杰等人打算以報紙形
式發行；後因國共內戰而隨國府遷台，改以半月刊發行，發行人是
胡適，實際負責人是雷震，宣揚、繼承並反思五四理想之無法在中
國大陸落實之因。《自由中國》創辦人雷震和主要撰稿人如夏道
平、戴杜衡、瞿荊洲、徐道鄰、傅正等人，雖並不見得十分了解西
方自由主義的歷史傳統，但基於自由主義傳統所揭櫫的民主、科學
精神，和現實上以自由憲政理念對抗國、共專政的需要，他們還是
以自由主義式的批判性格，成為推動台灣自由民主的重要資源。國
民黨之能容忍《自由中國》的存在，原因有二：其一，自由主義思

---

❺❾　廖炳惠編著，《關鍵詞 200》「現代性」條（台北：麥田出版社，2003
　　年），頁 150-152。

❻⓿　關於《自由中國》與台灣民主憲政的關係，可參薛化元，《《自由中國》與
　　民主憲政──1950 年代台灣思想史的一個考察》（台北：稻鄉出版社，1996
　　年）。《自由中國》與現代主義的關聯，可參侯作珍，《自由主義傳統與台
　　灣現代主義文學的崛起》（文化大學中國文學研究所博論，2003 年 1 月）；
　　陳芳明，〈台灣現代文學與五〇年代自由主義傳統的關係──以《文學雜
　　誌》為中心〉，頁 173-196。

潮基本上是反共、反專制的,較社會主義思潮能被國民黨接受;其二,改造以後的自由主義也成為國民黨失去中國大陸的代罪羔羊之一❻。《自由中國》創刊初期便秉持一貫自由民主的信念,不斷介紹自由主義思想,第 16 卷第 2 期(1957 年 1 月 16 日)的〈社論〉更直接承認「自由主義」即為《自由中國》的立場:

> 本刊創刊至今,曾經表現了相當一貫的立場與態度;……本
> 刊同人未嘗以什麼主義者自居。現在一般論者,都說本刊代
> 表自由主義。……如果人們判斷我們那些立場與態度,就是
> 自由主義,我們感覺也沒有否認的必要。❻

除了刊物立場的表明,《自由中國》與自由主義最直接的關係就是來自擔任發行人的胡適,他對《自由中國》發揮了「精神領袖」和「掩護」的作用❻。《自由中國》對台灣文學發展的具體影響,便是在 1953 年邀請聶華苓擔任文藝欄主編。聶華苓接掌《自由中國》文藝欄後,對當時反共文學泛濫的情形頗不以為然,強調《自

---

❻　簡明海,〈本土化的五四趨向——淺談以台灣為中心的五四論述〉,頁 52。

❻　社論,〈我們的答辯〉,《自由中國》第 16 卷第 2 期(1957 年 1 月 16
　　日),頁 56。

❻　胡適說:「記得前幾年我回來時,曾經在一個像今天這樣的場合裡,提出一
　　個要求,就是把《自由中國》半月刊印上的『發行人胡適』五個字除掉,我
　　很願意加入《自由中國》社編輯委員會做一個編輯委員。因為那時候我想
　　到,假如『發行人胡適』這五個字在創刊時為爭取言論自由有一點點掩護的
　　作用,到現在也用不著了。」見胡適講、楊欣泉記,〈從爭取言論自由談到
　　反對黨〉,《自由中國》第 18 卷第 11 期(1958 年 6 月 1 日),頁 341。

由中國》文藝欄「八股、口號恕不歡迎」，希望創作題材多元化，作家可以自由發揮和表達❻。這樣的思考是十分自由主義式的。此後，《自由中國》也開始譯介西方自由民主文化思想和文學著作。創作方面，根據侯作珍的研究，《自由中國》文藝欄的兩大特色之一，就是在小說方面已開始使用現代主義的手法❻。除此，林海音、童真、琦君等女性作家，或兼具中西文學素養的散文家吳魯芹、梁實秋、陳之藩、余光中、於梨華等人，也開始在《自由中國》文藝欄發表作品。這都可以看出文藝欄在聶華苓帶領下，正逐漸朝向「純文藝」的方向轉變，擺脫附屬於政論文章的邊緣地位，成為早期現代主義文學作品發展的園地。也正是在自由主義思想的引導下，偏離官方反共文藝政策的文學作品漸出現在《自由中國》文藝欄，而《自由中國》對文藝政策的不滿，也表現在文藝欄刊載的文章上。

　　1954 年，《自由中國》刊出兩篇文章，指出以文藝為宣傳工具，或以反共抗俄、三民主義思想為寫作中心的文學作品將箝制文藝工作者的思想情感❻。隨著《自由中國》對政治評論的日益尖銳

---

❻　《自由中國》第 8 卷第 6 期刊出中篇小說徵稿簡則：「情意須雋永，文字須輕鬆，故事須生動。八股、口號恕不歡迎」，第 10 卷第 4 期又說歡迎「其他反極權的論文、純文藝的小說、雋永小品、木刻、照片等」作品。

❻　侯作珍，《自由主義傳統與台灣現代主義文學的崛起》，頁 103。

❻　李經，〈從文藝的應用性談文藝政策〉，《自由中國》第 10 卷第 3 期（1954年 2 月 1 日），頁 111-112。李金，〈我們需要一個文藝政策嗎？〉，《自由中國》第 11 卷第 8 期（1954 年 10 月 16 日），頁 242-245。

和激烈**❻**，刊物對文藝政策的批判也愈趨強烈。1958 年 5 月 4 日，胡適在中國文藝協會八週年會中演講，對政府設有輔導文藝的政策和機構明確表達反對意見：

> 因為自由國家，尤其是我知道最熟悉的美國，絕對沒有這一個東西，……政府絕對沒有一種輔導文藝，或指導文藝，或者有一種文藝的政策。……也絕對沒有輔導文藝的機構。……只有完全自由的方向，才可以繼續我們四十多年來所提倡的新文藝。這個傳統，我們所認為的自由，提倡文體的革命，提倡文學的革命，四十年來，我們所希望的，是完全有一個自由的創作文學。**❻**

胡適不僅反對政府設有輔導文藝的政策或機構，也重揭「五四」文學革命的使命，要求擁有自由創作的空間。演說中進一步指出新文藝運動的標準有二：

---

❻　如蔣介石可能懷疑美國當局有意培植甚得民心，且又是美國維吉尼亞軍校畢業的孫立人將軍作為「自由中國」的接班人，於是在 1955 年 8 月以孫立人部下郭廷亮被控有匪諜嫌疑而遭連坐，軟禁終身。此為「孫立人將軍事件」。對此案件，《自由中國》第 13 卷第 15 期（1955 年 9 月 1 日）立即提出質疑，要求政府慎重其實。又，《自由中國》第 15 卷第 9 期（1956 年 10 月 31 日）出版祝賀蔣總統七十歲生日的「祝壽專刊」，邀請胡適等十幾位人士撰文向蔣總統公開求言之六項問題提出意見。

❻　見胡適，〈中國文藝復興・人的文學・自由的文學〉，原載《文壇》季刊第 2 號（1958 年 6 月）。收入王夢鷗編選，《當代中國新文學大系：文學論評集》，頁 1-2。

> 第一個是，人的文學，……文學裡面每個人是人，人的文
> 學。第二，我們希望要有自由的文學。文學這東西不能由政
> 府來輔導，更不能夠由政府來指導。……人人是自由，本他
> 的良心、本他的知識，充分用他的材料、用他的自由──創
> 作的自由來創作。這個是我們希望的兩個目標：人的文學、
> 自由的文學。⑥⑨

第一個標舉「人的文學」是五四時期的周作人，此時胡適重提「人
的文學」、「自由的文學」，並將「人的文學」和「自由的文學」
等同起來，顯然是五四文學革命精神、自由主義精神的延續與再發
揚；「完全自由的方向」更是五四自由主義批判精神的再展現。不
過五四時期周作人「人的文學」所標舉的「人道主義」、「個性主
義」核心概念，現今則由「自由的創作文藝」的要求所取代。從這
裏可以看出胡適在五〇年代重揭「人的文學」，是對反共文藝政策
對個人創作自由箝制的反抗。在這次演說中，胡適說明自己把文學
革命運動視為「中國文藝復興的運動」，而「中國文藝復興的運
動」就是一種「更生運動、再生運動」⑦⓪。事實上，早在 1934
年，胡適就以「中國文藝復興」（Chinese Renaissance）為題發表英文
演講，他指出文學運動與文學革命是對傳統文化中許多觀念和制度
有意識的抗議運動，是有意識把那些受傳統力量束縛的男女個人解
放出來的運動。由此可知，胡適特別重視人性的解放，更重視男女

---

⑥⑨　見胡適，〈中國文藝復興·人的文學·自由的文學〉，頁 1-2。
⑦⓪　同前註，頁 3。

運用的代表作。文中不僅指出了小說寫作的方式和可取法的對象，也清楚表明夏濟安對「寫實」的看法：

> 我們應該憑藉小說文字的媒介，走進小說主角心裡去，聽他心裡的聲音，看他眼前所浮起的回憶。……而且除了這些心理狀態，此外應該沒有什麼別的東西。這才夠得上「寫實」。**⓱**

小說文字就是描寫人物的「心理狀態」，這是夏濟安思考中的「寫實」。由此可知，這篇文章雖是一篇對「現代小說」寫作形態的一種提綱挈領的表述，卻也清楚表明了夏濟安的「寫實」主義文學觀和大陸「左翼寫實主義」文學信仰的差別。

關於現代主義文學的創作技巧，可以從文孫對凱塞琳・安・泡特（Katherine Anne Porter）的小說《盛開的猶大花》的評介內容了解。文孫說：

> 這篇文章擬特別注重技巧，注重分析，其實這也是現代文學批評的一個特別。至少在小說方面，因為日益趨近於詩的表現，企圖發掘個人內心深處，及至所謂潛意識裡的奧秘，……現代的小說研究並不忽略作品所表現的人生意義、道德價值、時代精神或宗教企慕，但是小說作家利用新穎而

⓱　夏濟安，〈評彭歌的「落月」兼論現代小說〉，《文學雜誌》第 1 卷第 2 期（1956 年 11 月 20 日），頁 30。

　　精微的技巧，表達這些複雜的思想和環境，批評家也得從技
　　巧的分析上面，找尋作品裏的思想和意境。❼⑧

文中提到的「企圖發掘個人內心深處，及至所謂潛意識裡的奧
秘」，是現代主義小說的特色；而引文後半段對文學功能的見解，
顯然與夏濟安對文學功能的認識有極大程度的相似性。換言之，對
技巧的特別重視，是當時文壇在接受與認識現代主義文學的特殊方
式，夏濟安自然也不例外。在〈舊文化與新小說〉中，夏濟安認為
處在「新舊對立、中西矛盾」的文化困境中，小說家應為這種「矛
盾對立」而苦惱，也應積極地藉由小說的藝術形式解決這種困惱。
但小說家不是思想家，他不需立即為新舊文化的對立提出解決的方
法，他所要表現的是「人在兩種或多種人生理想面前，不能取得協
調的苦悶」，重要的是「把追求真理的艱苦掙扎的過程寫下來」
❼⑨。這段話透露出自由主義的精神，而「把追求真理的艱苦掙扎的
過程寫下來」，又是現代主義者所要追求的。在〈白話文與新詩〉
中，夏濟安再度表達對白話文的尊重，希望白話文能提升為「文學
的文字」，以現代主義技巧來提升白話文水準。這顯示夏濟安對白
話文的態度是自由主義的，而對詩的創作則是現代主義的思考。因
此，文學思想上的自由主義與現代主義的雙重思考，是夏濟安文學
思想的具體展現。

---

⑱　文孫，〈一篇現代小說中象徵技巧的分析——試論 K. A. Porter's "Flowering
　　Judas"〉，《文學雜誌》第 2 卷第 2 期（1957 年 4 月 20 日），頁 53。
⑲　夏濟安，〈舊文化與新小說〉，頁 39。

　　簡言之，在傳統與現代間，「不標榜主義」的夏濟安選擇以冷靜、理智的態度進行他對西方現代主義文學的引介與學習。他巧妙地把反傳統激烈的現代主義包裹在他尊重傳統的外表下，這和他保守的個性有關，也顯示他對當時文學觀念的遷就與容忍，但更可能的是因為他深厚的中西傳統文學素養，使他瞭解孔孟哲學對「人性的智識」的見解和現代文學有相通性，因此他對中國舊文化，特別是儒家文化抱持「同情而批評」的態度，在闡釋作品時，也特別看重中西傳統匯通的那一部分。

　　那麼，夏濟安個人的文學觀對《文學雜誌》的影響又是如何？

　　《文學雜誌》的發行，是文學史上重要的里程碑，標示了自由主義傳統與現代主義的正式結盟。創刊號除表明刊物的宗旨外，也歡迎投稿，其邀稿文提到「歡迎各種體裁的文學創作與翻譯」，還「特別歡迎」「文學理論和有關中西文學的論著」，希望藉此「誘導出更好的文學創作」⑳。創刊週年後，第三卷第一期和第六卷第一期的〈致讀者〉都重申「樸素」、「冷靜」、「理智」風格的重要，認為「作者的感受能力」和「運用文字的技巧」才是決定作品是否偉大的關鍵。整體來說，《文學雜誌》內容以中西文化雙軌發展，除譯介美國文學，介紹西方作家作品外，也刊載中國古典文學，特別是古典詩詞的評論文章。對西方文學的譯介，除作品的翻譯外，也由譯者另撰專文析論作品、作者，或在文末附上作者小傳、作品簡評，或詳或略，都為西方文學的引介扮演了欣賞與導讀的角色。但是，夏濟安一再強調的樸實、冷靜的風格，似乎未在刊

---

⑳　《文學雜誌》邀稿文同樣刊在第一期〈致讀者〉中。

物上實現，不過《文學雜誌》在「評論作品時，以西方現代主義的技巧做為標尺，間接助長了現代主義的聲勢」**⑧**，使這個原本誕生於麻將桌上的刊物**⑧**，既「不是在『負有時代使命』或者『啟迪後進』的嚴肅氣氛下產生的，也不是五〇年代唯一刊載現代主義作品的刊物，但在現代主義理論、作品、創作的引介方面，卻是較具規模，也較具系統的一份刊物。」**⑧**除了打開閉鎖的文學風氣，提供跟官方文學意見不同的作家一個異質的空間，更重要的是，《文學雜誌》刺激了六〇年代「橫的移植」的浪潮的起伏跌宕**⑧**。簡言之，自由主義對現代性的肯定，使《自由中國》和《文學雜誌》這兩本同樣具自由主義色彩的刊物，在自由主義的要求下，開始揭示現代主義的美學藝術，使批判現代文明的西方現代主義在台灣，轉而批判戒嚴體制下被壓抑、壓制的人性。在這裏，台灣現代主義和西方現代主義有了清楚的分野。

　　1957 年 5 月至 1960 年 5 月，殷海光為《自由中國》撰寫一系

⑧ 江寶釵，《論《現代文學》女性小說家：從一個女性經驗的觀點出發》（台灣師範大學國文研究所博論，1994 年 6 月），頁 35。

⑧ 《文學雜誌》發行人是劉守宜，主編是夏濟安，編輯顧問是吳魯芹。劉守宜是明華書局的老闆，與夏濟安是好友；吳魯芹則是劉守宜武漢大學前後期同學。三人感情親密，文壇戲稱「吳夏劉」。吳魯芹後來回憶《文學雜誌》的創刊時說：「很多計畫說了就算了。只是談創辦雜誌的事越談越認真。這樣在牌桌上打打談談，至少談了一年以上……真正為「文學雜誌」催生的是宋淇（林以亮）……」。見吳魯芹，〈瑣憶「文學雜誌」的創刊和夭折〉，《傳記文學》第 30 卷第 6 期（1977 年 6 月），頁 64。

⑧ 陳芳明，〈台灣現代文學與五〇年代自由主義傳統的關係——以《文學雜誌》為中心〉，頁 188。

⑧ 葉石濤，《台灣文學史綱》，頁 107。

列紀念五四的社論，重新標舉五四運動的民主與科學精神，推崇胡適為傳播民主與科學的領導地位。1957 年 2 月，《自由中國》與《文學雜誌》聯手推薦胡適為諾貝爾文學獎候選人，這正是戰後台灣文學與中國自由主義傳統接軌的開始。

　　《文學雜誌》上承《自由中國》的自由主義傳統，並以英美文學背景，大量引介美國現代主義思潮，並提供園地供青年作家實習創作，為六○年代台灣現代主義的盛行提供孕育的養分，終於開出六○年代現代主義燦爛的花朵，而其收成，就在《現代文學》。

　　《現代文學》的前身是 1958 年一群台大外文系學生自組的「南北社」，主要舉辦打橋牌、旅行、讀書會活動。1959 年 7 月白先勇擔任社長後，本著「以文會友」的初衷，向社會提出辦雜誌構想。在請益過曾擔任《文學雜誌》編輯的侯健後，《現代文學》於 1960 年 3 月 5 日正式創刊，成員仍是「南北社」社員。創刊初期，由白先勇、王文興、歐陽子擔任編輯工作，至白、王入伍後，則由歐陽子、陳若曦、鄭恆雄、杜國清、王禎和等人負責。當第一代編輯人員先後出國留學後，編務又交由余光中、何欣、姚一葦等人負責，刊物也由原來的雙月刊改為季刊。發行至 1973 年第 51 期時，曾停刊三年半，1977 年 7 月復刊，出刊至第 22 期時，終因不耐長期虧損而宣告停刊。《現代文學》發行的目標和方向，可由創刊號上劉紹銘起草的創刊宣言得知：

　　　　我們願意《現代文學》所刊載的不乏好文章。這是我們最高
　　　　的理想。我們不願意為辯證「文以載道」或「為藝術而藝
　　　　術」而化篇幅，但我們相信，一件成功的藝術品，縱使非立

心為「載道」而成，但已達成了「載道」目標。我們打算分
期有系統地翻譯介紹西方近代藝術學派和潮流，批評和思
想，並盡可能選擇其代表作品。我們如此做並不表示我們對
外國藝術的偏愛，僅為一據「他山之石」之進步原則。……
我們尊重傳統，但我們不必模倣傳統或激烈的廢除傳統。不
過為了需要，我們可能做一些「破壞的建設工作」。

以上內容，明白點出《現代文學》有心譯介西方現代文學藝術的傾
向。刊物的內容可概分為兩大部份：一是西方文學的譯介；一是創
作部份。在西方文學的譯介部份，從創刊號介紹卡夫卡後，至第
13 期止，每期都製作西方文學作家專號。這 13 期專號可以清楚看
出刊物的現代主義傾向。第 14 期介紹的橫光利一也是日本現代文
學大家；第 15 期姚一葦的〈斯特林堡與現代主義〉，依舊不脫現
代主義範疇；第 16 期後雖不再製作西洋文學大師專號，但幾乎每
期都刊載歐美文學作品或相關譯介。由此可知，現代主義在台灣的
傳播，《現代文學》確實扮演相當重要的角色。作家也將西方現代
主義藝術技巧，實際運用於創作中，讓六〇年代台灣文學開出美麗
而燦爛的現代之花。

三、梁實秋與台灣現代主義文學

張誦聖承認戰後台灣現代主義的崛起，和五四時期的自由主義
思潮，特別是知識分子中的英美學派具重要的傳承關係[85]。不過相

---

[85] 張誦聖著、應鳳凰譯，〈台灣現代主義小說及本土抗爭〉，頁58。

對於陳芳明對胡適的推重，張誦聖認為現代主義對「文學的社會功能有限」的主張，和周作人強調藝術的「非功利」主張類似，但「新月社」的梁實秋卻是自由主義知識分子中，對台灣現代主義文學影響最深的人物❽⑥。事實上，梁實秋視胡適如師，但兩人對文學的看法卻大不相同，特別是對新文學運動，梁實秋提出了深刻的反省。

㈠二元啓蒙：白璧德人性論

1917 年，胡適〈文學改良芻議〉提出時，梁實秋正在清華讀書，也參與了 1919 年的五四運動。1924 年，梁實秋入哈佛大學，白璧德（Irving Babbitt）是梁實秋在哈佛大學選讀「十六世紀以後之文藝批評」課程的老師，其基本思想是與古典的人文主義相呼應的新人文主義❽⑦。師事白璧德，是梁實秋思想轉變的一大關鍵。白璧德強調人性的二元論，即人性包含慾念和理智；而人之所以為人，即在以理智控制慾念──這近似儒家所謂的「克己復禮」。受到白

---

❽⑥　同前註，頁 70-72。

❽⑦　十九世紀時，人們開始用「人文主義」一詞來概括文藝復興時期在科學、哲學、文學、藝術、教育等領域表現出來的，以「人」為中心的思想內容。簡言之，人文主義是反對當時神學對人性的禁錮而產生，特別重視人的價值、理性和尊嚴。參苗力田、李毓章，《西方哲學史新編》（北京：人民出版社，1990 年），頁 203-208。白璧德的人文主義對西方人文主義有所增改，加入東方思想，故稱為「新人文主義」。參侯健，〈白璧德與當代文學批評〉，《從文學革命到革命文學》（台北：中外文學出版社，1974 年），頁 242。有關白璧德的生平與志業，可參侯健，〈梁實秋先生的人文思想來源──白璧德的生平與志業〉，收入余光中編，《秋之頌：梁實秋先生紀念文集》（台北：九歌出版社，1999 年），頁 69-85。

璧德人性論的影響，梁實秋認為文學活動在於表現完美的人性，而過程是有紀律、標準和節制的，就是以理性駕馭情感，以理性節制想像。讀了白璧德的書，上了他的課後，梁實秋「開始省悟，五四以來的文藝思潮應該根據歷史的透視而加以重估。」❽ 1926 年，梁實秋發表〈現代中國文學之浪漫的趨勢〉，全面批判五四運動後中國新文學四種浪漫主義傾向，其中第二點的「崇拜感情，輕視理性」，明顯是針對周作人提倡的人道主義而來❾。在〈文學的紀律〉中，梁實秋認為文學的內容是「理性指導下的健康的常態的普遍的人性」，故文學都是以人性為本，並無階級之分。他反對將文學當成階級鬥爭的工具，也認為沒有所謂「革命的文學」❿。簡言之，梁實秋認為文學的內容是普遍的人性；文學要求紀律，亦即理性的節制。晚年他在《偏見集》再版序言中說：「文學終歸是文學，空嚷無益。……文學家要自由，自由發揮人的基本人性。」可見他對文學的基本看法不曾改變。

　　周作人在〈新文學的要求〉中提到「人的文學」當「以平民精神為基調，再加貴族的洗禮」，「最好的事是平民的貴族化——凡人的超人化，因為凡人如果不想化為超人，便要化為末人了。」

---

❽　見梁實秋，〈影響我的幾本書〉，《雅舍精品》（台北：九歌出版社，2002年），頁 99。

❾　梁實秋歸納中國新文學運動四點浪漫主義的傾向是：1.受外國影響。2.推崇感情，輕視理性。3.對人生的態度是印象的。4.皈依自然並側重獨創。見梁實秋，〈現代中國文學之浪漫的趨勢〉，《梁實秋論文學》（台北：時報文化出版公司，1981 年），頁 23。

❿　梁實秋，〈文學與革命〉，《梁實秋論文學》，頁 246。

「凡人如果不想化為超人，便要化為末人了」，是周作人和梁實秋
觀念分歧處，因為梁實秋要求人人為君子，目的是「完全的人」，
是最正當、守中庸之道的凡人，卻非周作人所謂的「超人」**❿**。顯
然，這是受到白璧德新人文主義的啟發而對「中庸之道」的推重。
此外，周作人在〈中國新文學的源流〉中以「言志」與「載道」兩
種潮流的起伏貫串自古至今的文學演變，並認為明末和現今的文學
運動趨向相同，因此新文學也就越過八股文和桐城文而上接明末
「言志」文學的傳統。換言之，周作人否認藝術的實用價值，駁斥
「文以載道」的傳統。但梁實秋雖不贊同以文學為政治宣傳的工
具，卻不反對「文以載道」；不肯定「為藝術而藝術」，也不同意
「為人生而藝術」，因為文學最重要的就只是「人性」。

(二)胡適思想的繼承與反思

　　梁實秋之所以認同白璧德的觀念，主要來自於對中國傳統思想
的肯定。這是他與白璧德觀念相合之處，也是他思想的根源；他與
胡適的相異處也正在此。梁實秋對於白璧德與胡適對他的影響，有
如下陳述：

> 哈佛大學的白璧德教授，使我從青春的浪漫轉到嚴肅的古
> 典，一部分由於他的學識精湛，一部分由於他精通梵典與儒
> 家經籍，融合中西思潮而成為新人文主義，使我衷心讚仰。
> 胡適之先生，長我十一歲，雖未及門，實同私淑，他提倡白

---

❿　　侯健，〈梁實秋與新月及其思想與主張〉，《梁實秋論文學》，頁 134。

　　話為文，倡導自由思想，對我有很大的啟迪作用。❷

在〈影響我的幾本書〉裡，梁實秋也明確列出自己受胡適影響的三方面：一、胡適「明白清楚的白話文」；二、胡適的「思想方法」；三、胡適「認真嚴肅的態度」。❸簡言之，梁實秋一方面受業於白璧德，接受他的新人文主義，「並不同情過度的浪漫的傾向」，一方面私淑胡適，「接受五四運動的革命主張」❹。雖然白璧德和胡適的文學觀是對立的，但這二者對梁實秋的思想卻不產生衝突，關鍵就在於梁實秋接受了胡適白話文的主張，卻受白璧德的影響，對文學傳統的看法作了修正。

　　梁實秋同意胡適對白話文的主張，且稱許胡適散文的「明白曉暢」、「不枝不蔓」，然而他批評胡適對文學——尤其是詩的藝術觀念不正確。在〈胡適之先生論詩〉中，梁實秋談到胡適斥律詩為「下流」之說，「使得一部分聽眾為之愕然」❺；在〈新詩與傳統〉中，梁實秋說胡適在〈文學改良芻議〉中提倡白話文，乃因中國本有一白話文學的傳統，但胡適「雖然尊重傳統，他只尊重合於他的口味的那一部分傳統。」❻正是在對「傳統」的看法上，梁實秋與白璧德的觀念頗相契合。簡言之，梁實秋接受胡適白話書寫的

---

❷　見丘彥明，〈豈有文章驚海內——答丘彥明女士問〉，收入余光中編，《秋之頌：梁實秋先生紀念文集》，頁382。

❸　見梁實秋，〈影響我的幾本書〉，頁99。

❹　梁實秋，《秋室雜憶》（台北：傳記文學出版社，1970年），頁69。

❺　梁實秋，〈胡適之先生論詩〉，《梁實秋論文學》，頁676。

❻　梁實秋，〈新詩與傳統〉，《梁實秋論文學》，頁682。

觀念，卻又認為胡適的看法矯枉過正，失之偏頗。梁實秋晚年受訪時表示讀經是一件重要的事，因為那是「中國文化傳統之最基本的部分」，但「要抱著批評的態度去讀」❼。由此可知，梁實秋雖是五四時期的人，但他對五四文學思潮是抱著「批評」的態度看待——既未否定五四文學成就，也未完全被西方思潮迷惑。這顯然是他理性、節制、紀律的古典主義立場，而對中國傳統的尊重與接受，則是白璧德新人文主義精神的展現。

　　綜上所述，在胡適、梁實秋等英美學派知識分子的努力下，台灣現代主義吸收了西方自由主義、人文主義精神，使戰後台灣現代主義由自由民主出發，呈現以「人性」為描寫主題，而以西方現代主義技巧呈現的特殊風貌。梁實秋的重要貢獻即是把白璧德的人文主義或新人文主義引介到中國來，雖未被一般人接受，但透過梁實秋以及其他在大學教書的學者們的介紹，卻產生相當的影響❽。透過對周作人、胡適、梁實秋等人文學思想的爬梳，我們認為「文以載道」是五、六〇年代台灣文學的氛圍，文學在於描寫「普遍人性」的功能深植於夏濟安、顏元叔、白先勇等英美知識分子心中；這正近於梁實秋的文學觀，卻遠於周作人。此外，戰後台灣現代主義對文學藝術性的追求，也較接近梁實秋對胡適白話文學觀的修正❾。需要進一步說明的是，本書主張梁實秋的文學觀對戰後台灣文

❼　丘彥明，〈豈有文章驚海內——答丘彥明女士問〉，頁 402-403。

❽　何欣，〈中國現代小說的傳統——一個史的考察〉，收入尉天驄主編，《鄉土文學討論集》，頁 457。

❾　同樣看法也出現在柯慶明的論述中。柯慶明認為 1956 年至 1966 年台灣文學的發展主要在「反胡適的白話文學觀」，即反對五四時期因求通俗化而流於

學走向的影響較胡適為大，並不表示我們否定胡適在台灣現代主義文學發展的關鍵地位，因為胡適在自由主義精神的「領導」作用，使他在台灣自由主義精神的傳播和發展上對知識分子的影響非常重要。因此，對胡適在戰後台灣現代主義文學系譜的位置，我們主要是看重他在自由主義精神的象徵，以及此象徵對現代主義文學發展所發揮的作用；至於在文學觀念方面，本書傾向於以梁實秋為影響戰後台灣現代主義文學最關鍵的自由主義思想人物。

第三節　現代主義與美援文化

　　中國自由主義傳統透過胡適傳播來台，並藉由《自由中國》、《文學雜誌》的創刊在台灣開展，使戰後台灣文學主流漸由反共文學位移至現代主義。二次大戰後，促使台灣文學由反共文學轉向現代主義的推動力量，除了自由主義外，因美蘇冷戰結構而來的美援文化⑩，以及隨著美援文化而來的文化活動和文化生產，也為台灣

庸俗化的文學。見柯慶明，〈「現代化」與文藝思潮〉，收入丘為君、陳連順主編，《中國現代文學的回顧》，頁 185、187。

⑩　「美援」是源自 1948 年 4 月 3 日通過的「一九四八年援外法案」（Foreign Assistance Act of 1948）中第四章的「一九四八年援華法案」（China Aid Act of 1948）。這個援華法案在 1951 年由「共同安全法案」取代，「共同安全法案」中的軍援部分則由美國防部與在台美軍軍事顧問團（Military Assistance Advisory Group, MAAG）負責。參趙綺娜，〈美國政府在台灣的教育與文化交流活動（1951-1970）〉，《歐美研究》第 31 卷第 1 期（2001 年 3 月），頁 95。關於美國「共同安全法案」的內容和目的，可參孟憲功，〈美國為什麼要實施援外計劃？〉，《今日世界》第 1 期（1952 年 3 月 15 日），頁 12-

開啟吸收西方文化的管道。陳芳明等諸多學者都曾就美援文化與現代主義的關係作一連結。陳芳明認為：

> 美國現代主義思潮，便是由於帝國主義文化與台灣親美文化的相互激盪而終於在島上開花結果。五○年代中期以降的法國象徵主義，漸漸在六○年代轉化為美國現代主義的重要關鍵，就在於美援文化扮演極其重要的角色。⑩

陳芳明強調美援文化對現代主義從法國轉為英美現代主義具有重大的意義，而「現代主義與美援文化的掛勾，必須在五○年代的後半階段才可以看得清楚。」⑩陳映真在批駁陳芳明對反共文學和現代主義時期的劃分時，也認為「在一個意義上，反共文學與現代主義文學是雙生兒。」⑩雖然陳芳明對陳映真此話提出反駁⑩，但可以

13。「美援文化」（U.S. Aid culture）一詞定義頗多。王梅香認為從廣義的角度來看，凡接受美援或經由美國文化機制引介的文化皆可稱之為「美援文化」。本書採用此說。參王梅香，〈肅殺歲月的美麗／美力：試論五○年代美援文化與文化中國建構之權力邏輯——以《今日世界》（1952-1959 年）為觀察對象〉，頁 4。下載自「2004 台灣社會學會年會暨研討會」，網址：http://tsa.sinica.edu.tw/Imform/filel/2004。

⑩　陳芳明，〈現代主義文學的擴張與深化〉，《聯合文學》第 207 期（2002 年 1 月），頁 143。

⑩　陳芳明，〈橫的移植與現代主義之濫觴〉，《聯合文學》第 202 期（2001 年 6 月），頁 136-137。

⑩　許南村（陳映真）編，《反對言偽而辯》（台北：人間出版社，2002 年），頁 37。

確定的是，反共文學和現代主義文學並非是對立的兩個概念，而是和美援文化成為一個文化整體中的三個並置概念，故反共文學和現代主義的崛起不能截然二分。可惜陳芳明和陳映真論戰中，兩者只互相指控對方「對美國新帝國主義自五〇年代以降，在軍事、經濟、政治、外交、思想、文化和意識型態上對台灣的統治」⑩，卻未對其中議題有較深入的論述。以下論述，我們將深入剖析香港美新處出版的《今日世界》內容⑩，瞭解美國如何透過現代文藝、思潮，在台灣傳達一種以「美國文化」為宗的西方「現代」／「進步」想像，補充陳芳明、陳映真對此議題論述上的欠缺，並釐清現代主義如何透過美援文化傳播來台，使台灣文學由反共寫實主義文學位移至英美現代主義文學。

一、冷戰氣候與美援文化

㈠冷戰氣候與美對台外交政策

二次大戰後，蘇聯嘗試進一步在東歐擴大其影響力，使原本已

---

⑩ 陳芳明認為陳映真把反共文學與現代主義視為「雙生兒」，並不符合歷史事實。因為台灣作家在接受現代主義的過程中，已有了自己的主體性。陳芳明，〈馬克思主義有那麼嚴重嗎？──回答陳映真的科學發明與知識創見〉，頁253。

⑩ 陳芳明，〈當台灣文學戴上馬克思面具──再答陳映真的科學發明與知識創見〉，頁278-279。

⑩ 《今日世界》創刊於1953年3月15日，是每月1日及15日發行的雙週刊。創刊時刊內註明「美國新聞處編印」，自1957年第125期（1957年6月1日）後改為「今日世界出版社編印」。出版者名稱的改變是基於宣傳策略上的需要，以減少讀者拒受的心理。

朝向和平發展的美國必須重新思考並構築她對世界權力分配的理論及立場。1947 年「杜魯門主義」提出後，「馬歇爾計畫」擬訂以圍堵政策阻止蘇聯勢力的擴張，正式揭開冷戰時期美國圍堵政策的序幕❼。冷戰開始，東歐的捷克、匈牙利、波蘭等國成為美蘇兩大陣營的爭霸場所，雙方都將這場鬥爭視為一種「意識型態」之戰，「文鬥」之激烈，不亞於軍事較量。美國為了有效圍堵蘇聯勢力的擴張，除了給予盟國軍事、經濟援助外，更重要的是要以文化爭取盟友的支持，說服盟國人民，美國制度、文化比蘇聯優越，以確保美國在自由世界的影響力。因此，向海外推銷美國文化就成了美國主要的冷戰策略。1950 年，美國國務院和中央情報局幕後策劃在西柏林舉行首屆「文化自由聯盟」（Congress for Cultural Freedom），針對蘇聯和原共產國際文化展開反擊。這個由美國主導，在歐洲舉行的活動，經費來源是美中央情報局。「文化自由聯盟」資助出版社、辦電台（「自由歐洲之聲」），並順勢辦了十多份刊物，其中英國《文匯》（Encounter）和德國《月刊》（Der Monat）是對戰後英、德文化生態影響最為深遠的兩份刊物。1950 年韓戰爆發後，隨著戰事的發展，美國和中共政權關係降到冰點，甚至帶到互相敵對的地位。1951 年 5 月，聯軍在韓國戰場取得優勢後，美國認為中共將長久控制大陸，因而此時的美國遠東政策最重要的就不是對抗中共，而是防止共黨勢力向東南亞地區擴張，於是過去在歐洲舉行的

---

❼　要特別強調的是，這時的「圍堵」指的是對蘇聯勢力的圍堵，而非對共產勢力的圍堵。掌握這一點，才能理解當時美對台的態度，以及韓戰爆發後，美國遠東政策的轉變對台灣的影響。

聯盟活動，此時也全在亞洲地區「翻版」❿。當中共成為被圍堵的
對象後，離島防線變得相對重要，台灣的戰略地位也因此提高。

　　事實上，美對台政策並不是始終如一。韓戰前，美國採「袖手
旁觀」政策，對台的主流思想是傾向於讓台灣成為某種獨立的政治
體❿。但中共於 1950 年 10 月下旬介入韓戰後，杜魯門總統開始確
立保台政策，積極「讓國府成為美國政治資產」❿。於是從 1951
年起，美國「開始協助建立蔣介石與國民黨的聲望」❿，以教育交
換和經濟、軍事援助方式，對台輸出美國文化。除派遣專家、學者
以「文化大使」身份，宣揚美國文化和民主制度外，也以經費補助
台灣人到美國進行教育交換活動，希望他們瞭解美國的制度、技
術、生活方式和思想模式後，進而對美國產生好感，回國後把美國
之行所見所感介紹回台，發揚美國文化，增強美國在國際間的威望
和影響力❿。從 1951 年開始，美國文化以「文化交流」之名，憑

❿　何慧姚、張詠梅記錄，鄭樹森、盧瑋鑾、黃繼持對談，〈五、六十年代香港
　　文學現象三人談──導讀《香港新文學年表（1950-1969 年）》〉，《中外文
　　學》第 28 卷第 10 期（2003 年 3 月），頁 21。

❿　1950 年 1 月 5 日，杜魯門總統發表聲明，明白表示美國：無意於台灣獲取特
　　權或建立軍事基地、無意使用武力介入中國內部衝突、不會提供軍事協助或
　　顧問給台灣。參薛化元，《《自由中國》與民主憲政──1950 年代台灣思想
　　史的一個考察》（台北：稻鄉出版社，1996 年），頁 27。張淑雅，〈杜魯門
　　與台灣〉，《歷史月刊》第 23 期（1989 年 12 月），頁 75。

❿　張淑雅，〈藍欽大使與一九五○年代的美國對台政策〉，《歐美研究》第 28
　　卷第 1 期（1998 年 3 月），頁 199-202。

❿　張淑雅，〈杜魯門與台灣〉，《歷史月刊》第 23 期（1989 年 12 月），頁
　　80。

❿　趙綺娜，〈美國政府在台灣的教育與文化交流活動（1951-1970）〉，頁 93-94。

藉美援大量輸入台灣，幾乎壟斷了海外文化輸入台灣的管道❶❸。當時美國駐台大使是藍欽（Karl L. Rankin），他提倡「自由中國」的觀念，也就是將台灣發展成所有愛好自由的中國人的「聚合點」（rallying point），積極塑造台灣成為「自由中國」、「文化中國」的象徵，提升國民黨政府的聲望，增加美國在遠東的影響力。藍欽大使也建議美國鼓勵蔣介石將台灣建設成「民主的櫥窗」（show case），讓大陸人民相信國府統治下的生活較理想，造成華人對中共的離心力❶❹。於是，在美國的鼓勵下，國府開始在宣傳上強調台灣是「自由中國」、「民主櫥窗」，美台關係也在雙方共同努力下，在 1954 年到 1955 年間逐漸穩固下來。

㈡美對華宣傳與美新處的成立

在左右對壘的冷戰氣候中，以書籍或刊物從事宣傳是美國外交政策相當重要的一環。1957 年 3 月 12 日，美國新聞總署署長賴森在紐約全國圖書授獎典禮發表演說，演講詞提到「書籍」以其普遍、巨大而持久的影響力，成為美國新聞總署在海外促進互相瞭解的運動中的重要媒介。賴森進一步說明「書籍」和「宣傳戰」的關係，可分短程任務和長程任務：短程任務是解釋和支持美國現行外交政策；長程任務則是在全世界建立一個堅固而不可動搖的基礎，

---

❶❸　其經費來源來自三種法案，即：共同安全法案（Mutual Security Act）（美援）、史墨法案（Smith-Mundt Act）和傅爾布萊特法案（Fulbright Act）。其中共同安全法案（美援）較注重科學、技術方面的援助，對台灣的影響也最大。參趙綺娜，〈美國政府在台灣的教育與文化交流活動（1951-1970）〉，頁 79-80。

❶❹　張淑雅，〈藍欽大使與一九五〇年代的美國對台政策〉，頁 206-207。

讓人們瞭解和認識美國所真正支持的目標。基於這樣的目的，美國在世界各地設立圖書館和閱覽室，提供大量美國書籍，傳播有利美國的意識型態，「使其他國家的人民，對美國具有一種正確而寄予同情的印象」，即：「自由、民族自決、虔誠以及對其他國家具有無私的善意」⑯。美國新聞局的國外組織單位統稱為「新聞處」。「美新處」（USIS）（United States Information Service）即「美國新聞處」的簡稱，主要在配合美國的外交政策，從事反共宣傳，並傳播美國文化與文學，使各國人民更瞭解美國，對美國產生好感⑯。美國在台灣各地也設有美新處，利用書籍、廣播、電影等管道傳播美國文化和反共思想，所有的宣傳工作皆由台北美新處統籌指揮。

台北美新處成立於 1945 年，地址在「南海路五十四號」。對五、六〇年代的台北文藝青年來說，在國府實施戒嚴統治期間，美新處附設的圖書館，是當時喜愛美國文藝和文化的知識青年流連忘返的地方；美新處設在各地的辦事處也設有展覽廳，經常舉辦「新鮮的展演及演講」，提供許多新人作品公開展覽的機會。在資訊不甚流通的年代，美新處推行的藝術活動成為台灣人民瞭解歐美的主要管道，為台灣人民開啟了「一扇窺探新藝術的窗」⑰。關於美新

---

⑮　〈世界命運掌握在讀書人手中〉，《今日世界》第 124 期（1957 年 5 月 16 日），頁 16-17。

⑯　《今日世界》第 37 期「讀者信箱」的編者回覆讀者時，描述美新處的功能為：「向世界各國人民介紹美國，以求促進國際瞭解，發揚自由世界的思想，並對抗意在摧毀此等思想之言論。」

⑰　陳長華，〈南海路五十四號〉，《藝術家》第 54 卷第 2 期（2002 年 2 月），頁 125。

處在世界各地發揮的功能，王藍有以下的描述：

> 駐在世界各國的美大使館新聞處，對於聯繫、協助各國作
> 家、藝術家和推動、主辦各種文藝活動，不遺餘力，乃成為
> 當地國際文化交流的中心。他們的圖書館藏書豐富，閱覽者
> 甚眾。他們的學術講演會、唱片欣賞會、電影欣賞會，尤能
> 吸引青年人踴躍前來。他們編印的書刊，普遍獲得讀者歡
> 迎，如香港美新處出版的「今日世界」，台北美新處出版的
> 「學生英文雜誌」，馬尼拉美新處出版的「自由世界」發行
> 量極高，影響力極大。⓲

由以上引文可知美新處舉辦的藝術活動和出版的刊物在世界各地所
發揮的影響力和受到歡迎的程度。在戒嚴文化的高壓支配下，美新
處所傳播的西方藝術思潮，是台灣知識分子能夠與國際銜接的僅有
途徑；而其播撒的藝術種籽，開啟了台灣的現代主義運動，其影響
力不僅及於文學層面，而是一個「全方位的文化運動」⓳。

　　由於冷戰的封鎖政策，西方文人無法親赴大陸，香港以殖民地
的身份，成為最接近大陸的「前線」或「窺視」「竹幕」的瞭望
站，是西方認識、瞭解中國的唯一中文資料集散地。因此，美國國
務院及中央情報局皆以香港為橋頭堡，循美國在歐洲的文化戰略模

⓲　王藍，〈文藝——文化交流的王牌〉，轉引自王梅香，《肅殺歲月的美麗／
　　美力？戰後美援文化與五、六〇年代反共文學、現代主義思潮發展之關係》
　　（成功大學台灣文學研究所碩士論文，2005 年 6 月），頁 56。
⓳　陳芳明，〈台灣現代主義的再評價〉，頁 184。

式，成立出版社，出版並宣揚與美國文化和價值觀有關的刊物和書籍，作意識型態的反擊⑳。在香港美新處出版的眾多刊物中，《今日世界》（*World Today*）是美國對台灣及東南亞華人地區最重要的宣傳刊物之一。在反共文藝風潮當道的五、六○年代，《今日世界》以一種「普遍性」的方式為台灣帶來不同的文藝觀和價值觀㉑，它為台灣帶來的異國情調，既是一種「美麗」，也是一種「美力」㉒。

---

⑳ 1950 年，中情局成立「亞洲基金會」，1951 年 4 月「友聯出版社」受資成立；同年「人人出版社」也受資成立。1952 年 9 月，「亞洲出版社」成立，同年 3 月 15 日香港美新處創辦《今日世界》月刊，稍後成立「今日世界出版社」。「人人出版社」創辦《人人文學》（1952 年 5 月 20 日創刊）。「友聯出版社」針對不同讀者群，發行高水準的定期刊物：1952 年 7 月 25 日針對中學生創辦《中國學生週報》；1953 年 1 月 5 日出版《祖國週刊》；1953 年 1 月 16 日創辦《兒童樂園》；1955 年 5 月 5 日針對大學生刊行《大學生活》。「亞洲出版社」以文藝創作為主，創辦《亞洲畫報》（1953 年 5 月創刊）。參何慧姚、張詠梅記錄，鄭樹森、盧瑋鑾、黃繼持對談，〈五、六十年代香港文學現象三人談——導讀《香港新文學年表（1950-1969 年）》〉，頁 21-23。

㉑ 《今日世界》的「普遍性」，指其因價格低廉，擁有廣大的讀者。雖然刊物發行區域為自由中國及東南亞，但歐洲、美洲、澳洲、太平洋小島皆有讀者來函，因這本刊物是他們所能看到的唯一一本中文刊物，也是關於遠東方面消息的唯一來源。故至 1954 年 1 月 1 日止，刊物即擁有二十餘萬讀者，每期讀者來信高達五百封以上。見〈向親愛的讀者致敬〉，《今日世界》第 44 期「社評」（1954 年 1 月 1 日），頁 1。

㉒ 王梅香，《肅殺歲月的美麗／美力？戰後美援文化與五、六○年代反共文學、現代主義思潮發展之關係》，頁 55。

二、《今日世界》與現代主義思潮

㈠《今日世界》與現代藝術思潮

　　《今日世界》（*World Today*）原由《今日美國》更名❿，1952 年創刊，以半月刊形式發行；1973 年改為月刊，1980 年停刊，發行期間含括整個美援時期。《今日世界》由美新處之下的出版中心負責，台灣屬於遠東出版中心的一環，中心設在馬尼拉，稱為「區域出版中心」（R. P. C. Regional Publication Center）。刊物由馬尼拉以反共、親美的編輯方針編輯標準本後，再分送香港、印尼和西貢各新聞處，再由各地新聞處斟酌各地情形增刪內容，譯成當地文字，成為適合各區域的地方刊物。台灣和香港的《今日世界》同屬香港美新處，內容視台、港兩地讀者的閱讀口味因地制宜，寫稿的作家也以港、台兩地為主❿。由於紙張、印刷、內容、編排俱佳，價錢便宜，一經發行，頓成雜誌界的銷售首席❿。藉由《今日世界》的出版，也順勢帶動了台、港兩地的文學和文化交流。

　　雖然《今日世界》不願公開表明它隸屬美國新聞處，美官方亦

---

❿　《今日美國》於 1950 年創刊，以「介紹美國的生活方式與其他種種給讀者。後來，時局瞬息萬變，世界其他各地的實況，亦在報導與分析之例。」其後，編者稱屢接獲讀者來函，要求更名，為順從讀者意旨，故改名《今日世界》。見湯勉，〈寫在前面〉，《今日世界》第 1 期（1952 年 3 月 15 日），頁 1。

❿　曾虛白，《美遊散記》（台北：文史哲出版社，1977 年），頁 158。

❿　據魏子雲表示，《今日世界》發行初期，是免費贈送各機關學校，只要去信美國新聞處，它就寄給讀者。後因需索者眾，才改變方式，以每本訂價新台幣 1 元的方式公開發行。見魏子雲，〈我印象中的香港文化界〉，《文訊月刊》第 20 期（1985 年 10 月），頁 29。

不主動宣佈它是美政府從事國際宣傳的工具,但發刊詞提到希望刊物的出版,「成為支持今日世界的一個微小的力量和改善未來世界的一個幼年先鋒」,並強調追求一個共同的理想,「向和平與繁榮追求,為改善人類生活而努力」❿;讀者來信也表明《今日世界》乃是「美帝的宣傳物」❼;出版週年的社論中,編者也再次強調《今日世界》的出版,乃是為了「對抗共黨的曲解與虛偽的宣傳」,是「冷戰──自由世界對蘇聯侵略政策的抗爭」最重要的一環❽。因此,無論從刊物立場或讀者反應來看,都顯示《今日世界》確是一份配合美國文化外交政策,以「寓政治宣傳於新知識介紹」的方式❾,為美政府從事政治宣傳的官方刊物。1980 年 12 月 1 日,《今日世界》最後一期(598 期)刊載了一篇停刊聲明,聲明中告訴讀者,《今日世界》的停刊,是因為「美國國際交流總署香港分署擬將《今日世界》的人力物力,改用於東亞地區的其他文化計畫上。」❿此一停刊聲明,不啻是《今日世界》官方性質最清楚的表明。

---

❿　《今日世界》第 1 期(1952 年 3 月 15 日),頁 1。

❼　《今日世界》「讀者信箱」刊載了一封讀者來信,信中說:「我的案頭置有一冊最近期的「今日世界」,我那朋友偏來諷誚我:那是『美帝』的宣傳刊物呀!真使我非常愧疚,⋯⋯。」見《今日世界》第 6 期(1952 年 6 月 1 日),頁 31。

❽　〈共產主義必敗〉,《今日世界》第 25 期(1953 年 3 月 15 日),頁 1。

❾　羅森棟,《傳播媒介塑造映象之實例研究》(台北:嘉新水泥公司文化基金會,1972 年),頁 11。

❿　〈寫在最後一期「今日世界」〉,《今日世界》第 598 期(1980 年 12 月 1 日),頁 1。

　　《今日世界》是一份綜合性雜誌，以平易近人，充滿流行感的封面吸引讀者⓭，內容以介紹美國現況為主，特別著重在美國的現代科技發展⓭。為吸引台灣地區的讀者，自第 32 期起，《今日世界》擴大徵稿，加強介紹台灣動態。在每期 31 至 32 頁的篇幅中，文藝內容（含文藝報導、小說連載、作家創作）約佔 6 至 8 頁，可見刊物的文藝內容比重不高，約佔各期的 20%（五分之一）⓭。

　　整體而言，《今日世界》引介的外國文學中，以美國文學最多。由附錄二可知從創刊號至五〇年代末（1953.3.15-1959.12.16），共 186 期內容中，第 1 期至第 40 期，約兩年的時間，美國文學、文化介紹的比例較高。進入六〇年代後，葉維廉譯述的美國現代小說

⓭　《今日世界》的「綜合性」指其內容包括政治、軍事、經濟和文藝。據筆者統計，從 1953 年 3 月 15 日至 1959 年 12 月 16 日，共 186 期內容中，以當時走紅的台港女星為封面的有 103 期，佔 55%；東方女性有 52 期，佔 28%；繪畫、風景等其他類有 23 期，佔 12%；西方女性有 5 期，佔 3%；西方男性有 3 期，佔 2%；東方男性有 4 期，佔 2%；小孩有 2 期，佔 1%。可知以女性為封面的比例高達四分之三。以女星為封面，目的應是在吸引讀者樂於接近這本刊物。

⓭　羅森棟分析《今日世界》第 305 期至 424 期（1964.12.1-1969.11.30）內容，發現《今日世界》介紹美國或相關的文章，佔半數以上，顯見這是一份替美國作宣傳的刊物。在介紹美國的文章中，以科學和政治為主；其中又以太空科學比例最大，顯然是為加強讀者對美國科學進步的印象。參羅森棟，〈「今日世界」塑造映象的內容與範圍（上）〉，《思與言》第 9 卷第 4 期（1971 年 11 月），頁 41-47。

⓭　據當年《今日世界》編輯人員表示，《今日世界》的吸引力主要在於美國生活及世界狀況的報導和圖片，並不是在文學方面。參何慧姚、張詠梅記錄，鄭樹森、盧瑋鑾、黃繼持對談，〈五、六十年代香港文學現象三人談——導讀《香港新文學年表（1950-1969 年）》〉，頁 24。

家，連載九期（244-252 期，1962.5.16-1962.9.16），美國現代文學的引介明顯趨於密集化❸。但這九位現代小說家並不限於現代主義者，例如 James T. Farrell（251 期）即以自然主義與寫實主義技巧著名。可見此時所謂美國「現代文學」，並不等同於「現代主義」文學；寫實主義、自然主義皆為「現代文學」範疇，但現代主義佔有相當的篇幅，同時以突顯美國文學特色為主。這印證了陳芳明所言：「現代主義確實是伴隨美國文化在台灣的擴散傳播而挾帶進來的」❸。

除了文學，從附錄三可知《今日世界》引介的西方現代藝術範圍相當廣泛，包括音樂、舞蹈、繪畫、戲劇、建築等，都是美國當前流行的現代藝術。由引介內容可知，所謂「現代」文學或「現代」藝術，並不完全等同於「現代主義」文學或藝術，而是一種以「美國文化」為核心的藝術思潮。在《自由中國》、《文學雜誌》介紹美國文學、現代主義以前，《今日世界》可說是戰後大量並多元引介美國文化的首次。

---

❸　這九位現代小說家是：1. John Dos Passos（杜斯・帕索斯），現代主義。2. Ernest Hemingway（海明威），現代主義。3. William Faulkner（威廉・福克納），現代主義。4. John Steinbeck（史坦貝克），以浪漫的神祕主義為基礎的感性風格。5. 賽珍珠，以藝術形式連接中國與美國思想，以文字忠誠記錄生活經歷。6. Erskine Caldwell（考德威爾），以幽默筆觸描寫嚴肅人生。7. Richard Wright（李察・瑞特），在無可逃避的掙扎中發掘普遍的慾望與衝擊力量。8. James T. Farrell（詹姆士・法路爾），自然主義及寫實主義。9. John Philips Marquand（馬爾岡），在生活中發掘苦澀的幽默。以上九篇文章分見《今日世界》第 244-252 期（1962 年 5 月 16 日-1962 年 9 月 16 日）。

❸　陳芳明，〈馬克思主義有那麼嚴重嗎？——回答陳映真的科學發明與知識創見〉，頁 253。

　　值得進一步說明的是：為什麼美國要在台灣傳播現代主義？這
要由隨美援文化引進台灣的美國「現代」藝術在美國文藝發展史上
的意義，以及美國冷戰策略說起。

㈡美援文化的「現代」想像與現代主義

　　《今日世界》第 287 期刊載了一篇朱柏賢〈美國政治對現代藝
術的掖助〉⑬，文中朱柏賢提到美國政府在 1930 年代主持的幾項
藝術計劃，原始動機是為了幫助美國藝術渡過經濟不景氣時期，但
這些計劃對日後美國藝術的蓬勃發展，卻有很大的幫助。從朱柏賢
的文章，可以深刻感受到美國國內對現代藝術的扶植與推介不遺餘
力。但，在眾多現代藝術流派中，美國為何要提倡現代主義呢？這
要由美國的冷戰策略來瞭解。

　　在冷戰時代，美國現代化理論者認為美國表現了現代性的進步
素質，所以美國不應坐等其他開發中的國家來效法自己，而是要積
極提供一個關於現代化模式的遠景給新興國家。由此，「美國取得
自己在文化上優等生的地位，並且足以為冷戰時代其外圍國家的發
展模式」⑬。這就是《今日世界》五週年〈社論〉所說的：「自由
世界的國家必須團結，而後才有力量維護和平。……自由世界所爭
取的，不僅是共產主義的崩潰。它所要達成的，還有現代科學與技
術的遍達全世界每一角度。」⑬可見「現代化」的確是美國冷戰策
略的一個重要組成部份。美國正是透過現代科學與技術，廣泛傳輸

---

⑬　朱柏賢，〈美國政府對現代藝術的掖助〉，《今日世界》第 287 期（1964 年
　　3 月 1 日），頁 18。
⑬　詹曜齊，《台灣的現代化論戰與現代主義運動》，頁 85。
⑬　〈這五年〉，《今日世界》（1957 年 4 月 1 日），頁 1。

全世界，建立一種「進步」、「強大」、「現代化」的形象：美國是「現代化」的國家、「美國文化」是現代化的文化、美國的「現代藝術」是現代化的藝術；現代化的思潮中，文藝思潮自然以「現代主義」為主。美國政府正是要將「現代化」等同於「現代主義」傳播到世界各地，以此塑造美國「現代」、「進步」、「強大」的形象，使美國以外的國家對美國產生良好的印象，達成其海外宣傳的目的。

㈢反共意識型態與現代主義

除了「現代化」帶來的「現代」印象／想像，美國提倡現代主義，也有與中共文藝相抗衡的企圖。《今日世界》提出對文藝的看法是：「文藝是人類高級精神活動的產物，產生文藝的條件是創造的自由和表現的自由。文藝迴避庸俗，厭惡公式，不受教條的約束，更不能被當作宣傳工具來製造。」❿現代主義堅持為藝術而藝術、為文學而文學，強調文學應獨立於政治之外的文學觀，這與中共文藝政策堅持文藝必須為政治服務，把文藝變成了政治工具的社會寫實主義文學完全不同⓰。因此，在冷戰的氛圍下，原本與政治無關的現代藝術，也以其「現代」、「進步」、「為藝術而藝術」的形象，成為反共意識型態的工具。《今日世界》之提倡現代主義，正是基於反共意識型態的需要。

為了宣傳反共意識型態，《今日世界》也透過徵文比賽，提供

---

❿　南木，〈文藝之死與死的文藝〉，《今日世界》第 55 期（1954 年 6 月 15 日），頁 8。

⓰　〈中共把文藝變成了政治工具〉，《今日世界》第 133 期（1957 年 10 月 1 日），頁 1。

台灣讀者發表作品的機會，並透過刊載的小說，擴大其反共意識型態的宣傳⓲。在《今日世界》刊載的小說中，作品被連載最多期的是徐訏和張愛玲。徐訏是《自由中國》的小說作家群之一，在文學史上被視為浪漫主義作家，但其作品已運用不少現代主義手法創作，在「現代主義臻於高峰之前就寫出值得議論的作品」⓳。和徐訏同時期在《今日世界》連載小說的是張愛玲。張愛玲在 1952 年至 1955 年寓居香港時，曾在當時的美新處處長 Mccarthy 的引薦下，翻譯美國文學，並重譯陳紀瀅小說《荻村傳》，其《秧歌》一作就是從《今日世界》第 44 期（1954 年 1 月 15 日）起開始連載。《秧歌》描寫共產主義下的農村生活，小說運用了許多現代主義的象徵手法，被視為是一部反共小說。需要進一步釐清的是，台灣文壇初步接觸張愛玲，是透過 1957 年夏志清在《文學雜誌》上發表的兩篇評論文章，獲得初步的瞭解，日後台灣張愛玲「經典化」的嚆矢，與「張學」研究的興起，也都是經由夏志清的推薦才開始的⓴。不過，早在 1956 年 9 月《文學雜誌》創刊前，張愛玲《秧

⓲　1954 年 8 月 1 日，《今日世界》刊出「短篇小說比賽」徵文啟事，徵求「以當代中國人民生活」為主題的短篇小說。徵文啟事要求參加比賽的作品以白話文書寫，參加人資格、投稿期限都沒有限制，獎金是每千字港幣二、三十元。見《今日世界》第 58 期（1954 年 8 月 1 日）。由啟事內容可知：1.徵文活動是一常態性活動。2.當時一般報紙稿酬為千字港幣五元左右，美新處稿酬為其四、五倍。可知此徵文比賽的獎金頗為優渥。

⓳　陳芳明，〈橫的移植與現代主義之濫觴〉，頁 140。

⓴　這兩篇文章是：〈張愛玲的短篇小說〉，《文學雜誌》第 2 卷第 4 期（1957年 6 月）和〈評《秧歌》〉，《文學雜誌》第 2 卷第 6 期（1957 年 8 月）。關於《今日世界》與張愛玲的關係，以及張愛玲與夏志清評介，可參王梅

歌》已首次透過《今日世界》的連載為台灣讀者熟知,並獲選為四十四年度全國青少年最喜歡閱讀的小說作品之一⓮。故,張愛玲作品之引介到台灣,可確信為美新處反共意識型態目標下的結果。由此可知,在美國冷戰策略下,反共意識型態和現代主義藝術的傳播是並行不悖的。誠如楊照所言,「反共文學」和「現代文學」一直併肩共存⓯;許俊雅也說:「五十年代中文壇是反共文學與現代主義的文學平行發展」⓰。故,現代主義是美蘇冷戰結構下的反共宣傳思潮中的主要思潮,反共文學和現代主義間並不是斷代的兩個發展階段,而是同時並存於同時代人的知識認知中。正因著台灣的反共政策受到美蘇兩大集團對峙的影響,也受到美國權力中心的指揮操控,才使得現代主義伴隨美援文化來台。這是陳映真把「反共文學」與「現代主義文學」視為「雙生兒」的原因。然而陳芳明承認現代主義確實是伴隨美國文化在台灣的擴散傳播而挾帶進來,但在

香,《肅殺歲月的美麗/美力?戰後美援文化與五、六○年代反共文學、現代主義思潮發展之關係》,頁 104-117。以及陳芳明,〈台灣現代文學與五○年代自由主義傳統的關係——以《文學雜誌》為中心〉,頁 191-192。

⓮ 1956 年 1 月 9 日,張愛玲《秧歌》獲中國青年寫作協會舉辦之「四十四年度全國青年最喜閱讀文藝作品測驗」裏,青少年最喜歡閱讀的小說作品之一。見行政院文建會,《光復後台灣地區文壇大事紀要》(增訂本)(台北:文訊雜誌社,1985 年),頁 79。

⓯ 楊照,〈文學的神話・神話的文學〉,《文學、社會與歷史想像——戰後文學史散論》,頁 116。

⓰ 許俊雅,〈戰後台灣小說的階段性變化〉,收入文訊雜誌社編印,《台灣文學發展現象》,頁 78。

接受過程中，台灣作家已有自己的主體性⑭，且台灣現代文學所要反映與逃避的，絕對不會空泛到對抗美蘇兩國的權力干涉。因此，把反共文學和現代主義文學視為雙生兒並不符合歷史事實，且有為殖民體制開脫罪嫌之疑⑭。我們認為陳映真的說法是由現代主義傳播來台的管道／途徑，也就是與現代主義與美蘇對抗等世界局勢相關的權力問題觀察而來的結論；而陳芳明看重的是現代主義作家創作的主體性，即運用現代主義創作的動機上：為何運用現代主義創作？

　　單由《今日世界》的內容分析，並不能完全概括美國現代主義在台灣的傳播與開展。陳芳明說：「在反共文藝政策高度支配的階段，現代主義是以迂迴的方式次第在台灣開展。」不過，他並未明言所謂「迂迴」的方式為何，只說在現代主義初期階段，「法國現代主義的影響力特別旺盛，在後期階段（1956-1960），美國現代主義才漸漸佔上風，這種趨勢非常明顯表現在夏濟安所主編的《文學雜誌》之上。現代主義與美援文化的掛勾，必須在五〇年代的後半階段才看得清楚。」⑭也就是說，在紀弦來台提倡法國現代主義時，美援文化已對台灣社會發生影響，但這影響僅限於新詩領域。直到 1956 年夏濟安創辦《文學雜誌》後，「美國現代主義思潮，便是由於帝國主義文化與台灣親美文化的相互激盪而終於在島上開花結果。五〇年代中期以降的法國象徵主義，漸漸在六〇年代轉化

---

⑭　陳芳明，〈馬克思主義有那麼嚴重嗎？——回答陳映真的科學發明與知識創見〉，頁 253。

⑭　陳芳明，〈後現代與後殖民——戰後台灣文學史的一個解釋〉，頁 32。

⑭　陳芳明，〈橫的移植與現代主義之濫觴〉，頁 137。

為美國現代主義的重要關鍵，就在於美援文化扮演極其重要的角色。」⑩究竟美援文化在美國現代主義取代法國現代主義的過程中扮演了何種重要的角色？這要由美新處出版的西文譯著，以及《文學雜誌》對現代主義文學的譯介情形來了解。

三、美援文化與英美現代主義

美國爭取外國民心的工作依爭取對象和方式的不同分成兩種，其一是新聞外交（information diplomacy）；其二是文化外交（cultural diplomacy）。「文化外交」是透過慢速媒體（slow media），如藝術、書籍、教師、學者、學生等交換活動，來影響外國菁英分子對美國的觀感。從 1952 年至 1958 年，美國國務院在台灣的「教育交換」（educational exchange）活動主要是透過史墨法案運作⑪。當時美台雙方有許多大學互結姊妹校，美國也提供獎學金籠絡知識分子到美國留學，以培養一群親美的知識菁英，希望他們回國後協助美方在台傳播有利於美國的思想。對美國一步步營造台灣社會親美的文化體質，陳映真有所批評：

---

⑩　陳芳明，〈現代主義文學的擴張與深化〉，頁 143。

⑪　史墨法案的主要目的有二：一是「要維持台灣人民與美國人民在教育與專業（professional）的環境（context）之下的互相瞭解與友善交往」；二是「要讓台灣更瞭解美國」。史墨法案主要以「專家」和「領袖」的交換活動為主，美挑選訪美人士的標準在於他們回國後能否能有效地對台灣人民說明美國的情況。受邀人訪美返台，美新處會為其舉辦公開演講，讓他們分享旅美見聞。1961 年美新處出版的《美國印象》就是當時旅美專家、領袖的旅美演講紀錄。見趙綺娜，〈美國政府在台灣的教育與文化交流活動（1951-1970）〉，頁 81-82、97。

　　在文化上，美國在戰後根本改造了我國的教育結構，透過教
科書、派遣研究人員、到美留學、完成了我國教育領域——
特別是高等教育領域——中的美國化改造。美國新聞處、好
萊塢電影、美國電視節目、美國新聞社的消息，基本上左右
著台灣文化，並且持續、強力地塑造著崇拜美國的意識。❿

為了更有效地傳播美國文化，加速完成台灣教育的「美國化」，美
國在台灣設立圖書館和閱覽室，大量供應美國書籍，並在學校課堂
教授美國文學與歷史課程，希望使影響輿論意見的人，能夠看到美
國書籍，使他們對美國的認識能夠發生重大的改變❿。因此，美國
原文書籍的譯介，在傳播美國文化上就顯得相當重要，通常是在選
定文本後，由「美國新聞處出錢，找了名家，讓他們慢慢翻譯。」
❿張愛玲、林以亮都是當時重要的翻譯名家❿。從美新處出版的中
文書籍的翻譯名單看來，其中多位譯者都是夏濟安《文學雜誌》的
主要翻譯者❿。這透露出美新處和台大外文系知識分子的密切關

❿　陳映真，《美國統治下的台灣》（台北：人間出版社，1988 年），頁 11。

❿　〈世界命運掌握在讀書人手中〉，《今日世界》第 124 期（1957 年 5 月 16
　　日），頁 16-17。

❿　白先勇，〈學習對美尊重〉，《樹猶如此》（台北：聯合文學出版社，2002
　　年），頁 249-250。

❿　《今日世界》在翻譯上廣邀名家參加，林以亮、思果、徐訏、夏濟安、劉紹
　　銘等人，以及當時還是台大學生的余光中、於梨華、顏元叔等人，都領過高
　　薪稿酬，當時文化圈以「坐以待幣」謔稱。

❿　同時為美新處和《文學雜誌》翻譯西方現代文藝作品者有：林以亮、張愛
　　玲、聶華苓、劉紹銘、於梨華、顏元叔、王鎮國、余光中和夏濟安等人。

係。

美新處譯介的美國文學作品，並沒有特別偏重現代主義的傾向，其中較明確與現代主義有關的是 Henry James。1956 年，美新處出版 Henry James 著，林以亮等譯《碧廬冤孽》，這是台灣出版界第一次有系統介紹 Henry James。同年 10 月《文學雜誌》第 1 卷第 2 期刊載了夏濟安〈評彭歌的「落月」兼論現代小說〉，文中夏濟安認為 Henry James 的「一個觀點」的辦法，是小說藝術「新的進步」，現已為很多小說家師法❶。換言之，Henry James 由外在客觀世界的描寫，轉入內心世界的描寫，已被夏濟安視為是一種「新的進步」。這種新的藝術觀點的提出，顯示當時文學思潮已由寫實主義逐漸位移至著重心理意識表現的現代主義了。

繼美新處《碧廬冤孽》的出版，以及《文學雜誌》上夏濟安對 Henry James 的首次引介後，《文學雜誌》第 4 卷第 4 期（1958 年 6 月 20 日）又刊載了 Henry James 著，聶華苓譯〈德莫福夫人〉（Madam de Mauves），並在次期刊載三篇介紹 Henry James 的文章❷。正是美新處出版《碧廬冤孽》，配合《文學雜誌》的連續引介，才使台灣文壇開始注意到 Henry James 這位現代主義作家。

---

❶ Henry James 的「一個觀點」，是指小說裏所有的人物、事蹟、地方情調等，都是由某一個人的眼睛看出來。這個人對於他周圍所發生的事有所不懂，讀者跟著不懂，作者並不加以說明。Henry James 不單單描寫客觀世界，他要描寫的是某人主觀意識裏的客觀世界。見夏濟安，〈評彭歌的「落月」兼論現代小說〉，頁 37。

❷ 這三篇文章是：朱乃長，〈論亨利·詹姆士的早期作品〉、侯健，〈詹姆斯：小說的構築〉和林以亮，〈亨利詹姆士與其小說〉。見《文學雜誌》第 4 卷第 5 期（1958 年 7 月 20 日）。

　　除了美國現代文學、現代主義作品的出版和譯介，美新處也協助出版刊載在《文學雜誌》上的翻譯作品或創作❶❺❾。在《文學雜誌》銷路不如理想時，還是當時的編輯顧問之一，任職美新處的吳魯芹說服當時的美新處處長 Mccarthy，對《文學雜誌》「逐期支持」，《文學雜誌》才能持續出版❶❻⓪。從這裏可以看出美新處、《文學雜誌》、台大外文系師生三者在推動現代主義思潮上彼此合作無間的關係。

　　從 1956 年至 1960 年，美國現代主義在台灣的傳播，正是透過美新處出版的西文譯著和《文學雜誌》系統化且密集性的譯介，一步步影響台灣文壇，使原本以反共文學、法國現代主義文學為主導的台灣文學，得以逐步擺落反共意識型態、法國象徵主義，向英美現代主義傾斜。這也印證陳芳明所言：「後期階段（1956-1960），美國現代主義才漸漸佔上風，這種趨勢非常明顯表現在夏濟安所主編的《文學雜誌》之上。」❶❻❶因此，現代主義與美援文化的掛勾，必須在五〇年代的《文學雜誌》發行後，才看得清楚。

---

❶❺❾　1956 年 9、10 月，《文學雜誌》第 1 卷第 1、2 期刊載了 Nathaniel Hawthorne（霍桑）著，齊文瑜譯之〈古屋雜憶〉，後收錄於今日世界出版的夏濟安譯《名家散文選讀》中。據戴天訪問林以亮，「齊文瑜」就是夏濟安的筆名。參戴天，〈夏濟安二三事〉，《前言與後語》（台北：仙人掌出版社，1968 年），頁 155。又，《文學雜誌》第 1 卷第 5、6 期和第 2 卷第 1 期刊載的 Edith Wharton 著，王鎮國譯，〈伊丹・傳羅姆〉，也在 1960 年由今日世界社出版。

❶❻⓪　見傅孟麗，《茱萸的孩子：余光中傳》（台北：天下文化，1999 年），頁 56-57。

❶❻❶　陳芳明，〈橫的移植與現代主義之濫觴〉，頁 137。

四、從反共文學到現代主義文學

㈠反共文藝的「現代」觀

從「寫實主義」到「現代主義」，究竟現代主義如陳芳明所言，「是島上殖民者與西方殖民者相互勾結之後的結果」[162]，還是如陳映真言，國府並非自始至終支持現代主義[163]？究竟台灣文學由反共寫實主義位移至現代主義的過程中，國府的態度為何？我們認為透過國民黨高級黨工張道藩的文藝觀，及其主持的代表國府文藝立場的「中華文藝獎金協會」（簡稱「文獎會」）的機關刊物《文藝創作》（1951）對西方文藝的譯介情況，可以瞭解國府對現代主義的態度[164]。

1942 年 7 月，曾任國民黨中央改造委員、中國廣播公司董事長、中華日報董事長，並身兼國民黨傳播媒體數職並領導中央文化

---

[162] 陳芳明〈當台灣文學戴上馬克思面具——再答陳映真的科學發明與知識創見〉，頁 280。

[163] 陳映真，〈關於「台灣社會性質」的進一步討論〉，《反對言偽而辯》，頁 76。

[164] 《文藝創作》創刊於 1951 年 5 月 4 日，乃國民黨來台後，由黨中央直接支持的雜誌，是官辦「中華文藝獎金委員會」的機關刊物，提供歷屆得獎作品一個發表的園地，也負有實際推動政府文藝政策的任務。見應鳳凰，〈張道藩《文藝創作》與五〇年代台灣文壇〉，收入東海大學中文系編，《戰後初期台灣文學與思潮論文集》，頁 523-524。鄭明娳認為張道藩是國民黨文藝政策的始作俑者，在五、六〇年代台灣文壇一度擁有強固的實力，也顯然影響了蔣中正父子的文藝政策。因此，由張道藩的文藝觀可得知五、六〇年代國府文藝政策的理念。參鄭明娳，〈當代台灣文藝政策的發展、影響與檢討〉，收入鄭明娳主編，《當代台灣政治文學論》（台北：時報文化出版公司，1994 年），頁 13-14。

運動委員會的張道藩（1897-1968）發表〈我們所需要的文藝政策〉
❻，這是國民黨高級黨工第一篇關於三民主義文學政策的全盤概
述，也是 1949 年以後台灣「獨特」文學政策變遷的濫觴❻。〈我
們所需要的文藝政策〉開宗明義表明文藝是「救國武器的一環」，
不是有閒階級的唯美主義者在貧乏的內容上玩弄文學的東西，而我
國文藝內容主要是民族意識。張道藩進一步表達對象徵主義、唯美
主義和印象主義的不滿，認為這些主義「均不宜於我們的形式」，
而「有些文藝作家喜用歐化句式，往往使民眾群把捉不其意義何
在……」❻。張道藩強調文藝是生活意識的表現，而生活意識絕不
能與現實生活脫節，故其對文藝界只知移植西洋的奇花異卉，不問
是否適合於本地土壤表示不滿。為此，張道藩舉出與文藝有關的
「四種基本的意識」，作為文藝政策的依據，並根據這「四種意
識」批判現代文藝的歧途為「六不」，再對西方文藝重視個人意
識、悲觀色彩、浪漫情調與重視形式技巧一一批駁，最後以「五
要」確定新的文藝政策❻。這樣看來，此時的張道藩對個人主義取

---

❻　張道藩，〈我們所需要的文藝政策〉，原發表於《文藝先鋒》創刊號（1942
　　年 7 月）。收入張道藩文藝中心主編，《張道藩先生文集》（台北：九歌出
　　版社，1999 年），頁 626。這篇文章是張道藩為抗衡毛澤東〈在延安文藝座
　　談會上的講話〉，強調政治對文學的統御性而發表的文章，其看法和毛澤東
　　沒有太大差別，都是將文學藝術視為工具，只不過一是左翼「社會主義寫實
　　主義」，一是右翼「三民主義寫實主義」。
❻　鄭明娳，〈當代台灣文藝政策的發展、影響與檢討〉，頁 13。
❻　張道藩，〈我們所需要的文藝政策〉，頁 626。
❻　「四種意識」為：1.謀全國人民的生存。2.事實定解決問題的方法。3.仁愛
　　為民生的重心。4.國族至上。「六不」為：1.不專寫社會黑暗。2.不挑撥階

向的西方文藝流派是抱持負面的評價。這種對西方現代文藝的排斥
傾向，相當程度反映了當時國府對西方現代文藝的態度。

　　1953 年 1 月，《文藝創作》刊載張道藩〈論當前自由中國文
藝發展的方向〉，全文回顧並檢討了過去三年反共文學作品遽增，
讀者的欣賞興趣卻日減的原因，是因為當前的反共文藝「缺乏較高
藝術價值」的作品。張道藩肯定文藝作品具「宣傳」效用，並不會
降低藝術價值，只要在形式、技巧上多方學習，「努力創造新形式
與新藝術」，「向歐美各民主國家當代的文藝傑作多學習」，則文
藝界一定有更輝煌、偉大的傑作出現⑯。從這篇文章看來，張道藩
對西方文藝的態度，已小幅度地從早期的排斥，朝欣賞與接受的方
向傾斜。1954 年 2 月，張道藩發表〈三民主義文藝論〉，這時他
對現代文藝的態度有了較大幅度的轉變。在〈我們所需要的文藝政
策〉中，張道藩還認為「浪漫主義的形式不宜於我們的新文藝」
⑰；到了〈三民主義文藝論〉，寫實主義的堅持下，卻彈性地認為
可以「綜合一部份浪漫派的表現技巧」⑰。在〈我們所需要的文藝
政策〉中，張道藩還認為「象徵主義……等形式均不宜於我們的形

級的仇恨。3.不帶悲觀的色彩。4.不表現浪漫情調。5.不寫無意義的作品。
6.不表現不正確的意識。「五要」政策為：1.要創造我們的民族文藝。2.要
為最苦痛的平民而寫作。3.要以民族的立場來寫作。4.要從理智裡產生作
品。5.要用現實的形式。見張道藩，〈我們所需要的文藝政策〉，頁 601-
614。
⑯　張道藩，〈論當前自由中國文藝發展的方向〉，頁 2-7。
⑰　張道藩，〈我們所需要的文藝政策〉，頁 625。
⑰　張道藩，〈三民主義文藝論〉（中）〉，《文藝創作》第 35 期（1954 年 3
月），頁 12。

式」⑫；到了〈三民主義文藝論〉，則認為應「兼採眾長」，綜合浪漫主義，象徵主義，寫實主義三者的創作技巧為「浪漫的寫實主義」⑬。

　　事實上，現代主義在五〇年代透過美援文化刊物在台傳播，一種親美的社會體質已隱然成形。因此，除了張道藩，對西方文藝思潮的渴望與接受，也反映在同時期《文藝創作》的作家群身上。張道藩發表〈三民主義文藝論〉後，次期《文學創作》刊出彭歌的回應。彭歌認為當前反共文藝無法吸引讀者的興趣，是因為作品內容與台灣現實脫節與題材貧乏。因此，他一方面附和張道藩反共文藝的技巧和內容必須「向歐美學習」的論調，一方面卻又認為「內容」（寫什麼）比「技巧」（怎樣寫）重要。於是彭歌提出使作家進步方法之一，就是「努力提倡純文學的外國傑作介紹」，積極翻譯西方文藝名著⑭。1954 年 5 月，王集叢發表〈論創作方法〉，他認為寫實主義已無法滿足作家對現實的描寫，因此西方國家已不再以寫實主義為宗，現代主義側重心理描寫的創作方法，已是目前「先進國家」「新傾向」的主要特點。他說：

---

⑫　同註⑩，頁 626。

⑬　同註⑪，頁 11-12。

⑭　彭歌認為使作家進步的途徑有三：⒈作家們的創作，務需從實際生活體驗出發，寫作與切身生活有關的題材。⒉修正並擴大現行的文藝政策。⒊努力提倡純文學的外國傑作介紹，並建立嚴格的批評風氣。見彭歌，〈當前的文藝發展方向的探討──對張道藩先生「論當前自由中國文藝發展的方向」的另一種看法〉，《文藝創作》第 22 期（1953 年 2 月 1 日），頁 122-124。

果然新傾向的文藝思潮紛紛介紹過來了，而且還有人把新解
釋成為進步，認為我們的文藝應該走新的創作道路，以求進
步，否則便要落伍。所謂新的創作道路，主要的是離開現
實，描寫心靈。⑰

王集叢舉徐訏小說〈盲戀〉為例，認為側重心理描寫的方法，就是
「新傾向」的主要特點。由此可知，王集叢已把「新」、「進步」
等同於「現代」和「現代主義」了。1955 年，王集叢配合蔣中正
「戰鬥文藝」號召撰《戰鬥文藝論》，具體以美國歐尼爾、海明威
為例，說明現代美國文藝的「新傾向」是指「注重心理描寫」⑰。
這樣看來，《文藝創作》作家群的文學觀已從強調客觀的寫實主義
傾向，轉而注重主觀心理描寫的現代主義了。

　　值得注意的是，對「新傾向」的接受，並不意味對反共寫實主
義的揚棄。陳紀瀅〈論小說創作〉（1 期）肯定「小說部門在西洋
文學創作中的確有不少名著」，但又認為欣賞不等於創作，批評或
創作不能離開「中國化」這個法碼，反共抗俄還是寫作的總主題
⑰；王平陵〈新敘事詩的創造〉（7 期）讚美鄧禹平〈藍色小夜曲〉
和英國濟慈〈美與愛〉的唯美主義具同樣的情調，也肯定中國墨

---

⑰　王集叢，〈論創作方法〉，《文藝創作》第 37 期（1954 年 5 月 1 日），頁
　　97。

⑰　王集叢著、穆中南主編，《戰鬥文藝論》，頁 56。

⑰　陳紀瀅，〈論小說創作〉，《文藝創作》第 1 期（1951 年 5 月 4 日），頁
　　131-133。

人、紀弦、鍾雷等人的新詩創作❻；蕭自誠〈掀起新的文藝思潮〉
（14 期）肯定國際文藝的介紹與交流是吸收西洋文化的必要手段，
但也認為要積極把中國文學作品翻譯到外國去❼。由此可知，反共
作家並非一味地肯定所有文藝的「新傾向」，反共寫實主義的堅持
依舊存在，但作家已嘗試藉由西方文藝技巧的學習，來改進或修正
日益八股僵化的反共文學。因此，對歐美文藝技巧的綜合運用──
也就是葛賢寧所言：「寫實主義以外技巧的被攝取與被綜合」❽
──才是此階段作家的共同傾向。簡言之，反共作家對西方文藝是
抱持中西合璧的立場。例如張道藩在主張向歐美文藝傑作學習的同
時，也提倡「三民主義文藝」的寫實主義文學；或是王集叢提倡浪
漫、寫實、現代主義三者合而為一的「民生寫實主義」創作方法。
有趣的是，以上幾種主義其實是各具特色甚至是對立的。這顯示當
時的作家面對西潮的衝擊，欲發展出一種相容並蓄的文學理想時，
卻暴露出對西方思潮、主義的認知相當有限。

　　以上是五○年代由國府出資，專門生產反共作品的《文學創
作》作家群對歐美文藝思潮的態度。那麼，對歐美文學觀念的改
變，是否也反映在《文學創作》對西方文藝思潮的引介？

---

❻ 王平陵，〈新敘事詩的創造〉，《文藝創作》第 7 期（1951 年 11 月 1
　　日），頁 13-14。

❼ 蕭自誠，〈掀起新的文藝思潮〉，《文藝創作》第 14 期（1952 年 6 月 1
　　日），頁 3。

❽ 葛賢寧，〈四年來自由中國小說的動向〉，《文藝創作》第 45 期（1955 年 1
　　月 1 日），頁 17-18。

㈡《文藝創作》與現代文藝思潮

　　即便在反共文學大量出現的五〇年代初期，被視為官方文藝傳聲筒、代言人的《文藝創作》創刊初期即未完全排拒西方文藝與思潮的引介。1951 年《文藝創作》創刊號刊載的〈中華文藝獎金委員會徵求文藝創作辦法〉和〈中華文藝獎金委員會獎勵文藝創作辦法〉的「徵稿辦法」言：「本會徵求之各類文藝作品，以能應用多方面技巧發揚國家民族意識及蓄有反共抗俄之意義者為原則」；同期稿約並徵求「歐美各民主國家近二十年來文藝思潮的分析與研究；各傑出作家及其作品的批評與介紹。」⑱可知《文藝創作》創刊初期，在堅持「反共抗俄」基本國策時，已能接受寫實技巧外的「多方面技巧」，並開始獎勵歐美文藝思潮與作品的譯介。但觀察《文藝創作》對歐美文藝的譯介情形，卻發現刊物創刊初期對歐美文藝的譯介並不密集，從第 5 期才首次出現歐美文藝的譯介，第 6 期譯介美國作家辛克萊·劉易士後，一直到第 17 期才再出現外國文學的譯介。但是到了 1952 年 12 月，《文藝創作》第 20 期〈編後〉寫著：

　　　　自二次世界大戰以來，美、英、法各國文學與藝術，有迅速
　　　　的變化與進步，許多傑出的成功作品，國內介紹者太少了，
　　　　使得中國文藝發展與歐美各民主國家的文藝發展，有了很大

---

⑱　〈中華文藝獎金委員會徵求文藝創作辦法〉、〈中華文藝獎金委員會獎勵文
　　藝創作辦法〉見《文藝創作》第 2 期（1954 年 5 月 4 日），頁 159。「本社
　　稿約」見封底。

的距離，這是很為遺憾的。本刊希望譯界先進及擅長翻譯的
朋友們，多多注意及此，多多譯介些新的形式與藝術的作
品，以促進中國文藝的進步。⑱

此後，幾乎每期都有美、英、法、日等現代文藝的譯介；其中尤以
美國現代文藝的譯介最多⑱。由此可見《文藝創作》的西方文藝譯
介中，美國取向是相當清楚的。至 1954 年，《文藝創作》刊後刊
載〈中華文藝獎金委員會四十三年度徵求文藝創作辦法〉，要求創
作「內容擴大、標準提高」。其中「標準」部份，在形式與技巧方
面的要求有五大項，除第五項外，前四項提到「新形式」、「寫實
之外的其他流派的技巧」、「新的文藝」、「歐美新文藝形式」，
可見這時「反共抗俄」的主流訴求已不復見，「新的」「歐美新文
藝」才是《文學創作》積極譯介的對象⑱。

　　值得注意的是，反共作家群和《文藝創作》對歐美文藝、現代
主義的接受與譯介，正是戰鬥文藝高唱入雲，反共口號喊得震天價
響之際，顯然「戰鬥」與「文藝」在作家觀念裡並不衝突。例如
1955 年，王集叢提出「所有一切文藝都與戰鬥有關」的文藝觀
⑱，而此時《文藝創作》對歐美文藝的譯介也愈趨密集。這提醒我
們：五〇年代的「現代主義」和「戰鬥文藝」並非截然對立的兩個
概念，在「反共」的基本精神下，所有的「現代」文藝都可以和

---

⑱　編委會，〈編後〉，《文藝創作》第 20 期（1952 年 12 月 1 日），頁 127。
⑱　《文藝創作》60 期中，美國文學譯介出現 20 期，約佔總數的三分之一。
⑱　見《文藝創作》第 33 期（1954 年 1 月 1 日），頁 160。
⑱　王集叢著、穆中南主編，《戰鬥文藝論》，頁 1。

「戰鬥」文藝連結為一正當並合理化的文藝論述。

　　需要強調的是，反共作家對歐美文藝的進步與創作技巧的認同，並不代表他們對西方思潮毫無選擇的接受。李雅婷《建構台灣藝術主體性的困境——戰後國民黨的文藝政策》訪問九位本土畫家，說明第二代現代主義畫家在追求繪畫現代化過程中，遭到國府的調查，導因於徐復觀等人發表只有共產黨才畫抽象畫的言論，等到發現「劉國松這些人都是外省人，所以調查結果沒有問題，國民黨放心了，自然對劉國松想把水墨畫推向國際的意圖表示樂觀其成，甚至還主動幫他們辦展覽。」[186]可見五〇年代藝術創作者剛剛開始接觸現代主義時，國府文藝政策還是以寫實主義為主流；對歐美文藝的接受，只是局限在藝術技巧的學習，其基本精神依舊固定在反共意識型態的框架裏。因此，作家對現代主義的態度，也必須放在反共意識型態的框架來檢驗。廖炳惠說：

　　　　國民黨來到台灣以後，將現代主義和反共文學結合，一方面提倡道德，一方面要將八股文章改變得更好，來和中國大陸的樣板文章相比較。因此，我們政府各種文藝獎的標準是「思想正確」、「技術現代化」，以此鼓勵現代主義，表示我們比中國大陸進步。[187]

---

[186] 李雅婷《建構台灣藝術主體性的困境——戰後國民黨的文藝政策》（台灣大學政治研究所碩士論文，2003 年），頁 43。這裡指的是六〇年代所發生的台灣現代畫論戰。

[187] 廖炳惠，〈台灣當代公共文化的回顧與展望〉，收入盧建榮主編，《文化與權力：台灣新文化史》（台北：麥田出版社，2001 年），頁 85。

這也說出國府一開始確實對現代主義存有疑慮，但因為文學／藝術上的現代化／現代主義化，意味著比共產主義來得進步。基於反共的考量，國府才以不鼓勵，但也不完全排斥的態度接受現代主義。

對於美國、國府和現代主義三者的關係，陳芳明說：

> 在五○年代為了反共而被編入世界冷戰結構的台灣，在政治上得到美國的支撐，才得以「代表中國」；同時，在經濟上，也得到美國的物質援助。國民政府一面倒接受美國的扶植，終於在文化上也不能不受到影響。透過美國新聞處的在台設立，島上知識分子大量獲得西方文化的資訊，從而也在潛移默化中孕育了親美的心態。台灣作家敞開窗口最早迎接的文學思潮，便是現代主義。❿

如果文學生產是社會控制的重要機制，則美援刊物傳播的西方「現代」想像，正是透過美新處出版的文學作品和刊物，以及和美新處關係密切的外文系知識分子及其刊物對美國西方文藝思潮的譯介，在台灣傳播開來。這些文學文本被典律化成為課堂上的教科書和圖書館典藏的文化資產，無形中也參與了殖民統治的宰制過程❿。如果美國正是以「遠距離控制的殖民者」角色出現，則美援文化傳播的美國「現代」想像，以艾略特觀點來說，正是所謂的「帝國的文

---

❿　陳芳明，〈台灣新文學史的建構與分期〉，《聯合文學》第 15 卷第 10 期（1999 年 8 月），頁 170。

❿　李有成主編，《帝國主義與文學生產》（台北：中央研究院歐美研究所，1997 年），頁 16。

化效應」，它透過「零碎的方式強行進入」，「以誘惑影響當地人，讓他們以錯誤的原因崇拜西方文明中錯誤的事物」⑩。現代主義在國府、美國各懷居心的共謀下，透過美援文化以「迂迴」的方式在台灣開展，「現代主義之介紹到台灣，乃是島上殖民者與西方殖民者相互勾結之後的結果。」因此，「現代主義在某種意義上是帝國主義文化的延伸，是無需爭辯的。」⑩

第四節　文學與政治：
心理「寫實」與社會「現實」

一、現代主義與高壓戒嚴體制

對於作家與西方現代主義的接軌，創作者和論評者皆有不同見證。叢甦和白先勇這兩位現代主義作家是把作家心理經驗置於整個世界局勢的大環境來看，叢甦說：

> 文學反映時代，六〇年代青年人的世界觀有五〇年代的「冷戰」、「韓戰」、「越戰」與「核戰陰影」夾縫中不可避免的虛無感與反叛感。「敲打的一代」（Beat Generation），「存在主義」，與「憤怒的年青人」（Angry Young Men）是時代的

---

⑩　同前註，頁 39。

⑩　陳芳明，〈當台灣文學戴上馬克思面具——再答陳映真的科學發明與知識創見〉，頁 280。

產兒。⓴

白先勇觀點恰可以和叢甦說法相互參照：

> 現代主義是對西方十九世紀的工業文明以及興起的中產階級
> 庸俗價值觀的一個大反動，……西方現代主義的作品中對人
> 類文明總持著悲觀及懷疑的態度。……作品中叛逆的聲音、
> 哀傷的調子，是十分能夠打動我們那一群成長於戰後而正在
> 求新望變徬徨摸索的青年學生的。⓭

白先勇把現代主義的運用視為是戒嚴體制下作家的「逃避」心理：

> 這些作家為了避過政府的檢查，處處避免正面評議當時社會
> 政治的問題，轉向內心的探索：他們在台的依歸終向問題，
> 與傳統文化隔絕的問題，精神上不安全的感受，在那小島上
> 禁閉所造成的恐懼感，身為上一代罪孽的人質所造成的迷惘
> 等。因此，不論在事實需要上面，或在本身意識的強烈驅使
> 下，這些作家只好轉向內在、心靈方面的探索。⓮

⓰　叢甦，〈我與《現文》〉，收入白先勇編，《現文因緣》（台北：現文出版
　　社，1991 年），頁 192。

⓭　白先勇，〈《現代文學》創立的時代背景及其精神風貌──寫在《現代文
　　學》重刊之前〉，《現文因緣》，頁 9-10。

⓮　白先勇，〈流浪的中國人──台灣小說的放逐主題〉，頁 111。

尉天驄也有類似說法：

> 正好民國四十三年中美簽訂了共同防禦條約，這個條約訂了
> 之後，台灣興起了一番新的局面。……在這樣短暫的安定之
> 局中，有一些人就想乾脆在這裡安定下來，這就形成了一些
> 人的逃避心態。所以那個時候的文學雜誌，都在介紹西方十
> 九世紀以來的抽象畫、介紹過時的立體派、達達派等等，這
> 些都是逃避的、頹廢的文藝思潮。⑲

李歐梵則進一步把作家「逃避」的心態和現代主義「內省」性的美
學風格結合而論：

> 他們無意於面對未來命運尚未肯定的政治現實。無論是從大
> 陸來的還是台灣本地的作家，都逐漸內向起來，沈浸於個人
> 感覺的、下意識的和夢幻的世界之中……當他們不得不描寫
> 「真實」時，就採用「現代主義」中五花八門的暗諷或影射
> 的手法，從而表現了他們被孤立的恐懼、不安全感以及代父
> 輩受罪的困惑。現代主義文學滋長的時機，就這樣成熟起來
> 了。⑲

---

⑲ 尉天驄，〈西化的文學〉，收入丘為君、陳連順主編，《中國現代文學的回
顧》，頁 155-158。

⑲ 李歐梵，〈台灣文學中的「現代主義」和「浪漫主義」〉，《現代性的追求
——李歐梵文化評論精選集》，頁 177-178。

楊照不談作家的「逃避」心理，而從戰後外省族群的移民經驗來看：

> 與國民黨官方關係密切的外省族群、外省文化，陰錯陽差地
> 與現代主義有了高度的親和性。親和性來源之一，是戰爭與
> 離鄉背井的恐慌疑沮。……外省族群控有文化上的主流發言
> 權，現代主義也就成了五、六〇年代的美學威權。尤其是現
> 代主義中最為強調個人、強調疏離、強調沈淪墮落的一支，
> 讓外省族群的年輕人趨之若鶩、風靡一時。⑲

而現代主義之成為外省籍作家運用的書寫策略，則和國民黨戒嚴體制下的高壓文化氛圍有關：

> ……含藏在現代主義美學內部的一組矛盾。那就是最好的現
> 代文學作品應該要傳達無以名狀的陌生暈眩，打破人對約定
> 俗成種種慣習的依賴；然而如果說作品讓人陌生到一個程
> 度，那卻又會失去閱讀、溝通的基本意義。如何既讓人家
> 「看懂」，卻又要感到「陌生」，這才是現代主義美學在理
> 論與實踐上最艱難的挑戰。……「橫的移植」基本上是要引
> 進異文明、異社會的成分來製造陌生感。⑳

---

⑲　楊照，〈「現代化」的多重邊緣經驗——論王禎和的小說〉，《夢與灰燼
　　——戰後文學史散論二集》，頁 121

⑳　楊照，〈文學的神話・神話的文學〉，頁 118-119。

也就是說，在國民黨戒嚴體制對政治思想箝制的恐慌下，作家深怕因言賈禍，給自己帶來「文字獄」，於是現代主義具「傳達」又「陌生」的特殊美學性格，給作家開了一扇創作之門，由此躲避思想警察的監控。

　　白先勇、李歐梵和楊照都是把現代主義的美學特質與族群（外省籍作家）經驗、個人心境結合一起，而陳芳明則撇開作家省籍問題不談，把原因直接指向高壓戒嚴體制帶給作家的壓力上：

> 現代主義在西方社會的興起，主要拜賜於資本主義伴隨著工業文明的衝擊而誕生的產物。人被物化以後所出現的心靈空虛、疏離與隔絕，都是現代主義作家熱切關心的主題。……西方知識分子的苦悶，乃是因為面對了工業文明的龐大機器；台灣知識分子的疏離，則是來自殖民體制的壓力。[199]

也就是說，因為台灣知識分子心靈的苦悶和西方知識分子有了契合點，給了西方現代主義在台落地生根的機會。但這苦悶、疏離的來源，後者是來自都市化、工業化的資本主義社會，前者卻是戒嚴殖民體制的操控。因此，陳芳明說：

> 台灣現代主義者所寫出的焦慮、苦悶，以及以意識流技巧所表達的疏離與夢魘，正是封閉的反共年代之投射。他們會那

---

[199] 陳芳明，〈後現代或後殖民——戰後台灣文學史的一個解釋〉，《後殖民台灣——文學史論及其周邊》，頁 32-33。

樣表現，其實寓有對戒嚴體制的反諷與抗拒。⑳

顯然，現代主義作家有不得不求助於現代主義的理由，而那和高壓
戒嚴體制下苦悶、疏離、焦慮的心情有關。然而，為何那麼多現代
藝術，作家會獨鍾現代主義？由上述所引諸位學者說法看來，是植
基於現代主義藝術形式和語言表現而來。針對現代主義特殊的語言
表現，范銘如的看法是：

> 台灣在戰後官方語言轉換後，日據時期的寫實主義傳統暫被
> 切斷，……對這一批幾乎都出生於戰前的台籍青年作家而
> 言，中文並非母語。……現代主義破碎的語言，不連貫的文
> 法規則，簡易怪異唐突的場景、人物，重想像而輕工筆白描
> 的敘述特色，對這些文字掌握生澀、想像力大於人生經歷的
> 年輕台籍女性而言，而顯得親切、容易上手。因此，儘管台
> 灣的現代主義小說，具備挑戰權威的特徵理想，我們不宜忽
> 略了在現實層面上，它對台籍青年是一條終南捷徑。運用實
> 際上比較容易的語言，雖然意識型態上比較困難，晉身為
> 「新」文學的代言人，與外省籍同學併肩，取得論述場域裏
> 屬於菁英的一席之地。不論外省和台籍現代主義小說家，為
> 了與當時「劣質」的台灣文學主流抗衡，他們必須爭取正典

---

⑳　陳芳明，〈當台灣文學戴上馬克思面具──再答陳映真的科學發明與知識創
見〉，頁 281。

化權力的合法性植基於「優越」的西方經典上。⓪

現代主義之受台灣作家青睞，乃因西方經典的「優越性」，足使作家取得正典化權力的合法性。而「優越」的西方經典中，作家獨鍾現代主義的原因，正是在於其異於寫實主義的「革命性」語言表現，是台籍女作家「較容易」運用的語言工具，現代主義文學因此是台籍作家得以和外省籍作家比肩的「終南捷徑」。范銘如對現代主義語言形式表現的說法，觸及了一個討論戰後台灣現代主義勢必難以迴避的問題，即：與現代主義「相關的物質或象徵利益」，也就是現代主義文學／書寫者的權力／文化位階關係。這個問題可以從張誦聖和游勝冠的文字論戰進一步觀察。

二、西化之必要：高層藝術的追求

在〈台灣現代主義與本土抗爭〉中，張誦聖認為討論戰後台灣現代主義文學的崛起，太過強調「文化真空」或「文化帝國主義」的無所不在，都忽略了當時知識分子堅持自由主義立場的「西化的必要」思考下，對西方文明優點主動吸收與接受的開明態度⓪。因此，張誦聖把現代主義文學的崛起，定位為一項知識分子「精英主義的文化復興計畫」。這項文化復興計畫，是為反抗戰後初期國民黨透過統治策略所建構的一種以副刊為中心，具「女性特質」的教

⓪　范銘如，〈台灣現代主義女性小說〉，《眾裏尋她——台灣女性小說縱論》（台北：麥田出版社，2002 年），頁 89。

⓪　張誦聖著、應鳳凰譯，〈台灣現代主義小說及本土抗爭〉，頁 59-60。

化性「主導文化」。「現代派的崛起，或者說他們『攫取位置』（position-taking）的策略，即是將這種特殊的文學生態，和政治氣息極濃的主導文化當作試圖取代的對象。」❷❸簡言之，「由政治因素啟動的意識型態規範」，介入了台灣文學經典的界定與形塑；現代主義的崛起，乃因五四新文學抒情傳統質變後的文學風格，「沒有實質上滿足高層文化的藝術性要求」，而西方現代主義文學的菁英主義性格，恰可以滿足作家創作現代中國「高層藝術」時，對一種新藝術風格的需求❷❹。具言之，「以自由主義為意識型態根據的現代主義文學，提供了足以與主導文化抗衡、甚至挑戰主導文化的另類文化視野。」❷❺因此，台灣現代主義的崛起，乃是中國知識分子再度大規模吸納與傚效西方高層文化的另一例證❷❻。

　　張誦聖對台灣現代主義崛起的論述，得到網路上游勝冠的回應，雙方展開一來一往的激烈答辯（以下簡稱張、游）。首先，游認為「現代主義」和「文化帝國主義」相關是張的論點，卻未見到張批判美文化帝國主義的視角❷❼。其次，游認為張以「高層文化與世界性藝術」這些概念定位現代派的背後，對「與他們相關的物質或

❷❸　張誦聖，〈台灣女作家與當代主導文化〉，頁 118。

❷❹　同註❷❷，頁 62。

❷❺　同註❷❸，頁 113、118-126。

❷❻　同註❷❷，頁 58。

❷❼　游勝冠，〈徘徊於左、右立場之間的論述——再論張誦聖教授台灣文學論述中真理與立場的共謀〉，下載自「台灣文學研究工作室」。2002 年 2 月 17 日上網。網址：http://ws.twl.ncku.edu.tw/。

象徵利益」卻隻字未提❷⃝⃝。再者，游認為張沒有討論到黨國體系的關係，使現代主義儼然超脫於政黨之外，有去政治化之嫌；而張後來又說現代主義與自由主義有關，說法顯然自相矛盾，因為自由主義本來就與政治息息相關❷⃝⃝。簡言之，游勝冠質疑張誦聖「去歷史脈絡化過度肯定現代主義」。

　　暫且擱置「游、張論戰」背後所顯示的族群意識、政治立場。針對游張論戰內容，我們有以下看法。首先，我們同意張誦聖所說，單由「政治定位的主導性文化制約」的角度觀察現代主義，是一種「全盤涵蓋的化約性詮釋方式」❷⃝⃝。但回到張誦聖數篇討論現代主義文章的脈絡，她對現代主義「高層文化」的預設、文學藝術性的高度肯定，實在讓人不得不懷疑她是透過對現代主義高度的評價，再往前回溯現代主義文學崛起之因。其次，張誦聖謂主導文化提供的「不但是個限制的能量，也是個啟動的能量」一說，也有為國民黨以政治威權箝制文學創作自由尋找合法化基礎之嫌。再者，張誦聖高度肯定現代主義的美學價值，認為現代主義的崛起，是對五〇年代文學「質」的反動。但，到底是現代派作家先對當時文學「質」的不滿，才找到具懷疑、批判性質的現代主義？還是現代主義作家先接受現代主義的美學觀，才對這些文學現象不滿？還有，為何這套新的文學符碼是「現代主義」而不是其他？

　　對現代主義文學／書寫者的權力／文化位階關係，可以參照楊

---

❷⃝⃝　游勝冠，〈權力的在場與不在場：張誦聖論戰後移民作家〉，下載自「台灣文學研究工作室」。2001 年 10 月 6 日上網。網址：http://ws.twl.ncku.edu.tw/。

❷⃝⃝　同註❷⃝⃝。

❷⃝⃝　同註❷⃝⃝，頁 132。

照和陳芳明說法進一步解釋。楊照認為現代主義在台灣的傳播，的確和以外省族群為主的台大外文系師生有密切關係。「外省族群控有文化上的主流發言權，現代主義也就成了五、六〇年代的美學威權」⑪，當時代的作家無法不認知並感染到這種現代主義的價值。然而，台灣當時社會與文化「二元化」的特殊局勢，使外省族群作家因「戰爭與離鄉背景的恐慌疑沮」讓他們和現代主義有了高度的親和性，特別是現代主義中最為強調個人、虛無、沈淪墮落的一支，使外省年輕作家趨之若鶩⑫。陳芳明則認為現代主義和美援文化有關，且少數現代主義者與國民黨的權力也有密切關係。但美學信仰和權力趨向無關，同時現代主義作家在接受現代主義影響後，便已開始對現代主義進行改造與擴充，使其本土化、在地化。因此，現代派背後確實與權力／文化位階等「相關的物質或象徵利益」脫不了關係，但這套文學技巧的運用，已用來表達他們對戒嚴體制的抗拒⑬。

三、現代主義與台灣現代性經驗

張誦聖認為在以國家為主導的現代化過程中，一個具備各種基

---

⑪　楊照，〈「現代化」的多重邊緣經驗──論王禎和的小說〉，頁 121。

⑫　楊照所謂「二元化」，指的是戰後台灣社會與台灣文化二元化的部分：經濟上有官業與私業的二元化；社會上有本省外省的二元化；文化上有城鄉的二元化。見楊照，〈「現代化」的多重邊緣經驗──論王禎和的小說〉，頁121。

⑬　陳芳明，〈當台灣文學戴上馬克思面具──再答陳映真的科學發明與知識創見〉，頁 282。

本特徵的中產階級社會已經在台灣迅速成形❷；但陳芳明認為五〇年代的台灣是處於「經濟蕭條的艱困年代」，並未產生強有力的中產階級❷。同樣的想法也出現在游勝冠的思考中，他認為五、六〇年代還處在農業社會中的台灣，是否形成了所謂的「中產階級」，是一個問題；如果有，那麼這些現代主義作家本身可能就是中產階級。如是，現代主義作家果真反抗中產階級品味？抑或是他們「高層文化的追求」就是一種中產階級的文化品味❷？「游張論戰」中，游勝冠對張誦聖所謂「中產階級」提出質疑：「高層文化」的概念是產生於資本主義社會，當時台灣社會並非資本主義社會，以「高層文化」定義五、六〇年的台灣現代主義文學是否恰當？

以上諸說焦點都集中在：五、六〇年代的台灣社會到底具不具備西方現代主義崛起的物質條件？我們的問題是：五、六〇年代現代主義崛起時的台灣社會，其現實條件如何？

較深入觸及五、六〇年代現代主義崛起時的台灣社會現實條件的是邱貴芬〈「在地性」的生成：從台灣現代派小說談「根」與「路徑」的辯證〉。這篇論文中，邱貴芬認為台灣現代主義小說引

❷　張誦聖著、應鳳凰譯，〈台灣現代主義小說及本土抗爭〉，頁66。
❷　陳芳明，〈台灣現代文學與五〇年代自由主義傳統的關係──以《文學雜誌》為中心〉，頁174。
❷　游勝冠，〈徘徊於左、右立場之間的論述──再論張誦聖教授台灣文學論述中真理與立場的共謀〉。張誦聖回應游勝冠對「中產階級」的質疑時，解釋自己的「中產階級」之意，不代表「優越性」，而是隱含貶意的，因為它意味著保守妥協、認同主導文化、維護現存秩序等性格。參張誦聖，〈回應游勝冠〈權力的在場與不在場：張誦聖論戰後移民作家〉〉，下載自「台灣文學研究工作室」。2001年11月8日上網。網址：http://www.twl.ncku.edu.tw/。

發的「抄襲西學」、「仿冒」、「落後的時間性」爭議，皆因這些
論述背後都假設台灣現代主義的崛起並沒有社會現實條件作基礎，
因此，以「逃避」論或「抗拒」論等負面情緒看待台灣現代主義的
崛起，都是以「對峙」角度詮釋台灣「創傷現代性」的歷史修辭。
這套論述系譜「在彰顯台灣戒嚴與高壓政治的社會面向之時，卻也
不免壓抑了當時台灣處在一個急遽變動的時代關口，作家想要求新
求變，表達他們所感受到的時代的不安與燥動。」㉗邱貴芬以兒時
印象和成長過程中台灣社會變動的經歷為例，認為強調「現代主義
乃產生於政治高壓統治」的說法，是傾向於強調當時台灣的「封
閉」與「壓制」性，但 1950 年代中葉後，台北已成為一個多元文
化匯流的場域，跨文化交流與擊撞帶來的興奮、不安與躁動，勢必
讓作家亟思以一種新的文學形式來表達文化衝擊所帶來的現代性經
驗。因此：

㉗ 邱貴芬，〈「在地性」的生成：從台灣現代派小說談「根」與「路徑」的辯
證〉，《中外文學》第 34 卷第 10 期（2006 年 3 月），頁 139。「逃避論」
和「抗拒論」指的是白先勇和陳芳明對戰後台灣現代主義崛起的論述。見白
先勇，〈流浪的中國人：台灣小說的放逐主題〉，頁 110-111。陳芳明，〈現
代主義文學的擴張與深化〉，頁 143-144。邱貴芬引張小虹論中國現代性說
法，認為「創傷現代性」和「shame 代性」，是中國現代性經驗的重要面
向。西方「創傷現代性」著眼於現代工商社會快速變動、目不暇給的生活模
式帶來的驚嚇；而中國「創傷現代性」除了具西方「創傷現代性」特質，還
要加上中國文明與西方強勢文明相逢時所帶來的創傷。邱貴芬，〈「在地
性」的生成：從台灣現代派小說談「根」與「路徑」的辯證〉，頁 136。張
小虹，〈現代性的小腳：文化易界與日常生活踐履〉，收入馮品佳主編，
《通識人文十一講》（台北：麥田出版社，2004 年），頁 199-229。

> 台灣現代派文學的興起不是毫無物質基礎，或「只是」逃避
> ／抗拒當時政府高壓政策的產物。從農業轉為工業的社會變
> 遷，因特殊政治歷史而造成的多種文化交會撞擊、以及散佈
> 這些異質文化符號的音像工業的發展，這些特定的台灣時空
> 背景因素都造就了台灣現代派文學的興起。㉓

邱貴芬以白先勇和施淑對 1960 年代台北社會記憶的落差為起點，
透過「常民娛樂」的面向說明當時的台北作為一個「跨國文化交流
的都會場域」，正接受來自各國音像視覺的衝擊，這顯示台灣不是
處於「壓抑」、「奄奄一息」、「蒼白無力」樣貌的社會。簡言
之，六○年代台北面臨的多元文化撞擊和音像工業的蓬勃發展，都
是台灣現代主義崛起的物質條件。因此，邱貴芬問：小說家究竟感
受較多的是白色恐怖的壓抑，還是現代化視覺和音覺的新奇衝擊所
帶來的陌生、興奮與不安？

㈠電影中的台北

邱貴芬以「常民娛樂」面向觀察台北的社會現實，確實突破了
習以「政治高壓戒嚴」一詞概括五、六○年代台灣社會現實的化約
性論述。但以邱貴芬提到的國、台語片來說，根據葉龍彥的研究，
國語片激增和台語片的第二高峰期都在六○年代㉔，加上同時間進

㉓ 邱貴芬，〈「在地性」的生成：從台灣現代派小說談「根」與「路徑」的辯
　　證〉，頁 142、151。

㉔ 葉龍彥，〈正宗台語片之「台北經驗」及其歷史性分析〉，收入陳儒修、廖
　　金鳳編著，《尋找電影中的台北》（台北：萬象圖書公司，1995 年），頁
　　34。

口的好萊塢西片、日片……，這些資料都清楚傳達一個訊息：六〇年代的確是台灣電影的黃金時期。但，誠如張忠棟所言，1960 年代是國民黨控制台灣更嚴密的時期⑳。多元化的片種、龐大的影片數量所形成的「多音像匯流」氛圍，反映的只是台灣經濟日趨穩定的趨勢，政治依舊高壓肅殺，社會仍籠罩在白色恐怖的氛圍裡，國府對電影工業的控制一直不曾鬆手，從五〇年代起，不僅掌控整個電影工業的上層結構㉑，1955 年更實施捕風捉影式的電影檢查制度。到了六〇年代，電影又成了揭穿共匪暴政，宣揚國民政府的工具。

　　張誦聖認為戰後台灣的主導文化強烈抑止作家在文學作品中呈現社會的負面現象，並努力地以共同的利益動員懷柔作家㉒。其實，不僅文學，各種文化工業——包括電影，也難逃這種主導文化的壓力。例如六〇年代國府為鼓勵國語電影朝鼓舞民心士氣的教化方向發展，提出「健康寫實主義」的拍片原則，由「蚵女」成功打

---

⑳　張忠棟認為 1960 年代是國民黨控制台灣更嚴密的時期，軍人比重在政治上大為增加，知識分子受到的壓迫也有增無已。張文舉柏楊因翻譯「大力水手」漫畫文字，被依「侮辱國家元首」被捕下獄為例（1969）。見張忠棟，〈國民黨台灣執政四十年〉，《中國論壇》第 29 卷第 7 期（1989 年 1 月 10日），頁 65。另外，《自由中國》社長雷震也在 1960 年 9 月因涉叛亂罪被捕；1965 年彭明敏等三人因叛亂罪判刑；1967 年 2 月「國家安全局」成立；1968 年陳映真因「民主台灣聯盟事件」被捕判刑。

㉑　當時台灣電影工業被農教（後改為「中影」，國民黨營，負責反共抗俄政宣片）、中製（國防部主持，負責軍事教育新聞短片）和台製（台灣省政府，負責社會教育新聞短片）三大片廠獨佔。這是國民黨有意控制整個電影工業的明證。

㉒　張誦聖，〈現代主義與台灣現代派小說〉，《文學場域的變遷》，頁 55。

響「健康寫實」路線的第一砲後，一系列「健康寫實」電影陸續上映，塑造了六○年代的台灣是個充滿向上活力的大家庭。但「健康」未必「寫實」，「寫實」未必「健康」。為配合國語政策的推行，「健康寫實」電影裏的鄉間老夫婦往往使用國語對白；為象徵國府統治上的「正統」，以台北為背景的國片大量出現宮殿式建築……。諸如此類的矛盾場景，皆使影片傳達的寫實性大為降低。可見當局在鼓勵「健康」創作的同時，除了積極、踏實的生活基調外，對國家政策的頌揚與配合，才是「健康寫實」的準則。從這個角度來看，所謂「健康寫實」電影，不過是以往政宣電影脈絡的延續，只是在技術和敘述上更為圓熟含蓄，不著痕跡罷了。

電影創作者的詮釋觀點，本受到創作者背後的歷史文化、社會結構和個人成長經驗影響。因此，不同背景的創作者，看待同一時期的自身環境，自然也呈現不同觀點。白先勇和施淑對同時期台北記憶的落差，也同樣出現在電影中的台北。與中影等公營片廠開拍的「健康寫實」片中「積極進取」的台北有別，同時期台語片中的台北，呈現的卻是「悲情愁苦」的形象。例如梁哲夫「台北發的早班車」（1964）中，台北是個讓農村女子為錢失身、殺人乃至失明與情郎離散的傷心地；高來福「女性的仇人」（1957）中，台北是個處處陷阱、人心險惡的地方；吳飛劍「康丁遊台北」（1969）中，台北是讓純樸的鄉下人被騙潦倒、身染惡習的地方。我們要問：「積極進取」抑或「悲情愁苦」，何者最能呈現六○年代的台北社會現實？

電影作為一種「再現」社會實體的媒介，其表現形式、題材內容與意識型態所呈現的意義，往往具某種程度的客觀性與主觀性。

電影製片公司立場，或編劇、導演觀點的被採用，通常主導了電影呈現的「主觀性」㉓。因此，觀眾由影片內容拼合的「台北」形象，也無全然的代表性與絕對性。縱觀台語片發展史，從 1956 年到 1972 年，其間曾與黃梅調、瓊瑤小說電影擦身而過，台語製片可說是一股波瀾壯闊的經濟活動，不僅流行時間長，相關從業人員更是不計其數，觀眾也遍及大都會與窮鄉僻壤。與多在影棚或戶外搭景的國語片相較，台語片多以實景拍攝，甚至有紀實片的價值，為我們保留了三十年前台灣社會風貌。鄭培凱認為吳飛劍的《康丁遊台北》在呈現台北都會早期工業化發展方面很有歷史真實感，對台北都會景觀的描述，值得歷史家注意㉔；葉龍彥也認為正宗台語片很直接、很寫實地反映生活，可以作為時代記憶的歷史見證，瞭解六〇年代台灣人的男女情愛和父子關係㉕。與官方文化政策積極獎勵輔導的國語片相較，顯然台語片較能真實再現五、六〇年代的時代氛圍與台北社會記憶。

㈡流行歌曲中的台北

　　除了電影，流行音樂也是反映社會的一面鏡子。流行歌曲反映並記錄了社會的變遷，提供詞曲工作者表達對社會變化的觀察和反省，流行歌詞的意義，往往也透露出特定時空下的文化形式及社會

㉓　段貞鳳，〈銀幕裡外的薛西弗斯——從電影社會學角度觀看電影中的「台北」〉，收入陳儒修、廖金鳳編著，《尋找電影中的台北》，頁71。

㉔　鄭培凱，〈中國電影時空座標的轉移：從上海到台北〉，收入陳儒修、廖金鳳編著，《尋找電影中的台北》，頁130-131。

㉕　葉龍彥，〈正宗台語片之「台北經驗」及其歷史性分析〉，頁40。

價值觀㉖。

　　楊德昌電影「牯嶺街少年殺人事件」的時空設定在五、六〇年代的台灣，片中導演運用了幾種流行音樂當作時代的標幟：日本音樂、貓王與同時期的西洋音樂、上海流行歌曲、北京戲、台語歌。這幾種音樂類型，對照張釗維編纂的台灣流行歌曲發展年表㉗，可說頗真實地記錄了五、六〇年代台灣流行音樂的市場樣貌，顯示當時台灣流行音樂的類型是由不同脈絡所延伸，代表「聽眾之間年齡、省籍、階級和性別的差異」㉘。然而，將「牯嶺街少年殺人事件」和張釗維編纂的年表相對照，我們發現當政府大力推動國語運動，並透過各種行政命令限制方言節目的播出時，反映在台語歌曲上，便是作者自創的作品量陡降，而以日本原曲配以口語化的台語填詞歌曲大量出現。與此同時，國語電影在國府政策的扶植下取代了台語電影，這時國語電影主題歌曲正是市場大宗。換言之，台語歌曲的式微和國語歌曲的成為文化霸權，和國府國語政策的強力推動脫不了關係。如果流行音樂之為一種文化形式，它在特定的時代必承載著某種特定的意義，那麼「牯嶺街少年殺人事件」呈現的五、六〇年代台灣社會多元化的類型音樂，置於當時代的特定時空背景，反映的只是當時台灣經濟結構的改變，隱藏在背後的則是國

<hr>

㉖　曾慧佳，《從流行歌曲看台灣社會》（台北：桂冠圖書公司，1998 年），頁25、261。

㉗　張釗維，〈流行歌謠詞曲作家大事記（初稿）〉，《聯合文學》第 7 卷第 10 期（1991 年 8 月），頁 130-131。

㉘　譚石，〈台灣流行音樂的歷史方案——一個初步觀察〉，《聯合文學》第 7 卷第 10 期（1991 年 8 月），頁 74。

家機器對文化工業的宰制。

　　再以流行歌曲的歌詞觀察。六〇年代暢銷的台語歌詞所顯示的台灣社會，也還只是不必擔心隔夜糧的年代❷；〈悲情的城市〉歌詞更以失戀者的心情表現「被人放捨的小城市」的悲鬱❷。這種以男女情感的不順為主題的台語歌曲，在五、六〇年代的台灣流行歌謠史上，比比皆是❷。向陽認為「被人放捨的小城市」的「亞細亞孤兒」的心情，正是透過這些男女私情來排解；而這種歌曲的流行，「相當可以反證五、六〇年代白色恐怖政治氛圍中台灣人的苦悶與悲戚。」❷對照同時期暢銷的國語歌曲如〈綠島小夜曲〉、〈花好月圓〉、〈一見你就笑〉等，台語歌曲傳達的時代氛圍實在相當「悲情」。事實上，縱觀整個台語歌謠史，台語歌謠給聽眾的印象都是充滿悲哀的曲調；戰前台灣膾炙人口的台語歌詞，與「分離」相關的情緒和象徵出現最多❷。這樣的離愁別緒，構成了台語

---

❷　如：〈媽媽請你也保重〉（1960）、〈孤女的願望〉（1961）、〈思慕的人〉（1966）、〈三聲無奈〉（1966）、〈悲情的城市〉（1968）、〈故鄉的月〉（1968）、〈安童哥買菜〉（1968）等。

❷　〈悲情的城市〉歌詞第一節如下：「心稀微，在路邊，路燈光青青，若親像照阮心情，暗淡無元氣。彼當時，伊暗議，欲分望，因何我會無來加阻止。啊……被人放捨的小城市，秋夜月暗暝。」

❷　如：周添旺詞、楊三郎曲〈孤戀花〉（1952）、〈秋風夜雨〉（1954）；葉俊麟詞、楊一峯曲〈舊情綿綿〉（1965）、〈思慕的人〉（1966）、〈暗淡的月〉（1964）；周添旺詞，陳達儒曲〈青春悲喜曲〉（1965）。

❷　向陽，〈青春與憂愁的筆記——從台語歌謠的「悲情城市」中走出〉，《聯合文學》第 7 卷第 10 期（1991 年 8 月），頁 91。

❷　如：周添旺詞，鄧雨賢曲〈雨夜花〉（1934）、〈月夜愁〉；陳達儒詞〈心酸酸〉（1936）、〈雙雁影〉（1936）、〈港邊惜別〉（1939）。

流行歌謠的大部份內容，也延續至戰後國府治台時期的流行歌謠。台語詞曲工作者，正是「在漫長的被壓抑的政治環境中，以悲吟低歌的方式醞染了台灣社會的悲鬱情緒。」❷❸❹向陽對台語歌曲發展的觀察很值得我們參考。他說：

> 四十多年來（案：指五〇年代以來），在台語的流行歌中，充斥著的還是悲愁的調調，這種悲愁，少部份亦如日據時代一般，有其來自政治大環境的無奈作為背景，……在戒嚴年代中政府有意無意地抓緊對台語歌謠（有時也包括國語歌謠）的政治審查，……台語歌在晚近三十年中，幾乎未能產生詞佳曲美的好歌。……台語歌謠的世界，籠統看來，就是一座「悲情城市」……。❷❸❺

誠如向陽所言，「來自政治大環境的無奈」，讓戒嚴時代台灣住民口耳相傳的悲苦曲詞呈現的台北是一座「悲情城市」；這座「悲情城市」流行的歌謠多以「哭調仔」為範疇。套句向陽的話，那些「悲情得有道理的老歌」，今天已被列入「台灣民謠」行列傳唱至今。

(三)「健康寫實」或「悲情愁苦」？──台北記憶的想像與紀實

　　法蘭克福學派認為意識型態的操縱功能主要是借助於電影院、

---

❷❸❹　向陽，〈青春與憂愁的筆記──從台語歌謠的「悲情城市」中走出〉，頁91。

❷❸❺　向陽，〈青春與憂愁的筆記──從台語歌謠的「悲情城市」中走出〉，頁93。

畫刊、電視、文學形式、暢銷唱片……等文化工業來實現，因為意識型態：

> 具有掩蓋社會的對抗，並用和諧的幻想取代理解這些對抗功能的意識要素……人們明明生活在一個惡劣的現實和對抗的世界裡，壓抑苦悶，揣揣不安，可是，文化的意識型態卻向人們顯示出一個和諧美滿的假象，值得人活著的社會幻想。有聲電影……提供娛樂以及各種輝煌燦爛的場景，不給觀眾留下反思的空間，迫使它的受騙者將電影幻想直接與現實等同起來，誤以為生活在一個理想的世界中。……在傳統社會中，任何一種重要的世界觀，其目的都在於使統治合法化，並產生效力。㉓㋤

法蘭克福學派的觀點，在台灣文化工業的發展也可以得到印證：從電影到流行歌曲，國民黨都以意識型態操控了流行工業。特別是國府遷台初期，由於實施戒嚴，不涉及任何反政府意識的國語歌曲才得以流傳㉓㋴。以法蘭克福學派觀點來說，國語片和國語歌曲中「積極進取」的台北，其實是國民黨刻意營造出來的假象，為的是提供人們逃避高壓戒嚴文化帶來的焦慮與苦悶，讓人在陳腐的情節裏失去質疑的勇氣，目的在「使統治合法化，並產生效力」。我們再問：「積極進取」抑或「悲情愁苦」，何者最能代表五、六〇年代

㉓㋤　陳學明，《文化工業》（台北：揚智文化，1998 年），頁 144-145。

㉓㋴　曾慧佳，《從流行歌曲看台灣社會》，頁 117-118。

的台北社會現實？再回到邱貴芬的提問：小說家感受較多的白色恐怖的壓抑，抑或是現代化衝擊帶來的陌生、興奮與不安？我們以楊照對現代主義作家創作心理的揣摩作為解釋。他說：

> 對當時的現代派作家而言，更切身、更直接的「孤絕」、「慌亂」、「波動」恐怕還是政權更替所帶來的流離失所。這些現代派作家絕大多數出身大陸，經歷了一次移民換位，……感受到的陌生不安，在強度上當然不會遜於工業化、都市化帶來的「現代衝擊」。……他們在心理上的確和西方現代主義有相通之處，……這種共通的心理就是陌生的不確定性，……對一切「熟悉」的事務的不信任。⃝238

現代派作家內心的「陌生」與「不安」，其實不是來自於跨文化流動的現代性衝擊，而是來自於政權更替所帶來的流離失所和其中的變動、陌生與恐慌。

　　以上論述，並不表示本書否定邱貴芬以跨文化流動面向解釋現代主義小說崛起的思考。我們承認現代性的到來，與社會要求求新求變的新穎意識息息相關，也承認六〇年代的社會大眾文化朝氣蓬勃，只是我們認為西方現代主義崛起的歷史條件，以本書所掌握的六〇年代台灣社會現實而言，並未出現；且邱文據開展的六〇年代台灣社會物質條件，只是台灣經濟日趨穩定的表象，在文化工業蓬勃發展的背後，政府對人民的管控未曾消失，政治高壓戒嚴氣氛猶

⃝238　楊照〈文學的神話·神話的文學〉，頁 116-117。

在。過於強調台灣社會開放的文化想像，勢必低估國家機器對文化工業的宰制，而忽略當時台灣的社會現實。

綜上所述，台灣現代主義是對中國傳統和五四傳統的「雙重否定」，而台灣本土社會歷史給予作家的影響，乃是台灣現代主義崛起最關鍵的因素。因此，戰後台灣現代主義是雜糅「部分」五四「西化」和「反傳統」精神，在台灣與中國自由主義精神傳統結盟而開展；而影響台灣現代文學發展最主要的自由主義人物是梁實秋。另一方面，戰後台灣現代主義的崛起，和美蘇兩大集團在冷戰後的對峙，以及美援文化的輸入有關。但若把美援文化視為僅有的歷史解釋，則忽略了國府高壓戒嚴體制對創作的箝制，且抹煞了台灣文學／藝術創作者的主體性。因此，現代主義確實與權力／文化位階等相關的物質或象徵利益脫不了關係，但美學信仰和權力趨向無關，因為現代主義作家在接受現代主義後，便已開始對現代主義進行轉化，使其本土化、在地化。故西方的現代性產物，在作家主體性的運用後，已呈現異於西方的台灣現代性風貌。所以，雖然西方現代主義技巧著重於挖掘內在「心理的真實」，但台灣現代主義的崛起，往往與五、六〇年代台灣政治社會的「外在的現實」脫不了關係。這顯示台灣文學和政治的高度結合關係，也意味著台灣現代主義文學絕對指涉台灣具體時空背景，絕不是毫無現實基礎的失根／西化文學。

第三章　西潮拍岸下的台灣文學／藝術現代性

　　韓戰爆發後，台灣成為美國冷戰策略下，在東亞的重要盟友，隨著美援文化的輸入，成為美國文化圈的一員。「文化霸權」是美國核心戰略，「現代化論」為此這霸權的主要內涵。從六〇年代起，以美國為首的「現代化論」興起，台灣知識分子開始透過《文星》推廣「全盤西化」的理念。美國流行的現代藝術逐漸成為台灣現代藝術的主流，台灣文學／藝術也以美國馬首是瞻，隨著美國現代藝術潮流的轉變而轉變，希望透過美國文化的學習，能與國際接軌。

　　台灣文藝思潮的遞換，正反映了此間政治環境的轉變，而政治環境也主導了藝文活動的興衰起落。過去學界對現代主義在台灣的傳播，多視為美援文化的強力傾銷，台灣作家被迫接受影響並如實「複製」。然而，即使台灣文學／藝術的現代化明顯受到西潮影響，但西潮拍岸所捲起的現代文學、現代繪畫、現代舞蹈、現代戲劇、現代音樂、現代劇場、現代電影等一朵朵「現代化」的美麗／力浪花，難道只是美援文化強力推銷，台灣文學／藝術創作者毫無條件接受、鼓吹並如實「複製」、「盜版」？如是，那麼五、六〇

年代台灣幾份重要的文藝雜誌如《文學雜誌》、《文星》、《筆匯》、《現代文學》，甚至代表官方立場的《文藝創作》對西方現代藝術思潮的大量譯介，又該如何解釋？因此，雖然台灣文學／藝術的現代化與美援有關，但其現代性開展並不必然只跟著美國亦步亦趨，同時我們也不可忽視台灣在回應並對抗西方影響時，絕對有能力創造出自己的文學／藝術現代性；六〇年代台灣所開展的全方位現代藝術運動更非邯鄲學步或西方的「複製」、「盜版」，毫無主體性。

　　以下論述將依據「被壓抑的台灣現代性」三種向度——求新求變的新穎意識、壓抑／制追求「現代」的心理與意識型態機制、對現代性的反思，挖掘台灣文學藝術發展中，隱而未彰的現代性線索，從「傳統」中發掘「現代」，揭示表面「前衛」中的「傳統」，勾勒台灣文學／藝術現代性開展的迂迴並複雜的播散脈絡，建構以台灣為主體的文學／藝術現代性論述。

第一節　求新求變的台灣現代性

　　六〇年代台灣文學藝術之謂「現代」，多指彼時創作者運用西方現代主義藝術形式而對台灣文學／藝術的改造／革新，使其表現有別於過去的「傳統」而為「現代」。過去學界多認為隨美援而來的現代主義，開啟了台灣文學／藝術的現代性。然而，這樣的歷史解釋誠然低估了台灣面對傳統的各種應變能力，也忽略了殖民地台灣接受多元文化傳統所可能形塑的多重現代性面貌。因此，在強調美援文化帶來的現代主義思潮對台灣文學／藝術的影響時，我們要

問：如果沒有美援，台灣會不會有現代主義？為何六〇年代的文學藝術創作者要改造台灣現有的文學／藝術？又，在改造台灣現有文學／藝術時，為何選擇「現代主義」而不是其他？

以上提問，我們的思考是：現代主義思潮在台灣的傳播，雖是戒嚴時期親美文化下的舶來品，但台灣文學／藝術創作者在選擇運用何種現代藝術形式時，並非完全處於被動或靜態的位置，而是蘊含了主體思考。以「現代」的定義——求新求變的新穎意識來說，六〇年代台灣文學／藝術對現代性的追求，不一定來自於西潮的刺激，而有可能是因為創作者共有的求新求變的內在趨力，使他們在西潮來襲時，能夠即時掌握並選擇運用這種西方現代藝術，使台灣文學／藝術在形式與內容表現上揮別以往。

一、美援之外：跨文化的台灣現代性

㈠台灣現代詩與歐美現代主義

台灣文壇最先受到現代主義影響的是詩壇。關於台灣現代詩的發展，桓夫提出兩個球根的說法，他認為五〇年代以後的台灣現代詩，是紀弦從大陸帶來了現代主義的火種，將三〇年代李金髮濫觴的象徵主義和戴望舒為主的現代派詩歌延續到台灣；另一方面，日據時代受到日本內地文學影響而崛起的風車詩社和銀鈴會，也深植現代主義的種籽。紀弦繼承的大陸「現代派」起源，乃施蟄存於 1932 年 5 月於上海創辦的《現代》，基本成員有戴望舒、杜衡、劉吶鷗和李金髮。紀弦因曾投稿《現代》，也成為現代派的一員。《現代》主要引介法國後期象徵主義、美國意象派和以艾略特為代表的現代主義思潮。《現代》於 1935 年停刊，1948 年

紀弦來台後，在 1953 年 2 月獨資創辦「現代詩季刊社」，發行
《現代詩》，延續大陸現代派火種，成為戰後台灣現代詩的另一個
根球❶。

　　《現代詩》創刊號宣言除配合反共大環境，強調刊物「反共抗
俄」的使命外，更申言《現代詩》的使命之一，就是讓詩成為「有
特色的現代詩」，「向世界詩壇看齊，學習新的表現手法」，使
「新詩到達現代化」的境界❷。這是紀弦對詩的看法和主張。正是
在「現代化」的目標下，紀弦開始投身詩的「現代主義化」的思辯
與實踐中，自此詩壇「『戰鬥文藝』的政治詩也愈來愈少，而企圖
表現『新精神』的現代詩愈來愈多。」❸

　　1955 年下半年，紀弦開始籌劃組派，在經過一段時間實力的
累積與蘊釀後，1956 年 1 月 15 日，由紀弦發起，經葉泥、鄭愁
予、羅行、楊允達、林泠、小英、季紅、林亨泰、紀弦等九人籌備
的現代派詩人第一屆年會於台北舉行，會中宣告「現代派」正式成
立，並以《現代詩》作為「現代派詩人群共同雜誌」❹。「現代

---

❶　桓夫，〈台灣現代詩的演變〉，《自立晚報》副刊（1970 年 9 月 2 日）。引
　　自林亨泰，〈《現代詩》季刊與現代主義〉，《找尋現代詩的原點》（彰
　　化：彰化縣立文化中心，1994 年），頁 248。
❷　見《現代詩》第 1 期（1953 年 2 月 1 日）封面。
❸　林亨泰，〈現代主義與台灣現代詩〉，《找尋現代詩的原點》，頁 227。
❹　紀弦在〈現代派信條釋義〉中表明現代派：「只是基於對新詩的看法相同，
　　文學上的傾向一致，我們這一群人，有了一個精神上的結合，……現代派是
　　一個詩派，不是一個會社。……『現代詩社』只是一個詩派……『現代詩
　　社』是一個雜誌社，而『現代派』並不等於『現代詩社』。不過，作為『現
　　代派』詩人群共同雜誌，『現代詩社』編輯發行的『現代詩』，今後，當然

派」初成立，第一批加盟的詩人名單已達 83 人，其後 13、14 期刊載的加盟人數增至 102 人和 115 人❺，幾乎網羅了當時詩壇大部分的現代詩人，聲勢驚人，紀弦儼然有詩壇「霸主」、「盟主」的氣勢。次月出刊的第 13 期《現代詩》封面印有現代派的成立宣言〈現代派的信條〉，並在第四頁刊出〈現代派信條釋義〉。這「六大信條」大要是：

> 第一條：我們是有所揚棄並發揚光大地包容了自波特萊爾以
> 　　　　降一切新興詩派之精神與要素的現代派之一群。
> 第二條：我們認為新詩乃是橫的移植，而非縱的繼承。這是
> 　　　　一個總的看法，一個基本的出發點，無論是理論的
> 　　　　建立或創作的實踐。
> 第三條：詩的新大陸之探險，詩的處女地之開拓。新的內容
> 　　　　之表現，新的形式之創作，新的工具之發現，新的
> 　　　　手法之發明。
> 第四條：知性之強調。
> 第五條：追求詩的純粹性。
> 第六條：愛國。反共。擁護自由與民主。❻

是愈更旗幟鮮明的了。」見紀弦，〈現代派信條釋義〉，《現代詩》第 13 期（1956 年 2 月 1 日），頁 4。

❺　「現代派」第一批加盟名單見《現代詩》〈現代派消息公報第一號〉（13 期），第二批見〈現代派消息公報第二號〉（14 期），第三批見〈編輯後記〉（15 期）。

❻　見《現代詩》第 13 期（1956 年 2 月 1 日），頁 4。

從「六大信條」看來，除第六條是配合反共大環境所作的宣示外，其餘五條都是對詩的藝術性的強調與追求：第一條標示「現代派」的方向；第二條說明「現代派」以移植西方現代詩為要務；第三條說明「移植」的是內容、形式、工具和表現手法；第四條強調「現代派」以「主知」反浪漫主義的「抒情」主義；第五條要求加強詩本質的「純粹性」。

「六大信條」一公布，立即引起詩壇強烈的批評聲浪，隨後引爆了現代詩論戰。但，「六大信條」所宣稱新詩乃「橫的移植」，真是對西方現代主義毫無條件的接受與回應嗎？

雜文家寒爵在「六大信條」公布後，立刻在《反攻》半月刊發表〈所謂「現代派」〉[7]，指控紀弦對西方文藝思潮與演進未作全盤了解，卻盲目躁進地「橫的移植」至台灣詩壇。寒文發表後，紀弦馬上在《現代詩》第 14 期發表〈對「所謂『現代派』」一文之答覆〉，分八點回應寒爵的質疑，並對「現代派」和波特萊爾代表之「頹廢派」間的關係提出說明，強調「現代派」是研究「波特萊爾以降一切新興詩派的表現方法，並不限於波氏一人。」[8]然而，在努力撇清「現代派」和法國「頹廢派」關係的同時，似乎未見紀弦清楚說明「現代派」到底「橫的移植」了西方哪些文藝流派？

「六大信條」公佈次年（1957），《藍星詩選》第 1 期「獅子星座號」刊出覃子豪〈新詩向何處去？〉，質疑「六大信條」第一

---

[7]　寒爵，〈所謂「現代派」〉，《反攻》第 153 期（1956 年 4 月 1 日），頁20。

[8]　紀弦，〈對「所謂『現代派』」一文之答覆」〉，《現代詩》第 14 期（1956年 4 月 30 日），頁 70-72。

條關於「波特萊爾以降一切新興詩派之精神與要素」的學習，以及第二條「橫的移植」論。覃子豪認為台灣社會並不具西方現代主義生根的社會條件，「若全部為『橫的移植』，自己將植根於何處？」❾紀弦隨即在《現代詩》第 19 和 20 期發表〈從現代主義到新現代主義──對於覃子豪先生「新詩向何處去」一文之答覆上〉和〈對於所謂六原則之批判──對於覃子豪先生「新詩向何處去」一文之答覆下〉❿，表明把「橫的移植」理解為「原封不動的移植」，是一種錯誤。他說明中國新詩本就是受西洋影響的「移植之花」，不屬於唐詩宋詞等中國傳統「國粹」。稱新詩是「橫的移植」非「縱的繼承」，是基於史的考察而來的事實，並沒有脫離和拋棄中國傳統。

綜觀「六大信條」之引起爭議的論點有二：一是「反傳統」，二是「橫的移植」說。當時詩人多把「現代派」的「反傳統」理解為「反中華文化傳統」，但綜觀「六大信條」和〈現代派信條釋義〉內容，並沒有任何反中華文化傳統的字眼，所以會造成這樣的誤解，應該是由對「六大信條」的第一條和第二條的誤解而來。事實上，紀弦推動的「新詩的再革命」，所要「革命」的對象是從語體的舊詩詞、可哼的小調、豆腐乾子體，到不新不舊所謂自由詩、

❾　覃子豪，〈新詩向何處去？〉，《藍星詩選》第一期「獅子星座號」（1957 年 8 月 20 日）。收入何欣編選，《當代中國新文學大系・文學論爭集》（台北：天視出版事業，1981 年），頁 166-172。

❿　紀弦，〈從現代主義到新現代主義〉，《現代詩》第 19 期（1957 年 8 月 31 日），頁 1-9。紀弦，〈對於所謂六原則之批判〉，《現代詩》第 20 期（1957 年 12 月 1 日），頁 1-9。

似是而非的偽自由詩（散文），再到八股化公式化的標語口號等，都在革命之列❶。而所謂「革命」，主要是指「工具」的改革——「散文」是新工具，「韻文」是舊工具——改用「散文」寫詩，追求新的表現❷。所以現代詩的「反傳統」，是指其反對「韻文即詩」的傳統詩觀，希望利用文字工具的革新，確立「現代詩觀」，從事實到秩序，以主知代抒情，打破傳統詩觀，使詩發展出全新的價值；重點是在文學形式和表現方法上，而不是傳統民族、精神文化的革新。而在眾多歐美詩派中，紀弦之選擇移植波特萊爾所代表的象徵詩派，主要是因為波氏詩將韻文詩推進散文詩的抒情變革過程，和中國舊詩體演進至新詩體的過程相似；波詩具有的「批判知性」特質❸，可以將中國新詩由「抒情」開拓至「知性」的境界，足以為中國新詩效法的對象。由此可知，紀弦倡導現代主義的態度是有所保留與調整，他是將現代主義當作台灣社會從農業時代邁向工業時代的「精神上的前導力量」❹，對西方現代主義是選擇性的

---

❶ 紀弦，〈兩個事實〉，《紀弦論現代詩》（台北：藍燈出版社，1970 年），頁 88。

❷ 紀弦，〈談「現代化」與「反傳統」〉，《現代》第 6 期（1966 年 6 月），頁 74。

❸ 據林亨泰引保羅・梵樂的說法，波特萊爾詩中所具有的「批判知性」性質，乃指一般詩人依靠詠歌的自然流露與詩形間安定的結合來完成作品，但波特萊爾卻把這種穩定而熟悉的關係予以隔絕，然後讓詩精神特質個別而「高度自覺」地在作品本身的結構體中重新發明乃至組合。波特萊爾作品就是因為具有了如此特質才顯得那麼重要。參林亨泰，〈抒情變革的軌跡——由「現代派的信條」中的第一條說起〉，《中外文學》第 10 卷第 12 期（1982 年 5 月），頁 34。

❹ 紀弦，〈從現代主義到新現代主義〉，頁 5。

引介，並非照單全收、貿然引進，而是以適合當時詩壇革新的象徵主義和意象派的技巧與觀念為主；至於破壞性較強的達達主義等，則與之劃清界線。外界質疑西方現代主義和台灣社會是否契合，以及「橫的移植」將使新詩失根的問題，並不是紀弦考慮的重點。洛夫回顧「現代派」的成立以及「橫的移植」論提出時的歷史背景有以下說法：

> 客觀來說，紀弦組現代派，較偏於激發性與即興的情緒作用
> （他自己也說過「我要組派就組派……」），所以並未確實
> 經過現代精神的洗禮與考驗，缺少蘊釀與成熟的階段，只是
> 從西方某一些被重視的詩人創作觀念中作「橫的移植」，去
> 提取與組合幾項大致可用的原則，做為依據。❺

「現代派」的成立乃出於紀弦「激發性與即興的情緒作用」，「未確實經過現代精神的洗禮與考驗」，「只是從西方某一些被重視的詩人創作觀念中作『橫的移植』，去提取與組合幾項大致可用的原則，做為依據」數語，清楚說出「台灣現代詩」並未「移植」西方現代主義的「現代精神」，而只是運用了西方某些現代藝術形式而已。

　　陳芳明說：「戰後台灣文壇對『現代』的追求，如果沒有現代詩運動的衝擊，也許不會那麼迅速臻於成熟的境界。紀弦創辦的

---

❺　洛夫，〈詩壇春秋三十年〉，《中外文學》第 18 卷第 12 期（1982 年 5 月），頁 193。

《現代詩》及其鼓吹的現代派運動，正是在這樣的歷史脈絡裡彰顯意義。」❶但是，台灣詩壇之受到現代主義影響，非僅「現代派」或紀弦一人之功，而是「藍星」和「創世紀」的助陣，才使現代主義運動的定義與內容有了明確的範疇，讓紀弦「新詩再革命」與「新詩現代化」的理想獲得實踐。洛夫談到「創世紀」的發展時說：

> 早期我們在觀念上就已宣揚繼承中國的文學傳統，在精神上是反現代派的「橫的移植」論的。無奈這時期西潮洶湧，勢比人強，誰也不能逆流而行，詩人都接納了世界性的現代主義。處於藝術貧血和渴求新的表現手法的我們，又焉能自外於這一時尚的趨勢，……。❷

由此可知，台灣詩壇在西潮來襲前，實已蘊含了一股求新求變的現代性需求；詩人對現代主義的接受，也是認知到其「表現手法」能夠滿足藝術表現的需要，才選擇最適合改造台灣詩風的現代主義。再回到我們的問題：如果沒有美援，台灣會不會有現代主義？我們的問題是：六〇年代台灣文學／藝術創作者這種求新求變的內在趨力，難道沒有任何因果脈絡可尋，而只是對西潮刺激的回應？

夏濟安在模仿艾略特（T.S. Eliot）〈荒原〉所寫的〈香港———

---

❶ 陳芳明，〈現代主義文學的擴張與深化〉，《聯合文學》第 207 期（2002 年 1 月），頁 144。

❷ 洛夫，〈詩壇春秋三十年〉，頁 17。

九五〇〉的後記裏，直言自己所寫的香港是「荒島」；對〈荒原〉的模仿，乃是藉此把意識到的個人與歷史境遇表達出來❸。換言之，「荒原」即「荒島」，〈香港——一九五〇〉所寫的，也就是遷台那一代人苦悶的心情。夏志清說：

> 濟安對那些現代作家特別寄於同情，因為他自己也是過渡時期的人物，對新舊社會交替下的生活現象特別注意，對這種社會中所長大的青年所面臨的問題特別敏感。❹

也就是說，夏濟安是基於一種「過渡」者的自覺，在台灣面臨西潮衝擊時，以通過引進和介紹西方現代主義，推動過渡進程，完成建設台灣現代文學的歷史責任感和使命感。因此，《文學雜誌》對現代主義的譯介，偏重於過渡性文學的介紹，且有意識地把西方現代主義反傳統文化和傳統文學觀的尖銳性特徵以及易引起激烈反對的因素包裹並隱藏起來，以遷就當時的文化觀念和文學意識，用一種表面溫和的方式達到對台灣文學內部結構的「改良」❺。這種譯介時的自覺意識，從《文學雜誌》創刊號由夏濟安所撰寫的〈致讀

---

❸ 夏濟安，〈香港——一九五〇〉，《文學雜誌》第 4 卷第 6 期（1958 年 8 月）。收入夏濟安，《夏濟安選集》（台北：志文出版社，1971 年），頁 219-222。

❹ 夏志清，〈亡兄濟安雜憶〉，《愛情·社會·小說》（台北：純文學出版社，1974 年），頁 203。

❺ 所謂「過渡性文學」，指的是作家作品是現代主義文學的前驅或處於現代主義的前期。張新穎，〈論台灣《文學雜誌》對西方現代主義的介紹〉，《文學的現代記憶》（台北：三民書局，2003 年），頁 21-31。

者〉對雜誌的創辦宗旨和對文學的態度之說明,可以清楚察覺。這樣看來,夏濟安對現代主義的引介,不僅融入了個人生命經驗,譯介內容也針對台灣社會能夠接受且有此需要而取捨。

(二)「五四」精神與現代主義

除了創作者／譯介者個人境遇與心態,六〇年代台灣社會這股求新求變的內在趨力也來自五四「反傳統」精神的激勵。白先勇說:

> 「五四運動」對我們來說,仍舊有其莫大的吸引力。「五四」打破傳統禁忌的懷疑精神,創新求變的改革銳氣對我們一直是一種鼓勵,而我們的邏輯教授殷海光先生本人就是這種「五四」精神的具體表現。台大外文系當年無為而治,我們乃有足夠的時間去從事文學活動。我們有幸,遇到夏濟安先生這樣一位學養精深的文學導師,他給我們文學創作上的引導,奠定了我們日後寫作的基本路線。他主編的《文學雜誌》其實是《現代文學》的先驅。㉑

這樣看來,是「打破傳統禁忌」、「創新求變」的「五四」精神給予這批現代主義推手精神上的鼓勵,使台灣現代主義與「五四」有了歷史傳承的意義。尼洛說:

㉑　白先勇,〈《現代文學》創立的時代背景及其精神風貌〉,《第六隻手指》（台北:爾雅出版社,1995 年）,頁 275。

> 今天《現代文學》在中華民國文學界佔了相當重要的地位，
> 它銜接了五四以來的中國文化，並且向前開創，使得從事文
> 藝的人口倍增，讓我們看見了繁華的文學。❷

由此可知，台灣作家對現代主義的接受，並不是單純對西潮刺激的
回應，而是與台灣多元文化傳統有因果脈絡關係。它上承五四反傳
統、創新求變的精神，並加入了創作者的主體性思考。《現代文
學》創刊號的〈發刊詞〉說：

> 我們感於舊有的藝術形式和風格不足以表現我們作為現代人
> 的藝術情感。所以，我們決定試驗，摸索和創造新的藝術形
> 式和風格。……為了需要，我們可能做一些「破壞的建設工
> 作」。

現代派作家有感於「舊有的藝術形式和風格」無法表達「現代人的
藝術情感」，才選擇現代主義形式，以創造新風格。故其對西方現
代藝術形式的運用是以「試驗，摸索和創造新的藝術形式」為前
提，並非「全盤」「橫的移植」自西洋的現代主義。解嚴那年，白
先勇在廣州中山大學對台灣現代主義崛起的解釋，更可以看出台灣
現代主義和台灣多元文化傳統有著因果脈絡的關係：

---

❷　林清玄筆記，〈冠禮〉，《現文因緣》（台北：現文出版社，1991 年），頁
251。

遠因是受「五四運動」和西方文化的刺激，但更重要的是台
灣本土社會歷史的發展，產生了一種土壤和氣候，使現代主
義作品在台灣得以生長和發展。❷

由此可知，「反傳統、反體制、創新求變、求個人解放」的「五
四」精神，以及西方文化的刺激，確實給了台灣現代作家鼓勵與刺
激，但「台灣本土社會歷史的發展」才是現代主義得以生根發展的
條件。準此，我們可以推斷：台灣多元文化傳統與西方現代性相遇
的跨文化交流，才是我們定義台灣現代性的重心。那麼，這種跨文
化交流下的台灣現代性呈現何種風貌呢？

從詩壇來看，台灣現代詩的發展受到紀弦從大陸帶來的法國後
期象徵主義、美國意象派和以艾略特為代表的現代主義詩潮影響，
但現代主義對台灣現代詩的影響只在形式技巧，而非內容上，因為
「現代派」的「反傳統」並不是反中華傳統文化；「橫的移植」要
「移植」的也並不是英、美或法國的現代主義，而是綜合西方流派
的「表現技巧」。換言之，紀弦所謂的「新詩」和「現代詩」並不
指同一物，前者是相對於「舊詩」而言的五四以來的中國新詩；後
者則是指「現代主義的詩」，也就是接受現代主義創作觀念和技
巧，而不因襲五四傳統新詩的「台灣現代詩」。這運用了西方現代
主義技巧所創作出來的「現代詩」，因吸收了中國傳統精神，也展
現了和西方現代詩不同的精神風貌。後來論者批評紀弦態度激進，
或對現代詩、現代派「全面西化」的指控，實是忽略了詩人運用西

---

❷　王晉民，《白先勇傳》（台北：幼獅文化出版社，1994 年），頁 246、248。

方現代藝術形式的主體性思考，以及所展現的迥然不同於西方的台灣現代詩風貌。當然，誠如廖咸浩言，在外省詩人主導詩壇的情況下，對「橫的移植」的反感，或許也是因為情緒而不是實踐上的反應❷。事實上，對紀弦而言，「現代精神」的表現和「中國文化傳統」之光大，是絲毫不衝突的。我們再從台灣現代戲劇運動的發展，進一步觀察跨文化交流下的台灣現代藝術風貌。

㈢中國寫實戲劇與法國現代主義

　　戰後，國府有鑑於戲劇宣傳效果大，且過去重要戲劇界人士多左傾，故對戲劇的檢查尤苛，有很長一段時間，台灣話劇多由軍中、黨政機關和學校支持，配合國語運動的推行，將抗戰時期的劇本加以改頭換面，配以國語演出。1950 年「中華文藝獎金委員會」成立後，劇壇逐漸出現新創作的反共劇本，但此時的演出活動多半配合國家慶典，以國語演出。喜愛話劇的本省人，或因聽不懂國語，或因國語不精純，既不能登台演戲，也不能提筆撰寫劇本，話劇的演出、撰寫和欣賞，幾成為外省人的活動，難以深入民間❷。六〇年代後，台灣戲劇主題雖已逐漸擺落反共抗俄公式，但形式上仍沿襲大陸早期傳統話劇「擬寫實」的狀貌，但此時的西方戲劇卻已開始流行反寫實的「荒謬劇場」、「殘酷劇場」和「貧窮劇場」❷。此時馬森和一群留學歐、法，愛好文藝的青年基於對文

---

❷　廖咸浩，〈逃離國族──五十年來的台灣現代詩〉，《聯合文學》第 11 卷第 12 期（1995 年 10 月），頁 14。

❷　馬森，《西潮下的中國現代戲劇》（台北：書林出版社，1994 年），頁 197-212。

❷　據馬森說法，自中國有現代話劇以來，劇作家即以西方的寫實主義劇作為創

學、藝術的愛好,希望乘地利之便,將當時西歐思想、文學、藝術介紹至國內,讓「沙漠地帶」的台灣能一窺歐洲文學藝術風貌,便出資創辦了《歐洲》。《歐洲》在法國編輯,台灣印刷與行銷,從1965 年 5 月創刊,1967 年秋因經費短絀停刊,共出版九期❷。

　　與《歐洲》創刊時間有所重疊的是《劇場》❷。1965 年正是法國新浪潮電影最盛行的時候❷,邱剛健在美進修,看了很多新浪潮電影,回國後便邀集劉大任、陳映真、李至善、莊靈、陳清風、崔德林等人,合資創辦了「一本飢不擇食地介紹西方藝術電影和戲劇」的刊物──《劇場》❸。據陳映真的回憶,他們願意參與《劇場》刊務,是因為政治禁忌使他們無緣接觸三○年代的中國電影,

---

作典範,但由於對西方寫實主義精神不盡了解,且改革社會、拯救國家的心理過於迫切,以致符合寫實主義標準的作品不多,大多數劇作皆只襲取寫實主義外貌,精神內涵卻是出於浪漫主義的抒情方式加上理想主義的思想內容。這樣的劇作,即謂之「擬寫實主義」或「偽寫實主義」。參馬森,《馬森戲劇論集》(台北:爾雅出版社,1985 年),頁 347-372。

❷　《歐洲》〈創刊的話〉。見馬森,〈介紹《歐洲雜誌》〉,《幼獅文藝》第71 卷第 5 期(1990 年 5 月),頁 32-33。

❷　《劇場》創刊於 1965 年 1 月 1 日,1968 年 1 月 15 日停刊,共發行九期。由於七、八期為合刊本,故實際出版八期。

❷　「新浪潮電影」指以法國年輕導演戈達爾、特呂弗、雷威特、夏布魯爾等人從五○年代末到六○年代中期(一說到六○年代末)拍攝的電影。影片因其題旨和表現技法方面的類似性而被視為一個電影藝術流派。「新浪潮」電影刻意描繪現代都市人的處境、心理、愛情與性關係,充滿濃厚主觀性與抒情性,影片主題也都染有當時法國流行的存在主義文學色彩。參李幼蒸,《當代西方電影美學思想》(台北:時報文化出版公司,1991 年),頁 216-217。

❸　陳映真,〈回憶「劇場」雜誌〉,《幼獅文藝》第 71 卷第 5 期(1990 年 5 月),頁 28-29。

又對六〇年代初台灣、香港和好萊塢電影的粗糙、膚淺深表不滿，轉而對西方實驗主義的現代電影和戲劇深感興趣，便在邱剛健的邀約下，幫忙翻譯電影理論、劇本，並撰寫影評**㉛**。這樣看來，《劇場》對現代戲劇和電影思潮的譯介，是對台灣戲劇環境力求突破的一種求新求變的精神，所以刊物引介的都是當時國內還無人觸及的領域，或編輯覺得當時台灣缺乏的，並不一定是當時國外藝壇最流行的風潮。這顯示《劇場》對西方藝術思潮的譯介相當具有主體性思考。

　　由於《劇場》譯介的藝術思潮都是從邱剛健由美國帶回來的書和雜誌上的文章直接翻譯下來，沒有人親眼看過這些戲劇作品，所以除了翻譯，無法作到評論工作。翻譯者皆沒有稿費，但稿件水準相當高，文壇、劇壇拔刀相助者不乏其人**㉜**，絕大多數文章皆具可讀性，譯介內容也兼顧「專業性」和「通俗性」，各期皆刊載完整劇本譯文。其中《廣島之戀》和《去年在馬倫巴》兩個劇本在創刊號（1965 年 1 月 1 日）即引介來台，可見《劇場》引介的藝術思潮皆首開國內風氣之先；《等待果陀》（2 期）、《羅生門》（3 期）、《斷了氣》（7、8 期合刊）、《湯姆・瓊斯》（6 期）等名作的翻譯，

㉛　同前註，頁 29。

㉜　《劇場》部份同仁和《文學季刊》有所重疊，如陳映真以許南村為筆名在《劇場》撰文；曹永洋在《文學季刊》寫文章，也在《劇場》翻譯有關黑澤明的文章；陳耀圻是《文學季刊》的朋友。參許碩舜，〈疏・離　邱剛健談「劇場」時代及短片〉，《電影欣賞》第 72 期（1994 年 10 月 11 日），頁 66。

也都是國內首見的大師級作家和技法❸。此後新電影、實驗劇漸為國內觀眾熟悉，為後來的實驗電影及劇場開了先河。

　　《劇場》除了譯介當時台灣未見的西方現代戲劇與表演形式，也利用舞台演出，使人容易接受西方現代戲劇❹。1965 年 9 月 3 日、4 日，《劇場》在台北耕莘文教院舉行雜誌出刊以來首次的演出活動，戲碼是黃華成的「先知」和貝克特（Samuel Beckett）的《等待果陀》。《等待果陀》原作由劉大任、邱剛健中譯，邱剛健導演。據演出者之一的陳試鋒回憶，演出當天觀眾相當踴躍，雖然舞台簡陋，燈光不夠標準，但演出效果非常好，表演結束還得到不少掌聲，讓演出者相當興奮❸。從導演邱剛健的說法可以了解《劇場》演出西洋戲劇的動機。邱剛健說：

---

❸　許碩舜，〈疏・離　邱剛健談「劇場」時代及短片〉，頁 65-70。貢敏，〈泛談幾種曾具影響力的影劇雜誌〉，《文訊》第 32 期（1987 年 10 月），頁 22。1969 年 12 月 10 日，《等待果陀》作者愛爾蘭的撒姆爾・貝克特（Samuel Beckett）獲諾貝爾文學獎。在此之前，《劇場》已在第 2 期（1965 年 4 月 1 日）刊登由劉大任與邱剛健中譯之劇本，可見《劇場》引介之現代戲劇思潮都是當時西方重要的藝術思潮。

❹　這是《等待果陀》演員之一任建青接受韓維君訪問時，談到《劇場》演出動機的說法。見韓維君，《等待果陀及其他──從《劇場》雜誌談一九六〇年代現代主義在台灣之發展》（國立藝術學院戲劇研究所碩士論文，1998 年），頁 83。

❸　這是《等待果陀》演員之一任建青接受韓維君專訪時，對首演情況的回憶。見韓維君，《等待果陀及其他──從《劇場》雜誌談一九六〇年代現代主義在台灣之發展》，頁 84。不過，對這戲當時的演出情形，馬森有不同說法。馬森說《劇場》搬演貝克特荒謬劇《等待果陀》，很不成功，「據說觀眾只剩下一個人，還是演員的朋友，但總算把國人尚不熟知的『荒謬劇場』引介到國內。」見馬森，《西潮下的中國現代戲劇》，頁 262。

> 我一點也不覺得中國的觀眾會接受不來果陀的演出。假設：
> 中國觀眾根本沒看過西洋戲劇的演出。……事實：中國觀眾
> 根本沒看過西洋戲劇的演出。……他看果陀的演出就像一個
> 第一次看戲的人看戲的演出一樣，他只關心戲是否吸引他，
> 促成一齣戲的演出形式的歷史，至少，當他還是一個觀眾，
> 對他是不重要的。事實：中國觀眾根本沒看過西洋戲劇的演
> 出。這是第一次。**㊱**

邱剛健並不認為台灣觀眾無法接受西洋現代戲劇，因為觀眾只在乎
內容是否吸引人，至於是中國或西洋戲劇，並不那麼重要。從這個
角度來看，《劇場》演出西洋戲劇的目的，只是為了讓觀眾能看看
所謂的「西洋戲劇」是什麼，演出者也只關心戲是否吸引觀眾，至
於觀眾是否真了解這齣戲的形式或歷史，似乎不那麼重要。當然，
演出內容是否真是西洋戲劇原貌，自然也不是觀眾能夠了解的。

　　除了直接搬演西方現代戲劇，六〇年代戲劇工作者也嘗試運用
現代藝術形式來創作劇本，其中最受人重視的是姚一葦和馬森。姚
一葦在 1963 年前仍創作三、四〇年代傳統寫實話劇，但 1965 年之
後，受了布雷赫特史詩劇場的啟發，運用了誦唱方式與古典戲劇技
巧，擺脫了傳統話劇「擬寫實」的表現手法，創作出《孫飛虎搶
親》（1965）、《碾玉觀音》（1967）和《傅青主》（1978）等作。曾
在法國攻讀電影和戲劇導演的馬森創作的獨幕劇《蒼蠅和蚊子》及
《一碗涼粥》，有荒謬劇的影子和存在主義的觀念；劇作中個人實

㊱　許碩舜，〈疏·離　邱剛健談「劇場」時代及短片〉，頁 65。

驗的「腳色儉約」和「腳色錯亂」技法，皆有意識地跳脫了傳統話劇的形貌。1969 年，馬森《獅子》全劇採用小說魔幻寫實技巧，並加入了一段電影，顯示他企圖擴大現有的舞台劇表現形式以及開拓主題的用心。從姚一葦和馬森的劇作表現，可以看出創作者並非把現代戲劇的形式與技巧直接套用在作品中，而是加以蘊釀和消化後，找出一個更適合於表現自己感受的方式❸❼。

　　以上對台灣現代戲劇運動發展的論述，可以清楚看出六〇年代蘊藏於創作者內心求新求變的內在趨力，使他們在台灣現代主義的傳播上扮演著主動引介的角色。因此，如果沒有美援，台灣仍然有可能產生現代藝術運動。而從六〇年代台灣現代戲劇運動的萌芽與發展，也可以看出台灣現代藝術運動也受到法國現代主義的影響，這在台灣現代音樂的發展中得到進一步印證。

㈣中國／台灣音樂與日本／法國現代主義

　　台灣首次接觸西樂，始於十七世紀荷據時期。荷據台灣時，荷人派遣傳教士和教師來台，將西方教會音樂傳入台灣，西班人也將天主教彌撒音樂以及軍隊所用樂器帶來台灣。這是西樂東傳之始❸❽。當時傳教士傳教的對象是平埔族人，在教育、科技和資訊都不發達的台灣，西洋音樂東傳，對台灣的影響有限。十九世紀時，清朝與英、法簽訂「天津條約」，傳教士們再度來台，憑藉著宣教熱忱，西洋音樂再度藉著聖詩、聖歌引入台灣，其中基督教長老會在

---

❸❼　馬森，〈文學與戲劇——寫在前頭〉，《馬森獨幕劇集》（台北：聯經出版公司，1978 年），頁 12。

❸❽　楊麗仙，《台灣西洋音樂史綱》（台北：橄欖基金會，1984 年），頁 7-8。

推廣西樂的工作上，貢獻卓著。西洋音樂傳入台灣後，一直和台灣傳統民俗音樂和平共存，西方音樂只在教堂和學校傳唱與教學，並未對台灣產生具體影響。

「現代音樂」，又稱「現代主義音樂」。1900 年以來，現代音樂的重要流派，均以十九世紀末、二十世紀初法國作曲家德布西（Debussy Claude）為代表的印象樂派（Impressionism）為先趨。日據時期，台灣音樂家多至日本接受音樂訓練，張福興是第一個到日本學習西洋音樂的台籍人士。1932 年，台北首度召開由李金土等主辦的「台灣全島洋樂競演大會」。此後，台灣音樂進入盛行期，各地陸續召開大小不一的演奏會，奠定了台灣民眾對西洋音樂的基礎認識。

國府遷台後，大批大陸音樂家來台，帶來了中國藝術歌曲與合唱曲、國樂團演奏的中國古樂、京戲與崑曲裏的古戲劇音樂，以及一般歌舞場所聽到的大陸民謠等，台灣音樂因此重新匯流到中國音樂傳統，這些大陸來台音樂家也肩負起教育並培養台灣音樂人才的責任，對台灣音樂產生具體而廣泛的影響力❸。然而，這些大陸籍音樂家主要創作短小的聲樂曲，無論取材或風格，皆以喚起家國之思或傳揚愛國精神為目的，使得在這套「傳統」教育下訓練出來的音樂家，既缺乏廣闊的現代視野，也對「現代音樂」的諸多可能性產生抗拒心理。

1959 年 6 月，許常惠自法國學習現代音樂回到台灣，翌年

---

❸　許常惠，〈二十年來台灣音樂創作的展望〉，《聯合報》十一版（1965 年 10 月 25 日）。

（1960）6 月 14 日，他在台北中山堂舉行個人首次作品發表會。這
場運用十九、二十世紀初的作曲技巧創作的作品發表會，是國內
「現代音樂」的首次具體呈現❹，但隨之而來的卻是褒貶不一的評
價以及強烈的爭議。整體而言，這場「現代音樂」發表會的反應是
貶多於褒。然而，1960 年正是《文星》鼓動「全盤西化」的高峰
期，許常惠帶回來的「現代音樂」種子，正符合了當時台灣音樂界
的需要，使「現代音樂」繼現代詩、現代畫後，匯聚至這股「現代
化」潮流，許常惠也成為領導「新音樂」的代表人物。

　　許常惠對西方現代音樂的引介，主要以杜步西、史特拉文斯
基、巴爾托克和荀白克等人的新音樂為主。從第一次作品發表會
後，台灣新一代作曲家漸增，相關音樂團體陸續成立。1961 年，
許常惠創立「製樂小集」，希望聯合現代中國作曲家發表具「新」
意，並力求「變」的作品❹。「製樂小集」後，藤田梓、鄧昌國和
許常惠三人又發起「新樂初奏」，介紹各國現代音樂，尤其是台灣
音樂界比較陌生的杜步西以後的曲子。1961 年 12 月 20 日，「新
樂初奏」舉辦「二十世紀世界音樂引勝第一次」發表會，演出者還
包括台灣首見的日本音樂家。這次發表會讓國人逐漸從狹隘的音樂

---

❹　早在 1960 年前，台灣已有現代音樂作品演出，如林二、史惟亮的作品，以及
　　美國空中交響樂團（Symphony of The Air）來台演奏（1955 年 6 月 1 日）。
　　但真正蔚為一股「現代音樂」風潮者，是在 1960 年許常惠首次作品發表會
　　後。
❹　顧獻樑，〈論製樂小集〉，《文星》第 42 期（1961 年 4 月 1 日），頁 30。

世界觀中覺醒，嘗試從新的觀念找復興中國音樂的方向❷。現代音樂觀念的引入，為台灣沈悶的音樂環境注入新血，也為下一階段融貫中西的音樂理想帶來契機。

　　綜上所述，從現代詩、現代戲劇和現代音樂的萌芽與開展，可以看出台灣多元文化傳統與西方現代性的相遇，使台灣現代藝術表現不再是西方的「學舌」與「複製」，台灣現代藝術運動也非以美國馬首是瞻、亦步亦趨；除了英美現代主義，法國／日本現代主義思潮也深深影響了台灣現代藝術運動的發展。因此，誠如梁實秋所言：

> 「文學」作品如果成為「現代」，經過二十年它還是現代，再經過二十年它還是現代，因為現代是永遠存在的。所謂《現代文學》不要只注重時間的現代，還要時常推陳出新，精神上永遠現代。❸

「精神上」的「現代」正說明了台灣文學／藝術創作者對西方現代藝術形式的運用，是加入主體性思考，而不是空有形式，而無精神內涵的「複製」。簡言之，無論是意識型態的「守舊」或「維新」，六〇年代台灣文學／藝術創作者都覺得必須採用西方的「現代」藝術形式以呈現新風格，這使台灣對西方現代藝術思潮的接受

---

❷　鳴劍，〈從音樂輿論上建立健全的音樂評論〉，《文星》第 51 期（1962 年 1 月 1 日），頁 41。
❸　林清玄筆記，〈冠禮〉，《現文因緣》，頁 245。

不再是被動的，並開展出迥然不同於西方的「現代」風貌，不再是「遲到的」或「落後的」西方現代性「翻版」，而是本土社會所蘊釀出來的台灣現代性。換言之，台灣多元文化傳統與西方現代性相遇而來的跨文化現代性，正是台灣文學／藝術的主體性所在。

二、「二度翻譯」的台灣現代性

㈠台灣現代舞的先知：蔡瑞月

　　建構台灣文學／藝術現代性的播散脈流，除了注意歐美現代主義引介來台的各種可能方式外，絕不可忽略日治五十年對台灣現代性的開展所產生的影響。自明治維新以來，對西歐文化的大量接受，使日本步上現代化國家之列，而它對台灣的殖民，也開啟了台灣的現代性。因此，現代主義在台灣的傳播，也透過日本移植自西歐的文化現代性，再間接傳播來台。這種透過日本再輾轉引介來台的現代性，我們稱為「二度翻譯」的現代性，它表現在台灣現代舞蹈與繪畫運動的萌芽與開展。

　　台灣現代舞啟蒙於五○年代的蔡瑞月。蔡瑞月（1921-2005），台灣台南人，1937 年畢業於台南第二高等女校，十六歲（1938）時東渡日本東京「石井漠舞蹈體育專科學院」習舞，成為該校唯一一位台籍學生。1945 年畢業於日本石井綠舞蹈研究所。戰後（1946），蔡瑞月返回故鄉台南，開設「蔡瑞月舞蹈藝術研究社」，教授現代舞，同年率領學生演出台灣第一支現代舞——「建設舞」，頗受文藝界注目。隔年，蔡瑞月在台北中山堂演出，破天荒由當時赫赫有名的省交響樂團伴奏，堪稱樂、舞壇之盛事。這一年（1947），蔡瑞月與任教省教編審的雷石榆結婚，並以中國民歌

「拉縴歌」為背景音樂，創作了台灣首支原住民主題舞作——「水社懷古」。婚後一年（1949），雷石榆因白色恐怖被流放至廣州❹❹，蔡瑞月也被捕入獄兩年多。1951 年，蔡瑞月恢復自由，任教於各大學校，全力推廣現代舞，並為取得國府信任，將「蔡瑞月舞蹈藝術研究社」改為「中華舞蹈社」❹❺。後來，日本舞蹈家加藤加一來台，和蔡瑞月聯袂演出大型芭蕾舞劇「吉賽兒」和「埃及女王」。這是台灣舞蹈史上首見的大型舞劇公演。從 1946 年至 1983 年，蔡瑞月不僅在創作上力求突破，也培育了許多台灣傑出的舞蹈人才，蔡光代、游好彥、曹金鈴、廖末喜、嚴麗霞等人，都是她培養出來的舞蹈家，台灣許多優秀舞者的舞蹈生涯都是從「中華舞蹈社」出發的❹❻。

　　蔡瑞月的舞蹈生涯創造數個「第一」：台灣第一位現代舞蹈家、創立台灣第一個舞蹈社、編台灣第一支現代舞（建設舞）、演出台灣第一齣大型舞劇（水社懷古）、首開台灣芭蕾舞風氣。就台灣舞蹈史來說，蔡瑞月扮演了現代舞啟蒙者的角色。不過，蔡瑞月舞

---

❹❹　雷石榆原希望國府把台灣建設成一個美麗之島，在失望之餘，便在《台灣文化》發表文章，結果觸怒當局，迫使其妻離子散、流亡大陸。參應大偉，《台灣女人——半世紀的影像與回憶》（台北：田野影像出版社，1996年），頁 124-125。

❹❺　1999 年「中華舞蹈社」正式列入市定古蹟，卻突然失火，許多珍貴資料、相片付之一炬。

❹❻　1966 年，蔡瑞月邀請旅美舞蹈家黃忠良返台授課，游好彥、崔蓉蓉、陳學同、雷大鵬、林絲緞和林懷民等台灣舞蹈界的優秀舞者，都曾前去習舞。見楊孟瑜，《飆舞：林懷民與雲門傳奇》（台北：天下遠見出版公司，1998年），頁 16。

蹈並不是直接領受西方的現代舞，而是學習自日本的現代舞。這種「二度翻譯」的現代性，在台灣現代繪畫運動的發展上特別明顯。

㈡台灣現代／抽象繪畫／化運動

1.「正統國畫」論爭

台灣早在清朝時期就有許多由文人組成的詩社、畫會，傳統書畫家們透過聚會和集會的方式彼此應酬唱和，畫壇幾乎被傳統文人畫所盤據。傳統文人畫是讀書人用來遣興或雅賞之用，長期以來是位居權貴的酬酢工具，逐漸遠離了大眾欣賞的興味❹。1895 年，清廷割台，大陸流寓來台畫家紛紛西渡求去，文人畫也日顯蒼老僵化面貌。另一方面，日本自明治維新後，大量吸收歐美的文化與制度，在美術教育方面皆學習自西歐——特別是英國和法國，不僅邀請西歐藝術家到日本從事指導教學，也鼓勵學生到西歐留學，學成後回國從事創作與教學。1919 年，日本文部省設置「帝國美術院」，掌理國家美展，後更名「帝國美術展覽會」，簡稱「帝展」❹。「帝展」是日本藝術家取得社會權威地位的殿堂，也是海外殖民地美術青年心目中的龍門❹，它由東京美術學校西畫科第一任主

---

❹ 李賢文，〈一個奔湧向前的美術脈動〉，收入郭繼生主編，《當代台灣繪畫文選 1945-1990》（台北：雄獅美術出版社，1991 年），頁 20-21。

❹ 「帝展」是日本最高權威的官展，於 1907 年成立，稱為「文部省美術展覽會」，簡稱「文展」，1919 年改稱「帝展」。參王秀雄，〈戰前台灣美術發展簡史〉，《台灣美術發展史論》（台北：國立歷史博物館，1995 年），頁352。

❹ 1920 年，來自台灣的黃土水以鄉土主題的雕刻作品入選「帝展」雕刻部，成為第一位贏得此項榮譽的台灣人，樹立台灣美術一個新的里程碑。六年後（1926），又有東京美術學校的台籍留學生陳澄波的油畫入選，是第一位以

任黑田清輝建請文部省設置，由「外光派」教授擔任審查委員，無形中，「外光派」代表的印象派也成為「帝展」主流⓾。日據時期，受過西方美術教育洗禮的日籍畫家隨著殖民政府來台，啟蒙了台灣現代美術的觀念，同時日本西洋美術新觀念及畫壇動向也不斷傳入，台灣新一代畫家對傳統文人畫逐漸產生厭惡與排斥心理⓾，許多愛好美術的台灣青年便把赴日習畫，入選「帝展」，視為畢生榮耀。1927 年，仿「帝展」體制的「台展」（「台灣美術展覽會」）成立。此後，參加日本「帝展」後再參加台灣「台展」，就成為台灣美術家成名的捷徑。到了 1930 年，台灣美術已是人才輩出，逐漸蔚為展覽的風氣，一些崛起於「台展」，並通過「帝展」考驗的台灣畫家，因漸能與在台日本畫家分庭抗禮，便在 1934 年，由陳澄波發起，成立「台陽美術協會」（台陽美協），成為日據時代由台灣畫家所主導的最大民間美術團體。由於「台陽美協」的成立乃為使台灣島內的美術活動從官方擴大到民間，來適應日漸活絡的美術

油畫獲此殊榮的本土美術家。此後，專程留日學習美術的青年有顏水龍、劉啟祥、楊三郎、廖繼春、王白淵、郭柏川、陳進、林玉山等人。

⓾　所謂「外光派」，是指具傳統學院派的結實素描與清晰輪廓，又具印象派的亮麗色彩的折衷印象派。「外光派」是黑田清輝留學法國巴黎十年後帶回的西畫風格，此後成為東京美術學校西畫科的主要風格，畢業自該校西畫科的台灣籍畫家，自然也走「外光派」風格。

⓾　日治台灣後，開始推行新式教育，在公學校及師範學校引進手工和圖畫課程，成為台灣美術教育一大轉變。見楊孟哲，《日治時代台灣美術教育》（台北：前衛出版社，1999 年），頁 44。日治圖畫教育與清傳統文人畫逸筆草草，不求形式完全不同，它落實了美術革新，給台灣的美術發展帶來嶄新的面貌，也使傳統文人畫在台灣一蹶不振。參徐文琴，《台灣美術史》（台北：南天書局，2008 年），頁 146。

活動，因此協會的運作仍沿用日本文化體制，與「帝展」、「二科展」、「台展」和「府展」間維持臍帶關係❺❷。

　　戰後（1946 年 10 月），「台陽美協」的核心人物楊三郎爭取到行政長官的支持，恢復官辦大展，以仿日據之「府展」規模，成立「台灣美術展覽會」，推動「全省美展」，其中審查委員仍由「台陽美協」成員擔任。由於「台陽美協」成員都是在日據時期通過「台展」、「府展」等官展途徑評選，迭有佳績的台籍畫家，因此他們從日本所習得的兩套系統性觀念——寫生、發表與獎掖美術創作的準則與方法——也就順理成章成為戰後台灣美術運動起步的指導原則。不過，這兩套系統在戰後卻面臨了文化和政治的雙重難題，前者反映在「國畫」認同的困境上，後者則見於評審委員的產生程序。

　　先就「國畫」認同部份來看。多數台籍畫家從事「東洋繪畫」的膠彩創作，一如「西洋繪畫」的油、水彩創作一樣，純粹基於藝術形式的選擇，與政治或民族情感無涉。況且，所謂「東洋畫」乃是日人專用，以與「西洋畫」相對劃分的名詞，含涉遠東地區其他的繪畫，並不專指日本畫而言。但對經歷戰爭的中國傳統水墨畫家或大陸來台青年畫家來說，台灣畫家把「東洋繪畫」稱為「國畫」，是不可理解的作法。戰後，原本在「台展」及「台陽展」慣用的「東洋畫」部，在民族情緒下，即刻改為「國畫部」，幾經斟

---

❺❷　所謂「府展」，正式名稱是「台灣總督府美術展覽會」，其前身為「台展」。「台展」由台灣教育會主辦，至第十屆（1938）後，將此官辦大展移交台灣總督府文教局主辦，改稱「府展」。見林惺嶽，《台灣美術風雲四十年》（台北：自立晚報社，1988 年），頁 255。

酌協商後，再改為「國畫第二部」。但這並未贏得大陸來台傳統水墨畫家的認同。另一方面，台籍畫家「強調寫生、重視創造」的藝術理念，自然視大陸來台畫家所從事的傳統水墨畫是盲從和模仿的「舊式」國畫，這些作品一送到省展，就立即遭到淘汰的命運。這種在全省美展中一再落選的現象，自然引起傳統水墨畫家的不滿——特別是那些自認「正統」的大陸來台年輕水墨畫家。

　　再就評審制度來看。全省美展評審委員的聘用，延續日本官辦沙龍模式，只要在展覽中連續獲選三次以上，經評審委員認可，即獲得免審查的資格，可依次晉身為評審委員。此一制度在日據時期維繫了畫家晉身的正常管道，同時也建立並鞏固了台灣美術體制化所賴以建立的倫理。戰後，大陸一批已享聲名的畫家來台，以他們既有的聲望，既不可能委身於參展受評行列，也不可能不參與此一美術最高權威之展覽，於是他們便以優越的社會地位列身全省美展評審委員，無形中便破壞了畫壇自日據以來，以「得獎」作為畫家被肯定，進而獲得晉身機會的傳統規範❸。二二八事件後，台灣畫壇發言權漸落入 1949 年後來台的外省文化新貴手中，大陸來台青年水墨畫家對台籍西畫家仍把「日本畫」當作「國畫」，且在全省美展中一再淘汰傳統水墨畫作的作法不滿，長久累積的憤怒情緒終爆發「正統國畫」論爭。

　　1951 年 1 月 28 日，「廿世紀社」在發行人何鐵華的邀集下，廣邀 1949 年後來台的大陸畫家，就「日本畫」與「中國畫」舉行

---

❸　蕭瓊瑞，《五月與東方——中國美術現代化運動在戰後台灣之發展（1945-1970）》（台北：東大圖書公司，1991 年），頁 140-144。

座談。會中，曾任上海美專西畫主任的劉獅認為把「日本畫」誤認為「國畫」，並不適宜，因為日本畫是描，國畫才是真正的畫，國畫所具備的氣韻生動，在日本畫裏是看不見的❺❹。在這次座談會中，多數大陸來台畫家與劉獅抱持同樣看法。在五〇年代的政治氛圍中，劉獅的說法已可預見「東洋畫」往後的命運了。

　　1954 年，劉國松和一群師大同學初次選送作品參加全省美展，卻連入選資格都沒有。落選的委屈加上上國畫課時，聽到溥心畬老師敘述參與省展評審經驗的憤怒❺❺，他旋即以「魯亭」為筆名，發表〈日本畫不是國畫〉和〈為什麼把日本畫往國畫裏擠？——九屆全省美展國畫部觀後〉兩篇文章，對「日本畫」展開強烈批判，建議省展應另設「日本畫部」，容納對日本畫有興趣的創作者❺❻。

　　劉國松對東洋畫的質疑與批判，引起美術界極大震撼，「正統國畫」論爭進入表面化的階段。劉文發表後不到一個月的時間，

---

❺❹　〈一九五〇年台灣藝壇的回顧與展望〉（座談記錄），《新藝術》第 1 卷第 3 期（1951 年 2 月），頁 18-22。

❺❺　劉國松回憶，一次上溥心畬老師的課，溥老師提起他參與國畫部評審時，一些本省籍畫家拿著本省青年畫的「日本畫」，向他表示年輕人畫得很好，應該鼓勵，後來該名年輕畫家就得獎了。劉國松，〈談全省美展——敬致劉真廳長〉，《筆匯》第 1 卷第 6 期（1959 年 10 月），頁 25-28。收入劉國松，《臨摹·寫生·創造》（台北：文星書店，1967 年），頁 102。

❺❻　劉國松，〈日本畫不是國畫〉，轉引自蕭瓊瑞，《五月與東方——中國美術現代化運動在戰後台灣之發展（1945-1970）》，頁 153-154。劉國松，〈為什麼把日本畫往國畫裏擠？——九屆全省美展國畫部觀後〉，《聯合報》六版「藝文天地」（1954 年 11 月 23 日）。

1954 年 12 月 15 日，台北市文獻委員會舉辦「美術運動座談會」，邀請台籍畫家就這些攻擊發表意見。隔年元月 1 日，《聯合報》「藝文天地」版以「現代國畫應走的路向」為題，刊出大陸來台畫家與台籍畫家的筆談文章[57]。綜合各方意見，大陸來台畫家和台籍畫家均認同「六法」為國畫表現的最高典範，但前者強調「氣韻生動」與「傳移模寫」的趣味；後者則看重「應物象形」與「隨類賦彩」的功夫。筆談結束後，劉國松質疑陳永森觀點，發表〈國畫的彩色問題──「本刊二次筆談會」〉，批評其反對「臨摹」功能的說法，並以中國文人畫對色彩的獨到看法，證明色彩的強調並不是國畫傳統的重心所在[58]。

　　劉文發表後，鶯英以〈何必因噎而廢食？──讓「國畫的彩色問題」〉一文加以反駁；圈外人則發表〈美學一元論的現代國畫〉，從美學角度調合「寫實」與「寫意」之間的矛盾與衝突。接著，劉國松又在當年三月份的《文藝月報》發表〈目前國畫的幾個重要問題〉，譏訕「日本畫」在「國畫部」得獎是天大的笑話[59]！

　　1959 年，王白淵發表〈對國畫派系之爭有感〉，表明淵源於「北宗」的台灣國畫或淵源於「南宗」的水墨畫，都是中國「國畫」的一支，不應有「正統」與否之分，然而文末卻仍強調寫生的

---

[57]　〈美術運動座談會〉（筆談記錄），《台北文物》第 3 卷第 4 期（1955 年 3月 5 日），頁 2。

[58]　劉國松，〈國畫的彩色問題──「本刊二次筆談會」〉，《聯合報》六版（1955 年 1 月 23 日）。

[59]　劉國松，〈目前國畫的幾個重要問題〉，《文藝月報》（1955 年 3 月），頁7-8。

重要性❻。

　　王白淵的努力並未使省展「國畫部」的問題獲得解決。王文發表後數月，劉國松發表〈談全省美展——敬致劉真廳長〉，建議將日本畫由國畫中除去，保持國畫的純粹性❻。教育廳終於在各方壓力下，自次年（1960 年，第十四屆）起，將國畫部門再分二部，第一部為傳統中國水墨畫，第二部為台籍畫家的「國畫」，但仍合併評審。1963 年（第十七屆），兩部終分室評審、分室展覽。這樣的方式維持十年後，1971 年，台籍畫家組成「長流畫會」，每年冬季配合省展之舉行而舉辦畫展。這樣的作法引起有關人士不快，認有自樹旗幟之嫌。三年後（1974 年，第廿八屆），國畫第二部在不明原因下取消，回復到不分部情形，所有台籍評審委員之席位，除林玉山一人外，悉被除名。1980 年（第卅四屆），省展回復二部合併評審，台籍畫家重回評審委員席位，但隔年又分開評審。1982 年，第九屆停辦之「長流畫會」與中部地區畫家另組「台灣省膠彩協會」；次年（1983 年，第三十七屆），省展成立「膠彩畫部」，持續卅六年的「正統國畫」論爭，終在台籍畫家變更名目的方式下，宣告落幕❻。

　　2. 「五月」與「東方」畫會的成立

---

❻　王白淵，〈對國畫派系之爭有感〉，《美術》（1954 年 4 月）。轉引自蕭瓊瑞，〈戰後台灣畫壇的「正統國畫」之爭——以「省展」為中心〉，《台灣美術史研究論集》（台中：伯亞出版社，1991 年），頁 54。

❻　劉國松，〈談全省美展——敬致劉真廳長〉，頁 95-105。

❻　關於「正統國畫」之爭始末，可參蕭瓊瑞，〈戰後台灣畫壇的「正統國畫」之爭——以「省展」為中心〉，頁 45-60。

　　如果說，「正統國畫」論爭起於台灣「東洋畫」家與大陸來台「國畫」家的勢力之爭，那麼，「五月」和「東方」畫會的成立，則是大陸來台青年畫家對留日台籍第一代西畫家保守畫風的不滿。

　　在「正統國畫」論爭中，劉國松一方面為傳統水墨畫尋求正統地位，另一方面也對國畫展覽的千篇一律感到厭煩，開始創作西洋油畫[63]。劉國松創作方向的轉變，和台籍第一代西畫家之保守風格有關。前已論及，大陸來台西畫家以具革新意識的前衛西畫家為主，與此相較，曾在日本官辦展覽中展露藝術才華而成為台灣美術前輩與權威的留日台籍第一代西畫家，他們所學習的外光派（印象派）是十九世紀時經由日本再傳回台灣，與國際畫壇在觀念上相差半個世紀。這群台籍西畫家緊守戰前藝術風格作畫，無視當時國際流行的抽象表現主義，同時他們堅持寫生的創作路線，也明顯排斥較具革新思想和前衛風格的畫作。於是，當一批青年畫家較具個人面貌的作品在省展中一再落選時，他們自組畫會、自辦展覽的意念便愈趨強烈。

　　1956 年，郭東榮、郭豫倫、李芳枝和劉國松四位師大藝術系畢業校友合開「四人聯合畫展」，向校內師長、學弟妹展示他們畢業一年來的研習成果。畫展結束後，四人在廖繼春老師的鼓勵下，決議仿照巴黎「五月沙龍」，成立「五月」畫會，每年五月舉辦作

---

[63]　葉維廉，〈與虛實推移，與素材佈奕——劉國松的抽象水墨畫〉，《與當代藝術家的對話——中國現代畫的生成》（台北：東大圖書公司，1987 年），頁 246。

品展❻。「五月」畫會成立之初，主張「全盤西化」，連名稱都取法巴黎「五月沙龍」，希望朝向同一目標發展❻。從劉國松的一段回憶文字可以看出「五月」的成立動機與目的：

> ……喊儘管喊，「中國的文藝復興」仍然遲遲未見到來，……「五四」給中國帶來了西洋藝術，不錯，西方藝術的介紹工作實在作得太差，五四時代的藝術家們，至今仍停留在十九世紀以前的西洋風格的模仿上，試問我們能把人家舊有的形式拿過來當自己的創建嗎？……看看青年的一代，……他們有的一直在自己的崗位上埋頭苦幹，有的已經從國外學成回來，都由於與自由世界藝壇不斷地接觸，受到世界新思潮的猛烈刺激，無論那一個藝術部門，都呈現了普遍的覺醒，深感我們這一代所負的時代使命非常重大，毫不猶疑地將這「中國文藝復興」的重擔放在了自己的肩上，以「我入地獄」的勇邁直前的犧牲精神，獻身與此一自救的文藝運動中。❻

---

❻ 郭東榮說：「畫展一開（案：指四人聯展），廖老師對我們鼓勵甚多，說我們夠水準了，叫我們成立畫會，借租中山堂正式舉行畫展，於是第一屆『五月畫展』就此誕生了。這是『五月畫會』的 ROOT『根』。」見郭東榮，〈廖繼春與五月畫展〉，轉引自劉文三，《一九六二～一九七〇年間的廖繼春繪畫之研究》（台北：藝術家出版社，1988 年），頁 17。

❻ 葉維廉，〈與虛實推移，與素材佈奕──劉國松的抽象水墨畫〉，頁 253。

❻ 劉國松，〈過去·現代·傳統〉，《中國現代畫的路》（台北：文星書店，1967 年），頁 11-15。

由此可知，「五月」的成立是對五四以來繪畫風格的不滿，加上西方新思潮的刺激，而以「中國文藝復興」的承擔者自許。不過，「五月」成立初期，所謂「現代繪畫」的理想尚未清楚呈顯，畫會的成立，主要是不滿當時畫壇保守而沈悶的氣氛，想以「試驗和衝勁給畫壇帶來一點生氣」❻。從第三屆（1959）「五月」畫展舉行前，劉國松發表〈不是宣言──寫在「五月畫展」之前〉，批評三大美展的弊病；又在第十四屆（1959）「全省美展」前，發表一封致教育廳長劉真的公開信❻，可以看出初期的「五月」畫會對省展制度的批判，實遠多於對現代藝術創作的主張；且他們對畫壇的批判，並不是完全針對國畫，對西畫也是一樣。不過，劉國松對畫壇保守風氣的批判，明顯是針對留日台籍西畫家而來。但畫風保守的不獨台籍西畫家，為何只有留日畫家遭受批評？顯然這和台籍西畫家掌握全省美展評審大權有關。

　　在學院派的劉國松等師大藝術系學生企圖藉著成立畫會反抗當時畫壇保守氣氛時，民間也正蘊釀著另一股求新求變的力量。這股力量的主導者，便是大陸來台的西畫家李仲生。

　　李仲生（1912-1984）1931 年與上海一群熱愛現代繪畫的畫家組成了中國美術現代化運動中，第一個標舉「現代藝術」的美術團體「決瀾社」。當時「決瀾社」宣揚的「現代繪畫」是介於野獸派與新古典主義的廣義現代繪畫。「決瀾社」畫展結束後，李仲生東渡

---

❻　葉維廉，〈與虛實推移，與素材佈奕──劉國松的抽象水墨畫〉，頁 250-251。

❻　劉國松，〈不是宣言──寫在「五月畫展」之前〉，頁 27-28。劉國松，〈談全省美展──敬致劉真廳長〉，頁 95-105。

日本，先後至「東京日本大學」藝術系西洋畫科、「東京前衛美術研究所」習畫，並加入東京前衛美術團體「黑色洋畫會」，創作具超現實主義風格的畫作。「東京前衛美術研究所」老師藤田嗣治，以西方繪畫工具承載東方細緻神祕情感的創作，日後直接或間接成為李仲生及其學生（「東方」畫會）終生追求的典範❻❾。

1948 年，李仲生來台，在台北第二女子中學擔任美術教師。1951 年，李仲生在安東街成立私人畫室，後來被稱為「八大響馬」的李氏學生都齊聚此間和李仲生學畫❼⓿。這段期間，李仲生大量介紹歐美和日本超現實主義理論，學生們透過李仲生的引介，愈了解歐美、日本現代繪畫的興盛，愈對國內保守、沈悶的繪畫風氣

---

❻❾　關於李仲生藝術生命的形成以及創作思想的淵源，可參蕭瓊瑞，《五月與東方──中國美術現代化運動在戰後台灣之發展（1945-1970）》，頁 79-90。在李仲生〈論現代繪畫〉一文和李仲生門生弟子的回憶與陳述中，可以了解李仲生的現代繪畫思想，是在 1937 年前，從上海與日本而來，包括後期印象主義、立體主義、達達主義、超現實主義和抽象表現主義等範疇。李仲生，〈論現代繪畫〉，收入郭繼生主編，《當代台灣繪畫文選 1945-1990》，頁149-153。

❼⓿　當時跟隨李仲生學畫的學生有八人，分別是：歐陽文苑、霍剛、蕭勤、陳道明、李元佳、夏陽、吳昊、蕭明賢。後來在首屆「東方畫展」前，何凡發表〈「響馬」畫展〉，以「響馬」稱呼這八位具有「闖盪」性格的畫會會員。日後「八大響馬」就成了早期「東方」畫會成員的代名詞。「響馬」原為北方強盜別稱，他們在行動前習慣先放響箭以示警；畫會成員不知天高地厚，以叛逆者姿態，突現畫壇，稱為「響馬」也頗為傳神。參蕭瓊瑞，《五月與東方──中國美術現代化運動在戰後台灣之發展（1945-1970）》，頁 119。第一屆「五月畫展」在 1957 年 5 月展出，而「東方畫展」則在 11 月展出。然而在 1956 年時，劉國松等四人曾合開一次「四人聯合畫展」，故「五月」和「東方」畫會成立的先後，曾有過爭論。

感覺不滿，便想透過組織畫會、舉辦畫展，直接以作品呈現他們認為是現代的、進步的繪畫風格。不料，組織畫會的事遭到李仲生強烈反對，只得暫時作罷。

1956 年，蕭勤取得西班牙政府提供的獎學金，赴西班牙深造。蕭勤到西班牙後，一再去信安東街畫友，提及歐洲畫壇畫會林立情況，並鼓勵眾人組成畫會；同時他也開始以《聯合報》駐歐特派員身份，撰寫「歐洲通訊」、「西班牙航訊」專欄，介紹歐洲畫壇動態，並將國內畫友作品介紹到國外展出。1956 年 11 月底，安東街畫友以霍剛提議的「東方」為名，由夏陽起草畫會宣言和組織章程，向當局申請成立畫會被拒，後來改以畫展的名稱組成畫會。據霍剛的說法，以「東方」為名，是因為畫友們均生長在東方，且多數創作皆著重東方精神的表現❼❶。在「東方」成立宣言中，有一段話相當關鍵，即必須揚棄西洋畫必須畫得逼真的觀念，用中國人原來的看法，領略現代藝術的趣味❼❷。1956 年 11 月底，「東方畫會」正式成立，隔年（1957）蕭明賢作品便在「巴西聖保羅雙年展」中獲得「榮譽獎」。由於「聖保羅雙年展」堅持「現代」風格，又是首次邀請台灣畫家參加，蕭明賢的獲獎，給了安東街畫室青年莫大的信心與肯定。這一年（1957）的 11 月 9 日至 12 日，為期四天的「第一屆東方畫展——中國、西班牙現代畫家聯合展出」，在台北新生報新聞大樓舉行，畫展發表由夏陽執筆的〈我們

---

❼❶　霍剛，〈回顧東方畫會〉，《雄獅美術》第 63 期（1976 年 5 月）。收入郭
　　　繼生主編，《當代台灣繪畫文選 1945-1990》，頁 204-205。

❼❷　李錫奇，〈中國現代版畫會的成長與發展〉，《新生報》「藝術欣賞」第 21
　　　期（1967 年 12 月 4 日）。

的話〉，提出畫會主張，明白標舉「東方」的藝術觀念，確立中國傳統藝術在現代藝術中的價值，強調「民族精神」的把握是最重要的❼❸。「用中國人原來的看法」、「民族精神」的強調，皆清楚傳達「東方」畫會的創作理念，而這正是受到李仲生繪畫觀念的影響。1948 年李仲生來台後，時常以藤田嗣治融合日本傳統精神的作品，成功崛起於西方畫壇的事例，告誡學生不可忽視傳統的寶藏。從李仲生〈論現代繪畫〉一文，可以了解他對現代繪畫的看法。這篇文章中，李仲生以中國國劇技巧連接西洋抽象藝術美，將廿世紀的現代藝術之擺脫模倣自然，追求形似的特色，與中國傳統國劇動作的節奏和律動所傳達的「只可意會，不可言傳」抽象藝術表現，同視為「現代繪畫」的新境界❼❹。因此，傳達傳統、東方的精神內涵，正是李仲生及「東方」畫會成員的創作目標。首屆「東方畫展」同時提供厚達十七頁的展覽目錄，介紹中、西兩國畫家背景與作品名稱。這份簡介提的西方現代繪畫流派，幾乎網羅了當時西方新興的各種流派❼❺。

---

❼❸　夏陽，〈第一屆東方畫展——中國‧西班牙現代畫家聯合展出〉，轉引自蕭瓊瑞，《五月與東方——中國美術現代化運動在戰後台灣之發展（1945-1970）》，頁 116-117。根據蕭瓊瑞的歸納，〈我們的話〉提出四點主張：1. 強調創新的可貴。2. 強調現代藝術是從民族性出發的一種世界性的藝術形式。3. 強調中國傳統藝術觀在現代藝術中的價值。4. 主張「大眾藝術化」，但反對「藝術大眾化」。參蕭瓊瑞，《五月與東方——中國美術現代化運動在戰後台灣之發展（1945-1970）》，頁 116-117。

❼❹　李仲生，〈論現代繪畫〉，頁 152-153。

❼❺　簡介內容參〈「東方畫展」及其作家〉，《聯合報》六版（1957 年 11 月 8日）。

　　綜觀「五月」與「東方」畫會的成立，前者主張全盤西化，後者朝東方精神發展；但此「東方」之實質內涵，乃指「中國」而言。另一方面，「東方」畫會的成立實較有藝術自覺意識，一開始即明白標舉「現代繪畫」主張；「五月」畫會則只是劉國松等人在全省美展中失意，力求以另一種方式追求「出頭」的機會。兩個畫會的成立，皆顯示台灣第二代美術青年對當時台灣畫壇沈悶的畫風不滿，加上世界新藝術思潮的刺激，在求新、求變的新穎意識下，欲以成立畫會、舉辦畫展，改革當時畫壇沈悶的畫風。劉國松在第二屆「五月」美展前夕發表的文章中說：

> 我們有鑑於中國藝壇猶如一池死水，污濁不清，生滿了孑孓蛆類的東西，使人見而生畏，望之卻步了。所謂的大師們，分別抱著中國或西洋古人的屍體；又有一部分自命為前進的「日本畫」家，也祇像小殮時的化裝師，僅替死屍作些擦胭抹粉的工作。但是我們深深瞭解，要將中國傳統藝術發揚光大，不是「擦」和「抹」的問題，而是根本要已死的活轉過來。❼❻

現代畫家認為中國畫的表現力有侷限，且水墨畫是農業社會的表現材料，西洋畫較能表現現代人的思想和精神，於是畫家們據以改變「死水」般畫壇的方式，就是成立畫會，引進西洋的現代藝術：

---

❼❻　劉國松，〈無畫處皆成妙境──寫在五月美展前夕〉，《中國現代畫的路》，頁 40。

> 　　要使中國固有文化活轉過來，必須先要氧氣的補充，然後大
> 量的輸血。氧氣可供藝術家們自由呼吸，不受大師畫閥們的
> 鉗制，不生活在他們的陰影下而見不到天日，因此我們組成
> 了自己的畫會；輸血一定要從外體輸入，要從健康活生生的
> 外體輸入，最理想的健壯軀體就是西洋的現代藝術，……❼❼

　　那麼，眾多西洋藝術流派中，為何「五月」選擇抽象畫作為改革傳統繪畫的工具呢？這必須從現代畫家的繪畫思想作進一步的說明。

3.從「寫實」、「寫意」到「抽象」畫

⑴「抽象」即「現代」

　　廿世紀以降，西方現代畫家意識到自然之「形」已無法表達現代敏感的人心和社會，於是他們力求擺脫以往的具象形式，改以單純的色彩和簡單的線條來表現人心的複雜❼❽。抽象畫的創作，就是畫家以直接的動作駕馭被動的材料而表現出來的人類的心靈世界。十九世紀至廿世紀初，作為藝術改革中心的法國繪畫，其改革是漸進式的，台籍第一代西畫家因留日之故，他們的繪畫思想和創作傾向都來自法國，所學習的印象主義在原十九世紀即已流行過了。二次世界大戰後，抽象主義潮流從義大利等歐洲重鎮，席捲國際藝壇，透過美國雜誌引介來台，台灣第二代美術青年以為抽象藝術將

---

❼❼　同前註，頁 41。

❼❽　抽象派繪畫分別受到兩派影響，一是梵高與高更所誘導出來的野獸派繪畫，
　　　表現出畫面的「面」與流動的「線」；二是東方繪畫的色彩與線條。參李仲
　　　生，〈論抽象派繪畫〉，收入蕭瓊瑞編，《李仲生文集》（台北：台北市立
　　　美術館，1994 年），頁 27。

統治世界藝壇，唯有投入此一時代潮流，才能躋身國際藝壇。1960
年，美國帕洛克（Jockson Pollock）在整桶漆料中混入沙子、玻璃碎
片、水銀等，然後把顏料直接潑灑在畫布上的大膽作風㊆，震驚世
界，為美國紐約畫壇取得與法國分庭抗禮的機會。與此同時，中國
畫家趙無極因創作具東方風味的抽象畫而揚名世界。在諸多因素
下，透過吸收西方最新、最現代的觀念與技法，使中國繪畫走向現
代化，成為當時台灣第二代美術青年追求／回應「現代」的方式，
他們希望引進「新」的、流行的抽象繪畫，來取代「舊」的、寫實
的印象派畫風。同時，台灣青年畫家也透過現代繪畫史的演進，歸
納出西洋繪畫史的發展，是從具象到抽象，從寫實、變形、寫意朝
抽象演進，所以抽象畫是藝術發展脈絡中最為進步者，不管世界上
的繪畫如何演變，但其主流永遠屬於抽象㊀。在這樣的心理下，畫
家們的畫風便明顯朝抽象風格發展。

　　(2)抽象——「最純粹境界」達到的可能

　　抽象除了代表一種最新、最進步的藝術，抽象形式的運用，也
暗示一種「最純粹境界」達到的可能，象徵現代藝術的最高理想。
「五月」等畫家認為「變」是傳統的特性，其方向應求自身的獨
立。這種獨立是由物象的減小，而達到藝術的增大，也就是從形似
（寫實）進到反形似（變形），從模仿自然到背離自然，最後進到完
全抽象，達到「純粹繪畫」的境界㊁。馮鍾睿說：

㊆　潘東波編著，《20 世紀美術全覽》（台北：相對論出版社，2002 年），頁
　　200。

㊀　劉國松，〈中國現代畫的基本精神〉，《臨摹・寫生・創造》，頁 21。

㊁　劉國松，〈無畫處皆成妙境——寫在五月美展前夕〉，頁 42。

> 看一看歷史上繪畫演進的過程，……說明了繪畫越進步越減
> 低了客觀自然的成份，增加了主觀人的成份。……我一直重
> 視繪畫的純粹性與直接性。……抽象的表現方法是步向純粹
> 及直接的最佳途徑。㉒

「抽象的表現方法是步向純粹及直接的最佳途徑」，這是當時畫家
們的共同看法。而現代畫家之所以採用抽象表現方法的原因，是因
為他們認為「自然」是美的等差中位置最低的，最高的美是心靈的
表現；藝術的目的就在超脫自然限制，表現心靈的自由。劉國松分
析說：

> 以往的繪畫……本身沒有獨立性，也沒有屬於它自己的領
> 域。自立體派後，畫家們都朝向抽象的意境邁進，努力使繪
> 畫由役用的桎梏中獨立起來，走向繪畫純粹的自身。抽象畫
> 同「絕對音樂」一樣也可稱之謂「絕對繪畫」或「純粹繪
> 畫」，與音樂同是抽象藝術之一種。……畫要表現的，就是
> 那些文字（文學）和聲音（音樂）無法達到的領域，這個領
> 域就是繪畫特有的世界。㉓

抽象技法的運用，目的在使繪畫走向「純粹」藝術的領域，表現心

㉒　馮鍾睿，〈現代・抽象・我自己〉，《文星》第 16 卷第 2 期（1965 年 6
　　月）。收入郭繼生主編，《當代台灣繪畫文選 1945-1990》，頁 222-223。
㉓　劉國松，〈現代繪畫的本質問題——兼答方其先生〉，《筆匯》第 1 卷第 12
　　期（1960 年 4 月 27 日），頁 19。

靈的自由；抽象表現形式，意在剝落所有外相羈絆，呈現藝術表現
的最高理想：

> 在創作思想上，我覺得透過抽象形式的最大理由，是在內心
> 有種急切的需求，那就是探求自然的本體，探求可見與可感
> 的事物中一些主要的意義，抽象即是探求自然內部的本性，
> 精神與力量的一種蒸餾法，因此，抽象就成為一種精密的方
> 法與工具，抽象就是蒸餾，蒸餾就是增加強度與濃度，使自
> 然形象昇華成為「繪畫」的「禪」，是根植於一個活躍的，
> 至動而有韻律的心靈。**❽**

所呈現心靈自由的最高境界，即中國「禪」的心靈狀態：

> 繪畫由豐滿的色相達到最高禪境的表現，種種境層，以此為
> 歸宿。……靜穆的觀照和飛躍的生命構成藝術的二元，也是
> 構成「禪」的心靈狀態。……藝術最終目的即在剝落一切表
> 皮，呈顯出自然中晶瑩的本體。**❽**

這種心靈的律動，即中國禪宗「妙悟」後的「禪」境；另一方面，
抽象形式的運用，也最適於表現現代人的美感經驗：

---

❽　劉國松，〈畫與自然〉，《臨摹·寫生·創造》，頁60。
❽　同前註，頁53-58。

> 畫面上的一根線條可以解釋出許多意念，它可以連結上生命
> 的註釋，也可以由牽動心靈賦形象以更豐富的含意，……此
> 「意」實際就是動機、意識，也就是超現實的優越性。……
> 現代社會的繁複，加諸於藝術家心理的重負將越發導致現代
> 藝術含意的繁複、難解。事實上，超現實主義正是此途的最
> 好的代表形式，它的特色就是形象的心象化。在轉入抽象之
> 中，這種抽象的超現實化也是最能表出現代人的美感經驗
> 的。**86**

換言之，抽象也意味著時代性，將最難表現的現代人的心理意識加
以心象化，透過抽象畫的超現實性表現出來。這也正是現代繪畫的
內涵。

　　綜言之，當時的「五月」和「東方」畫會皆希望透過移植他們
認為是「現代」的西方藝術來改革／造台灣「傳統」的印象派畫
風。這樣看來，台灣現代畫家對西方現代藝術的接受，乃是經過主
體思考，針對台灣畫壇的需要而加以選擇運用，並不是被動接受並
盲目鼓吹、回應。不過，當時台灣美術青年標舉的「現代」繪畫是
指「抽象畫」，但此時西方現代藝術的發展，卻已進入更前衛的現
代主義階段了。

　　由以上敘述可知，受日本殖民五十年的影響，台灣對西方現代
藝術思潮的學習，某一部分是「二度翻譯」自日本的現代性經驗，

86　莊喆，〈山水傳統與中國現代畫〉，《現代繪畫散論》（台北：文星書店，
　　1966 年），頁 106。

因此，台灣文學藝術對現代性追求，其實是以更迂迴的方式進行。
這種經過「二度翻譯」而來的現代性，因為加入了創作者的主體性
思考，故作品呈現的是台灣，而非日本或西方的現代性風貌。張新
穎對台灣接受現代主義的原因提供相當適切的詮釋：

> 如果我們把現代主義看成是文學的一種「形式」，那麼，它
> 在台灣的被接受，可以做兩層意義的理解，一是接受者自身
> 需要這種「形式」；第二，「形式」為接受者創造了一份新
> 的「內容」，一個新的世界。⑧

也就是說，六〇年代台灣的文學藝術環境蘊釀了一股求新求變的現
代性需求，提供了西方現代主義生根的環境，而西方現代藝術技巧
的運用，也確實為「傳統」的台灣文學藝術創造了一個嶄新的「現
代」視野。這股求新求變的現代性需求，使得西潮來襲時，創作者
能夠即時掌握並加以轉化、運用。換言之，創作者在引介或選擇運
用何種藝術形式時，並不是毫無條件的接受並回應，而是加入主體
性思考。同時跨文化交流下的台灣現代性，以及台灣接受現代主義
的迂迴過程，也讓六〇年代的台灣文學藝術展現出迥然不同於西方
的現代性風貌。

---

⑧　張新穎，〈論台灣《文學雜誌》對西方現代主義的介紹〉，《文學的現代記
　　憶》（台北：三民書局，2003 年），頁 38-39。

第二節　本土／誤讀的台灣現代性

　　當六〇年代台灣某些個人或社會力量強將鐵板一塊的現代性定義，加諸於在其他文學藝術的表現上，從而將某些藝術表現劃為「傳統」、「不現代」而處心積慮以西方的「現代」形式加以改革時，台灣文學／藝術確實產生了前所未有的變化。但，我們要問：「現代」藝術形式的運用，果真革了「傳統」的命，使其完全脫胎換骨？那些表面上謂為「現代」的文學藝術，骨子裏果真如此「現代」？藝術形式的全盤西化，是否保證作品內容的完全更新？又，六〇年代台灣文學藝術的「傳統」與「現代」所指為何？彼時文學藝術之謂「現代」，究竟是帶入了西方現代主義，還是對傳統的反思？

一、承先啓後的台灣現代性

㈠「現代」詩等於「反傳統」等於「現代主義」詩？

　　「現代派」「六大信條」一公布，立即引起詩壇強烈的批評聲浪，其中招致攻擊最烈的是第二條「橫的移植」和第四條「知性之強調」；特別是前者，引發詩壇對其主張「全面西化」的質疑。當雜文家寒爵發表〈所謂「現代派」〉，批評紀弦盲目躁進地「橫的移植」西方文藝至台灣詩壇時，我們只見到紀弦強調「現代派」是研究「波特萊爾以降一切新興詩派的表現方法，並不限於波氏一人」，卻未見紀弦清楚說明「現代派」到底「橫的移植」了西方哪些文藝流派？不過，這個疑問很快在紀弦回應覃子豪〈新詩向何處去？〉的文章中，有了清楚的解答。

　　當覃子豪發表〈新詩向何處去？〉，針對「六大信條」的第一條關於「波特萊爾以降一切新興詩派之精神與要素」的學習，以及第二條「橫的移植」論，質疑台灣社會是否有西方現代主義生根的社會條件時，紀弦隨即在〈從現代主義到新現代主義——對於覃子豪先生「新詩向何處去」一文之答覆上〉和〈對於所謂六原則之批判——對於覃子豪先生「新詩向何處去」一文之答覆下〉中，強調「現代派」之現代主義並非「移植」自西方，而是「要求進步」、「追求獨創」的「後期現代主義」和「新現代主義」。接著，紀弦又以〈多餘的困惑及其他〉、〈兩個事實〉和〈一個陳腐的問題〉再次強調自己提倡的是「中國新現代主義」而不是法國的超現實主義，並在〈六點答覆〉指出「現代派」不以歐美新興詩派中的任何一派理論為根據，而是取其優點，去其流弊[88]。至於外界批評現代詩的「反傳統」，紀弦解釋「現代詩」所反之「傳統」，乃指一切傳統詩觀支配下的傳統主義，重點是文學形式和表現方法，而不是傳統民族、精神文化的革新。綜言之，「現代」詩並非「全盤」「橫的移植」自西方現代主義，而是對中華文化傳統有所繼承，對西方現代主義技巧有所取捨後，所創作出來的「進步」、「獨創」的「中國新現代主義」。因此，「現代詩」雖是「現代主義詩」，但這「現代主義」指的是「中國主義」，在本質上是象徵主義，文字上則是立體主義[89]，也就是運用西方現代主義技巧，具中華文化

---

[88]　紀弦的〈多餘的困惑及其他——答黃用文〉和〈兩個事實〉兩篇文章收入《現代詩》第 21 期（1958 年 3 月 1 日），頁 1-4、4-11。紀弦，〈六點答覆〉，《紀弦論現代詩》，頁 86-94。

[89]　林亨泰，〈中國詩的傳統〉，《找尋現代詩的原點》，頁 15-18。

傳統內涵的「台灣」現代詩。換句話說，西方「現代」藝術形式的運用，並不表示「傳統」的完全揚棄，而是對傳統有所繼承（因）下的創新之作（革）。再回到我們的問題：六〇年代台灣現代詩之謂「現代」，究竟是帶入了西方現代主義，還是相對於五四以來中國新詩的「傳統」？

紀弦在揭櫫「六大信條」的同期社論〈戰鬥的第四年·新詩的再革命〉中，清楚說明他倡導「新詩的再革命」的原因，乃為改革遷台後口號詩、政治詩激情、散文化，易於朗誦歌唱卻流於口號、詩歌不分之弊，以及受到三〇年代新月派格律詩的影響，不論內容或形式皆變成押韻可歌、語言淺白粗糙、技巧直接未經意象化的「偽自由詩」，希望透過「移植」「新的表現手法」，使詩之新舊、詩與歌、詩與散文有所區別，讓詩成為「純粹性」的藝術❾⓿。基於對詩內部革新的需求，紀弦選擇「移植」法國象徵主義和美國意象派的技巧和觀念，希望運用西方「表現技巧」，創作出具中華文化精神內涵的台灣現代詩。簡言之，「現代詩」是接受西方現代主義創作觀念和技巧，而對五四以來的傳統新詩風格有所改革的「台灣的現代詩」。這種運用了西方現代主義技巧寫作的現代詩，因吸收了中國傳統精神，也展現不同於西方現代詩的精神風貌。因此，台灣現代詩之謂「現代」，並非因西方現代主義技巧的運用，而是相對於五四以來的中國新詩而言。

紀弦對「台灣」現代詩的思考，後來也逐漸影響在「現代主義

---

❾⓿　「散文」和「新詩」皆以白話文為基礎。但紀弦強調新詩不只是分了行的散文，而在於其實質精神。此實質精神即為「純粹性」。

論戰」中和他筆戰的藍星詩人。從「象徵主義論戰」和「新詩保衛戰」中詩人發表的詩論所呈現的現代詩觀，可以進一步釐清五、六〇年代台灣現代詩之謂「現代」的意涵。

　　1959 年，蘇雪林在《自由青年》「文壇話舊」單元發表〈新詩壇象徵派創始者李金髮〉，以五四白話詩觀攻擊台灣象徵主義詩體的晦澀難懂，致詩壇充斥著「巫婆的蠱詞、道士的咒語，匪盜的切口」後❾，覃子豪隨即發表〈論象徵詩派與中國新詩──兼致蘇雪林先生〉，澄清台灣詩壇乃「接受無數新影響而兼容並蓄的綜合性創造」，並非以李金髮的象徵派為主流❾。在這裏我們注意到的是這篇文章隱約透露出對「暗示」、「雙關語」等現代主義技巧的看重。接著，覃子豪又發表〈現代中國新詩的特質〉，再次強調新詩雖接受了浪漫主義、象徵主義到現代主義詩派的影響，但卻是表現生活感受和中國特色的現代詩❾。很明顯的，這與紀弦當初回應外界對現代詩「橫的移植」引發的「西化」爭議時的論述類似，都是強調台灣「現代」詩非移植西方某特定詩派，而是綜合西方數種流派的表現技巧所創作出來的「現代中國新詩」。換言之，覃子豪和紀弦都強調形式技巧上的「現代」，並不意味著內容的西化，現代詩仍以中華文化傳統為內涵。我們再以「新詩保衛戰」中藍星詩

---

❾　蘇雪林，〈新詩壇象徵派創始者李金髮〉，《自由青年》第 22 卷第 1 期（1959 年 7 月 1 日），頁 6-7。

❾　覃子豪，〈論象徵派與中國新詩──兼致蘇雪林先生〉，《自由青年》第 22 卷第 2 期（1959 年 7 月 16 日），頁 10-12。

❾　覃子豪，〈現代中國新詩的特質〉，《文學雜誌》第 2 期（1959 年 10 月 20 日），頁 17-34。

人的詩論進一步觀察。

「新詩保衛戰」是五〇年代最後一場論戰，時間就在「象徵主義論戰」尾聲，覃子豪發表致《自由青年》編者公開信後的 11 月。

1959 年 11 月，作家言曦在《中央日報》副刊一連四天發表題為「新詩閒話」的方塊文章，以傳統古詩的美學觀批評象徵主義技巧不符合作詩之「造境」、「琢句」、「協律」的條件，使詩、樂分家，成為不可讀、不可誦、不可歌，艱澀峭奧的分段排列的散文❾❹。總言之，言文以象徵詩的「難懂」，攻擊現代詩的「晦澀」。

「閒話」一出，詩壇嘩然，首先站上火線應戰的是余光中。他在《文學雜誌》發表〈文化沙漠中多刺的仙人掌——對於言曦先生「新詩閒話」的商榷〉，強調新詩之為「新」，不在言文所提之三個枝節性技巧問題上，而在於價值觀念和美學原則的改變❾❺。虞君質也發表〈談新藝術〉表達贊同之意❾❻。此時，《文星》認為新舊詩體的辯論有助於大眾對新舊詩體的了解與興趣❾❼，便在《文星》第 27 期推出「詩的問題研究專號」，刊載八篇詩人與學者論詩文章。以余光中為代表的四位詩人再次強調台灣新詩運動非象徵詩派

---

❾❹　言曦這四篇文章是：〈歌與誦〉、〈隔與露〉、〈奇與正〉、〈辨去從〉，見《中央日報》副刊（1959 年 11 月 20 日-22 日）。

❾❺　余光中，〈文化沙漠中多刺的仙人掌——對於言曦先生「新詩閒話」的商榷〉，《文學雜誌》第 7 卷第 4 期（1959 年 12 月）。收入余光中，《掌上雨》（台北：大林出版社，1973 年），頁 111-112。

❾❻　虞君質，〈談新藝術〉，《台灣新生報》（1959 年 12 月 30 日）。

❾❼　見〈編輯室報告〉，《文星》第 27 期（1960 年 1 月 1 日），頁 40。

的餘波或末流，且新、舊詩之不同，非指表現技巧，而是美學原則
的改變；盛成等四位學者也以「不薄今人愛古人」的折衷態度，肯
定新詩的進步，維護詩的傳統。綜觀幾位藍星詩人的意見，詩人們
都強調「現代詩」的「現代」，非指「表現技巧」的西化，而是指
五四以來詩的「美學原則」的改變。換言之，「現代詩」之謂「現
代」，並不因其帶入了西方現代技巧，而是相對於五四以來的傳統
新詩而言。這顯然呼應了紀弦提倡「新詩的再革命」的主張：改革
五四以來中國新詩傳統風格，確立現代詩觀。由此可知，運用西方
表現技巧，改革五四以來的新詩風格，確立「現代」詩觀，正是
五、六〇年代台灣「現代詩」之謂「現代」的真正意義。我們再以
論戰過程中其他詩人的觀點補充說明。

　　第 27 期《文星》「詩的問題研究專號」所刊詩人、學者的意
見，立即招來言曦的反擊。《中央日報》副刊一連四天再刊出言曦
四篇「新詩餘談」，針對余光中、黃用文章提出批評。於是《文
星》又一連三期（28、29、30 期）刊出「藍星」詩人與學者的辯駁文
章，其中最值得注意的是黃用、李素和陳慧對新、舊詩的觀點。黃
用〈從摸象說起〉（28 期）強調現代主義者所反的「傳統」，是指
「陳腔濫調」、「習慣性的品味」、「固定的情感」、「無紀律的
浪漫」……等死的「過去」，希望創造出「現代的」藝術；李素以
〈一個詩迷的外行話〉（28 期）區分新、舊詩的差別在於格式，而
重要的是詩的內容；陳慧〈現代・現代派及其他〉（第 30 期）則說
明「現代詩」和「現代主義的詩」涵義不同，現代詩所重者不在形

式技巧，而在內容❾❽。綜言之，黃用提醒讀者注意「現代詩」的「反傳統」非反中華文化傳統，而是五四以來陳腔濫調的白話詩傳統；李素和陳慧則以新、舊詩之別不在形式技巧，而在詩之精神，呼應余光中所指新詩之為「新」，乃在價值觀念和美學原則的改變的說法。在《文星》刊出藍星詩人文章的同時，遠在南部的《創世紀》第 14 期也刊出張默〈現代詩藝術的潛在面〉，強調詩作為「現代」藝術之一環，是對於「傳統主義的叛離」❾❾。

　　深入觀察五○年代三場詩壇論戰，第三場「新詩保衛戰」和前一場「象徵主義論戰」都圍繞在詩的「晦澀」和「難懂」的問題上。這顯示過於強調「移植」西方「表現技巧」，卻未對「反傳統」的意義與「現代精神」內涵有正確的傳達，正是台灣現代詩遭致「晦澀」與「難懂」誤解的主因。然而，這也說明台灣現代詩只是運用了西方諸多現代主義流派的「表現技巧」，最重要的「現代精神」並未隨之「移植」而來。故「現代詩」之謂「現代」，不在於對傳統的揚棄，卻反而是繼承，並由此創作出與五四以來的中國傳統新詩迥然有別的台灣現代詩風貌。由此看來，台灣現代詩，並非「反傳統」詩，更不是「西方現代主義」詩，而是具中華文化傳統內涵的「台灣現代主義」詩。那麼，這種對傳統有所繼承，也有所改革的台灣現代詩，在台灣現代詩史上代表了何種意義？這需要從六○年代第一場，也是唯一一場現代詩論戰──「天狼星論戰」

---

❾❽　陳慧，〈現代・現代派及其他〉，《文星》第 30 期（1960 年 4 月 1 日），
　　頁 12-13。

❾❾　張默，〈現代詩藝術的潛在面〉，《創世紀》第 14 期（1960 年 2 月），頁
　　34。

——進一步觀察。

㈡西化或回歸？──**本土的台灣現代詩**

　　經過五〇年代三場現代詩論戰後，1961 年 2 月，余光中以半個月的時間完成十首，共計 626 行的長詩〈天狼星〉**⑩**，發表在第 8 期的《現代文學》。次期《現代文學》隨即刊出洛夫〈天狼星論〉，質疑〈天狼星〉是余光中「對現代藝術實驗與修正的過程中一項大膽的假設」，卻也暴露了新詩諸多的問題與困惑**⑩**。綜觀洛夫對〈天狼星〉的批評有三：首先，洛夫認為〈天狼星〉是首史詩，但現代人的史詩應表達「現代精神活動」之「史」，而不是「以現代詩之技巧來從事對歷史人和事的頌讚與敘述」。其次，洛夫認為余光中接受了古典、自然、浪漫、象徵主義等西方各種主義的影響，致〈天狼星〉呈現風格混雜籠統的傾向。最後，洛夫認為現代藝術思想中，人是空虛、無意義的，但〈天狼星〉節、句、行、形象間，流於「欲辨自有言」與「過於可解」的事的敘述，致詩之「可感」因素薄弱，詩意稀薄，主題缺乏反叛精神。綜言之，洛夫認為余光中搖擺於傳統與現代間，使〈天狼星〉成為一首「以現代技巧表現傳統精神」的「傳統詩」**⑩**。

　　從洛夫對〈天狼星〉的批評看來，洛夫心中的好、壞詩，顯然是以是否符合西方文學理論為標準。這正是當時極端「反傳統」的美學觀。

---

⑩　余光中，〈天狼星〉，《現代文學》第 8 期（1961 年 5 月），頁 52-86。

⑩　洛夫，〈天狼星論〉，《現代文學》第 9 期（1961 年 7 月），頁 77-92。

⑩　同前註。

　　洛文一出，「詩壇大嘩」⓼，頗使余光中「惱火」⓾，立刻在
《藍星詩頁》第 37 期發表〈再見‧虛無！〉予以回應⓾。這就是
規模不大，往來論辯文章只有兩篇的「天狼星論戰」。這場論戰反
映出來的，除了是洛、余兩人詩觀的呈現，也是六〇年代台灣詩壇
對「傳統」與「現代」的看法。

　　先討論余光中的詩觀。余光中曾經提及〈天狼星〉的創作，是
「為所有的現代主義者做一個總傳」，因此詩是以幾位詩人的生活
背景，來素描當時現代主義的精神。但，誠如陳芳明言，〈天狼
星〉「詩中雖然顯現了幾位現代詩人的側影，可是總合看來，〈天
狼星〉的自傳成分還是大於一切。」⓾也就是說，余光中是「借別
人來寫自己」，雖然寫的是現代詩人，但詩中傳達的卻是他個人的
思想狀態和文學信仰。那麼，〈天狼星〉寫作當時，余光中的思想
狀態又是如何？余光中在《天狼星》後記裏，對寫作〈天狼星〉時
的主客觀背景有如下說明：

　　　一九六一，那正是台灣現代詩反傳統的高潮。……所謂傳

⓼　張默，〈從繁富到清明──六十年代的新詩〉，《文訊月刊》第 13 期（1984
　　年 8 月），頁 90。

⓾　洛夫，〈詩壇春秋三十年〉，頁 14。

⓾　余光中，〈再見‧虛無！〉，《藍星詩頁》第 37 期（1961 年 12 月 10
　　日）。收入余光中，《掌上雨》（台北：大林出版社，1973 年），頁 147-
　　164。

⓾　陳芳明，〈回望「天狼星」〉，《書評書目》第 49、50 期（1977 年 5、6
　　月）。收入黃維樑編著，《火浴的鳳凰──余光中作品評論集》（台北：純
　　文學出版社，1986 年），頁 15。

統，在若干舊派人士的株守之下，只求因襲，不事發揚，……年輕的一代呢，自然要求新的表現方式和較大的活動空間。傳統的面目既不可親，五四的新文學又無緣親近，結果只剩下西化的一條「生路」或竟是「死路」了……。❿

由余光中自白可以看出他是在對「只求因襲，不事發揚」的傳統詩風失餘之餘，選擇向現代主義靠近。換言之，當時余光中選擇現代主義，是希望透過「現代主義」這個新的文學符碼傳達的現代精神，挽救五四以來傳統詩風的老舊與頹唐。在〈新詩與傳統〉中，余光中清楚說明了現代詩與「傳統」的關係：

新詩的獨創並不僅僅於字句的推敲，……而是在於思想內容與審美觀念之全面革新，復以此一內容與觀念來決定其自由而非隨便的形式。……現代文藝的特點之一便是反理性，……我們所持以反理性的不是個人的感情，而是經佛洛依德與容（Carl Gustav Jung）分析過的源於被壓抑的慾望或是全民族的記憶之潛意識，……一種反理想主義之天真與浪漫主義之自憐的醒悟。……我們不承認「新詩與傳統脫節」的論調。……我們對於傳統，只肯作有保留有批判的接受；……包括神韻與技巧，新詩實在已經把舊詩消化過了。……新詩應該大量吸收西洋的影響，但其結果仍是中國

---

❿　余光中，《天狼星》，頁32。

人寫的新詩。⓲

換言之，六○年代現代詩觀中，「傳統」與「現代」並非無法相容，相反的，「新詩」乃是在精神與技巧上對「舊詩」有所繼承後的更新之作。故新詩之「新」，乃在於現代主義技巧的運用後，對五四以來詩之「思想內容與審美觀念之全面革新」，而不在於文化傳統的徹底揚棄。再回到〈天狼星〉。〈天狼星〉所用的意象，大多取自中國古典，十首詩中有八首都顯示余光中搖擺於傳統與現代間的徬徨⓳：對傳統不能全然放棄，對現代無法全心擁抱，使〈天狼星〉成為一首「以現代技巧表現傳統精神」的「傳統詩」。然而，余光中雖慨嘆中華文化的笨重衰老，卻也未對文化前途完全失望，他正是期待以現代主義的技巧，更新傳統文化，使舊有文化創造出全新的生命。

再回到洛夫詩觀。〈天狼星論〉寫作當時，洛夫正在研讀並試驗超現實主義表現手法，觀念上比較前衛⓴，也較看重技巧的創新。他的「反傳統」，主要是不滿意五四新詩粗糙的語言，企圖以西方現代主義技巧來代替。從洛夫對〈天狼星〉的批評可以看出他

⓲　余光中，〈新詩與傳統〉，《掌上雨》，頁 116-123。

⓳　〈天狼星〉十首詩，除第一首〈鼎湖的神話〉和第十首〈天狼星變奏曲〉，虛構和理想成分較濃，其他八首都寫出余光中對待傳統和現代的感情。

⓴　但洛夫自認還不到「虛無」的境界，又因這類問題太玄、太複雜，他沒有反應，於是論戰一開打，即告休兵。見洛夫，〈詩壇春秋三十年〉，頁 14。

受超現實主義影響，較偏重詩的「形式技巧」⓫。受存在主義哲學的影響，洛夫否定人文主義所認定的「人」的價值與意義，轉而看重現代意義上的「審醜」，也就是現代主義的「負面書寫」特質。這樣的美學思想自然影響了他對余光中詩的評價，認為余光中最好的詩作乃在表現「現代人的壓抑感和幻滅感，因外界波動及內心混亂之交錯關係中產生的」作品⓬，也從而斷定〈天狼星〉的缺點就是「太傳統」了。

　　整體看來，洛夫和余光中對「傳統」與「現代」的看法並不衝突，兩人都是站在「反傳統」的立場寫作。但他們的「反傳統」，並不是反叛中華文化傳統，而是希望以西方主義技巧所傳達的「現代」精神，有助於五四以來詩之精神與技巧的更新。換言之，五、六〇年代台灣現代詩並非那麼「現代」，詩人對現代主義技巧的學習，並不意味著對傳統的徹底揚棄。這種對傳統文化有所繼承、有所革新的台灣現代詩所標舉的「現代」，是相對於五四以來的新詩表現而言。這樣看來，六〇年代台灣現代詩並不因其揚棄了「傳統」而趕上了西方的「現代」，而是更新了五四以來的傳統新詩而發展出迥然不同於西方的「台灣現代主義」詩風貌。換言之，台灣詩人運用主體性思考所選擇的現代藝術形式而對傳統詩風／觀的改

⓫　洛夫，〈關於「石室之死亡」跋〉，收入侯吉諒編，《洛夫〈石室之死亡〉及相關重要評論》（台北：漢光文化事業，1988 年），頁 199-200。〈天狼星論〉中洛夫也解釋他對余光中〈天狼星〉的分析與討論，也特別重視其創作方法論和文字技巧。見洛夫，〈天狼星論〉，頁 79。

⓬　這是《六十年代詩選》對余光中詩作主題的評介，〈天狼星論〉引用之，作為對余光中詩作的肯定。參洛夫〈天狼星論〉，頁 81。

革，正是台灣「現代」詩之謂「現代」的意涵。五、六〇年代因「移植」西方而引發的「西化」爭議，以及「傳統」與「現代」的論辯，其實是詩人內在求新求變的主體性思考被忽略了。而正是「主體性思考」的加入，使台灣現代藝術運動，自此發展出迥然不同於西方的現代視野。不過，求新求變的主體性思考，某些時候也導致對西方現代主義有意無意的「誤讀」，從而造成台灣文學藝術創作者理解的「現代」，與西方真正的「現代」內涵產生了差異。

二、誤讀的台灣現代性

㈠「抽象」畫等於「現代」畫？

台灣文壇最先受到現代主義思潮影響的是詩壇，畫壇雖起步較晚，衝勁卻更強，不久兩者便會師一處，並駕齊驅了。楚戈說：

> 當時現代主義的詩人與畫家結合成了一體，他們相互的交往，相互的討論，詩人參與現代畫展，幫他們寫文章鼓吹，幫他們為展出品標題。這是造成當年現代主義風起雲湧、盛況空前的主因。⑬

詩人和畫家彼此沒有保留的放言豪論，在文藝界掀起一壯闊的波瀾，報紙、雜誌無形中也受到影響，紛紛開闢關於現代藝術方面的專欄，譯介西方現代藝術思潮。詩社、畫會結社的風氣，以及詩人與畫家間談詩論藝的現象，正是六〇年代台灣現代主義運動風起雲

---

⑬　楚戈，《審美生活》（台北：爾雅出版社，1986 年），頁 253。

湧，掀起全方位現代藝術運動的主要力量。

　　當「五月」與「東方」畫會成立後，給當時社會的印象是：「五月」在朝，「東方」在野。原因是因為支持「五月」的是政府官員和教師，而支持「東方」的則是現代詩人❹。在現代詩社和畫家的交往中，一般認為「藍星」詩社和「五月」畫會較接近，余光中是重要成員；「現代詩社」、「創世紀詩社」和「東方」畫會較接近，紀弦、辛鬱是重要成員❺。與「五月」交好的詩人余光中，在《文學雜誌》（1956）創刊時即負責主編新詩部分，同時也翻譯《梵谷傳》，邊譯邊在《大華晚報》連載。1958 年，余光中至愛荷華大學寫作班進修藝術碩士學位，由於他譯過《梵谷傳》，已有西方藝術基礎，再加上擔任他所選修的「現代藝術」課程的李鑄晉教授在講述現代藝術發展史時，佐以大量幻燈片加深印象，這樣嚴格的訓練，讓余光中的藝術底子打得更紮實，視野也更加開拓❻。隔年（1959）返台後，余光中和現代畫家、音樂家來往密切，劉國

❹　「五月」成員多半出身學院，支持者有師大藝術系教授廖繼春、美學教授虞君質、教育部國際文教處處長張隆延、詩人兼學者余光中等，旅美藝術史家李鑄晉日後更成為「五月」進軍美國畫壇的關鍵人物。支持「東方」的有小學老師黃朝湖、黃博鏞、專欄作家何凡、現代詩人楚戈、辛鬱、紀弦、商禽等人。

❺　「創世紀」詩社與「東方」畫會關係較密切，原因應是雙方成員共同具有軍旅色彩。杜十三分析，在現代精神的承續上，五、六〇年代的「東方」與「創世紀」具備了非常接近的「文化基因」，即「追求現代而兼顧傳統」的創作氣質。見杜十三，〈「當鋪」與「防空洞」——寫在「東方・創世紀回顧聯展」之前〉，《創世紀》第 113 期（1997 年 11 月），頁 10。

❻　傅孟麗，《茉莉的孩子余光中傳》（台北：天下遠見出版公司，1999 年），頁 88-89。

松、莊喆、韓湘寧、馮鍾睿、胡奇中、吳昊、楊英風和許常惠等
人，都是他經常往來的藝術家好友。余光中和「五月」的劉國松私
交特別好，經常帶領學生去看畫展；「五月」舉辦畫展時，也必請
余光中在報章上為文鼓吹。由於「五月」成員皆受過學院高等教育
和知識訓練，且擁有幾支能寫善辯又長於籌謀的健筆，他們與詩
人、小說家、音樂家、文化學者，齊聚《文星》，透過座談會、演
講和報章雜誌，發出具「攻擊性」的宣揚文字⑰，使現代繪畫運動
和整個新生代的文化現代化運動合流，成為其中一個重要環節，掀
起一股「抽象」繪畫的「現代化」風潮，以「抽象」為「創新」，
「具象」為「保守」的標準，判別作品的「現代」或「保守」，
「抽象」成為作品是否「現代」的權威標準。在「抽象」的「現
代」浪潮下，一些從寫實基礎出發的台籍第一代西畫家，不得不思
索一條往「抽象」蛻變的路徑，於是具象、半具象、半抽象、三分
之二抽象、近於全抽象、完全抽象等劃分等級的形容詞，充斥著整
個畫壇。

　　當五○年代最後一場詩壇論戰──現代詩保衛戰（1959.11-
1960.5）──達到最高潮時，畫壇也更熱鬧了。「五月」因多了莊
喆和馬浩兩位成員，使現代繪畫的討論愈發深入，而劉國松畫作的
逐漸趨向非形象與抽象風格，也主導畫壇朝抽象畫發展。到了
1960 年，「五月」成員的作品大多進入抽象的領域，就在這一
年，馮鍾睿獲得香港首屆國際繪畫沙龍銀牌獎。新派畫家陸續登上

---

⑰　林惺嶽，〈台灣美術團體及其發展〉，《渡越驚濤駭浪的台灣美術》（台
　　北：藝術家出版社，1997 年），頁 204。

國際舞台亮相，無形中增加宣傳的聲勢，也在國內畫壇取得更大的發言權，形成一股強大的氣勢，進而奠定與傳統派分庭抗禮的基礎。

在第二屆（1958）「五月畫展」前，劉國松介紹的現代藝術，多偏向後期印象主義以後，達達主義之前。第二屆「五月畫展」後一個月，劉國松在參觀台籍第一代西畫家李石樵畫展後，發表〈現代繪畫的哲學思想——兼評李石樵畫展〉❿，首次提出以「抽象」作為「現代繪畫」主要思想的主張。1960 年，受到紐約抽象表現派與巴黎的中國畫家趙無極具東方風味的抒情抽象畫影響，劉國松開始介紹抽象主義，宣揚只有「抽象畫」才是「純粹的畫」的理念。這種對現代繪畫的誤解與窄化，在六〇年代初的現代畫論戰中已初現端倪。如劉國松批評徐復觀以共產黨和超現實主義同具「反傳統」的特徵而劃上等號，是不了解現代藝術的本質❿；接著又翻譯 1961 年 8 月 7 日《朝日新聞》「海外的繪畫前線」中美術評論員植村鷹千代的文字，推崇「抽象主義」在國際美術界的影響力❿。顯然，劉國松是把「現代藝術」和「抽象主義」劃上了等號。

❿ 劉國松，〈現代繪畫的哲學思想——兼評李石樵畫展〉，《聯合報》「藝文天地」版（1958 年 6 月 16 日）。

❿ 劉國松，〈為什麼把現代藝術劃給敵人？——向徐復觀先生請教〉，《聯合報》（1961 年 8 月 29-30 日）。收入《中國現代畫的路》，頁 121-128。劉國松，〈與徐復觀先生談現代藝術的歸趨〉，《作品》第 3 卷第 4 期（1962 年 3 月 25 日）。收入《中國現代畫的路》，頁 157-178。

❿ 劉國松，〈自由世界的象徵——抽象藝術〉，《聯合報》（1961 年 9 月 6、7 日）。收入《中國現代畫的路》，頁 129-135。植村鷹千代，〈海外的繪畫前線——介紹現在世界美術界最具影響力的新運動〉，原刊《朝日新聞》

值得注意的是，劉國松雖然在第三屆（1959）「五月畫展」前發表
的〈不是宣言——寫在「五月畫展」之前〉中說：「現代繪畫不是
侷促于『形象』一隅的，形象的改造，絕不能算是藝術的革命性的
前進表現」，但其文字主張和實際表現還是有著相當大的落差。第
三屆「五月畫展」整體畫風被歸納為「非形象」、「半抽象」和
「寫實」三種傾向，而劉國松的畫在畫評家眼中顯然是屬於第一類
的⓬。除此之外，謝愛之在〈也談抽象畫的問題〉一文中，也指出
現代藝術的趨向已是不重形似而主寫意了，強調有國畫的基礎，才
能畫好抽象畫，而好的抽象畫，才是現代國畫⓬。這種看法和劉國
松如出一轍，顯示當時台灣現代藝術主流的趨向已成為「抽象」或
「具象」之爭。

　　相對於「五月」對現代繪畫內涵的窄化，「東方」畫會的藝術
觀念顯然創新許多。第一屆（1957）至第四屆（1960）的「東方」畫
展都以引進歐洲新興藝術思想為主，作品也企圖綜合數種現代藝術
的傾向，不限於抽象主義風格的創作。其中「另藝術」在初期台灣
美術現代化運動中，是最被普遍引用的西方藝術思潮，最早的引介
者就是留學西班牙的蕭勤。「另藝術」主要的影響，就是將物質感
導入繪畫世界，追求自我的實驗創造，開拓新造形作品的領域。這
種藝術觀念和劉國松以及「五月」成員介紹並成為台灣現代繪畫的

　　（1961 年 8 月 7 日），譯載《聯合報》（1961 年 9 月 8 日）。收入劉國松，
　　《中國現代畫的路》，頁 129-135。

⓬　蕭瓊瑞，《五月與東方——中國美術現代化運動在戰後台灣之發展（1945-
　　1970）》，頁 251-252。

⓬　謝愛之，〈也談抽象畫的問題〉，《聯合報》八版（1961 年 9 月 9 日）。

主流──「抽象主義」相較，顯然創新並開闊許多。然而，西方當時的藝術潮流，卻已進入了更具實驗與探索的「現代主義」時期。

綜上所述，當六〇年代台灣現代畫家把「印象派」劃為「傳統」、「不現代」而亟思改革時，他們所標舉的「抽象畫」，其實也未和西方並駕齊驅。不過，六〇年代的台灣正處於白色恐怖的高壓戒嚴時期，現代畫家提倡抽象繪畫，雖是一種「誤讀」，但也和擺脫政治戒嚴體制對現代畫創作的箝制有關。從「秦松事件」以及把「現代」藝術理解為「共產黨」藝術的論述，可以進一步看出政治意識型態的操控下，「誤讀」的台灣現代性。

㈡「現代」藝術等於「共產黨」？

「五月」領導的抽象主義的狂飆，打開了台灣美術現代化風潮，所有反傳統主流的個人與團體皆把握時機，企圖加以統合組織。1959 年 9 月 27 日，楊英風出面召開「中國現代藝術中心」第一次籌備會議。隔年（1960），「中國現代藝術中心」擇定美術節（3 月 25 日）假歷史博物館召開成立大會，並舉辦大規模聯展。成立當天，歷史博物館已受到有關當局的壓力，藉故無法提供場地，眾人只好臨時改在館外草坪聚會，選出楊英風為大會主席，並改在當月 29 日召開成立大會。成立大會當天，「美協」的梁又銘、梁中銘兄弟帶著一群政校學生來到會場，不久，有一學生指秦松題為「春燈」的油彩抽象繪畫中暗藏一個倒反的「蔣」字，有煽動「反蔣」的嫌疑。此說一出，館長包遵彭連忙派人將畫取下，並由館方扣留查封。「秦松事件」後，「中國現代藝術中心」的成立宣告中斷。這種反／恐共意識型態對現代藝術的壓抑／制以及對現代畫家造成的壓力與恐慌，終爆發了「現代畫論戰」。

　　1960 年 4 月至 7 月間，徐復觀赴日旅行，在香港《華僑日報》發表一系列「東京旅行通訊」，抒發赴日所見所感。當時徐復觀是東海大學中文系教授，在赴日前已開始接觸西方文學藝術之相關理論著作⑫。在徐復觀的美術觀念中，他認為藝術以形相之美為生命，而美術（畫）所表現的美，就在「清明地世界形像中」⑫。不過，徐復觀赴日後，某日參觀「平安神社右旁美術館」的美術展覽時，卻發現現代美術破壞了世界上可以用清明之光照見的形相，企圖表現正常人的感官所感覺不到的形相，這與他理解的現代美術觀是背道而馳的。於是他發表〈毀滅的象徵——對現代美術的一瞥〉，堅持「美」是離不開「形相」的，文中並形容現代美術是一種「毀滅的象徵」⑫。這篇文章的發表，並未對現代畫家造成任何威脅，也未進一步引發爭議。真正引爆台灣畫壇唯一一場論戰的是次年他發表的〈達達主義的時代信號〉一文。

　　1961 年，徐復觀發表〈達達主義的時代信號〉，文中多次引

---

⑫　徐復觀自述：「因好奇心的驅使，我雖常常看點西方文學、藝術方面有關理論的東西。但在七年以前，對於中國畫，可以說是一竅不通。……因為買進了一部《美術叢書》，偶然在床上翻閱起來，覺得有些意思，便用紅筆把有關理論和歷史的重要部份，作下記號。」見徐復觀，《中國藝術精神》自序（台北：台灣學生書局，1992 年），頁 2-3。

⑫　徐復觀，〈從藝術的變·看人生的態度〉，《華僑日報》（1961 年 9 月 3 日）。收入徐復觀，《徐復觀文錄選粹》（台北：台灣學生書局，1980 年），頁 245。

⑫　徐復觀，〈毀滅的象徵——對現代美術的一瞥〉，《華僑日報》（1960 年 5 月 24、25 日）。收入徐復觀，《徐復觀文存》（台北：台灣學生書局，1991 年），頁 261-266。

用「七個達達宣言」的文字，強調達達主義是「強烈破壞性的胡鬧主義」，這種「胡鬧主義」就是「二十世紀三十年代的納粹運動」。文末，徐復觀特別強調超現實主義和抽象主義都是達達主義的擴大，他問：達達主義的精神將帶領這一時代走向什麼地方去呢❿？此一問題的解答，就在十一天後他發表的〈現代藝術的歸趨〉一文中。

徐復觀的〈現代藝術的歸趨〉一開頭即以三行方體黑字提問：

> 現代的抽象藝術，到底會走到那裏去呢？現代藝術家自身，
> 不會提出這種問題；並且可能認為凡是提出此一問題的，即
> 是不懂藝術，即是破壞藝術。❿

徐復觀的說法，正是〈達達主義的時代信號〉觀點的進一步引申，把抽象主義當作達達主義的擴大，認為達達主義既否定一切，那麼抽象主義的現代藝術家自然也不會提出「現代的抽象藝術何處去？」這樣的問題。這篇文章最值得重視的是：徐復觀認定現代藝術繼承達達主義的反合理主義特性，這種否定一切的藝術將「無路可走」，最後只有「為共黨世界開路」❿。

徐復觀發表〈現代藝術的歸趨〉的 1961 年，距離 1960 年《自

---

❿　徐復觀，〈達達主義的時代信號〉，《華僑日報》（1961 年 8 月 3 日）。收入徐復觀，《徐復觀錄選粹》，頁 241-244。

❿　徐復觀，〈現代藝術的歸趨〉，《華僑日報》（1961 年 8 月 14 日）。收入徐復觀，《徐復觀文存》，頁 215。

❿　同前註，頁 217。

由中國》的雷震被捕不到一年的時間，五〇年代白色恐怖帶給現代畫家的壓力猶在，徐復觀把現代藝術的未來，劃給共黨世界的控訴，自然引起現代藝術工作者的恐慌。〈現代藝術的歸趨〉刊出後半個月，劉國松在《聯合報》發表〈為什麼把現代藝術劃給敵人？——向徐復觀先生請教〉予以回應❷。劉國松以三個論點反駁徐復觀以共產黨和超現實主義共同具「反傳統」的特徵而劃上等號的錯誤，理由是共產黨在藝術方面是百分之百的傳統主義者，純個人主義唯心論的現代繪畫如何與共產唯物論有關？如何為共黨開路？又，共產集團內都是政治宣傳品，哪裏會有真正的藝術？如何談得上現代？文末，劉國松以憤慨的口吻指責徐復觀以個人對藝術的好惡而亂扣紅帽子，是非常不道德的行為。

　　劉文發表後兩天，徐復觀隨即在同報、同版面以原題再加副標的〈現代藝術的歸趨——答劉國松先生〉，提出解釋。他就「現代藝術為共黨世界開路」的說法，作了「語意上的釐清」，文章大量援引討論現代藝術的文字，一再說明抽象藝術不僅反傳統，也反社會和一切，這一股否定理性的力量，和共黨反傳統還是有很大的差異。因此，徐復觀強調他指抽象藝術為共黨開路，是站在社會政治，而不是藝術創造的立場立論❸。

　　徐復觀的回應，並不能讓劉國松滿意，劉國松又發表〈自由世

---

❷　劉國松，〈為什麼把現代藝術劃給敵人？——向徐復觀先生請教〉，《聯合報》（1961 年 8 月 29-30 日）。收入劉國松，《中國現代畫的路》，頁 121-128。

❸　徐復觀，〈現代藝術的歸趨——答劉國松先生〉，《聯合報》（1961 年 9 月 2-3 日）。收入劉國松，《中國現代畫的路》，頁 182-189。

界的象徵——抽象藝術〉，就現代藝術的基本問題提出討論，題目
顯然是針對徐氏〈毀滅的象徵——對現代美術的一瞥〉一文的反
語。這篇文章一開頭，首先仿〈現代藝術的歸趨〉，以二行方體黑
字寫著：

> 抽象藝術是唯心的，是否定唯物論的；是積極建設的，而非
> 虛無的。[131]

綜觀劉文內容，劉國松還是認為徐復觀把現代藝術劃給共產黨的說
法若只是「理性的推理」，那麼現代藝術家即便不是匪諜，也是共
黨的同路人了。這篇文章中，劉國松也譯出徐復觀〈現代藝術的歸
趨——答劉國松先生〉一文所引用的《朝日新聞》美術評論員植村
鷹千代文章的原文，批評徐復觀斷章取義，有意顛倒是非。文末，
劉國松再以悲憤的口吻抗議徐復觀為何不因共產匪黨歡迎寫實作品
而斷定傳統的寫實藝術是為共黨開路[132]？

　　劉國松的一再為文批駁，似乎未讓徐復觀承認錯誤，他在《華
僑日報》發表〈藝術與政治〉，依舊堅持自己對現代藝術的見解，
只是將現代藝術「『只有』為共黨世界開路」的說法，修正為
「『可能是』為共黨世界開路」的緩和語調，並再次強調其立場是

---

[131]　劉國松，〈自由世界的象徵——抽象藝術〉，《聯合報》（1961 年 9 月 6-7
　　　日）。收入劉國松，《中國現代畫的路》，頁 129。

[132]　同前註，頁 129-135。

「政治社會」的，而非「藝術」的⑬。

　　徐復觀修正後的說法，還是無法說服劉國松，於是劉國松應《文星》編輯之邀，在《文星》第 48 期發表〈現代藝術與匪俄的文藝理論〉，文章除對俄帝與共黨的藝術理論和政策有所闡述外，也引述 1959 年，我國駐巴西大使李迪俊的電報內文，提及我國為阻止中共參加巴西「聖保羅國際雙年藝展」，乃速徵「極端新派」的作品參展的事實，證明國府選送「品質之提高與充實」之「極端新派作品」的抽象畫，贏得了國共海外文化角力戰的勝利，為現代藝術戴上「紅帽子」的謬論，應該不攻自破⑭。刊載劉文的同期（48 期）《文星》也刊登了居浩然〈徐復觀的故事〉，諷刺徐復觀連印象派和抽象派都分不清，還寫〈現代藝術的歸趨〉，且以日本書報上幾則斷章取義的例子，當作討論現代藝術的根據⑮。顯然，這是指劉國松和徐復觀間的文字論戰，而「日本書報上幾則斷章取義的例子」，應該就是指《朝日新聞》美術評論員植村鷹千代的文

---

⑬　徐復觀，〈藝術與政治〉，《華僑日報》（1961 年 9 月 8 日）。收入徐復觀，《徐復觀文存》，頁 218-220。

⑭　劉國松，〈現代藝術與匪俄的文藝理論〉，《文星》第 48 期（1961 年 10 月 1 日）。改題為〈現代藝術與共黨的文藝理論〉，收入《中國現代畫的路》，頁 137-156。劉國松本人對這篇文字頗為重視，於是在 1963 年 3 月改寫，增加「謹防共匪藝術統戰」一節，即有關我駐巴大使派發回國的電報內文，提及「聖保羅雙年展」中，中共欲與我爭衡，而我決定送現代畫參展的實情。全文刊載於《中國一週》第 727 期。參蕭瓊瑞，《五月與東方——中國美術現代化運動在戰後台灣之發展（1945-1970）》，頁 325。

⑮　居浩然，〈徐復觀的故事〉，《文星》第 48 期（1961 年 10 月 1 日），頁 10。

章。

　　居文發表後數日，10 月 18 日，虞君質於《新生報》發表〈抽象平議〉，為「抽象畫」和共黨劃清界限，並肯定抽象畫的價值。不過，虞文顯然惹怒了徐復觀，兩人展開一來一往的文字論戰，內容逐漸偏離學術討論範疇，淪為人身攻擊。虞、徐之間的文字論戰，最後在虞君質發表〈失言——與徐復觀談美學〉後，劃上句點❶❸❻。

　　六〇年代的現代畫論戰在劉國松發表〈與徐復觀先生談現代藝術的歸趨〉，為論戰觀點作一總結後結束❶❸❼。此後，徐、劉、虞三人不再有相互攻訐的文章出現，但是有關「抽象畫」與「共產黨」關係的討論，仍零星可見。1962 年 6 月，虹西方發表〈畢卡索的信徒可以休矣〉，指控畢卡索（Pablo Ruiz Picasso）是共產主義的同路人，他所畫的「和平之鴿」，是共黨的象徵，並因此獲得蘇俄當局頒給的 1961 年「列寧和平獎金」。虹文還引述陳清汾〈環球見聞錄〉報導，說明因畢卡索左傾，西班牙美術館都以掛他的畫作為恥。文末，虹西方義正詞嚴地勸告抽象畫的作者和欣賞者不要忘了「反共的中國人」身份，應該趕快改弦易轍，免得害人害己❶❸❽。

　　虹文刊出後，引起劉國松強烈憤怒，他立刻發表〈虹西方可以

---

❶❸❻　虞君質，〈失言——與徐復觀談美學〉，《新生報》（1962 年 12 月 20日）。

❶❸❼　劉國松，〈與徐復觀先生談現代藝術的歸趨〉，《中國現代畫的路》，頁157-178。

❶❸❽　虹西方，〈畢卡索的信徒可以休矣〉，《新文藝》第 75 期。收入劉國松，《中國現代畫的路》，頁 204-206。

休矣〉，以 1960 年的「秦松事件」，以及徐復觀誣衊現代畫的事，證明抽象畫長期被卑劣手段亂扣「紅帽子」加以打擊的事實。文章也澄清畢卡索不僅不是抽象畫家，而且還是反對抽象畫的；而俄帝之頒和平獎給畢卡索，只是因為俄帝用了他所畫的「和平之鴿」。劉國松還反問虹西方：「和平鴿是具象的抑或抽象的呢？」這篇文章中，劉國松也強調即便畢卡索是抽象畫家，也和台灣抽象畫家無關，因為現代藝術家不會因為陷身匪窟或附匪有據的齊白石畫國畫、徐悲鴻畫馬，就改弦易轍或改畫驢子。他更進一步以張大千曾在 1956 年春至畢卡索古堡與其相見並合照為例，說明張大千回國後，上自部長，下至青年學子皆至機場歡迎，並歌頌他繪畫成就的事實，反問虹西方是否會警告這些人「可以休矣？」最後，劉國松強調虹西方打擊抽象藝術的行為，正和俄帝打擊藝術自由的作為相呼應。他舉俄國邀請美新具象派畫家 Rochwell Kent 前往鐵幕訪問的事，提醒虹西方：俄國為何不邀請抽象大師羅夫果（Mark Rothko）或剛去世的克蘭因（Franz Kline）呢⓭？劉國松的辯駁，未見虹西方回應，六〇年代的現代畫論戰就在劉國松〈虹西方可以休矣〉一文後正式「休矣」。

綜上所述，徐復觀是對達達主義、超現實主義和抽象主義的藝術內涵認識不清，才把超現實主義和共產黨同具「反傳統」特徵而劃上等號。因此，現代畫論戰實是源於對「現代」藝術的曲解與誤解而來。不過，從徐復觀對現代繪畫的理解來看，創作者期望觀眾

⓭　劉國松，〈虹西方可以休矣〉，《文星》第 57 期（1962 年 7 月 1 日）。收入劉國松，《中國現代畫的路》，頁 195-204。

／讀者喜歡的，和觀眾／讀者真正喜歡的，其實存在著相當大的差距。且六〇年代台灣社會確實對西方現代藝術流派和理論所知有限，才會發生「東方」初次畫展時，「省展」或學院派「當朝」的西畫和國畫家們把「看不懂」的畫作統稱為「印象派」的事⓴。然而，現代畫論戰的發生，最值得觀察的，是六〇年代台灣文學／藝術對現代性的追求，往往深受反／恐共意識型態的操控與限制，這也攔阻了現代藝術在台灣社會的傳播。這些對現代藝術的諸般誤解，除了以上所述的有意無意的「誤讀」而來，有時也以表面上的「前衛」作為移植／批判西方現代性的理由，「現代」的口號下，並未確實了解內涵，也未提出達到此一目標的具體方式。這在中西文化論戰中徹底暴露出來。

㈢「西化」等於「現代化」？

1.擁胡（適）與罵胡（適）

　　「不按牌理出牌」的《文星》在第四年的最後一期刊載了居浩然〈徐復觀的故事〉（48 期），批評徐復觀談翻譯不懂外文，談藝術拾人唾餘，國學根基不紮實卻任教大學中文系講詞章與義理之學⓵。這篇堪稱尖酸刻薄的文章，是《文星》主張「西化」的作者群抨擊「傳統派」為「義和團思想分子」的第一砲。接著，政大教授王洪鈞在《自由青年》發表〈如何使青年接上這一棒〉，認為與其談「如何使青年接上這一棒」，還不如看如何使老年們交出這一棒

⓴　程延平，〈通過東方、五月的足跡——重看中國現代繪畫的幾個問題〉，收入郭繼生主編，《當代台灣繪畫文選 1945-1990》，頁 264。

⓵　居浩然，〈徐復觀的故事〉，頁 10。

⑭。姚從吾將王文交給李敖看過後，次期（49 期）《文星》即刊出李敖〈老年人和棒子〉，文中提到老人因身世不同，所收到的棒子也分三種，但作者表態不會搶老人的棒子，因為「我們不希罕裏面已經腐朽外面塗層新漆的棒子」，反而等待老人遞給年青人「一根真正嶄新的棒子！」⑭這篇擲地有聲的文章，震撼了當時的出版界，也驚動了許多「老年人」，李敖自此被冠上「文化太保」、「大逆不道」的罪名，招來許多「文字緣」和「文禍」⑭。李敖也因此得到《文星》發行人蕭孟能的賞識，網羅至《文星》的主筆陣容，當時李敖廿七歲，還是台大歷史系的研究生。

　　以上有關「復古」或「西化」的論述，只是文化界「傳統」與「現代」之爭的零星戰火，真正引爆六〇年代台灣中西文化論戰的導火線，是 1961 年 11 月 6 日胡適在「亞東區科學教育會議」上的演講。胡適在這場演講中，以一個「魔鬼的辯護士」的身分，就「科學發展所需要的社會改革」為題，發表演講，講詞中提到：

　　　　我認為我們東方這些老文明中沒有多少精神成分。一個文明
　　　容忍婦女纏足那樣慘無人道的習慣到一千多年之久，……現

---

⑭　王洪鈞，〈如何使青年接上這一棒〉，《自由青年》第 25 卷第 7 期（1961年 4 月 1 日），頁 7。

⑭　李敖，〈老年人與棒子〉，《文星》第 49 期（1961 年 11 月 1 日），頁 5。

⑭　李敖自述：「自從這篇文章發表後，接二連三的有了許多『文字緣』和『文字禍』。在《文星》、《文壇》、《新聞天地》、《自由青年》、《民主評論》、《自立晚報》上面，都有文字討論到和這篇〈老年人和棒子〉有關的問題。」見李敖，《傳統下的獨白》（台北：李敖出版社，2001 年），頁202。

在正是我們東方人應當開始承認那些老文明中很少精神價值或完全沒有精神價值的時候了；那些老文明本來只屬於人類衰老的時代。⑭

胡適認為國人應打破東、西方有「精神文明」、「物質文明」對立的成見，對東方老文明、科學和技術的近代文明重新估量，「真誠而熱烈的接受近代科學」⑭。

胡適講詞第二天見報後，立即引起學術界議論。《文星》編輯認為胡適這篇演講將是指引青年的一代走上科學發展的正確道路的一頁重要文獻，便在第 50 期刊出由徐高阮中譯的講詞譯文⑭。不料徐復觀在看過這篇譯文後，憤而在《民主評論》發表〈中國人的恥辱東方人的恥辱〉，嚴厲批評胡適「東方的老文明中沒有多少精神成分」的說法，是「由過分的自卑心理，發而為狂悖的言論，想用誣蔑中國文化，東方文化的方法，掩飾自己的無知，向西方人賣俏」。因此胡適任中研院院長，也是「中國人的恥辱，東方人的恥辱」⑭。某立法委員也以萬言「質詢」書，把中國大陸淪陷共黨的責任，歸咎於胡適思想。批判力道之強，「只差直指胡適是共產黨

---

⑭ 胡適，〈科學發展所需要的社會改革〉，《文星》第 50 期（1961 年 12 月 1 日），頁 5。

⑭ 同前註，頁 5-6。

⑭ 編者，〈編輯室報告〉，《文星》第 50 期（1961 年 12 月 1 日），頁 2。

⑭ 徐復觀，〈中國人的恥辱，東方人的恥辱〉，《民主評論》第 12 卷第 24 期（1961 年 12 月 20 日），頁 617-619。

了」⑭。

　　《文星》在第 50 期和 51 期先後刊出李敖和胡秋原文章，對胡適褒貶皆有，只是胡適本人對於有關他思想的正、反面評價，皆未作任何回應。倒是《文星》編輯看準了這波胡適思想的討論，將會引起熱烈回響，有助雜誌的銷售量，便主動提供「講台」，讓大家各抒高論⑮。接下來的《文星》連刊數期相關的討論，卻都未引起讀者較熱情的反應，真正將論戰推向高峰的是李敖〈給談中西文化的人看看病〉（54 期）。這篇文章中，李敖自居「文化醫生」，將三百年來四十多人的思想分成十一種病名，再由其中歸納出四項病因⑮，並鼓吹全盤移植／西化論。他說：

> 在文化移植上，要櫝就得要珠，不願要珠也休想要櫝，……也許西化的結果會帶來不可避免的「流弊」，可是我們總該認清我們的「大目標」是什麼，……我們的「大目標」是建

---

⑭　《文星》〈編輯室報告〉：「某立法委員發表萬言『質詢』書，把中國大陸淪於共黨的責任，歸罪於『胡適思想』，原因是胡適在中國傳播了杜威思想，而杜威思想據說是和馬克斯主義合流的，因此紅禍起來了，大陸變色了，現在只差直指胡適是共產黨了。」見《文星》第 52 期（1962 年 2 月 1 日），頁 2。

⑮　〈編輯室報告〉：「我們暫時不想指出誰對誰錯，……也不準備提供什麼見解，……我們所能做的，是把『文星』這一座小小的『講台』貢獻出來，讓大家登台演講，各抒高論。」見《文星》第 52 期（1962 年 2 月 1 日），頁 2。

⑮　這十二種病名是：義和團病、中勝於西病、古已有之病、不得已病、酸葡萄病、中學為體西學為用病、東方精神西方物質病、挾外自重病、大團圓病、超越前進病。四項病因是：泛祖宗主義、淺嘗即止的毛病、和經濟背景脫節、不了解文化移植的本質。

設現代化的強國，在這個「大目標」下，我們該有「衣沾不
足惜，但使願無違」的決絕與胸襟。「大目標」是安慰我們
補償我們最好的代價。在這個百年大計中如果真有「損
失」，也是值得一幹的。⑱

　　簡言之，「建設現代化的強國」是自由中國的目標，而其方法就是
「西化」。李敖認為文化是「完全的整體」，對西洋文化的移植不
能有所取捨，必須像土耳其一樣，在使國家「現代化」的目標下，
「向那些現代化國家來學，直接的學，亦步步趨的學，維妙維肖的
學」⑱。

　　　這篇反映近代中國思潮輪廓的文章發表後，給李敖帶來許多
「不虞不譽」和「不虞之毀」⑱，自此李敖被戴上「全盤西化論」
者和「反文化傳統」的帽子，同時也點燃了中西文化論戰戰火。繼
李敖後，一批學有所專，而且自命能談問題的青年朋友開始以《文
星》為戰場，撰文或譯介西洋思想，余光中和劉國松等人也利用
《文星》宣揚現代文藝。《文星》的知識陣容，在年輕人狂熱和激
情的泛濫下，聲勢日漸浩大，一部分初期撰稿人如居浩然等，也開
始與新起的西化青年合作。此時《文星》聲威與實力之強，非台灣

---

⑱　李敖，〈給談中西文化的人看看病〉，《文星》第 52 期（1962 年 2 月 1
　　日），頁 15。

⑱　同前註，頁 9-17。

⑱　李敖，〈文化論戰丹火錄——這次文化論戰的一些史料和笑料〉，《李敖大
　　全集 3》（台北：榮泉文化，1995 年），頁 4-5。

其他任何一種刊物所能比擬❺。

《文星》刊載的有關中西文化問題的文章,大大刺激了雜誌銷售量,第 51 期、52 期《文星》都再版發售。本來《文星》想乘勝追擊,在第 53 期再推出「中西文化問題專號」,不料 2 月 24 日胡適主持中研院院士選舉時操勞過度,於酒會結束時心臟病發去世。於是《文星》連夜改版,增訂為八十頁的擴大號,定為「追思胡適之先生專號」,集刊十一篇紀念胡適的文章,大呼:「我們要趕過他!」一時洛陽紙貴,幾天內連印四版,出了二萬餘冊,連零售價也由原本的新台幣四元,調整為十元。這是雜誌界的破天荒現象,有關胡適思想的討論,至此已引起相當熱烈的回響。

2.反徐(復觀)或反胡(秋原)

胡適去世後,圍繞著他的筆戰並未稍歇,第 54 期《文星》續刊居浩然等九篇筆戰文章。這是自刊載有關文化問題的文章以來,份量最重的一期,論戰到此進入高潮階段。這九篇文章內容,幾乎是一期反徐(復觀)或反胡(秋原)的特輯:李敖、李彭齡、黃富三和東方望對徐復觀的質疑,居浩然、李敖、許登源和洪成完對胡秋原長文的辯難;其中李敖前打徐復觀,後批胡秋原。可以說,第 54 期《文星》是一期「西化青年圍攻義和團餘孽」的特輯❻。

在第 54 期《文星》被居浩然等人圍攻後,胡秋原轉移陣地,改在《世界評論》反擊。《世界評論》第 4 期,胡秋原發表〈文化

---

❺ 無非,《文星!問題!人物!》(台北:龍門出版社,1966 年),頁 58。

❻ 陶恒生,〈六十年代的台灣中西文化論戰〉,《傳記文學》第 83 卷第 3 期(2003 年 9 月),頁 21。

問題無戰事〉，把居浩然等四人編成甲、乙、丙、丁四號，全力反攻❺。隨著論戰愈演愈烈，《文星》發行量達到高峰❺，從第 55 期開始，刊物正式擴充篇幅為八十頁，價格也調漲為新台幣八元。第 55、56、57 期《文星》各刊載六篇有關中西文化問題的文章，只是胡秋原辯翻了臉，不再寄稿給《文星》，改在《世界評論》回應攻擊他的人。與此同時，鄭學稼和徐復觀等人也不再在《文星》發表文章了。胡、鄭、徐三人本私交甚篤，卻同時在《文星》上被「西化」派圍剿，遭遇竟也完全相同。

　　第 58 期起，《文星》發行人葉明勳和主編陳立峰先後離職，雜誌改由社長蕭孟能兼任發行人❺。在這期余光中發表的〈迎中國的文藝復興〉（58 期）中，可以明顯看出「西化」派大將，尤其是李敖，從發表第一篇討論文化問題的文章以來，已成為這場文化論戰的主角。第 59、60 期《文星》刊出居浩然〈人身攻擊與詭計〉（59 期），以及李敖〈胡秋原的真面目〉（60 期）和〈澄清對「人身攻擊」的誤解〉（60 期）並其他相關文章後，胡秋原憤而向法院提出「三位一體」的控告，對象是蕭孟能、居浩然和李敖，理由是李

❺　胡秋原，〈文化問題無戰事〉，《世界評論》第 4 期（1962 年 5 月 3 日），頁 125。

❺　文星的銷路，從一千跳到三千，再跳到五、六千，甚至有時跳上一萬、一萬二。見〈文星五歲了〉，《文星》第 61 期（1962 年 11 月 1 日），頁 3。

❺　部份草創《文星》的編輯人員，因為不同意《文星》由創刊號至 50 期的樸素健康、誠懇客觀的風格，在第 50 至 58 期轉而為提倡人身攻擊，一面倒地主張全盤西化，盲目瘋狂詆毀儒家傳統，評斥時政，而在此時個別引去，使蕭孟能在第 58 期後，能以發行人兼社長的一把抓姿態，全權主持文星。參無非，《文星！問題！人物》，頁 54-60。

敖在〈胡秋原的真面目〉（60 期）中指他是「匪諜」一事，涉及「人身攻擊」⑩。胡秋原除了向法院提起訴訟外，還利用立法院質詢書、自訴狀、文章、雜誌、記者招待會以及任卓宣發行的《政治評論》發表文章，全力攻擊《文星》。

在李敖〈為「一言喪邦」舉證〉（68 期）刊出後，《文星》便不再刊載和中西文化論戰有關的文章。從第 48 期（1961 年 10 月 1 日）刊出居浩然〈徐復觀的故事〉開始，歷經李敖〈老年人與棒子〉（49 期）、胡適〈科學發展所需要的社會改革〉（50 期）而點燃的「西化派」和「復古派」的論戰火種，最後演變至雙方互控法庭而暫時偃兵息鼓（1963 年 7 月 1 日），時間長達一年九個月。這場中西文化論戰成功地讓《文星》銷售量和知名度大增，論戰過程提出的文化思想問題，也使台灣思想界活躍起來⑩。李敖在《文星》興風作浪達四年之久，流彈所及，包括所有黨政學術界要人，於是官方開始羅織罪名，第 90 期、97 期《文星》出版前都被依「台灣地區戒嚴時期出版刊物管制辦法」，以「混淆視聽，足以影響民心士氣或危害社會治安」的理由查禁⑩。1965 年 12 月 1 日，第 98 期《文星》刊出社論〈我們對「國法黨限」的嚴正表示——以謝然之

---

⑩ 蕭孟能，〈「文星」與胡秋原先生〉，《文星》第 64 期（1963 年 2 月 1 日），頁 4。

⑩ 燕然，〈論台灣的文化論戰——這是政治反攻必經的階段〉，原載香港《天文台》第 2056 號，收入李敖，〈文化論戰丹火錄——這次文化論戰的一些史料和笑料〉，頁 40。

⑩ 〈李敖著作查禁清單及官方理由〉，見蔡漢勳編著，《文化頑童‧李敖：李敖被忽視的另一面》（台北：大村出版社，1995 年），頁 309。

的作風為例〉，抨擊國民黨中央黨部第四任主任謝然之誣陷《徵信新聞報》駐歐特派員劉岩的行為，是破壞國民黨黨譽，箝制言論自由後，《文星》被罰停刊。接著，李敖被控和台獨領袖彭明敏的門生魏廷朝、謝聰敏，將台灣政治犯名單售給美國某特殊單位和某台獨刊物揭載，被依叛亂罪逮捕入獄⑱。這場中西文化論戰最後在李敖入獄服刊後，正式劃下句點。

3. 為何而戰？──一場失焦的筆戰

綜觀這場中西文化論戰的起源，說法不一，一般皆以胡適在「亞東區科學教育會議」上發表的演講為論戰源頭。事實上，論戰的起因是多方面的。當胡適講詞在《文星》第 50 期刊出時，居浩然〈恭賀新禧〉（51 期）一開頭即稱胡適演講「不足以折服祖述孔孟的新儒家」，且《文星》接下來刊載的文章，也都不是針對胡適這篇講詞論點而來的討論。反而李敖〈播種者胡適〉（51 期）一刊出後，即有鄭學稼〈小心求證「播種者胡適」的大膽假設〉（52 期）和葉青〈誰是新文化運動的播種者〉提出批評，而有「擁胡」或「罵胡」的「李（敖）鄭（學稼）」之爭。接下來居浩然〈西化與復古──謹悼胡適先生〉（54 期）抨擊胡秋原〈超越傳統派西化派俄化派而前進〉（51 期）「不知所云」，氣得胡秋原在《世界評論》第 4 期發表〈文化問題無戰事〉，把居浩然、李敖編成甲、乙號，大肆抨擊，而有「居（浩然）胡（秋原）」之爭、「李（敖）胡

---

⑱　警備總部在 1972 年 3 月 10 日判李敖十年牢，李敖拒絕上訴。後因軍事檢察官說判太輕，乃重開審判庭。之後，再因蔣介石過世而減刑，改判八年半。實際坐牢日期由 1971 年 3 月 19 日到 1976 年 11 月 19 日，共五年八個月。

（秋原）」之爭。胡秋原日後回憶論戰起因，也說是因為他寫〈超越傳統派西化派俄化派而前進〉時的《文星》「歌頌一人，謾罵一世無人抵抗」，只有他一人抵抗，於是《文星》就以他為對象，朝他開火了。這樣看來，由胡適講詞引起的「擁胡」或「罵胡」現象，只是論戰起因之一，真正點燃論戰火種的，卻是接下來的「李鄭」之爭以及「居胡」、「李胡」之爭。

　　表面上看來，居浩然和李敖都是胡秋原的敵人，但事實上，居浩然和李敖並不相識，反而居浩然和胡秋原是同鄉。而且，李敖〈給談中西文化的人看看病〉（52 期）指熊十力犯了「中勝於西病」後，居浩然還在〈西化與復古──謹悼胡適先生〉中批評李敖說法是「斷章取義」。然而，筆戰前，「西化大少」居浩然和「文化太保」李敖的觀點雖然有異，但在筆戰正式開打時，兩人目標卻是一致的，就是：攻擊義和團思想分子，掃清現代化過程中由義和團餘孽而來的障礙。這樣看來，胡適在這場中西文化論戰中扮演了一個角色，莫非只是一個「偶然」？我們的問題是：這場中西文化論戰，到底是胡適思想的討論，還是文人間的意氣之爭？

　　當《文星》第 3 期刊登成舍我〈狗年談新聞自由〉後，當時國民黨黨營的《中央日報》社論即暗示成文是「用清代末年的戊戌政變影射目前的情勢」，但《文星》第 4 期隨即發表〈互信團結，不必自擾〉，聲明《文星》是「非政論性」的刊物，不適合和人做文字論爭❶。由此可知成文雖給《文星》帶來責難和壓力，但此時的

❶　成舍我，〈狗年談新聞自由〉，《文星》第 3 期（1958 年 1 月 5 日），頁 3。本社，〈互信團結，不必自擾〉，《文星》第 4 期（1958 年 2 月 5

《文星》反應是溫和且理性的，絲毫沒有擎起西化大旗後的高張氣焰。再以《文星》封面人物的國籍比例來說，前四年的封面人物中，以英、美人士居多，只有第 43 期的梅貽琦是中國人，沒有其他亞洲人，可見《文星》基本體質是傾向西化的，但「全盤西化」至「反傳統」的風格暫時還不明顯。這種溫和平實、「按牌理出牌」的刊物風格，至第 49 期李敖加入後完全改觀。李敖擔任《文星》編輯後，對雜誌既「不能鼓動風潮，不能造成時勢」的「溫吞吞」風格極為不滿❻，便力勸蕭孟能改變刊物走向。於是從第 50 期開始，《文星》風格漸和前期有別。然而刊物風格真正大幅度轉變，則是第 58 期由社長蕭孟能兼任發行人以後。

　　《文星》中西文化論戰背後真正的主導者，應是蕭孟能。蕭孟能父親蕭同茲是當時國民黨的黨國元老❻，蕭孟能挾其財勢、社會關係和黨國顯要的家庭背景，撐開了一支堅固且龐大的保護傘，讓《文星》作家群在這支保護傘下，得以避開來自戒嚴體制的箝制，享受較常人更多的言論自由權。蕭孟能慧眼獨具，的確提拔了包括李敖在內的一群西化派文人。李敖自從在《文星》發表〈老年人和棒子〉後，便得到蕭孟能賞識，網羅至《文星》主筆陣容，第 58 期後的《文星》檯面上的編輯事務由編輯委員會處理，但背後真正

日），頁 2。

❻　李敖，《李敖回憶錄》（台北：商周文化，1997 年），頁 195。

❻　蕭同茲 1932 年起任國民黨中央社社長，十八年後，1950 年改任中央社管理委員會主任委員，至 1954 年離職，隨後受聘為總統府國策顧問及國民黨中央評議委員。蕭同茲在國民黨中德高望重，人事關係極佳，《文星》能持續經營，和蕭同茲大有關係。參李敖，《李敖回憶錄》，頁 178。

執行編務的主編，其實是李敖。

　　文化論戰一開始，《文星》的確是站在「反傳統」和「西化」的一方。第 51 期《文星》以胡適為封面人物，並由李敖為文介紹，就是看重胡適「勇於懷疑，勇於打倒傳統」的形象，加上西化言論，足以成為「『現代化』的播種者」⑯。《文星》希望藉由胡適這個「神才式人物」打開話題⑯，以傳達西化的主張和論題。在這樣的前提下，胡適所謂「全盤西化」的意義，是「一心一意的現代化」或「充分的現代化」、「全力的現代化」，都不是《文星》真正在意的。李敖回憶說：

> 這次一九六二年的中西文化論戰，真正在思想「趨向」方面指路的文獻，只是胡適的〈科學發展所需要的社會改革〉和李敖的〈給談中西文化的人看看病〉。……在我個人方面來說，我的真正意願是「減少辯論，指出『趨向』」，我要使中國民族朝「科學」「民主」「現代化」的西方「趨向」上走，而不走傳統、保守、反動的路，……。⑯

---

⑯　張君勱，〈胡適思想界路線評論〉，收入胡適、張君勱、傅斯年著，項維新、劉福增主編，《中國哲學思想論集·現代篇 2》（台北：牧童出版社，1978 年），頁 31。李敖，〈播種者胡適〉，《文星》第 51 期（1962 年 1 月 1 日），頁 5。

⑯　陳正然，《台灣五〇年代知識分子的文化運動——以「文星」為例》（台大社會學研究所碩士論文，1985 年 6 月），頁 75。

⑯　李敖，〈文化論戰丹火錄——這次文化論戰的一些史料和笑料〉，頁 3。

由此可知，這場文化論戰的導火線和論戰訴求，其實是集中在「反傳統」與「現代化」的論點上。那麼，《文星》「西化派」一心一意要「西化」、「反傳統」，他們眼中的「傳統」到底是什麼？

在李敖等「西化派」眼中，「傳統文化」是「死的文化」，充滿了「玄學」和「教條」，沒有「科學」與「民主」，只能做文化史和博物館的材料⑰。因此，西化青年們對傳統文化毫不依戀，他們要用「人道的毀滅」方式把它殯送到歷史博物館裏去作老古董，以供人憑弔⑰。

然而，在徐復觀、胡秋原、鄭學稼等「復古派」眼中，中國傳統文化並沒有不利於科學發展的因素，反而中國傳統哲學中的孔孟思想深具理智態度與科學精神。因此，「復古派」認為「全部拋棄」西方文化是由民族觀念的「排外主義」而來，帶有「封建氣味」與「愚昧色彩」，他們覺得不妥⑰，但又懷疑「全盤西化」真能使自由中國變成「現代化」國家嗎？且西方國家甚多，究竟「西化」是學哪個國家？以被《文星》奉為「全盤西化」的領袖胡適來說，徐高阮〈胡適之與「全盤西化」〉已透過歷史考據證明胡適早已修正「全盤西化」說為「充分世界化」，並對舊文化採取評判和

---

⑰　同前註，頁 6-7。

⑰　李敖，〈「文化太保」談梅毒〉，《文星》第 58 期（1962 年 8 月 1 日），頁 12。魏廷朝，〈給可敬的青年們──從巴扎洛夫談起〉，《文星》第 55 期（1962 年 5 月 1 日），頁 9。孟戈，〈接過棒子來，跑吧！──為胡適先生的死敬告青年伙伴〉，《文星》第 54 期（1962 年 4 月 1 日），頁 37。

⑰　任卓宣，〈中西文化問題之總結〉，《政治評論》第 33 期（1962 年 5 月 5 日），頁 9。

重新估價的態度，故胡適的「西化」和《文星》「西化」派的「全盤西化」主張，是毫不相干的。為此，張君勱、唐君毅、牟宗三、徐復觀發表〈為中國文化敬告世界人士宣言〉❸，主張對文化的取捨是「此時此地的需要」，沒有「全盤」拋棄之說。然而，這種「取西方文化之長，捨西方文化之短」的「分別取捨說」，在「西化派」眼中，是一種「文化選擇論」的「高調」，因為在優勢文化的猛撲下，落後地區是沒有妄談選擇的自由；西方文化的缺點更不是落後地區可以避免得掉的❹。再回到「復古派」對「西化派」的質疑：「全盤西化」真能使自由中國變成「現代化」國家嗎？在回答這個問題前，先要釐清究竟「西化派」所指的「西化」的內容為何？

綜觀「西化派」論點，我們只看到李敖高喊「全面接受西方現代文化」的口號，卻未見李敖闡釋「西方現代文化」的內容究竟是什麼？我們也只看到居浩然稱「全盤西化」是指「全盤科學化和全盤工業化」，卻還是懷疑「科學化和工業化」真能概括「西化」的全部內容嗎？換言之，「西化派」並未完整闡釋「全盤西化」、「反傳統」的內容並指出一條達到「現代化」目標的具體道路。因此，這場牽涉到「胡適」以及「中西文化問題」的激烈筆戰——

---

❸ 本宣言由張君勱、唐君毅在美會談後起意，寫信邀牟宗三、徐復觀加入後，由牟、徐書陳意見寄美，再由張、唐草定初稿，寄牟、徐修正。經往復函商後成此宣言，於 1958 年元旦同時在《民主評論》第 9 卷第 1 期及《再生》雜誌發表。見唐君毅，《說中華民族之花果飄零》（台北：三民書局，1974年），頁 14。

❹ 李敖，〈「文化太保」談梅毒〉，頁 12。

「復古派」把胡適視為「反傳統的魔頭」，「西化派」視為「全盤西化論」的首領──來搖旗吶喊，到底是胡適思想的檢討，還是有關中西文化問題的討論？究竟是尊胡，還是利用胡適？

　　林毓生認為二十世紀中國史中，一個顯著而奇特的事是：徹底否定傳統文化的思想與態度之出現與持續❿。也就是說，中國知識分子有著「一元論式」的思想模式和「機械式」的文化接受態度：前者指接觸或接受了某種西方文化，就以為那是西方文化的代表；後者指專講名詞、定義的機械式了解，而不加以吸收消化。林毓生對中國知識分子文化思維模式的詮釋，可以作為了解這場中西文化論戰中，兩派觀點的見與不見。以林毓生所提的中國知識分子的思維模式和文化接受態度來說，論戰中的「西化派」和「復古派」也重複著「一元論式」和「機械式」的思維：「西化派」對西方某些文化「一元論式」且「機械式」的接受，而「復古派」為了維護傳統，也在同樣的思考模式下反抗。這種「一元」並「機械」式的思維模式，使論戰過程雖煙硝味十足，卻未釐清「西化」或「傳統」實質內涵，更未提出能夠付諸實踐的論述，致「反傳統」和「全盤西化」論淪為空洞的口號，而未能明白指出一條達到「現代化」目標的具體道路。余光中說，

> 否定往往成為肯定的先驅，建設之前也許無法避免破壞。問
> 題在於：僅僅否定或破壞，而無肯定或建設，是不夠的。為
> 否定而否定，甚且僅僅做出否定的姿態，則更屬虛無，終必

---

❿　林毓生，《思想與人物》（台北：聯經出版公司，1983 年），頁 125-126。

失敗。⑩

換言之，六○年代「西化派」一味地「反傳統」，追求「現代
化」，並將「西化」等同於「現代化」作為自由中國邁向「現代
化」國家唯一的道路，卻從未釐清「西化」內容並提出達到「現代
化」目標的具體論述／方式，正是這場論戰遭致失敗的主因。

　　呂正惠認為中西文化論戰是台灣社會在追求現代化過程中引起
的文化焦慮現象；而從時代背景和知識分子的深層心理來看，則是
中國自由主義知識分子，在經歷《自由中國》的政治批判及組黨運
動失敗後，只好轉而為「知識的批判」，將意識型態的鬥爭轉移到
文化領域，藉攻擊國民黨賴以維繫正統的傳統文化來曲折表達對現
存政治及意識型態體制的不滿，並以「西化」為促進國家進步的憑
藉手段⑰。換言之，這場中西文化論戰，不僅是文化焦慮，也是政
治焦慮，更是五四以後，「傳統」與「西化」問題的延續論戰。六
○年代台灣這場中西文化論戰再次體現了台灣知識分子在面臨文化
衝擊時，和五四知識分子一樣，都以「思想革命」作為改革的手
段。然而「文化論戰」變成了「文字罵戰」，最後以法庭互控結
束，使這場論戰無論境界或理論，都難超越五四新文化運動的水

---

⑩　余光中，〈迎中國的文藝復興〉，《文星》第 58 期（1962 年 8 月 1 日）。
　　收入余光中，《掌上雨》，頁 192-193。

⑰　呂正惠，〈戰後台灣知識分子與台灣文學〉，《文學經典與文化認同》（台
　　北：九歌出版社，1995 年），頁 21。

平[178]。不過，從正面角度來看，《文星》激烈的「西化」言論，的確滿足了當時台灣社會要求加速現代化的心理需求，也挑戰了國民黨賴以維繫的傳統文化所代表的正統象徵。因此，將「西化」等同於「現代化」，雖落入帝國主義文化殖民的思維架構，但這種對西方現代性的「誤讀」，卻也顯示台灣社會對現代性的追求，均指涉了台灣具體環境的需要，是「誤讀」的現代性，也是「本土」／「台灣」的現代性。

第三節　未完成的台灣現代性

當六〇年代台灣文學／藝術創作者運用了西方「現代」藝術形式，改造了台灣的文學藝術後，台灣文學／藝術確實起了前所未有的變化。但改造後的台灣文學／藝術是否遵循著西方現代性的線性時間軸進展，就此「現代」下去？還是只是一場未完成的、烏托邦式的試驗？

一、移植「現代」，回到「中國／傳統」
──從「西方」現代主義到「台灣」現代主義

㈠現代主義的批判與匯流

「六大信條」公布後，同年 3 月，「藍星」詩社成立，由覃子豪擔任社長。「藍星」詩社的創作原則可見覃子豪借《公論報》副

---

[178] 許倬雲，〈《文星》復刊祝辭〉，《文星》復刊號第 99 期（1986 年 9 月 1 日），頁 14。

刊創《藍星週刊》的刊前語：

> 我們的作品，不要和時代脫節：太落伍，會被時代的讀者所
> 揚棄，太「超越」，會和現實游離。……要創造現實生活的
> 內容和能表達這種內容的新形式，新風格。⑲

「太超越」一語，顯然是針對《現代詩》的激烈與前衛風格而言；
「游離現實」是對現代派詩風的批評，暗示「藍星」風格較「現代
派」溫和並保守，希望創造扎根於現實的內容以及能表達此內容的
新形式和新風格。不過，據余光中的回憶，「藍星」的成立是為了
與紀弦在詩壇的勢力相抗衡：

> ……我們要組織的，本質上便是一個不講組織的詩社。基於
> 這個認識，我們也就從未推選什麼社長，更未通過什麼大
> 綱，宣揚什麼主義。大致上，我們的結合是針對紀弦的一個
> 「反動」。紀弦要移植西洋的現代詩到中國的土壤上來，我
> 們非常反對。我們雖不以直承中國詩的傳統為己任，可是也
> 不願意貿然作所謂「橫的移植」。紀弦要打倒抒情，而以主
> 知為創作的原則，我們的作風則傾向抒情。紀弦要放逐韻
> 文，而用散文為詩的工具。對於這一點，我們的反應不太一
> 致，只是覺得，在界說含混的「散文」一詞的縱容下，不知

---

⑲　轉引自侯作珍，《自由主義傳統與台灣現代主義文學的崛起》，頁 235。

要誤了多少文字欠通的青年作者而已。⑱⓪

上述引文看來雖是針對「六大信條」的第二、四條表達不同的意見，但覃子豪和紀弦的對立早在《現代詩》創刊前即已開始⑱①，故「藍星」詩社的成立，實際上有與紀弦爭奪詩壇發言權的意味。

　　當《現代詩》出版第 8 期，在台灣北部詩壇形成氣候，而「藍星」詩社也剛成立並出刊數月時，在高雄左營服役的張默、洛夫和瘂弦在辛亥革命的 43 週年之日成立「創世紀」詩社，發行《創世紀》詩刊，與「現代詩」、「藍星」形成南北鼎立為三的態勢⑱②。

　　《創世紀》在《現代詩》刊出〈現代派信條〉的次月，隨即刊出由洛夫執筆的社論〈建立新民族詩型的芻議〉，針對當時三種新

---

⑱⓪　余光中，〈第十七個誕辰〉，《現代文學》第 46 期（1972 年 3 月），頁 13。收入余光中，《焚鶴人》（台北：純文學出版社，1973 年），頁 187-189。

⑱①　《新詩》週刊是台灣光復後第一份定期詩刊，在 1951 年 11 月 5 日由鍾鼎文、葛賢寧、紀弦三人合辦。後因鍾反對文藝有「政策」，致葛賢寧退出。數月後，鍾、紀也相繼退出，刊物由覃子豪接編（1952 年 5 月）。紀弦在覃子豪接任《新詩》週刊主編後，隨即出刊《詩誌》（1952 年 8 月），一期而夭後，旋而出刊《現代詩》（1953 年 2 月），實有較勁意味。《現代詩》創刊初期，作者多為《新詩》作者，而覃子豪直至第 7 期才有翻譯法詩人勒孔德詩作〈象群〉出現，創作〈山〉則至第 9 期刊出，似乎透露了兩人不合的現象。參林淇瀁〈五〇年代台灣現代詩風潮試論〉，《靜宜人文學報》第 11 期（1999 年 7 月），頁 49-51。余光中後來也在回憶的文章中說他在認識鍾鼎文、覃子豪、夏菁時，「正值紀弦初組現代詩社，口號很響，從者甚眾，幾乎三分詩壇有其二。一時子豪沈不住氣，便和鼎文去廈門街看我，透露另組詩社之意。」參余光中，〈第十七個誕辰〉，頁 187。

⑱②　蕭蕭，〈創世紀風雲〉，《創世紀》第 65 期（1984 年 10 月），頁 44。

詩類型提出檢討❸，並提出「新民族詩型」的兩個要素：

> 一、藝術的——非純理性之闡發，亦非情緒之直陳，而是美
> 學上的直覺的意象的表現，我們主張形象第一，意境至
> 上，且必須是精粹的、詩的、而不是散文的。
> 二、中國風、東方味——運用中國語文之獨特性，以表現東
> 方民族生活之特有情趣。❹

「新民族詩型」所提的這兩個要素顯然是針對〈現代派信條〉第
二、四條的修正，可惜「只有概念，而無精密的設計，只有主張，
而無實現這一主張的方法」❺，一提出後，便淹沒在戰火猛烈，煙
硝味十足的現代詩論戰中，沒有引起太多注意。然而，現代主義思
潮此時已勢不可遏，「創世紀」便在「現代派」已徒具詩派之名，
而「藍星」氣勢漸露疲態之際的「真空時期」，開始探求現代人的
感覺和精神，創造富實驗精神的「現代詩派」詩風❻。1959 年 4

---

❸ 這三種新詩類型是：1.專事兜售西洋古董的商籟型（豆腐干體）；2.專寫標
語口號歌詞的戰鬥型；3.力倡以波特萊爾詩風為中心的現代型。洛夫，〈建
立新民族詩型之芻議〉，《創世紀》第 5 期（1956 年 3 月）。見張恆春，
〈風雨行程：論早期台灣「創世紀」詩社的發展〉，《創世紀》第 105 期
（1995 年 12 月 15 日），頁 108。
❹ 洛夫，〈建立新民族詩型之芻議〉，頁 108。
❺ 這是日後洛夫回憶撰寫此篇社論時的話。見洛夫，〈詩壇春秋三十年〉，
《中外文學》第 18 卷第 12 期（1982 年 5 月），頁 17。
❻ 張默，〈「創世紀」的發展路線及其檢討〉，《現代文學》第 46 期（1972
年 3 月），頁 116。

月，《創世紀》第 11 期出版，不但擴版發行，也開始投入當初批判的現代主義行列，從戰鬥文藝轉向超現實主義技巧的實驗。擴版以後的《創世紀》，吸引了大批詩人和詩論家加入，此時的《創世紀》爭奪詩壇發言權成功，成為當時詩壇重鎮，也是此後十年台灣詩壇最受矚目的詩派。

　　「創世紀」路線的轉向，見諸第 13 期由洛夫執筆的社論〈五年後的再出發〉，以及第 14 期的〈第二階段〉中。在這兩篇社論裏，「創世紀」一方面反對文學作品是人類經驗的重複的傳統詩觀，一方面同意五○年代「現代派」所具有的實驗精神。整體而言，「創世紀」詩派的主張有四：世界性、超現實性、純粹性和獨創性。「世界性」可超越狹隘的地域限制；「超現實性」可深入現實事物的表象之內；「純粹性」可避免被拘束在功利觀念之下；「獨創性」則可突顯作者的「創造者」地位。這四個主張顯示《創世紀》雖未高舉現代主義旗幟，但已秉持現代主義精神，致力於最新技巧的修正與實驗⑱。這兩篇社論清楚標誌了《創世紀》由傳統轉向現代的軌跡，也表明「創世紀」與「現代派」路線的逐漸靠近。

---

⑱　洛夫，〈五年後的再出發〉，《詩人之鏡》（高雄：大業書店，1969 年），頁 71-75。洛夫，〈第二階段〉，《創世紀》第 14 期（1960 年 2 月）。然而在此之前，「創世紀」早已受「現代派」與「藍星」進行之「現代主義論戰」的影響，有向現代主義傾斜的態勢。在 1958 年前後，洛夫、瘂弦、張默已有現代主義的詩作出現，在瘂弦〈給超現實主義者〉中，更流露出對超現實主義的心儀，顯然已偏離「新民族詩型」的路線。見張恆春，〈風雨行程：論早期台灣「創世紀」詩社的發展〉，頁 108-109。

　　以洛夫對《創世紀》的分期來說,第 11 期至第 29 期(1959 年 4 月-1969 年 1 月)是實驗新技巧的創造期[188]。這 10 期介紹許多西方現代主義詩人與創作理論,其中法國超現實主義是引介重點。在「創世紀」主導詩壇的十年期間,超現實主義成為創作主力,無形中也助長了現代詩「虛無」、「晦澀」的流弊,於是 1962 年創刊的《葡萄園》和 1964 年創刊的《笠》,便扮演了矯弊和制衡的角色;特別是後者,以繼承日據以來的寫實主義傳統和鄉土精神自許,成為和「創世紀」相異又並列的詩社。

(二)**再見!虛無**

　　關於《創世紀》以及洛夫對超現實主義的運用,瘂弦在後來的日子有所辯護。他認為《創世紀》對超現實主義並不是完全接受,而是「有所保留並加以修正」,後來洛夫更進一步從中國古典詩詞中找尋屬於中國的超現實傳統,把「超現實技巧中國化」[189],並把超現實與存在主義修正為「大中國詩觀的確立」,也就是吸收存在主義、超現實主義的長處,並回頭重估傳統的價值[190]。李瑞騰說:

---

[188]　洛夫將《創世紀》分成實驗期、創造期和自覺期。見洛夫,〈詩壇春秋三十年〉,頁 16-17。

[189]　洛夫,〈詩壇春秋三十年〉,頁 21。

[190]　龍彼德,〈大風起於深澤——論洛夫的詩歌藝術〉,《台灣文學觀察雜誌》第 4 期(1991 年 11 月),頁 130。1988 年,洛夫發表〈建立大中國詩觀的沈思〉,提出「追求詩的現代化,創造現代的中國詩」、「開創詩的新傳統」等主張。見洛夫,〈建立大中國詩觀的沈思〉,《創世紀》第 73、74 期合刊本(1988 年 8 月),頁 8-25。

「還不到一九七○年，洛夫已經從容自如談論起傳統來了。」**⑲**這樣看來，「天狼星論戰」後的余光中和洛夫兩人對「傳統」的思考，似乎不那麼涇渭分明了。然而，洛夫多年後回憶這場論戰的影響時，還是認為〈天狼星論〉「的確迫使余光中毅然決然走回傳統」，但自己的「回歸傳統」，則是把古典題材或詩人當作一種「表現策略的運用」，在精神和語言風格上還是很「現代」的**⑲**。由此可知，論戰後的兩人對「傳統」與「現代」的思考，還是兩種詩觀的呈現。不過，從余光中告別現代主義，投入新古典主義的轉向可知，精神的虛無和形式的晦澀，是迫使詩人反思現代性，並重新評估傳統的主因。這種反思現代性而回歸傳統，並企圖調合傳統與現代的台灣現代性，因此也跳脫西方現代性的線性直線發展模式，從而開創出一條屬於台灣現代性的發展模式。這種對現代主義弊端的反省，並嘗試在傳統與現代當中取得平衡的用心，在余光中的詩觀與詩風表現上特別明顯。

在〈天狼星〉發表前，1961 年 10 月，「現代詩保衛戰」結束後一年半，余光中曾針對論戰發表〈幼稚的「現代病」〉，文中認為某些詩人不了解傳統卻絕對的反傳統；崇拜艾略特，卻完全不認得影響艾略特的英國十七世紀的玄學派詩人，這種要求現代化，卻又誤解了現代精神者，都是患了「幼稚的現代病」，其併發症，便

---

⑲ 李瑞騰，〈六十年代台灣現代詩評略述〉，收入文訊雜誌社主編，《台灣現代詩史論》（台北：文訊雜誌社，1996 年），頁 271。

⑲ 這是洛夫在「台灣現代詩史研討會」綜合討論上的發言。見文訊雜誌社主編，《台灣現代詩史論》，頁 282。

是生活上的「虛無」態度⑬。這個觀點，可視為〈再見·虛無！〉論點的雛型。

〈再見·虛無！〉發表後，余光中又寫〈現代詩：讀者與作者〉，提出現代詩的「自律運動」三項建議，其中第三項「不盲目接受或反對傳統」，強調詩人對於傳統，無論接受或反對，都應該先經過了解，否則在高呼「反傳統」的同時，其實已盲目接受西洋某些傳統，作品必然遭致失敗⑭。從這裏可以看出余光中已開始對詩壇盲目反傳統、追求現代的現象有所反省。繼〈現代詩：讀者與作者〉後發表的〈從古典詩到現代詩〉，余光中再次表達他對傳統是「有所選擇有所擯棄」，認為反叛傳統不如利用傳統，提倡以現代手法寫作傳統題材的現代詩⑮。這種強調寫現代詩也是為了「延續傳統」的說法，顯示余光中企圖在「現代」詩和「反傳統」間取得平衡。

最能清楚表達余光中對「傳統」與「現代」看法的是〈古董店與委託行之間——談談中國現代詩的前途〉一文。這篇文章中，余光中認為傳統是活的，某種作品相對於前一時代的傳統是反叛的，但對於更前一時代的傳統卻往往是復古的。他稱反傳統的「浪子」和固守傳統的「孝子」，都是中國古典傳統的「孽子」，他們徘徊在「委託行」和「古董店」間，將使中國新詩無路可走。余光中

---

⑬　余光中，〈幼稚的「現代病」〉，《掌上雨》，頁 147-150。

⑭　這三項建議是：1. 不寫自己也不懂的作品。2. 不寫自己也不喜歡的作品。3. 不盲目接受或反對傳統。見余光中，〈現代詩：讀者與作者〉，《掌上雨》，頁 171-173。

⑮　余光中，〈從古典詩到現代詩〉，《掌上雨》，頁 177-189。

說：

> 那些古董店和委託行逐漸為國貨公司所取代，我們必需創造
> 「中國的」現代文學，「中國的現代詩」。我們要求中國的
> 現代詩人們再認識中國的古典傳統，俾能承先啟後，於中國
> 詩的現代化之後，進入現代詩的中國化，而共同促進中國的
> 文藝復興。否則中國詩的現代化實際上只是中國詩的西化，
> 只是為西洋現代詩開闢殖民地而已。我們的目的只在創造中
> 國的現代詩，其手段無所謂西化或中化。……我們大呼「回
> 到中國來」，可是我們並非放棄對西方的學習，……西化不
> 是我們的最終目的，我們的最終目的是中國化的現代
> 詩。……我們志在役古，不在復古；同時它是現代的，但不
> 應該是洋貨，我們志在現代化，不在西化。⑲⑥

「中國詩的現代化」後，必須進入「現代詩的中國化」，才能避免
「中國詩的西化」。余光中點出現代詩「承先啟後」的特質：接受
過西洋的洗禮後，必須回歸傳統，同時不放棄向西方的學習，以開
拓中國詩的「現代」視野，創造「中國化」的現代詩。換言之，
「西化」是過程，而經過「現代化」後的「中國化」才是最終目
的。這是「天狼星論戰」後的余光中對傳統與現代、回歸與西化的
總結性思考。「天狼星論戰」確實使余光中覺悟了現代主義的弊

---

⑲⑥　余光中，〈古董店與委託行之間──談談中國現代詩的前途〉，《掌上
　　雨》，頁 213-214。

端，而他對「傳統」的重新估量、省思和詩風的改變，正是他對現代主義的反省與檢討後的體悟。據此，余光中發表〈迎中國的文藝復興〉，主張中國的傳統和西方的現代必須兼顧，因這是中國「文藝復興」的唯一方法：

> ……要促進中國的文藝復興，少壯的藝術家必須先自中國的古典傳統裏走出來，去西方的古典傳統和現代文藝中受一番洗禮，然後走回中國，繼承自己的古典傳統而發揚光大之，其結果是建立新的活的傳統。**⑲**

〈天狼星〉誕生於余光中創作歷程上的轉型階段，此時正是各種新舊詩觀劇烈磨擦的時期，「天狼星論戰」的意義來自於面對西方現代主義思潮所透露出來的，對「形式技巧」或「精神內容」的偏重——洛夫看重「新美學思想的建立和表達的形式與技巧」**⑲**，認為傳統和現代絕對對立，重視形式技巧以加速現代化；余光中則在詩的精神內容抱持穩重而保留的態度，認為傳統和現代是可以調和的。這種對詩的形式技巧或內容精神的偏重，是五、六○年代台灣詩壇「橫的移植」或「回歸傳統」這兩條詩學脈向的呈現：前者是六○年代台灣文壇「全盤西化」趨向的反映；後者則提前預告了七○年代「鄉土化」路線的轉向。

綜言之，六○年代台灣現代詩人在經過西洋現代藝術形式的洗

---

⑲　余光中，〈迎中國的文藝復興〉，頁 195。
⑲　洛夫，〈天狼星論〉，頁 77。

禮後，開始反思現代性，並回頭重估傳統文化的價值，企圖調和傳統與現代。這顯示六〇年代台灣詩壇對現代性的追求，並非遵循單一的線性直線的時間軸進展，而是在現代和傳統、西化和回歸間擺盪，企圖運用現代，再造傳統。這種對現代性的反思，也表現在現代繪畫運動上。

二、中國的「傳統」，台灣的「現代」
——從「抽象畫」到「中國現代畫」

㈠「回頭」的浪子，優越的「東方」：抽象畫的「回歸」

余光中在〈古董店與委託行之間——談談中國現代詩的前途〉一文中，稱呼反傳統的西化派是「浪子」，竭力維護傳統的國粹派是「孝子」，他們都是中國古典傳統的「孽子」。日後余光中在一篇回憶式的文章中，謂能在西化後回頭重認傳統的則是「回頭的浪子」[199]。他把自己和劉國松都歸為此類。

余光中和劉國松的相識約在 1959 年秋天，而他們兩人的「回頭」都在 1961 年左右。1959 年「五月畫展」時，劉國松已覺悟到藝術上的全盤西化之不可能，且一味地追隨西洋現代畫的潮流，不是「五月」應走的道路，也違背了現代藝術的精神[200]。就在這一年，批評抽象畫盲從西化，遠離中國文化的聲浪也開始湧現。1960年在劉國松的創作生涯中是一個重要的轉變年，這年台灣故宮舉辦

---

[199] 余光中，〈雲開見月——初論劉國松的藝術〉，《聽聽那冷雨》（台北：九歌出版社，2002 年），頁 53-55。

[200] 劉國松，〈我的思想歷程〉，《現代美術》第 29 期（1990 年 4 月 30 日），頁 16。

中國古物運美巡迴展的台北預展，劉國松在參觀展出的范寬的「谿山行旅」、沈周的「廬山高」和郭熙的「早春圖」時，受到極大衝擊，對傳統國畫的深刻含意有了新的體會：

> 在以前，中國畫給予我的只是一種美的感應，也就是說，面對它們，只不過覺得好看而已。它們很少給予我一股很大的力量，更不曾有力量壓下來的感覺。但是，當我第一次站在范寬「谿山行旅」的原畫面前時，我就覺得那座山有一股壓下來的力量，一股好大好大的力量朝著你衝過來。也許這就是一種感受，一種共鳴，一種作者與觀者的靈犀相通，它那樣子的感動著我，而我也彷彿真的瞭解了那幅畫。[201]

劉國松從大二開始，一直都全心研究並吸收西洋現代藝術精華，試驗用石膏在畫布上作畫。但在這次參觀展覽中，他初次領略到傳統國畫的力與美竟和西方藝術帶給他的感受是一樣強烈，從而領悟到藝術並無東西方之分，便開始循著范寬、沈周、郭熙等人的結構，用西方的工具與技法表達中國傳統的意境，呈現抽象表現派的風格。

改以抽象手法表達中國傳統國畫意境的劉國松，此時正在成功大學建築系擔任助教，和余光中、俞大綱、劉鳳學、楊英風等從事現代藝術的人時有聯繫與聚會，每月聚餐後由一人作專題演講，介

---

[201] 尉天驄，〈一個畫家的剖白——與劉國松的一席對談〉，收入李君毅主編，《劉國松研究文選》（台北：國立歷史博物館，1996 年），頁 279-280。

紹本行方面的問題。有一次建築系的王大閎在介紹當時台灣流行的
宮殿式建築用水泥等現代材料仿古時，明確表達反對「以某一種材
料代替另一種材料的特性」的立場⑳。這使劉國松開始反省並覺悟
到自己以西畫的材料去表現水墨畫的意趣，這也是一種作偽。從這
時候起，他思考自己未來的畫風走向，醒悟到表現「東西文化交
流」的時代特質，創造一種既是「中國」的，又是「現代」的畫
風，才是追求的目標⑳。於是他毅然決然放棄畫布及油彩，重拾已
放棄七年之久的紙和墨，朝向抽象水墨畫發展，同時提出以融合東
西方繪畫，塑造「統一的世界性的新文化」的主張⑳。

㈡中國的「傳統」，西洋的「現代」：「書法」等於「抽象畫」

　　劉國松在 1962 年完全放棄畫布及油彩，改採紙墨的原因，是
基於對繪畫技法的重新確認。劉國松認為材料工具沒有現代與否的
問題，材料的特性只有一種，但表現的技法卻是無窮⑳。劉國松用

---

⑳　此即現代建築理論中的「材料的自然主義理論」。這種理論反對作假，主張
　　以率真、樸素的表現為上。其攻擊對象是十九世紀以前的宮廷派與學院派作
　　風。當時的學院建築承襲義大利文藝復興的作風，喜歡用假的材料，塑造
　　紀念性的外觀，最常見的是用灰泥塑造石塊的外表，或在結構上做成拱頂結
　　構的樣子，卻藏了鐵件在內拉著。宮廷建築則使用過多的裝飾，把建築的本
　　質完全掩遮了。建築的「自然主義理論」要撕破虛偽的外衣，還建築一個本
　　來的面目。漢寶德，〈求新、求異、求變──為傳統易容的劉國松〉，收入
　　李君毅主編，《劉國松研究文選》，頁 67。

⑳　劉國松，〈我的思想歷程〉，《現代美術》第 29 期（1990 年 4 月 30 日），
　　頁 16。

⑳　劉國松，〈繪畫的狹谷──從十五屆全省美展國畫部說起〉，《中國現代畫
　　的路》，頁 116。

⑳　劉國松，〈談繪畫的技法〉，《文星》第 92 期（1965 年 6 月 1 日）。收入

的筆、紙和墨皆是特製的,筆不是傳統書畫家用的筆,而是刷砲筒的刷子[206];墨則是建築用的大瓶製圖墨汁。同時,劉國松也不斷嘗試包括拓墨、裱貼在內的各種技法。他將紙揉成一團,醮了墨,印在畫紙上,畫面就呈現許多線紋和肌理;用大的刷子以及濃墨畫在紙上,讓墨透過紙印在下面的畫紙上;也將墨塗在桌上或桌布上,再將畫紙放上去印。技法的千變萬化使得每一種材料產生多種多樣的表現形式。他將用這一類技巧所創作出來的畫,統稱為「拓墨畫」。一次,劉國松在夜歸路上,見到一片由中國傳統燈籠上撕裂下來的紙片隨風飄蕩,上面書寫的黑色字體因隔著紙筋,由背面看來,形成一種不規則的白色紋路。這樣的效果,提供了他創作的靈感,於是他請紙店特製了一種較粗厚的紙[207],在紙上加了許多粗細不同的紙筋,著過墨色後,撕去紙筋,在墨色中立刻出現許多粗細不同的肌理(白色線條)。這種肌理連同狂草般粗壯的線條和濃淡乾溼的渲染,再在濃重的線條上加上一層石青石綠,就產生非常特殊的效果,謂之「抽筋剝皮皴」。「抽筋剝皮皴」結合毛筆筆勢的律動性,呈現出異於傳統國畫只有黑線的組合;白線的產生,也增加了畫作的表現力,使狂草的線條更為生動且自然。

正因為對中國筆墨工具的重視,劉國松等「五月」畫家進一步發現中國畫之呈現獨特風格,最大的特點在於表現的技巧。因為中

劉國松,《臨摹·寫生·創造》,頁 39-51。

[206] 劉國松認為筆只是許多表現工具中的一種,而「中鋒」在整個繪畫表現的領域中所能表現的實在很有限,於是他主張「革中鋒的命」,進而「革筆的命」。見劉國松,〈談繪畫的技法〉,頁 42。

[207] 這種紙後來稱為「劉國松紙」。

國畫是利用書法的點和線來「書寫」而成,其線來自書法用筆;以線來決定形,以線的本質美而獨立存在。具言之,書法的點線本質上就具有主觀的抽象性,用點線表現的結果將更接近繪畫的本質⑳。這種「書法的點線表現和繪畫本質相近」的思維,就是「書畫同源」的概念:

> 中國繪畫的工具材料就是筆、墨、紙絹,……中國繪畫中所用的筆就是中國書法上所用的同樣的筆,中國繪畫中所用的墨就是中國書法上所用的同樣的墨。……書法在中國是一種純粹的藝術,……書法上的藝術則運用到繪畫上去,……書法所要求的祇是一種抽象線條的形式之美。它也就是中國繪畫反形似,反寫實,反自然的再現,並進而趨向簡筆,嚮往抽象境界的精神所在。這種精神是根植於「書畫同源」。⑳

劉國松進一步把西洋抽象畫的構成,導向中國「寫意」精神和「書法」意境的結合,強調「寫意」的最後目的即在使繪畫擺脫一切外來的束縛而獨立,也就是求「純粹繪畫」──「抽象畫」的建立:

> 西洋由於大量地吸收東方文化與哲學思想,以至轉變了其實證的傳統精神與極度寫實的繪畫作風,中國的「聊寫胸中逸

---

⑳　秦松,〈認識中國畫的傳統〉,收入郭繼生主編,《當代台灣繪畫文選 1945-1990》,頁 210。

⑳　劉國松,〈談筆墨〉,《中國現代畫的路》,頁 54。

氣」的抽象繪畫思想以及黑白書法抽象的意境，也幫助了西
洋藝術家們早日將繪畫由說明的地位提高到「純粹繪畫」的
境界，中國寫意的精神卻在西洋繪畫史上開了花。……寫意
畫的最後目的即在使繪畫擺脫一切外來的束縛而獨立，換言
之，即在求「純粹繪畫」──抽象畫的建立。㉑

「書法」即「抽象畫」這個發現，使「五月」領悟到西方抽象繪畫
觀念本存在於中國固有傳統中，那麼中國人吸收抽象藝術，不但不
是盲從西化，而道地是重續承先啟後的時代使命。

在「五月」畫家領悟出「書法」等於「抽象畫」的同時，「東
方」的蕭勤在西班牙給畫友的書信中，也開始推崇旅法日本畫家菅
井汲以草書的書法在畫布上寫出類似漢字的構圖造形的作品。在這
股回歸傳統的風潮中，劉國松發表〈現代繪畫的本質問題──兼答
方其先生〉，從中國唐代文人水墨畫說明現今之抽象畫是接受了東
方人的思想㉑；莊喆發表〈超現實主義的繪畫及文學〉，呼應劉國
松的抽象畫理論㉒，他尤其重視中國式的表現法，主張透過現代的
眼光來看傳統的繪畫㉓。莊喆和劉國松兩人都相當強調中國「傳
統」對創作「現代」畫的重要性，其方式就是把中國傳統加以整理
吸收，使之成為現代的──但是是通過「西方」而「現代」，這樣

㉑　劉國松，〈過去・現代・傳統〉，頁 21。

㉑　劉國松，〈現代繪畫的本質問題──兼答方其先生〉，頁 17-20。

㉒　莊喆，〈超現實主義的繪畫及文學〉，《筆匯》第 1 卷第 11 期（1960 年 3
月 28 日）。收入莊喆，《現代繪畫散論》，頁 9-22。

㉓　莊喆，〈由兩封信說起〉，《文星》第 55 期（1962 年 5 月 1 日），頁 68-69。

才能成為「中國的」、「東方的」並「世界的」中國畫❷。這種先經過西方思潮的洗禮，然後再回頭接續傳統，也就是余光中之「現代化」後必須「中國化」的現代詩觀；同時也呼應了劉國松所言，「傳統」並不在使某一種形式繼續流傳下去，而是在過去的藝術中獲取精神本質以作為繪畫的滋養，並且通過西洋傳統以悟解世界藝術中不變的人性❷。

　　有了「新傳統是建立在傳統之上」、「中國過去的成為現代的」體認後，莊喆等人開始從中國傳統的仰韶陶磁、商周銅器、漢簡、石刻、魏晉壁畫中學習，努力使中國「傳統」通過「西方」成為「現代」的；劉國松則把西洋抽象表現主義引進中國山水畫，並大量引用道家哲學來充實水墨抽象創作的內蘊，形而上地轉化中國山水精神為形而上的山水畫。在 1961 年 1 月舉行的一次台灣畫家和旅美畫家的座談會中，從與會眾人的意見可以看出此時台灣畫壇已把「東方的」等同於「世界的」繪畫思想。這一年，劉國松發表〈繪畫的狹谷——從第十五屆全省美展國畫部說起〉，再推論出抽象畫對中國畫家的價值，認為以抽象繪畫來溶合東西繪畫於一爐，將產生一個「統一的世界性的新文化」❷。這種「以抽象繪畫來溶合東西繪畫」的看法，其實是由「全盤西化」過渡到以西洋繪畫的工具與材料，表現中國水墨畫的趣味的階段。這一階段要求的是中國的，但是必須是現代的；是抽象的，但又必須有傳統的水墨風

❷　莊喆，〈論藝書信五封〉，收入郭繼生主編，《當代台灣繪畫文選 1945-1990》，頁 216。
❷　劉國松，〈過去‧現代‧傳統〉，頁 18-26。
❷　劉國松，〈繪畫的狹谷——從第十五屆全省美展國畫部說起〉，頁 119。

格❷。這正是「五月」所強調的「新傳統」。第五屆（1961）五月
畫展展出的特刊序言，以「覺醒的一代」一詞，點出五月的「新傳
統」表現是：

> 在中國，不管被稱為前衛的或是覺醒的一代，年青的藝術工
> 作者是站在傳統之繼續，以及新傳統之塑造的出發點。前者
> 是記取於存於傳統的抽象意識，以及凝結於形式之後的偉大
> 精神力量。後者則是廣泛的吸收西方近代諸主義，以全新的
> 面貌開拓中國的現代繪畫……。❷

專業畫評家王無邪說：

> 我極喜歡他們用「覺醒的一代」一詞代表了今日中國的現代
> 主義運動的總意義。……莊喆的作品……必須加強東方
> 性。……劉國松的作品……他的「東方意境之追尋」，這令
> 他成為中國未來畫壇的奠基人之一。……這七人所代表的諸
> 種方向，也是許多其他畫家的共同路線。❷

從王無邪對「覺醒的」五月畫作的評論來看，可以確信此時「五

---

❷ 蔣勳，〈抽象表現從西方到東方——劉國松的一九六〇年代〉，收入李君毅
　編，《劉國松研究文選》，頁 208。
❷ 轉引自王無邪，〈覺醒的一代——從自由中國五月畫展說起〉，《筆匯》第
　2 卷第 9 期（1961 年 7 月 15 日），頁 35。
❷ 同前註。

月」所努力的「東方性」、「東方意境之追尋」方向，已深受台灣畫壇肯定，並成為台灣畫家的共同路線了。第六屆（1962）五月畫展，劉國松發表他結合現代西方抽象主義的手法與中國古代繪畫理論所創作出來的水墨畫作，同時建立起現代水墨的理論基礎：氣韻生動就是抽象畫的境界❷。在此，劉國松已完成其「抽象＝現代」、「水墨＝中國」的思想模式。這一年，王秀雄評劉國松的創作，謂其畫作特色即在筆墨有／實、無／虛（留白）互動所表現出來的「氣韻生動」感❷。1963 年，「中國現代畫」一詞在劉國松的論述中正式誕生❷。在他的描述下，我們得知建立在傳統之上的「中國現代畫」的特質是：

> 中國畫的光是動蕩著全幅畫面的一種形而上的，非眼可見的宇宙靈氣的流行，貫徹中邊，往復上下，這是中國畫家畢生所追求的，也是抽象畫家的願望。畫面上留空白已成為第七屆「五月美展」的特色，這是我們悟「道」後共同的追求，雖然每人的表現不一，但留虛白底則是相同的。這或者可以說明「中國現代繪畫」之所以為「中國現代繪畫」而異於其他「西洋現代繪畫」的理由吧！❷

---

❷　劉國松，〈無畫處皆成妙境──寫在五月美展前夕〉，頁 46。
❷　王秀雄，〈戰後台灣現代中國水墨畫發展的兩大方向之比較研究──劉國松、鄭善禧的藝術歷程與創造心理探釋〉，《台灣美術發展史論》，頁 206-207。
❷　劉國松，〈畫與自然〉，頁 53。
❷　劉國松，〈無畫處皆成妙境──寫在五月美展前夕〉，頁 46。

劉國松強調藝術境界裡的「虛空」要素，在中國詩詞、書法、繪畫中，都著重這種空中點染、摶虛成實的表現技法。綜言之，畫面上的「留白」，正是「五月」從「傳統」中領悟出「現代」精神後所創作出來的「新傳統」特色，同時這也是「中國現代畫」之異於「西洋現代畫」的地方。「五月」正是要以此從西方人手裡奪回世界藝壇的領導權，完成中國文藝復興的目的。

㈢靈視「東方」，回到「中國」：「東方自覺」說與「中國現代畫」

　　「中國現代畫」一詞的提出，最值得注意的是，納入此一範式的畫作，非以形式作為判準，而是藝術家個人特質的變異成果。也就是說，作家個人的特質結合技法所形成的獨特風格，才是作品價值的判斷標準[224]。因此，作品的現代與否和價值高低，不在材料與工具的區別，而是取決於畫家本身[225]。於是從 1961 年開始，評介畫家個人創作風格的文章漸增，如何使畫作與「中國現代畫」主張產生聯繫，端視評論者的詮釋而定。也因「中國現代畫」的意涵，與畫家個人特質密切相關，於是畫家創作自述文章變多了，畫會團體運動的方式，逐漸被個別畫家的展覽取代。展覽畫冊除畫家的簡歷外，往往也加入短文，介紹經歷或創作自述。此後，畫作的價值端視評論者如何以其豐厚的學養來詮釋畫作的意義。準此，余光中

---

[224]　林伯欣，《凝視與想像之間：「中國現代畫」在戰後台灣的論述形構》（台南藝術學院藝術史與藝術評論研究所碩士論文，2000 年 6 月），頁 31。

[225]　劉國松：「任何一種材料與工具它本身都具有不同的性質，……對於一位卓越的藝術家來說，他可將這種性質變成為一種獨有的特性，並發揮之，進而與他個人的技法結合，形成他個人的獨特風格面貌。」參劉國松，〈談繪畫的技法〉，頁 50。

「東方自覺」說的提出，對「中國現代畫」意義的確立和「五月」在台灣現代繪畫運動的位置，產生關鍵性的影響。

余光中對「五月」創作出來的「新傳統」——中國抽象水墨畫——相當欣賞，當 1962 年，「五月」在歷史博物館的國家畫廊舉行的年度展中，正式掛出「現代繪畫赴美展覽預展」招牌，以「新傳統」進軍國際畫壇時，余光中在《文星》發表〈樸素的五月——「現代繪畫赴美展覽預展」觀後〉，解釋他稱「五月」畫展為「樸素的」，乃因展出的作品都是純抽象、以灰黑為主調的單色畫作。文章同時肯定「五月」以受過現代藝術洗禮的新的敏感和技巧來探索生活於二十世紀的中國靈魂，並努力調和東、西方的表現。這篇文章最值得重視的是，余光中首次提出潛藏於「五月」畫作中的「東方自覺」的表現，認為這是畫家對當時畫壇盲目追隨西歐畫壇，一片鮮麗的複色（Polychromatic）後所提出的反省：以樸素的「單色」（黑色），呈現「抽象」的「東方」[226]。簡言之，「黑色」即「抽象」即「東方」即「中國美學」。這是抽象的最純粹的表現，也是第五、六屆「五月」畫展畫作最富「東方」趣味的地方。

這篇文章另一值得注意的地方是，余光中雖肯定「五月」尋回「東方」的路向，但「東方」非等同於「傳統」，所以「回到東方」並不等於「回到傳統」。余光中說：

---

[226] 余光中，〈樸素的五月——「現代繪畫赴美展覽預展」觀後〉，《文星》第 10 卷第 2 期（1962 年 6 月 1 日）。收入余光中，《左手的繆思》（台北：大林出版社，1984 年），頁 103-111。

> 回到東方固然很好，忘掉這是現代卻不行。東方是靜
> 的，……這種靜，應該是力的平衡，而不是力的鬆懈，應該是
> 富於動底潛力的靜，而不是動的終止。東方應是積極的，不
> 是消極的。抽象的東方是高度的東方，也是最難把握的。㉗

因此，「東方」之非「傳統」，原因在於它必須也是「現代」的。
也就是說，「東方」指的是「現代的東方」——通過西方而後的東
方。這就是余光中在〈古董店與委託行之間——談談中國現代詩的
前途〉中所強調的，「西化」後必須回歸傳統，同時不放棄向西方
學習。余光中正是在「現代化後必須中國化」這樣的中心理念下，
架構出「中國現代畫」的意義，從而為「五月」的創作找出了理論
基礎和努力的方向，同時以此作為「中國文藝復興」的前奏：

> 中國現代文藝如有大成之一日，那必是在作品中使東西文化
> 欣然會合之時。到那時，不但現代文藝成功，且亦實現了我
> 們的文藝復興，……我們最終的目的地仍是中國。……當新
> 詩即詩，西畫即畫，西樂即樂，一切藝術不分中西，盡皆納
> 入我國的傳統，一直要到這樣的一天，中國的現代文藝才算
> 取得嫡系的正統地位，而中國的文藝復興才算正式開始。㉘

㉗　同前註，頁 105。
㉘　余光中，〈迎中國的文藝復興〉，《文星》第 44 期（1961 年 6 月 1 日）。
　　收入余光中，《掌上雨》（台北：大林出版社，1993 年），頁 194-199。

至此，我們知道余光中所謂的「東方」，指的其實是「中國」，而且是「文化中國」。余光中以東與西、傳統與現代的藝術調和論，與進行中的中西文化論戰對話，同時以「東西文化欣然會合」的理念，作為「文藝復興」的策略，以此消解「文化中國」不被西方認可的焦慮。

隔年「五月畫展」（第七屆，1963 年）後，余光中又寫〈無鞍騎士頌──五月美展短評〉，進一步點明「五月」畫家畫作的特色：

> 表現在畫面上的，是單色的樸實，不是複色的繽紛，是線條的律動，不是線條的噴射。在單色之中，五月畫家們用的是黑色。……然而五月的畫家們不但畫黑，而且畫白；畫面上留下豪爽慷慨而開朗的大幅空白，所以畫黑即所以畫白，亦即「以不畫為畫」。㉔

余光中強調「五月」畫作潛藏的「東方」特色──畫黑而留白──超越了幾何和抽象表現主義，進入一種以靜馭動，以簡馭繁，以我役物，以流露代表表現的穩定境界，把握住中國繪畫傳統的本質，達到「筆所未到氣已吞」的中國古典藝術精神。這樣的說法，直接肯定了「五月」畫作的價值。

1964 年，第八屆「五月畫展」展出前，余光中發表〈從靈視主義出發〉和〈偉大的前夕──記第八屆五月畫展〉，進一步對

㉔　余光中，〈無鞍騎士頌──五月美展短評〉，《聯合報》（1963 年 5 月 26日）。收入余光中，《逍遙遊》（台北：九歌出版社，2000 年），頁 159。

「東方自覺」說提出更完備的論述。在〈從靈視主義出發〉中，余光中提出「靈視」（psychic sight）兩字作為了解並接受現代藝術的「不二法門」：

> 此時不見，昔時未見的事物，只有憑藉想像去把握。想像作用的對象，有的是肉眼可見的，有的是肉眼難見的。屬於後者，我們只能用靈眼去觀照。這種作用，我稱它為「靈視」（psychic sigt）。❷⓿

他進一步把抽象畫的生成視為是「靈視」下的世界：

> 抽象畫亦從自然出發，但目的不在自然。抽象畫的空間，不是視覺習見的空間，而是「第五度空間」。……抽象主義要追求要表現的，正是其象其物。但其象非一定之象，其物非一定之物，……它不具外在的物象，但是仍有形象。這形象，表現在畫布上，正是萬象之源，因為它使用的是一切物象的基本因素──線條，形狀，色彩，光影等。我們可以說，抽象主義要用最純粹的物來表現最豐富的道。……我們把抽象畫創作的活動，稱為「靈視」，因為這正是我藉內在的觀照去認識道的活動。❷❸⓵

---

❷⓿　余光中，〈從靈視主義出發〉，《文星》第 14 卷第 2 期（1964 年 6 月 1 日）。收入余光中，《逍遙遊》，頁 141。

❷❸⓵　同前註，頁 142-145。

抽象畫的創作就是「靈視」，就是「我藉內在的觀照去認識道的活動」。余光中的「靈視」和陳其寬〈肉眼、物眼、意眼、與抽象畫〉中對「意眼」的定義有異曲同工之妙：

> 有另外一個「美」的世界是我們以前所沒有看見過的。有很多藝術家在有意無意中受到這種新境域的影響而又有意（理性）無意（感情）的把它表現出來。因此，新的繪畫產生了。……由於肉眼、物眼所見在這個世界中起了變化，因之心理上、精神上也起了共鳴，新的想法產生了，新的看法產生了，姑名之為「意眼」。這種意眼……更進一步發展下去而形成了一種畫，可能是連物眼都看不到的幻想之國，是一種意志的表現。……抽象畫是由於在這科學的世紀中，肉眼、物眼、意眼所見不同而產生。㉒

綜言之，抽象畫就是視覺（物眼）之外，「靈視」（意眼）所見的世界。

在「靈視」的世界中，余光中已把「抽象畫」視為「現代繪畫」的同義詞。然而「抽象畫」之和「現代繪畫」完全劃上等號，並在台灣現代繪畫運動佔有一席之地，是在第八屆「五月畫展」前夕，余光中發表的〈偉大的前夕──記第八屆五月畫展〉一文中。在這篇文章中，余光中評第八屆五月畫展的諸位畫家，皆在「黑白

㉒　陳其寬，〈肉眼、物眼、意眼、與抽象畫〉，《作品》第 3 卷第 4 期（1962年）。收入郭繼生主編，《當代台灣繪畫文選 1945-1990》，頁 237-239。

對照」的整體趨向中,表現出不同的風格。同時他特別指出劉國松作品中黑白相映的效果,充分把握住東方玄學的機運和二元性,這種手法,和他在《蓮的聯想》詩集所運用的相剋相生的二元連鎖句法完全同工❷❸。據此,余光中對現代繪畫的未來表達樂觀的看法:

> 三閭大夫會見彭咸的前一日,現代畫的「無鞍騎士」們在台北市省立博物館,展現了他們靈視生活的境界,使我們在這偉大的前夕窺見了另一個偉大的前夕──中國現代藝術底偉大的前夕。抽象畫,中國藝壇的這匹黑馬,正是他們長途探險的戰利品。……在本質上,五月畫會的「無鞍騎士」們……他們接受了充分的西方藝術,同時更認識了中國藝術的真正精神。在這種條件下去創造,他們遂成為中國的現代畫家。……抽象畫,遙接中國傳統近擷西方成果的抽象畫,已經走到了偉大的前夕,……❷❹

余文清楚指出中國現代藝術乃是展現了「靈視」生活的境界。「靈視」不就是「抽象畫」的內涵?余光中把「抽象畫」等同於「現代繪畫」,讚美「五月」這群無鞍騎士成了道地的中國現代畫家,將承擔中國文藝復興的繪畫使命。在此,「抽象畫」已和「五月」、「現代藝術」、「中國現代畫」以及「中國文藝復興」等量齊觀了。

---

❷❸　余光中,〈偉大的前夕──記第八屆五月畫展〉,《逍遙遊》,頁 165-167。
❷❹　同前註,頁 167。

　　綜上所述，「五月」與「東方」畫會雖一直以「現代」藝術作為改革台灣繪畫的理想，但從他們的繪畫理論和作品來看，「東方」／「中國」精神和「傳統」中國繪畫理論仍為其堅持並保有的內在元素。在延續／再造傳統的理念下，「中國現代畫」成為結合中國文人畫精神和西方現代繪畫形式的「新傳統」。然而，抽象畫家雖從中國傳統中找到了中國書法和潑墨山水，使「民族的」和「世界的」、「傳統的」和「現代的」結合一起，但襲取抽象表現主義形式與技法而掛上中國招牌的捷徑，勢必無法避免在歐美抽象繪畫退潮後仍被社會認可。因此，如謝里法所言，「現代」造形加上中國「傳統」文人畫思想後的藝術品，充滿加工區的靈氣，只是外銷加工出口的產品❷⑤，當「普普」、「歐普」等新的藝術風潮出現後，抽象就不是現代藝術唯一且必要的條件了。成立於 1968 年 11 月 12 日中華文化復興節，由劉國松擔任會長，標舉藝術家將擔負起「藝術復興」、「創造新傳統」的「中國水墨畫學會」，雖以「中華文化復興」為口號，但顯然無法凝聚會員的向心力，終在 1970 年宣告解散，「中國現代畫」一詞也逐漸在畫壇消失。由此看來，西方「現代」、「抽象」形式是否真能與「中國」、「傳統」完美結合以達到延續／再造傳統的目的，完成復興中華文化的理想，在「中國現代畫」的興衰中已有了清楚的答案。不過，「中國現代畫」的出現，顯示六〇年代中期以後，對盲從西化而失根的憂慮已廣泛出現於台灣文化界，而創作者力挽西化失根危機的方

---

❷⑤　謝里法，〈六〇年代台灣畫壇的墨水趣味〉，收入郭繼生主編，《當代台灣繪畫文選 1945-1990》，頁 248-250。

式，就是回歸傳統，並努力融合傳統與現代。值得注意的是，創作者對傳統的重新估量，並不單指中國文化傳統，也包括了對台灣本土傳統的重視。這可以從現代音樂與舞蹈的結合進一步觀察。

三、挖掘台灣，舞出現代
——交融中西／古今的台灣現代樂舞

㈠民歌採集運動

1960 年後，對西方音樂全盤接受的結果，確實使台灣樂壇呈現一片欣欣向榮景象。然從音樂學術、音樂教育到音樂創作和演奏，大量學習西方的結果，卻也使台灣音樂表面上看來熱鬧，實質上卻是外國殖民地般的繁榮或「落魄王孫之不求上進」，逐漸失去自己的根❸。有人把樂壇這種衝突與混亂歸究於「製樂小集」帶來的現代音樂運動，但許常惠認為最主要的原因，應是西方的音樂教育機構激增、西方通俗音樂大量泛濫以及新「國樂」的形成，使新音樂（西方音樂）與本地傳統音樂發生衝突，致人們對民俗音樂失去信心與關心，現代音樂也漸成為脫離大眾的少數音樂家們的實驗品❸。

「新樂初奏」後，台灣音樂家逐漸體認到應從新的觀念找復興中國音樂的方向❸，於是在 1962 年，許博允發起「江浪樂集」，

---

❸ 史惟亮，〈民族音樂文化的保衛與發揚〉，收入幼獅文化編輯委員會主編，《一個音樂家的畫像》（台北：幼獅出版社，1978 年），頁 14。

❸ 許常惠，〈民俗音樂的研究與現代音樂的創作〉，《中華文化復興月刊》第 16 卷第 1 期（1983 年 1 月），頁 34-35。

❸ 鳴劍，〈從音樂輿論上建立健全的音樂評論〉，《文星》第 51 期（1962 年 1 月 1 日），頁 41。

由張邦彥等七位作曲家，以融貫中西音樂為創作理想，發表具民族
精神的作品。接著，1965 年 4 月，第二個青年作曲家團體──
「五人樂集」成立，他們認為「中國風格」必然是「現代的」，希
望寫下既是「民族的」，又是「世界的」中國現代音樂，以迎接中
國二十世紀的文藝復興❽。此時，台灣音樂界對現代音樂危機的反
省，遠在維也納留學的作曲家史惟亮也注意到了，他在 1965 年返
國後，和許常惠創辦了「中國青年音樂圖書館」。這是台灣第一個
音樂學術圖書館，提供中西音樂圖書、樂譜和唱片，並舉辦學術推
廣及研習活動❿。此外，史惟亮和許常惠兩人也常主持各種演講或
討論會，出版《音樂學報》和音樂叢書，並組織合唱團。十二期的
《音樂學報》以「學術的、研究的、資料的」三大方向，提供台灣
音樂界新的音樂思想和知識，所收錄的外國音樂譯著和音樂學者的
研究論文，為台灣音樂學術研究提供了珍貴的資料。不過，真正對
台灣現代音樂發展影響深遠的，是對台灣傳統音樂的收集與研究，
也就是 1966 年至 1967 年的民歌採集運動。

　　1967 年春，史惟亮、許常惠和范寄韻、李玉成聚會，談到對
中國民族音樂前途的看法，四人取得「首先搶救民歌」的共識。兩
天後，范寄韻與陳書中捐出二十萬台幣，成立「中國民族音樂研究
中心」，展開對全台山地與平地音樂資料的收集、整理與統計，並

---

❽　見「五人樂集」第一次作品發表會（1965 年 6 月 30 日）節目表中「五人樂
集」的話。轉引自游素凰，《台灣現代音樂發展探索 1945-1975》（台北：樂
韻出版社，2000 年），頁 82-83。

❿　關於「中國青年音樂圖書館」的收藏與功能，請參吳嘉瑜，《史惟亮研究》
（台灣師範大學音樂研究所碩士論文，1990 年 6 月），頁 64-65。

決議自七月下旬起，展開大規模的民歌採集工作㉔。

這次民間音樂採集工作，並非台灣首見。台灣最早從事民謠採集工作（指歌曲部份）的是張福興。張福興是台籍人士正式接受西洋音樂教育（留日）的第一人，他受台灣總督府之託，以兩週時間在日月潭記下當地民歌十三首和純演奏的杵音兩首㉕。台灣光復前最大規模的一次民謠採集工作，則是由日本音樂學者黑澤隆朝主持。黑澤隆朝是第一位以民族學的方法分析與研究台灣民謠的人，他在1943 年應台灣總督府之邀，至台灣高山族進行為期一年的土著族音樂田野調查工作，並在戰後出版《台灣高砂族の音樂》，是日據時代研究台灣土著族音樂最完整的一本專書㉖。戰後，台灣民族音樂的研究幾乎繳了白卷，直到 1966 年至 1967 年的「民歌採集運動」，才正式開啟台灣民族音樂工作的里程碑。

1966 年 1 月，史惟亮、李哲洋和德人 W. Spiegel 先到花蓮縣阿美族部落進行第一次勘測性的山地民歌採集工作。1967 年 7 月21 日至 8 月 1 日，民歌採集運動進入最高潮，採集隊伍分成東、西二隊，由史惟亮和許常惠領軍，以十二天的時間，採錄了約兩千首左右的台灣地區民謠，除了發掘即將消失的民謠外，也讓台灣文化取得重新估量的機會。

這次民歌採集運動，無論採集人數、對象、地區或民歌數量，

㉔　許常惠，〈痛失民族音樂的伙伴──憶史惟亮〉，《聯合報》十二版（1977年 2 月 17 日）。

㉕　許常惠，《現階段台灣民謠研究》（台北：樂韻出版社，1986 年），頁 1。

㉖　許常惠，〈台灣地區民族音樂研究小史〉，《文訊》第 34 期（1988 年 2月），頁 76-83。

都是史上規模最大、收穫最豐的一次。關於這次民歌採集運動的目的和意義，據史惟亮的說法有三：一，採錄研究並消化來自漢族、山地族、外省族群等不同風格的民謠，有助於未來民族音樂統一風格的創造；二，收集並整理、保存散在各處的民歌，乃是保存台灣音樂文化的歷史；三，西樂大量東來，將使民族靈魂流浪無依。採集民歌是建立民族音樂的第一步，有助恢復民族靈魂❷。

　　這次大規模的民歌採集運動，率先為台灣藝術尋根作了表率，對「民族音樂」的重視與收集，不僅對台灣民族音樂研究產生具體貢獻，也帶給年輕一代作曲家深遠的影響。尤其是發起人是提倡西方現代音樂的史惟亮和許常惠，他們由現代音樂回到傳統古老的民俗音樂，使年輕一代的前衛作曲工作者開始深思並重新正視傳統的價值。親自參與採集工作的史惟亮、許常惠以及他們的學生的作曲中，或多或少也受到這次民歌採集運動的影響，例如史惟亮的「協奏曲」，整首曲子即是建築在民歌基礎上的三個樂章，大幅度改變了台灣「現代音樂」曲風走向❷。此後，史惟亮進一步在融合西方現代與中國傳統的音樂方向上尋求突破，希望完成「西樂」為體，「中樂」為用的音樂理想。

---

❷　史惟亮，〈民歌採集工作的大豐收〉，《幼獅月刊》第 178 期（1967 年 10 月）。收入幼獅文化編輯委員會主編，《一個音樂家的畫像》，33-34。關於這次「民歌採集運動」的始末、成果與意義，可參吳嘉瑜，《史惟亮研究》，頁 72-84。及張怡仙，《民國五十六年民歌採集運動始末及成果研究》（台灣師範大學音樂研究所碩士論文，1988 年 6 月）。

❷　張步仁，〈史惟亮創作中國民俗音樂──兼介紹史惟亮作品發表會〉，《中國一周》第 950 期（1968 年 7 月 8 日），頁 16-17。

1973 年，史惟亮發起「中國現代樂府」，以繼承「樂府」精神，效協律都尉李延年創造「新聲」的典型，開始一系列音樂創作的發表，希望把音樂的百川匯為浩瀚的中華樂海⑳。不過，最能徹底實踐融合傳統與現代理想的是中國音樂與現代舞蹈的結合，也就是林絲緞以及林懷民「雲門舞集」的藝術表現。

㈡「告別赤裸」的現代舞蹈家：林絲緞

蔡瑞月是台灣第一位創作現代舞的舞者，但蔡瑞月受西方現代舞蹈的影響並不太直接與深刻。在她之後，較直接並深入領受美國現代舞蹈影響的，是台灣第一位人體模特兒——林絲緞。

五、六○年代，台灣畫壇流行後期印象派畫風。由於印象派特重素描，而對於人體美的描塑，是學習繪畫藝術者基本且重要的課題，於是師大藝術系的學生課餘還至台北第九水門張義雄教授的畫塾學習素描。1956 年，林絲緞十六歲，她結識了師大藝術系學生江明德，在他鼓勵下，林絲緞投入模特兒的工作。為林絲緞畫第一張全裸畫的是張義雄教授。這張林絲緞著泳裝入畫，而畫出來卻是全裸的「裸婦」作品，獲第三屆「全省美展」第一名。此後，林絲緞成為台灣首位人體模特兒，供師大藝術系師生作畫。

林絲緞除供畫家作畫，也充當攝影家的模特兒。後來她在好友王麗芳的鼓勵下，還利用時間學習舞蹈。林絲緞轉入舞蹈界後，師事旅日舞蹈家許清誥與康家福。許清誥認為現有的民族舞蹈不能配合時代的流變而有所表現，只是一些陳舊滯板的動作，和現代人的

---

⑳　這是史惟亮為第一次「中國現代樂府」演出節目所作之序言。轉引自游素鳳，《台灣現代音樂發展探索 1945-1975》，頁 111-112。

感覺隔了一大段距離，因此他常和康家福、蔡瑞月等人討論，試圖以革新的手法創造出現代化本質的中國舞蹈。在林絲緞心中，許清誥是台灣最好的舞蹈老師，而她對鄧肯（Isadora Duncan）、瑪莎·葛蘭姆（Martha Graham）等舞者的學習過程十分佩服，認為鄧肯（Isadora Duncan）創造了舞蹈藝術的最高境界，是她崇拜與仿效的對象❷❹❼。

　　1961 年，林絲緞至「許家騏舞蹈社」擔任舞蹈教師，兩年後（1963），她和舞蹈社同學梁惠玲創立了「東方藝術舞蹈研究社」❷❹❽。在教學過程中，林絲緞不斷在現代舞蹈的理論和技術上自我充實，她觀摩曾在美國朱麗亞音樂學院（Juilliard School）跟瑪莎、古勤學舞的美籍華裔舞蹈家于海倫的示範表演，也在李蒙（Jose Limon）舞蹈團來台演出時，親自至中山堂觀摩舞團排演❷❹❾。美國現代舞蹈的觀摩與學習，讓林絲緞深刻體會到古典與現代舞蹈的差異所在。

　　1964 年，林絲緞因為對模特兒工作「厭煩到極點」❷❺⓪，計畫在中山堂舉行公演後，告別模特兒生涯，全心投入舞蹈工作。然

而，因林絲緞模特兒的身份，使她這次在中山堂的舞蹈演出招來許多舞蹈界人士的閒話❷，公演前兩個月，《現代文學》第 22 期還刊出七等生〈綢絲綠巾〉，影射林絲緞是一個從模特兒轉入舞蹈界的「死亡人物」❷。1964 年 12 月 5 日，名為「告別赤裸」的「絲緞師生舞蹈表演會」中，林絲緞演出「落葉」一劇，她採用蕭邦（Fryderyk Franciszek Chopin）「即興幻想曲」作配樂，以旋律急緩的變化，作為急風掠過樹林的藝術表徵。從林絲緞融大自然律動於舞蹈意識的表現，可以明顯看出鄧肯（Isadora Duncan）對她的影響。公演後，報刊報導皆給予相當正面的反應和鼓勵，顯示林絲緞的首次現代舞演出相當成功。

(三)台灣現代舞「傳奇」：雲門舞集

從林絲緞的舞蹈表現可以看出台灣現代舞受到美國，特別是鄧肯（Isadora Duncan）和瑪莎·葛蘭姆（Martha Graham）很大的影響。美國身為現代舞的大本營，自然也把現代舞藝術的輸出視為「文化外交」的重點工作。《今日世界》曾多次專文引介美國現代舞蹈藝術與舞者❷，美國許多舞蹈家也在美國總統的特別國際文化交流計畫

---

❷ 1964 年 12 月 5 日《中華日報》專訪。見林絲緞，《我的模特兒生涯》，頁179。

❷ 七等生，〈綢絲綠巾〉，《現代文學》第 22 期（1964 年 10 月 10 日）。

❷ 如：朱于鮮，〈瑪它·高蘭罕——當代新舞蹈的發明家〉《今日世界》第 91 期（1956 年 1 月 1 日），頁 4-5；羅易風，〈傑出現代舞蹈家瑪莎·葛拉罕〉，《今日世界》第 331 期（1966 年 1 月 1 日），頁 16；閻靈，〈從「保羅·泰勒舞蹈團」訪港談美國現代舞蹈的趨向〉，《今日世界》第 359 期（1967 年 3 月 1 日），頁 12-13；露路譯，〈現代舞蹈——打破成規的藝術〉，《今日世界》第 365 期（1967 年 6 月 1 日），頁 12-13；胡棠，〈美

的贊助下出國表演；約西·李蒙（Jose Limon）就是第一個受美國國務院派遣出訪海外的舞蹈團。1961 年，李蒙舞蹈團到台灣演出時，當時還是十四歲少年的林懷民，就坐在體育館內觀賞這支「頂尖中的頂尖」舞團的現代舞表演。這次首度觀賞西方舞者現場演出的經驗，深深震撼了青年林懷民，他暗暗立志要成為一名舞者❷❺❹。

　　1966 年，林懷民除了向應蔡瑞月之邀回台授課的黃忠良習舞外，這年美國知名舞團保羅·泰勒（Paul Taylor）舞蹈團來台演出時❷❺❺，還是政大學生的林懷民也夾在大批年輕人中排隊買票觀賞。1967 年，台灣舞蹈家王仁璐回台，首度引進「瑪莎·葛蘭姆技巧」❷❺❻，並在中山堂舉行發表會，林懷民也沒有錯過。

　　1969 年，林懷民出國深造，先是到哥倫比亞密蘇里新聞學院

國舞蹈的新風貌〉，《今日世界》第 416 期（1969 年 7 月 16 日），頁 25-27。

❷❺❹　楊孟瑜，《少年懷民》（台北：天下遠見出版公司，2003 年），頁 74。

❷❺❺　保羅·泰勒（Paul Taylor）自 1960 年成團至 1967 年以來，共赴國外旅行演出十一次，它以富於機智與創造的精神，聞名於時。1966 年，保羅·泰勒被英國《舞蹈與舞蹈家》票選為該年度最偉大的舞蹈家，被列為美國現代舞蹈界五大新領袖之一，和葛蘭姆（Martha Graham）以及李蒙（Jose Limon）得到美國國家藝術評議會各種支持。見聞靈，〈從「保羅·泰勒舞蹈團」訪港談美國現代舞蹈的趨向〉，《今日世界》第 359 期（1967 年 3 月 1 日），頁 12-13。

❷❺❻　「瑪莎·葛蘭姆技巧」是瑪莎·葛蘭姆（Martha Graham）舞蹈創作中逐漸形成的一整套系統化的現代舞技巧和訓練方法：以縮腹與伸展為基礎，並強化這種狀態，吐氣時急遽縮腹，吸氣時拉平腹部，伸展脊椎。這種原理的延伸，導致仆倒與起立的動作，造成扣人心弦、令人讚歎的舞蹈效果。參楊孟瑜，《飆舞：林懷民與雲門傳奇》（台北：天下遠見出版公司，1998 年），頁 34-35。或李天民、余國芳，《世界舞蹈史》，頁 712。

（Missouri School of Journalism in Columbia），後轉到愛荷華大學（Iowa
State University）攻讀藝術碩士學位。在愛荷華（Iowa State University）大
學時，林懷民受教於馬夏‧謝爾（Marcia Thayer），畢業後，再至紐
約「瑪莎‧葛蘭姆（Martha Graham）現代舞學校」和「模斯‧康寧漢
（Merce Cunningham）舞蹈學校」習舞❷。「瑪莎‧葛蘭姆（Martha
Graham）現代舞學校」被譽為「現代舞的搖籃」，培養出無數位知
名舞蹈家和現代舞好手，林懷民在這裏學習了西方現代舞的經典系
統。

　　1973 年 4 月，當時台灣省立交響樂團團長史惟亮要進行一系
列「中國現代樂府」的演出，向林懷民和他的舞者們提出由「中國
人作曲、中國人編舞，中國人跳給中國人看！」的邀約。這年春
天，中國第一個現代舞團——「雲門舞集」宣告成立，同年 9 月
29 日在台中中興堂舉行首演。第一場公演後，佳評如潮，「雲
門」努力把古典素材現代化的努力，獲得社會普遍肯定。次年
（1974），已八十高齡的瑪莎‧葛蘭姆（Martha Graham）親率舞團來
台演出，主動要求造訪「雲門」，觀賞「雲門」舞者示範的現代舞
基本動作——包括兩天前瑪莎‧葛蘭姆舞蹈團在美新處示範的「瑪
莎‧葛蘭姆技巧」中最難的一組——林懷民已教給舞者了。示範動
作完畢，瑪莎‧葛蘭姆（Martha Graham）盛讚「雲門」的表現，並邀
請舞團到美國演出。此後，「雲門」在台灣和歐美四處巡演，在台

---

❷　模斯‧康寧漢（Merce Cunningham）是瑪莎‧葛蘭姆（Martha Graham）的入
　　室弟子，師承主流卻自有叛逆與創新。他不滿意葛蘭姆重文學性、心理層面
　　的舞蹈，而對舞蹈本身的獨立性，即「純」舞蹈感興趣。有人稱他為「新先
　　鋒派舞蹈大師」。見楊孟瑜，《飆舞：林懷民與雲門傳奇》，頁35。

灣和世界舞蹈版圖上已成為一頁「傳奇」，而林懷民的夢想：「創立一個中國人的現代舞團」❷⑧，早已美夢成真。

　　史惟亮的「中國現代樂府」使現代音樂和傳統音樂有了結合的機會，「雲門舞集」用「現代音樂」編舞演出，也在宣揚現代音樂上發揮了重大功能，成為傳統與現代結合的最佳典範。另一方面，林懷民創立了台灣第一個現代舞團，讓台灣人不再只是聽世界名曲、看外國舞團，讚嘆外國藝術世界的美好，而也能有屬於自己的創作，發出自己的聲音。「鄧肯往回看，由古希臘中找到了自己；丹尼絲又向東方找到了自己」❷⑨，「雲門舞集」的成就，則是林懷民往回／東方看，對自己文化傳統的反思與再造。

　　綜上所述，六〇年代台灣文學／藝術對現代性的追求，並非遵循單一並直線的線性時間軸發展，任何文學／藝術從「舊」翻「新」，從「傳統」到「現代」後，並不意味著改革不可能會重新再來一次。因此，六〇年代台灣文學／藝術的進程，果真義無反顧，一味地朝向「現代」而去？還是只是一場未完成的、烏托邦式的試驗？從台灣現代文學／藝術的發展來看，對傳統的重視與再造，成為台灣文學／藝術擺脫盲從西化的方式，台灣文學／藝術的現代性，因此是循著：傳統→現代→反思現代，再造傳統——這樣的圖式發展，並由此發展出迥然不同於西方的「現代」視野。因此，當創作者處心積慮改革所謂的「傳統」至理想的「現代」形態

---

❷⑧　這是「雲門」成立十年後（1983），林懷民接受《自立晚報》採訪所說的話。見楊孟瑜，《飆舞：林懷民與雲門傳奇》，頁46。

❷⑨　這是1973年2月9日，林懷民應美新處之邀，進行現代舞的示範與講解時所說的話。見楊孟瑜，《飆舞：林懷民與雲門傳奇》，頁49。

後，實際上仍未達致完全「現代」的目標。六○年代台灣文學／藝術對現代性追求，竟只是一場烏托邦式的追尋，一場未完成的台灣現代性。然而，也正是對現代性的反思，以及對傳統的重估與再造，創作者企圖融合傳統與現代的努力，使台灣文學／藝術的現代性追求得以發展出迥然不同於西方的現代視野，擺脫了西化、失根的危機，成為本土的／台灣的現代主義。

其次，台灣為多元文化傳統匯聚的殖民地社會，它在回應並對抗西方的影響時，絕對有能力創造出自己的現代性，且其現代性的開展，也遠比表面呈現的更為迂迴且複雜。在強調美援文化帶來的現代主義思潮對台灣文學／藝術的影響時，我們必須思考美援之外，蘊藏於創作者內心求新求變的現代性需求，對台灣文學藝術的革新所帶來的影響，及其呈現的台灣現代性風貌。故台灣文學／藝術創作者對西方現代藝術形式的接受，並非以美國馬首是瞻、亦步亦驅，或毫無條件地接受、鼓吹，並如實「複製」與「盜版」，而是針對台灣文學／藝術環境的需要而加以吸收、轉化，並由此創造出迥然不同於西方的跨文化現代性，不再是「遲到的」或「落後的」西方現代主義「翻版」。另一方面，討論台灣對現代主義的接受，不可忽略「二度翻譯」的現象。以後殖民觀點來看，當外來文化被本地創作者運用時，它已不再專屬帝國文化權力，而成為台灣文學／藝術的資產了，呈現的是台灣，而非西方的現代性風貌。

再者，當六○年代台灣文學／藝術創作者強將某些文學藝術表現劃為「不現代」或「傳統」，而處心積慮以西方的「現代」形式加以改革，確實使台灣文學／藝術的表現產生前所未有的變化。然而六○年代台灣文學／藝術之謂「現代」，並不表示「傳統」的徹

底揚棄或帶入西方現代藝術形式，而是因西方現代藝術形式的運用，使六〇年代台灣文學／藝術在形式與內容方面的表現有別於五四以來的傳統風格。換言之，西方現代藝術形式的運用，並不意味著內容的脫胎換骨，而是吸收了西方現代藝術形式，對傳統有所繼承（因）、有所更新（革）之作。這種西方現代藝術形式與傳統內涵的結合，顯示台灣現代主義乃承先啟後，呈現出與西方迥然不同的「現代」視野，是本土的現代主義，也是台灣現代性所在。另一方面，六〇年代台灣文學／藝術創作者將鐵板一塊的「現代」定義，強加於其他藝術表現時，他們對西方現代藝術流派與理論，並不那麼了解，所標舉的「現代」，其實是創作者自身理解的「現代」，並不真的與西方並駕齊驅。他們對現代性的「誤讀」，顯示台灣文學／藝術對現代性的追求，均指涉了台灣具體時空背景，是「誤讀」而來的現代性，也是本土／台灣的現代性。六〇年代台灣文學／藝術對現代性的追求，並不是遵循單一並直線的線性時間軸發展而一直「現代」下去，任何文學／藝術從「傳統」發展到「現代」後，改革有可能會重新再來一次。因此，六〇年代台灣文學／藝術對現代性的追求，相對於西方，其實是烏托邦式的試驗，一場未完成的台灣現代性。

第四章　再見！五四：
現代主義小說形式的現代性

　　「現代主義」和「現代性」的關係密切。在西方學者的定義中，「現代主義」基本上就是「現代性的追求」。但文學的現代性有兩個互相衝突的面貌：一是西方中產階級源於啟蒙主義的「現代性」概念；一是對這樣的信念的質疑和反叛。因此，現代主義包含「現代」與「反現代」兩個相互對立且矛盾衝突的拉力：「現代」以反傳統的姿態，表現在對創新和形式實驗的興趣；「反現代」則展現於揚棄進展性歷史觀和對理性的批判，包括過去偉大典範和傳統整體性的淪喪❶。六〇年代台灣現代主義文學，是台灣接觸現代性以後的產物，故台灣文學的「現代性」自然也存在「現代」和「反現代」兩個拉力。

　　值得注意的是，六〇年代受現代主義思潮影響的台灣文壇，並未把文藝上的「現代」表現稱為「現代主義」，而是使用「現代」

---

❶　邱貴芬，〈落後的時間與台灣歷史敘述——試探現代主義時期女作家創作裡另類時間的救贖可能〉，《後殖民及其外》（台北：麥田出版社，2003年），頁 86-86。

一詞。也因此,柯慶明就認為「六十年代的文學,是否為『現代主義』?這是一個有爭議,但也可能只是『名詞』用法的問題。」❷似乎對六○年代台灣是否有「現代主義」文學持保留態度。但馬森則認為如果以六○年代台灣學者鑽研、介紹西方現代主義的種種努力,以及台灣年輕一代詩人和小說家嚮往和仿作西方現代主義文學的表現來看,則文中問號可以去掉;且如果六○年代台灣文學並無現代主義作品,那麼後來對現代主義文學的攻訐,豈非無的放矢❸?姑且不論馬文是否純就題意發揮,我們認為柯文主要表達的是西方現代主義的崛起有其特定的時空指涉和文化傳統背景,而這樣的環境在六○年代的台灣社會並不存在,故柯慶明才對六○年代台灣是否有現代主義文學產生疑問。暫且擱置「現代主義」一詞對六○年代台灣小說的適切性問題,我們認為柯慶明的疑問,其實正反映了西方現代主義到進台灣後,台灣文壇對此一西方藝術思潮並非毫無條件的接受、引介、鼓吹、配合,並照樣呈現與反映。以下論述,將勾勒五四以來文學觀的積累過程,並透過對六○年代台灣小說創作者文學思想的分析,了解當西方現代主義思潮引介來台後,台灣作家對文學「現代化」的理解與建構。論述目的在於藉由六○年代台灣文學對藝術形式現代性的追求,以見六○年代台灣現代主義文學觀對五四文學觀的反省,從而看出西方現代主義反傳統/現代精神,在六○年代台灣現代主義小說藝術形式的轉化

---

❷ 柯慶明,〈六十年代現代主義文學?〉,原收入張寶琴、邵玉銘、紀弦主編,《四十年來中國文學》(台北:聯合文學出版社,1995 年)。後收入柯慶明,《中國文學的美感》(台北:麥田出版社,2000 年),頁 453。

❸ 馬森,〈現代主義文學在台灣──二度西潮的美學導向〉,頁 283-284。

與呈現。

第一節　從文學革命到革命文學

一、「文學革命」與「文學工具」的革命、「典範轉移」的革命

　　自鴉片戰爭後，面對西方列強的侵略，中國學者有感於文言文好用典故、講求韻調的語言特質，實難成為傳播新知識和新觀念的理想工具。如果改用淺白易懂的語言，不僅可以幫助政府官員和學者增加對西方科學、藝術、政策的認識，也可以教育人民提高對外侮的警覺。五四時期，隨西潮引入中國，要求一切知識的傳授或散播皆要找出一個「目的」予以合理化的實用哲學，正符合了彼時中國知識界的需要，這種實用哲學就是立基於「工具思維」之上。

　　1917 年 1 月，胡適發表〈文學改良芻議〉，文中認為中國二千年來之所以沒有產生有價值、有生命的「文言的文學」，是因為文人所做的文學「都是用已經死了的語言文字做的」，而「死文字決不能產出活文學」，因此，「與其用三千年前之死字，不如用二十世紀之活字」。胡適《嘗試集》自序又說：

> 我們認定文字是文學的基礎，故文學革命的第一步就是文字
> 問題的解決。我們認定「死文字定不能產生活文學」，故我
> 們主張若要造一種活的文學，必須用白話來做文學的工
> 具。……我們認定文學革命須有先後的程序：先要做到文字

體裁的大解放，方才可以用來做新思想新精神的運輸品。❹

由此可知，「死字」、「活字」之別，不僅是文言與白話的對立，在胡適眼中，文體（文字體裁）的改革也與中國的復興有極大關係。這種對文字重新思考的動機，就是源於對語言「工具」性質的再認識。

　　事實上，在胡適觀念中，歷史上的「文學革命」全是「文學工具」的革命，是用白話替代文言、活的工具替代死的工具的革命❺。胡適說：

> ……文學革命運動，不論古今中外，大概都是從「文的形式」一方面下手，大概都是先要求語言文字文體等方面的大解放。……這一次中國文學的革命運動，也是先要求語言文字和文體的解放。❻

這是胡適在文學革命初期表現出來的，對語言「革命性」的見解，也是他對語言現代性的認識。他在〈建設的文學革命論〉中所提出的「八不主義」，也都是專論文字的。簡言之，胡適認為中國文學

---

❹　胡適，〈《嘗試集》自序〉，《胡適文選》（台北：遠流出版公司，1986年），頁174。

❺　胡適，〈逼上梁山──文學革命的開始〉，《中國新文學大系・建設理論集》（台北：業強出版社，1990年），頁10。

❻　胡適，〈談新詩──八年來一件大事〉，《胡適文存（一）》（台北：遠流出版公司，1986年），頁165。

史是一部文字形式（工具）新陳代謝的歷史，是「活文學」取代「死文學」的歷史，而文學的生命全靠用一個時代的活的工具來表現一個時代的情感與思想，工具僵化了，自然必須換新的。這就是胡適思維中「文學革命」真正的意義與價值。由此可知，文學革命實質上是一場語言／文字的革命，即以文體作為復興中國的工具。它不是以文學本身的價值或功能為標準，而是把文學定調為社會改革或政治變更的工具，希望以新工具承載新思想表達新精神。胡適推動的文學革命使文字本身獲得「物質感」和新的「象徵」意義，從而開始了釋放文字本身所包含的社會歷史能量的革命❼。

　　龔鵬程在〈典範轉移的革命——五四文學改革的性質與意義〉中首度提及「文的優位性」說法。他認為西方文化傳統是以語言為中心所建構出來的，中國卻是以書寫文字為中心的「主文」傳統。從孔子雅言詩書以來，「文」與「言」的區分，形成了「雅」與「俗」的分別；「崇文字」的傳統，也構成「文」即「事實」即「真理」的誤解。胡適推動文學革命，就是想以「口語」扭轉以「文字」為中心的傳統，造成「典範」的轉移，顛覆以「文字」構成的文學觀／世界觀：

> 文學革命則扭轉了以文字為中心的哲學，打破了中國整個文化傳統的核心，對中國文化進行一次「解構」：文的優位性喪失了，……文與道的關係斷裂了，……由文、文學到文

---

❼　唐小兵，〈從革命文體到文體革命〉，《當代》第 43 期（1989 年 11 月 1日），頁 79。

化，全面地質疑、瓦解、顛覆。從批判文言，到對傳統的全
面棄絕背反，而逐漸由以語言為中心，達到「全盤西化」。
也就是說：五四運動所進行的變革，從根本上動搖了傳統
「文字－文學－文化」的具體結構。❽

簡言之，五四文學革命的重點在於語言／文字的解放，其性質與意
義就是一場「典範轉移的革命」。這是五四文學革命的本質、意義
與目的。換言之，胡適等西化派推動文學革命最主要的目的，就在
於他們對中國未來的期許上：以西方的新觀念取代舊傳統，建設中
國成為一個現代的民族國家。按黃錦樹的說法，胡適把文學革命和
國語運動合流，提倡「國語的文學，文學的國語」，目的是從「現
代性的國語計畫」達致「現代世俗的國家文化計畫」。也就是說，
讓白話文－國語運動取得政治上的勝利，再投入社會的再生產。故
「文學革命」與「白話文」和「文學的國語」等主張有其政治意
涵，至終目的是在建立一個「現代中國國族」。這是晚清最後廿年
迎向現代挑戰的「自改革」的重要一環，和國體、教育、交通、學
術、文化的整體變革是一體的❾。由此可知，胡適〈建設的文學革

---

❽　龔鵬程，〈典範轉移的革命——五四文學改革的性質與意義〉，《傳統·現
　　代·未來——五四後文化的省思》（台北：金楓出版社，1989 年），頁 1-
　　9。此文後來收入《文化符號學》，為〈文字傳統的解構與重建——新文學運
　　動對中國文化的衝擊〉的前半部。龔鵬程，《文化符號學》（台北：台灣學
　　生書局，1992 年），頁 419。

❾　黃錦樹認為胡適以「文學的國語」濟「白話」之窮，以文學為文化資源，和
　　帝制文言文的「書同文」的政治目的一樣，涉及「文」的政治主導權的搶
　　奪。而這在 1925 年小學「國文」科改為「國語」時，已正式宣告近代民族國

命論〉雖名為「建設的」，但其實質還是隱含於其中的「破壞的」意涵最為有力——藉由替「古文發喪舉哀」❿，達到建設一個「現代」新中國的目標。

二、「文學的自覺」與「浪漫寫實主義」

　　胡適文學觀最值得重視的是對文學「工具」性質的重新估量與認識。文學革命後，真正算得上「破壞的」理論，應是周作人的〈人的文學〉。〈人的文學〉認為文學應以「人」為主，排斥「古代禮法可以阻礙人性向上的發展者」。這就是個體意識與人道主義。個體／人主義的覺醒是西方「現代化」的源頭，與此相關的，就是「文學的自覺」。「文學的自覺」包含兩方面的內容，一是以文學表現作者的「自我」，這「自我」是「情意的自我」和「生命的真我」；一是尊重文學的「本體」，不把文學屈從於藝術以外的目的。這兩方面內容，前者以「浪漫主義」面目出現，後者則導致唯美主義的產生⓫。

　　「文學的自覺」的發揚，以及對文學本身性質和功能的探究，首推周作人。周作人第一本散文集《自己的園地》，命名出典便來

家的國語教育建制化，成功佔有民國的意識型態國家機器，社會再生產機制。黃錦樹，〈幽靈的文字——新中文方案，白話文，方言土語與國族想像〉，《文與魂與體　論現代中國性》（台北：麥田出版社，2006 年），頁 37-78。
❿　胡適，〈文學革命運動〉，《胡適文選》，頁 210。
⓫　黃繼持，〈二十世紀中國文學的「現代性」問題〉，《現代化·現代性·現代文學》（香港：牛津大學出版社，2003 年），頁 14。

自伏爾泰（Voltaire）的小說。周書認為「為藝術而藝術」或「為人
生而藝術」——前者將人生附屬於藝術，後者以藝術附屬人生——
都將藝術與人生視為分離而非合併，並不是最完美的藝術觀，因為
藝術既是獨立的，也是人性的，並不必要隔離或服務人生。於是，
周作人提出「人生的藝術」，強調文學「以個人為主人，表現情思
而成藝術」，具有「獨立的藝術美與無形的功利」，並不是為某個
特定對象和目的而作。只要能引起人的「共鳴」與「感興」，讓人
精神生活感到充實而豐富，就達到了「人生的藝術」的目的了❷。
因此，周作人在《中國新文學的源流》對文學所下的定義便是：
「文學是用美妙的形式，將作者獨特的思想和情感，使看的人能因
而得到愉快的一種東西。」❸文學因此成為作者情感主觀的表達，
只有表達式的理論才有效。「主觀主義」便是周作人對文學的重要
概念。換言之，「寫實主義」（後稱「現實主義」）❹雖是五四文學創

---

❷ 周作人，〈自己的園地〉，收入楊牧編，《周作人文選 I》（台北：洪範書
　店，1989 年），頁 2-3。

❸ 周作人，《中國新文學的源流》（台北：里仁書局，1982 年），頁 10。

❹ 漢語「現實主義」（realism）在一、二〇年代譯為「寫實主義」，是遵循十
　九世紀中葉法國文藝運動所開出的理路，指真實地描寫客觀事物與社會生
　活。「寫實主義」雖與法國的 Realism 有關，但其實是綜合了西歐與俄國的
　文藝思想，在馬克思主義啟導下，在二十世紀二、三十年代整體建構起來。
　然而，這套馬克思主義文藝思想中的現實主義，已非前指之法國文藝運動及
　其具體主張，而是一種更為基本的創作方法。由於蘇聯文藝創作方法發展為
　「革命現實主義」與「社會主義現實主義」，故以前的現實主義遂統名為
　「舊」現實主義，歐洲十九世紀式的則稱為「批判的現實主義」，指其批判
　社會現實卻不能指示出路。參黃繼持，〈關於茅盾與自然主義的問題〉，
　《現代化·現代性·現代文學》，頁 77-78。1932 年，瞿秋白編撰《馬克思

作原則，要求作者以生動並具權威性的方式描寫與其個人經驗有關的事物，但因為作者毫無遮掩或修飾的寫出個人情感經驗，使五四文學表現出李歐梵所謂的「浪漫寫實主義」的傾向，故五四後的「文學研究會」和「創造社」雖有「為人生而藝術」或「為藝術而藝術」的不同，但兩者都表現出五四時期大多數新作家所共有的一種精神氣質。這種精神氣質植根於人文主義基質中，常通過強烈的情緒表現出來❶。簡言之，「文學研究會」和「創造社」之爭，雖是中國「言志」和「載道」爭辯的延續，但這兩個文學團體都可視為浪漫主義感情擴張的結果❶。因此，大部份的文學史家都認為1917 年的「文學革命」雖帶來現實主義的總傾向，要求作家必須直接面對現實，但因其過度標舉作家的個性和感情，也使「五四」

主義文藝論文集》，以「現實」為總題，並注云：「現實主義——realism，舊譯寫實主義」。漢語舊、新兩譯，其實暗示從以法國為主的文藝思想向俄國文藝思想發展的轉折，並強調哲學上關於「真實」或「現實」的認識，這正相應於蘇聯文藝理論的著力點。在反映「現實」本質的統攝下，寫實與浪漫都可算作「社會主義現實主義」內部的藝術流派。五〇年代後期，毛澤東提倡「革命現實主義和革命浪漫主義相結合」，「社會主義現實主義」遂漸漸少人提及。見黃繼持，〈社會主義現實主義是甚麼？〉，《現代化·現代性·現代文學》，頁 133-135。

❶ 李歐梵，〈追求現代性（1895-1927）〉，《現代性的追求——李歐梵文化評論精選集》（台北：麥田出版社，2005 年），頁 257。

❶ 蔡源煌認為從 1917 年到三〇年代的文學爭論，最具代表性的是「文學研究會」和「創造社」之爭，而兩者的爭論，其實就是中國「言志」和「載道」爭辯的延續。見蔡源煌，〈五四看文壇〉，《海峽兩岸小說的風貌》（台北：雅典出版社，1989 年），頁 1-2。

文學表現出更多浪漫主義的精神❶。浪漫主義是文學現代性的先導，也是現代性開展後所要揚棄的，更是白璧德欲以新人文主義的「克己」、「復禮」予以抗拒的對象。

三、從「浪漫寫實主義」到「社會主義現實主義」

三〇年代初，開始出現「五四」以後的反撥。浪漫主義消褪後，代之而起的是愈來愈強烈的社會危機感，文學創作逐漸擺脫個人主義，轉而關注當時的社會經濟問題。這種急欲改革中國社會的熱忱，是周作人和其他同時代中國知識分子共有的想法，對文學的發展自然造成具體影響。於是，「寫實主義」開始和批判社會的論述連在一起，以「批判的現實主義」面目出現，成為作家承擔社會良心、政治意識和民族責任的表現。最後，這種改革社會的熱忱逐漸變成愛國的「載道」思想，作家們念茲在茲的是要把中國建設成一個「現代化」的國家，文學創作的目的便由藝術層次轉而教導國人對中國傳統的愚昧、怯懦和冷漠宣戰。

五四時期，西潮東漸，作家認識外國作品的機會增多，但他們對外國作家的留意，是以思想為主，藝術其次。西方作家中，俄國作家作品特別受到中國作家青睞，原因除了是作品表現出來的社會同情心、對權威和習俗所作的虛無主義式的反抗、對追求生命意義的熱誠為中國作家所迫切關心外，最重要的是俄國對西歐的現代化的吸收、超越與揚棄，提供了中國一條最新的「現代化」道路。這

---

❶ 李歐梵，〈台灣文學中的「現代主義」和「浪漫主義」〉，《現代性的追求——李歐梵文化評論精選集》，頁175。

條道路所帶有的理想性，除了與中國知識分子的心態契合外，還因為相比於西歐，中國與俄國同是現代化的後進國。這種歷史處境的相似性，讓中國知識分子頗有種親切感。加上在文學方面，俄國相較於西歐是後來居上的，無形中也增加了中國知識分子對中國也能產生俄國式文學的企盼與信心。基於以上理由，中國作家轉而向俄國學習。文學既以「載道」為目的，對藝術的形式就不遑顧及，於是「浪漫現實主義」（1917-1927）便讓位於以思想性為主的「社會現實主義」（1927-1937）了。

　　1925 年 5 月 30 日，「五卅慘案」的發生，標誌著中國現代文學史一個至關重要的轉折點：中國現代文學由「文學革命」轉向「革命文學」[18]。兩大文學團體之一的「創造社」開始放棄前期浪漫主義和表現主義思想，提出文學應是「社會主義內容」加上「現實主義形式」的口號，向「社會主義現實主義」靠攏。「社會主義現實主義」是「現實主義」的變種，其中「社會主義」的成分高於「現實主義」，要求「藝術家從現實的革命發展中真實地、歷史具體地去描寫現實；同時藝術描寫的真實性和歷史具體性必須與用社會主義精神從思想上改造和教育勞動人民的任務結合起來。」[19] 1926 年，「創造社」的郭沫若發表〈革命與文學〉，成為革命文學運動的開場白[20]。文中郭沫若提出真正的文學只能由革命文學構

---

[18]　成仿吾，〈從文學革命到革命文學〉，收入馬森主編，《文學與革命》（台北：駱駝出版社，1998 年），頁 64。

[19]　見黃繼持，〈社會主義現實主義是甚麼？〉，頁 134-135。

[20]　郭沫若，〈革命與文學〉，《創造》月刊第 1 卷第 3 期（1926 年 5 月 16 日）。收入馬森主編，《文學與革命》，頁 67-83。至於為何革命文學不由

成,且「文學的內容是跟著革命的意義轉變的」。總言之,〈革命
與文學〉想傳達的觀點是:

> ……文學的這個公名中包含兩個範疇:一個是革命的文學,
> 一個是反革命的文學。……我們所要求的文學,是表同情於
> 無產階級的社會主義的寫實主義的文學。㉑

郭文的結論是:「凡是新的總就是好的,凡是革命的總就是合乎人
類要求的,合乎社會構成的基調的。」㉒

　　繼郭沫若〈革命與文學〉後,成仿吾〈從文學革命到革命文
學〉正式宣示文學的媒質應接近「農工大眾」的用語,以「農工大
眾」為對象,且文學運動的走向應「從文學革命到革命文學」㉓。
到了 1930 年,「左聯」成立,展開一系列的文藝鬥爭,進一步為
社會主義現實主義廓清道路。1933 年,社會主義現實主義大旗正

「為人生而藝術」的「文學研究會」提出,而是由「為藝術而藝術」的「創
造社」提出,侯健認為,共產主義雖狠毒無道,但它恰是人道主義的產物。
共產主義基本上相信人性本善,甚至可以去私,可以「我為人人」,而達到
烏托邦境界。中國的烏托邦早在兩千年前,就由老子勾畫出來,它建立在
「絕聖棄智」、「空其心,實其腹」上,必須反知識、反道德、反傳統,使
人類回到洪荒榛莽的時代。而按馬克思的唯物辯證法,乃是用經濟生產方式
與分配情形解釋歷史與社會現象,而以無產階級為世界未來主人,終而建立
無產階級分別存在的世界。這和中國烏托邦思想類似。參侯健,《從文學革
命到革命文學》(台北:中外文學月刊社,1974 年),頁 216。

㉑　郭沫若,〈革命與文學〉,頁 71、83。

㉒　同前註,頁 73。

㉓　成仿吾,〈從文學革命到革命文學〉,頁 64。

式擎舉，同年 4 月，周揚發表〈關於社會主義現實主義和革命浪漫主義〉❷，正式引入蘇聯「社會主義現實主義」概念。至此，「浪漫現實主義」正式讓位給「社會主義現實主義」，成為文藝最高指導原則。「社會主義」與「現實主義」，前者是政治意識型態原則，後者是美學原則，兩者的結合，形成一種以政治意識型態主宰現實主義的獨斷性系統，以不容他者並存的霸權姿態，衍生出強調「絕對階級原則」和「絕對大眾原則」兩個原則。到了 1942 年毛澤東發表〈在延安文藝座談會上的講話〉後，這兩個原則開始走向絕對化，其中「絕對大眾原則」又變成「絕對的工農兵大眾原則」。1949 年後，隨著政治上的變動，「絕對的工農兵大眾原則」變成壓倒一切的、統一的文學法則，作家已沒有走出社會主義現實主義之外的自由。到了這個階段，「大眾」內涵開始變化，昔日魯迅筆下「阿 Q 式的大眾」已死，取而代之的是三、四〇年代被壓迫但又反抗壓迫或從事革命的工人、農民等階級大眾。此外，作家與大眾的關係也發生主體易位的重大變化，作家變成凌駕於主客體之上的第三者，成為政治集團的傳聲筒和傳達政治意識型態的媒介工具，「大眾」被改稱為「人民」，其外包裹著政治集團的政治要求，而文學變成為「人民」服務的「代聖賢立言」的新變種。當文學具大眾形式和大眾語言，變成為「大眾」服務的工具後，「革命文體」正式取代「文體革命」，變成為「人民」服務的「載道」工具。前期「創造社」的浪漫主義在向社會主義現實主義靠攏

---

❷ 周揚，〈關於社會主義現實主義和革命浪漫主義〉，《現代》第 4 號（1933 年 4 月）。

後，其浪漫情緒也經過了階級意識和大眾意識的整合而變質，浪漫變成公式化的浪漫，形成魯迅所嘲笑的「革命加戀愛」的公式化浪漫。於是，五四時代所唱出的個體自我對大時代變動的獨特詩句，就變成集體的對時代變動的共同認同，唱出的歌就是「鐵」與「血」的帶著革命性意味的空洞詩句㉕。

然而，在三○年代初期的左傾潮流中，仍有一些作家反其道而行，不願捲入現實的政治社會鬥爭，而繼續純藝術的探索。他們選擇以西方現代主義作為浪漫主義和社會現實主義後的進一步實驗。這些自由派作家，就是以劉吶鷗、施蟄存和穆時英為主的上海「新感覺派」作家㉖，以及匯集於施蟄存、杜衡主編的《現代》的詩人和作家。不過，在左翼的革命文學和社會現實主義傳統興盛的三○年代，「絕對大眾原則」的確立，使主張藝術自主性和獨特性，反讓取悅大眾的現代主義文學沒有生根、發展的環境。1937 年抗日

㉕ 劉再復，《放逐諸神——文論提綱和文學史重評》（台北：風雲時代出版社，1995 年），頁 198-209。

㉖ 「新感覺派」是日本關東大地震（1923）後，對安定的社會被破壞而有感而發的一個藝術流派。它是立足於立體派、未來派、達達主義、表現主義等前衛藝術，目標是將基於主觀概念掌握的外在現實，知性地構成新現實，然後再使用語言予以重組的一種小說創作手法，是日本最早的現代主義文學流派。對於傳統和權威的否定精神，以及對流於機械化的文學現實的反噬是「新感覺派」的特徵。第一個將「日本新感覺派」引介到中國的是劉吶鷗，他透過「新感覺式」的小說創作與「日本新感覺派」小說翻譯，以創作、出版並結合文藝同仁製造「新感覺熱」，成為第一個將「日本新感覺派」引進上海文壇的作家。參陳錦玉，〈劉吶鷗「新感覺派」的藝術追尋——文字與影像的魅惑〉，收入中央大學中國文學系編印，《劉吶鷗國際研討會論文集》（台南：國家台灣文學館，2005 年），頁 174-179。

戰爭爆發後，絕大多數作家都被迫遷徙到內地，他們面對農村凋蔽的景況，多無力再從事現代主義的實驗，於是詩歌和小說都換上鼓舞人心的現實生活題材，象徵都市文明和城市的現代主義文學傳統便消失在中國了❷。

第二節　台灣「現代」小說對現代性的建構

一、六〇年代台灣文學的「現代化」

㈠剪掉「五四」的小辮子

　　國府播遷來台後，台灣「現代文學」的發展和「現代化」的關係如影隨形，台灣邁向「現代化」進程是在國府威權統治下進行的，故台灣「文學」的「現代化」也和國府文藝政策有密切關係。五〇年代末，當西方現代主義思潮透過各種管道引介來台後，台灣文藝界掀起了一股全面性的文藝現代化運動，從現代畫、現代詩、現代小說、現代散文到現代音樂，這股「現代化」的文藝思潮為台灣文藝界開發了全新的感覺和想像。借用余光中評論《文星》「全

---

❷　劉再復認為「絕對大眾原則」能夠在中國產生如此重大的影響力，乃在於中國在建設包括新文學在內的新的精神文化中，總是確定一種壓倒一切本質化的東西，在文學領域中，就是社會主義現實主義的階級意識和大眾意識原則。這種本質化權威一旦確定，就進行霸權式的獨白，作為異質性和異端者的中國現代派文學就成為「他者」，成為被批判和掃滅的對象。參劉再復，《放逐諸神——文論提綱和文學史重評》，頁213。

盤西化」論所說的，「現代化」成為討論一切問題的標準❷。然而，在六〇年代台灣作家心中，到底「現代化」的意義是什麼？

夏志清說，1917 年文學革命以來的五四新文學特點在於「感時憂國」的精神❷。五四文人一心只想以文學救國，通俗淺近的白話文學自然比高度藝術化的文學來得適切，故文學大眾化的結果，便形成了「文以載道」的傳統，作品多以內容思想而不以技巧形式決定其藝術價值。因此，五四以來，小說承載的社會意識強烈，但藝術成就多半不高，原因除了是受到當時功利主義的文學觀和文學工具論的影響外，也因為政治壓力的干擾，使文學淪為為政治服務的工具而喪失了藝術的獨立性。影響所及，國府來台後，不少人對現代文學的看法與要求還停留在五四時代，以為「張口見喉式的平易與明朗」的白話文學是文學至高的美德。然而，余光中看重白話「精神」，卻輕視由「活語言」而來的口語式「白話文學」，他認為五四文人為要把中國文學從刻板、空洞和貧血的文言文中解救出來而提倡白話文學，但白話文學僅是「起碼的文學」，是一種純粹而俚俗的白話，只能視為文學未加工的原料，並不能成為新文學的精美語言❸。因此，余光中由文學「史」的地位肯定「五四」文學成就，但他認為五四最大的成就在於語言的解放而非藝術的革新，否定「五四」已成就中國文學藝術的復興運動而宣佈「蒼白的五四

❷　見余光中，〈迎七年之癢〉，《逍遙遊》，頁 11。
❷　夏志清，〈現代中國文學感時憂國的精神〉，《中國現代小說史》（台北：傳記文學出版社，1991 年），頁 533。
❸　余光中，〈談新詩的語言〉，《掌上雨》，頁 49-50。

已經死了」，他要「下半旗誌哀」**❸❶**，迎接中國「第二個五四」
❸❷。於是，1960 年，當「半票讀者」的文學欣賞品味還停留在傷
感主義、理想主義和自我主義的五四文學觀時，余光中在《文星》
發表〈論半票的讀者〉，正式宣告一個「現代化」運動已在台灣文
壇展開：

> 年輕的一代漸漸有了普遍的覺醒。他們要求把知識分子的感
> 情帶進這二十世紀的現實。……二十世紀的生活是我們的現
> 實，我們有權利也有責任加以藝術的處理。相對於半票讀者
> 的傷感主義，現代作家們寧可學習古典主義那種「堅定而全
> 面地正視人生」的精神。做一個大作家，……必須對人性有
> 深切的了解，……現代作家有決心接受現實，美麗，同時也
> 是殘缺的現實。……現代作家們有勇氣面對殘缺與醜惡，他
> 們相信真實的醜比虛偽的美要耐看得多。**❸❸**

余光中這篇文章除了批判當時讀者的文學品味外，最值得重視的是
文中宣示了一種「現代化」的藝術觀：藝術要表現的，是人性的
「真實」而非外在的「現實」，且「真實的醜比虛偽的美」更具藝
術的價值。現代作家的責任，就是忠實地將此「真實」予以「藝術
的處理」。這種全新的藝術「現代」觀，明顯呼應了五○年代時夏

---

❸❶　余光中，〈下五四的半旗〉，《逍遙遊》，頁 1-2。

❸❷　余光中，〈迎七年之癢〉，《逍遙遊》，頁 8。

❸❸　余光中，〈論半票的讀者〉，《掌上雨》，頁 7-8。

濟安所提出的：「用『主觀的現實』來代替『客觀的現實』」❸❹，
以及覃子豪所說，「內在的世界」比浮光掠影的「現象世界」「更
接近生活的真實」的說法❸❺，是相當典型的現代主義思考。而由余
光中對五四白話文的反省可知，五〇年代以後，台灣文學的發展，
正如呂正惠所言，是在「反共」的大背景下而逐漸疏遠了「白話文
學是基於活語言而來」的這一極重要的五四「理念」❸❻。

六〇年代台灣小說的「現代化」運動，起於台大外文系學生創
辦的《現代文學》。夏濟安是白先勇等人的老師，其主編的《文學
雜誌》以寫實主義的創作原則，提供這些年輕學子投稿磨筆的園
地。夏濟安在古典與現代的文學領域浸淫日久，他融合自由主義和
現代主義的文學思考也具體影響了《現代文學》小說家的藝術觀
念。白先勇和歐陽子日後回憶自己的創作歷程時，都不忘提及當年
夏濟安對當時代文壇充斥五四「浪漫主義的末流，把情感過度發
揮，因而忽略了藝術形式」文風的不滿❸❼。白先勇說：

> 夏先生只教了我一個學期，但他直接間接對我寫作的影響是
> 大的。……他對文字風格的分析也使我受益不少。他覺得中
> 國作家最大的毛病是濫用浪漫熱情、感傷的文字。❸❽

❸❹ 夏濟安，〈評彭歌的「落月」兼論現代小說〉，頁 55。
❸❺ 覃子豪，〈論象徵派與中國新詩——兼致蘇雪林先生〉，頁 11。
❸❻ 呂正惠，〈台灣文學的語言問題——方言和普通話的辯證關係〉，《戰後台
灣文學經驗》，頁 111。
❸❼ 夏濟安，〈評彭歌的「落月」兼論現代小說〉，頁 52。
❸❽ 白先勇，〈驀然回首〉，《驀然回首》（台北：爾雅出版社，1990 年），頁 72。

因此，在白先勇剛寫小說時，夏濟安給了他創作上一個很大的啟示：

> 夏濟安先生……說，「『五四』以來的白話文，充滿了陳腔濫調，是很不好的小說語言。」那時候我聽了很入耳，記在心裡頭。㊴

夏濟安給白先勇的創作啟示，也同樣給了歐陽子深刻的影響：

> 夏濟安教授也給過我啟示。……夏教授偶然閒談起年輕人寫文章的通病。那便是「溫情」意味太濃，形容詞太多，陳腔濫調遍佈，內容虛幻不實，不客觀，不冷靜，缺乏理性控制……我覺得簡直就是針對我而說的。㊵

透過白先勇、歐陽子的回憶，可以清楚知道夏濟安對「五四」文學特質的認識是：濫用浪漫熱情、感傷的文字，充滿了陳腔濫調，內容虛幻不實、不客觀、不冷靜、缺乏理性控制。因此，白先勇說：

> 《現代文學》創刊以及六十年代現代主義在台灣文藝思潮中崛起，並非一個偶然現象，亦非一時標新立異的風尚，而是

㊴ 白先勇，〈世紀末的文化觀察〉，《樹猶如此》（台北：聯合文學出版社，2002年），頁179。

㊵ 歐陽子，〈關於我自己〉，《移植的櫻花》（台北：爾雅出版社，1978年），頁157。

當時台灣歷史客觀發展以及一輩在成長中的青年作家主觀反
應相結合的必然結果。**❹**

由劉紹銘起草的創刊號宣言,明確宣示所謂「文以載道」、「為藝
術而藝術」的藝術觀,他們強調藝術品的獨特性與價值在於作品本
身,即使非純為藝術創作,但只要是藝術作品,就已達到了載道的
目的。因此,《現代文學》宣示刊物的任務在於「試驗、探索和創
造新的藝術形式和風格」,並從事一些「破壞的建設工作」。從
《現代文學》創刊一年後編輯所寫的感言,可以明顯看出王文興等
人正積極推動一次台灣的「文學革命」,並以「中國文藝復興運動
的先驅」自許,否定五四以來的「感傷主義」,提倡一種「現代」
的「浪漫主義」的精神**❷**。這種新的藝術觀是基於一種對「人的本
質和尊嚴」的維護,而所有的努力,都在為文學的「現代化」這一
目標服務。

㈡以「現代人的手法」表現「現代人的意識」

為表達現代人精神生活的扭曲與荒謬,現代主義時常運用象
徵、荒誕、意識流等技巧呈現現代人精神生活的扭曲、荒謬、疏
離、斷裂、封閉,呈現出來的,就是造句、修辭、文法的倒裝改
置,文字的扭曲、變音、變形。唐小兵認為「對既定意義語言的挑
戰不僅是內容上的,而且往往甚至更多的是從形式上打破傳統規

---

❹ 白先勇,〈《現代文學》創立的時代背景及其精神風貌〉,《第六隻手指》
(台北:爾雅出版社,1995 年),頁 274。

❷ 本社,〈現代文學一年〉,《現代文學》第 7 期(1961 年 3 月 15 日),頁
4-6。

範，因為自律性文學的出發點正是語言形式本身。」❸因此，誠如羅蘭·巴特在《寫作的零度》中強調的，從某種意義上說，現代主義的全部意義和使命——無論表現在文學、繪畫、雕塑、音樂或建築領域——便是對文字這一媒介的重新認識和崇拜❹。

　　六〇年代，余光中針對五四散文內容的瑣細家常、風格的淺易流俗、文字技巧的亦步亦趨現象提出改革，堅持散文應立即「現代化」，以「現代人的意識」和「現代人的表現方式」創造屬於「現代的散文」，以紀錄現代人的生活。所謂「現代人的意識」和「現代人的表現方式」，余光中的定義是：

> 作者對於周圍的現實，國際的、國家的、社會的種種現實，
> 具有高度的敏感；……現代人的表現方式，是指這一代的青
> 年作者對於文字的敏感和特有的處理手法。適度程度的歐
> 化，適當程度的文白交融，當代口語的採用，對於現代詩及
> 現代小說適當程度的吸收，以及化當代生活節奏為文字節奏
> 的適當能力，這一切，都是現代散文作者在技巧上終必面臨
> 的問題。在這方面，字彙的選擇是相當可靠的分別。❹

簡言之，「現代人的意識」是指內容和題材，而「現代人的表現方式」則是指文字技巧。在散文的「現代化」上，余光中相當重視語

---

❸　唐小兵，〈從革命文體到文體革命〉，頁 76。
❹　羅蘭·巴特（Luolan Baerte）著、李幼蒸譯，《寫作的零度》（台北：久大文化，1991 年），頁 99。
❹　余光中，《焚鶴人》（台北：純文學出版社，1974 年），頁 91。

言／文字，他說：

> 我們應以中國的現代化運動作討論一切問題的標準。思想幼
> 稚的，作風鄉愿的，文字惡劣的，皆不在歡迎之列。❹

「文字惡劣的，皆不在歡迎之列」，這種思考相當契合於現代主義
對文字的重視。對「現代」散文的表現手法來說，余光中認為「鍛
鍊語言」是最重要的：

> 所謂鍛鍊語言，並不是指做到文從字順，合情合理，有頭有
> 尾，而且把幾個成語用得四平八穩，妥妥貼貼。現代作家不
> 但要用文字的意義，更要用文字的引申義、聯想、歧義，和
> 它本身在視覺上和聽覺上構成的一種「感性的存在」。❹

由此可知，「鍛鍊語言」是要創造全新且豐富的語彙和靈活的文
法，達到視覺和聽覺上的感性享受。而「鍛鍊語言」的最終目的，
以現代主義語言觀來說，一方面反映了西方近代「主體的哲學」所
代表的懷疑精神，另一方面則間接再現了近代文明對人們日常生活
經驗的滲透和塑造。唐小兵說：

---

❹ 余光中，〈迎七年之癢〉，《逍遙遊》，頁 25-26。
❹ 余光中，〈向歷史交卷──《中國現代文學大系》總序〉，《聽聽那冷雨》
　（台北：九歌出版社，2002 年），頁 117。

在「以懷疑的主體」為主人公的現代神話裡，作為意識主體的人，不但要探索和征服客觀世界，而且必須不斷證明自身的主體性，即在沒有上帝的世界裡，不斷克服任何關於自己的不肯定感和失落感。現代人於是總想尋找最準確的字彙來表達獨特的思想情緒，……特別是在現代都市文明裡，文字符號更是整個感官經驗中不可或缺。❹

唐小兵所說，「現代人」「在現代都市文明裡」藉由「尋找最準確的字彙來表達獨特的思想情緒」，「以克服任何關於自己的不肯定感和失落感」，正是余光中所言，「現代散文」正是要以「現代人的手法」表現「現代人的意識」，來紀錄現代人的生活。

此外，《現代文學》創刊號的〈發刊詞〉提到「我們感於舊有的藝術形式和風格不足以表現我們作為現代人的藝術情感。所以，我們決定試驗，摸索和創造新的藝術形式和風格。……為了需要，我們可能做一些『破壞的建設工作』。」文中「作為現代人」的自覺，可視為是對現代性的認同；「藝術情感」則指向「試驗，摸索和創造新的藝術形式和風格」；而「破壞的建設工作」則強調由創作（建設工作）來達成「破壞的」的效果。因此，台灣文壇對文學現代性的追求主要在於「試驗，摸索和創造新的藝術形式和風格」，而非「移植」西洋的現代性內容。換言之，六〇年代作家關心的小說「現代化」趨向，重點並不在於「寫什麼」，而在於如何「試驗，摸索和創造新的藝術形式和風格」，即「怎麼寫」上。進一步

---

❹　唐小兵，〈從革命文體到文體革命〉，頁74-75。

來說,就是表現手法而非題材的選擇。這種「破壞的建設」文學
觀,明顯受到夏濟安的影響。對於這種「技巧至上」的文學觀,歐
陽子有很清楚的表達:

> ……把文學作品當做純粹藝術品來處理。……細細分析作者
> 的文字技巧,看看它們是否把作者要表達的意思和要呈現的
> 世界,巧妙地,生動地,適切地,合理地,表達呈現出來。❹

這種對形式技巧的重視甚於思想內容的文學觀,無異是對五四以來
文學觀的反省與突破。

㈢中西融合的「現代」小說觀

關於文學形式與內容的問題,夏志清反對「把文學作品的偉大
性附依於其思想偉大性」的錯誤態度,他認為偉大文學作品之所以
耐人尋味,並不在於「思想」,而是「思想的具體化」,也就是
「經過作家融合理智情感的想像的重造」後的文學世界❺。這和新
批評視文學「內容」和「形式」合一的文學觀一致。對於這個問
題,夏濟安觀點更為完整。

在〈舊文化與新小說〉中,夏濟安認為「今日寫小說的人,假
如對儒家思想以及儒家文化為中心的中國社會抱同情而批評的態
度,是可能寫出好小說來的」,因為儒家經典與修身功夫,有助於

---

❹ 歐陽子,〈從「台北人」的缺失說起——論文學批評的方法與實踐〉,《王
   謝堂前的燕子》(台北:爾雅出版社,1990),頁 329。
❺ 夏志清,〈文學・思想・智慧〉,《愛情・社會・小說》(台北:純文學出
   版社,1974 年)頁 20、26。

「善惡問題的認識和動機分析的把握」，「儒家積極的精神，也大可以成為小說家的題材」。故夏濟安所說的：

> 中國人所寫的好小說一定是真正中國的小說：人是中國人，話是中國話，生活方式是中國生活方式，生活態度是中國生活態度。這樣一部小說不是一個盲目的反對或漠視中國舊社會的人所能寫得出來，雖然他可能讀過很多部西洋小說，對小說作法有深刻的研究。**❺**

意思就是要現代小說家們以西洋小說技巧，寫作以中國為題材的小說作品。這種思考，具體而深刻地影響他的學生——《現代文學》的作家群們。在宣示所謂「現代」小說的方向乃「試驗，摸索和創造新的藝術形式和風格」的兩年後，從王文興為他和白先勇共同編選的《現代小說選》所寫的序文，可以看出現代主義作家對所謂「現代」小說的定義是：

> 這些現代小說，第一點使人嘖嘖稱奇的地方是，它們竟是用中文寫的，而且其文筆未必見遜於其他各類小說裡的中文。……第二點使人稱怪的是，他們描寫的竟是中國人，取的是中國背景，採的是中國故事，男不名約翰，女不名瑪麗，吃的是米飯，用的是筷子。……第三點使人驚異的是，他們畢竟有些「非國粹」的地方，……所謂的不同並非缺乏

---

❺　夏濟安，〈舊文化與新小說〉，頁6。

> 「國粹」，而是多了一樣「現代」這簡東西，是「現代」使
> 你不安，使你不悅，和你的農業社會脫了節，它的坦白無隱
> 使你不願正視，它吵得你無法繼續你那充滿綺夢的睡眠。❺

序文指出的「現代小說」的第一、二點特質，其實就是夏濟安所
言，「我們的新小說，在這個意義上說來，必然是中西文化激蕩後
的產物」。第三點則指出「現代」小說的「現代性」特質是與「農
業社會脫了節」以及使人「不安」、「不悅」、「坦白無隱使你不
願正視」的「真實」。換言之，王文興認為「現代」小說所寫的就
是現代化的到來，作家如何傳達那令人不安、不悅，無法成眠的現
代性焦慮。再五年後，1967 年，葉維廉發表〈現代中國小說的結
構〉，文中指出「中國的現代小說（過去十年間的小說）都先後在衝
破文字的因襲性能而進入空間的表現（同時呈露）及節奏的雕塑」，
這種「以語言結構模擬內心世界的結構所強調的『動速』，起碼有
兩種節奏。第一種我們可以稱之為『映象的節奏』（指視覺意象），
第二種我們可以稱為『心象的節奏』（指思路的節奏）」，故對「現
代」小說的批評，必須：

> 認識作者用何種語言的結構（映象的節奏？心象的節奏？等等）去
> 克服或調和何種主題的結構，然後再看其間是否達到了平衡

及飽和。❺❸

由此可知，六〇年代對小說藝術的認識已有別於五四文學觀，論者對小說藝術「現代性」的認知是著重於藝術「技巧」，特別是構成小說最基本的成分——語言上。綜言之，六〇年代台灣現代小說的文字表現，基本上可視為是某種程度的語言革命，他們革命的對象是五四以來淺白口語的白話文傳統，重視的是如何更精確地表達心中的意思。這正是典型現代主義思維的展現。因此，不談語言，實無法進入台灣現代主義文學的靈魂底處。

二、現代主義小說語言的現代性

如前所述，現代主義的「現代性」表現在對創新和形式實驗的追求上，而從事形式實驗的動力來自他們對藝術「真」和「美」的追求。重要的是，現代主義文學觀所定義的「真」，並不是寫實主義所呈現的現實世界，而是文字造象的功能。現代主義者相信創作者的想像世界是由文字構成，並非依附於外在世界形象，故其真實感也由作品的形構要素而來。他們認為語言為一具體超越指涉的記號，必能傳遞真理，創作者只要找到精確的語言符號，便可以傳達豐盈的意義。

㈠從「白話文字」到「文學的文字」、「文字的藝術」

夏濟安在《文學雜誌》上提倡英美「新批評」，而他本人雖對

---

❺❸　葉維廉，〈現代中國小說的結構〉，《中國現代小說的風貌》（台北：晨鐘出版社，1970 年），頁 4。

近代小說詹姆斯・喬伊斯（James Joyce）、福克納（William Faulkner）那種「艱澀」、「怪拗」的文體極為欣賞，但在《文學雜誌》上提倡的卻是「樸素的、清醒的、理智的」文風：以「通順」的文字，反對五四以來流行的「美文體」（散文詩式）白話文。這是他對五四以來「新文藝腔」白話文的反動❺❹。1959 年 2 月 1 日他在寫給弟弟夏志清的信中提到自己在《文學雜誌》上發表的〈一則故事・兩種寫法〉的說法，顯然違背了胡適推動文學革命所提倡的白話文學觀。夏濟安說：

> 我想說的話是：一、好的文章和文言白話的問題無甚關係；二、中國舊小說中的白話是不夠用的。這樣一個 theme 拿出來，可能要 hurt 胡適；而且寫起來就吃力，暫時不寫也罷。❺❺

在另一封給夏志清的信裏，談到中國舊小說及唐、宋、元、明、清五個朝代的白話文學發展時，夏濟安又說：

> 我想證明一點，中國的白話文，一直不是一件優良的工具，負擔不起重大的任務。中國舊小說作者，都不得不借用文言、詩、詞、駢文、賦等，以充實內容。……胡適之當時提

---

❺❹　夏志清，〈夏濟安對中國俗文學的看法〉，《愛情・社會・小說》，頁 219-220。

❺❺　同前註，頁 232。

倡白話，但是他不知道「他所認識的白話」之幼稚。……白
話頂多能使若干小人物活龍活現而已，至於 symbolic use of
language，過去的白話文是未曾夢想到的。❺❻

於是，夏濟安在〈白話文與新詩〉中對五四以來「採用白話作為工
具」的傳統提出檢討，他說：

> 我們現在寫詩，是考驗白話文能不能「擔負重大的責任」，
> 白話文能不能成為「美」的文字。假如不能，白話文將證明
> 是一種劣等文字；白話文既是大家寫作的工具，那麼中國文
> 化的前途也就大可憂慮的了。❺❼

夏濟安不僅認為五四以來的白話文不是優良的書寫工具，他也看出
五四以來在翻譯文學、報紙的電訊和社論、學校教科書、有聲電影
裏的「文藝對白」等因素的影響下，白話文已呈現新的風貌：

> 現在的白話文實在是「雅俗兼收，古今並包，中西合璧」的
> 一種文體。白話文的句法，很多是英文句法的模擬；古文的
> 句法也還保留一部分，……字彙方面，新名詞之層出不
> 窮，……白話文到了今天，成了這樣一種混雜的東西，也許

---

❺❻　這封信是 1959 年 10 月 13 日所寫。見夏志清，〈夏濟安對中國俗文學的看
　　法〉，頁 230-231。

❺❼　夏濟安，〈白話文與新詩〉，頁 78。

是五四時代提倡白話文的大師始料所不及。**❺⑧**

夏濟安認為當前的「白話文」為「混合式的白話文章」,所說的話是夾雜古文和歐化句法的「混合式」白話,所寫的也是「集古今中外於一堂」的文字。所以五四初期所提倡的純粹白話並不是文學史真實的發展,「折衷」（混雜）才是五四以來文學的特色。為此,夏濟安對五四以來白話文「雅俗兼收,古今並包,中西合璧」的文體深表不滿**❺⑨**,轉而對文學功能和小說技巧特別重視,認為「二十世紀（心理）小說是有意模仿詩的技巧」,應儘量以暗示、聯想、啟發的方式來經營文字,以達到如詩般的含蓄效果**⑥⓪**。於是,夏濟安提出「文學的文字」,希望白話文不僅有普及教育的功能,還能成為「文學的文字」,也就是「美」的文字**⑥①**。所謂「美」的文字,包括詞彙、比喻、文體、意象等修辭方式,這些文字上的修辭,和堆砌、雕琢等過度的修飾無關**⑥②**,而是能將人物心理活動融入對話中,以適合的語調表現人物個性,使人物性格剎時鮮明起來,這種文字才能稱為「美」的文字。要達到這種表現,夏濟安特別重視文字的「音樂性」,也就是對話的節奏,希望小說對白能達到像「真人說話」的「藝術」境界,才算得上是「文學的文字」的

---

❺⑧ 同前註,頁 71-73。

❺⑨ 同前註,頁 71。

⑥⓪ 夏濟安,〈評彭歌的「落月」兼論現代小說〉,頁 38-39。

⑥① 同註**❺⑦**,頁 78。

⑥② 同前註,頁 79。

完美呈現❻。夏濟安再由自己仿 T. S. Eliot 的 Waste Land 所寫的
〈香港──一九五○〉一詩的經驗，知道揉合「古文和舊詩裡的句
子，以及北平人和上海人所說的話」，以及「歐化的句法」所可能
發展出的語言境界，他認為「集古今中外於一堂」的文章，才是
「有前途的」❻。這是夏濟安對「現代」文學語言的認知，所透露
出來的訊息是：「現代」文學的語言觀已明顯異於五四以來的語言
觀，舊詩與古文不再是「死文字」和「死文學」了。

　　在對新詩的理解上，夏濟安喜歡「戲劇化」的語言❻。基於對
「戲劇化」的看重，夏濟安批評「詩是強烈情感的自然流露」的新
詩觀，他也批評五四以降新詩的某些流弊：

　　　　新詩的成就所以如此有限，我想同五四時代偏激淺薄的文學
　　　　理論有關。……那時候寫詩的人，似乎只是拾華滋華斯的浪
　　　　漫派理論的牙慧，認為「詩是強烈情感的自然流露」。人都
　　　　有情感，情感有時候很強烈的，情感又是要流露的，你不是
　　　　會寫字嗎？你不是會造句嗎？那麼白紙上寫上黑字，讓你的
　　　　情感自然流露好了。郭沫若之流的新詩，大約就是這樣寫成
　　　　的。❻

以上夏濟安提出的「文學的文字」觀點、對語言「現代性」的認

❻　同前註，頁 81。
❻　同前註，頁 73。
❻　夏濟安，〈對於新詩的一點意見〉，《夏濟安選集》，頁 84。
❻　同註❺，頁 79。

識、對五四以降新詩流弊的批判，具體影響了他的學生白先勇。白先勇在後來的歲月裏回憶起夏濟安曾詢問過他平時閱讀的作家，而白先勇提到毛姆（William Somerset Maugham）和莫泊桑（Maupassant）時，夏濟安對他說：「這兩個人的文字對你會有好影響，他們用字很冷酷。」❻然而，白先勇對文字技巧的看法和夏濟安略有不同，他認為「文字技巧的本身並無優劣之分，全視是否適合作品題材而定」❻，如果能配合題旨，在對話中生動表達，這就是最好的文字。白先勇說：

> 文學就是語言的藝術。……什麼是最好的語言很難說，我想形式和內容配合得最好的，就是最好的語言。有時候語言很漂亮，內容卻空泛淺薄，只是虛有其表；有時候語言笨拙，卻和內容配合得很好，就很有味道。……現在作家去實驗語言，……想創造自己的風格，而這種創造通常都會從語言開始。❻

「有時候語言很漂亮，內容卻空泛淺薄，只是虛有其表；有時候語

---

❻ 白先勇，〈世紀末的文化觀察〉，《樹猶如此》，頁 179。又，白先勇，〈故事新說——我與台大的文學因緣及創作歷程〉：「……他建議我應該去看冷一點的文章，像毛姆這一類作家的作品，風格比較冷靜客觀。」收入白先勇，《樹猶如此》，頁 211。

❻ 白先勇，〈談小說批評的標準——讀唐吉松「歐陽子的『秋葉』有感」〉，《驀然回首》，頁 36。

❻ 白先勇，〈故事新說——我與台大的文學因緣及創作歷程〉，頁 217-218。

言笨拙，卻和內容配合得很好，就很有味道」，這種看法和夏濟安認為「美的文字」和堆砌、雕琢無關的看法類似。但白先勇對文學的要求不僅是「文學的文字」，他還更進一步要求做到「文字的藝術」，認為文字粗糙將傷害作品的藝術性❼⓿。而中國文字雖不長於抽象分析、闡述，卻適於象徵性的運用，應用於象徵或對話都很適合❼❶。由此可知，白先勇對「文字」「美」的重視，深受夏濟安的影響，卻在標準上更為嚴格。

㈡**詩化的語言**

1.文字的「精省」

談文學語言之為一種「美」、一種「藝術」，白先勇的大學同學王文興的語言觀相當值得重視。王文興認為藝術的最高目標是「和諧」和「統一」，這種藝術目標和日本草書相同。因此，在王文興觀念裏，書法和文學是相溝通的，日本草書以「和諧」和「統一」為最高境界，文字追求的目標也在此。由於文字是內容的呈現和表達觀念的工具，作品主題、人物、思想、肌理（texture）皆由文字表達，文字不夠清楚有效，對小說的效果會大打折扣，所以王文興認為一個作家的成功與失敗盡在文字❼❷。他借福樓拜（Gustave Flaubert）對寫作語言的說法表達他對文字的觀念：寫作的語言中的

---

❼⓿ 楊錦郁，〈在洛杉磯和白先勇對話 把心靈的痛楚變成文字〉，《幼獅文藝》第 64 卷第 4 期（1986 年 10 月），頁 133。

❼❶ 劉道，〈與白先勇論小說藝術 胡菊人白先勇談話錄〉，《驀然回首》，頁 144。

❼❷ 李昂，〈長跑選手的孤寂——王文興訪問錄〉，《中外文學》第 4 卷第 5 期（1975 年 10 月），頁 36-37。王文興，〈「家變」新版序〉，《家變》（台北：洪範書店，2000 年），序頁 2。

每一個字與其他字應該相同而又不同，就像一棵樹上的樹葉，每一張樹葉都一樣也都不一樣**❼❸**。

　　王文興對文字的講究程度，可以從他為《現代文學》兩本小說選集之一的《新刻的石像》所寫的序清楚得見。王文興在〈「新刻的石像」序〉中提出「精省」（economy）的觀念：

> 中國至今還沒有幾個短篇小說算得真正的短篇小說。最主要的原因在我們從不知道「精省」為何物。短篇小說，無論如何，必需作到文字、人物、事態、結構、情節減至少而又少，祇夠基本需要的地步。……今天作家「人格」缺陷中最嚴重的一項大概是文字的「敗格」。……文字的「精省」始終未獲注意。**❼❹**

文字的「精省」之所以如此受到重視，是因文字支配小說的語氣、氣氛和立場，冗繁的文字將減損作品的價值，所以文字需像數學公式的符號般，「字字有用，少一個不成，多一個也不成」**❼❺**。

　　「精省」的原則，一直是王文興最留意的創作原則，但這個原則直到他發表在《現代文學》的作品才真正實踐**❼❻**。也就是說，王

---

❼❸　單德興，〈偶開天眼覷紅塵　再訪王文興〉（2000 年 1 月 20 日）。收入單德興，《對話與交流》（台北：麥田出版社，2001 年），頁 89。

❼❹　王文興，〈「新刻的石像」序〉，《現代文學》第 35 期（1968 年 11 月 5 日），頁 218。

❼❺　同前註。

❼❻　王文興：「我覺得《文學雜誌》上的 apprenticeship（習作）的成分太

文興在《文學雜誌》發表的小說❼，並未能達到「精省」之境，這是為什麼他在後來出版的小說選集中都未收錄此階段作品的緣故。1970 年王文興出版《玩具手槍》時，也在序中表示該書所收錄的小說皆經修改，修改幅度之大，甚至達「改寫」的地步，原因是希望作品皆「用最精省的文字寫成」❼❽。

王文興〈最快樂的事〉（1960）和〈日曆〉（1960）是其文字「精省論」的具體實踐❼❾。〈最快樂的事〉全文只有二百多字，以客觀觀點，運用情景交融的手法，表現一個與女子歡愛後的年輕男子內心的寂寞和絕望的情緒。小說最後，年輕人在兩句內心獨白，並提出對「最快樂的事」的質疑後，「在是日下午自殺」（頁27）。這篇精緻小品省略了年輕男子背景與女子歡愛過程等與故事主題不必要的描述，而從故事最主要要表達的男子情緒寫起，全篇「枝葉幾乎去盡，只剩下故事最純粹、最核心的存在」❽⓿，讀來如

濃，……我後來只選《現代文學》登過的，因為大約從《現代文學》開始，我比較謹慎，不會把我不想寫的材料也寫到故事裡來。也就是說，economy（精省）這個原則，我從《現代文學》以來才實行得較為順利。」參單德興，〈錘練文字的人　王文興訪談錄〉，《對話與交流》，頁 59。

❼　王文興在《文學雜誌》發表的作品有：〈一條垂死的狗〉（1958 年 8 月 20日）、〈一個公務員的結婚〉（1959 年 2 月）。

❼❽　王文興，〈「玩具手槍」序〉，《玩具手槍》（台北：志文出版社，1970年），頁 1。

❼❾　本書引用文本之出版資料，請見參考書目。書中引用，只於引文末標頁碼，不另註。

❽⓿　葉維廉，〈水綠年齡之冥想（1967）──論王文興「龍天樓」以前的作品〉，《現代文學》第 34 期（1968 年 5 月），頁 91。收入葉維廉，《從現象到表現》（台北：東大圖書公司，1994 年），頁 502。

散文詩般精煉,而題目本身即為一種「反諷」:由「最快樂的事」導引出來的結局竟是「自殺」,給予讀者強大的情緒衝擊。然而,也因其敘述手法有別於傳統,故有論者認為「它除了是用中國文字寫成以外,我們實在找不著一絲中國味道。如果,有人告訴你這是一篇翻譯小說,相信你決不會起疑。」**❽❶**

〈日曆〉篇幅也相當短小,全文約八百多字,以全知觀點敘述一個快樂無憂的大男孩黃開華,在一個星期天的上午,在一本小記事簿上的日曆劃格計日。這種對未來充滿期待的動作,使他內心產生一股微妙且神秘的快感。在當年日曆劃完後,他好奇地拿出一張白紙,模仿小記事簿上的日曆格式自己動手劃日曆。在劃過一年又一年,最後停在自己應該七十二歲的二〇一五年,紙張已填滿,再無空位可劃時,他開始質疑:「這就是生命的終點了嗎?」(頁70)頓時悲從中來,伏案痛哭。這篇小說以極短篇幅表達一個「不知愁」的男孩由天真而至幻滅的過程,在讀者內心產生一種時光流逝的感傷情緒。王文興運用「敞開的大窗」、「照滿陽光的庭院」、「椰子花的香味」等多種意象傳達少年天真無憂的心境,讀來頗具詩味。

從王文興對文字「精省」的要求,可以看出現代主義藝術精神的影響。王文興在〈現代主義的質疑和原始〉談到現代主義對傳統藝術形式的影響時說:

---

❽❶ 高天生,〈現代小說的歧途──試論王文興的小說〉,《台灣小說與小說家》(台北:前衛出版社,1994年),頁148-149。

現代主義藝術精神上的不同，自然也帶給它型式上的變改。
由於質疑精神對傳統型式的不滿，故而發生碎不成形的「砸
碎」型式。而原始的精神，力求返璞歸真的需要，也帶來童
稚如兒童一般的「簡化」新型式。⑧

〈最快樂的事〉和〈日曆〉，從某個角度看來，文字的「簡短」，
正是為了完整表達主題──「突然的幻滅或領悟」⑧。這明顯是以
形式（文體）配合內容（主題）的具體呈現。簡言之，無論是喬伊斯
《優里西斯》中打破傳統固有的時空敘述法，或王文興特別喜愛的
海明威，他們藝術的表現就是簡到不能再簡的文字。葉維廉〈優里
西斯在台北〉和叢甦〈優里西斯在新大陸〉，都是模仿喬伊斯的
《優里西斯》，用一、二千字寫成的「簡化」型式的作品。因此，
「簡化」是現代小說一種特殊的表達方式，它不以動人的故事，而
以離奇的情節來吸引讀者。例如卡夫卡（Franz Kafka）《城堡》除表
現主角的內心掙扎與為生存所作的奮鬥外，文字是用如散文式的句
子組成，藉以表達一連串瑣碎生活片斷的聯繫。因此，「反故
事」、「反情節」是現代小說一種新的型式表現。作品以破碎的型
式、簡化的文字呈現，將以往讀者賴以解讀文本的情節、人物都拋
棄掉，讓人只看到一連串生命的閃光、顫抖、幾乎近於平鋪直敘的

---

⑧　王文興，〈現代主義的質疑和原始〉，《書和影》（台北：聯合文學出版
　　社，1988 年），頁 183-185。
⑧　單德興，〈錘練文字的人　王文興訪談錄〉，頁 58。或葉維廉，〈水綠年齡
　　之冥想（1967）──論王文興「龍天樓」以前的作品〉，頁 503。

生活的片斷的聯綴、呈現❸❹。需要加以說明的是，短篇小說一般易於應用詩的結構，而長篇則還需要依賴某種程度的敘述形態。

　　然而，並不是每個六〇年代現代小說家都服膺「精省」的原則。水晶在拜讀過王文興〈「新刻的石像」序〉後，認為「精省」原則未必是作家首要學習的目標，因為「精省」原則的奉行，將使短篇小說有「削足適履」，甚至「歉收」的危機，反而「精緻」和「完美」才是作家應該追求的目標❸❺。

2.文字的「精確」

　　王文興的文字相當特別，他用音樂、圖畫、書法等許多比喻來形容自己的文字❸❻。這些比喻的使用無非在強調「每一個字的重要」，務必達到清楚傳達信息的目的。因此，文字「精省」的原則，為的就是要準確的表達感覺，以達「精確」之境❸❼。要達到這

---

❸❹ 周伯乃，〈現代小說給這一代人的苦悶〉，《現代小說論》（台北：三民書局，1988 年），頁 170-175。

❸❺ 水晶，〈從「精省」說起〉，《拋磚記》（台北：三民書局，1968 年），頁 106-107。

❸❻ 王文興用了許多的比喻來形容自己的文字，如：音樂（每一個字都像交響樂中的音符一樣，一個都不能少）、圖畫（在織錦中錯一針都不行）、書法（寫錯了、寫壞了就不能重描）。

❸❼ 王文興在接受單德興訪問時，提及自己的文字風格經過三個階段的改變：一是〈母親〉至〈欠缺〉前；二是〈欠缺〉至《家變》前；三是《家變》後。而直到創作〈欠缺〉後，文字風格才固定下來，然後持續至〈龍天樓〉的創作。見單德興，〈錘練文字的人　王文興訪談錄〉，頁 79-80。這場訪問中，王文興表示自己心目中真正的佳作是〈草原底盛夏〉。〈草原底盛夏〉前的〈大風〉，採用口語創作，雖被評者認為是王文興唯一寫通順的一篇，但王文興受訪時表示自己的寫作理想是先求「精確」，再求「通順」。故「精

種境界，王文興認為要像王維的詩，「將最恰當的字，放在最恰當的位置」的無字可換[88]，或者像福樓拜爾學派、王安石、賈島的字字推敲、一字不易的「精確」。因此，有時一個字、一個標點，都可以讓王文興琢磨許久[89]。這種要求「精確」的用心，往往也表現在作品的修改上。王文興在 1981 年出版《十五篇小說》時，把〈龍天樓〉（1966）末句「整座樓沒進暗影中」，修改為「整個樓面落進暗影中」。修改過後，彷彿「治好了十多年的痼疾一樣，頓然輕鬆許多。」[90]而他對收錄在《玩具手槍》中的小說文字方面的修改，比例高達三分之一[91]，目的也都在於求「精確」，可見他要求文字之深。

　　王文興文字講求「精確」，和他要求「詩化的語言」有絕對關

確」可視為王文興理想的語言標準。參單德興，〈錘鍊文字的人　王文興訪談錄〉，頁 79。

[88]　張國立，〈王文興導讀「家變」〉，《中華日報》十一版（1986 年 12 月 31日）。

[89]　林慧峰，〈王文興·鄭愁予　走上文學語言的不歸路〉，《中央日報》十版（1987 年 10 月 12 日）。

[90]　王文興，〈《十五篇小說》序〉，序頁 3。但 2000 年時，王文興又將此句再改回「整座樓沒進暗影中」，他稱廿年前的修改是「深求反失」。見王文興，〈再序〉，《十五篇小說》（台北：洪範書店，2001 年），序頁 4。

[91]　王文興，〈《玩具手槍》序〉。王文興共在《現代文學》發表十五篇小說，日後他將發表於《現代文學》十六期以前的八篇作品收錄於《現代小說選》；十六期之後的六篇作品收錄於《龍天樓》。1970 年，王文興出版《玩具手槍》，將《現代文學》時期的九篇小說舊作加以修改；1981 年再度出版《十五篇小說》，內容則是《龍天樓》和《玩具手槍》的合訂本，此正是他在《現代文學》發表的十五篇小說。

係。他在〈「新刻的石像」序〉中說理想的文字「唯有向詩學習」，簡言之，就是「文字的詩化」。誠如余光中言，一切文學形式都接受「詩」的啟示和領導❷。在王文興觀念中，詩的句法和小說裡詩的句法相同，詩的句法可以移植到散文上來，故「現代文學」的美學表現，就是「散體文寫得像詩，詩則又寫得像散體文學」；「現代小說」就是「刻意追踪詩的語言」，學習抒情詩，降低情節和故事的重要性，注重語言的濃縮、多意象和創新的句法，將詩的句法移植到小說來，使「現代小說」與「現代詩」的界限日淡，最後合而為一❸。

事實上，王文興幾篇優秀小說如〈母親〉（1960）、〈草原底盛夏〉（1961）等，都有明顯詩化的現象。〈草原底盛夏〉幾乎沒有情節，人物是一群沒有姓名的軍人，他們在軍官帶領下，至盛夏的草原操練，盛夏的酷熱使他們的操練倍極辛苦，但軍官鐵的紀律又不容反抗，兵士只能咬牙忍耐，直到日暮。小說以客觀景物的敘寫和兵士的忍耐為主軸，強調人類在大自然面前的渺小以及與其對抗的慘烈。由於人物和故事情節較淡，吸引讀者的反而是小說中如詩般的寫景文字。〈草原底盛夏〉之所以是王文興最滿意的作品❹，其關鍵就在於其「詩化的語言」。詩化的文字在王文興作品中

---

❷　余光中，〈剪掉散文的辮子〉，《逍遙遊》，頁48。

❸　王文興，〈淺論現代文學〉，頁188-189。

❹　王文興：「我想我自訂的目標是寫出像〈草原底盛夏〉這一種的語言來，到現在也都依然沒變。因此，〈大風〉的嘗試以後，我就不再重複，仍回頭尋找〈草原底盛夏〉的語言。」見單德興，〈錘練文字的人　王文興訪談錄〉，頁56。

俯拾皆是，除了以上所舉數例外，〈母親〉在一個完整句子後以空格造成閱讀上的停頓，營造焦慮的氣氛；〈踐約〉（1962）中對女性黑蜜般秀髮和神秘如水仙的瞳孔的描寫（頁 97）等，都是詩化文字的具體呈現。這使小說達到了某種高度精緻的水準。

3. 象徵

　　王文興「詩化文字」的表現是受到把短篇小說當做散文詩來寫的海明威的影響。進一步來說，海明威雖用字淺顯，但他是將一般語言裡的某部分或某種特色加工後，轉變成自己的語言來寫作。所以王文興在追求詩化語言的過程中，並不以平鋪直敘的生活語言為滿足，而是要求將語言作特別的提煉，利用象徵來呈現書寫對象抽象但真實存在的性格特色，也就是所謂的「超模仿性」[95]。例如他在《現代文學》發表的最後一篇小說〈龍天樓〉，它的結構仿自《十日談》[96]，人物則有《水滸傳》好漢的影子，甚至擴及楚漢、三國、唐末、五代的武夫。王文興以象徵的方式讓小說主題和華夏文化產生關聯，而小說開頭所描述的市場的寥落，以及以「老舊的木樓」形容龍天樓，也有影射小說人物的衰老與寂寥──像龍天樓一樣「落進暗影中」（頁 259）的意味。又如〈母親〉中貓耳的母親

---

[95] 林慧峰，〈王文興‧鄭愁予　走上文學語言的不歸路〉。

[96] 見林秀玲，〈林秀玲專訪王文興：談《背海的人》與南方澳〉，《中外文學》第 30 卷第 6 期（2001 年 11 月），頁 34。《十日談》是義大利十四世紀小說家薄迦丘（1913-1375）的作品，敘述 1348 年義大利的佛羅倫薩發生鼠疫，人們紛紛逃難避禍。一日，七位年輕淑女和三位男士偶然於教堂碰面，決定相偕逃往鄉間，最後並一同至山上的別墅避難。為了排遣寂寞，他們採納其中一人建議，由大家輪流講故事，故事的內容，即《十日談》的具體內涵，每段故事都獨立存在。

想緊緊掌控貓耳，但貓耳還是背著母親和離婚的吳小姐來往。刊登此作的《現代文學》當期的「編後」記即明白表示這是「象徵新生一代反叛舊一代，那位神經衰弱的母親，就是指的屹屹可危的舊傳統，舊道德。」**❼**

　　綜言之，一個字、一句話、一個標點，都是王文興求「精確」的對象。為求精確，王文興文字有詩化的現象；也因為詩化的緣故，語言都經過特別的加工，利用象徵來呈現書寫對象，故其作品的故事性都較弱。只是王文興並不同意這些是所謂的「反小說」**❽**，而是希望用詩的方式達到文字的「超模仿性」。對王文興來說，「小說的語言可以是更接近於詩的語言」**❾**，這樣的語言「可能和別人的散文不同，但不會和詩歌不同」**❿**，所以他並不考慮遷就讀者的口味而追求文字上的口語化**⓫**。

　　一般而言，論者多將王文興小說視為台灣現代主義小說的代表

---

❼　〈編後〉，《現代文學》第 2 期（1960 年 5 月），頁 124。

❽　所謂「反小說」即法國人對十九世紀半散文、半詩的小故事的稱呼。見單德興，〈錘鍊文字的人　王文興訪談錄〉，頁 58。

❾　成英姝，〈人生採訪──當代作家映象 8〉，《中國時報》三十七版（1999年 11 月 18 日-23 日）。

❿　張國立，〈王文興導讀「家變」〉，《中華日報》十一版（1986 年 12 月 31日）。

⓫　在《十五篇小說》序文中，王文興表示在〈母親〉和〈草原底盛夏〉後，他也顧慮到了他人的懂與不懂、同意與否等問題，於是他「多多少少出賣了自己」，在以後的小說中「加重了故事的成分」，軟弱地「迎合大眾趣味」。按王文興寫作歷程，〈兩婦人〉、〈海濱聖母節〉、〈命運的跡線〉、〈欠缺〉、〈黑衣〉、〈龍天樓〉等是「遷就讀者期」所完成的作品。王文興，〈《十五篇小說》序〉，序頁 2。

作，從王文興一篇懷念文藝啟蒙與分享者的〈懷仲園〉短文中，也可以清楚發現他與好友「仲園」所讀的作品中，有不少是現代主義文學作品⑩，所以王文興小說的現代主義影響相當具體而明顯。可以說，王文興《十五篇小說》是他創作的嘗試階段，那時他對白話文不滿，認為白話文使文字散漫、隨便、不講究，希望找尋到另一條適合自己的一條白話文學語言的新方向⑩。故《十五篇小說》的語言是處於模仿學習的探索階段，希望突破白話文的語言侷限，在文字語言力求「精確」以達「精省」之境。其中〈草原底盛夏〉的詩化語言所呈現的散文詩般的美感，就是他理想的語言目標的初步完成。

㈢速度・節奏・音樂性──「緩慢有理」的美學實驗

　　除了「精省」的原則，王文興也要求「速度」上的「緩慢」。他說：

> 小說裡也重視「減速」的效果，不讓句子奔馳得太快，避免
> 開快車。……況周頤的「蕙風詞話」裡就說「遲其聲以媚
> 之」。……要求某些曲調要奏得緩慢。……許多好詩好詞的
> 妙處，就在這句話上，……這也是我矢志創作以來，潛心追

---

⑩　王文興，〈懷仲園〉，收入楊澤主編，《從四〇年代到九〇年代──兩岸三邊華文小說研討會論文集》，頁 214-215。

⑩　梅家玲、王文興、康來新、廖炳惠座談，〈與王文興教授談文學創作〉（2000 年 11 月 17 日），《中外文學》第 30 卷第 6 期（2001 年 11 月），頁 381-382。

求的境界。❶

因此,王文興的寫作速度,連年減速/慢,到了〈龍天樓〉後,甚至從原先每天寫作三、五百字,減速至每天只寫三十字左右。對於「緩慢有理」的原因,王文興說:

> 文字求「慢」的終極目的,還在求其「穩」。慢而穩,才容易隨心所欲,收放自如;……求慢求穩,其實都是追求「靜」的效果。由於心靜,容易體會到別人體會不及的細微處,因此「節奏慢」的文字,可使讀者收穫得更多。❶

「求慢」、「求穩」的目的,在於追求「慢而穩」後的「靜」的效果;所謂「靜」,是語言、音節提煉的「結果」,也就是「冷靜」的意思。王文興認為每個句子都有情感蘊含其中,一個「理想的讀者應該像一個理想的古典樂聽眾一樣,不放過每一個音符(文字),甚至休止符(標點符號)」❶,這樣才能捕捉到文字/聲音所要傳達的意思。這是王文興「緩慢美學」的理論依據。而這種要求創作者和讀者閱讀時都必須在緩慢、推敲的狀態下進行,是受了海明威「冰山理論」的影響。海明威「冰山理論」認為小說文字表面顯露的,只是包藏內容的一小部份。由「冰山理論」而衍生出讀者

---

❶　林慧峰,〈王文興·鄭愁予　走上文學語言的不歸路〉。
❶　同前註。
❶　王文興,〈「家變」新版序〉,《家變》,序頁2。

必須緩慢爬梳才能挖掘出全面意識的閱讀規矩，以及作者應仔細慎選最好、最恰當字句來顯露海平面上的，和隱藏於海平面下的意義 ❿。

　　語言和風格的自然冷靜、不歇斯底里或濫情感傷，是求慢求穩的最終目的，也是王文興創作矢志追求的目標。這種冷靜、理智的小說語言，正是歐陽子小說所呈現的語言風格：

> 歐陽子的小說語言是嚴簡的，冷峻的，乾爽的。她很少藉諸比喻、象徵等修辭上易於討好的技巧，來裝飾她的文字。即使描寫激情（passion）的時候，她也是運用低調語言，直接的，冷靜的分析。她這種白描的文字，達到了古典的嚴樸，使她的小說充滿了一種冷靜理智的光輝。五四以來，中國許多小說家都受到浪漫主義不良方面的影響，喜歡運用熱情洋溢的語言，作品往往寫得涕淚交流，而效果適得其反。歐陽子這種理性的小說語言，可以說是一支異軍突起。❿

這種冷靜、理智的語言風格和王文興追求的文字目標一致。歐陽子利用「簡樸的白話」，以「白描的文字」產生冷靜、理智的效果，顯然是受到夏濟安的影響。但值得注意的是，夏濟安在〈評彭歌的「落月」兼論現代小說〉一文，提出心理小說的寫作，在語言上應

---

❿　楊照，〈橫征暴斂的作者　閱讀王文興〉，《中國時報》三十七版（1999 年11 月 19 日）。

❿　白先勇，〈《秋葉》序〉（台北：晨鐘出版社，1977 年），頁 1-2。

善用「象徵」。這和歐陽子用簡樸的白話，少用比喻、象徵等修辭法似乎有所抵觸。換言之，歐陽子以簡樸的白話和少象徵的修辭方式，雖擺脫了浪漫主義情感泛濫的危機，達到了理性控制的效果，卻和夏濟安以「暗示、聯想、啟發」的手法達到如「詩」般的「含蓄」效果的路徑不同，但同樣避免了浪漫主義直抒胸臆，滿紙自艾自憐，「熱力有餘，含蓄不足」的弊病。然而，兩者雖皆追求冷靜且不濫情的風格，但歐陽子簡樸而白描的文字，卻也使她的小說缺少「言外之意」，這又是兩者最大的差異。

　　為了使讀者放慢閱讀速度，王文興特地於行文中運用大量的歐化句法。歐化句法的使用，始於五四文學革命時期。五四文學革命提倡歐洲新文學時，周作人以「直譯」的方式，保全了原文的文法和口氣，這是國語歐化的起點。五○年代的台灣文壇普遍認為歐化句法讀來有如不通的中文，故夏濟安極力反對使用歐化句法，認為這種句法非文學的文字，應盡量避免。然而王文興強調閱讀需「用耳朵傾聽語言世界所表現出來的音調跟聲音之美」[109]，因此他「推敲」文字的目的，就是要找到最貼切、最完美的聲音及文字。簡言之，「文字」和「聲音」的結合，「音」與「義」（sound and sense）的關係，就是對文字的視覺和聽覺效果的強調，也是王文興創作過程最著意的。故他主張用嘴唇讀書（lip reading），要求讀出單字的輕重快慢，去體會、玩味聲音所帶來的抑揚頓挫的效果。為此，王文興主張使用歐化句法，他說：

---

[109]　梅家玲、王文興、康來新、廖炳惠座談，〈與王文興教授談文學創作〉，頁372。

我個人特別重視作品的音樂性。由於偏愛歐化語言，而歐化句的音樂性須「長句」才能充分展現，因此，我作品中的音樂性偏向於此，換句話說，我暫時拋卻了中國語言的音樂性，追求歐化句法的音樂性。……中國傳統語言不作興長句，好用短句，音樂性頓挫直接，少有波折，有如折射，直驅而至；歐化句法的音樂性則綿長中波濤起伏，這是兩者最明顯的差異。⑩

歐化句法嚴整緊湊而有邏輯性的特性，使讀者和作品產生「距離感」，可讓讀者放慢閱讀速度。同時，歐化長句也富「音樂性」，可在綿長的句子中製造抑揚頓挫的效果。歐化句法的使用在王文興《家變》（1970）中處處可見，如第 151 小節只由兩句歐化句子構成：

那回是在他的父親在退休了以後底約莫半年後的那一陣他（范曄）把他們家之內的牆壁給一律地加以重新葺新涮修了一煥新的，並且而且他是時也把他和他父母親的兩個房間中的兩扇屬先原為可以牽移的那種日本式的紙門是時亦也更換成為了得以向外及向裏拿推的那樣兩扉木門戶。（頁 180）

首句 53 個字，次句更長，高達 67 個字。全節文字密度極大，讀來有如翻譯文字，句法和意義都怪異的有如不通的中文。又如描寫在

<hr />

⑩　林慧峰，〈王文興・鄭愁予　走上文學語言的不歸路〉。

烈日下等車的人：

> 在日頭炎炎的照射下，這宿舍裏的職員戴草帽及穿白香港衫
> 的在一桿電線木之下等汽車！（頁61）

電線桿是長的，在烈日下的桿影也是長的，故句子也跟著長了起
來。這是把「文字」與「聲音」結合而論，文字如同音符，音符有
長短，文字排列也有長短。這種訴諸聽覺而非視覺的文字效果，正
是對文字「節奏」的要求。把握住「節奏」，就等於把握住「現代
人的氣質」⑪。

影響節奏最大的因素是文字的句法和語氣⑫。決定節奏，除了
歐化長句，短句或重複的句子也能達到同樣的效果。如白先勇〈滿
天裡亮晶晶的星星〉（1969）一開頭：

> 每次總是這樣的，每次總要等到滿天裡那些亮晶晶的星
> 星，……（頁195）

以「每次總是」和「每次總要」的重覆產生迴旋反覆的效果。又
如：

---

⑪　余光中，〈現代詩的節奏〉，《掌上雨》，頁41。
⑫　「句法」指一句之中文字的組織，「語氣」指由一定時間或區域所決定的表
　　達方式。決定節奏的一半因素是段與段、句（行）與句（行）間的相對關
　　係。參余光中，〈現代詩的節奏〉，《掌上雨》，頁41-42。

「朱餤？朱餤嗎？——他早就死了！」（頁197）

「你們以為你們自己就能活得很長嗎？」……「你以為你的
身體很棒嗎？你以為你的臉蛋兒長得很俏嗎？」……「你們
以為你們能活到四十？五十？……」（頁198）

「就是這樣，就是這樣，」……教主放開了手對我們喊
道，……（頁199）

以重複且短促的疑問句產生空谷迴音的效果，呈現敘述者「沒有面
孔，沒有形體，只有聲音———一種縈迴的，奇怪的，彷彿發自黑暗
古墓或幽冥谷壑的空洞回音。」⓫再如〈安樂鄉的一日〉（1964）
寫：「安樂鄉只有偉成一家中國人。……因為安樂鄉只有依萍一家
是中國人。」（頁236）以「安樂鄉只有偉成／依萍一家中國人」，
強調偉成和依萍在白鴿坡中只有「自己是中國人，與眾不同」（頁
237）的身分與孤立處境。

　　不可否認，刻意追求歐化句法，難免使王文興小說有濃濃的西
洋味，如前述之〈最快樂的事〉讀來極似翻譯小說；〈海濱聖母
節〉（1963）雖穿有民族風格的外衣，卻遮掩不住小說透露出來的
濃厚的異國情調。因此，歐化句法的使用需掌握分寸，歐化過份，
會成為「翻譯的文藝腔」，但適度的歐化卻富「顛倒曲折之趣」，

⓫　歐陽子，〈「滿天裡亮晶晶的星星」之語言、語調與其他〉，《王謝堂前的
　　燕子》，頁226。

使詞句主、客、輕、重之勢分明⑭，富「節奏」感。因此，《家變》中有時一個字連用七八個、八九個字，端視音調和視覺決定。這是對「節奏」的要求。綜言之，歐化句法的強調與使用，目的是希望讀者在「慢」中「看出句子的關係」，產生「精讀」的效果：

> close reading（細讀）的最大好處就是可以 fully understand（完全了解），fully enjoy（完全欣賞）句與句間的關係。一個優秀作家的風格，大概就在句與句的關係上；為什麼下一句是這樣寫，而不是不同的另一句話，這就是風格。我們甚至可以說一切的藝術都在這裡。文字，在句與句之間；繪畫，在顏色與顏色之間；音樂；在樂句與樂句之間。是的，藝術就是 relationship（關係）。⑮

類似翻譯而來的歐化句法，整段文字密度極大，若非細品慢讀，實在無法領略其意。所以，為使讀者能看出「句與句間的關係」，王文興要求讀者應精讀每一個文字，甚至標點符號。他認為理想的閱讀速度是每小時一千字上下，一天不超過二小時。

以「形式怪誕，文體奇特」著稱的七等生⑯，也相當重視「文句節奏」的表現。他認為「文句節奏」代表作家和作品的內容和生命，「在節奏中韻律的行走才是作者真正的旨意的本體，文字表面

---

⑭　余光中，〈談新詩的語言〉，《掌上雨》，頁 61。
⑮　單德興，〈錘鍊文字的人　王文興訪談錄〉，頁 49-50。
⑯　葉石濤，〈論七等生的小說〉，收入張恆豪主編，《火獄的自焚》（台北：遠行出版社，1977 年），頁 2。

的涵義只能做次要的陪伴；文字本身有點識作用，但字面的涵義受時空的限制，並不長存。」⑰故「節奏」、「韻律」是字句的風格，也是文學生命所在，創作者思想起伏、情感的舒展及其效果，都能在文句中讀出來⑱。

　　七等生小說使用過多種句型，如：長句、詩行、短句等，其中最引人注意的是長句。七等生好用長句表現，句子排列和西洋句型類似，就是受到英文和翻譯作品的影響。多數譯文，包括《聖經》，為保持原義精神，多以直譯居多。七等生的文體以西式句式為文，可以補救語義模稜富於詩意的中國語言在表意的精確性上的缺失。因此，七等生小說慣見的長句，雖不符合日常口語，但在表現文學的意象上相當有效，在人物心理的刻劃和比較微妙的情意表達上，比日常口語、俗語更精確，使語文不致停留在一種僵化的軀殼⑲。

　　余光中的現代散文理論，大部份來自他的新詩理論。他心目中理想的新詩語言是「以白話為骨幹，以適度的歐化及文言句法為調劑的新的綜合語言」⑳。在〈剪掉散文的辮子〉（1963）中，余光中提出「現代散文」的三大要素：彈性、密度和質料㉑，但兩年後

---

⑰　七等生，〈文學與文評——代序〉，《我愛黑眼珠》，頁 3-4。

⑱　梁景峰，〈七等生‧梁景峰對談——沙河的夢境的真實〉，《鄉土與現代、台灣文學的片斷》（台北：台北縣立文化中心，1995 年），頁 83-84。

⑲　馬森，〈三論七等生〉，《燦爛的星空》（台北：聯合文學出版社，1997年），頁 167-168。

⑳　余光中，〈談新詩的語言〉，《掌上雨》，頁 56。

㉑　余光中，〈剪掉散文的辮子〉，《逍遙遊》，頁 45-58。

的《逍遙遊》（1965）〈後記〉中，余光中卻把這三個元素換上另個語詞：

> 在《逍遙遊》、《鬼雨》一類的作品裏，我倒當真想在中國
> 文字的風火爐中，煉出一顆丹來，把中國文字壓縮、搥扁，
> 拉長、磨利，把它拆開又拼攏，折來疊去，為了試驗它的速
> 度、密度、和彈性。我的理想是要讓中國的文字，在變化各
> 殊的句法中，交響成一個大樂隊，而作家的筆應該一揮百
> 應，如交響樂的指揮杖。⓬

原〈剪掉散文的辮子〉裏的「彈性」、「密度」和「質料」，到了
《逍遙遊》卻變成「速度」、「密度」和「彈性」。接著，在
1967 年的〈六千個日子〉中，余光中已兼容了以上三者，並再加
上對文字「節奏」的講求：

> 現代散文應該在文字的彈性，密度，和質料上多下功夫；在
> 節奏的進行上，應該更著意速度的控制，使輕重疾徐的變化
> 更形突出。標點，對於一位現代散文家而言，不但功在表明
> 文義，抑且可以主動地調整文句進行的速度。一個有才氣有
> 膽識的作家，不妨更武斷地使用標點。所謂「武斷地使用標
> 點」，包括在需要緩慢進行時多用標點，在需要高速進行時

⓬　余光中，〈後記〉，《逍遙遊》，頁 208。

少用，或者完全省略。[123]

綜合以上數文，余光中對「現代散文」的要求可歸納為「彈性」、「密度」、「質料」和「速度」等四大要素。所謂「彈性」，是指「對於各種文體各種語氣能夠兼容並包融和無間的高度適應能力」，即以現代人的口語為基礎，配合情境所需，適當地使用方言、俚語、文言和歐化語。所謂「密度」，指「在一定篇幅中（或一定的字數內）滿足讀者對於美感要求的份量」，即在結構上多下功夫，多運用暗示和象徵。所謂「質料」，則指「構成全篇散文的個別的字或詞底品質」，即精鍊字詞，創造出「至精至純的句法和與眾迥異的字彙」的屬於個人的文字風格[124]。至於「速度」，則是「武斷地使用標點」，掙脫文法和常識的束縛[125]。

　　將六〇年代台灣現代主義小說家對速度、節奏和音樂性的要求，與余光中「現代散文」的四大要素相互參照，印證了余光中所說的，在現代小說中的散文就是現代散文[126]；或如王文興所言：「小說的語言可以是更接近於詩的語言」[127]。

---

[123] 余光中，〈六千個日子〉，《望鄉的牧神》（台北：純文學出版社，1969年），頁 130-131。

[124] 余光中，〈剪掉散文的辮子〉，頁 56-58。

[125] 余光中，〈六千個日子〉，頁 131。

[126] 余光中，〈剪掉散文的辮子〉，頁 38。

[127] 成英姝，〈人生採訪──當代作家映象 8〉，《中國時報》三十七版（1999年 11 月 18 日-23 日）。

㈣「混雜」的「現代」語言

　　早在創作〈龍天樓〉時，王文興已借用了古典中國小說中的語彙名詞，並指涉到明代重要的中國經典小說《水滸傳》和《三個演義》。隱地觀察到王文興挪用了明清經典小說的表達方式，將其改成半文、半白的詞句，例如：「因是之故」、「不數年」（頁190）；又用古典的「諸人」替代口語的「他們」的特殊語言現象⓬。李文彬也提及〈龍天樓〉的語言表現和章回小說、帝國晚期小說，以及戲劇的「傳奇」有關。王文興透過對語言的操控，明確地將小說文本和傳統中國小說經典巧妙地連結在一起⓭。

　　事實上，文言文的使用在六〇年代台灣現代小說中相當常見，特別是外省第二代作家。據呂正惠說法，這是因為戰後的台灣作家的「失語的焦慮」，使他們覺得白話文「不夠用」，企圖以文言來增加表達能力⓮。嚴格來說，文言文適於表現莊重、優雅、含蓄而曲折的情感，而白話則明快、直率、富現實感。許多意境用白話表

⓬　隱地，〈王文興「龍天樓」〉，《隱地看小說》（台北：爾雅出版社，1987年），頁146。

⓭　李文彬，〈《龍天樓》的象徵技巧〉，《中華文藝》第 12 卷第 5 期（1977年 1 月），頁 75-89。

⓮　呂正惠認為戰後成長的一代台灣作家，由於與五四新文化傳統之間完全隔絕，知識分子的書齋生活方式，使他們不易吸收日常生活鮮活豐富的口語，而台灣方言又較難轉化為白話書面語，實際的困難影響到語言生態的資源匱乏，這種「失語的焦慮」使他們覺得白話文「不夠用」，因此，他們企圖以文言來增加表達能力。參呂正惠，〈台灣文學的語言問題——方言和普通話的辯證關係〉，《戰後台灣文學經驗》，頁 115。又見呂正惠，〈王文興的悲劇——生錯了地方，還是受錯了教育〉，《小說與社會》（台北：聯經出版公司，1995 年），頁 34。

現起來難免太直接、囉嗦，難以保持恰到好處的距離。於是，以文言或富於文言趣味的句法、或古典詩詞、或融合文言和白話，可以彌補兩者之不足[131]。因此，以文言，或以富於文言趣味的句法入詩，是六〇年代作家文字創新的作法。

1. 文言與古典詩詞的運用

將古典文學的養分融入現代小說的創作，普遍見於六〇年代的現代小說。王文興雖受西方文學影響頗深，但他本身對中國傳統文學仍有著濃厚的興趣。夏志清說：

> 《現代文學》創辦人自己對古舊中國的態度並不一致，白先勇氣質上比較保守，王文興則比陳若曦更富反抗精神。雖然如此，王文興對某些中國傳統文學作品，卻特別鍾愛，例如《聊齋志異》。[132]

王文興對中國傳統小說的偏愛，第一是《聊齋志異》，其次是《水滸傳》[133]。而他對中國傳統詩詞也情有獨鍾，杜甫、袁枚是他認為中國最傑出的詩人；至於詞，其成就更高於詩。由此可知，王文興對語言文字的斟酌，乃遠師杜甫；對音樂性的重視，則受了詞的影

---

[131]　余光中，〈談新詩的語言〉，頁55。

[132]　夏志清，〈《現代文學》的努力與成就　兼敘我同雜誌的關係〉，收入白先勇，《第六隻手指》，頁325。

[133]　王文興寫了不少有關《聊齋志異》的評析文章，如〈「士為知己者死」的文學〉、〈重認《聊齋》——試讀「寒月芙蕖」〉和〈《聊齋》中的戴奧尼西安的小說——「狐夢」〉，皆收入《書和影》一書。

響。在王文興尋找新語言的過程中，詩詞也一直是他參考的對象，希望可以由其中找到新的語言❸。

　　對王文興來說，理論上他不反對白話文，但他始終覺得白話文不夠用，而文言比白話更具創作的自由❸。因此，王文興的語言受到文言文的影響相當深，這也反映在他的創作上，《家變》處處可見文言文的使用，例如：

> 他回自己的房間，掩門坐檯燈影側。……走廊上數次響出腳步聲，酷像他父親的腳步，但須臾後都認出是母親走動的聲音。他踱出又入父母親那間，……（頁5）

> 他想他若嚴行懲處自身，庶幾可使他父母的去世不致太近生發。（頁94）

> 於是他就令諭是一刻他的父親立際予他自己以行執守行禁封囚錮的處分。他宣布要禁閉他三天整日，而且他底父親的活動的仄小範圍只侷限於他的那間臥房的房居之內，而且他並茲是之外不與許他吃是一昏的晚飯和第二個早辰時分的他的早飯。（頁193）

---

❸　梅家玲、王文興、康來新、廖炳惠座談，〈與王文興教授談文學創作〉，頁386。

❸　李昂，〈長跑選手的孤寂——王文興訪問錄〉，頁37。

前兩例中的「掩門坐檻燈影側」、「須臾」、「庶幾」都是文言文;末例則顯示王文興有意融合文言和白話。

王禎和作品雖以鄉土為題材,但作品也融入了古典詩詞。其中,〈快樂的人〉(1962)既有文言詞彙,又有古典詩詞。詩詞的運用見於題詞和正文,例如〈寂寞紅〉(1963)題詞原為英文,出書後改為元稹詩:

> 寥落古行宮,宮花寂寞紅;
> 白頭宮女在,閒坐話玄宗。(元稹〈行宮〉)

或〈五月十三節〉(1967):

> 已忍伶俜十年事
> 強移棲息一枝安(杜甫〈宿府〉)

或〈那一年冬天〉(1969):

> 恰似黃鸝無定,不知飛向誰家。(朱敦儒〈朝中措〉)

正文出現詩詞者,以王禎和〈快樂的人〉為例,如:

> 拾穩裏,含笑和家人一面不會,一信不通(人生不相見,動如參與商)(頁31)

> 她頭向上一仰，太息一聲（感此傷妾心，坐愁紅顏老？）
> （頁 32）

前例出自杜甫〈贈衛八處士〉，後例出自李白〈長干行〉。楊昌年認為王禎和將詩詞用在括弧的形式，「有如戲劇裏的旁白，在短篇情節進行之中介入他自己的感覺，常能迅捷地引發讀者同感。」 ⑬⑥由於在括弧中使用詩詞，對不熟悉古典文學的讀者來說，是一種閱讀的障礙，因此王禎和只在〈快樂的人〉中使用。這種在小說中明顯反映受古典詩詞影響或有意與其對話的痕跡，還有水晶的作品。水晶小說受古典詩詞影響的痕跡相當明顯，詩詞的運用也見於題詞和正文，例如〈命運的婚宴〉（1965）以柳永〈戚氏〉點出主題：

> 念利名憔悴常縈絆，追往事空慘愁顏。

正文也直接穿插古典詩詞：

> 幽明路隔。十年生死兩茫茫，不思量，自難忘。（更何況十
> 五年？）

「十年生死兩茫茫，不思量，自難忘」出自蘇軾〈江城子〉。其他如白先勇《台北人》以劉禹錫〈烏衣巷〉詩句點出主題：

---

⑬⑥ 楊昌年，〈淺談王禎和〉，《中華文化復興月刊》第 10 卷第 9 期（1977 年 9 月），頁 44。

朱雀橋邊野草花，烏衣巷口夕陽斜。

舊時王謝堂前燕，飛入尋常百姓家。

這些都是直接以中國古典詩詞融入現代小說創作的典型示例。

2.化文言為白話

　　白先勇反對五四新文藝腔，認為歐化的句子太多，承自古典文學的太少，而他中學時看了很多中國舊詩詞，對文字的運用、節奏的掌握都有潛移默化的功效，所以他在文字上的表現事實上是非常「古典」的。如〈永遠的尹雪艷〉（1965）中，「頭上開了頂」、「兩鬢添了霜」（頁1）、「享榮華，受富貴」（頁8）、「凝著神，斂著容」（頁20）等，都是白先勇化文言為白話的結果。又如尹雪艷跳起快狐步，「像一縷隨風飄蕩的柳絮，腳下沒有紮根似的」，卻永遠不失去自己的旋律和拍子，「絕不因外界的遷異，影響到她的均衡。」（頁2）「遷異」、「均衡」，都是道地的文言，白先勇把這兩句融入「腳下沒有紮根似的」的口語中，形成一種統一和諧的文體。這是白先勇受到中國傳統文學影響的明證。這種化文言為白話，或揉合文言與白話，使舊語言與新語言相結合，形成一種「文白揉雜」的特殊技巧，既沒有王文興歐化句子的拗口，也兼具典雅風格，並不失現代人的語言風貌，形成白先勇和其他作家不同的語言風格。這也是顏元叔認為解決現代中國小說語言的最佳方法，是白先勇在語言創新方面的大貢獻❸。

　　然而，白先勇並非只一味地將典麗的文言化成現代的口語，而

---

❸　顏元叔，〈白先勇的語言〉，頁296-298。

是將文字語言配合題材，形成一種「好的文字」❸。例如〈安樂鄉的一日〉一開頭即以「淡而無味的報導文學的語調，平穩，客觀，緩慢」地描寫「安樂鄉」這個高級住宅區的潔淨、整齊，營造平靜的氣氛，為要「在讀者心中不知不覺的經營一個印象——安逸的生活。」❸〈金大班的最後一夜〉（1968）則用「生動，活潑，而略帶誇張的口吻」❹，把金大班喜劇性的個性呈現出來；〈月夢〉以沈滯凝重的語言追憶往事；〈黑虹〉以狂亂悲憤的語言表達女主人公負氣離家的心理狀態。故語言文字配合題材，才是白先勇文字風格特殊所在。

3.「混合式」文體

　　水晶小說語言表現明顯融合文言、詩詞、英文與白話，形成一種「混雜」的現代性風格，相當值得重視。例如〈命運的婚宴〉寫男主角赴婚宴途經碼頭所見：

> 已有人家燃起數點燈火。不是江南，自無江楓漁火，相對愁眠。（頁 123）

---

❸ 白先勇，〈談小說批評的標準——讀唐吉松「歐陽子的『秋葉』有感」〉，《驀然回首》，頁 36。

❸ 葉維廉，〈激流怎能為倒影造像？論白先勇的小說〉，收入鄭明娳主編，《當代台灣文學評論大系・小說批評卷》（台北：正中書局，1998 年），頁 319-320。

❹ 歐陽子，〈「金大班的最後一夜」之喜劇成分〉，《王謝堂前的燕子》，頁 86。

或獨坐筵席的落寞心情：

> 然而呼吐之間，我並無特殊的感覺。憔悴江南倦客，不堪聽
> 急管繁絃。婚宴將開。賓客將至。我倏然獨坐，而一種難堪
> 的落寞，竟不期穿心襲至。（頁125）

又如〈波西米亞人〉（1963）以男作家「我」的內心獨白，揭開娼
妓雪鏅充滿慾望與謊言的生活。小說內容除了以文字表現雪鏅虛無
的人生觀外，中國傳統文學的詞彙也處處可見，如：

> 雪鏅放下毛刷，眼是水波橫，山是眉峰聚。（頁62）

> 昨晚上我該睡睡這張床。不逾矩。雖親狎而不及亂。無力海
> 棠風蕩漾。（頁64）

> 熾燙的棕色液體灌進飢渴的咽喉裏。食色性也。（頁65）

> 穢氣四溢。Bad news travels apiece.（壞事傳千里？）平時一
> 定掩鼻而過。今日不覺其臭。漸入鮑魚之肆。（頁67）

> 雪鏅，子非魚，安知魚之樂。（頁68）

上述引文融合古今中外、文言白話詞彙所形成的奇異／混雜語言風
格，是六〇年代台灣現代小說語言的特殊示例。可以說，文言文、

古典詩詞、白話文、英文的錯綜運用，是六〇年代台灣現代小說作品普遍呈現的語言風格。這種混雜不同語言的表現手法，暗示了六〇年代台灣多元文化傳統的殖民地社會特質，也是台灣現代主義小說語言和西方現代主義語言最大的不同。

㈤尋找真實的聲音——「現代人」的語言

1.方言的運用

除了中國傳統文學的陶冶，六〇年代台灣作家的文字養份來源之一就是各地的方言。白先勇幼時隨著父親走遍大江南北，四川話、上海話、廣東話、閩南語、湖南話等「南腔北調」都在創作過程中融入對話，成為「真實生活裏面的話」**⑭**。為要「找到合適的，真實的語言資料」以增加人物的真實感，白先勇適度摻雜使用口頭上的方言，如〈玉卿嫂〉（1960）、〈花橋榮記〉（1970）的廣西桂林方言、〈永遠的尹雪艷〉（1965）、〈金大班的最後一夜〉（1968）的上海腔對話、〈歲除〉（1967）、〈梁父吟〉（1967）的四川方言，都使作品沾有濃厚的中國地方色彩。甚至在〈那片血一般紅的杜鵑花〉（1969）還出現「考背」（頁 170）的台灣方言。這些都和五四以來「文藝腔」的裝模作樣有截然不同的效果。白先勇處理方言，「只取其精要，捕捉其特異語氣」，務達「逼真」、「傳神」**⑭**。因此，即便不懂某種方言的讀者，也能大致了解小說人物用方言所說的話。這種做到語言「逼真」、「傳神」，卻又不致晦

---

⑭ 劉邁，〈與白先勇論小說藝術 胡菊人白先勇談話錄〉，頁 158、143。

⑭ 歐陽子，〈「歲除」之賴鳴升與其「巨人自我意象」〉，《王謝堂前的燕子》，頁 64。

澀難懂，影響閱讀，實是其語言運用的高明之處。

　　白先勇對「真實的聲音／語言」的尋找與堅持，近似他在台大的學弟王禎和。王禎和認為文學是文字的藝術，必須對小說的語言文字投下最大功夫及心血去琢磨研究，創造出最適合的語言。王禎和第一篇正式發表的小說〈鬼・北風・人〉（1961），已初步透顯其異於其他小說家的特殊語言風格。例如用「阿兄」（頁1）、「羅漢腳」（頁2）替代「大哥」和「光棍」。又或者在語言中加入台灣俚諺或格言：「一樣米飼百樣人」（頁2）、「上山看山勢，入門看人意」（頁6）、「一千銀不值四兩命」（頁18）等，這些都可以看出王禎和把閩南語（台語）融入普通話（國語）的企圖。可以說，台語是王禎和小說最被大量使用的方言。他對台語的運用並不是生硬地將大量俚語插入作品中，而是經過仔細考量並下功夫將台灣話特殊的語法、節奏，巧妙地溶入作品裏。同時，為避免讀者閱讀上的「隔」，台語是「為求某種效果才用」，在敘述上，仍使用不流暢的國語以保持它的味道，對白上則儘量採用音和字相近相配的台語，務必教人能看得懂並領略它的味道❸。

　　誠如呂正惠所言，〈鬼・北風・人〉（1961）是王禎和創作的「起點」而非成熟之作，故其在語言的使用也是「雜而不純」，對閩南語的使用並未達到一致性或可以「直覺」判斷的地步❹。例如麗月對秦貴福說：「就是我去偷漢子，找姘頭，又干你什麼

---

❸　余素記錄，〈五月十三節——從紅樓夢談到王禎和的小說〉，《大學雜誌》第70期（1973年12月1日），頁62。

❹　呂正惠，〈小說家的誕生　王禎和的第一篇小說及其相關問題〉，《聯合文學》第7卷第2期（1990年12月），頁20-21。

事!?」（頁6）王禎和就用了「偷漢子，找姘頭」，而不是閩南語的「討客兄」。又如麗月說：「我著實太沒心眼嘍！我的心可也太軟啦！老想他會變好，一樣米飼百樣人」（頁2）的「軟」腔調和「一樣米飼百樣人」的鄉土調不太協調，顯示此時王禎和在語調上還沒有鍛鍊出一種可以和文中非常明顯的閩南語詞句「和平共存」，諧調一氣的文體⑮。1964年王禎和在軍中服役，長期與充員兵生活，使他的台語流利不少，也使他驚奇並感動於台語的美妙和活潑⑯，這年寫的〈快樂的人〉，就在台語的運用上相當一致與成功。例如用閩南語的「氣瘦人」（頁28）替代國語的「氣死人」，生動地傳達身子因生氣而瘦削的意義。到了〈來春姨悲秋〉（1966）和〈嫁妝一牛車〉（1967），王禎和開始大量運用台語，目的是為了讓自己「居於一種超然——上帝的位置」，去表現小說人物的卑微、可笑，以及創作者的悲憫與同情；「超然」的態度是為「保持美學上的距離」，「以對事件展開批評」⑰。然而，基於「怕自己定型」，也怕人家把自己定位為「寫方言文學的」⑱，在創作後期，王禎和更朝「標新立異」、「前無古人」的目標發展，把「中外古今」如日語、台語、文言、現代語都夾雜一起對照⑲。

---

⑮ 同前註。

⑯ 王禎和，〈後記〉，《嫁妝一牛車》（台北：遠景出版社，1974年），頁252。

⑰ 余素記錄，〈五月十三節——從紅樓夢談到王禎和的小說〉，頁62。

⑱ 同前註。

⑲ 丘彥明，〈把歡笑撒滿人間——訪小說家王禎和〉，《玫瑰玫瑰我愛你》（台北：洪範書店，1994年），頁256-256。

這種「王禎和式」的文體，被姚一葦視為是「為了追求某種弦外之音（nuance），作者有意地建築他自己的句法和語辭，形成一種矯飾造作的語言。」⓯然而，這種在小說中夾雜括弧、註解、不同語言並列等的語言表現，卻上承三〇年代的鄉土文學創作，後續當代台灣原住民漢羅夾雜以挑戰漢語獨大的創作傳統的寫作姿態⓯。

2.適切的語調

　　王禎和刻意經營的語言特色，都是「企圖在文字中創造出節奏來」⓯。於是，他嘗試「把一些主詞、動詞、虛詞掉換位置，把句子扭過來倒過去，七歪八扭的」，為的是找到適當的語調⓯。王禎和創作最在意語調問題，他認為語調不對，就像歌星唱歌沒有套譜，荒腔走板，不堪入耳。根據李宜靜的研究，王禎和語法的特殊性，見於小說的倒裝詞彙、自創新詞以及慣用語的使用⓯。例如：

　　　　中飯了後他歇午，羅太太便把店頭店尾來照顧。（〈五月十三
　　　　節〉）

⓯　姚一葦，〈論王禎和的「嫁妝一牛車」〉，收入劉紹銘，《本地作家小說選集》（台北：大地出版社，1987 年），頁 249。

⓯　邱貴芬，〈翻譯驅動力下的台灣文學生產──1960-1980 現代派與鄉土文學的辯證〉，《台灣小說史論》（台北：麥田出版社，2007 年），頁 223-224。

⓯　余素記錄，〈五月十三節──從紅樓夢談到王禎和的小說〉，頁 63。

⓯　李瑞整理，〈永恆的尋求（代序）〉，《中國時報》人間副刊（1983 年 8 月 18 日）。收入王禎和，《人生歌王》（台北：聯合文學出版社，1993 年）。

⓯　李宜靜，《王禎和小說研究》（東吳大學中國文學研究所碩士論文，1994 年 6 月），頁 92。

　　她嘆了口氣，自嘲的笑意在嘴邊漾現著。（〈來春姨悲秋〉）

　　又是好幾聲笑。幽幽。冷冷。（〈鬼·北風·人〉）

「歇午」、「漾現」和「幽冷」都是王禎和小說語法的特殊呈現，也是他慣用的語彙。倒裝詞彙則在〈來春姨悲秋〉、〈嫁妝一牛車〉和〈五月十三節〉最多。此外，倒裝句以及長句也是王禎和小說句法的刻意經營，例如：

　　整個市容，黑荒得多麼！（〈來春姨悲秋〉）

　　從來沒有見過阿兄氣惱得這等。（〈永遠不再〉）

　　他現在過著舒鬆得相當的日子哩。（〈嫁妝一牛車〉）

　　羅太太開腔了第一句話，自午飯以來。（〈五月十三節〉）

　　羅老板那種若無人於旁底講話氣色，老讓老讓她將許久許久前在議會大堂裡她先生講演的種種情境鮮記上來。（〈五月十三節〉）

「倒裝」在修辭學上的作用可使「語感新鮮」和「句子活潑」❿，

---

❿　黃慶萱，《修辭學》（台北：三民書局，1992 年），頁 551-558。

也可以「加重語氣」❻。上述所舉前四例皆為倒裝句。按原句應是「多麼的黑荒」、「這等的氣惱」、「相當的舒鬆」、「自午飯以來，羅太太開腔了第一句話」。倒裝的運用是為加強「黑荒」、「氣惱」、「舒鬆」和「自午飯以來」的語氣。末例是長句，句中重複「老讓」、「許久」，為強調羅太太對昔日的印象「種種」「情境」能夠「鮮記上來」。王禎和說：

> 小說的媒體就是文字。最能表現作者的風格的也是文字。因此個人非常喜歡在文字語言上做實驗。做實驗，不是為了標新立異，是為了這樣那樣把方言、文言、國語羼雜一起來寫，把成語這樣那樣顛倒運用，是不是更能具體形容我要形容的？更符合我所要表達的嘲弄諷刺？把主詞擺在後面，懸宕性和緊張性，是不是比正常的句子高一點？……大量運用方言，是不是更近真實？❼

綜言之，王禎和的小說語言混合了台語、國語、英語、日語——特別是台灣化的日語，呈現一種複雜的混合形式。多方的「文字語言的實驗」，目的是為了「把當時的聲音、色彩、面貌描寫下來，讓那個時代在文字裡頭表現出來」❽。簡言之，就是為了「尋找真實

---

❻　趙元任著、丁邦新譯，《中國話的文法》（香港：中文大學出版社，1980年），頁195-202。

❼　李瑞整理，〈永恆的尋求（代序）〉。

❽　王禎和，〈王禎和作品與社會〉，《大學雜誌》第119期（1978年11月），頁66。

的聲音來呈現故事」❾。然而,這種多方的語言實驗卻也讓讀者因閱讀困難而減緩閱讀速度,特別是遇到台語對話,讀者必須用台語默念或朗讀,把書面語轉化成口頭語時。這和王文興大量運用文言和歐化句法的「緩慢的美學」目的相同,都是為「讓讀者在閱讀時,一邊讀一邊思索、體會」❿,以減緩閱讀速度,強迫讀者思考體會。這無疑是「最貼近現代主義的概念和路數」的「抗拒速度」的美學實驗⓫。

3. 文字的「寫實」與客觀世界的「現實」

黃錦樹把現代中文在台灣的現代主義經歷類分為「中國性－現代主義」和「翻譯－現代主義」兩個基本型,余光中是「中國性－現代主義」的代表。按黃錦樹說法,余光中對五四以來白話文主張的批判,主要在於其日益「去中國性」,也就是「中文的去中文化」,使「簡潔的中文語法」日漸失傳,以利其提倡「純正中文」。但「純正中文」並不是一種純正的復古召喚,而是以現代主義的美學經濟為中介,人工重造,經歷了「善性西化」的文白融

---

❾ 王禎和:「我這麼變來變去,目的是在找一種真實的聲音,來呈現故事。我非常不喜歡約定俗成的文字,……尋找真實的聲音來呈現故事,一直是我努力的目標。找尋真實的聲音,除了前面提到的「偷聽」外,我還努力唸前輩作家的作品。……我也常向孩子們學習,從他們的口中,學得最新潮的語彙。見李瑞整理,〈永恆的尋求(代序)〉。

❿ 李瑞整理,〈永恆的尋求(代序)〉。

⓫ 李欣倫記錄整理,〈抗拒速度的現代音樂──王文興座談會〉,《中國時報》三十七版(1999年12月15日)。

合，是講究「彈性」、「密度」和「質料」的一種新文體⑯。黃錦樹進一步把「中國性－現代主義」語言觀的提倡與台灣現代主義誕生的情境連結一起：

> 高度中國化的氛圍，與及現代化過程中對傳統中國文化流失的畏懼──自詡為中國文化的復興基地的台灣及美帝經濟依賴文化被殖民的矛盾。因此這一型在實踐或意識型態上，主張在借鏡西方現代主義的形式技巧和問題意識的過程中，必須保留中國特色──甚至更強一點，發揚中國特色：拯救中國性──尤其是在語言上。甚至可以說，企圖藉現代主義的火爐來煉中國性之丹。強烈的傳統取向和民族意識，可以說是戒嚴時代台灣主導文化的一個直接回應或甚至應和。⑯

簡言之，講究「彈性」、「密度」與「質料」的「純正中文」，其實是回應或應和了國民黨政權在台灣建構的「文化中國」政策。這種「中國化」的「現代」語言，運用西方現代主義的形式技巧，卻以「善性西化」迴避「全盤西化」的指控，並以「中國性」的美學意識型態巧妙地回應了戒嚴時代台灣的主導文化。

　　與余光中代表的「中國性－現代主義」相對的，就是以王文興、七等生和王禎和為代表的「翻譯－現代主義」。它的語言策略

---

⑯　黃錦樹，〈中文現代主義──一個未了的計劃？〉，《謊言或真理的技藝：當代中文小說論集》（台北：麥田出版社，2003 年），頁 26-28。

⑯　同前註，頁 29。

上的特色就是「破中文」,主要特徵是「對中國性的抵抗、否定、放逐甚至廢棄」,是「中文之去中文化」或「中文在中國性上的自我貧困化」。以巴赫金敘事性雜語的社會語言學範疇來說,「翻譯－現代主義」「正是透過社會性雜語現象以及以此為基礎的個人獨特的多聲現象,來駕馭自己所有的題材、自己所描繪和表現的整個實物和文意世界」。於是「中國性－現代主義」中讓中文貶值的負面社會條件,便可以做為資源而逆轉為正面條件:它對文人的雅不利,但恰恰是另一種實在及實踐的可能❶。

值得注意的是,同樣作為「翻譯－現代主義」的一員,王文興和王禎和在語言運用上卻有著截然不同的思考。王文興小說「武斷地更動了語言作為一個符號系統,和經驗世界約定俗成的對應關係」❶,而王禎和小說關切的是「建立語言與現實世界的聯繫」❶。然而,「建立語言與現實世界的聯繫」並不表示王禎和的語言直接反映現實。林燿德說:

> 王禎和文體所指,尤其是他所模擬的台語對白,與其認為是現實的形象,不如視為借以認識現實——使現實趨近某種藝術效果的真實——的程序之一。❶

---

❶ 同前註,頁 30-32。
❶ 張誦聖,〈從《家變》的形式設計談起〉,《文學場域的變遷》,頁 166。
❶ 林燿德,〈現實與意識之間的魘影 粗窺一九八〇年以前王禎和的小說創作〉,《聯合文學》第 7 卷第 2 期(1990 年 12 月),頁 45。
❶ 同前註,頁 45。

王禎和使用的是「模擬自世界」的語言，他以文字「重建」並「再組合現實」以更趨近「藝術的真實」。換言之，王禎和遵守的是現代主義者認同的意符與意指間任定決定的特質，而以語言、節奏與語法擴大語言（意符）和所指之物（意指）的想像空間。他藉此質疑傳統寫實小說的語言模擬觀。王文興也認同現代主義的語言觀，但卻是遵守寫實主義傳統，以「非模擬的語言」加上合邏輯的方式在故事內刻劃「真實」⑯，呈現的是「王文興式」的寫實主義風貌。綜言之，王文興表面上繼承了現代主義的語言觀，但卻又以自創的語言建構出獨特的「真實」，形成另一種意義上的寫實主義。王禎和以模擬自世界的「寫實」語言，描寫「對人生的感覺、情操的最真實寫象」⑯，這也是一種「廣義的寫實小說」——傾向於內聚的模式，不純然為經驗所鎖定，也不滿足於外在現象的素繪⑰。

最能貼切表現現代主義語言與現實世界關係的是王文興《家變》和七等生〈我愛黑眼珠〉。王文興在〈草原底盛夏〉後所創作的《家變》，以「實驗性的語言」⑰在創作「做了很大的改革」⑰，成為他的代表作。但《家變》出版時，正值現代主義備受抨擊的七〇年代，故此書也掀起軒然大波，連載此作的《中外文學》甚

---

⑯　張誦聖，〈王文興小說中的藝術和宗教追尋〉，《文學場域的變遷》，頁42-45。

⑯　余素記錄，〈五月十三節——從紅樓夢談到王禎和的小說〉，頁62-63。

⑰　林燿德，〈現實與意識之間的疊影　粗窺一九八〇年以前王禎和的小說創作〉，頁45。

⑰　梅家玲、王文興、康來新、廖炳惠座談，〈與王文興教授談文學創作〉，頁382。

⑰　單德興，〈錘鍊文字的人　王文興訪談錄〉，頁80。

至還舉辦〈家變座談會〉，廣邀文評家參與討論❿。不過，當時文學界給予《家變》的評價一直都是毀譽參半、愛憎分明的，有顏元叔肯定它是「現代中國小說的傑作之一」❶，卻也有陳曉林譴責它是文學上的「逆流」❷。《家變》所引發的爭議，除了是內容上的對傳統人倫關係的顛覆，更在於語言的更新與改造。特別是小說二分之一以後，前半部份還算簡潔的語法，逐漸被冗長迂迴、詰屈贅口的句型或文字替代❸。以現代主義語言觀來說，語言文字與創作者的思維方式或世界觀有著密切關係。因此，《家變》曲折的文字，正是反映並突顯了小說人物的內心世界和所處外在現實的密切對應關係。小說中歐化長句、顛倒字、倒裝句、自創字——包括具強烈指涉意義的符號、標音或字母、數字、英文，甚至標點等詰屈

---

❿　《中外文學》第 2 卷第 1 期（1973 年 6 月）刊登此一座談會內容，但次月《書評書目》第 6 期隨即刊出王鼎鈞等人的〈談「家變」〉予以反駁。

❶　顏元叔，〈苦讀細品談「家變」〉，《談民族文學》（台北：台灣學生書局，1984 年），頁 326。

❷　陳曉林，〈清者自清・濁者自濁——「棋王」與「家變」之對比〉，《文藝》第 77 期（1975 年 11 月），頁 11。

❸　歐陽子以二十世紀初俄國形式主義「解熟悉」策略來理解《家變》。她認為王文興《家變》文字與句法有六大特徵：1.不尋常的結尾助詞與感嘆虛字；2.文言單字混入白話句子；3.慣用詞之倒置；4.訴諸聽覺之字；5.主詞、動詞、與其他詞類之重覆出現；6.其他累贅之重疊。歐陽子認為「王文興故意寫出這種連小學生都會得丙的句子」，理由有三：1.標新立異，樹立獨特風格。2.「拍攝」范曄與眾不同的說話或思想方式。3.象徵范曄心中對父母的感情糾葛與牽絆，以及欲擺脫不能的自圍心情。這種特殊的句法見於小說後半部份，歐陽子以為是王文興在漫長的寫作過程中，風格逐漸改變，句法愈見蜿蜒迴轉，鑽牛角尖的關係。見歐陽子，〈論「家變」之結構形式與文字句法〉，《中外文學》第 1 卷第 12 期（1973 年 5 月 1 日），頁 59-66。

反覆的詞句，目的是營造生活氛圍，呈現小說主角范曄的心理變化軌跡。換言之，文字和心理世界的密切結合，正是《家變》形式與內容合一的具體呈現，也是現代主義語言觀的實踐。更重要的是，王文興有意藉許多「訴諸聽覺」的「怪字」，動搖意符與意指間穩定、單一的對應關係，讓讀者因閱讀過程對意義理解的障礙或彆扭的效果，和小說人物一同經歷事件的困難度❼。這種自創的特殊語言，阻礙了讀者與文本的「貼進」，使文本與讀者產生距離，自然影響了閱讀的「速度」，逼使讀者緩慢閱讀並想像，其語言實驗「異常敏銳地摹描出事象的神氣韻味，有合常規語言達不到的境界」，「可視為對傳統小說語言摹擬觀的重新界定」❽。作家創造的文字現實和他所感受的社會現實是合一的。這是顏元叔認為《家變》文字很「真」，以及張漢良認為《家變》語言成功之處❾。所以，王文興是有意藉這種異常於尋常的文字書寫，「表現敘述者（以范曄觀點為主的）刻意模仿真相以及對所接受語言文字傳統的抗

---

❼　曾麗玲，〈現代性的空白——《家變》、《背海的人》前後上下之間〉，《中外文學》第 30 卷第 6 期（2001 年 11 月），頁 163-164。

❽　張誦聖，〈從《家變》的形式設計談起〉，頁 166。

❾　顏元叔認為《家變》的文字真實感極強，也就是語言與對象保持最直接的表徵，讓描繪的對象透過文字毫無隔閡地浮現。見顏元叔，〈苦讀細品談「家變」〉，頁 351。張漢良認為《家變》最成功的地方便是語言的使用，因為王文興「更新了語言，恢復了已死的文字，使它產生新的生命，進而發揮文字的力量，並且為了求語言的精確性（主要是聽覺上的），他創造了許多字詞。」見張漢良，〈淺談《家變》的文字〉，《中外文學》第 1 卷第 12 期（1973 年 5 月），頁 125。

議與挑戰。」⑱也因為王文興創造了許多字詞，這使讀《家變》需如「嚼橄欖」般的慢讀細品⑱，才能嚐出好滋味。然而，細心的讀者當會奇怪，一向主張寫小說應「精省」的王文興，是否觀念已改，否則為何《家變》的文字表現如此的「不精省」⑱？但誠如張漢良所說，《家變》的文字創新主要是為求聽覺而非視覺上的「精確」，故王文興是以「造字」，或說「造音」來區分並加強讀音的效果，以解決中國字「不精確音」的困擾⑱。這種文字表現的「家變」，勢必使讀者朝向「求其慢」的閱讀要求，卻無形中貼近了現代主義的概念和路數：「將現代定義成速度的生活，因此現代主義

---

⑱　陳典義，〈「家變」的人生觀照與嘲諷〉，《中外文學》第 2 卷第 2 期（1973 年 7 月 1 日），頁 159。

⑱　顏元叔：「讀『家變』如『嚼橄欖』，要細細慢慢地轉動舌頭，擠壓兩頰，讓上顎頻頻下壓才嚐得出它（或牠）的好處。」見顏元叔，〈苦讀細品談「家變」〉，頁 353。

⑱　王文興在接受李昂訪問時強調，他直到寫《家變》，仍堅持「小說一律用最精省的文字寫成」，而《家變》雖有某些重複、奇特的用字，但重複如果是必要的，也就符合他強調的「精省」。見李昂，〈長跑選手的孤寂──王文興訪問錄〉，頁 36。

⑱　張漢良認為中國文字的象形作用，使中國字特重空間性和時間性，是一種最好的文學媒介。但中國字的單音節性也使以視覺符號表達純聲音時，不若西方拼音文字的精確性。見張漢良，〈淺談「家變」的文字〉，頁 128-129。朱西甯也認為中國文字的句法，若要訴諸聽覺，必須簡短，且須運用成語才能為人接受。因此，朱西甯主張小說語言除了從方言尋找更豐富的涵義，造字方面也是必要的，以補原有文字的不足。參曹定人記錄，〈家變座談會〉，《中外文學》第 2 卷第 1 期（1973 年 6 月 1 日），頁 175-176。

有一抵抗速度的精神，因為速度讓人忽略了許多風光。」**⑱**也就是讓讀者放慢閱讀速度，發覺文句產生的震撼效果以及驚心動魄的感覺。

　　七等生以〈失業‧撲克‧炸魷魚〉（1962）初登台灣文壇，後來發表的幾篇作品，都讓人「驚奇地互相看見」（〈初見曙光〉）其文字的扭曲、怪誕和主題的荒謬。劉紹銘以「小兒麻痺症」形容其「不能孤立地站起來」的文體**⑱**。然而七等生對於自己「小兒麻痺症的文體」不以為意，只表示自己並不太計較文法上的對錯問題，因為「以緊密的精神追索我的意念時，在小說中去計較文法是甚為不合理的事。」**⑱**也就是說，七等生對意念的追索甚於文字修辭的關心，他認為唯有變形的文字才能表達被扭曲而變形的生存經歷。據廖淑芳的研究，七等生文體表現出「十分歧異於傳統日常語言與傳統寫實語言」的特色，其文體特色最主要的是濃縮、省略、倒裝、誇張；其中長句成為其特有的標誌，也引起最多人詬病**⑱**。

　　七等生引起最多議論的小說，首推〈我愛黑眼珠〉（1967）。〈我愛黑眼珠〉是典型的七等生文體，展現了語言與特殊題材相結

---

⑱　李欣倫記錄整理，〈抗拒速度的現代音樂──王文興座談會〉，《中國時報》三十七版（1999年12月15日）。此為楊照發言。

⑱　劉紹銘，〈七等生「小兒麻痺」的文體〉，收入張恆豪主編，《火獄的自焚》，頁40。但馬森則稱之為「聖經體」予以肯定。見馬森，〈三論七等生〉，頁167。

⑱　七等生，〈後記〉，《離城記》（台北：晨鐘出版社，1973年）。

⑱　廖淑芳，《七等生文體研究‧第六章總結》（成功大學歷史語言研究所碩士論文，1990年6月）。下載自「台灣文學研究工作室」。網址：http://ws.twl.ncku.edu.tw/。

合的特色。〈我愛黑眼珠〉寫失業的李龍第在生活上依賴著妻子晴子，但在一次洪水圍困時，李龍第卻忘恩負義地擁抱陌生妓女，並改名亞茲別，否認自己是晴子的丈夫，最後眼睜睜看著晴子落水後被洪水吞噬。李龍第和亞茲別是一個人兩種人格的表現。現實生活中，李龍第是悲觀、怯懦、孤僻寡言的男子，過著挫敗的生活。當洪水來臨時，李龍第成了亞茲別的人格，並拯救了溺水的陌生妓女。小說最富象徵意義的是那場毀滅性的洪水。洪水使人性由「李龍第」變成「亞茲別」，傳達「人的存在便是在現在中自己與環境的關係」（頁6）的中心思想。

呂正惠認為七等生小說缺乏生動的細節描寫和精心設計的結構，由日常生活的印象片段組成的作品使其「大部份的早期的小說都沒有寫好」[188]。但廖淑芳認為七等生「歧異」的文體特色都在「解除習常閱讀反應的自動化，使讀者重新體驗及思考事物」。因此，文字的顛倒與錯置並不是七等生最在意的，他關切的是如何以最自由的書寫展現精神世界的解放，突顯其對現實的無奈與抵抗[189]。事實上，任何文字的運用，對七等生而言，都視創作時的情感而定，並非直接取材於「日常生活的印象片段」，而是在描述一種心象。七等生說：

由於這個心象不是我們一般眼睛視覺上所能看到的，因此為

---

[188]　呂正惠，〈自卑、自憐與自負——七等生「現象」〉，《小說與社會》，頁102。

[189]　同註[187]。

了表現我這種心象，自然會有另一種顯像出來。⑲⓪

就因為這種心象描述的完全是七等生個人而非眾人的，自然會有所謂「陌生化」的感覺出現。這是為什麼七等生小說的景物與人物均給人超現實感覺的原因。然而，七等生正是用這種獨特的語法和文字去表達他心靈世界那些糾葛的意念和孤絕的世界，令人窒息的文體所呈現的世界都在表現人物生存的困境。藉由描繪心象世界，七等生企圖掙脫這種不快樂的限制，而這種直探心靈世界的創作無疑是相當典型的現代主義小說。

　　施淑說，六〇年代的台灣是個「歇斯底里」的時代，白色恐怖的氛圍，讓六〇年代的文學青年以現代主義的主題與形式，來表達對這「歇斯底里」的時代的反叛。然而現代主義小說在現實問題前，往往是沈默、疏離的，但這沈默、疏離是以一種特殊的語言形式表現出來：

　　　　它的晦澀文字包含著的壓抑、恐慌；它在句構上把中文傳統
　　　　的簡潔變成刻意的複雜所呈現的擠迫、混亂和矛盾；它的形
　　　　式試驗所顯示的自我懷疑、異化和解體。⑲①

陳芳明也說：

---

⑲⓪　梁景峰，〈七等生·梁景峰對談──沙河的夢境的真實〉，頁88。
⑲①　施淑，〈現代的鄉土──六、七〇年代台灣文學〉，頁256。

> 現代主義往往以流放與漂泊自況，他們殫思極慮要與自己的
> 社會斷裂，從事心靈上的自我放逐。……現代追求的是開放
> 與前衛（avant garde）。……更徹底的斷裂，便是在語言文字
> 上全盤整頓，重新試驗其新的想像空間。舊的說法、舊的說
> 辭，都必須翻新。⑲

綜言之，六○年代台灣現代主義小說，可視為某種程度的台灣文學
革命。這個文學革命是對五四所建立起來的白話文傳統的挑戰。為
要讓語言承載更多訊息，更精確地表達內心的斷裂與疏離，作家將
語言重新拆解，以扭曲的語言容納各種異質的東西，使每一字句、
每一符號都給予讀者豐富的意義與聯想。然而，語言結構無法透過
簡單的傳述獲得。葉維廉說：「語言的結構所產生的內在的應合，
正是消除主題的可述性，迫使批評家回到作品本身去感受其間的完
整性的一種手段。」⑲因此，語言的變革，帶來的是文學的「陌生
化」，能夠了解的不多，於是形成張誦聖所謂的「菁英文學」。鄉
土文學論戰攻擊現代主義最烈者也在語言。然而，每一個讀者對小
說文字傳遞的意義解讀都不同，效果也各異。於是，現代文學史集
中表現為「語言的疑難症」，現代主義可說是「開始於對一種不再
可能成為經典文學的追尋」⑲。風格的不斷變遷轉換，語言的反覆

⑲　陳芳明，〈余光中的現代主義精神──從《在冷戰的年代》到《與永恆拔
　　河》〉，《後殖民台灣──文學史論及其周邊》，頁 210。
⑲　葉維廉，〈現代中國小說的結構〉，《現代文學》第 33 期（1967 年 12 月 15
　　日），頁 194。
⑲　羅蘭・巴特（Luolan Baerte），《寫作的零度》，頁 11。

淘汰更新，便成為現代主義文學意義的前提和特徵，而這種對「新穎」和「無限」迫切的追求正是烏托邦性的**⑲**。

三、現代主義小說形式技巧的現代性

由於現代主義建立在反傳統的立場，故創作路線也與傳統不同，採用由內向外的緣情造境創作路線，其特徵是以我為主，以境為實；以心為主，以物為實，強調把個人的主觀心境感受外射到物境上，使物境染上心境的主觀色彩**⑳**。相對的，作家也運用許多主觀化的描寫手法，其共同特點是：遵循心理活動，特別是藝術形象思維的規律和邏輯，以及潛意識心理活動而非客觀世界的規律和邏輯。這些反傳統的形式實驗，訴諸小說技巧，便是敘事觀點、意識流技巧、敘述時間的切割、小人物與小事件、情節淡化等。其中最重要的是敘事技巧和敘事觀點的突破，作家以有別傳統的敘述觀點邀請讀者介入，參與故事情節的發展；同時，作家也直接進入人物內心，挖掘小說人物的內心世界。

㈠記憶消失的瞬間：意識流技巧

「意識流小說」發源於英國，是廿世紀西方現代文學的重要流派之一，1920 至 30 年代以美國為中心，興盛於歐洲各國，喬伊斯（James Joyce）與吳爾芙（Virginia Woolf）都是意識流小說創作的佼佼者。「意識流」在文學領域中，指把印象、回憶、想像、觀感、推

---

⑲　同前註，頁 99。

⑳　趙曉麗、屈長江，《反危機的文學》（西安：華岳文藝出版社，1988 年），頁 36-37。

理、直覺、幻覺等「意識活動」展現為一種活動著的「流」的心理描寫方法或作品。「意識流」作為文學概念後,加入了思維不間斷性、自由與無自覺控制的含義。因此,「意識流」不是一種流派,而是一種方法。這種方法不是「描述」,而是「呈現」,作者不是插入其中,而是退隱其後。故,文學上的「意識流」必然具有流動性、混雜性、呈現性三種特徵❿。在現代主義之前的寫實主義或自然主義,只有外在時間,認為人的意念與行動是相應且連續不斷的,故小說多半以編年史的方式呈現,逐年按月地記述人物的行為以聯貫情節。後來現代主義小說家採用法國哲學家柏格森的概念,認為歷史時間是一個階段接著一個階段的流逝過程,小說創作與閱讀也是在時間的鋪陳連續中創造並尋找故事的意義。有了意識流技巧後,作家可以隨興所至,依循心理時間的概念,進行自由聯想、回憶,或對直感、直覺的瞬間情緒進行細緻入微的描寫,故事和意念的跳躍、多變,不以井然有序的情節來串聯。

　　意識流在歐美社會盛行,和佛洛依德學說的出現有密切關係。佛洛依德的精神分析學認為現代物質文明的壟斷和戰爭的摧殘,是帶給現代人焦慮不安和苦悶徬徨的根源。佛洛依德剖析人類心靈,揭示隱藏在自我面具後潛意識的活動,他發現人類其實是自己行為的主宰。這為現代文學揭示人類內心活動,提供了理論依據,文學也自此轉向直接呈示人物意識活動的新途徑。意識流小說受到佛洛依德學說影響的積極面在於「啟發意識流小說家擴大和加深了表現

---

❿　柳鳴九,〈代前言——關於意識流問題的思考〉,收入柳鳴九主編,《意識流》(北京:中國社會科學出版社,1993 年),頁 5。

人物心靈的領域，促使他們更新或豐富了刻劃人的『內宇宙』的表現方法。相較於傳統小說，把內心世界寫得更加複雜、深刻、多層次、多變化、多角度，具有心理的立體結構和豐富的動態❶。簡言之，意識流方法擴大了文學心理描寫的領域，把人類心靈活動的文學表現往前推進了一大步。此外，佛洛依德以「自由聯想」的方式，讓病患從內心深處把導致苦惱的原因敘述出來，也給意識流小說啟示。意識流小說透過「自由聯想」的心理運作，把一段段的「內心獨白」聯想一起，以一、二個主要人物的聯想，表現小說人物的心靈活動，讓人物意識主導故事情節，藉此忠實呈現現代人內在心靈意識的流動❶。

需要進一步釐清的是「意識流」與「內心獨白」的關係。西方學界有的把兩者等同起來，認為「內心獨白」就是「意識流」；有的則把兩者分開，把「意識流」視為一種文學形式，「內心獨白」視為一種文學技巧。意識流有不同技巧，「內心獨白」是其中一種，除此尚有「內心分析」、「感官印象」等❷。兩說相較，後者較多人贊同。

在「內心獨白」、「內心分析」、「感官印象」三種技巧中，「內心獨白」較意識流有秩序、條理，並富邏輯性，它是一種內心的思考，也較受理性制約，包括思索、分析、估量、預測等因

---

❶ 高中甫，〈弗洛伊德的「自由聯想」和施尼茨勒的「內心獨白」〉，收入柳鳴九主編，《意識流》，頁 192。

❶ 柳鳴九，〈代前言——關於意識流問題的思考〉，頁 3-6。

❷ 「內心分析」是「間接的內心獨白」，以敘述者的人稱和時態出現，摻入大量敘述者的介入。「感官印象」則用於再現純屬個人的主觀感覺印象。

素⑳。重要的是，「內心獨白」有三種必要且主要的特徵，即：「內心」（默然無聲）、「獨」（無人以對）和「白」（依賴語言）；其中「白」（依賴語言）是最重要的特徵。簡言之，「內心獨白」是一種「無聲的語言意識」，一切都以人物清楚而完整的語言形式出現，直接再現人物心靈當中正在發生的活動狀態。由此看來，「意識流」和「內心獨白」確有某種程度的相似性，但「內心獨白」有大量明確且清醒的意識，而意識流則表現較多自由、沒有自覺控制的朦朧、深層、潛意識與本能的反應⑳。

意識流小說的藝術表現是由小說人物的「內心獨白」和「自由聯想」展開，小說時序不是依循線性時間開展，而是由人物喜怒哀樂的心理狀態錯綜流洩表現。因此，意識流小說最大的特色，就是小說語言有別於傳統，它打破日常慣用的語法，創造出一種足以捕捉瞬間即逝、流動不居的人類意識活動的語言。這種擾亂文法秩序的語言，被視為是最能展現現代人內在精神世界的語言。

六〇年代現代主義小說家中，白先勇是少數充分受益於西方文學作品，卻沒有放棄中國傳統，也沒有違背中文語法規則的一個。以「現代人的手法」表現「現代人的意識」的「現代」小說觀，對白先勇的啟發很大，也在創作時充分學習並運用。〈香港一九六〇〉（1964）是篇以電影的定鏡頭拍攝出來的單一場景小說，也是白先勇第一篇以意識流技巧創作的作品。小說只以灣仔閣樓頂為場

---

⑳　柳鳴九，〈代前言——關於意識流問題的思考〉，頁9。

⑳　慈繼傳，〈意識流與內心獨白辨析〉，收入柳鳴九主編，《意識流》，頁 3-6。

景，描寫國民黨軍隊師長夫人余麗卿在師長丈夫被共黨殺害後，逃至香港，成了一個寂寞卻富有的香港難民。後來余麗卿在香港和一個煙毒犯相戀，煙毒犯找人偷拍余的裸照以為要挾，余的妹妹余雲卿去信勸她自重。

　　劉紹銘對白先勇這篇以意識流寫就的小說評價不高，認為就意識流的寫作來說，很像是「在寫作班上不得不交卷的作業」，是「一篇按照指定的寫作方式寫成的故事。」❷❽然而，六〇年代現代主義作家大多經過模仿西方現代主義的經驗，有潛力的作家，一旦發覺人家的「主義」與句子和自己格格不入時，就會自己「斷奶」❷❾。〈香港一九六〇年〉後，〈芝加哥之死〉（1964）、〈小陽春〉（1961）、〈金大班的最後一夜〉（1968）、〈遊園驚夢〉（1966）都運用了意識流的技巧，其中融合《紅樓夢》的語言技巧、崑曲的演出方式以及意識流技巧刻劃心理的〈遊園驚夢〉（1966），被視為白先勇小說藝術登峰造極之作。

　　〈遊園驚夢〉小說主角是錢鵬志將軍填房，在南京擅唱崑曲出名，藝名「藍田玉」的錢夫人。錢夫人在大陸淪陷並錢將軍病故後隻身來台，遠離故舊友朋，獨居在台灣南部。小說情節以錢夫人應竇夫人之邀，與一群南京上流社會的貴夫人重聚在台北天母竇夫人的「遊園」宴會票戲始末開展。其中意識流技巧的運用，見於錢夫人的一段往日和鄭參謀私通交歡的意識流動中。這一大段意識流文

---

❷❽　劉紹銘，〈回首話當年：淺論台北人〉，《小說與戲劇》，頁 52-53。

❷❾　劉紹銘，〈十年來台灣小說（1965-1975）——兼論王文興的「家變」〉，《小說與戲劇》，頁 7。

字鋪陳出的錢夫人與鄭參謀「交歡」的聯想,和崑曲「驚夢」唱詞中的杜麗梅與書生柳夢梅在園中牡丹亭的交歡重疊,錢夫人彷彿變成杜麗梅,在竇夫人「遊園」宴中再經驗了一次當年和鄭參謀交歡的過程,嘗到了「驚夢」的滋味。白先勇讓錢夫人意識的「今」和「昔」融合一起,配合外在寫實的環境,以一連串富有詩意的象徵文字,映現錢夫人的流動意識,也暗示錢夫人心理狀態的昏亂。有別於〈香港一九六○年〉追憶往事時的夢魘式意識流表現,〈遊園驚夢〉意識流技巧的純熟運用,和形式協調一體的效果,使〈遊園驚夢〉被譽為中國文學史上,中短篇小說最精彩、最傑出的創作[205]。

　　六○年代台灣現代作家中,作品明顯看出刻意學習西方意識流技巧的是陳若曦。陳若曦在《現代文學》第二期發表的〈巴里的旅程〉(1960),可以清楚發現「模仿」西方意識流技巧的痕跡。〈巴里的旅程〉寫一個男子巴里對存在意義的追求。基本上,這是一篇用支離破碎且缺乏完整意義與不相關場景的句子所寫成的作品,內容雖見現代城市的描寫,但小說全文卻完全由巴里主觀意識的旅程組成,讀者不知主角巴里從何處來,又要往何處去,只讀出巴里旅途過程中遇到的千奇百怪的人物以及莫名所以、充滿宗教意味的議論。可以說,全篇乃由錯亂的語言堆砌而成,讀者完全不知作者所要表達的思想意識。

　　〈巴里的旅程〉和陳若曦第一篇小說〈欽之舅舅〉(1958)以

---

[205]　歐陽子,〈「遊園驚夢」的寫作技巧和引申含義〉,《王謝堂前的燕子》,頁 231。

及〈喬琪〉（1961）類似，都依賴「異情異境」和語言的主觀、誇張和情緒的激烈狂亂寫作❽。到了〈灰眼黑貓〉（1959）、〈收魂〉（1960）和〈婦人桃花〉（1962），雖是鄉土題材，但陳若曦的語言還是極度的依賴創作時的主觀意識活動，直到〈辛莊〉（1960）和〈最後夜戲〉（1961），小說都充滿了潛意識的洶湧奔流。究其實，原來這時期的陳若曦初任《現代文學》編委，思想非常「洋框框」，很迷卡夫卡和喬哀思的作品，小說風格明顯受到西方作家的影響❿，故〈灰眼黑貓〉的神秘氣氛，也頗類艾嘉・愛倫・坡的象徵作品〈大黑鴉〉❽。可惜陳若曦對西方文學創作技巧不夠了解，所以小說語言雖有「現代」外貌，卻沒有清晰的思想意識，〈巴里的旅程〉就明顯暴露出陳若曦小說的缺陷。劉紹銘進一步點出陳若曦早期作品的缺失，認為小說中的「印度」、「神秘」和「象徵」並無法將她寫作的特質完全發揮出來，因此，陳若曦發表在《文學雜誌》和《現代文學》初期的幾篇文章，都只能是「賣弄其外文的專業知識罷了」。然而，誠如葉維廉言，陳若曦早期小說依賴著「奇情」、「絕境」開展，但在〈最後夜戲〉，小說主客觀世界已逐漸配合有致，語言漸走向凝定與控制。到了《尹縣長》，其文字已能依附著現實生活的客觀經驗，不作任何主觀的發揮了❽。

---

❽　葉維廉，〈陳若曦的旅程〉，《從現象到表現》（台北：東大圖書公司，1994 年），頁 571。
❿　劉紹銘，〈陳若曦的故事〉，《小說與戲劇》，頁 84。
❽　葉維廉，〈陳若曦的旅程〉，頁 571。
❽　同前註，頁 571-572。

　　「內心獨白」的運用以王文興最為純熟，事實上，他也有心要模仿與表現❷⑩。〈母親〉中母親的內心獨白即是明顯意識流技巧的運用。和〈母親〉風格類似的還有〈大風〉（1961）和〈欠缺〉（1964）。〈大風〉故事時間局限在短短一夜，寫四十二歲的外省籍三輪車伕在颱風夜的台北城努力爬坡、涉水、過橋，辛苦掙錢的過程。小說全文以口語寫就，其中王文興以內心獨白技巧展現車伕載客謀生的辛苦以及與颱風、暴雨在橋上搏鬥的內心感受，敘事角度由內而外，使外物染上主觀色彩。其中最引人注意的是車伕在橋上與暴風雨對抗的描寫，文字構成的動速遞增，使原是抽象的意志與風暴的搏鬥力有了可觸可感的實體❷⑪。〈欠缺〉寫男孩暗戀裁縫店婦人的心理意識，也相當成功。敘述者「我」獨白時將所思索的外物染上冥想的色彩，進而成為冥想的一部份；不藉「理路」可索的外象來組織小說，而藉由冥想使外物與敘述者的主觀經驗在無形中凝混為一，成功地交錯在一段愛情裏。王文興運用相當純熟的內心獨白將男孩冥想的心理狀態作了最佳呈現。

　　由於歐陽子小說多以「心理」為題材，而意識流是心理小說經常運用的表現方式，故歐陽子運用第三人稱敘事觀點的小說，多是結合意識流的創作。例如〈半個微笑〉（1960）的模範生汪琪在暗戀的王志民面前失足後，面對張芳芝時的心裏意識描寫（頁 252）；〈木美人〉（1961）以冷若冰霜、拒人於千里的「木美人」形象出

---

❷⑩　單德興，〈錘鍊文字的人　王文興訪談錄〉，頁 44。

❷⑪　葉維廉，〈水綠年齡之冥想（1967）——論王文興「龍天樓」以前的作品〉，頁 508-509。

現的丁洛的內心獨白，最後竟遭玩弄，成為打賭籌碼的心理意識與過程。其他如〈覺醒〉（1962）（原題〈那長頭髮的女孩〉）、〈素珍表姐〉（1969）等，都是以第三人稱單一觀點，配以意識流手法呈現人物的心理活動。這種走入主角內心世界的敘述在歐陽子小說中相當常見，目的是「存心讓讀者跟著我的小說主角，一同經驗覺悟的歷程。」[212]也就是說，讀者只能跟著主角的言行判斷主角的處境，主角發覺全盤皆錯而產生覺悟時，讀者也同時身歷其境，一同經驗覺悟的效果。由此，小說便產生一種懸疑的效果。這種作者不是插入其中，而是退隱其後寫人物內心活動的方式，是典型意識流小說的寫法，類似十九世紀末至二十世紀初亨利·詹姆斯的小說。亨利·詹姆斯常由故事的某一個角色對於其他人的觀感來貫穿小說情節，人物的內心活動是單指這個角色的所見所思而言（即旁知觀點）。不過，1920 年代以後如喬伊斯、吳爾芙、福克納等人的意識流小說，人物內心活動可以由一個角色轉換到另一個角色上，這是意識流小說進一步的發展[213]。這種新的嘗試，見於歐陽子〈近黃昏時〉（1965）。

〈近黃昏時〉受到威廉·福克納〈當我垂死時〉多重觀點的影響[214]，以三個角色的內心獨白構成。不過，雖有三個不同觀點，但

---

[212] 歐陽子，〈自己的一些文學觀念——致高全之書〉，收入高全之，《從張愛玲到林懷民》（台北：三民書局，1998 年），頁 82。

[213] 蔡源煌，〈小說的敘事觀點〉，《從浪漫主義到後現代主義》（台北：雅典出版社，1994 年），頁 160。

[214] 歐陽子，〈《現代文學》與我〉，《現文因緣》，頁 72-73。或《移植的櫻花》（台北：爾雅出版社，1978 年），頁 187-188。

歐陽子是以「我」的第一人稱敘事,所以又類似於第一人稱敘事觀
點。小說情節由麗芬、吉威和王媽三個人的說詞構成,每一個人都
用第一人稱「我」進行敘述,敘述者不能說出這個「我」所不知道
的事,讀者閱讀小說就得到三個不同的結果。小說藉三個角色對同
一件事不同的看法和結論,呈示「真實」和「真相」的難以確立。
值得注意的是,王媽的敘述:「對面阿娟剛剛告訴我,昨天余彬中
的幾刀,其實並不怎樣嚴重。」(頁 131)顯然是事後追述,和麗
芬、吉威針對事件發生當時的敘述,有時間上的差別。這種敘述時
間上的遲延,等於說出事情的真相,似乎違反了歐陽子所言,多重
觀點的運用,是希望交由讀者判斷的想法。

〈近黃昏時〉引起讀者注意的地方,除了多重觀點,還有小說
內文黑體字的運用。如:

麗芬沒有兒子
麗芬沒有丈夫
麗芬孤零零一人

這些黑體字是《秋葉》中才換用的。小說一連出現三次麗芬的內心
獨白,並用黑體字呈現,這「無聲之聲」在讀者意識中造成一種
「迴音」效果,強化了麗芬的孤獨與自憐情緒。

誠如歐陽子言,她的寫作「訓練」來自「摹仿」與「實習」,
而非文學批評各派理論的詳細認識❷⓯。因此,嚴格說來,歐陽子意

---

❷⓯　歐陽子,〈關於我自己〉,《移植的櫻花》,頁 162。

識流技巧的運用並不算熟練精確，且某些心理小說儘管把注意力放到對人物內心的分析中，卻依然保留著情節和行為以及外在環境的描寫。不過，除了歐陽子小說，六〇年代《現代文學》作家群也採用這種創作方式。

六〇年代台灣現代主義小說家對意識流技巧的運用，最特別的要屬王禎和。王禎和以「現代」意識流技巧，表達「鄉土」題材的創作，形成了一種特殊的「台灣意識流小說」風格。〈鬼・北風・人〉（1960）是王禎和在文壇初試啼聲之作，小說敘述對姊姊有超乎尋常感情的男子秦貴福，在寡婦姊姊麗月有了「男人」後深受刺激，在一次賭博輸掉收帳的款項六百多塊錢，與姊姊大吵一架後，遊走花岡山，被鬼影幢幢的花岡山驚嚇的故事。小說以鄉土題材表現，並穿插不少方言俚語。王禎和寫麗月夜半於雜貨店中等待貴福收帳歸來，在姊弟情分、商家雇工間徘徊的矛盾心情，以及末段貴福與麗月決裂，貴福誤入陰森森的深夜花岡山過程，都以意識流技巧表達人物內心矛盾複雜與驚惶恐慌的意識流動。

在〈鬼・北風・人〉發表後半年，王禎和又發表〈夏日〉（1961），這是一篇以內心獨白和意識流手法表現一個被棄的山地女子處境的棄婦吟。其中意識流的運用有兩處，其一是芭娜在面對丈夫不忠並被迫離異，孩子被抱走，自己被逼回鄉時內心的衝突與翻攪不已的複雜心緒；其二是在芭娜的聯想中，飄零的回憶與靈慾的掙扎，以山地狂歡節慶歌舞，伴隨山地母語錯雜的囈語和性愛的過程。

對於王禎和用「現代」手法表達「鄉土」題材，論者看法大不相同。白先勇認為〈鬼・北風・人〉中「台灣方言的運用，以及台

灣民俗的插入,是他刻意經營的一種寫實主義」,對台灣鄉土文學
有啟發作用❹;呂正惠卻認為小說語言徘徊於張愛玲和鄉土氣語言
的兩個極端中,間雜「駁而不純」的「過渡」文體,用這樣的語言
以內心獨白的方式描寫麗月與貴福的內心,並不適合小說人物鄉土
的身份,讀來「不協調」並且「不具真實感」❹。

　　至於〈夏日〉(1961)(原名〈永遠不再〉),呂正惠認為王禎和
只一味地仿效意識流手法,卻忽略了意識流是要以零亂、破碎的詩
版節拍文字,把一個人日常生活中看似不重要,卻是關鍵事物表達
出來❹。而〈夏日〉裏的意識流內容卻是以山地女人的生命歷程最
不關鍵的部份為主,不符合意識流應用的規範,是篇「徹底失敗」
的作品❹。

　　然而,同樣針對意識流技巧的運用,林燿德卻認為〈夏日〉
「非常明白地驗證了王禎和處理意識流和複合敘述觀點的能力」,
表現了「成熟而淋漓盡致的意識流技巧」,原因是王禎和「能夠普
遍化於不同觀點作品內涵的基礎技能,而這種技能又誕生自作者本
身的對於正文時空的重建能力」❹。

　　顯然,對於「鄉土」題材與「現代」形式的結合,呈現正、反

---

❹　白先勇,〈「現代文學」的回顧與前瞻〉,《第六隻手指》,頁254。

❹　呂正惠,〈小說家的誕生　王禎和的第一篇小說及其相關問題〉,頁21。

❹　余素記錄,〈五月十三節──從紅樓夢談到王禎和的小說〉,頁61。

❹　呂正惠,〈小說家的誕生　王禎和的第一篇小說及其相關問題〉,頁22。對
　　於〈夏日〉一作,王禎和自己也不甚滿意,他認為這是一篇「極壞」的作
　　品。

❹　林燿德,〈現實與意識之間的魘影　粗窺一九八〇年以前王禎和的小說創
　　作〉,頁47。

兩種評價。呂正惠對王禎和小說的批評，顯示六〇年代台灣現代主義小說家學習西方藝術技巧，往往只習得外貌，並未真正領略其精神內涵。這種「誤用」意識流技巧的結果，是呂正惠認為王禎和後來並沒有朝「正宗現代主義小說」路線，而是轉向鄉土小說發展的原因㉑。姑且不論王禎和小說意識流技巧是「誤用」（呂正惠）還是「成熟而淋漓盡致的」（林燿德），我們認為相異的評價，值得重視的是其中透顯出來的兩種批評標準：呂正惠重視的是作品對「正宗現代主義小說」寫作技巧的承襲；白先勇、林燿德關心的是作家如何以鄉土素材「本土化」西方現代小說技巧。

　　談到六〇年代台灣作家對西方現代小說技巧，特別是意識流的學習與運用，絕對不能忽略水晶小說。西方意識流技巧的學習，在六〇年代往往被視為「新潮派」，相當容易招致批評，水晶自然不例外，他的幾篇意識流創作，都引發文壇關注。例如〈愛的凌遲〉（1963）以意識流技巧寫一個住院的年輕女人在病榻回憶自己過去對罹患癌症的男友的殘忍而心生疑懼，害怕遭報的紛雜紊亂情緒；〈快樂的一天〉（1964）寫董事長夫人寧可活在虛無富有的生活，而不願面對本真自我的內心意識流動。這兩篇小說發表後都引起各方討論。水晶小說最引發關注的是〈沒有臉的人〉（1962）。〈沒有臉的人〉寫一個旅美名女鋼琴家施祈綏音歸國訪問，被其青年時代的戀人，後來是一個藉藉無名，自甘庸碌的中學教員羅亦強知曉，內心產生感慨的故事。小說以意識流技巧寫出失意庸碌的中年男主角內心思緒的紊亂，以及因時代錯誤而糾結成的矛盾。這篇小

㉑　呂正惠，〈小說家的誕生　王禎和的第一篇小說及其相關問題〉，頁22。

說在《中央日報》副刊刊載後，引起轟動，雖有人專文讚美，但西洋作家的影響，以及作品對意識流技巧的模擬與努力，被評者譏誚為是「海盜版式」的❷，招來缺乏獨創性和剽竊的批評❷。評者以意識流已是歐美各國過時的寫作技巧，且這篇小說和喬伊斯的《優里西斯》一樣，都用第一人稱的內心獨白來描寫男主角心理狀態為理由，批評水晶有剽竊《優里西斯》之嫌。

　　針對批評者對其小說缺乏獨創性和有剽竊之嫌的批評，自承不是獨創性非常強烈的水晶有所辯護❷。他認為寫作技巧的運用乃視題材需要而定，無新舊之別；而「模倣」乃對於任何大師鼎禮膜拜後產生的，與「抄襲」乃粗暴的掠奪有別❷。在〈沒有臉的人〉發表後，水晶又寫〈波西米亞人〉（1963），以「我」的內心獨白寫娼妓洪雪鏘充滿慾望的生活，文字更表現虛無的人生觀：

> 走到那兒我都是陌生人。真正的波希米亞人是我自己。不是他們。……生命是無意義的無意義。朝生暮死。方死方生。
>
> （頁 76-77）

小說以意識流技巧，傳達中國老莊思想藉以呈現主角虛無的人生

---

❷　水晶，〈重印小記〉，《沒有臉的人》（台北：爾雅出版社，1985 年），序頁 3。

❷　水晶，〈拋磚記——也談「我的寫作生活」〉，《拋磚記》（台北：三民書局，1969 年），頁 48-54。

❷　水晶，〈再記〉，《青色的蚱蜢》（台北：文星書店，1967 年），頁 190。

❷　水晶，〈關於「沒有臉的人」〉，《拋磚記》，頁 65-68。

觀，形成相當特殊的風格。

綜上所述，當西方幾位意識流大師的作品介紹到台灣後，台灣現代作家也開始運用這種「現代人的手法」表現「現代人」的意識。由諸位現代主義小說家對意識流技巧的學習，我們可以清楚發現，所謂「正宗」意識流技巧在六〇年代台灣作家的創作中並未能成熟且熟練的運用，特別是第一篇作品，往往只有外貌而無精神實質。然而，借用劉紹銘的話，六〇年代現代主義作家都經過「模仿」西方現代主義的經驗，一旦西方的「主義」（形式技巧）和台灣的「句子」（題材內容）格格不入時，作家就會自己「斷奶」（改變創作路線）❻，轉而朝向適合自己的路線發展。這種創作路線的轉向，在陳若曦小說中特別明顯。陳若曦最好的兩篇小說──〈尹縣長〉和〈耿爾在北京〉，就是以「回歸」中國後的真人真事所寫成的一把「血肉凝鍊的匕首」❼。

㈡現實的「干預」與「再造」：蒙太奇技巧

傳統敘事結構是按情節事件發生的時空順序，從過去到未來依序進行。但現代主義敘事結構的過去與現在是同時態的，所敘述的事件是按小說主角印象和感受的強度排列，事件的關係也不是客觀

---

❻ 劉紹銘，〈十年來台灣小說（1965-1975）──兼論王文興的「家變」〉，頁7。

❼ 夏志清說：「陳秀美（若曦）晚近的小說，寫的都是真人真事；但她既要為歷史作證，小說寫得愈精，感人的力量也愈大。她最好的兩篇，也是她離開大陸後最早寫的兩篇：〈尹縣長〉和〈耿爾在北京〉。」夏志清，〈陳若曦的小說〉，收入《陳若曦自選集》（台北：聯經出版公司，1987 年），頁6。

的因果關係,而是心理活動的關係。這種敘事結構打破了正常的時空順序,造成獨特的藝術效果。為了按心理時空觀組織情節,電影「蒙太奇」的剪接技巧正可以達到這樣的效果。「蒙太奇」(法語 montage 譯音),原為法國建築學術語,意為「搬運」或「裝配」;後借用於電影剪輯,用來銜接、組合或疊化一系列場景❷❷。1926年,俄國普多夫金(V. I. Pudovikin)在《電影技巧》(*Film Technique*)提出「連結」(linkage)的剪接觀念,認為蒙太奇就是靠著鏡頭的組接,像堆砌磚塊一樣,把整部電影建構起來,控制和引導觀眾「心理方向」的方法。電影的意義是由個別鏡頭的累積而產生整體的意義❷❷。簡言之,蒙太奇即選擇和組接鏡頭以構成影片意義整體的程序。它體現在三方面:一,在鏡頭內部各同質和各異質因素間的並列安排,然後再選擇合用的鏡頭單元;二,諸鏡頭在鄰近關係或連續關係中的次序安排;三,每個鏡頭長短以及各鏡頭之間的「過渡鏡頭」長短的時延確定。因此,蒙太奇的基本意義,即在鏡頭內部和在鏡頭之間分解電影元素,並利用已分解的電影元素去構造新的藝術整體。它利用組接方式把影片中各種行動成分按因果關係和它們與虛構世界的時間性關係連接起來,並藉助兩個影像或鏡頭間的衝突或對比來表現一種觀念或引起一種情緒。電影家通過剪裁和組接程序來對由膠片記錄下來的「現實」進行「干預」和「再

---

❷❷ 陳衛平,《影視藝術欣賞與批評》(上海:上海古籍出版社,2003 年),頁60。

❷❷ 井迎兆,《電影剪接美學——說的藝術》(台北:三民書局,2006 年),頁229。

造」⑳。

　　六〇年代受意識流影響的台灣現代主義小說，著重內心世界的描寫和場景的快速轉換。電影蒙太奇技巧的運用可以突破時空限制，將同一時間內的不同事件，或不同空間內的相同場面加以剪輯、組合，通過影像和鏡頭的並置、穿插或對照，壓縮時空，與情節無關的敘述毋需長篇累牘交代，節省冗長的敘述，把時間和空間凝結一起。其中敘述性和表現性蒙太奇是電影中用來表現事物多重性的蒙太奇功能，前者可分連續式、平行式、積累式和覆現式蒙太奇類型；後者則有對比式、隱喻式和心理式蒙太奇類型㉛。

　　六〇年代小說受電影影響較明顯的是林懷民小說。林懷民小說常直接出現電影片名，例如「珍妮的畫像」出現在〈變形虹〉（1965）和〈安德烈‧紀德的冬天〉（1966）中；「雁南飛」、「八又二分之一」出現在〈兩個男生在車上〉（1967）中；「蝴蝶春夢」、「賓漢」出現在〈安德烈‧紀德的冬天〉中；「向日葵」、「霜殘淚紅」、「盲女驚魂記」、「七段情」出現在〈蟬〉（1969）中；「第三集中營」出現在〈穿紅襯衫的男孩〉（1968）中。據高全之說法，林懷民小說在轉接、聲響、場景方面，都有強烈電影化的傾向，林懷民也承認他很喜歡以蒙太奇的技巧在行文間造成變化㉜。以〈轉位的榴槤〉（1965）來看，這篇以南洋來台僑

---

⑳　李幼蒸，《當代西方電影美學思想》（台北：時報文化出版公司，1991 年），頁 109-114。

㉛　陳衛平，《影視藝術欣賞與批評》（上海：上海古籍出版社，2003 年），頁 66-68。

㉜　高全之，〈林懷民的感時憂國精神〉，《從張愛玲到林懷民》，頁 15。

生為主角的小說，寫離家無依而內心寂寞的南洋僑生經歷兩段感情、兩次墮胎的痛苦與掙扎。小說運用心理式蒙太奇技巧，以四次時鐘的「滴答」聲連結過去（南洋）與現在（台灣）的時空，並插入「母親的呼喚」聲貫串主角情感的發展。小說主角「冰」意識的流動毫無次序可言，敘述內容隨著她片斷且不連續的意識流動，混淆讀者的時間感。敘述過程並穿插不同時空但相同的場景，讓讀者有時空錯置的感覺。遺憾的是小說人、事、時、地過於跳躍，有敘事觀點混亂之感。林懷民小說蒙太奇技巧運用的最好的是〈鐵道上〉（1963）。〈鐵道上〉末尾寫明仔沿著鐵道要到台北找母親，卻朝著沿鐵道飛馳而來的火車衝去，他的朋友阿民急得在旁大喊：

> 「明仔！你幹什麼？明仔！」
>
> 「明仔！坐火車到火車站去呀！」
>
> 「嗚——」火車吼著。
>
> 「明仔！」我喊著。
>
> 「嗚——」火車已到眼前，吼得很急，很兇。
>
> 「明仔！」
>
> 「嗚——」火車吼著，吼著，「嚓」地一聲從身旁飛駛過去。
>
> 「明仔！」我倚著榕樹，用盡全身力量高喊。
>
> 「明仔！明仔！明——仔！……」我喃喃地喊著。（頁 118-119）

火車汽笛聲間雜阿民吼叫聲，以連續式蒙太奇技巧，讓小說語言如

鏡頭般快速切換，造成閱讀時的壓力，猶如火車朝著讀者衝來。最後兩句是高潮與高潮後的寧靜，這也是觀看電影時常有的心理效果。

　　作品明顯運用電影技巧的還有王文興的小說❸。王文興認為電影是文學的一部分，電影應是拿來學習而不是欣賞的❹。電影和文學，尤其是小說的關係特別密切，電影的分段好比小說分章節；電影分鏡好比小說分句，故運鏡和文字可以相等，運鏡的節奏可以等於文字的節奏，運鏡中的圖象也可等於小說文字中的圖象❺。〈龍天樓〉就是王文興從芥川龍之介原著，黑澤明執導的「羅生門」一片得到的靈感。小說以積累式蒙太奇技巧，寫關師長目睹駭人的恐怖屠殺，讓人聯想到電影「鏡頭」的運鏡處理，敘述語言讓讀者真實捕捉到劊子手處決人犯的視覺震撼。此外，〈龍天樓〉開頭語言的緩慢，傳達的影像、聲音和味道的敘述以及細節的描寫，相當類似攝影機鏡頭慢慢掃過市場一樣。〈龍天樓〉既是依日本電影「羅生門」的電影形式完成，因此也和「羅生門」有互文式的連結關係❻。

---

❸　在王文興觀念裡，他覺得小說分三種：長篇、短篇、電影，故電影就是小說，蒙太奇就是從文學學來的，所有的電影都可視為文學的翻譯。單德興，〈錘鍊文字的人　王文興訪談錄〉，頁 55。

❹　李昂，〈長跑選手的孤寂──王文興訪問錄〉，頁 34。

❺　成英姝，〈融會貫通的模仿　王文興專訪〉，《中國時報》三十七版（1999 年 11 月 22 日）。

❻　饒博榮（Steven L. Riep）作、李延輝譯，〈〈龍天樓〉情文兼茂，不是敗筆──王文興對官方歷史與反共文學的批判（節譯）〉，《中外文學》第 30 卷第 6 期（2001 年 11 月），頁 107。

　　除了〈龍天樓〉，王文興小說呈現電影風格的還有〈大地之歌〉（1961）和〈母親〉（1960）。〈大地之歌〉的書寫也類似電影運鏡方式，從客觀觀點出發，寫某個來自台灣中南部的男大學生在新公園附近的古典音樂茶室目睹一對情侶的親熱行為。小說情節基本上是男女間親密行為的近距離觀察，運用連續式蒙太奇技巧，情節鋪陳如電影鏡頭般，隨著男子的愛撫動作徐徐推移，頗富電影寫實風格。〈母親〉全文分成兩大部份，前半部份敘述神經質的母親對她兒子貓耳的繫念與冥想，沒有具體的情節和對話，完全以母親內心獨白為主；後半部份表達貓耳瞞著母親，和離了婚的吳小姐來往，並且喜歡吳小姐勝過自己的母親。小說前半部份以躺臥病榻的母親的隨想與內心獨白為主，是一種未經整理的思緒。王文興以跳躍式的方式推展情節，運用心理式蒙太奇手法，以一小句、一小句獨立成句的方式呈現母親思緒流動的紊亂語言。文字讀來絮絮叨叨，卻恰當地表達了為人母細膩而充滿母愛的情感。

　　王文興推進小說情節的技巧，和王禎和類似。王禎和認為小說是漸進推衍的藝術，應做到利用一小段文字或一行字，便產生多重的意思傳達，也就是如同電影畫面那樣連續不斷的傳達繁富的意義。然而，要在「一小段文字或一行字」中傳達「多重」且「繁富」的意義，就要利用象徵的手法。〈永遠不再〉即受到亨利·詹姆斯的觀點影響，使用了不少象徵的手法。

　　敘述性蒙太奇和表現性蒙太奇是蒙太奇的兩大類型，但在具體作品的運用中，它們並不是絕對分開的，而是交織在一起，在一個蒙太奇中體現著多種組合意蘊。最能熟練地運用多種蒙太奇技巧的是七等生。七等生小說「一色地鋪陳一種難以辨別過去、現在、未

來的空間序列，夢一般的節奏總是猶豫著走走停停。」[237]例如〈誇耀〉（1968）運用平行式和對比式蒙太奇技巧，同時並置兩組不同空間的類似場景，或同一時間的不同事件來衝撞讀者的想像力。小說以雙線交疊的手法，呈現不同空間的牛和靜雄一家的行動。作者以老牛為主線，靜雄一家為副線，先寫老牛在湯家操勞一生，後因都市重劃，農地先後被劃為住宅區，湯家把土地賣走了大部份，無田可耕致老牛被賣到屠宰場宰殺。七等生寫到老牛被運抵屠宰場後掙脫繩索闖入街上，橫衝直撞，造成人心恐慌，尖叫聲此起彼落時，鏡頭馬上轉到靜雄一家開著敞蓬跑車回鄉下娘家。牛的狂奔和車的奔馳呈現明顯對比，整部小說就是以老牛狂奔、車子奔馳的動態推展。最後一組牛、車場景寫到靜雄一家大小來到岳家，眾人爭相擁抱並親吻小男孩，靜雄則被眾目相迎至廳堂，「無數的眼睛帶著光鬚」注視著他，這時鏡頭立刻轉到電影街現場，在一陣槍響後，老牛被擊中，倒臥血泊死亡。七等生以交疊的手法，寫老牛不甘被宰的心情，猶如靜雄不妥協的傲骨及老牛代表的人性被追捕的悲慘命運。

　　與〈誇耀〉表現手法類似的是〈灰色鳥〉（1966）。〈灰色鳥〉以賴茲、安息小姐為一組，黑貓、灰色鳥為一組，寫賴茲重金購買一隻灰色鳥送患有小兒麻痺症的安息小姐的過程。小說以雙線同時穿插推衍情節，如寫賴茲探望安息小姐時，爬樓梯的小心翼翼情形後，鏡頭立即轉到黑貓跳上陽台石柵有如老虎的步姿；鏡頭再

---

[237]　楊照，〈末世情緒下的多重時間——再論五〇、六〇年代的文學〉，頁134。

一轉，寫賴茲看到安息小姐的心情，然後又立刻切換到黑貓偵察、窺伺獵物的景象（頁 214-215）。小說以黑貓比喻賴茲，灰色鳥比喻安息，結局是黑貓咬死了灰色鳥，但留下想像空間，只寫安息由賴茲攙扶前往賴茲家觀看灰色鳥，未寫安息看到死亡的灰色鳥時的場景，但讀者可以合理想像安息小姐即可能如灰色鳥般死亡。

〈誇耀〉和〈灰色鳥〉都是以場景與場景並置的方式來達到對比或暗示的效果，引發讀者的聯想。這是影像（場景、鏡頭）與影像（場景、鏡頭）的平行式蒙太奇和對比式蒙太奇。此外，還有影像與聲音、聲音與聲音的蒙太奇應用。例如〈AB 夫婦〉（1967）就是影像與聲音並置的隱喻式蒙太奇，意藉意義相近但又在內容上沒有直接聯繫的鏡頭連接在一起，進行一種類比，以突出其中相類似的特徵，從而揭示它們之間潛在的聯繫，表現某種意義。小說以 A（夫）、B（妻、八腳蜘蛛）雙線交叉方式，暗示「現在」A（夫）處理八腳蜘蛛的步步進逼，蜘蛛被截肢，就如 A（夫）「過去」對待行動不便的 B（妻）殘暴不仁的方式。遺憾的是，小說結尾，讀者隨著 A 的突然醒悟而醒悟 B（妻）原來已經去世三年，「他四處去尋回那些斷落的腳，但無論如何也不能齊全」，「他悲傷起來，為自己無聊而殘酷的一生悔痛著」（頁 229）。這種明白揭示的手法，顯然破壞了蒙太奇的暗示效果。

聲音與聲音的蒙太奇可以〈放生鼠〉為例。小說中第 4 小節沒有標明說話主體，不寫人物行為，而是全用聲音蒙太奇表現看榜人的反應，形成眾聲喧嘩的表現（頁 106）。這是一種積累式蒙太奇，意即把一系列在內容上性質相同或相近的鏡頭組接在一起，通過形象的積累來突出某一現象。

㈢多重敘事觀點

　　在現代主義小說的敘述角度中，出現了多角度立體式敘述手法。所謂敘述角度，即敘事觀點（View-point）的運用，也就是從作品的觀察點，讓它對作品的內容、形式有總體上的統攝能力。對小說創作而言，人物和故事情節是最基本的組成要素，小說採取什麼角度觀察事實，或由什麼人物、用怎樣的口吻來敘述，使人物適當地表現故事情節，都是敘事觀點最關心的。美國亨利・詹姆斯提出多角度的敘事觀點，也就是敘事觀點不是固定、單一的，而是變換、多層的，每個人物都站在具有自己個性的觀察點上，敘述事件的某一個側面。敘事觀點的轉換，造成了敘述內容的立體感。白先勇非常重視敘事觀點的選擇，認為觀點決定文字風格，決定人物個性，有時甚至決定主題意義和作品成敗的一半❷❸。

　　據胡菊人《小說技巧》的分類，敘事觀點可分四種：自知、旁知、次知和全知觀點❷❸。傳統的敘述一般採取全知觀點或旁知觀點。

　　全知觀點，又謂第三人稱全知觀點，即作者對小說人物的思想言行無所不知，對故事來龍去脈無所不曉❷❹，胡菊人謂之「神眼」❷❹。例如白先勇〈小陽春〉（1961），除以全知觀點說明樊太太對自己間接害死女兒的愧疚和折磨，也以樊教授關於他的「樊氏定理」的意識流貫穿全篇（頁 138）。這種敘事手法，真實地暴露了樊

---

❷❸　劉逍記，〈與白先勇論小說藝術　胡菊人白先勇談話錄〉，頁 128。
❷❸　胡菊人，《小說技巧》（台北：遠景出版社，1979 年），頁 84-85。
❷❹　張素貞，〈現代小說敘述觀點的運用〉，《細讀現代小說》，頁 27。
❷❹　胡菊人，《小說技巧》，頁 84。

教授內心世界的意識。此段意識流的運用，某個程度來說也有全知觀點的效果。

次知觀點，即第三人稱有限全知觀點，即作者為顧及某種程度的效果，選擇特定的一、二個人物，精細地描繪，深入內心，刻劃心理，其他人物，則用泛筆，只鋪寫他們的外在動作言行。第三人稱有限全知觀點是彌補全知觀點與讀者過分疏遠的缺點而來的一種折衷技巧，可以在相當範圍內對作者形成某種程度的制約，使讀者在閱讀過程有參與的機會❷。例如白先勇〈芝加哥之死〉（1964）全篇皆以吳漢魂留美生活的困頓與內心痛苦為主，其他如女友秦穎芬、吧女蘿娜等人的描寫，皆輕描淡寫帶過。

白先勇認為歐陽子的小說大多運用單一觀點法，使作者、讀者與小說人物保持了適當距離，很有客觀效果❷。歐陽子慣用的單一觀點，就是第三人稱有限全知觀點。胡菊人說：

> 作者的能力大受限制，他絕非什麼都知道。無寧是他約束自己的能力，讓故事中的一兩個人物的觀點，自現出情節和問題來。❷

由此可知，若作者將自己的能力壓縮到以一個人物的觀點來呈現故事，即是所謂的單一觀點。歐陽子自己也說：

---

❷ 張素貞，〈現代小說敘述觀點的運用〉，頁 29-30。
❷ 白先勇，〈「秋葉」序〉，收入歐陽子，《秋葉》（台北：晨鐘出版社，1969 年），頁 2。
❷ 胡菊人，《小說技巧》，頁 85。

其實我小說中採用的觀點，不宜稱為「全能」觀點，雖然也不是第一人稱式的單一觀點。我的確以旁觀者的身份或立場，客觀描述小說裡的人物（包括主角）與事件，可是一涉及小說人物的主觀意識，或對事件的價值判斷，我是絕對的採用小說主角的單一觀點。㉕

歐陽子作品中，全知觀點只有〈美蓉〉（1966）一篇，第一人稱單一觀點有〈小南的日記〉（1962）、〈木美人〉（1961）和〈貝太太的早晨〉（1964）三篇，其餘十一篇小說都是第三人稱單一觀點。由於《那長頭髮的女孩》改名為《秋葉》中，三篇沒收入的作品都是第一人稱單一觀點作品㉖，不禁讓人聯想到是因為歐陽子對冷靜推理方式的偏好，故以第一人稱的觀點創作，人物無法超越其認知理解的天然限制，對冷靜推理的效果較難達成。

自知觀點，即第一人稱主角觀點，指用「我」來敘述，「我」即是主角，敘述者用各種角度講述自己的故事，包含外在言行的鋪述與內在心理的描摹㉗。王文興〈欠缺〉即以主角「我」的觀點寫

㉕ 歐陽子，〈自己的一些文學觀念——致高全之書〉，頁82。

㉖ 歐陽子《秋葉》（台北：晨鐘出版社，1969年）包括十三篇小說，其中十篇選自《那長頭髮的女孩》（台北：大林出版社，1971年）。這十篇小說在《秋葉》中，有七篇全部改寫：〈半個微笑〉、〈牆〉、〈網〉、〈花瓶〉、〈那長頭髮的女孩〉（易題〈覺醒〉）、〈約會〉（易題〈考驗〉）、〈浪子〉；另外三篇經過修改。三篇沒收入《秋葉》的是〈小南的日記〉、〈木美人〉、〈貝太太的早晨〉；新收入的有：〈秋葉〉、〈素珍表姐〉、〈魔女〉。見歐陽子，〈作者的話〉，《秋葉》，頁7。

㉗ 張素貞，〈現代小說敘述觀點的運用〉，頁34-35。

出對裁縫店婦人的愛慕心理。

旁知觀點，即第一人稱旁知觀點，敘述者用「我」來敘述，但「我」並非主角，可能是個與主角關係密切的配角或「閒角」，用局外人旁觀者清的眼光來看整個事實❷❹❽。朱西甯〈狼〉（1961）即是以第一人稱孩童「我」的觀點創作。小說中的「我」並不是主角，主角是「我」的二嬸以及拒絕二嬸求歡而被解雇的獵狼高手大轂轆。白先勇早期小說〈金大奶奶〉（1958）和〈玉卿嫂〉（1960）的主角都是孩童，而後期小說如〈花橋榮記〉（1970）或〈一把青〉（1966）則選用和主角關係親疏有別的觀點，營造的效果也有主客觀之別。最特別的是〈滿天裡亮晶晶的星星〉（1969）的敘述者是「我們」而非「我」，顯然是個同性戀「團體」。

除了以上四種敘事觀點，還有「客觀觀點」和「混合式觀點」。「客觀觀點」即敘述者只用攝取鏡頭的方式，客觀呈現人物的言行動作，不加主觀述說，也不加任何說明和譬喻，是種濃縮的筆法，有緊迫逼人之勢。由於讀者只能藉由人物的言語動作來揣測事件的前因後果，所以使用這種敘事觀點的小說，在精煉的文字背後，往往蘊藏極豐富的深義，具強烈的感動力❷❹❾。例如王文興〈最快樂的事〉除了「冰冷、空洞的柏油馬路面，宛如貧血女人的臉」、「水泥建築物，停留在麻痺的狀態」（頁 27）是主角觀點，以及「他對自己說」、「他問自己」（頁 27）是超乎客觀觀點的主角個人心理意識的呈現外，其他幾乎是客觀觀點的運用。全篇以

---

❷❹❽　同前註，頁 36-37。

❷❹❾　同前註，頁 40-41。

「不落言詮」的暗示，達到「意蘊深藏」的效果；結尾年輕人的自殺，給人驚愕之感，是客觀觀點運用的精緻之作。

　　「混合式觀點」是小說家根據寫作題材，因繁複情節的需要，使用多種敘述觀點以增加感人效果。水晶許多小說都是以第三人稱有限全知觀點加上第一人稱主角觀點寫成，例如〈青色的蚱蜢〉（1961）、〈愛的凌遲〉（1963）、〈死信〉（1963）、〈快樂的一天〉（1964）、〈悲憫的笑紋〉（1964）、〈嗒里里嗒里〉（1964）、〈謫仙記〉（1967）等。值得注意的是，混合式觀點的運用，容易有觀點混亂的危險，例如林懷民〈安德烈‧紀德的冬天〉主題是康齊和秦的同性戀故事，小說分成「鏡子」、「昏鴿」、「水蛭」和「孤燈」四部份，每一部分都有獨立的情節。小說前三部分明顯是由康齊角度出發的第三人稱有限全知觀點，但小說出現唯一的女性意芃後，敘事觀點又從康齊轉移到意芃，在觀點的轉換上過於迅速，致讀者難以辨識。事實上，林懷民大部份小說都有敘事觀點混亂的現象，〈辭鄉〉也出現這樣的問題。

四小說「戲劇化」：不完整的結構

　　作品的整體結構是決定作品思想價值和藝術價值的重要因素。傳統文學對作品的整體結構要求嚴謹，其理論基礎即亞里斯多德的《詩學》。亞里斯多德對文學作品整體結構的要求是古希臘美學原則的體現——完整，即事有頭、身、尾，且各部份比例要勻稱。這種整體結構，可稱為戲劇性結構。傳統文學作品都依循這種整體結構原則，有衝突、高潮和結局。然而現代主義文學對這種整體結構觀是一種反叛，往往不是從開端處開頭，還沒到結束時就結尾，中間也缺少情節介紹、矛盾等過渡內容，有時甚至根本沒明顯的衝突

情節，也沒有高潮，完全推翻了傳統的結構觀⑳。西方現代主義對整體結構觀的反叛，在六○年代台灣現代主義小說有所吸收與轉化，以另一種方式呈現。

1.戲劇法

受「新批評」的影響，歐陽子相當重視藝術形式的完整，而「形式」非僅指架構，也包括「內容」，故作品的形式結構，如人物、情節、主題、語言、語調、氣氛、觀點等，都必須有密切的關聯，也就是整體結構的完整㉕。歐陽子主張採用亞里斯多德的「三一律」㉒，她早期小說如〈半個微笑〉（1960）、〈牆〉（1960）、〈網〉（1961）、〈花瓶〉（1961）、〈蛻變〉（1962）、〈貝太太的早晨〉（1964）、〈浪子〉（1964）、〈最後一節課〉（1967）等，都符合三一律的單一地點、單一動作，時間也壓縮至幾小時到一天之內，使情節緊湊，富戲劇效果。三一律的運用，使歐陽子小說在形式上達到結構嚴謹的效果。她後來在出版《秋葉》時所改寫的七篇小說，卻不大遵守「時間律」或「場地律」；但「動作律」卻仍嚴格遵守著，因為在小說裡呈現單一而完整的「動作」（action），仍是歐陽子小說的目的㉓。

不過，歐陽子雖重視整體結構的完整，但因其吸收了現代主義的表現手法，故在形式結構的表現上，和傳統結構觀有所不同。歐陽子認同亨利·詹姆斯的「劇景、描述穿插法」（scenic method）

⑳ 趙曉麗、屈長江，《反危機的文學》，頁 42-43。
㉕ 歐陽子，〈關於我自己〉，頁 174。
㉒ 「三一律」指故事都發生在一日之內、同一地點、情節單一。
㉓ 歐陽子，〈自己的一些文學觀念——致高全之書〉，頁 85。

（「戲劇法」），將小說人物的心理世界轉化為外在劇情，使作品看來像一齣戲㉞。簡言之，就是小說戲劇化。戲劇中，常有一種劇中人對自己所言所行不自覺或被蒙在鼓裏的情境。劇中人與觀眾所知道的內容真相不成比例，戲劇的嘲弄即從而產生㉟。由此，歐陽子小說都有一幕重要的「劇景」（scene），在「劇景」中，主角的內心生活因和外界活動發生衝突而引起高潮。歐陽子就利用了「反諷」增強戲劇效果，也就是「利用單一觀點法，使小說中的主要人物心中，產生自以為是的種種幻覺，而在故事進展到高潮時，出其不意，無情的，冷酷的，把那些慘淡經營起來的幻覺一一擊碎」㊱。〈覺醒〉、〈浪子〉裏的母親都把對丈夫的愛轉嫁到兒子的身上，因此兒子具有雙重身份：兒子與丈夫。一旦有其他女人介入，意欲接替母親／妻子的角色時，作母親的往往會採取行動，驅逐那些危害到她母親／妻子位置的人。歐陽子利用情節的「急轉」，導致「發現」真相的「反諷」手法㊲，顛覆母親自以為「被威脅者」的心理：原來心目中的寶貝，在那些「威脅者」眼裏，根本不值一

㉞　歐陽子，〈自序〉，《那長頭髮的女孩》（台北：大林出版社，1984 年），頁 2。

㉟　C. R. Reaske 著、林國源譯，《戲劇的分析》（台北：書林出版公司，1991 年），頁 109。

㊱　白先勇，〈崎嶇的心路──「秋葉」序〉，《驀然回首》，頁 27。

㊲　戲劇技巧中，「急轉」指劇情裏英雄命運轉變的那一剎那而言。「急轉」所緊接著的是「發現」。此時劇情急轉直下，對劇情真相遂有了新的認識。包含「發現」的情節中，主要發現的那一場，稱之為「發現的場景」。所有的戲幾乎都有個「發現的場景」，以便自情節的急轉，導致發現真象。C. R. Reaske 著、林國源譯，《戲劇的分析》，頁 115-116。

顧。其他如〈網〉、〈蛻變〉、〈半個微笑〉、〈花瓶〉、〈約
會〉、〈美蓉〉、〈最後一節課〉、〈魔女〉（1967）、〈素珍表
姐〉（1969）等，都看得出反諷法是為達到「人類既知如何會更加
擾亂其生存情境，卻禁不住自己去擾亂，而在自擾或自擾之後的妥
協之中，覺察到全然的幻滅」的效果❷。這是一種「急轉」後的
「發現」。這種「發現」，來自於小說主角的恍然大悟，而對人生
有了新的看法，在真相與表現的反差中，作品的戲劇性增強不少。
為了使戲劇情節合理化，歐陽子還適當地加入「伏筆」，暗中鋪陳
一條合乎邏輯的線索，供讀者事後「佐證」，這使得小說讀來有
「推理」的趣味❷。例如〈花瓶〉的石治川邀約妻子馮琳看電影
時，馮琳「嘴角浮起一絲令人不解的笑意」（頁 195-196），至馮琳
揭開真相時，讀者方知馮琳嘴角的笑意所為何來。如此細微處的描
寫，正是歐陽子事先埋下的伏筆，為小說戲劇性的結尾提供合理化
的佐證。以戲劇性的「弔詭」形式，表現似是而終非，或似非而終
是，或使預期發生的事件，作了反方向的發展，在「預期」和「結
果」間的對比，顯出作者的嘲弄態度❷。

　　然而，或許是過度追求戲劇的效果，歐陽子提供的合理佐證，
顯然不能完全說服讀者。例如〈近黃昏時〉麗芬病態的偏愛瑞威，
冷落吉威、〈魔女〉中倩如母親對趙剛的痴戀等，都缺乏合理可信
的邏輯依據與過程，未能對因果有必然性的交代；且為了營造驚奇

---

❷　高天生，〈由幾個形構學觀點看歐陽子的小說〉，頁 63。

❷　歐陽子，〈關於我自己〉，頁 177。

❷　陳器文，〈斯人也！而有斯疾也！——論歐陽子的「秋葉」〉，《現代文
　　學》第 48 期（1972 年 11 月），頁 72。

的高潮效果，卻對心理層面的解釋過於含糊，這顯然是歐陽子小說的敗筆❷⓺❶。

2.抓貓法

王禎和就讀台大外文系時，熟讀了莎士比亞等人的戲劇作品和西洋戲劇理論，特別是對尤金·歐尼爾和田納西·威廉斯的作品印象深刻。因此，他對西洋戲劇的場景直接明快的表現手法相當欣賞，也有心學習。於是，王禎和「把戲劇當文學」研讀，特別是西洋獨幕劇，簡單的場景，完全透過人物的對照來敘述事情，這深刻影響了他的小說創作，要求自己的小說也要抓住「戲」的部分描寫❷⓺❷。因此，王禎和小說都寫最戲劇化時刻（dramatic moment）的事件，也就是寫一種危機（crisis）的前後，並多半在一個場景中發展。王禎和稱這種創作法是「抓貓法」。

「抓貓法」指創作如同抓貓，應抓住貓脖子，也就是在貓頭下、軀體上，全身三分之一處。這是抓貓最穩靠的方式。王禎和認為寫小說也是如此，需從事件的三分之二處，從最重要的地方、最關鍵的地方、危機爆發那一刻下筆，這樣的寫法不僅簡潔，也較引人入勝，可以避免編年體式的從頭直述，平鋪直敘的單調❷⓺❸。簡言之，「抓貓法」就是從關鍵處、從危機爆發處下筆（約小說三分之二處），然後運用「時空壓縮」、「意識流」或回溯的方法，把對過

---

❷⓺❶ 同樣看法見高全之，〈由幾個形構學觀點看歐陽子的小說〉，頁 61-62。和陳器文，〈斯人也！而有斯疾也！──論歐陽子的「秋葉」〉，頁 73-74。

❷⓺❷ 胡為美，〈在鄉土上掘根〉，收入王禎和，《嫁妝一牛車》（台北：遠景出版社，1976 年），頁 12。

❷⓺❸ 李瑞整理，〈永恆的尋求（代序）〉。

去的回溯和情節的繼續發展做時空的交錯壓縮處理,這樣可以使情節緊湊,讓讀者很快墮入作家佈下的情境中,閱讀時的情感和思緒都能隨著小說情節起伏。

「抓貓法」的創作方式,相當能滿足短篇小說的創作需要。短篇小說在工業革命後興起,它短小精悍的篇幅,富鮮明印象與強烈感覺的特色,滿足了忙碌的現代人追求興奮刺激,卻無大量時間閱讀大部頭長篇小說的需要。短篇小說「省略筆法」的特色,讓作家努力抓住事件最精要的部份,在小說開頭時即傾全力突出故事焦點,以抓住讀者的心。王禎和「抓貓法」的概念,正符合了短篇小說形式與內容的要求。例如〈三春記〉(1968)寫阿嬌的三度婚姻。小說開頭先寫阿嬌的第三春有譜了,然後一面回溯她與前兩任丈夫的往事,一面進行阿嬌與應股長介紹的區先生相親的事。接著是阿嬌與區先生結婚後,梅開二度的區先生自洞房花燭夜起就春宵虛度,無奈阿嬌只好四處為區先生尋找壯陽藥方,甚至到台北尋找重振雄風的辦法。結果吃補過頭致區先生有口不能言,折騰十天後才靠芹菜汁退火回聲。小說寫阿嬌「三星伴嬌女,一生風月忙」(頁 1)的故事,不由第一任丈夫寫起,而是直接由最關鍵的第三春寫起,對前兩次婚姻的回溯也止於和第三春有關的情節,相當符合「抓貓法」的結構。

歐陽子的「戲劇法」和王禎和的「抓貓法」,都吸收了現代主義「反整體結構觀」觀念,以「戲劇」式的表現方式呈現情節的高潮,既避免了編年體式的平鋪直敘的單調,也顧及了傳統文學結構的優點。

綜言之,六○年代台灣現代主義小說對西方現代主義藝術形式

的學習是出於主動的吸收與運用，但創作時並不是照單全收並如實「複製」、「盜版」，而是加以吸收、轉化與運用。很明顯的，六〇年代台灣小說對現代性的追求，並不是西化論述下對西潮盲目的崇拜與盜版，而是對五四以來白話文學語言與藝術形式的「傳統」表現不滿，在求新求變的新穎意識下，小說家選擇吸收現代主義藝術形式並加以改造，重視的是如何用「文字世界」的「寫實」取代「客觀世界」的「現實」。在小說藝術形式的表現上，就是對五四以來小說語言與敘述技巧「革命性」的變革，重視如何以融合中西的「現代」語言與技巧再造文字世界，以「現代」的藝術形式捕捉六〇年代台灣社會的「現實」與置身其中的書寫者那惶惶不安的心理「真實」。這種對西方現代主義小說藝術形式有所吸收與轉化後，所創作出來的小說，呈現的是迥異於西方的六〇年代台灣現代主義小說風貌。

第五章　現代主義小說的內涵與風格

　　「大敘述」（grand nartative）是由英雄（創立者、偉大的解釋者、精神感召的領袖、殉道者）、神聖的教條（聲明、宣言、憲章）與儀式（誓言、頌歌、禮儀、假日）等組成的一套信仰體系❶。這套信仰體系透過國家機器的運作，形成一套對歷史、世界的解釋，內容是國家民族、道德正義、偉人崇拜等意識型態。五四以來強調文學可以改變社會、反映時代，可以為政治服務，為了強調繼往開來或承先啟後，就必須以「大格局」、「大人物」、「大事件」來呈現「大歷史場面」。因此，五四以來的「大敘述」所呈現的就是夏志清所謂的「感時憂國」精神。五〇年代的台灣，蔣氏政權在美國的支持下，政權漸趨穩固，為加強反攻復國神話的正當性，國府在基本國策下，透過文化、教育管道，全面建立一套正統的價值觀，也就是以三民主義為名所形成的一套「大敘述」；在文學上，就是描寫故園

---

❶　恩格爾（Engel Ahn）等著、張明貴譯，《意識形態與現代政治》（台北：桂冠圖書公司，1981 年），頁 10。

之思與亡國之痛的「反共」、「懷鄉」小說蔚為主流❷。然而,在大敘述的運作下,政治場域的自由主義者還是喊出「反攻無望論」,文化界也出現一面倒的「全盤西化論」,這可稱得上是個政治、文化皆面臨失根危機的「危機時代」。1993 年,薩依德(Edward W. Said, 1935-2003)出版《文化與帝國主義》(*Culture and Imperialism*)後,他應英國廣播公司之邀,發表系列演講,提及知識分子的角色與介入社會運作的模式:

> ……知識分子代表著解放和啟蒙,但從不是要去服侍抽象的觀念或冷酷、遙遠的神祇。知識分子的代表——他們本身所代表的以及那些觀念如何向觀眾代表——總是關係著、而且應該是社會裏正在進行的經驗中的有機部分:代表著窮人、下層社會、沒有聲音的人、沒有代表的人、無權無勢的人。❸

> 知識分子並不是登上高山或講壇,然後從高處慷慨陳詞。知識分子顯然是要在最能被聽到的地方發表自己的意見,而且要能影響正在進行的實際過程,比方說,和平和正義的理念。是的,知識分子的聲音是寂寞的,必須自由地結合一個運動的真實情況,民族的盼望,共同理想的追求,才能得到回響。……對權勢說真話是小心衡量不同的選擇,擇取正確

---

❷　王德威,〈一種逝去的文學?反共小說新論〉,《如何現代,怎樣文學》(台北:麥田出版社,1998 年),頁 144。

❸　薩依德(Edward W. Said)著、單德興譯,《知識分子論》(台北:麥田出版社,2005 年),頁 152。

的方式，然後明智地代表它，使其能實現最大的善並導致正確的改變。❹

由此可知，知識分子正是扮演下層社會的解放者和啟蒙者的角色，以「正確的方式」「對權勢說真話」，並「能影響正在進行的實際過程」。王文興說：「寫小說是處理一種危機」❺，身為知識分子的文學家的責任，便是去「發掘神秘的表現技巧和尊嚴的生存原則」❻。誠如第一章第二節言，西方現代主義的產生，是在「現代化」有所成之後，對都市文明和機械文明發展到一個地步所帶來的人性衝擊進行探索與批判的藝術潮流。六〇年代的台灣並未出現釀造西方現代主義的歷史條件，故台灣作家對現代主義的接受與運用，勢必需要加以轉化以適應台灣本地的需要。這種轉化／反思後的台灣現代主義，其批判的對象，就絕不可能是資本主義的社會文明，而是台灣本土所蘊釀出來的文化／社會氛圍。六〇年代台灣作家不願淪為反共意識型態的傳聲筒，卻也未能擺脫高壓戒嚴體制對他們的箝制，於是他們偏離國府「大敘述」下的文藝政策所宣揚的光明、正面的正統美學書寫，透過潛意識心理與慾望的挖掘，專注於人類內心幽暗與人性殘缺的現代主義實驗。六〇年代台灣現代主義小說就是這個「危機時代」的反抗文學的代表，它以一種「異質

---

❹ 薩依德（Edward W. Said）著、單德興譯，《知識分子論》，頁 139-140。
❺ 單德興，〈錘練文字的人　王文興訪談錄〉，頁 61。
❻ 舒凡，〈「危機時代」的新反抗文學——王禎和「嫁妝一牛車」序〉。收入王禎和，《嫁妝一牛車》（台北：遠景出版社，1984 年），頁 20-21。

的反抗特色」❼，呈現頹廢、墮落、沉淪、卑賤等「負面書寫」特質，雖不是正面對抗，但所顯現對內心世界的追求，以及對純粹藝術的經營，就是對於政治干預思想的戒嚴體制的批判與反擊❽。英國文學評論家詹姆斯·麥克法蘭（James McFarlane）說：

> 新的關注對象是所選擇的現象的特殊性，人的個性的獨特本質，個人與「整體」之間的變化，乃是現今人們關心的問題。那些流浪者、孤獨者、流亡者、無家可歸、漂泊無定、不得安寧的個人，不再是一個被自信的社會所遺棄的人，而是由於置身社會之外而成為佔有特殊地位的局外人，在這樣一個時代裡，能道出有卓見有權威的真理的是一個人的主觀感受。❾

以下論述，將說明六○年代台灣小說家如何運用西方現代主義文學強調「主觀」，並與新興的心理學派與藝術形式實驗結合，不受限於客觀生活環境因素的特質，融入自身所處環境與生命經驗加以轉化／改造，「道出有卓見有權威的真理的」個人「主觀感受」，呈

---

❼　同前註。

❽　陳芳明，〈台灣文學史分期的一個檢討〉，頁 21-22。六○年代的現代詩、現代散文和現代小說皆有「負面書寫」特質，特別是現代詩，常以「性」暗示表達詩人在那個被壓抑的年代心中的不滿。本書選擇較為人熟知的現代小說為論述文本。

❾　詹姆斯·麥克法蘭（James McFarlane），〈現代主義思想〉，收入袁可嘉編選，《現代主義》，頁 63。

現一種異於西方現代主義的「台灣」現代主義小說風貌。這種對西方現代主義有所轉化／反思後的「台灣現代主義小說」，其現代性表現在創新的「現代」藝術形式上；而其批判的對象，則是指向偏離了官方文藝政策所規定的、國府所建構出來強調正統、性善、道德標準的正統美學書寫。

第一節　鄉關何處──永不停留的流亡者

「流亡」（exile），本指西方社會對痲瘋病患、社會及道德上的賤民所施行的一種懲罰，強迫他們流放至某個特定的地點，或漫無目的的到處遊盪。然而，廿世紀後，流亡已從這種針對個人所精心設計的、有時是專一的懲罰，轉變成針對整個社群和民族的殘酷懲罰，而這經常是由於戰爭、饑荒、疾病等非個人的力量無意中造成的結果。不過，艾德華・薩依德（Edward W. Said）提醒我們，流亡並非單指孤立無望地與原鄉之地分離，而是一種「若即若離」的困境：

> 對大多數流亡者來說，難處不只是在於被迫離開家鄉，而是在當今世界中，生活裏的許多東西都在提醒：你是在流亡，你的家鄉其實並非那麼遙遠，當代生活的正常交通使你對故鄉一直可望而不可及。因此，流亡者存在於一種中間狀態，既非完全與新環境合一，也未完全與舊環境分離，而是處於若即若離的困境，一方面懷鄉而感傷，一方面又是巧妙的模仿

者或秘密的流浪人。精於生存之道成為必要的措施……。**❿**

換言之,「流亡」在廿世紀後,不僅意味著空間上的離鄉背井,更主要的意義是指精神上的流浪狀態——特別是針對因流亡而不願適應、寧願居於主流之外,抗拒、不被納入、不被收編的知識分子而言。以薩依德的話來說,前者指的是「真實的情境」,後者則是「隱喻的情境」。對處在「隱喻的情境」的知識分子而言,如何「避免、甚至厭惡適應和國族利益的虛飾」**⓫**,如何在「若即若離」的困境中成為「秘密的流浪人」,是流亡者處於「若即若離」的流亡狀態的「必要的措施」。

　　終其一生都處在流亡狀態的阿多諾(Theodor Ludwig Wiesengrund Adorno)說:「對於一個不再有故鄉的人來說,寫作成為居住之地」**⓬**。在這裏我們注意到的是阿多諾(Adorno)對流亡者「寫作」目的的看法。阿多諾(Adorno)把知識分子定義為「永恆的流亡者」,他認為真正的流亡者維持「沒有如歸的安適自在之感」,是「道德」的一部分**⓭**。換言之,在所處的社會成為「特權、權勢、榮耀」的「圈外人」和「流亡者」,永遠無法與新家或新情境合而為一的狀態,是一個流亡的知識分子的必要之「道德」,也是他們

---

❿　薩依德(Edward W. Said)著、單德興譯,《知識分子論》,頁 86-87。

⓫　同前註,頁 90。

⓬　這是阿多諾(Theodor Ludwig Wiesengrund Adorno)《道德的最低限度》中的話,引自薩依德(Edward W. Said)著、單德興譯,《知識分子論》,頁 96。

⓭　薩依德(Edward W. Said)著、單德興譯,《知識分子論》,頁 96。

對世界的「回應」方式。所以，以阿多諾（Adorno）的觀點來說，流亡者「寫作」的真正目的不在於讓流亡之痛從「無居所」的焦慮和邊緣感中得到短暫的舒緩，而是透過「寫作」達到一種批判的效果，使自己不被中央集權的權威或主流論述收編。

　　日據時期，台灣作家吸收了社會主義思想，卻不受限於左翼意識型態，而以左翼文學作品表現台灣社會的階級與認同問題，向日本殖民體制展開強烈批判。1949 年國民黨敗戰來台，隨之而來的是大批被迫離開大陸的流亡者。國府來台後，為塑造自己是合法、正統、權威的領導者，遂利用高壓戒嚴體制對台灣社會進行嚴密的監控。對於這些被迫和原鄉分離的流亡者來說，「寫作」也成為他們的「生存之道」，遷台作家透過「寫作」暫時從虛懸狀態的焦慮和邊緣感中獲得短暫的緩解，也由此達到批判的效果，以維持知識分子的「道德」。

　　「流亡」分為兩種，一種是內部流亡（internal exile），一種是外部流亡（external exile）。內部流亡，指作家不離開自己的土地，又對國內政治體制、一元化意識型態不滿，為避免牢獄之災，並不作正面挑戰，而是利用文學作品表達對統治者的批判、揶揄，同時也抒發個人與社會的隔離與孤絕感，屬於精神流亡。外部流亡，乃是不認同政治體制，被政府刻意放逐或自我放逐，離開自己鄉土，縱身異域從事創作，除了精神放逐，肉體亦遭放逐❶。六○年代台灣

---

❶　陳芳明，〈台灣文學與台灣風格〉，《危樓夜讀》，頁 119-121；許俊雅，〈戰後台灣小說的階段性變化〉，頁 91；陳芳明，《左翼台灣——殖民地文學運動史論》（台北：麥田出版社，1998 年），頁 248。

小說的「流亡」主題書寫，和政治戒嚴體制有關。以外省第一代作
家來說，他們隨國府來台，一方面背負中國傳統包袱，一方面忍受
戰爭帶來的離散與歸鄉的絕望，作家與作品自然充滿了懷鄉與流亡
的愁緒，故五〇年代的懷鄉文學可視為「孤臣文學」；就台灣本地
作家言，他們戰前承受日本殖民政權的欺凌，戰後又面對國府的
「再殖民」，精神上的苦悶，強烈表現出「亞細亞孤兒」的感情，
可視為「孤兒文學」❶⑤。薩依德說：

> 流亡由個人對其生存之故土的愛及真實的牽掛所宣示出來；
> 流亡之普遍真理並非某人已失去所愛之家園，但內含其中的
> 是一種不可預期的、無可奈何的失落。❶⑥

因此，無論是「孤臣」或「孤兒」，六〇年代台灣現代主義小說家
藉助現代主義的美學實驗，透過「流亡」主題的書寫，抒發他們在
政治現實下「不可預期的、無可奈何的失落」，並以此達到一種批
判的效果，使自己不被國府主導的文學權威或主流論述收編。

---

❶⑤　見宋冬陽（陳芳明），〈縫合這一道傷口——論陳映真小說中的分離與結
　　合〉，收入陳映真，《愛情的故事》（台北：人間出版社，1988 年），頁
　　126。或陳芳明，〈六〇年代現代小說的藝術成就〉，《聯合文學》第 208 期
　　（2002 年 2 月），頁 152。
❶⑥　薩依德（Edward W. Said）著、蔡源林譯，《文化與帝國主義》（台北：立緒
　　文化事業，2004 年），頁 615-616。

一、內在靈魂的遷徙者

　　薩依德認為「流亡」是一種移民或放逐者的「思維」方式，而不一定指具體的離開自己的家園。因此，本地人在自己的國家也有可能成為流亡者。他說：

> 即使不是真正的移民或放逐，仍可能具有移民或放逐者的思
> 維方式，面對阻礙卻依然去想像、探索，總是能離開中央集
> 權的權威，走向邊緣──在邊緣你可以看到一些事物，而這
> 些是足跡從未越過傳統與舒適範圍的心靈通常所失去的。**⓱**

　　六〇年代台籍作家陳映真未離開台灣，但他也以放逐者的「思維」加上現代主義的創作手法，「離開中央集權的權威，走向邊緣」，以小說建構了台灣本地知識分子的精神流亡圖。

㈠無家可歸的流亡者

　　置身在六〇年代高壓戒嚴下的白色恐怖氛圍，文字往往容易被曲解為思想問題而被陷入罪。因此，許多作家為求自保，往往運用現代主義的象徵手法作為掩護，以免誤觸政治禁區，為自己招來橫禍。黃春明〈兩萬年的歷史〉（1963）、〈把瓶子升上去〉（1963）便是對當時苦悶的政治空氣所發出的微弱抗議聲。這兩篇小說雖未正面觸及高壓統治時局，但前者寫軍人因內心苦悶而酒後言行失態被關禁閉，後者寫中學旗竿升上了兩隻空酒瓶，隨風叮噹碰響，教

⓱　薩依德（Edward W. Said）著、單德興譯，《知識分子論》，頁 101。

官認為「事態嚴重」，要「查明嚴辦」（頁 63），都側寫了置身白色恐怖氛圍裏的苦悶心情。小說裏替代國旗升上去的空酒瓶是一種象徵，代表當時青年的苦悶與空虛❽。黃春明寫出白色恐怖年代裏動輒得咎與不吐不快的苦悶。這種只能以象徵的方式表達政治現實下的鬱悶心情，原因就像黃春明〈借個火〉（1963）裏因為看日片「明治天皇與日俄戰爭」而被校方以「民族意識太薄弱」的理由記大過的康明，寫給父親的家書所說的：

> 爸爸，民族意識是什麼？說真的，我不太明瞭這個意思。
> （頁 76）

在六〇年代的台灣，為宣洩對現實政治的不滿，作家只能拐彎抹角，以讀者「不太明瞭」的象徵方式宣洩內心不滿的情緒。

六〇年代作家中，以象徵的手法抒發對政治現局不滿的心情，陳映真是特殊的一位。1958 年，陳映真至淡水英專求學時，讀了許多三〇年代文學作品和舊俄小說。這些禁書使陳映真開了眼界，「看穿生活和歷史中被剝奪者虛構、掩飾和欺瞞的部分」，也聽見「被抑壓的人民在日本、在中國、在日據的台灣驚天動地的怒吼和吶喊」❾。其中，《吶喊》的現實主義傳統和魯迅人道主義精神，深深植根於他的思想中。漸漸地，陳映真覺得生活周遭的語言、思

---

❽　劉春城，《黃春明前傳》（台北：圓神出版社，1987 年），頁 157。

❾　許南村，〈後街──陳映真的創作歷程〉，收入楊澤主編，《從四〇年代到九〇年代　兩岸三邊華文小說研討會論文集》，頁 152-153。

想和知識愈顯空泛、欺罔、粗暴與腐朽。適時（1959），尉天驄主
編的《筆匯》向他邀稿，這偶然的機緣得以讓陳映真在反／恐共氛
圍濃重的台灣社會將其心中的激憤、焦慮與孤獨蓄積的能量，藉由
創作釋放出來。1959 年，陳映真在《筆匯》發表處女作〈麵攤〉
（1959）。〈麵攤〉寫一對由鄉下北上賣牛肉麵的年輕夫婦，帶著
患肺病的孩子做生意。開市第一天，就被警察帶進派出所，罰了六
十元。後來，一位年輕的警官來攤子上吃牛肉麵，付了比該付的五
元多一倍的麵錢走了。為此，孩子的媽感動不已。這篇故事單從內
容來看，可能容易被解讀成年輕且擁有一雙「困倦而充滿情熱」
（頁 3）的大眼睛的警官「單戀」有「優美的長長的頸項」的孩子
的媽的故事❷。然而，陳映真自陳，這是一篇「老掉大牙的人道主
義」故事，寫出了社會底層小人物對於旁人施捨一點同情心是如何
的感激。如陳映真所述，〈麵攤〉隱約透露出他早期人道主義的思
想，也提前預告了日後陳映真對筆下人物悲天憫人的心懷。

　　1960 年，陳映真在《筆匯》一連發表了〈我的弟弟康雄〉、
〈家〉、〈鄉村的教師〉、〈故鄉〉、〈死者〉和〈祖父的傘〉，
塑造了一群因理想幻滅而墮落而自殺的理想主義者。〈我的弟弟康
雄〉（1960）是一篇虛無主義者的自白書，以第一人稱旁觀者「姊
姊」的觀點寫一個早熟青年康雄早夭的生命。少年時的康雄原是個
懷抱著改革社會熱情的理想主義者，卻因初嚐禁果的罪惡感而求助
於耶穌的救贖。最後康雄在逃不過良心道德上的律而自戕，「死在

---

❷　小說有兩處描寫孩子的媽緊抱孩子，一邊扣上胸口的鈕釦。一次是開市第一
　　天被抓進派出所時；一次是年輕警官來攤子上吃麵時。

一個為通奸所崩潰了的烏托邦裏」（頁 15）。原本認同康雄理想的
姊姊，在康雄自殺後麻木、慟哭、癱瘓，終而在「獨學而並未成名
的社會思想者」的父親轉向宗教六年；初戀畫家男友「因貧困休
學，而竟至於賣身於廣告社」後，也「毅然的」把自己「賣給了財
富」（頁 12-13），成為她原先所痛恨的階級的一分子，過著優裕富
足的生活。小說中，陳映真並未明確交代康雄所處的是何種社會環
境，導致像他這樣的知識分子會貧困而至生活、職業無著，只能在
烏托邦裏建立理想的社會機制以求精神上的慰安，讀者只能隱約感
覺到康雄是一個因理想幻滅而墮落、而自殘的悲劇青年。值得注意
的是，小說顯然強烈暗示康雄的悲劇乃源於貧困的生活。這與陳映
真成長過程中，因養父去世、家道中落，「由淪落而來的灰黯的記
憶，以及因之而來的挫折、敗北和困辱的情緒」[21]有相當程度的相
似性。因此，〈我的弟弟康雄〉帶有自傳色彩，陳映真已在自剖式
的〈試論陳映真〉一文中親自證實。可以說，陳映真在《筆匯》時
期所發表的作品，多屬帶有濃厚自傳性色彩的小說，其中破敗的市
鎮（鶯歌鎮）、貧窮的青年加上自我放逐的心情，是作品的敘述基
／主調。

　　對於小說營造的社會現實背景模糊，陳映真有所解釋：

　　　　他（陳映真）不曾懂得從社會全局去看家庭的、個人的沉
　　　　落；他也不曾懂得把家庭的、個人的沉落，同自己國家的、
　　　　民族的沉落連繫起來看，而只是一味凝視著孤立個人的、滴

---

[21]　許南村（陳映真），〈試論陳映真〉，頁 18。

著慘綠色之血的、脆弱而又小心的心，自傷自憐。㉒

也就是說，早期的陳映真沉溺在自己哀苦的身世而無法超拔，不能從大環境去省視人與政治、社會的關係。因此，現實生活裏「自傷自憐」的小說家陳映真繼續「從夢想中的遍地紅旗和現實中的恐懼和絕望間巨大的矛盾，塑造了一些總是懷抱著曖昧的理想，卻終至紛紛挫傷自戕而至崩萎的人物」㉓，他們「所有人都被幽暗的心靈囚禁」㉔。〈鄉村的教師〉（1960）中的吳錦翔遭遇和康雄類似，都是因理想崩潰而墮落、而自殺的理想主義者。較不同的是，〈我的弟弟康雄〉中模糊的社會面貌，在〈鄉村的教師〉中有了較清晰的輪廓。

〈鄉村的教師〉中的吳錦翔原是日軍徵召到南洋服役的台籍士兵，光復後一年回到樸拙的山村。由於戰前的吳錦翔以苦讀聞名山村，返鄉後便被鄉人舉薦到山村小學任教。因為接辦山村小學，吳錦翔因戰爭而消退的小知識分子的熱情重又復燃，「平生初次的對於祖國的情熱」，使他堅信在自己的國家「改革是有希望的，一切都將好轉」（頁 28-29）。然而，第二年（1947），「省內的騷動和中國的動亂的觸角」延伸到小山村來了，吳錦翔「內裏的混亂和朦朧的感覺」逐漸衍生為一種「中國式的──悲哀」，他發現他的知識變成了「藝術」；思索變成了「美學」；「社會主義」變成了「文

㉒　許南村（陳映真），〈試論陳映真〉，頁 18。

㉓　許南村（陳映真），〈後街──陳映真的創作歷程〉，頁 154。

㉔　林載爵，〈所有人都被幽暗的心靈囚禁　談陳映真的早期小說〉，收入《陳映真創作 50 週年國際學術研討會論文集》，頁 35。

學」，而愛情心變成一種「家族的」（中國式的）血緣感情（頁
29）。於是吳錦翔開始譴責並絕望於自己的「懶、他的對於母親的
依賴、他的空想的性格、改革的熱情」，這些不過是「夢中的英雄
主義的一部份罷了」（頁 30）。這是理想主義者對於自己的無能、
無奈、苦悶的沉痛告白。原本懷抱改革熱情的理想主義者吳錦翔開
始墮落、酗酒，而後精神分裂，出現吃人肉、人心的幻象，最後割
腕自殺死了。

　　同樣的，陳映真也未明確說明吳錦翔所處的社會背景，但「省
內的騷動和中國的動亂」明顯指向「二二八事件」和大陸內戰。把
〈鄉村的教師〉放回當時台灣的社會現實來看，冷漠的社會現實固
是澆息吳錦翔改革熱情的原因之一，但造成吳錦翔墮落並自殺的原
因主要來自「雙重的幻滅」：一是懷抱中國統一夢的吳錦翔原希望
「中國的動亂」使中國統一起來，但現實不如他所料，使他「一個
大的理想大的志願」不能實現㉕；二是「二二八事件」以及國民黨
高壓政策造成的社會苦悶氛圍使他傷心失望。小說中，陳映真只以
「省內的騷動和中國的動亂」和「他固然是沒有像村人一般有著省
籍的芥蒂」二語，把「二二八事件」前後台灣社會的省籍衝突問題
輕輕帶過。在當時白色恐怖的年代裏，知識分子確實如小說的吳錦
翔或現實的陳映真一樣，只能埋首在文學、藝術、禁書中取暖。陳
映真以簡單的情節鋪陳吳錦翔個人的生命歷程，卻真實且清晰地描
摹出「二二八事件」前後充滿恐怖、肅殺氣氛的社會氛圍。

㉕　吳錦翔的政治立場參考馮偉才，〈陳映真早期小說的象徵意義〉，收入陳映
　　真，《愛情的故事》（台北：人間出版社，1988 年），頁 201。

　　在〈故鄉〉（1960）裏，理想主義者的墮落原因有了較清楚的
社會脈絡可尋。〈故鄉〉中的「我」是個大學剛畢業的年輕人，他
的哥哥原本懷抱著史懷哲理想，從日本習醫歸國後，白天在焦炭廠
擔任保健醫師，夜晚在教堂事奉上帝。後來父親生意失敗，咯血而
死後，哥哥開始墮落，他開起賭場，並娶了一個好賭的娼妓為妻
（頁 38）。陳映真雖未清楚交代哥哥墮落並心性大變的原因，但透
過小說弟弟「我」的吶喊，還是有著明確的表述：

> ——我不回家。我沒有家呀。
> 我用指頭刮著淚。我不回家，我要走，要流浪。我要坐著一
> 列長長的、豪華的列車，駛出這麼狹小、這麼悶人的小島，
> 在下雪的荒脊的曠野上飛馳，駛向遙遠的地方，向一望無際
> 的銀色世界，向滿是星星的夜空，像聖誕老人的雪橇，沒有
> 目的地奔馳著……（頁 43-44）

「我」寧願流浪而不願「回家」，因為「這麼狹小、這麼悶人的小
島」並不是敘述者「我」的家。我們要問：到底是什麼樣的社會背
景或創作意識，使有家可歸的台籍作家把小說主角塑造成一個個
「無家可歸」的精神流亡者？蔣勳說：

> 早期的，像〈我的弟弟康雄〉，……〈故鄉〉、〈鄉村的教
> 師〉的吳錦翔，……出現的時候，都是充滿理想主義的、熱
> 情的、非常善良的、要想改革社會的。然後中間一下子轉
> 變、墮落。哥哥墮落、康雄自殺、吳錦翔自殺；那是為什

麼？中間好像都是一個空白。❷❻

小說留下的「空白」是什麼？其實，陳映真已作了清楚的呈示。
〈故鄉〉裏「我」的吶喊，正是六〇年代台灣知識分子對封閉苦悶
的時局所發出的絕望吶喊。呂正惠說：

> 從主觀上來講，他剛寫小說，技巧還不夠成熟；客觀上來
> 講，政治的禁忌使他不能明言，而他的政治理解也只在模糊
> 狀態。所以他無法為他的人物提供一個有社會脈絡可尋的情
> 節，……。❷❼

也就是說，早期的陳映真其實已透過小說把他所出身的市鎮小知識
分子社群的淪落衰敗，和光復初期台灣特殊政治環境聯繫起來，只
是五、六〇年代台灣「政治的禁忌」使他無法將這種苦悶形諸於
文，而只能以曲筆、簡筆將台灣社會現實輕輕帶過，以致留下蔣勳
所謂的「空白」。這和朱西甯以懷鄉小說〈狼〉寫「孫立人事件」
一樣❷❽，都是在政治高壓下以「虛」寫「實」的權宜書寫。進一步
來說，康雄、吳錦翔和〈故鄉〉的哥哥都帶有「市鎮小知識分子的
改革論之不徹底的，空想的性格」，他們在理想與實踐間的矛盾

---

❷❻ 引自馮偉才，〈陳映真早期小說的象徵意義〉，頁 204。

❷❼ 呂正惠，〈從山村小鎮到華盛頓大樓〉，《小說與社會》，頁 57-58。

❷❽ 朱西甯自陳〈狼〉之寫作，乃直指「孫立人事件」。見朱西甯，〈豈與夏蟲
語冰？〉，收入楊澤主編，《從四〇年代到九〇年代兩岸三邊華文小說研討
會論文集》，頁 96。

間，成為一個「行動的無能者」❷⁹，他們的墮落、自殺，正反映了六〇年代台灣社會的封閉格局，以及市鎮小知識分子的猶豫、無力、苦悶，和對改革不抱希望的頹唐心情。

　　米樂山（Lucien Miller）認為陳映真早期作品是一種「沉思的文學」，他引法國存在主義大師及劇作家加百利·馬色爾（Gabriel Marcel）的思想，論證陳映真小說人物的內省往往是在一個自我封閉的世界完成，同時，也都處於一種「斷裂的世界」中，自囚於自己建構的監牢中，束縛於一個沒有寬容和諒解的世界❸⁰。這種「被牢不可破地困處在一個白色、荒蕪、反動，絲毫沒有變革力量和展望的生活中的絕望與悲戚」所籠罩的痛苦❸¹，就如〈獵人之死〉（1965）中，獵人阿都尼斯「死在一種妄想的亢奮裏」，而美麗的維納斯最後成為一種「流浪的渡鳥，永不止息地夢著一處新底沙灘，一個新底國土。」（頁 50）陳映真小說所刻劃的這群因理想幻滅而絕望、而自殺的台灣人，正是六〇年代台灣知識分子的真實縮影。

㈡虛無，也是一種抗議的姿態

1.我往何處去？

　　二次世界大戰後，人類文明所殘存的理性，已被政治和戰爭的殘酷殺戮掃蕩盡淨，人們發現外在世界的牢固性，超然和永恆的理

---

❷⁹　許南村（陳映真），〈試論陳映真〉，頁 20-22。

❸⁰　米樂山（Lucien Miller）著、蕭錦綿譯，〈枷鎖上的斷痕——陳映真的短篇小說〉，收入陳映真，《文學的思考者》（台北：人間出版社，1988 年），頁 110-134。

❸¹　許南村（陳映真），〈後街——陳映真的創作歷程〉，頁 156。

念，所謂愛、真理和光榮的價值，已成為陳跡。面對人類的底限、
生存的不安、空無的威脅，以及難以遁逃的自我喪失與割離，人們
開始由形上和本質的探索，改為對存在的真實狀況，也就是人類處
境的迫切考慮，開始了解在掌握宇宙之前，最重要的是掌握自己，
也就是先認識生活本身。此時，西洋哲學從柏拉圖（Plato）到斯賓
諾莎（Spinoza）再到黑格爾（Georg Wilhelm Friedrich Hegel），哲學家們
建立在本體、模式、存在等名詞上的思想體系，逐漸被視為是古
舊、學究式、抽象並遠離日常生活的傳統哲學而為人厭棄，隨之而
起的新哲學，就是存在主義。

　　「存在主義」一詞為沙特（Jean-Paul Sartre）所創，他提出「存在
先於本質」的口號，強調人首先「存在」著，而後界定他自己。也
就是說，人是赤裸裸地存在著，其生存的意義要靠自己界定並負
責；人除了自我塑造外，什麼也不是。為此，存在主義要求人們把
視線由外在事物收束回來，重新注視自我的存在。存在主義也極力
強調主體性，重視個體的境遇，認為社會關係必須建立在真實存在
的個體上，個人意志的創造力量才能發揮出來。因此，存在主義相
當重視人的社會生活，認為人與人之間的關係是並列而非臣服的關
係。存在主義對現代人心境上的疏離、虛無與焦慮不安、荒謬性、
死亡等幾種感受，剖析深入，尼采（Friedrich Wilhelm Nietzsche）喊出
「上帝已死」，堅信人可以不靠信仰而生活，必須自己承擔責任，
自己決定行動，人因此擁有自我選擇的自由㉜。

㉜　陳鼓應編，〈存在主義（增訂本）〉（台北：台灣商務印書館，1991 年），
　　頁 3-29。

　　六〇年代台灣經濟開始工業化，全力朝「現代化」國家發展，但政治卻依舊籠罩在白色恐怖的氛圍中，從五〇年代的「孫立人事件」，到六〇年代的「雷震案」、「台大哲學系事件」，在政治文化的肅殺氣氛下，知識分子有的噤若寒蟬，有的出國自我放逐，有的傾向頹廢虛無。隨著現代主義思潮引進台灣的存在主義哲學具反理性、自我中心與人道主義精神的特質，成為這群苦悶、徬徨、焦慮而又崇洋的知識青年建構世界觀的基石，也提供他們一個精神的避難所。白先勇說：

> 劉大任、郭松棻當時都是哲學系的學生（郭松棻後來轉到了外文系）。……郭松棻取了一個俄國名字伊凡（Ivan），屠格涅夫也叫伊凡，郭松棻那個時候的行徑倒有點像屠格涅夫的羅亭，虛無得很，事實上郭松棻是我們中間把「存在主義」真正搞通了的，他在《現文》上發表了一篇批判沙特的文章，很有水準。「現代文學」第二期刊出了劉大任的「大落袋」，我們說這下好了，台灣有了自己的「存在主義」小說了。❸

當時作家對西方存在主義哲學的來龍去脈未必清楚，但存在主義文學對既有建制現行道德全盤否定的叛逆精神，以及作品中傳達的孤獨、疏離（異化）、困境、荒謬、倦怠等虛無的情緒，卻適合作家

---

❸　白先勇，〈不信青春喚不回──寫在《現文因緣》出版之前〉，《第六隻手指》，頁 294-295。

用來「創造沒有國籍、沒有歷史意識的荒謬的現代人時,透露出來的尋求人的意義時的黑暗淒涼。」❸❹

存在主義哲學把生命的意義回歸到人存在本身,認為「存在先於本質」,人是偶然被拋擲到這個世界上來,其生存的意義要靠自己界定並負責。因此,人是孤零零的存在,也因此擁有自我選擇的自由。對六〇年代的台灣作家來說,他們也是偶然被拋擲到「台灣」這個封閉苦悶的環境中,受存在主義思潮的影響,作家也透過「存在」主義的命題:我究竟是誰?我該往何處去?表達他們對政治、社會現實的苦悶心情與無力感。

《現代文學》創刊後推出「卡夫卡專輯」,當期〈盲獵〉（1960）便是叢甦在讀完卡夫卡小說後,在「不知道是什麼什麼的焦急和困惑」下❸❺,所寫出來的一篇模仿卡夫卡形式的寓言小說。〈盲獵〉是篇近似散文的生命寓言故事,寫人生猶如一場盲目的狩獵過程,既看不見狩獵目標,也缺乏同伴指引、幫助,個人必須孤獨地在人生森林中摸索前進,過程中即便危機四伏,充滿畏懼與顫慄,但成長既是人生必經過程,那麼「我們非去不可」（頁 128）。敘述者「我」在焦慮、不安中往前,也在懷疑中不放棄地探問「存在」的意義:

　　我這樣默默地走著,想著,可是他們呢?他們在那裏

---

❸❹　施淑,〈現代的鄉土──六、七〇年代台灣文學〉,收入楊澤主編,《從四〇年代到九〇年代　兩岸三邊華文小說研討會論文集》,頁 256。

❸❺　叢甦,〈盲獵「後記」〉,《現代文學》第 1 期（1960 年 3 月 5 日）,頁47。

呢？……為什麼？究竟又為什麼？（頁 132-133）

小說中叢甦一再用「盲」、「看不見」、「迷失」、「漆黑」等字眼，暗示人類自我掙扎的焦急困惑、無助徬徨。這個在人生叢林中踽踽獨行的年輕人對人生的困惑，後來變成了一張緊縮的、脅迫人的〈白色的網〉（1960），牢牢網住了成長中的青年。網中青年在這張巨大白色的網中摸索、掙扎、焦急、孤獨，周遭人以「反叛」、「中邪」解釋他脫序的行為，而青年卻無力反駁，因為那是「一種連他自己也不能完全了解的東西」（頁30）：

> 沒有邊際，而你又永遠感到它的存在。在那裏面，我經常感到很焦急，我常渴望醒來，……但是醒來後我就感到更空虛得厲害……黑暗裏……我聽見自己的心跳，那是存在……不過我不叫它做夢，我叫它做夢魘。（頁31）

造成「存在」「夢魘」的背景是什麼？那是高壓政治下知識分子無法掙脫的苦悶與痛苦：

> 我們悲劇不是「幻滅」，而是「困惑」，因為我們在「幻滅」中誕生，我們已空無所有，我們已無物可失落，我們只剩下焦急和困惑！（頁48）

叢甦以「網」表達成長中青年對存在的困惑，劉大任進一步以「袋」的意象傳達青年對存在的無奈與茫然。劉大任〈大落袋〉

（1960）是白先勇所說的，台灣第一篇「存在主義」的小說❸❻，藉著年輕人撞球入袋卻一再落空的行為，暗示探問存在意義總是徒勞的困惑與荒謬：

> 為什麼我們總想做些自以為有益的事，為什麼我們總想說服自己是活著，為什麼我們總想打落什麼，……（頁 31）

現想的追尋，就如推石上山的薛西弗斯，只是一再陷入週而復返，永無止境的徒勞而已，其荒謬所在，正在於「人的慾望與世界的不關心之間的荒謬對立狀態」❸❼。小說中打彈子的年輕人發現所有的堅持都是徒勞時，他以四個理由為撞球落空的失落感解套：

> 是的，為什麼一定要打落它，我們又不是生來打彈子的，何況這又是大落袋，……何況酒吧中急切的旋律不斷地飄揚上來，何況我們酩酊的感覺……何況這已是午夜二時，……
> （頁 31）

存在主義強調個人與社會、自我與他人間的相互依存，卻也明白指出社會因素往往是失去真實自我的主因。不過，即便存在主義承認整個世界十分荒誕，卻也以為這荒誕無法也不必要消除，關鍵

---

❸❻ 白先勇，〈不信青春喚不回——寫在《現文因緣》出版之前〉，頁 294-295。
❸❼ 卡繆（Albert Camus）著、莫渝譯，〈卡繆的生平及其作品《異鄉人》〉，《異鄉人》（台北：志文出版社，1993 年），頁 35。

是在這冰冷而有限的世界中清醒地活下去。就如卡繆《異鄉人》裏的莫梭，他雖意識到人生的「荒謬」，卻對社會價值認識不足，沒有征服外在現實的方法。最後，他雖接受自己的社會責任（受審），卻不是承認自己有罪，而是想保護手中唯一有價值的人生❸，故〈大落袋〉的年輕人對撞球落空的原因講理由，只是為失落感解套，堅持這種行為不是無意義的。因此，現代青年理想的幻滅，除了是理想與現實的落差外，外在高壓肅殺的社會氛圍也是原因之一。誠如白先勇言：「虛無其實也是一種抗議的姿態」❸，「網」中青年和打彈子的年輕人正是以「虛無」姿態表達對政治社會氛圍的無聲「抗議」。顯然，打彈子的年輕人比被存在之「網」網住的青年更能懂得如何在生命困境中尋找解脫／套之道。

2. 「異鄉人」與「失落的一代」

(1)存在的覺醒

　　王尚義（1936-1963），被稱為「這一代的勇士」，他在六〇年代出版的文集《從異鄉人到失落的一代》中，以帶有「悲觀、灰色、異端」色彩的文字❹，真實記錄了六〇年代台灣知識分子對存在問題的思考，極傳神地勾勒了那個時代知識分子的精神狀態，震撼了年輕一代的心靈。

　　王尚義是河南汜水人，出生不久即因中日戰爭被迫與母親、弟

---

❸　同前註，頁 34-35。

❸　白先勇，〈不信青春喚不回──寫在《現文因緣》出版之前〉，頁 295。

❹　陳培峰，〈野鴿子的夢幻──從存在主義透視「野鴿子的黃昏」與「超人的悲劇」〉，收入王尚義，《落霞與孤鶩》（台北：水牛出版社，1981 年），頁 169。

妹逃難，抗戰勝利後回河南汜水，1949 年再因國共內戰而舉家由上海逃至香港，半年後來台。在進高雄港時，海關在王尚義行李搜出一本紀念冊，上面有朋友的臨別贈言。顯然「贈言」的內容違反了國民黨的「國策」，海關將紀念冊轉到「警總」所屬機關後，人員再三盤問王尚義寫紀念冊贈言的朋友是受到何人指使，為何他要將這些「贈言」送到台灣？最後是父母出面，再由二人擔保，王尚義才合法「入境」台灣。後來王家在高雄因謀生困難，又舉家遷往澎湖，王尚義進入當地公費的流亡學校就讀。在離鄉背井的孤島，由於對前途毫無所知，對目前的現狀又不滿，一些老師和學生便常用文字發洩心中的苦悶。在高壓戒嚴的時代，這樣的行為自然不見容於當局，於是校方開始大整肅，許多老師被捕，學生失蹤，整個學校風聲鶴唳，有人傳說半夜裏有麻袋被裝在大卡車，丟到海裏。這個白色恐怖經驗，對王尚義一生影響很大，而紀念冊的秘密，則深藏在王尚義心底，直到他死後，朋友在他遺物中發現一張發黃的「自首證」，大家才恍然大悟，原來尚義生前受到的迫害，不只是肉體的，還有精神的。

　　從澎湖流亡中學畢業後，王尚義因成績優異，考取台大醫學院。上大學後，王家家境日益困難，加上妹妹王尚勤考上大學後，擔任小學校長和教員的雙親收入不足以應付家中開支，於是王尚義時常熬夜寫稿並奔波夜校兼課，以減輕家計負擔，過度勞累的結果，對他精神、肉體都是莫大戕害，終致積勞成疾、身心俱疲。多才多藝，擅繪畫、小提琴、話劇的王尚義真正的志趣是在藝術和哲學，他曾在大一結束後想轉念哲學系，最後因父母的功利主義和自

私自利的現實想法被迫打消念頭❹，這使他對家庭的意義與功能產生質疑，認為「家」是他生命的羈絆和枷鎖，緊緊箝制住他的人生和感情。在王尚義日記和文學創作中，時可見他對父母的現實功利思想和家庭制度的批判，而不合志趣的醫學課業帶來的苦悶心情，也使他日益孤獨，與親人、朋友、同儕，甚至世界隔離。

　　不過，王尚義的最愛並不是文學或哲學，而是政治❷，他真正的思想，可以由他寫給馬宏祥的信，表達自己想去非洲行醫的目的看出來：

　　　　而我之所以有意思去非洲，是想要實在瞭解那裏的情形。因為未來的世界局勢發展上，非洲實佔著舉足輕重的影響。……我深信中國是一個愛好和平的民族，它深厚的文化淵源已經為它奠定了平等的大同的基礎，一旦它能恢復它的世界地位，它對亞洲和全人類的未來將會發生決定性的作用。……凡是一個大潮流和大運動的興起沒有不以信仰為前

---

❹　王尚義妹妹王尚勤說，王父之所以要王尚義學醫，是希望他賺大錢。另外，不許王尚義轉念哲學的原因，是因為他過去四十年都為國民黨賣命的下場，就是貧苦的失意生活，因此他堅決反對尚義念哲學，也反對他從事政治活動。王尚勤，〈王尚義和他所處的時代〉，《王尚義和他所處的時代》（台北：水牛出版社，1995 年），頁 44。

❷　周寧引述張民的話，認為王尚義幼年的遭遇，使他對政治懷有強烈慾望，但醜劣的距離，加上父親要他學醫的現實壓力，迫使他把政治的志趣壓抑在內心深處，文學在「苦悶的象徵」下成為他發洩情緒的出口。參周寧，〈通往成長的橋樑〉，《幼獅文藝》第 36 卷第 4 期（1972 年 10 月），頁 206-207。

題的。**43**

信中王尚義表達自己是預期非洲在「未來的世界局勢發展上」佔著舉足輕重的地位，他才想去那兒行醫。這和史懷哲（Albert Schweitzer）以宗教和人道主義去非洲行醫的出發點不同，明顯蘊含民族主義的色彩。且信中提及「中國」「對亞洲和全人類的未來將會發生決定性的作用」，和六〇年代中共聯合非洲第三世界的對外政策相吻合；而「以信仰為前題的」「大潮流」、「大運動」，可能指向中國集體主義的大改革「大躍進」。由此看來，王尚義真正的思想是社會主義思想，其鄉愁根源，是社會主義的中國。這是為什麼王尚義死後，大家一窩蜂為他出版紀念集時，他的知己景新漢會說：「尚義的思想不能在台灣發表」的原因**44**。

王尚義認為作家創作時須是個人主義的，而表達時卻必須是自由主義式的**45**。從當時王尚義的文章多發表在《文星》，也可以看出他思想中自由主義的傾向。在國府高壓戒嚴時代，自由主義和社會主義思想都不見容於當局，現代主義剛好為王尚義的苦悶思想提供宣洩的管道，他以自由主義的思想，現代主義的創作手法，批判

---

43 馬宏祥，〈痛苦、掙扎和成長〉，收入王尚義，《野鴿子的黃昏》（台北：水牛出版社，1993 年），頁 215-217。這封信是張尚德鼓勵王尚義去非洲行醫圓夢，朋友馬宏祥勸他去美國，王尚義寫信給馬宏祥表明自己想去非洲的用意。

44 王尚勤，〈王尚義和他所處的時代〉，頁 25-31。

45 王尚義，〈日記〉，《荒野流泉》（台北：水牛出版社，1983 年），頁 59、65。

了台灣政治社會現實、家庭制度和文化傳統。從〈從「異鄉人」到
「失落的一代」——卡繆、海明威與我們〉可以看出他對置身於當
時代台灣社會環境的思考：

> 當一個舊的價值標準已經動搖、瓦解，而你透過自我的體認
> 建立了一種新的價值標準，你便是個生客，是舊時代的陌生
> 人，整個世界對你陌生，你會覺得一切怪誕、荒漠、而格格
> 不入。如果舊的價值已被遺棄，而新的未曾建立，你感到價
> 值的失落，相對於那個時代來說，你是一個失落的人。卡繆
> 和海明威便是這兩種例子的代表，一個是廣大世界的陌生
> 人，一個是失落的化身。❹

由時代順序來看，海明威（Ernest Miller Hemingway）〈失落的一代〉在前
（第一次世界大戰後），卡繆（Albert Camus）〈異鄉人〉在後（第二次世界大
戰後），王尚義以「異鄉人」（卡繆）到「失落的一代」（海明威）為
序，無疑是契合他的生命歷程：先是以外省第二代的身份作了台灣
孤島的「異鄉人」，又在此中遍嚐心靈掙扎幻滅，成為「失落的一
代」。對於前者（異鄉人），王尚義視為是「肉體」的苦難，他並
不感到怨艾和自憐；然而對於後者（失落的一代），他則感到「惘
悵」，並有「不知所以的責任感」❹。基於這種「責任感」，王尚

---

❹ 王尚義，〈從「異鄉人」到「失落的一代」——卡繆、海明威與我們〉，頁
　92。
❹ 王尚義在《狂流》〈前言〉中說：「這一代青年的苦難包括兩方面：肉體和
　心靈的。肉體上，顛沛流離，生活在砲火的烟漫裡。心靈上，掙扎幻滅，飄

義在《狂流》〈前言〉裏說：

> 我誕生在蘆溝橋事變的前夕，這事對我有無比深刻的意義。
> 我自覺我的生命和苦難是不可分的。因此，我拿起筆來，要
> 寫自己，要寫這個時代的時候，我不能無視於這一代青年的
> 苦難。**❹**

換言之，王尚義是以筆為劍，以個人的苦難、家難為「國難」，他
要以文學記錄那個苦悶年代一個「貧窮的小知識分子」的冷淡、迷
茫、消沈**❹**，而這正是那個苦悶的年代台灣知識分子共有的心情。

王尚義文學創作受俄國作家屠格涅夫的影響很深，屠格涅夫小
說皆以那一時代的知識分子在新與舊、進步與保守間的心靈掙扎為
主題。《狂流》裏，王尚義塑造了一個「羅亭」型的人物，象徵六
○年代台灣某種特殊青年的典型。

《狂流》的志豪是哲學系學生，經好友傳正介紹，認識了鵬飛
的女友于倩。志豪的才智見解以及不尋常的人生境遇，造就他「堅
毅、衝動、狂放的多重性格」（頁 12）。這種性格引起于倩的共鳴
與同情，而志豪也深受她聰敏、美麗、豪放的女性魅力吸引。自小
失去母愛的志豪情緒極不穩定，激動浮躁的性情加上佔有式的愛，

浮在無數思潮的沖擊中。對於前者，我並無絲毫怨艾和自憐，任何艱苦的環
境，對受難者都是嚴酷的考驗；對於後者，我深深感到惆悵，有不知所以的
責任感。」見王尚義，《狂流》（台北：水牛出版社，1983），前言頁 1。

❹ 王尚義，《狂流》，前言頁 1。

❹ 王尚義，〈日記〉，《荒野流泉》，頁 10。

使個性「孤僻、傲慢、反叛」（頁 96）的于倩沒有安全感，幾番努力適應後，只得另尋感情的歸宿。王尚義以「狂流」象徵愛情的發生如狂奔的急流沖激，使人的心靈翻滾、折騰。小說表面上看來是一個愛情故事，但愛情是小說「中心」卻不是「重心」，是「現象」而不是「根源」，《狂流》〈前言〉就清楚表明王尚義想要表達的是愛情背後「年輕人的生活、思想、苦悶和徬徨」。誠如志豪言：「在這動亂而殘忍的時代裏，我的遭遇，也就是年輕一代共同的命運。」王尚義藉由志豪處理愛情的態度，突出了志豪這個「羅亭」式人物的特質：誇大、虛偽、懦弱。志豪是以王尚義的好友，台大哲學系的張尚德為摹本塑造出來的角色❺⓿。張尚德個性開朗，但不夠冷靜，喜歡顯揚自己，容易被人煽動、利用，就像小說的志豪具「多重性格」──感情起伏，像海水般激盪。王尚義以「羅亭」式志豪作為六〇年代青年典型的代表：

> 生活中充斥的主觀氣氛，他只運用了其中的精華，巧妙地裝飾了自己知識的威嚴，而自以為了不起！他們以幻想和現實對比，坐在書房裡抱怨痛苦和創造的艱莊。實質上，他們滿腦子裡都是享樂，他們羨慕財富、地位，和高貴的事業。（《狂流》，頁 180-181）

---

❺⓿　張尚德在追悼王尚義的文章中說：「在你所寫的許多小說中，都有我的形象，我們過去一直生活在狂流中，不過很令人驚嘆的是：我已經不是你寫的《狂流》一書中的形像了。」見張尚德，〈我們與你的象徵同在〉，收入王尚義，《野鴿子的黃昏》，頁 240。王尚義〈醉〉、〈窮鬼〉和〈狂流〉的主角都以張尚德為摹本寫成。

王尚義素描了這群六〇年代現代青年的性格特質，也對他們提出批判：

> 這一代青年更大的特點，是他們共同具有逃避的精神，到知識中逃避，到愛情中逃避，到幻夢中逃避，到更圓的月亮下逃避。（頁 181-182）

羅亭一生都在追求理想和完美，但他最後得到的是虛無。王尚義藉志豪一角指出這一代青年患有逃避現實和意志薄弱的現代病。除了志豪，其他如〈獨生子的悲哀〉中的景，個性怯懦無法自立，像是一株蔓藤「必須有所攀依，才能爬得更高」（頁 75）。他們「表面上像一塊鐵，實際上是氣球，肚子裡充滿了氣，就飄來飄去，沒有思想，沒有根」[51]。這些無根的浮萍遇到情感挫折時，多以逃避方式尋求解脫：〈窮鬼〉裏「提到現實就頭痛」的張（頁 88），靠埋首書堆追求精神生命來療治情傷；〈醉〉的男主角藉醉酒忘卻情感挫折；〈孤獨的旋律〉的李老師離婚後處心積慮尋找愛情，希望填滿她空虛的心靈（頁 97）；〈偶然〉的「我」在自己「親手造出來的幻夢」裏瘋狂追逐愛情（頁 111）；〈綠水〉裏房東女兒因無聊、苦悶，便想在房客身上尋找安慰，而她的未婚夫害病後猶如折斷的蘆葦，每天在小舟上無目的的垂釣。這些小說人物苦悶、徬徨的因由，就是「現實的小鞭子」：錢──〈春蠶〉裏有學識、才幹、風度的 K 和小雯的愛情就因小雯父母的門戶之見而不能結合。現實

---

[51] 王尚義，〈日記〉，《落霞與孤鶩》，頁 21。

裏王尚義的感情生活也是一波三折，從與 L.D. 的初戀，到〈野鴿子的黃昏〉的表妹、《狂流》的兩姐妹，這些都顯示：在現想上建立愛情，是不可能實現的（〈日記〉，頁 50）。埋首知識如同委身魔鬼或在自己建造的牢獄裏自囚，盲目追尋愛情的結果，就是自縛在愛繭裏，終至瘋狂與毀滅。

　　以上小說人物都以消極的行為面對現實的逼迫，另一方面，王尚義也塑造了另個以積極方式經營人生的角色，就是〈現實的邊緣〉裏，唯「錢」是尚的老楊。老楊是個「金錢至上」的拜金主義者，他熱情、豪放、富幻想，做過翻譯、繪畫、開礦山、辦農場……，是個即知即行的人，對什麼事都感到好奇，都想嘗試，卻空有計畫而不能把握和堅持，缺少為理想奮鬥的毅力和決心。小說另一主角「我」則是個天生利他的理想主義者，「在精神上，以自己的前途維繫著人類的希望。思想中又含蘊了太多的對人類的熱誠和同情」（頁 47）。小說觸及了兩代間的觀念差距問題。「我」為了滿足父親心願，放棄了對文藝的志趣，進入醫學院就讀。「現實的淨獰、冷酷，以及那些無盡可怖的誘惑」（頁 40），掃盡了理想主義者的熱情，「我」「在現實的光照下」，「已找不出任何理想來欺蒙自己」，開始與金錢慾望、現實逼迫妥協、適應並服從，成了個「物質主義者」，相信金錢可以創造真理。後來，「我」和老楊一起在菜市場開店做生意，正當生意蒸蒸日上時，某天顧客購買醬油要求折扣，「我」因堅持不二價，對方忿忿地朝地下丟下五毛銅板走了。身為知識分子的驕矜與自尊，使流竄在「我」血液裏的理想主義因子重新激動了起來，積壓已久的委曲與怨氣徹底爆發開來：

> 這時，我彎腰從地上把錢揀起，那錢像一面鏡子──一面鏡
> 子，照出我卑俗和貪婪的臉孔，我似乎看出那是我的醜形，
> 我不由得漸漸地、深深地悲哀起來。（頁48）

於是「我」羞愧、憤怒，開始質疑自己是否要成為物質的奴隸，或
為了金錢出賣自己的意志、思想和靈魂？〈現實的邊緣〉真實呈現
了個人對自我生命的承擔、對荒謬世界的拒斥，以及人失去生命意
義與價值後的深沈孤獨感。誠如小說〈前言〉所言：

> 我們這一代，這一代有靈魂的年輕人，那一個不是沈浸在淚
> 水中？那一個不是漸漸地被苦痛溶化淹沒了？……日子是苦
> 的，沒有指望，活著像是多餘。我們掙扎，我們追求，我們
> 彷徨，我們浮流在整個時代精神幻滅的泡沫上，沒有出路。
> （頁3）

王尚義試圖引出一個存在主義者關注的中心課題：人活著是為了什
麼？人生的意義在那裏？「我」在經歷名利的追逐後幡然醒悟，重
新回到校園，在知識中探尋自己生存的本源。小說末段，王尚義透
過老楊寫給「我」的兩封信表達一個拜金主義者臨終前的悔悟：

> 以前我從未仔細地想過，我生活的根到底在那裏？我生活基
> 本的信念是什麼？……我所要的究竟是什麼東西呢？……不
> 為什麼，只因生命是可愛的。……我們活著了，這就證明生
> 命是可愛的，我想這就是生活的目的吧！……我唯一的願

望，為著愛它，我要活下去──要肯定生活的價值。（頁 61-
61）

生命的意義即在生活的本身，這是老楊臨終前對生命的體悟。王尚
義藉此傳達存在主義者對存在本身和生命本質的體認：人在掌握宇
宙之前，先得掌握自己，「生活的意義不在它的目的，而在它的過
程，過程中的愛、恨、慾，便是全部生命的樂趣。」（頁 55）

　　透過〈現實的邊緣〉，王尚義刻劃了六〇年代知識青年，面對
現實環境的逼迫、兩代的觀念差距、時代精神的幻滅，如何在絕望
和茫然的悲苦中，從醫、從工，企圖從物質生活中追尋生存的依
據，但理想終在現實之前幻滅，決定一切的，還是最具體的生命。
按契爾伽德的思考，「存在是一種事實，而不是一種觀念，存在不
是我們思想中某些客觀對象的反照，而是我們所經歷的生命本身
──它的生存和死亡的具體實現。」❷將來的事沒有人能預料，不
必枉費心機，一切要聽其自然，最重要的是在生活中肯定生命的實
在並面對現實。因此，《狂流》裏的志豪終於領悟到人在知識中是
找不到歸宿的，如果要肯定自己與自己所有所要，就必須不惜一切
地獻身於工作：

　　　每個人自生下起，他就開始了所謂的生活。……生活就是在
　　「權利」和「義務」中機械地轉動著，……希望跟著失望，

---

❷　王尚義，〈向時代挑戰的哲學──存在主義〉，《從異鄉人到失落的一
　　代》，頁 125。

> 失望又連著希望，……人必須帶著失望走進墳墓，這就是
> 「死」，……人生還有什麼意義呢？但是縱然沒有意義，我
> 們還是必須活著，那麼乾脆就讓我們丟掉那些徒然傷悲的
> 事，面對現實吧！（頁165）

將「生命的感受」當作客觀事實的存在，使「生命的工作」不因外界的刺激而起波動。工作的意義就是工作，生活的意義就是生活，既不是悲劇也不是喜劇，人不必自尋煩惱。王尚義據此批評《狂流》裏志豪：悲劇的形成都是人為的，志豪的悲劇是他自己一手造成的。這樣的思考也在〈現實的邊緣〉進一步深化了。

　　王尚義曾經深受叔本華（Arthur Schopenhauer）和屠格涅夫（Ivan Turgenev），的影響，前者把他對生存的意義根本斷喪，後者把他對愛情的嚮往完全打破。但後來他認識到叔本華（Arthur Schopenhauer）本身是一個珍惜生命的人，而屠格涅夫（Ivan Turgenev）的愛情生活也是豐富而羅曼蒂克的。有了這樣的體認後，王尚義在寫給妹妹尚勤的信中，雖提到人生如一杯苦酒，也說人生是一種奉獻、犧牲和責任，但他強調只要活著，就必須承擔並善盡生命的責任，所有離開主體的知識與追尋都是沒有意義的，人必須從想像的理念世界，回到真實的存在本身❸。這是西方人心靈內省後的最大覺醒，也是存在主義對王尚義思想的正面影響。

　　⑵救贖的否定

---

❸　王尚勤，〈「綠色的聯想」的聯想——懷念尚義大哥〉，《王尚義和他所處的時代》，頁52-53。

　　存在主義是一種把人的存在作為全部哲學的基礎和出發點的哲學，具強烈反理性主義傾向，其思想淵源可追溯至被視為是存在主義之父的丹麥宗教思想家祈克果（Kierkegaard）。祈克果（Kierkegaard）把人的存在分成美學、倫理和宗教三階段，他主張人應該選擇宗教的生活，才能實現人的真正存在。但他也認為人生的各階段都貫串著對死亡的恐懼，人只有處在恐懼、孤獨、絕望、無所依存的狀況中，才會感到上帝的存在，也由此而達到自己的真正存在。由於祈克果（Kierkegaard）的理論具濃厚的宗教色彩，被視為是基督教的存在主義。廿世紀存在主義哲學的各個支派基本上都接受了祈克果（Kierkegaard）關於「存在」的概念❸。

　　受存在主義哲學影響的王尚義，面臨苦悶的現實、生活的逼迫，也曾經對「宗教」可能產生的救贖力量產生期待的心理，投入「宗教」與「存在」命題的探索。學醫學的他，在尚未解剖人體前，認為人是一個 body-mind in union（心體合一）的東西；等到真的拿起解剖刀向心開刀以後，他才發現裏面「什麼也沒有———一團空」（〈日記〉，頁 121）。由此，王尚義開始思索人到底是什麼？自己是什麼？當知識、金錢都不足以使人找到生活的實感時，唯一可憑藉的到底是什麼？

　　在台灣高壓戒嚴的氣氛中，王尚義經常滿懷哀愁，在知識和宗教的領域摸索，或熟讀叔本華（Arthur Schopenhauer）、康德（Immanuel Kant）、尼采（Friedrich Wilhelm Nietzsche），讓自己「活在思想之

---

❸　吳昌雄，《現代主義文學》（武昌：武漢大學出版社，1994 年），頁 32-33。

中」，「過著一種與現實脫離的生活」（〈野鴿子的黃昏〉，頁195）；或醉心於音樂，悄悄紀念貝多芬生日；或精研存在主義，讀卡繆的《異鄉人》。有一段時期，王尚義認為宗教可以在人性中加入和平的力量，於是他信奉基督教，熟讀《聖經》，在大街上擊鼓歌唱傳福音。但後來他發現耶穌並沒有讓人性與慾望得贖，罪惡仍如河流水氾濫，而耶穌能救人卻不能救自己，於是他改崇佛學，在深山廟寺念佛打坐，卻又發現釋迦牟尼的世界也不是完美的。王尚義積極在宗教、哲學中找著「一切藉以啟示永恆的東西」（〈野鴿子的黃昏〉），結果是一再的失望與信心動搖。

〈大悲咒〉（1963）裡王尚義藉由一場葬禮探討信仰與死亡的問題，並提出對宗教儀式的批判。小說中張伯父的兒子原是哲學系高材生，因為家庭與現實生活逼迫，企圖自殺過兩次，最後避居深山廟寺，潛心修佛，並四處宣揚佛法。然而，自信樂觀的外表，卻難壓抑住他虛無的本質，他的潛心修佛，無非是一種逃避。因此，最後他雖出家了，卻很快還俗，並開始墮落，甚至父親將死，他仍無動於衷地生活著。小說對於張伯父的死亡，只以：「二〇四號的病人被更高的手接了去。」（頁203）暗示看不見的至高主宰對生命的宰制。這是王尚義對信仰最沈痛的抗議。小說也藉老馬的口道出虛無主義者痛苦的根源：「沒有信仰，所以沒有根，所以幻滅，像浮萍。」（頁200）然而，有信仰又如何？王尚義藉葬禮超渡隊伍裏眾人表情木然地誦念「大悲咒」的一幕，提出他對宗教信仰懷疑：

> ……或者他們是被雇來的同情者，可是他們根本沒有同情，甚至不知道在做什麼，就像他曾穿著透明的袈裟演講，自信

地肯定東方文化，也何嘗有過些時的解脫。……如此把生命
看得太重，不過是沒有看破，……如果可以念大悲咒，也同
樣可以唸康德，唸黑格爾，甚至可以唸唸沙特，但是許多人
正是這樣唸過，許多人不得解脫。……這就是信仰嗎？像拼
湊的馬戲，表演得並不逼真，……（頁204-205）

葬禮這一幕，無疑是一場宗教信仰的送葬儀式。王尚義想要表達的
是：如果信仰只是一種形式，也甚至不是信仰。〈大悲咒〉批判了
宗教儀式的虛偽，宗教形式一旦流於虛偽的儀文，不只帶來醜陋，
也帶來罪惡。這在〈野鴿子的黃昏〉、〈狂流〉裏有更進一步的表
達。

〈野鴿子的黃昏〉（1963）寫王尚義和表妹胡建華的愛情故
事。王尚義曾因胃疾而在姑母家搭伙療養，與當時唸高三的表妹有
過一段短暫而美好的感情生活。兩人初初萌芽的愛情後來因著在教
會擔任重要執事的姑母對女兒留學、作外交官出人頭地、光耀門楣
的期待而受阻。王尚義藉著「我」與一個內裏罪惡，外表敬虔的牧
師的對話，道出現實的殘酷，並提出他對宗教虛偽與欺騙的批判：

　　我仍不反對宗教，我反對虛偽，反對打麻將的教會執事，反
　　對享用華麗的洋化牧師，反對愛神卻不能愛人的表妹。（頁
　　195）

「野鴿子在黃昏的時候也要傍依溪水，他卻漂流在曠野裏」（頁
196），王尚義離開了虛偽的宗教場，他心中美麗的幻影，最後也

被殘酷的歲月撕碎：半年後，表妹生下一個男孩、姑母當選了好人好事代表；牧師出國深造時，育幼院的三層大樓也開始動工了，「這真是個興隆的時代」（頁198）。

〈野鴿子的黃昏〉批判的不是宗教本身，而是虛偽的宗教儀文。這不僅針對基督教而已，也包括佛教。

《狂流》的志豪在愛情失敗後，開始鑽研佛教思想，除了發表佛教論文、擔任佛教刊物編輯，最後甚至加入宗教組織，決定出家。然而，神聖的宗教團體，竟充滿世俗和財利的氣息，佛教派系人事的糾葛，使志豪對集體性的宗教事業徹底失望。王尚義藉著志豪在佛教雜誌社的所見所聞，提出他對佛教形式、儀式、團體組織的批判：

> 你要改革，你便失去立足的地步，你便不是佛門的忠實弟子，儘管你對佛理有多深的「研究」，對宗教有多大的熱誠，修持的工夫做得多麼實際，但你要破壞傳統，要打倒權威，你就是背離，就是叛逆，就是邪說異端，就沒有人再承認你。（頁184）

王尚義原是希望宗教可以為人帶來和平與安息，不意他嚮往的心靈聖地，竟是一團污泥。因此，對宗教的批判，只是在表達一個理念：宗教只有在去掉一切威權和教條的束縛，去掉虛偽和超然的外殼後，才對苦難的人群有積極的意義。

王尚義日記不只一次提到自己生命的歸宿有自殺、出家和瘋狂

三種❺，他在看過《梵谷傳》後有感而發寫下：「天才的生命——註定要受苦、犧牲、瘋狂，最後是死亡」的字句❻。雖然王尚義深入鑽研過佛教思想，但他實際上是受洗的基督徒，只是他對基督教義有很多懷疑的地方，認為宇宙的主宰只是一種規範自然運作的普遍原理，非神格的上帝，而基督的救世精神只是一種偉大人格的「典範」而已。然而，即便是「神」、「典範」、「紀律」、「良心」，在六〇年代的台灣社會也都失去了確切的依據。在《狂流》裏，王尚義說：

> 這一代青年確是失去了信仰。在劇烈變遷的社會中，在飛揚激進的思潮中，一切的價值在破碎，一切的標準在毀壞，一切的規範在動搖。……要生存，就必須有生存的理由，但是在這一代心中，生存的理由已經模糊，已經無從依據了。……唯一的出路是否定，否定宗教、文化……這真是個空洞的時代！空洞得可怕的時代！（頁42-43）

信仰失去了，也把人推到虛無的道路上。然而「虛無」並不是王尚義想達到的目標，他認為最重要的是擺脫知識、宗教的羈絆，為人群、社會、世界奉獻：

> ……對人類的失望是可笑的，……對自己的失望是懦弱的表

---

❺　王尚義，〈日記〉，《落霞與孤鶩》，頁4、14、34。

❻　王尚義，〈日記〉，《荒野流泉》，頁137。

示，對生命本身的失望，也是片面的解釋。難道人生中果真
沒有獲得和快活麼？假如你肯把自己投射出去，犧牲自我，
走入人群，為減輕人類的苦難，貢獻一些力量，對於那個可
以確信的未來，你的感覺是什麼？對於一個壯大的歷史的洪
流，你感覺到你推動了它的一波一浪，你對自己的估價又是
什麼？（頁178）

宗教信仰或許不是人類美好未來的切實理想，但知識和道德的信
仰，或人與人之間的互助互愛，或許是一條通往幸福未來的路。很
明顯的，王尚義否定了宗教對救贖的可能，轉而把希望寄託於個體
的生命融入人群整體中，為人類苦難貢獻力量。這是王尚義對存在
主義的反省與體悟，其中保留了某些存在主義的思想，但更多的是
他對台灣未來的積極期待。

　　和王尚義一樣憧憬社會主義中國的陳映真筆下的獵人阿都尼斯
投湖自盡後，其戀的對象維納斯「變成了一種流浪的渡鳥，永不止
息地夢著一處新底沙灘，一個新底國土」（〈獵人之死〉，頁50）；
重病的小淳無視眾人的期盼，「在初升的旭輝中斷了氣。然而太陽
卻兀自照耀著」，「照耀著一切芸芸的苦難的人類。」（〈兀自照耀
著的太陽〉，頁73）置身於六〇年代高壓肅殺的社會環境，王尚義是
逆水行舟中最先翻船，嚐到死亡滋味的人。一顆醫學院的〈孤
星〉，最後因身體的病痛、內心的苦悶鬱結和現實的折磨，罹患肝
癌，在台大醫學院畢業第二年，以廿六歲的年紀，病逝台大，以生
命實踐了信仰，留下超過八十萬字的散文、小說和譯作。

　　陳映真寫出了六〇年代青年人「被牢不可破地困處在一個白

色、荒蕪、反動，絲毫沒有變革力量和展望的生活中的絕望與悲戚色彩❺，而王尚義追求真理的過程，則是台灣知識分子苦悶的象徵。他以自身遭遇作見證，寫出這一代年輕人的苦悶和奮鬥，並提出嚴厲而冷酷的批判和沈痛的反省。王尚義承繼了朱自清、徐志摩式的浪漫抒情，再加上轉手的存在主義概念，糅合而成一種女性化的「青年挫折論」或「青年受難論」❺，揭開現實世界虛偽的面紗，以文學作品替當時代的人說出心底的話。雖然作品遭致「悲觀、灰色、異端」的批評，有「失落的一代」的影子，卻也真實記錄了那個年代患著「青年病」❺的知識青年如何面對人生、體驗人生，肯定或否定人生。醫學菁英的身份，給了王尚義作品無可動搖的社會權威位置，而其集結了一切折磨與不幸，更激起讀者的投射認同與支持。景美女中學生因獨自在直潭渡口閱讀《野鴿子的黃昏》而遭殺害的新聞，更讓王尚義增添傳奇影響力❻。王尚義的文學表達的不僅是一個青年個人志趣、出路和愛情問題，而是六○年代台灣知識青年對整個人類、文明和知識的困惑。

3.時代的溫度計

林懷民小說受到存在主義的影響是顯而易見的，原因倒不是因

---

❺　許南村，〈後街──陳映真的創作歷程〉，頁156。
❺　楊照，〈六○年代的青年受難像　王尚義的《野鴿子的黃昏》〉，《中國時報》廿七版（1997年12月23日）。
❺　王尚義的日記形容那種「高聲談著的時候，有人附和，以空話來建議的理想，人人願意，人人會做，當你叫他把嘴閉上，起來做時，他便癱瘓了」的人是患著「青年病」。王尚義，《荒野流泉》，頁66。
❻　楊蔚，〈從「野鴿子的黃昏」牽出蒼涼的故事〉，收入王尚義，《荒野流泉》，頁175。

為他寫作的時間跨度——1965 年至 1969 年——恰是西方存在主義風行台灣由盛而衰的時期,而是因為他的小說真實呈現了六〇年代台灣青年的虛無和迷惘。〈鬼月〉(1966)是其中最能表達六〇年代台灣青年對生命本身的虛無感與迷惘心情。

〈鬼月〉寫兩個十九歲左右的年輕人成天只是東晃西蕩,「蕩出一肚子鬼主意,鬼問題,自己無法解答,也不便啟齒問人」(頁88),「總是很無聊。到那裏都是一樣」(頁 86)。生命既是虛無無意義的,生活自然沒有什麼值得留戀的,兩個青春年華的青年,猶如風燭殘年的老人般「遺世而獨立」地感嘆著(頁82):

> 真的。月亮總是圓不起來的,即使今夜。有時你想要的都有了,仍然覺得沒意思。……弄不清自己到底是什麼東西?要什麼東西?(頁91)

這種「無聊」、「喜怒無常」、「無所事事地跟自己鬧彆扭」(頁94)的虛無心情,就像陳若曦〈喬琪〉中憂鬱喬琪的神經質心理:

> 我要許多人圍繞在我四周,透過他們的活躍,我才能確定自己的存在,獲得安全感。在我們這個時代,在我們這個社會,我豈不是典型的青年嗎?苦悶是癥結,絕望是象徵;我害著世紀病哪。❻¹

---

❻¹ 陳若曦,〈喬琪〉,《陳若曦自選集》(台北:聯經出版公司,1976 年),頁 109。

喬琪正是六〇年代患有「世紀病」癥候的青年象徵，她的問題不在於缺乏「愛」，而是被過度溺愛了，病因是心情的寂寞與苦悶，表現出來的，就是一種徹底的絕望感，必須透過與群體的互動，才能感覺自己的存在，才能有安全感。

　　林懷民〈蟬〉（1969）進一步把年輕人心理苦悶的原因與生活形態赤裸裸地呈現出來。〈蟬〉的情節圍繞在一個叫莊世桓的大學生身上，他在某年夏天遇到另一群大學生，眾人茫然地生活在一個有限的生活空間裏，每天就是抄筆記、泡咖啡館、參加舞會、遊溪頭，互相發生感情的糾葛、衝突，最後留學、服役、結婚，其中穿插莊世桓與室友吳哲的同性之愛，以及莊世桓與陶之青間若有似無的曖昧感情。〈蟬〉裏的大學生過的是上層階級生活，心中卻各有著難解的憂慮與心結，他們以自虐的方式否定自己，心境蒼老猶如風燭殘年的老人，連談戀愛都是因為內心苦悶，需要一個依附。這種靈肉無法契合的戀愛，結局不是分離，就是死亡。小說中，林懷民以中英夾雜的文字活現了六〇年代大學生盲目趨附西化潮流，成天泡野人、明星咖啡廳，打保齡球、吃抗敏藥等頹廢生活來反叛社會對他們的忽視，為心中的苦悶尋求解脫之道。然而，看來瀟灑、叛逆的生活，並未能抒發他們的苦悶心情，莊世桓雖在野人咖啡廳看到一張張「虔誠」、「天真」、「善良」的臉孔，但「這些奔放熱情全沒我的份？是因為我原就不屬於他們，不屬於這地方？」（頁 155-156）站在人潮洶湧的西門陸橋，是陶之青提醒他有蟬聲，莊世桓才「驟然被一份從未有過的欣奮與幸福之感淹沒了」（頁161）。莊世桓雖折服於陶之青的敢作敢為的現代女性行徑，但當陶之青暗示他，自己已經取得國外大學的入學許可時，他卻也無動

於衷。另一方面，陶之青雖貌不驚人，但由於家世不惡，平素養尊處優，養成她高人一等的優越感，表現出來的是時下女孩子的虛榮、放蕩和對傳統觀念的反叛，喜歡穿「風一颳就會飄走」的短裙（頁 114），和莊世桓初次見面就可以跟他回去過夜（頁 131），偶而還故作老成地和莊世桓抱怨傳統文化的重擔（頁 153）。陶之青雖喜歡莊士桓，但莊士桓的感情對她並不構成一種 bondage，因為「其實男女都是一樣的，多出去幾次，就算盤摳得噠噠響」（頁 189），因此她能衡情量理，見風轉舵，一知道兩人沒有未來時，立刻急流勇退，選擇另一個需要自己的男人。蟬聲只縈繞在夏樹上，夏天相聚的這群大學生唱夠了他們的情愛和夢囈聲，在莊世桓遇到陶之青的「那年夏天過後，我再也不曾看見他們，再也不曾聽到蟬聲。」（頁 209）

　　蟬聲，正是象徵那一代年輕人苦悶的心聲。〈蟬〉上、下兩部將結束時都出現若隱若現的蟬聲，林懷民兩度以微弱的蟬聲暗示年輕人微弱的心聲，這心聲隨時會湮沒在人潮熙來攘往的西門町，如果不認真聽，是聽不到的。莊世桓再也聽不到蟬聲，意味著他心中的苦悶依舊未解，他所有尋求解脫的努力，到頭來竟是徒勞。小說末尾，陶之青在出國後寫給莊世桓的信中道：

> 　　其實，我們不必想得太多，有那麼多事，我們以為會發生，感到害怕恐懼，結果不一定發生，⋯⋯其實我們什麼都不要想，而我們就會活下去，而我們就活過來了，我們什麼都不必想，不要去想⋯⋯（頁 209）

這是陶之青過盡千帆後的生命體悟。由此看來，陶之青是較過去成熟並有所覺醒，她知道人生的道路是往前的，「什麼都不要想，而我們就會活下去」。但這種體悟已是她出國數年後。

〈蟬〉寫一群生活在都市的大學生，這群人並不能代表所有六○年代的台灣青年。然而，誠如葉石濤言，林懷民小說「猶如一個溫度計，正確地反映、記錄下來這些時代的病態。」❷他們的苦悶、迷失，抽煙、喝酒、跳舞、戀愛、同性愛、吃安眠藥等，都和家庭環境、社會背景、教育制度、現實生活、經濟壓力等病態的現實有關：〈變形虹〉（1965）的沙夷婚前濫交泛愛並早婚的原因，是為了離開又小又吵又亂又髒得教人窒息的家以及母親成天無意義的咒罵（頁 61）；〈鐵道上〉（1963）的明仔母親因家暴離家，到台北「專門賺男人的錢」（頁 114）；〈蟬〉的陶之青父親始終不曾出現，母親則一天到晚坐在牌桌上（頁 108）；〈安德烈·紀德的冬天〉（1966）的康齊父親脾氣暴躁易怒而早逝，母親又無法滿足他對父愛的渴求。這些在不健全家庭中成長的青年，有的「高中念了四年換五個學校才混畢業」，「聯考時找人護航」，才「考上個不壞的大學」（〈變形虹〉）。好不容易考上了個學校，也沒有合宜的教育環境與師資可以教導他們：大學女僑生因無法適應台灣生活而濫愛並多次墮胎（〈轉位的榴槤〉）；教會學校為女學生選書、選電影，只要女學生「做個乖女孩。像個淑女！」（〈變形虹〉）；教授拿補助金東抄西湊出版破書，然後指使學生做索引（〈蟬〉）；高中老師整天倒在躺椅上，咬著煙斗看武俠小說（〈穿紅襯衫的男

---

❷　葉石濤，〈序——兼評「安德烈·紀德的冬天」〉，頁 4。

孩〉）。不正常的家庭環境加上不上軌道的學校制度，自然無法教導出正常的孩子，這群成長中的青年「每個人都只是流浪的葉子；不知道要飄到那裡，走到那裡。」（〈蟬〉，頁 44）雖然「太空人、核子試爆、越戰」在他們周遭發生，卻都無法引起他們的關心，「過去是塊不知痛癢的死肉，雲也從不知明天的事。反正生命不過就是呼吸、吃飯、睡覺的消長。」（〈蟬〉，頁 49）這是導致青年罹患「世紀病」的社會根源。

劉大任〈大落袋〉以「袋」的意象表達青年對存在的困惑、無奈與茫然，林懷民則以「鼓裏的小孩」和「繭」的意象聯結作品情境、人物及命運。〈變形虹〉的男主角和沙夷在海港聽見不知名節慶的鑼鼓喧囂聲：

> 那鼓聲聽來總是悶悶。彷彿鼓裏封藏了個小孩，間歇地做沒有效果的掙扎。……那團悶悶的鼓聲終於變得遙遠而模糊。
> （頁 42-43）

後來這個悶鼓聲成了一個震撼心靈的巨大回響，以各種變奏形式出現，如在瘋狂的舞會上：

> 依稀有悶悶的鼓聲昇起。大鼓。小鼓。中鼓。……有悶悶的鼓聲響著，鼓裡封藏了個小孩，間歇地做沒有效果的掙扎；而後小孩悶死，鼓聲沈去，一片死亡的寂靜。無邊的黑壓過來。（頁 65）

或陰灰的天空：

> 依稀有悶悶的鼓聲自樹梢墮下。（頁68）

這叫人厭煩的大小鼓聲及「鼓裏的小孩」的意象，貫穿了整部小說。

「繭」的意象在〈蟬〉裏出現兩次，第一次是莊世桓陷入是否與室友吳哲分離的兩難處境時：

> 那座房子，那座與吳哲同住的房子，正像一個透明繭；一層厚膜隔絕了外界的聲與光。吳哲似乎心滿意足地甘願自囚也被囚；甚至答應了睡覺時熄去燈火；只要知道他在，仍在一個房子裏與他一同呼吸。而他卻要時時擔一百萬個心，不知吳哲何時要打開大門淪入門外的的無底深淵……——憑什麼？莊世桓！憑什麼你要背負這個沈重粗礪的十字架？憑什麼啊！（頁157）

第二次是陶之青對莊世桓情有獨鍾，莊卻表現得若即若離，於是陶的好友劉渝苓勸告莊世桓留意陶之青的心情時，先前「透明的繭」的意象又出現了：

> 霧氣糊貼身際，依稀有個人伸手按著他，抱著他，若有若無，卻由不得他動彈……一個透明的繭——好好待她？為什麼不？只怕根本不是這回事。還不是因為吳哲？……就像我

對吳哲一樣……（頁 169-170）

林懷民正是以「繭」的意象傳達這群大學生在苦悶的年代裏「作繭自縛」的痛苦。

　　戰後海明威「失落的一代」在戰爭毀滅了一切後，他們不再相信一切，只相信 nothing ㊚，就如《異鄉人》的莫梭在受審時所表現出來的冷漠，既沒有一般人的感情，也沒有罪的意識，於是被檢察官判定是個「道德上的怪物」㊛。不同於《異鄉人》的莫梭，林懷民筆下的年輕人在放縱情慾、盡情逸樂時，還會感到罪惡感。〈安德烈・紀德的冬天〉（1966）中的康齊在憶及與秦的同性戀關係時，一夜情慾突然變得如鼻涕膿般骯髒，令人作嘔，原因就是「來自良知深處根深蒂固的道德感的責備」（頁 124）。因此，林懷民小說有些自甘墮落的人物因為受不了良知、道德的責罰，選擇以「死亡」作為解脫之道，「死亡」因之成為林懷民筆下人物最常見的結局。然而，為何林懷民小說多在死亡的陰影下惴惴不安？葉石濤說：

> 他（林懷民）底世界僅圍於這時代、社會的某一階層，與生氣勃勃勤勉的廣大人羣的喜怒哀樂完全無關；簡而言之，他缺少的是濃厚的鄉土性和堅強的民族性。……他們成為孤立

㊚　王尚義，〈從「異鄉人」到「失落的一代」〉，《從異鄉人到失落的一代》（台北：水牛出版社，1989 年），頁 104。

㊛　卡繆（Albert Camus）著、莫渝譯，〈卡繆的生平及其作品《異鄉人》〉，頁 28。

的一羣，失去了賴以生存的土地。[65]

不過，高全之卻認為葉石濤對林懷民小說的評論缺乏深入體察，因為林懷民小說「寫實中不時流露著一種道德責任感」，也就是一種「感時憂國的精神」[66]。其實，葉石濤和高全之兩人的說法並不衝突，我們試以〈穿紅襯衫的男孩〉和〈虹外虹〉所透露出來的死亡意識進一步觀察。

〈穿紅襯衫的男孩〉（1968）的小黑是個「太保似的浪兒」，他有自我主張，愛穿紅襯衫，因為「鮮紅的顏色提醒你，你還活著，要幹下去！不要睡覺！」（頁 14）和四體不勤、五穀不分，「自以為了不起，裝模作樣」（頁 34）的大學生比起來，小黑能幹多了，他會幫人通馬桶水管、釘雞窩、修保險絲。小黑有個希望，就是買輛摩托車。為了實現這個理想，他不惜從事各種危險的工作爭取理想的實現。後來，小黑果然買了輛摩托車，卻在夜半開上麥克阿瑟公路撞車了。林懷民寫著：

——有個人，有個人有那麼件紅得像火的襯衫。（頁 31）

這彷彿告訴讀者，有個像火般熱情的人，為理想奮鬥而死了。雖然小黑的死，和個人物質慾望有關，但這和一些成天夢樣地生活著的

---

[65] 葉石濤，〈序——兼評「安德烈·紀德的冬天」〉，頁 4。

[66] 高全之，〈林懷民的感時憂國精神〉，《從張愛玲到林懷民》（台北：三民書局，1998 年），頁 3-4。

大學生，還是呈現強烈的對比。林懷民小說對死亡意義的探討，在這部作品得到初步的深化。

〈虹外虹〉（1969）稱得上是林懷民版的〈仲夏夜之死〉，敘述一個「寫過一打以上各式各樣的死」，「準備隨時死去」（頁41）的男主角到碧潭划船的瀕死經驗。小說開始時，男主角在碧潭潭心救回一個差點溺死的男孩，當對方向他道謝時，他還氣對方「不該如此糟蹋生命。」（頁47）回程他在潭中游泳，卻也瀕臨死境，在生死一瞬間被人救起。貫穿整部小說的是男主角意識之流中不斷浮現的他以前讀過的海明威小說中的種種死亡。這些小說的死亡場景在思維中不斷出現，最後他竟分不清在水裏抽搐窒息瀕臨死境的，到底是他自己還是海明威小說筆下負傷的主角？全文在捕捉死亡的顫慄痙攣達到了某種深度。

男主角溺水前，他只覺得「死是一種 happy ending」（頁41）；瀕死時，死不再是優美而富哲學意味的，對「生」的迫切與渴望，使過去一切虛無飄渺的放逐、自憐、反叛都不再重要，只有確實的活下去才是要緊的。於是男主角死裏逃生後，人生觀呈現一百八十度的轉變。當他對救他的胖子與黑臉說起他溺水前也救起了一個溺水者時，旁人告訴他：「溺水的人總是拖著人不放」，「所以有些人根本不敢下去救，只會張著眼看人活生生沈下去」（頁55），他深深為自己的幸運獲救感到慶幸，在回程途中把一艘大船傳來韓德爾（George Frideric Handel）的《彌賽亞》（*Messiah*）聖歌，當作是旁人為他的得救而高歌，頓時「體內一股生命的泉水，波波濤濤地洶湧起來」（頁57），過去幾小時的惶恐與感激，剎時間化為淚水，幾乎奪眶而出。小說寫男主角看見的遠山那道彩虹「虹外不

知何時，又加添了一道不十分完整，卻也七彩分明的新虹」（頁57），正是暗示「生命如彩虹」的理念。小說最後宣示了「生之喜悅」：男主角回台北在「明星咖啡館」大快朵頤後，發覺沒有足夠的錢而去電朋友求救時，他鄭重地宣告：「我還活著！」（頁63）這種「重生」的喜悅，是前期作品未見的，也流露出對生命本身的珍視與尊重。

簡言之，林懷民雖寫了不少自虐乃至自殺的小說，然而若以〈虹外虹〉開頭和結尾都引用的海明威（Ernest Miller Hemingway）〈印第安人營地〉的兩句對話：「死難嗎？爹。」「不，我想挺容易的。尼克。這要看情形而定。」（頁42）來看，早期〈變形虹〉中那個「不知要到什麼地方」去的男主角（頁68），到了後期〈穿紅襯衫的男孩〉和〈虹外虹〉，「過去對生命的詛咒變成了謳歌」❻⓻，已明顯透露出對生命意義的積極肯定。

不過，這樣的作品畢竟是少數，林懷民絕大部份的小說都以死亡作結。例如〈轉位的榴槤〉（1965）的女僑生「冰」即使知曉二次墮胎將危及生命或喪失生育權利，卻仍執意去行；〈變形虹〉的沙夷最後墮胎死於醫院；〈鐵道上〉明仔衝向火車；〈安德烈‧紀德的冬天〉的康齊在風中見到自己已死的幻象；〈蟬〉的范綽雄（小范）吃安眠藥致死。以上小說人物都以自殘或自殺了結自我，而導致他（她）們死亡的原因，都和情感挫折、個性或家庭、社會等外在因素有關。

---

❻⓻　胡耀恒，〈死亡與新生──評林懷民的小說〉，《中國現代作家論》（台北：聯經出版公司，1979年），頁555。

　　最值得注意的是林懷民小說出現的一種「哲學式的自殺」❻❽。這種對「生」的無意，沒有具體起因，也缺乏治療管道，因為他們反抗的對象不是社會，而是生命本身；唯有結束生命才能結束痛苦。例如〈鬼月〉裏以作家自許的「我」安排其小說主角吃安眠藥自殺，「什麼原因也沒有，只是厭倦了，對生感到窒息。」（頁90）〈星光燦爛〉（1966）的劉思民「長相好，人聰明，功課好，家庭又這樣令人羨慕，什麼都不缺」（頁 69），「這麼好的條件，這麼硬的背景」，但是「空洞的生活，空洞寥寂的生命」加上被迫戴上別人分派的面具，虛偽地扮演不同角色，最後他割腕自殺（頁71、74-75）；〈蟬〉裏患有嚴重過敏症的小范，家裏過分嚴苛的管教，塑造他「扶牆摸壁站不直立不穩」的性情，時常情緒失控（頁140）。他的毛病就是「想得太多」，太神經質了（頁 204），怕痛、怕癢、怕死，所以偷生苟活著。當陶之青、莊世桓在西門町聽到蟬聲，他卻「一輩子也聽不到」，因為他「還沒認真去聽，就先肯定了西門町沒有蟬」（頁 161）。這些小說人物尋死的原因，並非由於個別的遭遇和挫折，而是對生命本身的詛咒與唾棄。高全之說：

> 它引起個人的一種抗拒，抗拒心理的外現形式是完全的退縮、飄泊、放任、甚至自虐，乃至自殺──死的渴求意味著一種解脫的渴求。❻❾

---

❻❽　同前註，頁 55〇。
❻❾　高全之，〈林懷民的感時憂國精神〉，頁 4。

他們對「死」有多積極，「生」的痛苦就有多大。換言之，小說人物自虐或自殺的表現，其實是對生命「虛無」的極端沮喪而來。「死」對他們是一種徹底解脫之道。

林懷民以死亡作結的小說中，最值得注意的就是〈逝者〉（1969），林懷民就是以〈逝者〉告別小說人物因迷失而以死為解脫的主題意識。

〈逝者〉以一個雨景開始，家境富裕的年輕人喆生下班後聽到他在非洲尼日推展農耕的大表哥出車禍死亡的噩耗，於是喆生的意識之流沿著現在的雨景溯及另一個雨景，他想起戰友景欽在前線戰地的海灘被共匪砲彈炸死，為國捐軀。接著，喆生去大姨家弔唁時，因著大姨的一句話，他又回憶起過去大表哥也曾因車禍差點喪命，幸而轉危為安，反倒是同伴喪了命。大表哥屍體送進太平間的情景又觸發喆生的思緒，使他想起在戰地被炸得肢體殘缺不全的戰友景欽。在一段描寫景欽入殮的場景中，林懷民描繪了一幅令人哀慟的畫面：

> 一方陽光由窗子跨進來，落在草綠色的忠靈袋上，將袋上那枚青天白日的國徽照得輝燦。（頁192）

這時昔日戰友景欽忠靈袋上「青天白日的國徽」光芒，在喆生意識之流中，連結到現在大表哥靈桌上的情景：

> 兩枝蠟燭模樣的塑膠燈，幽幽發散蛋黃紅的光芒，將壁上照片烘得暈黃；……（頁93）

喆生想起景欽落葬時，「忠靈袋上那枚國徽，像一隻精神飽滿的眸子，烔烔發亮」，「坑前擺著景欽的遺像，像框上紙紮的白花簇擁著『為國捐軀』四個大字。」（頁 100）最後，大姨家的親人要搭車到機場迎靈，「砰」的關車門聲，在喆生聽來，彷彿當年副連長為景欽釘棺的「卡！卡！」聲（頁 101）。相對於其他以「死亡」為結局的作品，〈逝者〉裏的死顯得悲壯而有意義。

〈逝者〉創作手法也和白先勇〈國葬〉類似。〈國葬〉以副官秦義方跪拜李將軍遺像後所見所感，回敘往事，小說末尾，士兵向李將軍靈柩喊出的「敬禮」聲，就像〈逝者〉裡的「卡！卡！」釘棺聲，是向為國捐軀的死者致上最高的禮讚。〈逝者〉作為區別林懷民前後期小說對死亡意義的探討，按高全之說法，前者是「輕於鴻毛」，後者是因公捐軀，教人追念起敬的「重於泰山」⓰。綜言之，前者反映的是葉石濤所說的，缺乏「某種寫實主義」的死亡；後者流露的是高全之所謂的「一種家國之愛，或說共赴國難的使命感」的「感時憂國精神」。

林懷民出身傳統書香門第，他寫這些小說時大概是二十歲左右，而小說人物年齡也多與創作時的年齡相仿。其早期作品集《變形虹》裏的人物多對現實人生感到厭煩、懷疑和抗拒，有的以自嘲苦笑、放縱墮落來嚙噬自我（〈變形虹〉），有的則成天幻想著吞服安眠藥和構思殺害娼妓的故事（〈鬼月〉），小說人物多半具有陰鬱氣質，明顯與人群疏離並具叛逆性格。這樣的小說風格，是讀者難以理解的。可以解釋的是，林懷民創作高峰期，正是存在主義思潮

⓰　同前註，頁 9。

席捲台灣文壇時，而林懷民具有的敏銳知性和豐富的觀察力，使他容易感受到「現代人」的孤獨與迷失，小說自然帶有存在主義對生命／生活本身的思考，具強烈的虛無和徬徨感。白先勇《台北人》裏的「台北人」是大陸人，林懷民敘寫的卻是道地的「台北人」。他以敏銳如刀片的神經，捕捉到了六〇年代台灣年輕人心中無可奈何的哀傷，使作品有輓歌般的哀愁。因此，雖然林懷民寫出的是「一己的感覺和色彩」❼，但他的小說其實具備相當的「現實感」，這和存在主義哲學的虛無精神是截然不同的呈現。

薩依德引阿多諾《道德之最依限度》的話說：

> 人，是一充滿辯證的現象，總是被驅策著必須處在動態之中……因而人從不可能達到一個終點休息站，……人是「抉擇」、鬥爭、處在持續不斷的變化之中。他是一場無限的遷徙，自我內在之遷徙，……他是自我內在靈魂的遷徙者。❼

對王尚義和林懷民來說，終點永不可得，遷徙乃流亡者註定的命運。然而，拒絕安樂窩式的定居，堅持無家可歸的心靈放逐狀態，不也是對造成當時代苦悶氛圍的政權一種抗議的姿態？

---

❼　葉石濤，〈序——兼評「安德烈·紀德的冬天」〉，頁 2。

❼　薩依德（Edward W. Said）著，蔡源林譯，《文化與帝國主義》，頁 612-613。

二、家，太遠了

內部流亡與外部流亡的差異，在於前者是精神放逐，而後者則是精神與肉體的雙重放逐。以六〇年代外省籍作家來說，第一代作家不認同共產中國而隨國府來台，但他們卻也同樣不認同國民黨建構的「文化中國」體制。而第二代作家除了精神上同父輩一樣不認同國民黨政權外，甚至肉體上也再度自我放逐，離開台灣。無論是第一代或第二代，外省籍作家的精神或肉體都有再度放逐的現象。再以台灣本地作家來說，第一代作家戰前受日本殖民政權統治，戰後又面對國府「再殖民」，他們所流露出來的「亞細亞孤兒」感情，已有精神流亡的現象。而第二代作家同父輩一樣，也不認同國民黨政權，但受限於客觀因素，肉體雖未離開台灣，卻也以文學創作表達精神、肉體雙重放逐的意識。因此，無論是外省或台籍，戰後第一代或第二代作家、作品都呈現著「雙重流亡」的現象。以下論述將透過戰後第一、二代作家的「雙重流亡」書寫，說明作家如何運用現代主義的美學實驗，表達國府高壓戒嚴體制下的流亡心情。

㈠鄉的失落，道的末彰？

劉小楓在〈流亡話語與意識型態〉中提出「本體論的流亡」與「一般流亡」的說法，認為這兩種流亡最大的差異是：「一般流亡」是個體言說個體本身，是一種逃避——避難性質的流亡，其對立面即個體言說整體性的，無從逃避的「本體論的流亡」❼❸。很明

---

❼❸　劉小楓，〈流亡話語與意識型態〉，《二十一世紀》第 1 期（1990 年 10
　　月），頁 113-120。

顯的，台灣小說的流亡書寫，並未涉及「本體論的流亡」，而是因「避難」而來的流亡——一種精神、一種文化的民族性流亡。白先勇在〈流浪的中國人——台灣小說的放逐主題〉中對台灣的上、下兩代作家的流亡心態有如下說明：

> 流亡到台灣的第二代作家，……內心同被一件歷史事實所塑模；他們全與鄉土脫了節，被逼離鄉別井，……不過這兩代的流亡作者對於放逐生涯的態度，卻有相當大的分別：遷台的第一代作者內心充滿思鄉情懷，為回憶所束縛而無法行動起來，只好生活在自我瞞騙中；而新一代的作者卻勇往直前，毫無畏忌地試圖正面探究歷史事實的真況，他們拒絕承受上一代喪失家園的罪疚感，亦不慚愧地揭露台灣生活黑暗的一面。❼❹

台灣小說的「自我放逐」主題，正是這些流亡作家主要書寫的沈重命題。在當時國府高壓統治下，六〇年代作家為避免觸及政治敏感議題，避過出版檢查，乃借徑現代主義的書寫策略，轉向個人內心世界的探索：

> 他們在台的依歸終向問題，與傳統文化隔絕的問題，精神上不安全的感受，在那小島上禁閉所造成的恐怖感，身為上一

---

❼❹　白先勇，〈流浪的中國人——台灣小說的放逐主題〉，《第六隻手指》，頁110。

代人罪孽的人質所造成的迷惘等。因此不論在事實需要上
面，或在本身意識的強烈驅使下，這些作家只好轉向內在、
心靈方面的探索。**⑦⑤**

值得注意的是，白先勇在這篇文章中指出五〇年代初期，遷台作家
並未寫出反映流亡生涯的文學作品，原因除了是當時優秀的作家如
沈從文、老舍等沒有隨之遷台外，也和遷台作家的心理有關：

那時他們驚魂甫定，一時尚未能從大陸所受的沈痛打擊中清
醒過來，另一方面卻沒有足夠的眼光與膽量，來細看清楚錯
綜複雜的新形勢，所以只好盲目接受政府所宣傳的反攻神
話，他們更無勇氣承認這種流放是永久的。結果這些作者筆
下的人物大多與現實脫節，布局情節老套公式化，故事的主
人翁不管如何飽嘗流放的苦痛，總是會重臨故土，與大陸上
的家人團圓結局。**⑦⑥**

這種心理，當然有很大程度是受到國民黨的洗腦。然而，五〇年代
遷台作家作品果如白先勇所言，在驟失大陸的打擊中，因眼光與膽
識不足，未能「細看清楚錯綜複雜的新形勢」，以致小說人物多
「與現實脫節」，未能寫出反映流亡生涯作品？我們的問題是：五
〇年代遷台作家作品「與現實脫節」否？又，遷台作家作品所指之

---

⑦⑤　同前註，頁 111。
⑦⑥　同前註，頁 108-109。

「現實」何在？

1.「鄉土」小說的「現代」性

六〇年代台灣現代主義小說中，隨國府遷台的軍中作家作品是不能忽略的一環。現代主義和這些「遭遇不同，背景各異」的作家，「冒著生命危險，一一離開他們自己的家園國土，海角天涯自我流亡」**⓱**的「逃難式的政治移民」——外省籍作家的關係最為密切，原因如楊照言：

> 同樣在一個專制性政權統治下，外省籍作家基於自身的流離感，而和西方現代主義接上了頭，並由此找到一條逃避檢查、控制的新路。**⓲**

許俊雅也說：

> 其實現代主義與所謂的「軍中作家」（他們大都不喜歡這樣的稱呼，……）難脫關係，……一、二十歲的年輕人，少小離家，漂泊來台，在嚴密的軍律呆板的生活，困苦的磨練下，其心靈的苦悶（不論在親情或愛情的問題上）較一般人恐更強烈。在意識上他們或許被指導以反共文學，但內心深處的呼喚，迫使他們必需找一出口來宣洩不安、反叛的情

⓱　白先勇，〈孤臣孽子——中國大陸的苦難與作家之心聲〉，《明星咖啡館》
　　（台北：皇冠出版社，1984年），頁38-39。
⓲　楊照，〈文學的神話·神話的文學——論五〇、六〇年代的台灣文學〉，頁
　　120。

緒。現代主義內斂、自省的象徵美學,無疑是一條逃避檢查
的新路。**⑦**

因此,雖然一般對台灣文學史發展主流的劃分,多把五〇年代稱為
「反共文學」,其後的六〇年代稱為「現代文學」,但五、六〇年
代不少作家是兼寫反共文學和現代文學的。例如,朱西甯最常被提
及的〈鐵漿〉、〈冶金者〉、〈狼〉、〈破曉時分〉等,沒有一篇
是反共的,其貢獻反而是在現代主義小說美學上的實驗與突破**⑧**。
值得注意的是,反共、懷鄉小說,正是朱西甯崛起時代的主流論
述,且以楊照所舉的朱西甯這幾篇小說來說,一般認知皆以「懷鄉
小說」或「鄉土小說」稱之。然而,「懷鄉」、「鄉土」和「現代
主義」如何能同時用來指涉五、六〇年代朱西甯的小說?為此,我
們有必要先釐清朱西甯小說是否為懷鄉小說,以及朱西甯與現代主
義的關係。

王德威一般以「懷鄉小說」指涉朱西甯小說:

> 先談懷鄉小說。……他的作品如《鐵漿》、《旱魃》、《破
> 曉時分》等,以民初清末的華北村鎮為背景,寫匹夫匹婦的
> 錯綜關係,寫愛欲嗔癡的糾結消長,在在令人動容。**⑧**

---

⑦ 許俊雅,〈戰後台灣小說的階段性變化〉,頁 18-19。

⑧ 楊照,〈文學的神話‧神話的文學——論五〇、六〇年代的台灣文學〉,頁
115。

⑧ 王德威,〈一隻夏蟲的告白〉,收入楊澤主編,《從四〇年代到九〇年代
——兩岸三邊華文小說研討會論文集》,頁 100-101。

齊邦媛也有同樣看法：

> 朱西甯的短篇小說〈鐵漿〉、〈冶金者〉、〈狼〉、〈破曉
> 時分〉等，重點已不是刻骨銘心的拔根之痛，而是藝術境界
> 的經營。……遠遠超越了「反共懷鄉」的既定時空。……他
> 們所懷念的鄉也未必是狹義的故鄉，而是許多一去不可復得
> 的地方與歲月吧。㉒

然而，朱西甯卻認為自己筆下寫「鄉」，心中卻無「懷」意。他在
〈豈與夏蟲語冰？〉中對自己五○年代中後期至六○年代初期作品
的寫作動機有如下說明：

> 自五○年代中後期至六○年代初期，這其間我的作品多半收
> 在《鐵漿》、《狼》及《破曉時分》三部集子內。就我所拜
> 閱過的相關評文，論者多將之定位為「懷舊文學」，都只因
> 這些作品大抵取材於清末民初舊事之故。以取材的時空來為
> 作家及其作品定位定名分，且作取決的唯一依據，自然極不
> 合宜。無視於思想表達的剖析，復無能於意境表露的解讀，
> 應是論者的懶憜與粗糙，尤凸顯其學養不足與眼光短淺。㉓

㉒　齊邦媛，〈四十年來的台灣文學〉，收入邵玉銘、張寶琴、瘂弦主編，《四
　　十年來中國文學》（台北：聯合文學出版社，1995），頁15。

㉓　朱西甯，〈豈與夏蟲語冰？〉，收入楊澤主編，《從四○年代到九○年代
　　——兩岸三邊華文小說研討會論文集》，頁95。

以上引文中，朱西甯提醒讀者不要著眼於他作品的時空背景，反而應關注小說的「思想表達」和「意境表露」。這篇文章中，朱西甯一再撇清自己作品和懷鄉小說的關係，認為作品取材鄉土題材是出於思想和美學的批判角度：

> 在基本的態度上，鄉土小說也可以說是對舊時代的一種批評和破壞，所以處理的態度並不是出諸懷古和鄉愁的情緒。我在氣氛和情調上並不曾流露出依戀和一種對殘缺的偏好。……而從美學上來說，時空的距離，往往構成一種事物本身的美感，但不是情緒上的美感。而是因為通過生命較長時間的醞釀而易作藝術上的處理。基於以上幾點，所以取材鄉土的較多。[84]

由此可知，朱西甯小說的鄉土背景，只是一種「批判」的角度下的選擇，因為舊時代或鄉土是一個「殘缺」的代名詞，他要加以「批評」和「破壞」之。既是如此，朱西甯的鄉土小說又是如何和現代主義接上了頭？

朱西甯自陳，他在 1949 年隨國軍倉皇東渡後，流亡的蔣氏政權與對岸中國皆非其認同的中國。這種內外的流亡狀態，使其不得不「真事隱去」，而以「假語村話」暗寄內心的失落感和憤慨感。1991 年朱西甯自述：

---

[84] 蘇玄玄，〈朱西甯——一個精誠的文學開墾者〉，《幼獅文藝》第 31 卷第 3 期（1969 年 9 月），頁 25。

這四十年來的中國文學，……，即在自由中國的台灣一地言
之，至少前三十年，創作自由的空間，殊甚狹隘。……太多
不可碰的事物，半是被管制，半是良知克制；至所謂「不
可」，無非顧礙于大體、群體、或整體的利益之可能遭受損
傷罷了。而尚有「愛國者」出于妒忌、壞心、貪功、圖利的
鄙下的檢舉密告與蔑視甚至歧視文化的情治幹部相掛鈎，也
予作家們相當程度的細鎖與殘害，或更甚于政策管制與良知
克制。這在段彩華、司馬中原與我之自由度本就甚低的軍人
來說，更曾身受其擾而不勝其干擾。❽❺

　　換言之，因著有太多「不可碰」、「被管制」、「綑鎖與殘害」、
「礙於大體、群體」的事物，使朱西甯等「自由度本就甚低的軍
人」作家，「一方面在現實的壓力下，表現上響應官方說法，另一
方面又進行個人主義的文學變革」，他們因之成為「台灣現代主義
的開路者」❽❻，「某種程度或甚至臨屆於邊際的不便明言直語的局
限，其於文學創造有所約束，反足催使和激發美的技巧高度運作，
變幻無盡，倒頗有魔高一尺，道高一丈的妙趣。」❽❼故現代主義對
於朱西甯等「自由度本就甚低的軍人」作家而言，誠然是一種可用
來逃避思想檢查的小說美學。

　　那麼，朱西甯小說的現代主義根源來自何處？對於自己寫作初

❽❺　朱西甯，〈被告辯白〉，《中央日報》十六版（1991 年 4 月 12 日）。

❽❻　鄭明娳，〈當代台灣文藝政策的發展、影響與檢討〉，頁 36。

❽❼　朱西甯，〈豈與夏蟲語冰？〉，頁 97。

期的啟蒙和學習，朱西甯說：

> 在中國方面讀過老舍、曹禺和魯迅全部的作品。……提起影
> 響，……魯迅在小說的象徵手法方面也給予我莫大的影響。
> 其他在形象的掌握，人物的塑造和詞藻運用方面也給予我重
> 大的影響的也許是張愛玲。⑧⑧

又說：「張愛玲給了我小說的啟蒙。」⑧⑨ 1949 年，朱西甯來台，
「烽火中他背包裡帶的唯一一本書是張愛玲短篇小說集《傳奇》」
⑨⑩。換言之，「魯迅從現代化的觀點，看到中國社會的幽暗面，因
此有『國民性的改造』之說。張愛玲則是從現代主義的觀點，挖掘
中國人的人性黑暗，從而創造了《傳奇》的一系列短篇小說。」⑨①
因此，朱西甯小說的現代主義根源來自於魯迅和張愛玲文學的現代
性。他從魯迅與張愛玲小說吸收到現代主義的思維，並從內心深處
挖掘壓抑內心底層的歷史與政治潛意識。

　2.「鄉愁」或「國恥」？
　　張大春在〈朱先生的性情·風範與終極目標〉中說：「一九六

---

⑧⑧　蘇玄玄，〈朱西甯——一個精誠的文學開墾者〉，頁 23。

⑧⑨　朱西甯，〈一朝風月二十八年——記啟蒙我和提升我的張愛玲先生〉，《朱
　　西甯隨筆》（台北：水芙蓉出版社，1975 年），頁 36。

⑨⑩　〈作者簡介〉，《朱西甯小說精品》（台北：駱駝出版社，1995 年），頁
　　255。

⑨①　陳芳明，〈朱西甯的現代主義轉折　重讀「鐵漿時期」的作品〉，收入王德
　　威等，《紀念朱西甯先生文學研討會論文集》（台北：行政院文化建設委員
　　會，2003 年），頁 182。

七年前後，從〈哭之過程〉朱先生開始了他的『新小說時期』」；在〈被忘卻的記憶者：朱西甯的小說語言與知識企圖〉中，張大春又說：「我曾在一篇論文〈那個現在幾點鐘〉裡指出：從民國五十七年（1968 年）起，朱西甯的寫作進入了一個不同往昔的階段，借用現成的術語來形容，可謂朱先生的『新小說時期』。」❷張大春論文所重，在於朱西甯「以敘述凌駕一切的企圖」，「以小說為一種語言實驗的嘗試」❸。但誠如謝材俊言：「老師（朱西甯）傾慕張愛玲，但他『鐵漿時期』的小說，卻是魯迅的。」「時間還得稍往前推，文本範圍可能還可以再擴大，甚至我們可以從這段書寫過程中再次看到從敘事到現代主義的『連續性』，不盡然只是實驗」❹。換言之，朱西甯的現代主義書寫早在「新小說時期」前的「鐵漿時期」❺，在語言和技巧方面已帶有現代主義的色彩。

在朱西甯「鐵漿時期」的小說中，〈鐵漿〉（1961）是唯一一篇發表在《現代文學》的小說❻，被白先勇譽為是朱西甯所有短篇

---

❷ 張大春，〈被忘卻的記憶者：朱西甯的小說語言與知識企圖〉，《中國時報》四十三版（1998 年 3 月 26 日）。

❸ 張大春，〈那個現在幾點鐘──朱西甯的新小說初探〉，《張大春的文學意見》（台北：遠流出版公司，1992 年），頁 113。

❹ 謝材俊，〈返鄉之路〉，《聯合文學》第 221 期（2003 年 3 月），頁 16。

❺ 所謂「鐵漿時期」，即朱西甯出版《鐵漿》（1963）、《狼》（1963）與《破曉時分》（1967）三冊短篇小說集的作品。

❻ 朱西甯此篇小說曾遭《寶島文藝》退稿，理由是編輯懷疑此篇是「抄襲」之作。因此朱西甯認為《現代文學》敢發表是作，是「頗有識力和決斷」。見朱西甯，〈絕無僅有的一點小緣〉，收入白先勇，《現文因緣》（台北：現文出版社，1991 年），頁 111-114。

作品中的佼佼者以及中國短篇小說的傑作**❾**。〈鐵漿〉以象徵手法寫中國傳統社會面對現代化到來時的無奈與抗拒**❾**。小說以清末中國北方的一個小鎮，孟、沈兩家為爭包鹽槽弄得兩敗俱傷展開。當象徵現代化的鐵路朝向小鎮鋪設而來時，孟昭有、沈長發兩個鄉紳卻為了爭包鹽槽發五年大財，同時上標，也以戳腿、剁指等自殘競技宣示得標決心。引人注意的是，促使孟昭有有「非血拼不可」的決心，除了是孟父曾在沈家手上失掉鹽槽而使孟昭有感到羞恥，他要「洗掉上一代的冤氣」外，也為了讓兒子孟憲貴揚眉吐氣，不讓自己落到「兒子嘴巴裡嚼咕一輩子」（頁 239）。然而，可悲的是，這種舊社會的英雄意氣，兒子卻不領情，在父親孟昭有為取得傳統價值的尊敬與面子和沈長發血拼時，孟憲貴已「嚇得躲到十里外的姥姥家」，而象徵現代化的鐵路也已經鋪設到了姥姥家那邊。

　　朱西甯利用鹽槽招標競逐過程，和鐵路朝向小鎮迫切逼近的兩條主軸同時開展故事。小說兩次以人物和火車同時發出的聲音，把情節推向高潮。第一次是孟昭有手握短刀，一連三刀刺進小腿肚，展示他的血氣時，「在場的人聽得見嗒嗒的滴嗒，遠處有鐵榔頭敲擊枕木上的道釘，空氣裡震盪著金石聲。鐵路已經築過小鎮，快在鄰縣那邊接上軌。」（頁 234）一次是孟昭有在眾人面前飲灌鐵漿，在鐵漿劈頭蓋臉澆下來的剎那間，圍觀眾人似乎聽見孟昭有一聲尖叫，「可那是火車汽笛在長鳴，響亮的，長長的一聲。」（頁 241）

---

❾　白先勇，〈《現代文學》的回顧與前瞻〉，《第六隻手指》，頁 254。

❾　關於〈鐵漿〉一文與現代化關係，參陳芳明，〈朱西甯的現代主義轉折——重讀「鐵漿時期」的作品〉，收入王德威等，《紀念朱西甯先生文學研討會論文集》，頁 178-188。

孟昭有的尖叫聲，湮沒在火車的汽笛聲中。火車長而響的一聲，宣告現代化的到來和傳統的退位、舊時代的終結和新時代的來臨。鐵路（現代化）殺了孟昭有（傳統）代表的意氣、尊嚴、利益，也給小鎮帶來了經濟利益，不過，似乎沒帶來什麼災難，除了孟昭有的慘死，這使孟昭有的犧牲顯得徒然。諷刺的是，小說描述孟昭有死時，「正是孟憲貴發下誓願，這輩子非要坐一趟火車不可的當口」，而通車半年，全鎮也只有他和鎮董的洋狀元兒子「膽敢走進那條大黑龍的肚腹裡」（頁 237）。不僅如此，孟憲貴雖因父親的死而包得官鹽，置地蓋樓、娶妻納妾，最後卻染上了鴉片癮而家業敗落，鹽槽的承包權也因交通便利而逐漸沒落。最後，孟憲貴散盡家產，死在廟裏，孟家也自此絕了後。

〈鐵漿〉寫於政治禁忌的年代，朱西甯藉小說澆心中塊壘，不僅寫中國傳統社會家族力量的頑強，更意味深長地寫出「任何想要壟斷權力的人，在時代考驗下是不可能取得合法性的。」❾❾這正是朱西甯所謂：「家天下的不得善終，不識潮流者不惟傷及己身，尤且禍延子孫」一說的意義所在❿。

〈狼〉（1961）是一篇人性與獸性拉扯頡抗的故事❿❶。小說以

---

❾❾　陳芳明，〈朱西甯的現代主義轉折〉，頁 190。

❿　朱西甯，〈豈與夏蟲語冰？〉，頁 96。

❿❶　1961 年 5 月，朱西甯將〈狼〉投稿至《作品》，壓稿三個月後被退，日後得知原因有二：一是用方言寫成；二是小說太傑出而作者太沒名致令人懷疑是抄襲。同年八月，朱西甯特將〈狼〉舊稿首頁重新謄抄，再寄《中央日報》副刊。主編孫如陵見原稿紙已舊，唯首頁簇新，懷疑是別處退稿，乃存心將稿子放了幾天再讀，意在挑揀毛病做為退稿說詞。結果不但孫主編用了此稿，且破例於首刊當天暫停其他短稿，一口氣登了七千字，佔滿版面，並特

第一人稱孩童的眼光，透視成人世界的欲望及殘忍。小說中的
「我」因父母雙亡，寄養在二叔（歐二爺）家。由於不是親生兒，
一直無法得到歐二嬸的歡心。大觳轆是個正直、智慧的獵狼高手，
他受雇為歐二爺放羊，卻因拒絕歐二嬸求歡（借種）而被解雇。朱
西甯以「狼」暗喻「偷漢子的婦人」；狼入羊群，正如獸性之滲透
人性。小說與〈鐵漿〉相似，也以雙軌方式進行，一是獵狼的過
程，一是歐二嬸的姦情隨著獵狼行動的進行而逐漸曝光。大觳轆被
解雇後，因持續關心歐二爺家的孤兒，在一次獵狼行動中，撞破歐
二嬸與家僕大富兒的姦情，大觳轆以保守秘密交換歐二嬸答應此後
疼惜非親生之子。小說最後，歐二嬸和「我」長期的隔閡，終在
「我」的一聲「娘！」中，「熔化在悲痛欲絕的歡快裏面」（頁
256）。小說中，朱西甯並未把歐二嬸塑造成淫婦的形象，也未對
其與人私通的行為多作譴責，因為歐二嬸的多次「借種」，乃是為
了替歐家留後。這種「不孝有三，無後為大」的「傳宗接代」的焦
慮，是由傳統宗法社會的嫡系觀念而來，要求以嫡系的「血統」取
得合法的「正統」。然而「不長莊稼的砂礦地，再借誰的好種撒下
去，也是白費」（頁254），藉由「私通」方式取得的「血統」終究
不是合法的。小說以「東窗事發」揭示歐二嬸「嫡系己出」觀念的
錯誤，暴露宗法社會的荒謬與虛偽，同時以基督教信仰闡揚唯有
「愛」才能化解不能生育的遺憾與不滿的真理，開導歐二嬸「親生

至資料室找出一張「狼」的照片當刊頭，「狼」字疊印其上，醒目恢宏。見
朱天文，〈導讀〉，《朱西甯小說精品》（台北：駱駝出版社，1995 年），
頁 III-IV。

肉養的又該怎麼樣」（頁254），要求歐二嬸正視眼前所忽略的幸福。

〈白墳〉（1962）藉抗日英雄二叔生前身後事，寫人性的自私。小說也以第一人稱孩童的「我」來看這位二叔。二叔生前從事獸醫工作，卻暗地裏進行抗日活動。他的「因公害私」背負了「不顧家」的罵名。某大年初一，二叔離家後，大半年音訊全無。某日，他躺在棺材中，被四、五十個護靈者送回家來了，原來二叔是抗日行動的「大隊長」。二叔死時雖享有國葬尊榮，卻身後蕭條，家人沒有「與有榮焉」之感，先是覬覦二叔的安家費，後又嫌墳墓佔地太大。下葬第二天，還因犯了「天狗星」，被成群的狗扒墳，破墳破棺，屍首差點兒就被狗兒叼走。表面上，抗日英雄生前寂寞，身後蕭條，似乎「善惡無報」，而二叔捨命維護的手足，在他死後卻凡事計較、無情無義。然而朱西甯卻未作道德上的評論，只客觀呈現「我」所看到的一切人性之私，留給讀者警惕與嘆惋。

〈紅燈籠〉（1962）透過第一人稱童稚者「我」的眼光，寫牢受僵化的傳統觀念束縛的悲劇。小說寫老舅外出獵人腳獾，不幸被咬，罹患恐水症[102]，幸賴甯家秘方救了一命，但癒後卻得忌諱蕎麥。某日老舅為救一溺水孩子，誤經蕎麥田致舊疾復發。「我」隨

---

[102]　關於老舅所患之病，銀正雄、花村以為是「狂犬病」，王德威認為是「恐水症」。見銀正雄，〈我讀「朱西甯自選集」〉，《中華文藝》第12卷第4期（1976年12月）；花村，〈試論「朱西甯自選集」〉，《中華文藝》第15卷第4期（1978年6月）；王德威，〈鄉愁的超越與困境──司馬中原與朱西甯的鄉土小說〉，《小說中國：晚清到當代的中國小說》（台北：麥田出版社，1993年），頁291。

父載運老舅再求助甯家，幾經波折後，藥雖準備好，家人使盡氣力，要將藥灌進老舅嘴裏時，「我」卻不能忍受這非人的急救行為，憤而棄擲這得來不易的救命湯藥。「我」的這最後一擲，是全篇高潮，朱西甯藉此提出對人性最大的指控：「你們都不是人揍的……！」（頁145）到底害死老舅的是怒擲湯藥的「我」，還是為維繫家族生存，自私保有這祖傳秘方不肯示人的甯家？是老舅的宿命，還是中國社會自私自利的傳統觀念？

　　以上四篇作品，一向被視為朱西甯的鄉土之作，但是解嚴後第四年，朱西甯卻直言自己一些被視為是鄉土小說的作品，其實是「委婉的反共」之作：

　　　譬如反共，就要破除階級而以全民主政。如此，即就須反共的自身先行反家天下，反黨天下，反階級特權與專制。然而這在五、六十年代，能碰麼？……那一代的作家們，深知那個年代的非常時期之必須非常對應。于是家天下、黨天下、階級特權與專制，皆成為非常弔詭的「必要之惡」。「必要」，至關生存，必得維護；「惡」，須得儘快減低其惡業而終須消滅之。《狼》與《鐵漿》兩集子所收諸篇，便都不外乎「維護必要，終滅其惡」此一思想意念。……寫實主義者不解風情，將我的早期作品定位于懷舊文學，當年我也唯有竊笑而不表異議，一揭底牌如今倒是此其時也。❿❸

---

❿❸　朱西甯，〈被告辯白〉。

這顯示長期被貼上「反共作家」標籤的朱西甯，所反的「共」竟不在「彼」而在「此」，即藉反「共」之名，行專制政權的蔣氏政權。正因蔣氏所行是「家天下」、「黨天下」、「階級特權與專制」，故朱西甯小說乃是「那個年代的非常時期之必須非常對應」。然而，主政者之「惡」是非常時期的「必要」，故小說雖有「維護」之「必要」，但最終目的則要達到「減低其惡業」而至終「滅其惡」的效果。因此，舊價值、舊社會是現代性到來須得揚棄的「惡」，也是主政者繼承的「舊惡」。既是如此，那麼這些舊傳統／舊惡，「毋寧遺忘的好，何來懷思之有？」簡言之，小說是「大貶而微褒」❿，完全不具「懷舊」成分。由此看來，朱西甯筆下的「匹夫匹婦的錯綜關係」、「愛欲嗔癡的糾結消長」❺，其實是藉批判舊社會、舊傳統之「舊惡」，揭發六○年代台灣政治現實之「國恥」，而朱西甯的懷鄉之作，意味的不是「鄉愁」，而竟是「國恥」了。

　　朱西甯藉「鄉愁」寫「國恥」、「舊惡」的動機固如上述，那麼其所要揭發的「國恥」、「舊惡」又是什麼？朱西甯說：

> 然而五○年代不用說，六○年代也還是由不得你對現世的質疑，即便廣義而委婉的反共，當權者（如前括號內所註）亦不解此風情。例如《鐵漿》的直指家天下的不得善終，不識潮流者不惟傷及己身，尤且禍延子孫。《狼》的直指執迷於嫡

---

❿　朱西甯，〈豈與夏蟲語冰？〉，頁 97。
❺　王德威，〈一隻夏蟲的告白〉，頁 101。

> 系己出之愚，乃至內鬥內行，外鬥外行之蠢；試請就你所知
> 或許不詳的孫案拿來對照一下看看。《白墳》不只是直寫孫
> 案，多少只是不很受形式或陋規所拘束的忠貞之士，備受逼
> 迫乃至死而後仍不已的悲情，應也都同其運命罷。又如《紅
> 燈籠》私權侵奪公權，誤人誤國誤文明。⑩

簡言之，〈鐵漿〉、〈狼〉、〈白墳〉乃寫人性之私、世代之私，
而〈紅燈籠〉則寫家族之私。當天下皆為己、為私時，則蔣氏政權
之「家天下」、「黨天下」也就理所當然了。〈狼〉的創作，是
「直指執迷於嫡系己出之愚，乃至內鬥內行，外鬥外行之蠢」的
「孫立人案」，〈白墳〉的二叔就是以孫立人將軍為摹本寫成。朱
西甯對孫立人所受的政治冤屈，顯然極度不滿與憤恨，但因著當時
的政治禁忌，只得將「內容的真事隱去，形式則以假語村話」表
之。朱西甯謂「家天下的不得善終，不識潮流者不惟傷及己身，尤
且禍延子孫」似預言蔣氏後代早夭或凋零的命運，可謂之「預言」
小說。然而，正是「不便明言直語的局限」，使朱西甯在政治高壓
年代需經由「不可思議」的「真事隱去，假語」托出之事，使這些
「別有所託」的鄉土小說，隨著「歷史流變、意義斷裂」，致後世
讀者／評者解讀其作品會有「意義散失」之感。王德威說：

> 我亦曾在拙作〈鄉愁的超越與困境〉中，討論朱作中道德、
> 宗教劇式的層面，以為其最大的成就，在於使他的鄉土成為

---

⑩　朱西甯，〈豈與夏蟲語冰？〉，頁96。

探勘人性善惡風景的舞台。但朱現在告訴我們，他對舊的價
值，何嘗多有留戀，而他之遙寫彼岸的鄉土，動機未必是思
鄉，卻是針對現實政治傾軋（如孫立人案）所作的寓言。❿

故朱西甯以鄉土為題材所寫作的小說，未必是懷舊或懷鄉，而是對
五、六〇年代台灣現實政局的一種批判或「寓言」。故其「懷鄉小
說」，也是一種「政治小說」或謂「寓言小說」。準此，朱西甯鄉
土小說的現代主義書寫，實寓含高度的政治意義。然而，也是因為
「歷史流變、意義斷裂」所致，使朱西甯在評者、讀者多年的「誤
讀」後，不得不現身為其「別有所托」的鄉土小說背後「隱而未
彰」的「微言大義」多作辯解。由此看來，朱之「懷鄉」書寫，竟
成王德威所言，是「鄉的失落，『道』的未彰」。弔詭的是，西方
現代主義書寫意在挖掘書寫者的「潛意識」，但六〇年代朱西甯的
現代主義書寫，卻還得自己「一揭底牌」，自曝政治「意識」，這
或可稱得上是台灣現代主義書寫奇特的現象。然而，這也顯示「自
由度本就甚低的軍人」的「創作自由的空間殊甚狹隘」⓳。

　　朱西甯《狼》收錄的作品並不全是以大陸為背景的鄉土小說，
其中有五篇是以戰後台灣小市鎮為背景寫成的。這些作品，也可以
清楚看出朱西甯對台灣政經體制的批判。

　　〈祖父農莊〉（1958）寫在台灣割讓後入境的「支那居留民」
祖父，在經過抗戰期間的行動封鎖、財產凍結、「勤勞奉公」的苦

---

❿　王德威，〈一隻夏蟲的告白〉，頁101。
⓳　朱西甯，〈被告辯白〉。

役,以及不准孫兒入學的無理限制後,終於擁有了自己的田產。然而他卻在「祖國打了勝仗」,「國家的減租政策還在醞釀著而沒有頒令施行」時,先「為國家而征服了他自己」,「搶先同佃戶重立減租新約」(頁 90)。最後,祖父還配合政府「耕者有其田」的政策,把「用十滴血汗才換來」的土地送出去,理由是:「我嘗盡了沒有國家的苦;我只管國家有沒有,不管國家對不對。國家的制度我總要比誰都搶先遵行。」(頁 97)然而在對「國家制度」毫無條件的服從下,祖父卻必須以《聖經》的話安慰自己:

> 或許在求禱上,我把國家看做頂高的了;我只求主讓我心悅誠服接受國家的制度,沒求主讓我明白我的私產為什麼要送出去……主藉著你,給了我啟示……伊甸園……伊甸園。
> (頁 100)

「不幸生在那個時代」(頁 98)的祖父因著「一種力量」的影響,必須「將屬於自己的財富送出去」(頁 94)。在理直氣壯的「國家制度」下,〈生活線下〉(1958)裏踏三輪車也受工會規定需以抽籤方式決定營業區位,連帶也影響生意好壞,致莊五有剝削丁長發的機會;〈大布袋戲〉(1958)若贏得全縣布袋戲比賽錦旗,就擁有「逢上大拜拜,到處爭著請」(頁 76)的發財機會,於是布袋戲師傅王財火先是花錢買肥皂賄賂觀眾當鼓掌部隊,又遭到阿年哥的欺騙,付錢請他買通記分先生把分數重新改過,最後這筆錢也給阿年哥獨吞了。這些小說中的剝削者,都寄生於台灣高壓戒嚴下的政經體制中。除了藉「鄉愁」寫「國恥」、「舊惡」,朱西甯這些以

台灣為具體時空背景的小說往往在批判力道與對象上更加具體與直接。

　　根據傅怡禎的歸納，五〇年代小說懷鄉意識的運用模式有三種，這三種模式裏的作者所處時、空都清晰可見[109]。但朱西甯小說卻建構了第四種模式，即作品中的故鄉與書寫者所處的時空是斷裂而無聯繫的。以〈鐵漿〉、〈狼〉為例，小說時空皆指涉清末民初的華北某地，而作者朱西甯所處的時空卻隱沒不見。朱西甯拉開小說與外在現實的距離，使讀者在閱讀過程中因距離感而產生疏離感，得以暫時忘卻五、六〇年代高壓苦悶的政治時局，這無疑是現代主義美學提供給讀者的閱讀經驗和作者躲避思想檢查的一種書寫策略。此外，〈鎖殼門〉（1961）中，長春救了勾結馬賊，搶奪萬家莊，卻因誤判情勢而被憤怒的馬賊綁在樹上凌割的大春，大春卻恩將仇報殺了長春。永春廿年來七回出外尋仇，鍥而不捨地千里緝凶，雖是對長春臨終遺言的誤解，卻暗喻對孫立人冤案以及其他被國府醜化或粉飾事實真相的無言抗議。

㈡台灣／台北不是我的家

　　除了隨國府播遷來台的軍中作家，戰後第二代作家也以一系列「大陸人在台灣」的主題書寫，暗示「雙重流亡」的意識。

1.鳥倦知返？

---

[109]　這三種模式是：1.純然地回憶或敘述的模式。2.由現在一過去（回憶或倒敘）一現在，三段式組成的模式。3.斷續興起懷鄉意識的模式。見傅怡禎，《五十年代台灣小說中的懷鄉意識》（文化大學中國文學研究所碩士論文，1993 年），頁 77-79。

　　早期作品中，源於生活「挫折、敗北和困辱的情緒」⑩，陳映真以「死亡」、「瘋狂」刻劃了一群因理想幻滅而絕望、自殘乃至自殺的本省人。1962 年，陳映真入伍服役，在軍隊裏「下層外省老士官的傳奇和悲憫的命運」，使他對國共內戰和兩岸分離的歷史對大陸農民出身的老士官們殘酷的撥弄有所感觸⑪，便開始一系列「大陸人在台灣」的主題書寫。然而，「死亡」的告白依舊如影隨形。

　　〈文書〉（1963）寫舊軍閥幕僚之後的安某，在家道中落後從軍。經過抗戰，一路隨著國軍來台，退役後開設紗廠並娶了廠裏的女工珠美為妻。家鄉鼠色貓一雙鬼綠的眼、欺凌他的排長關胖子案頭那隻鼠色貓的翠綠眼睛、來台後在獄中槍殺妻子年少弟弟的往事，卻像夢魘般不斷跟隨著他。鼠色貓像是安某難以迴避的「良心」，讓他發覺「生命原來便是這樣地糾纏不開的羈絆呀！」（頁132）最後，安某在竟日絕望的苦惱中精神崩潰，槍殺了妻子珠美。

　　〈一綠色之候鳥〉（1964）分成三條主線發展：一是敘述者「我」與「多詭計的，有些虛偽的」妻的感情世界；二是趙公生平的熱情與落寞；三是季公和季妻不見容於世的婚姻。小說敘述者「我」在午后拾獲一隻綠鳥，將其安置籠中帶回家，想引起妻的注意。不料婚前表現著愛小孩、愛動物的妻，竟對綠鳥表現出冷淡，甚至厭惡的態度（頁 1-6）。後來「我」與同一所大學任教的趙如舟

---

⑩　許南村（陳映真），〈試論陳映真〉，頁 18。
⑪　陳映真，〈後街──陳映真的創作歷程〉，頁 155。

教授談起綠鳥。趙公青年時代是個熱情的知識分子，來台後，卻淪為十幾年來講著老英文史，愛打牌、讀武俠小說、好漁色的文化人。趙公的朋友季叔城輾轉聽到綠鳥的故事，因著病妻對綠鳥深感興趣，於是「我」將綠鳥轉送給了季妻（頁 7-16）。小說由此轉入故事主軸，即季公和季妻不見容於世的婚姻。

　　季公是一位教動物學的大陸人教授，來台後任教於 B 大，已經「頗有了年紀」的季公娶了年輕、美麗而優雅的台灣人下女為妻，在 B 大引起了「極大的騷動」，學期未完，季公便帶著妻子來到現在的大學任教，然而「歧視依然壓迫著他們」，使季家過著近乎退隱的生活。季公和下女妻婚後第二年生下了一個男孩，這個「身分」不同的結晶，為他們招來更多惡意的耳語，季公在大陸與原配生下的兒子也因此與季公形同陌路，而季妻產後也「奇異地病倒了」（頁 17-18）。小說中，陳映真以「候鳥」比喻來台的大陸人季公：

> 據說那是一種最近一個世紀來在寒冷的北國繁殖起來了的新禽，每年都要做幾百萬哩的旅渡。……這綠鳥……一定是一個不幸的迷失者。候鳥是具有一種在科學上尚無完滿解釋的對於空間和時間的神秘感應的。然而終於也有在各種因素下造成的錯誤罷。……，這種只產於北地冰寒的候鳥，是絕不慣於像此地這樣的氣候的，牠之將萎枯以至於死，是定然罷。（頁 17）

北國候鳥萬里迷航來到南國台灣，如果無法北返，來自北地冰寒之

地的鳥兒，勢必無法適應台灣的氣候，結局就是死亡。陳映真藉此暗喻大陸人季公如同這隻綠鳥，是「不幸的迷失者」，而中國的動亂是造成候鳥「迷失」的「錯誤」因素。季公在國府遷台時被迫離家，如果無法適應台灣的「氣候」，結果將如北鳥南渡，「萎枯以至於死」。小說中，陳映真安排季公和台灣下女結合，似是給北地「候鳥」季公指引一條生路：藉由和台灣人的結合，融入台灣社會，以取得適應台灣環境的條件，在台灣生存發展。

然而，大陸人季公和台灣下女妻的結合，並未提供季公開啟生之大門的契機，社會的歧視竟大於肉體的疾病。外有社會壓力，內有病魔侵擾，七、八年後，季妻終於離開人世了。大陸人季公和台灣下女妻子的結合，終究沒能改變候鳥的命運。然而，造成失根、失時的候鳥日漸「萎枯以至於死」的「氣候」是什麼？小說沒有明說那些「歧視」、「耳語」的內容，但我們可以合理揣測那必定和省籍、階級和年齡差距有關。

以上兩篇描寫大陸人和台灣人通婚的小說，都以「死亡」作結。我們的問題是：造成小說裏大陸人和本省人的結合卻走向死亡的「氣候」，到底是省籍、階級，還是年齡？

以當時台灣社會現實來說，省籍問題的確存在於五、六〇年代的台灣社會，本省人的子女和外省人交往，往往使他們的鄉人「氣憤填膺」，「感覺到一種團體底榮譽受到重大底傷害」（王文興〈兩婦人〉）。六〇年代許多小說也描寫外省人與本省人通婚的困難，例如王文興〈兩婦人〉裏少女時代的婦人與外省人交往，就遭到父母的強烈反對；《家變》中的范父也反對范二哥與當酒家女的台灣女子結婚。台灣人和外省人間確實「存在著一條深不可渡底鴻渠」

（〈兩婦人〉）。然而，劉紹銘認為國府遷台初期，「二二八事件」留下的陰影和語言的隔閡，確實使外省人和台灣人間「相處得不太融洽」，有許多外省老兵和本省女子通婚，以及本省人反對兒女與外省人通婚的事實。但這種「不融洽」的情形，在「國語一普及，語言障礙一消除，所謂外省人和本省人的人為界限也跟著消除了」⓬？但是，五、六〇年代的大陸人和本省人真只是「相處得不太融洽」？省籍差異帶來的「不融洽」程度如何？省籍差異是否只存在於「語言」層面？「國語政策」的普及，真使省籍問題完全泯除？再回到我們的問題：造成小說裏大陸人和本省人的結合卻走向死亡的「氣候」，到底是省籍、階級，還是年齡？以下將由台籍作家陳映真的〈將軍族〉進一步檢視。

2. 我倆沒有明天？

論者多以〈將軍族〉為陳映真一系列「大陸人在台灣」小說的「高峰」或「經典」之作，而這篇小說之引起廣泛的討論，就在於陳映真以象徵技巧處理大陸人與本省人的關係。

〈將軍族〉（1964）敘述一個四十歲左右的外省籍男子和十多歲的本省籍少女相濡以沫的故事。小說中的「三角臉」來自大陸，參加過馬賊、內戰、私刑的大戰，因動亂來台後，過著狂嫖濫賭的單身生活。「小瘦丫頭兒」出身台東農家，因家貧被賣為私娼後，堅持不肯賣身而逃脫。後來兩人同在某康樂隊謀生而結識，三角臉是喇叭手，小瘦丫頭兒是音盲能舞的女小丑。一個偶然的夜裏，兩

⓬　劉紹銘，〈愛情的故事——論陳映真的短篇小說〉，收入陳映真，《愛情的故事》，頁 18-19。

人隔著三夾板交談，小瘦丫頭兒談起曾是娼妓的過去，並透露因自己逃走，致家人要賣田，甚至賣妹妹抵債的憂慮。三角臉聽後，決心將錢借給她抵債，但小瘦丫頭兒認為他是覬覦她的身體。次夜，三角臉留下三萬塊存摺後，悄悄離開康樂隊。小瘦丫頭兒拿了錢回家，不料又被賣到花蓮，並被弄瞎了左眼。五年後，兩人再因為同一喪家奏樂而在康樂隊裏重逢。結局是小說的高潮。小瘦丫頭兒對三角臉說：「我說過我要做你老婆，可惜我的身子已經不乾淨，不行了。」三角臉回說：「下輩子吧！此生此世，彷彿有一股力量把我們推向悲慘、羞恥和破敗……」兩人把希望寄託來生，那時他們將「像嬰兒那麼乾淨」（頁 151）。小說結尾，陳映真用悲喜反諷的手法安排了兩個農夫途經甘蔗田，對雙雙殉情死在甘蔗田裏的兩人死狀作了如下見證：「兩個人躺得直挺挺地，規規矩矩，就像兩位大將軍呢！」（頁 152）

　　到底是何種「力量」導致三角臉和小瘦丫頭兒不能結合，甚至自殺？回到〈將軍族〉。三角臉和小瘦丫頭兒之間確實存在著省籍和年齡的差異，但兩人始終相處融洽，再度相逢時，還正沐浴在「王者進行曲」的歡愉中。小說中，陳映真並沒有很仔細說明兩人是如何死的，或者，為何要死？是哪一股「力量」把兩人「推向悲慘、羞恥和破敗」的境地？是省籍、階級或年齡？

　　對陳映真以「死亡」處理三角臉和小瘦丫頭兒的命運，一般有正、反兩種看法。米樂山以「內省」的方式闡釋陳映真小說，認為雖然三角臉和小瘦丫頭兒有著年齡和省籍的差異，但陳映真刻意在小說人物身上建立一種人與人間的互惠的成長、寬容與諒解；特別是當小瘦丫頭兒告訴三角臉，自己曾是一名娼妓時，兩人雖隔著三

夾板進行交談，卻是一次「精神的觀察交談」，是「支離中的一種統一」。因此：

> 結尾的死亡真的有一種離奇的信心。但也就是因為有這麼單純的信仰──包含一個人所有可能踐約的寬容。……特別在其結尾處，我們可以看到這兩個見證人經由互相導致光明的認知，共享一種淨化。⑬

也就是說，這兩個人都是世界上最卑微與不被重視的人，但因著兩人的互相珍惜與尊重，使他們重新肯定自己的價值和人生的尊嚴，相約下輩子「乾淨」地活著。最後兩人屍體的表相──像個「將軍」，正暗示了兩人心靈的實相──一種威嚴與尊貴。這是他們今生無緣達到而對來世最深的期許。因此，「死亡」的結局是合理且自然的。

　　然而，封祖盛認為三角臉和小瘦丫頭兒卻是「死得莫名其妙」，毫無道理可言。他引郭雲飛的話，從作家的思想意識來解釋：

> 陳映真對於他們的情感意識的處理，卻是以小知識分子的觀點去處理的，把劇烈的歷史轉形期這一階段小知識分子找不到出路的哀音，叫這一對吹鼓手去吹吹打打起來；又把小知

---

⑬　米樂山（Lucien Miller）著、蕭錦綿譯，〈枷鎖上的斷痕──陳映真的短篇小說〉，頁 132。

> 識分子侷促的夢幻的道德意識，移植到他們身上，而導致雙
> 雙自殺的結局。❶❹

換言之，陳映真是以「小知識分子」的立場處理小說低層人物的情感生活，以「夢幻道德意識」的「潔癖」「處死」了小瘦丫頭兒，理由是她幾次被賣，身子已「不乾淨」，無權擁有幸福的婚姻。

以上是評者對陳映真處理〈將軍族〉結局的看法。而陳映真本人又是如何解釋呢？陳映真自言其處理大陸人和本省人關係時，都「著筆於社會底根源，而消失了畛域底差別」：

> 將他們置於一個從來不認識大陸人、本省人的社會規律下，
> 以社會人而不是畛域人的意義開展著繁複底生之戲劇的。❶❺

也就是說，陳映真並不著意於處理省籍差異，他只是想從社會的本質呈現低階層人物間的互敬、互愛與尊嚴。因此，〈將軍族〉中的三角臉和小瘦丫頭兒皆因「同是社會中淪落人而互相完全的擁抱著」❶❻。然而，「同是社會中淪落人而互相完全的擁抱著」，是否一定要等待「下輩子」？兩人互相扶持著走完「這輩子」，難道不是一種互相「擁抱」的姿態嗎？

---

❶❹　封祖盛，〈陳映真論〉，收入陳映真，《文學的思考者》，頁 54-55。郭雲飛
　　　文章，見許南村，《知識人的偏執》序（台北：遠行出版社，1976 年），頁
　　　14。

❶❺　許南村（陳映真），〈試論陳映真〉，頁 28。

❶❻　同前註，頁 28。

　　為此，呂正惠不僅反對以男女關係處理省籍問題，他也認為〈將軍族〉並未圓滿處理了省籍問題，而只是表達了兩個「淪落者」的「相濡以沫」的命運⑰。也就是說，小說只表現了兩個小人物的「淪落」，並未反映省籍差異所造成的影響。進一步來說，按陳映真的說法，他不以省籍而以「同是社會中淪落人而互相完全的擁抱著」的眼光處理〈將軍族〉，這意義應該就是白先勇所說的，是站在「人道主義」的立場處理小說的兩個卑微的角色⑱。果真如此，那麼從「人道主義」出發，小說安排外省老兵和本省少女的關係就沒有特殊且必要的意義了，因為社會人「相濡以沫」的感情，並不一定需要以外省人和本省人遇合的主題來表達。因此，省籍問題是處理本省人和外省人結合難以迴避的環節，陳映真雖以「社會底根源，而消失了畛域底差別」的說法刻意淡化，甚或忽略「大陸人在台灣」系列小說的省籍問題，但他的辯解顯然留下許多爭議的空間，未能成功說服讀者。

　　再回到我們的問題：造成陳映真小說人物無法結合，甚至死亡的「氣候」是什麼？如果不處理省籍問題，那麼我們必須進一步追問：陳映真這一系列小說書寫的目的與意義何在？我們試著將其「大陸人在台灣」書寫的人物關係、省籍差異、階級差距和小說結局表列如下：

---

⑰　呂正惠，〈從山村小鎮到華盛頓大樓〉，頁 62-63。
⑱　白先勇，〈《現代文學》的回顧與前瞻〉，頁 254。

篇　名	主　角	省　籍	身份／職業	結　局
〈那麼衰老的眼淚〉	康先生	大陸人	有地位人物	阿金離去，康先生蒼老萎頓。
	阿金	台灣人	下女	
〈一綠色之候鳥〉	季公	大陸人	教授	季妻病死，季公日漸憔悴萎枯。
	季妻	台灣人	下女	
〈文書〉	安某	大陸人	紡紗廠老板	安某因慚愧發瘋，槍殺珠美。
	珠美	台灣人	女工	
〈將軍族〉	三角臉	大陸人	老兵、康樂隊員	殉情自殺死亡。
	小瘦丫頭兒	台灣人	娼妓、康樂隊員	
〈某一個日午〉	房恭行	大陸人	知識分子	房恭行因絕望自殺死亡。
	彩蓮	台灣人	下女	

由上述表列來看，陳映真筆下的大陸人皆是男性，且以中產階級居多，而台灣人則為低下層階級的下女或女工。為此，陳芳明認為陳映真小說中，大陸人和台灣人的不能結合，甚至死亡，除了時代的壓力，更根本的原因是雙方「出身的不同」，更精確地說，是「階級的差距」所致⓳。陳芳明進一步把「階級差距」和「省籍差異」聯結一起：

> 大陸人與台灣人之間似乎沒有互相認同的地方，他們各自背負自己的歷史命運，也各自生活於不同的社會階層。因此，兩個陌生的世界交會時，自然就產生了種種的衝突與悲劇。⓴

⓳　陳芳明，〈縫合這一道傷口──論陳映真小說中的分離與結合〉，頁138。
⓴　同前註，頁139。

換言之，歷史的陰影、省籍差異、階級差距，皆是小說人物無法結合的主因。然而，無論是省籍或階級，這都不是陳映真「大陸人在台灣」一系列小說書寫的主題。陳芳明說：

> 陳映真作品嘗試表現的主題是：台灣人之所以絕望，乃是覺得在現在、在未來根本不能獲得改革的機會；而大陸人之所以陷入苦悶的深穴，乃是他們已經沒有返鄉的希望。這兩種不同形式的鬱結，都同樣來自一個根源，那就是無能和無助的政治悶局。⑫

也就是說，陳映真一系列「大陸人在台灣」的小說書寫，是一個知識分子宣洩對這個「無能和無助的政治悶局」的苦悶心情，而小說人物的「死亡」或「分離」，正是對台灣現實幻滅的「陳映真」政治潛意識的挖掘與表達，是一個知識分子對政治現實的無言抗議。於是，〈淒慘的無言的嘴〉（1964）中的知識分子「我」，乾脆將自我「放逐」，遁入一個封閉的世界成為一個精神病患，徹底成為一個「沒有根的人」（頁100）。那些「淒慘的」、「無言的嘴」是知識分子面對無力改變的社會環境時的吶喊，也是期待「讓陽光進來」（頁105）的無言的表示。

3.狐死首丘？

　　談「大陸人」／「省籍」與「知識分子」的流亡意識，我們會聯想到白先勇及其小說〈冬夜〉（1970）。白先勇本人和小說〈冬

---

⑫　同前註，頁132。

夜〉主角都是來自大陸的知識分子，而他繼陳映真後，也創作了一
系列以「大陸人在台灣」為主題的小說。陳映真和白先勇兩人顯而
易見的差異在於省籍：陳映真是台灣土生土長的台籍作家，而白先
勇則是外省第二代。〈冬夜〉是白先勇一系列以「大陸人在台灣」
為主題的作品中，唯一一篇以高級知識分子為主角的小說。〈冬
夜〉以兩個在記憶與現實、故鄉與異鄉中漂泊的中國知識分子為主
角。小說中的余嶔磊和吳柱國同為領軍五四運動的健將，大陸淪陷
後，余隨政府來台，任教於台大外文系教英國浪漫時期文學，而吳
則旅居美國，成為國際歷史權威。小說主要情節寫吳柱國返台後，
在一個下著冷雨的冬夜，夜訪余嶔磊，兩人在溫州街余宅談今話舊
的心理覺醒上。吳柱國年輕時是五四健將，到美國後卻只能以鴕鳥
式的逃避心理教唐史；在鬧學潮時對美國學生回憶四十年多年前自
己帶領學運的光榮歷史。這種拼命以昔日的光榮來掩飾今日的羞恥
與無能的窘境，就像是「唐玄宗的白頭宮女，拼命向外國人吹噓天
寶遺事」，「都是空話啊」！（頁253）

　　白先勇小說中，台灣以一個中國民族流亡中心點的意義出現
⓬，對岸中國被中共政權統治，台灣於是成為回歸的假想故鄉。這
是國民黨「文化中國」建構的成功。在敵視共產，認同國府的心理
基礎下，台灣成了某些流亡知識分子最好的回歸之地。〈冬夜〉
裏，吳柱國雖已十分適應美國環境，但大衣「裏面卻穿著一件中國
絲棉短襖」（頁244），顯示他仍保有濃厚的中國意識。吳柱國並不
想終生滯留西方，他計畫退休後要回台渡過晚年。這是白先勇《台

⓬　林幸謙，《生命情結的反思》（台北：麥田出版社，1994年），頁206。

北人》中，少數認同台灣的小說人物。然而，誠如白先勇言：「從大陸逃來的人不過以台灣為臨時基地，好做他們的美夢，希望有一天回到海峽的彼岸。」**㉖**有更多的放逐者，和余嶔磊一樣，處心積慮、用盡手段想離開台灣。在這些人心中，台北只是暫時寄居之地，大陸才是他們最後的歸宿。不過，我們也不能忽略余嶔磊一心想要出國，是因為大兒子留學，積欠大筆債務，無法還清，他打算出國積留些錢，償清債務，因此他只計畫「出去教一兩年」（頁262），並沒有永久定居的意思。

　　白先勇小說中，大部份「台北人」仍以大陸為真正回歸的故鄉。其中有上、中層國民黨高官、軍職人員，也有一般平民百姓。前者如〈歲除〉（1967）裏的賴鳴升、〈梁父吟〉（1967）中的樸公與從頭至尾未現身的王孟養；後者有〈花橋榮記〉（1970）的老板娘和〈金大班的最後一夜〉（1968）裏的舞女大班金兆麗。

　　〈歲除〉裏的賴鳴升與中華民國同歲，十七歲時「就挑起鍋頭跟革命軍打孫傳芳」，如今卻在榮民醫院廚房裏當個「買辦」（即軍隊裏的「伙伕頭」）。某年除夕夜，賴鳴升買了雞、酒、蠟燭，遠從台南趕到台北和劉營長夫婦守歲、話舊，回憶當年在四川當連長、參加「台兒莊之役」死裏逃生的光榮過去。在「想當年」的餘溫中，賴鳴升似乎不再是廚子而是軍隊裏的大將軍了。酒酣耳熱之際，賴鳴升對劉太太說：「你可看到了，弟妹？日後打回四川，你大哥別的不行了，十個八個飯鍋頭總還抬得動的。」（頁 69）酒後吐真言，顯然賴鳴升仍懷抱著「日後打回四川」的夢想。

㉖　白先勇，〈流浪的中國人──台灣小說的放逐主題〉，頁 108。

　　鳥倦知返，狐死首丘，即便生前無法回大陸，死後總也要落葉歸根。〈梁父吟〉裏的翁樸園和王孟養同是參加辛亥革命的元老。貴為總司令的王孟養臨終時，仍不忘叮嚀生死交樸公：日後打回大陸，無論如何要把他的靈柩移回家鄉去（頁 140）。賴鳴升酒後真言和王孟養臨終遺言，都明確表達了「四川」、「大陸」才是這群「台北人」心目中真正的故鄉。這種「狐死首丘」的觀念，也存在於未受戰火洗禮的中、低層人物。在台北經營「花橋榮記」的老板娘就說：

> 我們桂林那個地山明水秀，出的人物也到底不同些，……我們那裏到底青的山，綠的水，人的眼睛也看亮了，皮膚也洗的細白了。幾時見過台北這種地方？今年颱風，明年地震，任你是個大美人胎子，也經不起這些風雨的折磨哪！（頁 166-167）

再如〈金大班的最後一夜〉的金大班罵童經理的話：

> 好個沒見過世面的赤佬！說起來不好聽，百樂門裏那間廁所只怕比夜巴黎的舞池還寬敞些呢，童得懷那副臉嘴在百樂門掏糞坑未必有他的份。（頁 73）

飯館老板娘和舞大班等普通百姓對台北的埋怨，絕大部份是由桂林／台北、百樂門／夜巴黎的對比而來。以薩依德觀點來說，這是一種「雙重視角」（double perspective）：流亡者同時以拋在背後的事物

以及此時此地的實況這兩種方式看事情。新國度的一情一景必然引起流亡者聯想到舊國度的一情一景，流亡者透過某種觀念或經驗的並置產生新的思考❷。「花橋榮記」老板娘和金大班就是以「台北／夜巴黎」與「桂林／百樂門」經驗的並置，衍生出「台灣絕不能與家鄉比擬」的心理❷。這顯示大陸來台的「台北人」只把台灣當作客旅寄居之地，「打回大陸」不是賴鳴升、王孟養、樸公等男性的期盼而已，而是同代大陸人，不分性別、階級共同的心願。因此，「反攻復國」的口號對這群「台北大陸人」來說，絕非口號，這「官方的神話正好代表了流放者的心態：從大陸逃來的人不過以台灣為臨時基地，好做他們的美夢，希望有一天回到海峽的彼岸。」❷

　　《台北人》是部「民國史」，寫出了「大陸淪陷後中國人的精神面貌」❷，而白先勇本人正是淪落於異國，行吟於密歇根湖畔的舊日公子王孫，他以這種身分來哀悼他的族類的過去，並悲慨他的現在處境❷。《台北人》中的過氣英雄、販夫走卒、舞女交際花，他們和陳映真筆下的大陸人一樣，有著斬不斷、揮不去的記憶，

---

❷　艾德華・薩依德（Edward W. Said）著、單德興譯，《知識分子論》，頁 97-98。

❷　白先勇，〈流浪的中國人——台灣小說的放逐主題〉，頁 114。

❷　同前註，頁 108。

❷　夏志清，〈白先勇早期的短篇小說——《寂寞的十七歲》代序〉，收入白先勇，《寂寞的十七歲》（台北：允晨文化出版社，1993 年），頁 10。

❷　呂正惠，〈論四位外省籍小說家：白先勇、劉大任、張大春和朱天心〉，收入何寄澎主編，《文化、認同、社會變遷——戰後五十年台灣文學國際學術研討會論文集》（台北：文建會，2000 年），頁 327。

「他們在那個渺遙阻絕的故鄉，有過妻子；有過戀人；有魂牽夢縈的親人故舊；有故鄉的山河底記憶；有過動亂的、流亡的、苦難的經歷；有過廣袤的地產、高大的門戶；有過去的光榮和現在的精神底或物質底沈落。」⑫因此，尹雪艷懷念的上海百樂門時代；賴鳴升年輕時在四川當連長的光榮過去；金大班昔日的上海和初戀情人月如；盧先生和王雄在大陸的青梅竹馬未婚妻和「小妹仔」；羅伯娘與順恩嫂的主人昔日的黃金歲月；華夫人昔日南京住所的「一捧雪」；樸公津津樂道的革命時代；李浩然將軍的轟烈史蹟；錢夫人、余嶔磊、秦義方年輕時代的壯志豪情，這些都是他們身上卸不下的包袱。他們和尹雪艷以及當年在上海捧她場的五陵年少一樣，都把自己置於與現實世界脫節的「尹公館」，維持昔日的身分、派頭，成了「隔離世界」中的「被隔離」人。這些人「不肯」或「不能」遺忘的過去，成了他們現在悲劇生活的根源：

> 《台北人》中的許多人物，不但「不能」擺脫過去，更令人憐憫，他們「不肯」放棄過去。他們死命攀住「現在仍是過去」的幻覺，企圖在「抓回了過去」的自欺中，尋得生活的意義。⑬

「過去」與「現在」的分界點是國民黨遷台的 1949 年。過去的光

---

⑫　許南村（陳映真），〈試論陳映真〉，頁 27。

⑬　歐陽子，〈白先勇的小說世界──「台北人」之主題探討〉，《王謝堂前的燕子》，頁 10-11。

榮，成了今日的「幻覺」。在「現在仍是過去」的「自欺」生活中，這群台灣／台北過客心中「永遠」的過去，使他們與「現在」產生了一種「隔離」；白先勇正是利用「過去」與「現在」兩個世界的互為對峙或衝擊，傳達並揭露了「隔離」的傷悲[131]。這種隔離的創傷，事實上是「一種精神的凌遲，精神的死亡」，[132]是「回不了的家」；所有想「回家」的小說人物的結局都是死亡。只有像〈歲除〉的劉營長夫婦、〈金大班的最後一夜〉的金大班、〈一把青〉的師娘、〈花橋榮記〉的老板娘、〈冬夜〉的余嶔磊和吳柱國，他們能保有「過去」難忘的回憶，卻能勇敢正視並接受「現在」的處境，雖然接受程度不一，但仍能在現實環境中以蹣跚的腳步徐徐前行。

4.虛構的歷史·想像的中國

〈國葬〉（1971）是「台北人」系列最後一篇，可視為「台北人墓碑上雕刻的誌文」，[133]白先勇以此篇作為筆下這群「台北人」憑弔過去的頂點。〈國葬〉以十二月寒冷的清晨，副官秦義方至台北市立殯儀館參加昔日老長官陸軍一級上將李浩然將軍的葬禮開始，以老副官跪拜李將軍遺像後的所見所感，開始回敘往事，揭示李將軍的一生及其為人，最後以秦副官獲准登上護衛靈柩的侍衛卡車送靈，途中他回憶起抗日勝利，還都南京隨長官到紫金山中山陵

---

[131]　高天生，〈可憐身是眼中人——試論白先勇的小說〉，《台灣小說與小說家》，頁 138。

[132]　白先勇，〈烏托邦的追尋與幻滅〉，《驀然回首》，頁 114。

[133]　歐陽子，〈「國葬」的象徵性、悲悼性與神秘性〉，《王謝堂前的燕子》，頁 307。

謁陵的光榮往事作結。

從小說篇名「國葬」及「靈柩上覆著青天白日國旗一面」（頁 275）可以清楚得知白先勇是以「李浩然將軍」來暗示中華民國的歷史。白先勇以此篇作為「台北人」系列最後一篇，有其特殊意義。小說末尾，士兵向李將軍的靈柩轟雷般喊出「敬禮──」（頁 278），無疑是向中華民國過去偉大的歷史致上最高禮讚。然而，無論過去如何光榮，今日仍只是歷史。永遠活在「過去」，不能接受「現在」，就只能像李浩然將軍一樣，就是走入墳墓與歷史。〈思舊賦〉（1969）的李長官、〈梁父吟〉（1967）的樸公和王孟養、〈國葬〉的李將軍，他們都是「舊時王謝堂前燕」，飛入「百姓家」後，無法活在當下「尋常」生活裏的悲劇人物。他們的悲劇根源，除了來自盲目地接受「反攻復國」的神話，「無勇氣承認這種流放是永久的」⑭，還因渴望回到「地理上」的「中國」，而不是國府建構的「文化中國」，其結局就是老病潦倒而死。

小說人物心中的回歸之地雖是海峽對岸的中國，但這是否代表創作者的家國意識？六〇年代時，白先勇在台北一住十一年，也寫了許多「台北人」的故事，但他卻說台北不是他的家：

> 我不認為台北是我的家，桂林也不是──都不是。……在美國我想家想得厲害。那不是一個具體的「家」、一個房子、一個地方，或任何地方──而是這些地方，所有關於中國的

---

⑭　白先勇，〈流浪的中國人──台灣小說的放逐主題〉，頁 108。

記憶的總合。[135]

白先勇認同的是中華文化，而不是地理上的中華民國，因為地理上的中華民國在國府遷台後就已消失，台灣是另一個國家並另一段歷史的開始。換言之，小說人物雖懷念地理上的中國，但創作者白先勇想像並書寫的主題，其實是「所有關於中國的記憶的總合」，也就是對中華文化傳統的記憶與懷念。所以，雖然如論者言，白先勇對其筆下皇孫國戚、公子王孫的命運抱持著較同情而非嘲諷的態度，對其處理的上流社會，是「當小情人來擁抱」[136]，但那是因為白先勇個人家世背景，使他「個人的主觀感受」對於〈冬夜〉和〈國葬〉裏上層人物的「淪落」較「心有戚戚焉」[137]，然而在〈思舊賦〉、〈梁父吟〉、〈國葬〉中，他也以李公館的荒涼、李浩然將軍晚年的落拓、〈梁父吟〉樸公和王孟養的悲哀，表現出：「年輕的人終將老死，貴族之家終將沒落，興盛的國家終將衰亡」[138]，暗示了這群永遠活在「過去」的上層人物的悲劇命運。故白先勇雖說台北不是他的家，但這並不意味其認同「地理上」的中國，而是

---

[135] 林懷民，〈白先勇回家〉，收入白先勇，《驀然回首》，頁 167-168。

[136] 顏元叔在〈白先勇的語言〉中說：「白先勇是一位社會意識極強的作家。其次，白先勇是一位嘲諷作家，……他所擅長的是眾生相的嘲諷；他的冷酷分析多於熱情擁抱。本來，像白先勇所處理的上流社會，一個已經枯萎腐蝕而不自知的社會，是不值得當小情人來擁抱的。」見顏元叔，〈白先勇的語言〉，《談民族文學》，頁 294。但呂正惠認為顏元叔的看法完全錯誤，恰恰相反。見呂正惠，〈台北人「傳奇」〉，《小說與社會》，頁 41。

[137] 呂正惠，〈台北人「傳奇」〉，頁 44。

[138] 歐陽子，〈「國葬」的象徵性、悲悼性與神秘性〉，頁 22。

藉書寫表達對中華文化傳統的追想與懷念，而國破家亡的廢墟才是他書寫的傷痛基礎。陳芳明說：

> 基本上，他（案：指白先勇）的作品反映了六〇年代台北知識分子的苦悶。他描寫的是肉體與時間的抗衡對決，是理想與現實的矛盾衝突；但實際上，他暗示的是對整個時局的悲觀。[139]

對舊中國時代記憶的執著，豈不是對現今國府建構的「文化中國」的代表／合法性的質疑？這是六〇年代台北知識分子白先勇對台灣時局的悲觀表述。

相對於白先勇作品常以中華民國昔日歷史的光榮勝利為主題，王文興〈龍天樓〉（1966）側重的是戰敗的片段而非勝利的時光。〈龍天樓〉的取材，一半接近「鄉野小說」，另一半又接近「鄉土小說」[140]，而完成當時被視為「反共文學」[141]。作品背景設定在1962 年的台北，以四位自大陸撤退來台的山西太原退伍軍官至台中為昔日老長官祝壽的聚會推展情節。小說中的四位軍人，每個人

---

[139] 陳芳明，〈虛無主義者的原鄉？──小說家筆下的台北人形象〉，《典範的追求》（台北：聯合文學出版社，1994 年），頁 246。

[140] 楊照，〈橫征暴斂的作者 閱讀王文興〉，《中國時報》三十七版（1999 年11 月 19 日）。

[141] 朱西甯認為王文興〈龍天樓〉是一部反共小說，但作品有反共的認同和信仰，文學的才賦與歷練也無庸懷疑，卻缺乏了反共的生活體驗。簡言之，朱西甯認為〈龍天樓〉是反共文學，卻非反共文學傑作。朱西甯，〈論反共文學〉，《中華文化復興月刊》第 10 卷第 9 期（1977 年 9 月），頁 5。

都陳述自己逃奔來台的慘烈記憶。第一個溯敘故事的是關師長。他在山西太原城破之日撤退時，被自己最親信的一營背叛，在城外被匪軍俘虜，在西郊崇善寺目睹劊子手處決人犯。後來關師長雖在俘虜營中免去一死，卻受了一生除不掉的羞恥：宮刑。第二個說故事的是魯團長。他在太原城破日被結拜三十年的同袍鄭桂芳出賣，幸而死裡逃生，卻失去了右手食指。第三個故事是當過青城縣縣長的秦團長。他在棄守青城時，親手斬下自願留下掩護他撤退的三弟的頭，帶著頭顱逃亡。最後在松樹下掘一土坑埋下三弟的頭。第四個故事是查旅長逃奔來台的經過。他在太原陷落時回家幫助妻兒逃難，卻發現女兒被解放軍強姦後槍殺，兩個兒子為救母、姐，雙雙喪命在手槍轟擊下，最後妻子見三個兒女都橫屍地上，便懸樑自縊了。

　　這些「抗日英雄」、「好漢豪傑」來台後，有的擺攤賣豆漿油條（關師長、魯團長），有的養雞飼豬（查旅長），有的當教會守衛（秦團長），有的失業靠領榮民津貼過活（段參謀）。過去的榮耀在戰役結束後消退，只有在回憶中找尋過去模糊的記憶。四位軍人所陳述的過去，究竟是真實的歷史，還是虛構的故事，並不是王文興在意的。小說刻意強調虛構性，減少歷史細節的陳述，為的是以「虛構」的史實，挑戰官方建構的「勝利」現實，以此質疑歷史的主流詮釋，並模糊批判的焦點以避過國家機器的監控。饒博榮說：

　　　　這部小說因此描述了 1960 年代中期，台灣現代性的困境如何牽涉到了面對社會政治的現實，這種現實被國家主義者以統一的迷思及反共文學的樂觀遮掩。王文興藉著去除英雄式

　　迷思，顯示台灣的人民（特別是那些曾經對國民黨忠貞不二
　　的人）可能根本「不再有崇高的目標，不再有值得戮力以赴
　　的東西」。⑭

因此，王文興利用虛實交錯的歷史寓言，寫出了人在面對生存困境
時的掙扎，企圖透過恢復失落的歷史，〈龍天樓〉所恢復的即是異
於國民黨建構的官方歷史的「另類」歷史。

㈢沒有根的一代

　　六〇年代的外省族群無法認同狹小邊緣化的台灣，本省族群也
在政權不斷更迭的主體分裂下，歷史、語言都失了根。本省、外省
兩大族群的碰撞突顯了文化的斷裂，加上西方文化思潮的強烈衝
擊，不論本省或外省都失去了國族認同，於是許多知識分子開始
「出走」，以「自我放逐」的姿態流浪異國──特別是美國。這群
自願「留」在美國的放逐者，一帆風順固然有，但絕大多數處在前
途茫茫、進退維谷的狀態。反映這群自我放逐者──特別是留學生
這類「感人的，或氣人的，或發人深省的，或令人感慨的，大大小
小的悲喜劇，或者根本是悲劇」的文學作品⑭，很難進入放逐者旅
居地的文壇，只能寄回台灣發表和出版，以台灣為自己的讀者對
象。於是，六〇年代台灣文壇出現了一種特殊的文學現象：留學生
文學。六〇年代台灣留學生文學內容大多不脫在僑居地的去與留的

---

⑭　饒博榮（Steven L. Riep）作、李延輝譯，〈〈龍天樓〉情文兼茂，不是敗筆
　　──王文興對官方歷史與反共文學的批判（節譯）〉，頁113。
⑭　趙淑俠，〈從留學生文藝談海外的知識分子〉，《文訊》第13期（1984年8
　　月），頁150。

掙扎：掙扎乃因「去國」「懷鄉」而來，因為失去了祖國，更想把祖國據為己有。因此，「留學生文學」的主題書寫，其實可以視為中國現代文學「感時憂國」的文學傳統的延續。

　　留學生小說多以描寫海外知識分子的生活與精神狀態為主，特別是對「根」意識的表達與探究，是小說最主要的主題。黃重添說：

> 他們漂泊在太平洋的彼岸，彷彿命運注定要受那麼多的坎坷，那麼多的磨難，那麼多的悲歡離合；然而，最令他們困惑的是「腳根無線如蓬轉」的失落感和懷國思親的連綿鄉愁。其中，既有「無根」的苦惱，「斷根」的絕望，更有「尋根」的熱忱。⓯

海外遊子的失落感和永無止盡的鄉愁，顯然來自「無根」的苦惱和「斷根」的絕望，而這些都源於「尋根」的挫折。於梨華《又見棕櫚·又見棕櫚》是六〇年代台灣留學生文學的代表作，小說就是藉由牟天磊回台「尋根」的過程，呈現外省第二代的台灣留美學生在台灣、美國的「無根」意識。小說中，天美與天磊對話，透露出台灣留學生的無根意識：「他們在此地有根，而我們，我不知道別人怎麼想，我總覺得自己不屬於這裡，只是在這裡寄居，有一天總會

⓯　黃重添，《台灣長篇小說論》（台北：稻禾出版社，1992 年），頁 67。

重回家鄉,雖然我們那麼小就來了,但我在這裡沒有根。」⑭天磊反問天美:

> 妳覺得留在那邊就有根嗎?……Gertrude Stein 對海明威說你們是失落的一代,我們呢?我們這一代呢,應該是沒有根的一代吧?(頁159)

天磊與天美的這段對話,一語道破當時漂泊海外的外省第二代台灣留美學生的鄉愁根源,反映了他們苦悶的心境和時代心理,於梨華也因此成為「沒有根的代言人」⑭。

白先勇在接受胡菊人訪問時,同意胡菊人所言,《台北人》的主旨,其實是表現「傳統文化」,也就是傳統中「濃厚的人與人的關係」⑭。因此,〈思舊賦〉以傳統舊家庭的崩潰,影射舊傳統文化的沒落與淒涼,以病弱的老人暗喻傳統文化的衰亡;〈梁父吟〉以樸公的威嚴暗喻傳統文化的尊嚴與高貴,透過對傳統文化和傳統生活情調的講求表示對傳統的尊重與懷念。對於「傳統文化」重視,自然使白先勇對「失根」的危機特別在意。留美期間,白先勇對旅居海外的中國人的處境有了更深刻的體會,加上身處異國的孤獨感,使他的心境趨於「老成」⑭,於是除了「台北人」外,他連

---

⑭ 於梨華,《又見棕櫚 又見棕櫚》(台北:皇冠出版社,1968 年),頁 158-159。

⑭ 白先勇,〈流浪的中國人——台灣小說的放逐主題〉,頁 113。

⑭ 白先勇,〈與白先勇論小說藝術 胡菊人白先勇談話錄〉,頁 150。

⑭ 白先勇,〈驀然回首〉,《驀然回首》,頁 76-77。

續發表了五篇描寫留學海外的外省第二代知識分子的生活面貌和精神狀態的「紐約客」系列小說❹，並以「沒有根的一代」稱呼那些流亡海外、自甘放逐的知識分子的境況❺。

　　白先勇筆下的「紐約客」都有肉體和精神自我放逐的現象，其中最能表達這種流亡精神的是〈芝加哥之死〉（1964）和〈謫仙記〉（1965）。

　　〈芝加哥之死〉寫一個芝加哥大學留學生吳漢魂，在芝大念了兩年碩士，四年博士。因為是文科學生，沒有獎學金，吳漢魂只能住在專租給窮學生和潦倒單身漢的老公寓地下室，在中國洗衣店送衣服，飯店洗碟子，勉強賺取膳宿學雜。這些漂泊異鄉的留學生為生活奔忙的虛無心情，就如叢甦筆下的「瓷馬」，「昂著頭，飛揚著鬃毛，想飛－飛不起來，因為你後蹄子是半截的」。他們不知自己「來做什麼？這種存在究有何意義？我將走怎樣一條路？我又要往何處去？」❺求學六年期間，遠在台北的女友秦穎芬不耐時空距離而他嫁，年老體衰的母親也在他準備博士資格考時病逝。接二連三的打擊，吳漢魂只能以默誦艾略特（T.S. Eliot）〈荒原〉的方式來抵抗悲哀的的侵襲。吳漢魂終於畢業了，在拿到博士學位那天，他到酒吧買醉，後來被吧女帶到家中發生了關係。事後，吳漢魂再度回到芝加哥街上，往密歇根湖走去。小說以芝加哥的形形色色景

---

❹　這五篇小說是：〈芝加哥之死〉、〈上摩天樓去〉、〈安樂鄉的一日〉、〈火島之行〉、〈謫仙記〉，收入《寂寞的十七歲》。《台北人》雖是旅居台灣的外省第一代的流亡故事，卻是白先勇留學美國時完成的。

❺　白先勇，〈流浪的中國人——台灣小說的放逐主題〉，頁112。

❺　叢甦，〈瓷馬〉，《現代文學》第36期（1969年1月），頁44。

象,對比吳漢魂生命內在的虛無:

> 他突然又好像看到他母親的屍體,……聽到她在呼喚;你一
> 定要回來,你一定要回來。吳漢魂……他不要回去。他太疲
> 倦了,……地球表面,他竟難找到寸土之地可以落腳。他不
> 要回台北,……可是他更不要回到他克拉克街廿層樓公寓的
> 地下室去。(頁 206-206)

母親死了、女友嫁人、大陸回不去,台北、美國都不是吳漢魂的回
歸之地。六年的求知狂熱,如漏壺中的水涓滴流盡,「生命是個痴
人編成的故事,充滿了聲音與憤怒,裏面卻是虛無一片。」(頁
207)在意識模糊下,吳漢魂投湖自盡。

水晶引理查·契司的說法,認為〈芝加哥之死〉是白先勇利用
「神話」方式寫成的小說,具有文化上的「共同性」和「個人
性」。也就是說,吳漢魂個人的悲劇,籠統概括了所有在美洲修習
文科的知識分子的下場。「吳漢魂」,即「無漢魂」、「漢無
魂」、「無魂漢」,具濃烈的「原型」性質,吳漢魂也成為所有在
美洲修習文科的知識分子的「集體無意識代表」(Representative of
Clooective Unconsciousness)❶❺❷,他個人的痛苦,代表的是「沒有根的一
代」整體的痛苦。按林幸謙和古繼堂的「小鄉愁」、「大鄉愁」說

---

❶❺❷ 水晶,〈神話、初型和象徵──兼分析兩則短篇小說〉,《拋磚記》,頁
87。

法⑬，〈芝加哥之死〉代表了一種「小鄉愁」⑭，即沒有歷史和民族文化情感或較弱的思鄉情懷。這也是水晶所說的，吳漢魂的悲劇和他個人價值觀以及所學的知識學科有關。於梨華《又見棕櫚·又見棕櫚》的牟天磊，以及白先勇出國前的小說〈那晚的月光〉（1962）（原題〈畢業〉）中的大學畢業生李飛雲、陳錫麟等，都積極爭取出國留學的機會，認為這樣才有光明的前途。這是植根於六〇年代台灣社會「留學熱」下，當代中國人嚮往西方生活，自甘流落異鄉的「異鄉勝故鄉」的微妙心態⑮。然而，除了學位獲得的困難，在美謀職也是相當不易，因此很多留美學生出國後都改念別的學位。牟天磊先讀英國文學，再讀新聞；吉錚《海那邊》的范希彥在台念外文系，出國申請新聞研究所，後又改讀理科，且從大一念

---

⑬　古繼堂在《台灣小說發展史》中以「大鄉愁」和「小鄉愁」剖析白先勇小說的鄉愁內涵，而林幸謙則認為鄉愁乃在精神意義上有所差異，而不在空間意義上有所不同。換言之，白先勇小說中的鄉愁不應以地域上的空間差異加以區分，而應以精神內涵的層次加以辨別。因此，小鄉愁乃指涉沒有歷史和民族文化情感或較弱的思鄉情懷；大鄉愁則指涉具有較強烈、滲透性複雜的歷史感和民族文化的思鄉情懷。見古繼堂，《台灣小說發展史》（台北：文史哲出版社，1989 年），頁 201。林幸謙，《生命情結的反思》，頁 226。

⑭　〈一把青〉的朱青、〈花橋榮記〉的老板娘、〈金大班的最後一夜〉的金大班、〈那片血一般紅的杜鵑花〉裏的王雄，他（她）們的自殺、墮落和虛無感，都和國民黨政權在大陸敗退歷史和民族文化失根等深層問題無關，也是屬於「小鄉愁」。

⑮　蔡雅薰把六、七〇年代去而不歸的海外知識分子分成「流亡他鄉型」和「異鄉勝故鄉型」，認為「紐約客」系列多屬於「流亡他鄉型」。見蔡雅薰，〈六、七〇年代台灣留學生小說述論〉，收入陳義芝主編，《台灣現代小說史綜論》（台北：聯經出版公司，1998 年），頁 257。

起❺❻；白先勇〈上摩天樓去〉（1964）的玫倫放棄音樂，改學圖書館管理，都為了適應美國社會而犧牲了理想。他們最好的結局就是像白先勇〈安樂鄉的一日〉（1964）裏的偉成，事業有成後，住在白鴿坡的高級住宅區，「一切習俗都採取了美國方式」；或像〈火島之行〉（1965）的林剛拿到碩士後，在美國找到高薪工作，成了道地的「紐約客」。如果〈冬夜〉可視為「老一代知識分子的哀歌」❺❼，那麼這些來自台灣的第二代留學生的悲劇可視為是「新一代知識分子的哀歌」了。

這種「腳根無線如蓬轉」的流亡狀態，不僅指向台灣留美的「紐約客」，也影射來自中國的留學生。如果吳漢魂的流亡意識源於一種「小鄉愁」，那麼〈謫仙記〉裏李彤的悲劇就是由「較強烈、滲透性複雜的歷史感和民族文化的思鄉情懷」所構成的「大鄉愁」了❺❽。〈謫仙記〉寫四個上海國民黨高官女兒到美國留學，以中美英俄「四強」自喻，其中人長得最美，家世又最顯赫的李彤自稱「中國」。不久國民黨敗戰，李彤父母在乘船到台灣途中遇到船難雙亡，家當也全沈沒了。李彤在父母遇難後，先前人見人愛的模樣「變得不討人喜歡了」（頁 259），她酗酒、狂舞、濫賭（賭撲克、賭麻將、賭馬）、亂交男朋友（多到可以組一個「聯合國」）（頁 265-266），從一個心性高傲、純潔無瑕的貴族小姐，墮落為玩世不恭、遊戲人間的浪蕩女子，雖然有許多條件頗佳的男子追求，但她

---

❺❻　吉錚，《海那邊》（台北：純文學出版社，1986 年），頁 38。

❺❼　袁良駿，〈一個舊時代的輓歌〉，《白先勇論》（台北：爾雅出版社，1991年），頁 27。

❺❽　林幸謙，《生命情結的反思》，頁 226。

全不放在眼裏，隨意吆喝、取笑。最後，李彤在威尼斯沈水自盡。

　　因「大鄉愁」而來的悲劇，又如歐陽子〈秋葉〉（1969）中來自中國的東方歷史學教授啟瑞。啟瑞來美多年，但生活方式、思想卻處處維持中國方式：穿長袍、喝濃茶、吃稀飯，教孩子敏生說中國話、寫中國字，灌輸儒家思想、禮義道德，和〈安樂鄉的一日〉裡「感到自己是中國人，與眾不同」，時常「下意識的強調著中國人的特徵」的依萍一樣，處處提醒孩子要做一個「中國人」（頁204），談吐間更時時透露對西洋文化的排斥和對中國古文化歷史價值的尊重。然而，像啟瑞這樣「把倫理道德當做萬古真理」（頁220）的父親，卻被兒子敏申認為應該為妻子與人私奔負責；而依萍不願變成美國人，也被丈夫偉成視為是一種「心病」（頁242）。這種無根、失根的心情，不僅出現在第一代和戰後第二代知識分子，連負笈台灣的南洋僑生也多懷有這種漂泊無根的流浪意識。林懷民〈轉位的榴槤〉的南洋僑生，以歸根心情來台，卻「發覺在台灣我們是半個異鄉人，我們尋不得自我；正如在台灣我們永尋不到榴槤。」（頁19）「榴槤」是南洋特產水果，「轉位」意味「移植」，猶言南洋水果移植至台灣土地，那種異鄉人的失落感，迫使他們藉由放縱肉體情慾以掩飾內心的孤獨無依與寂寞無根感。這種難以言喻、無法跨越的文化鴻溝，就像歐陽子〈考驗〉（1964）（原題〈約會〉）的留學生美蓮一樣，天真地以為愛情可以跨越國籍、種族和文化鴻溝，至終還是發現自己是「外人」和「介入者」，「文化聯姻」、「世界公民」的理想全是幻想，沒有實現的可能（頁102）。這群「沒有根的一代」在美國的生活就是參加不完的宴會、聚餐、牌局，他們以此來填補心靈的空虛和無望，抱著「今朝

有酒今朝醉」的苟安態度過生活。如柯慶明言,在「這種新的留學生文學中,一樣有著近乎是類似定命的,無可逆,無法接續的斷絕的經驗特質」,在台灣/美國、中國/美國的時空困惑中,都反映出「光復與遷台的政治變動」與「社會上的,傳統上邁向現代的文化變遷」,「本身即是一種時代關切點的反映。」⑮

　　留學生一去不返的原因複雜,除了西化潮流外,和台灣政經社會風氣都有關係。何秀煌說:

> 由於長年的戰亂,不僅國家元氣大傷,民生凋敝,特權橫行,人們的基本人權沒有受到有力的保障。久而久之,人民只養成只問溫飽,苟命保身的習慣。很少有人還有充分的熱情與勇氣去關懷國是,熱心政治,注重學術,追問人權。……慢慢地形成了對自己的社會沒有熱情,沒有寄望,沒有夢想……在這樣的背景之下,難怪有許多人要乘留學之便,藉深造之名乘風而去,長留不返了。⑯

大陸淪陷,台灣政經格局沈悶,美國又不是自己的家,過去雖在眼前招手,但「歸鄉的意念總在意識之外」⑯。留學生身處異國,文化之根已斷,家國之根又在異鄉迷失,他們的心理和精神上永遠找

---

⑮　柯慶明,〈六十年代現代主義文學?〉,頁441、445。

⑯　何秀煌,〈留學〉,收入何秀煌、王劍芬著,《異鄉偶書》(台北:三民書局,1971年),頁15-16。

⑯　簡政珍,〈白先勇的敘述者與放逐者〉,《中外文學》第26卷第2期(1997年7月),頁174。

不到安頓之處，只能在異國街頭遊走❶❷。因此，無論鄉愁根源為何，「台北人」或「紐約客」都在追尋自我、追尋故鄉的流亡情緒中，以「這個世界能保住不餓飯就算本事」（〈歲除〉，頁 55）的苟安／活態度生活，「台北」或「紐約」成了這些流浪中國人「麻痺的中心點」❶❸，他們的「家鄉」在「地理」位置上的中國，而不是「共產中國」或國民黨政權努力建設的「文化中國」。就某個意義來說，這群「台北人」和「紐約客」都是台灣的過客、邊緣人、局外人，是精神上的放逐者、孤兒。這種雙重流亡的狀態，就像叢甦〈盲獵〉所寫的：

> 那夜很冷，很黑，我們看不見自己，也看不見自己的影子，……我們彼此都沒有言語，……但是我們都知道彼此在想什麼。是的，我們都知道，即使在漆黑，漆黑的夜裏……

---

❶❷ 據蔡雅薰研究，白先勇筆下的「紐約客」幾乎沒有「回家」的過程，主要原因是因為父母在留學期間離世。例如〈芝加哥之死〉的吳漢魂母親在他準備博士資格考時過世；〈謫仙記〉李彤父母因船難而使她萬念俱灰；〈安樂鄉的一日〉依萍不能忍受女兒寶莉以「我不是中國人」否定她的民族情感。因此，「紐約客」對「根」的認知，具「鄉土」和「血緣」雙重意義，白先勇「紐約客」小說必須由「血緣斷根」來理解。參蔡雅薰，《從留學生到移民台灣旅美作家之小說析論（1960-1999）》（台北：萬卷樓圖書公司，2001年），頁 256-257。

❶❸ James Joyce 一九○六年致 Grant Richards 書中說：「我想寫的是一章我的國家的道德史，而我所以選擇都柏林作背景，是因為這個城市在我來看是麻痺的中心點。」劉紹銘在〈回首話當年〉中把喬伊斯的這個觀點運用於解析白先勇的小說。見劉紹銘，〈回首話當年──淺論台北人〉，《小說與戲劇》，頁 28。

> 可是，我們非去不可，我們非去不可，不知道為什麼……。
> （頁 44）

叢甦以卡夫卡式的比喻，寫出了流浪的中國人非去流浪，卻「不知道為什麼」流浪的絕望心情。這種無家可歸的狀態，如水晶〈謫仙記〉（1967）裏在街頭流浪的小 D：

> 他不僅在空間上是無家可歸，在時間上也是如此。過去切斷了，未來是一團模糊。如果他今晚突然死去，也許不會再有。只有此刻。只有今晚，所以顯得特別的可戀，也特別的可怕……他是一個步行太空者，地心吸力完全失去作用……。（頁 189）

不僅空間上失去歸宿，也與過去時間斷裂。小 D 猶如失去地心引力的太空流浪者，不知從何處來，也不知要往哪裏去。流亡者「從自己國家的一個島嶼，飄流到海外炎荒的島上來」，「無法從任何一處，找到真正的安全感」（水晶〈嗜里里嗜里〉，頁 150）。

綜上所述，戰後第二代作家確能繼承五四作家「感時憂國」的文學傳統，把「個人的遭遇，比喻國家整體的命運」❶❻❹。他們知道必須把自身所處環境和心理感受寫出來不可，因為「一個作者能做的是，以最大可能的調和性，將他所屬的那個社會組合的集體思想凝聚在一起表現出來」，「以虛構的形式，解決那些在現實生活中

---

❶❻❹　白先勇，〈流浪的中國人——台灣小說的放逐主題〉，頁 111。

無法解決的問題與矛盾。」⑯透過現代主義書寫，六〇年代台灣作家忠實地反映了個人對社會及政治失望的苦悶心情。從這個意義來說，戰後第二代作家確實如白先勇所言，較能正面探究歷史事實，點出上一代的歷史罪孽帶給下一代的痛苦。

　　薩伊德認為真正的流亡者一旦離開自己的家園，不管最後落腳何處，都無法只是單純地接受人生，成為新地方的另一個公民。因此，「流亡」意味著將永遠成為「邊緣人」──以「不同於尋常的回應」使自己永遠保持邊緣性而不被馴化。故知識分子如遭遇海難的人，應學著如何「與」土地生活，而不是「靠」土地生活⑯。白先勇 2000 年接受訪問時，認為定居台北的十一年是他一生中最重要的十一年，也是他作為一個作家的形成期，因此他自稱自己是「永遠的台北人」。由此可見，昔日行吟於密歇根湖的貴族王孫，如今安居之地不在美國「安樂鄉」，而是台灣「台北」了。而那位高喊著：「我不回家，我沒有家呀」，只想坐著豪華列車駛出台灣這狹小而悶人的小島的陳映真（〈故鄉〉），在〈一綠色之候鳥〉結尾敘述描寫季公帶著稚子來探訪甫喪妻的「我」，季老望著稚子說：

　　　　不要像我，也不要像他母親罷。一切的咒詛都由我們來受，加倍的咒詛，加倍的死都無不可。然而他卻要不同。他要有

---

⑯　瑪麗‧伊凡絲（Mary Evans）著、廖仁義譯，《高德曼的文學社會學》（台北：桂冠圖書公司，1990 年），頁 46。

⑯　艾德華‧薩依德（Edward W. Said）著、單德興譯，《知識分子論》，頁 97、100。

新新的，活躍的生命！（頁26）

稚子是大陸人和台灣人結合後的新生希望。當大陸人願意認同台灣，在台灣落地生根，結束流浪的狀態，才會有新鮮、活躍的生命出現。這是流浪的中國／台灣人結束流亡生活的最佳方式。

黎湘萍認為在政治高度壓抑的六〇年代小說家中，最富文學激情、最具小說美感、也最能激發出內在的「反抗性」的作家，是白先勇和陳映真，但他們對那個壓抑的年代的「反抗」採取了不同的方式：前者是婉諷，以「春秋筆法」融合古典敘事與現代心理刻畫，「抒寫」人在歷史中的滄桑感；後者傾向於借助小說來「思考」在戰後悶局中進行社會革命和心靈革命的可能性，而這也是陳映真不滿現代主義的軟弱和逃避，進而批評其「亞流性」、「從屬性」的原因❿。包括白先勇和陳映真在內的六〇年代台灣現代主義小說的「流亡」書寫，讓作家成為薩依德眼中「處於特權、權力、如歸感這種安適自在之外的邊緣人物」❿。他們以「現代主義」這種「不同於尋常的回應」方式，讓自己不成為被「安然定居的獎賞所誘惑」的「諾諾之人」（yea-sayers），而是高壓戒嚴所圍困、壓制下的「諤諤之士」（nay-sayers）❿。

---

❿　黎湘萍，〈思想家的孤獨〉，收入《陳映真創作 50 週年國際學術研討會論文集》（台北：文訊雜誌社，2009 年），頁 222。

❿　艾德華·薩依德（Edward W. Said）著、單德興譯，《知識分子論》，頁 97。

❿　同前註，頁 90。

第二節 挑戰父權的道德標準

凱特・米列（Kate Millett）在其經典之作《性政治》（*Sexual Politics*）中以「父權制度」指涉世界上許多地方控制女人的事實。她認為我們的社會是一個完全由男性主控一切權力的「父權」社會，男女間的關係，一如政治生活中男人間的關係，是一種支配與附屬的關係❿。女性以其附屬的地位失去自我的主權，男人團結起來以威脅、恫嚇方式集體宰制沒有權力的女性，這就是傳統的「父權思想」。

六〇年代初，台灣社會進入西化期，但傳統文化思想還影響著現代家庭，父親角色仍帶有濃厚的封建制家長色彩。由於父權社會是按父系來確定家族世系、家產和家長身分繼承權，因此，父子是家庭的主體核心，父女關係就顯得較為淡漠和疏遠。當台灣愈進入現代化階段，要求提高女權的聲浪就愈發高漲，七〇年代初，男女平等的新女性主義應運而生，台灣文壇也在七〇年代末萌發了新女性主義文學。張惠娟說：

> 對於父權宰制下女性處境的討論，向是女性主義甚感興趣的一環。當代女性小說即多由此點出發，鋪陳傳統架構下女性的困頓，並進而探尋拋棄傳統包袱的可能性。此等作品可稱之為控訴文學（literature of protest），揭示父權體系下女性所遭

---

❿ 顧燕翎主編，《女性主義理論與流派》（台北：女書文化事業，2004 年），頁 126。

受的壓抑和扭曲，質疑理體中心論（logocentrism）對於性別角
色的刻板認知，以期藉由女性的觀點重行檢視女性所處的邊
際地位（the marginal）。於此一可稱之為「抵中心」（de-
centering）的運作中，傳統的典律（canon）似遭解構，女性的
自我（identity）與主體（subjectivity）終得以伸張，而性別
（gender）之為一「社會和文化的架構」（Duplessis, p.33），而
非渾然天成（a natural given）亦屬昭然若揭。**⑰**

張惠娟所言，乃針對八〇年代前期文學而論，但也指涉七〇年代台
灣文學在女性議題的發展。再據黃發有的研究，七〇年代末新女性
主義文學在父親主題書寫上的新突破，就是由「怨父」意識向「審
父」意識跨越：

> 審父意識的確立必須以女性的自我覺悟和自我完善為前
> 提。……男性的審父就隱含一種欲取而代之的缺席的憤怒，
> 是父權內部的權利爭奪。女性由於長期處在被男性所壓抑和
> 貶損的地位，她們的審父必然走向對父權體系的審視。……
> 由於父親和丈夫的二位一體，女兒視角和妻子視角的疊交，
> 就使審父的同時也在審夫，這種雙重審視源於父權和夫權對

---

⑰　張惠娟，〈直道相思了無益——當代台灣女性小說的覺醒與徬徨〉，收入鄭
　　明娳主編，《當代台灣女性文學論》（台北：時報文化出版公司，1993
　　年），頁 39。

女性的雙重壓迫。⑰

張惠娟、黃發有的論述，勾勒了七〇年代女性文學由戀父、怨父而至審夫、審父意識的發展脈絡。進一步來說，七〇年代審父意識其實萌芽於六〇年代現代主義小說對父權意識的挑戰，小說家透過現代主義書寫，以妻子、母親、兒女的三重視角審視了父權和夫權對女性的雙重壓迫。

一、翻轉夫權

　　父權制確立的前提是夫權的確立，即丈夫必須把妻子置於自己的絕對權力之下並實行強行獨佔，使所生子女確為丈夫自己的血統。父權中心的意識型態對男女角色的刻板區分，表現在婚姻關係中對於女性自我的抹殺與自我的衝突。歐陽子〈網〉（1961）中的余文瑾放棄與自己心靈相契合的唐培之，嫁給丁士忠。唐培之是余文瑾精神上的情人、自我的影子，而丁士忠則是她身體、思想與意志的寄託者，余文瑾「因他的存在而感覺自我心靈的完整」（頁48）。在還未與唐培之重逢前，余文瑾是幸福而滿足的。然而，一次與唐培之的偶遇，讓她「意識到某種東西在她裏面覺醒」（頁301），她開始抗拒丁士忠長期以來對她思想意志的宰制，並要求由其中解放。不過，丁士忠立即的冷淡很快讓余文瑾體會到被遺棄的恐懼與不安，抗拒頓時變得疲軟無力，最後余文瑾再度回到丁士

---

⑰　黃發有，〈論台灣女性文學的父親主題〉，《晉陽學刊》第 94 期（1996 年 1 月 25 日），頁 84。

忠身邊乞求愛憐，在臣服中感受安全和羞辱。

〈網〉對父權文化的反抗意識初初萌發即被消滅，其反抗力道完全不起作用。〈浪子〉（1964）與〈花瓶〉（1961）則在反抗力度上稍加強烈與深刻。〈浪子〉（1964）的丈夫宏明出身木匠家庭，是個中學教員，收入微薄，而妻子蘭芳則出身上流社會家庭，兩人以堅定的愛情打破蘭芳父母的門戶之見而結合。婚後因宏明沒能為家庭提供較佳的物質生活，蘭芳開始蔑視宏明，以「高人一等」的姿態面對他，特別是在她出外工作，賺錢貼補家用後。蘭芳這種高高在上的神氣，愈發戳傷宏明男性的自尊，他開始以冷漠的態度來掩飾自己在物質生活上的無能帶來的羞恥感。小說中，宏明想要利用蘭芳反對兒子梧申和鄰女莉莉的婚姻來反擊蘭芳，使蘭芳「無法逃避這一慘痛的挫敗」（頁 114），醒悟到自己也需要丈夫的扶持，藉此重拾男性的自尊。無奈宏明自以為無懈可擊的計畫不如所願，蘭芳還是以冷漠回應了他的期待。

〈浪子〉對父權文化的反抗力度猶如一顆小石投入湖中，稍起漣漪而已，仍未達到正面挑戰父權的程度。到了〈花瓶〉（1961），這反抗才真正起了作用。

相對於〈網〉裏強勢的夫權，〈花瓶〉中的丈夫石治川顯然是婚姻裏較弱勢的一方。石治川對於妻子馮琳充滿了猜忌與報復，永遠以大男人的態度限制她：命令她和他一起去看電影、以暴力強迫馮琳和他進行性行為、監聽馮琳和異性的交談。石治川潛意識裏對妻子充滿了強烈的愛與敬畏，而一切外在強悍與非理性的行為，只是因妻子的美貌以及由美貌而來的支配慾深深「戳傷他男性的自尊」（頁 54）。小說的「花瓶」是石治川慾望的象徵，歐陽子以石

治川對一隻日本製的瓷器花瓶非理性的擺設與玩賞，暗示他對妻子不正常的愛戀與佔有慾。小說裏一段石治川擦拭花瓶瓶嘴的描寫，充滿了性的暗示，顯示石治川對妻子具有強烈的性渴望，他透過將妻子轉化為花瓶得到性滿足。這是一種「戀物癖」的表現。小說結尾描寫石治川在與妻子激烈爭吵後，重重將花瓶往地上擲去的情節，經過三次修訂，前兩次都是石治川將妻子化身的花瓶摔碎，象徵夫權的伸張。但第三次修改時，歐陽子將它改成花瓶在丈夫怒擲下，「輕快地連翻兩個觔斗，便翻身坐起，頭朝上，屁股朝下，驕傲而完整，絲毫沒受損傷」（頁 64），以強韌、驕傲而充滿生命力的姿態宣告父權文化的徹底失敗。

歐陽子翻譯過西蒙‧波娃（Simone de Beauvoir, 1908-1986）的《第二性》（*Le deuxieme sexe*），但她對女性主義的態度卻是：

> 人類愛自由而也嚮往安樂。為求安樂，我們時常自覺或不自覺的迴避自由。……就我個人來說，我很了解並贊同女性主義的種種理論，可是沒有勇氣、也不會願意付諸實行。[173]

因此，歐陽子雖不曾標榜女性意識或女性主義的創作意識，但「審父」意識的確立，乃以女性的自我覺悟為前提。石治川和宏明一反傳統駕馭女性的「大男人」形象，以「被審判」者的角色出現，而馮琳、蘭芳的美貌與自信，益發襯托丈夫的無能與怯懦。歐陽子小說對於女性擺脫束縛，追求自我解放的意識，確實隱隱流動著一股

---

[173]　歐陽子，《移植的櫻花》，頁 178-180。

「審夫」意識。她翻轉了女性長期處在被男性壓抑和貶損的地位，徹底顛覆了傳統「妻以夫貴」、「妻以夫為天」的觀念，以女權的提高和夫權的削弱，提前預告了七〇年代「審父」意識書寫的來臨。

二、閣樓裏的瘋婦

現代主義小說中，「瘋婦」形象的出現，乃是控訴父權傳統對於女性角色的定位與女性自我的壓抑所可能導致的玉石俱焚境地。施叔青小說中，「幾乎沒有例外地架在一個緊張的，甚至於是仇恨的家庭關係之上，而且經常是以不可解決的兩性衝突，或出沒於人物記憶中的有關情慾的不潔感覺和經驗，引發出以瘋狂或自毀為終結的生活戲劇。」❿而這些小說中塑造的瘋狂女性，通常是父／夫權壓制、禁錮下的病態人物。

〈凌遲的抑束〉（1965）（原名〈無聲的記憶〉）中，浪子作鐵匠的父親白天打鐵，晚上則流連妓院，縱情酒樂，對家庭不聞不問，浪子的母親從來無力干涉。後來浪子母親在幼女夭折後精神失常，被丈夫幽禁在閣樓裏做小白布人，過著自生自滅的生活。浪子母親悲慘的命運，正是父權壓迫造成的。

〈瓷觀音〉（1965）裏李潔幼年在母親的家暴和白痴弟弟的號泣聲中度過，後來她因撞見有「一隻粗厚、泛紅的大手」，「留著顎鬚，一臉詭密」的男人和母親的姦情而發瘋，這段不堪的記憶在

---

❿　施淑，〈論施叔青早期小說的禁錮與顛覆意識〉，《施叔青集》（台北：前衛出版社，1993年），頁 284。

她康復後仍影響著她的心理 ⑰。施叔青以「瓷觀音」影射李潔童年有關情慾的不潔、不快經驗。當未婚夫的假手發亮地伸向她時，李潔不禁把它和閃著白光的觀音瓷像聯想一起，便下意識地抗拒著他的接近。李潔的瘋狂和不幸的過去、難以預知的未來加上無可遁逃的瓷觀音的眼光都有關係。前有母親，後有丈夫和未知的命運，施叔青寫出了一個傳統社會女子的悲劇。

　　又如〈約伯的末裔〉（1967）裏老吉的瘋妻。老吉的妻子患有遺傳性癲瘋症，在還未發病前，她只是一個在夏天穿大衣、寡言、神經質的「文瘋子」；在老吉生病後，她一改過去「影子似」的生活方式，變成一個成天念念有詞，拿著掃帚亂掃驅鬼的瘋婦。其他如老吉鄰居、木匠江榮所住閣樓一位醉溺於性愛的年輕女子，以及〈壁虎〉（1961）中患肺病的少女、放縱情慾的大嫂，這群「瘋婦」——以桑德里・吉爾伯特和蘇珊・古柏（Sandra Gilbert & Susan Gubar）《閣樓中的瘋婦》（*The Madwoman in the Attic*）裏的理論來說——是女作家的替身，是女作家本身的焦慮及憤怒之意象：

> 女性作家將她們的憤怒及不安投射於可怕之意象中，為她們及小說中的女主角創造黑暗之替身，因而能同時認同及修訂由父權文化強加於她們身上的自我定義。⑱

---

⑰　施叔青，〈瓷觀音〉，《約伯的末裔》（台北：大林出版社，1973 年），頁3、6。

⑱　托里莫伊（Toril Moi）著、陳潔詩譯，《性別／文本政治：女性主義文學理論》（台北：駱駝出版社，1995 年），頁 55。

也就是說，女作家透過瘋婦瘋狂、幽閉、病態、厭棄的語言，表達她們對男性父權對女性壓迫的反抗、憤怒與恐懼。相對於這些威勢懾人的瘋婦，施叔青小說的男性多半是以挫敗、萎頓與不堪入目的形象出現。施淑援引《閣樓中的瘋婦》的分析說：

> 女性作品中反覆出現的幽禁／逃逸，病弱／健全，破碎／完整的描寫，是一種反男性——父權的寫作策略，而小說中的瘋女人經常是作者的另一個自我，是她的焦慮的、憤怒的形象的投影，因此瘋女人的出現是對男性沙文主義的一種老謀深算的顛覆。……施叔青早期小說中的激情的、瘋狂的女性群像，及與之相對的萎縮的、影子似的男性角色，或許是對日薄西山的中原傳統父權文化的深沉的、漂亮的一擊。**⑰**

不過，江寶釵的看法和施淑略有不同，她以佛洛依德的觀點看待「瘋婦」的出現，認為在父權體系中，女性受到的壓抑往往較男性沈重，被迫遵守更多的社會成規，所以有較高比例的精神病人是女性。因此，江寶釵認為施淑雖以對「中原傳統父權文化的深沈的、漂亮的一擊」來詮釋施叔青筆下這群「瘋婦」，但無論是浪子的瘋母親、瘋癲李潔、少女或老吉的瘋妻，與其說她們是「積極」地顛覆父權，倒不如說是「消極」地成為父權壓抑下的病態人物**⑱**。綜合施淑和江寶釵的看法，我們認為這兩種說法可以以另一折衷的觀

---

⑰ 施淑，〈論施叔青早期小說的禁錮與顛覆意識〉，頁 285。
⑱ 江寶釵，《論《現代文學》女性小說家》，頁 225。

點解釋，即「瘋婦」雖「消極」地成為父權壓制下的病態人物，但她們的瘋癲行為卻對男性造成精神壓迫，可視為女性對父權文化的「積極」反抗。

父權文化對男性的縱容，使女性承受社會和男性的雙重壓迫，女性對傳統倫理道德的觀念，已由被迫的順從轉變為大膽的質疑與正面反抗。如果「瘋婦」書寫包含對父權文化消極與積極反抗兩個層面，那麼後者就以陳若曦小說為代表。陳若曦〈灰眼黑貓〉（1959）由一則黑貓索命的鄉野奇譚寫一個活潑開朗而美麗的女性悲慘的一生。美麗又聰明伶俐的文姐童年時與一群小朋友放風箏，她突發奇想將一隻青蛙風箏的線套在一隻灰眼黑貓頸上，結果一陣大風將黑貓吹上天，風箏斷了線，將黑貓活活摔死。後來文姐被當成賠錢貨嫁給鄉裏首富朱家後，一隻灰眼黑貓亦步亦趨地跟住她，厄運也不斷降臨。「灰眼的黑貓是厄運的化身」的古老傳說坐實了文姐就是這個不祥的來源，將文姐與夫家、親人隔離開來。後來文姐在產後因嬰兒被強行抱走而精神失常，嬰兒夭折後她真正瘋了。文姐的悲劇激發了敘述者「我」對這個封閉、腐朽鄉村的抗拒，她背離了家人逃到大都市，雖然家人去信要她回去，但她反而定意要將姊妹接來都市，「讓那年老的隨著腐朽的舊制度——帶著它所造成的罪惡——在地的一角沉淪下去吧！」（頁57）

害死文姐的到底是黑貓／迷信或舊家庭制度？〈灰眼黑貓〉以一則古老的迷信突顯女性在傳統農村社會的惡劣處境，小說結尾以敘述者逃離鄉村暗示了女性對舊／大家庭傳統與婚姻對女性的宰制的反抗。〈婦人桃花〉（1962）進一步利用一個原本被傳統「送作堆」習俗轄制的女性對男性的報復與玩弄，正面迎戰父權文化對女

性的宰制。

〈婦人桃花〉裏的桃花是童養媳,她勾引了原本應與她「送作堆」卻一直漠視她,甚至計畫赴日的小弟梁在禾。等到梁在禾迷戀她的肉體至不可自拔後,桃花卻開始對在禾厭倦甚至與木工做了羞辱家門的事而被養母逼嫁出門。後來梁在禾在母親逼婚下鬱鬱而終,死後變成冤魂附身於桃花身上索命。之後靈媒應允桃花所生子女歸他為後嗣,梁在禾的冤魂才與桃花達成和解,婦人桃花對父權的反抗宣告徒然。

由以上敘述可知,六〇年代女性作家在伸張女性自主意識時,多半以「遮遮掩掩的突擊」方式進行⓱,現代主義的手法加上台灣鄉俗題材就是常見的書寫策略。值得注意的是,陳若曦小說的女性並非完全否定傳統,其批判對象是指向傳統背後的權力文化傳統。從歐陽子到施叔青再到陳若曦,讀者可以清楚發現書寫主題已由自我經歷與感受,轉向以女性普遍命運的關注而至男性權力文化傳統的抗拒;敘述視角也由局部而整體。然而,女性反抗父權/夫權的書寫,似乎嗅到了女性意識微弱甦醒的味道,但這也只是女性意識的萌芽而已,從小說結局可知,「審夫」意識對傳統文化的審視,實際上還只是停留在女性自我分析和自我解剖的意識上,真正擺脫父/夫權思想的箝制,則要到七〇以後至八〇年代了。

三、無家的一代

五〇年代文壇以女性作家最為活躍,然而女作家的受歡迎卻被

⓱　范銘如,〈台灣現代主義女性小說〉,頁97。

視為「不健康的現象」，文風也常被貶為「瑣碎」、「感傷」和「纖柔」。於是，當現代主義風潮來襲時，女作家成為五〇年代「萎衰」文風的代表，「幾乎每一個現代人都懂得輕視感傷主義（sentimentalism），男人們尤其以此為恥。」**⑱**於是，六〇年代女作家幾乎都以中性的筆名來掩飾她們女性的身分**⑱**。然而，六〇年代現代主義小說中的男性角色雖多半以憂鬱、敏感、蒼白、卑弱的面目示人，但小說中被低調處理的男性角色，卻是七〇年代「審父」意識的前身。這隱藏於以青少年或父子關係為主題的小說中。

㈠離開父親的「家」

在父權制社會中，父親是家庭的支柱，家庭是透過他與外部世界溝通的，所以在封建宗法社會裏，父親在大家庭中往往具有絕對的權威。隨著社會進步與生活形態更替，父權文化日益衰頹，作家對父權不再採取設法保全、適應或周旋的態度，而是以理性的目光審視父輩身上隱秘的卑微與卑鄙，以審問、嘲諷和否定的姿態揭露父權文化的陰暗面。

黃春明早期作品多是製造一個困境，並由此困境中找尋一個逃

---

⑱　本社，〈現代文學一年〉，《現代文學》第 7 期（1961 年 3 月 15 日），頁 5。

⑱　例如歐陽子因陳若曦「討厭女性化的筆名」而採納她的建議，將本名洪智惠改為歐陽子。見歐陽子，《生命的軌跡》（台北：九歌出版社，1988 年），頁 121。李昂創作初期也因排斥「女作家」而以學習男性作品為榮。見李昂，〈新納蕤思解說〉，《暗夜》（台北：時報文化出版公司，1986 年），頁 164-165。另李昂筆名是借母親姓氏「李」，而取名「昂」，乃是希望可以昂頭挺胸的意思。參李昂，〈李昂先生，你好〉，《聯合文學》第 7 卷第 11 期（1991 年 9 月），頁 143。

脫的理由與方法。〈清道伕的孩子〉（1956）中小五的吉照是清道
伕的孩子，當他在學校犯了錯而被老師處罰留下打掃時，他立刻聯
想到每天出門做著清道伕工作的父親，到底是犯了什麼錯，又由誰
來處罰他掃全鎮的地呢？於是他愈發對自己家庭的貧窮和被懲罰的
罪惡感感覺羞恥，上學時看到同學對他微笑，便緊張、害怕到「返
轉身大踏步的跑了」（頁 308）。多數作家早期作品多具自傳性質，
吉照的自卑心理與遁逃，顯示作家往往藉著書寫為自己的自卑感尋
找救贖之道。具相同書寫意識的是七等生。

在應中國時報副刊「我的第一步」專欄之邀所寫的〈我年輕的
時候〉中，七等生交代了他年輕時代開始創作的前因與情境，並對
自己創作歷程、理念作一番回顧與整理。這篇「夫子自道」清楚道
出七等生對父親形象的記憶與父子關係。七等生十三歲喪父，他的
父親原為海邊一個小鎮的公務員，因特異的個性而在光復初期被人
解除職務，使全家陷入長期的貧困中。七等生正是藉由寫作來讓生
命中的不幸、卑微、困窘與屈辱尋得解脫之道，「藉著不斷的寫作
來為自己生命的困境化險為夷」⓲。這種「書寫自我」成為七等生
創作的表現方式，也使其小說多具自繪、自剖、自憐等「內視性」
特點，小說裏諸多人物往往是「作者的另一個化身」。換言之，七
等生作品的自傳性質甚濃，他個人的具體經驗，如母親與姊妹的關
係、父親的陰影、在飯桌跳舞為嚴苛成性的教官所斥喝的場面，都

⓲　呂正惠，〈自卑、自憐與自負〉，《小說與社會》，頁 92。

夢魘似地一再出現在七等生不同的作品中🄱，這也意味著七等生小說人物的特質極為相近。這種重覆出現的意象與形象，一再帶領讀者回到形成他書寫意識的過去，而七等生對自我的追尋，正是表現在語言世界的探索上。

在七等生記憶中，父親的形象是一個「憂患的形體」：「高瘦的身軀」配上「痛苦的眼神」以及「在病魔的纏繞之下的掙扎扭曲的情態」，七等生常「為此逃到無人的角隅去獨泣」🄲。〈父親之死〉（1968）的十三歲男孩不因他失業且長期被胃疾所苦的父親將死而感到悲傷，反而他「可以感到家庭裏一種冗長的苦難已經瀕臨結束。」（頁 100）原因是他寡言而深沈的父親不會再指派他做許多瑣煩的差事──包括向醫院藥劑師要求配胃藥──這使得他感到屈辱；父親也再不能轄制他以及欺騙不識字並不知計算的母親了。為此，男孩在父親死後竟有一種不可思議的愉悅心情：

> 現在隨著父親的死，一切都算過去了；他對父親敵恨的諸般影像都消失了；這個男孩的心情像霧散後的晴天，配合著樂曲的節拍的腳步是輕鬆的。他的鼻腔悶哼著，這個男孩滑稽地想在這時牢記葬曲的弦律。（頁 108）

小說中男孩與父親關係的描寫，其實是過去七等生與父親關係的重

🄱　陳炳良、黃偉德，〈張愛玲短篇小說中的「啟悟」主題〉，《中外文學》第 11 卷第 2 期（1982 年 7 月），頁 132。

🄲　七等生，〈我年輕的時候〉，《散步去黑橋》（台北：遠景出版社，1986 年），頁 250。

現。在〈我年輕的時候〉中，七等生道出自己與父親的關係其實是
高度敵意並疏遠的，這導因於兩件事：一是他七歲時抗拒入學而被
父親憤怒而殘酷的拷打；二是在他稍長懂事後，源於自尊與羞恥心
而厭煩於替病痛的父親向他的友朋尋求援助。

　　七等生在求學階段遭到外界的輕視與侮辱時，曾經相當渴求一
位威嚴、負責任且受人敬重的男性作為他效法的榜樣，期盼從學校
老師中找到一位值得他景仰的理想男性，從中獲得近於父愛的指導
與關愛。因此，惡劣的父子關係，反映出來的，就是對父親形象的
渴求與悔悟。〈父親之死〉中讓男孩「敬佩的年輕的班級教師」
（頁 105），就是他理想父親形象的寄託。透過書寫，七等生過往對
父親的蔑視，以及因貧困而遭受到的卑視與屈辱，都一步步獲得了
緩解與擺脫。如果「書寫」是為了「療傷」，七等生正是藉著書寫
充滿卑視與屈辱感的父子關係，來表達自己對過去這兩件破壞父子
情感事件的悔恨：

　　　　我深深為以上的兩件事感到懺悔，直到現在，經由漫長歲月
　　　　反覆不已的個自沈思省察，在我的心中才逐漸恢復我應對他
　　　　的敬愛；當我獨自告悔時，每每泛起我對他的追憶，祈願著
　　　　能與他再度重逢修好。⑱⑤

因此，七等生創作的意義在此顯現：

---

⑱⑤　　同前註，頁 250。

我的寫作一步步揭開我內心黑暗的世界，將我內心積存的污
穢，一次又一次地加以洗滌清除。我的文字具有兩層涵義：它
冷靜地展示和解析各種存在的現象，並同情地加以關愛。⑱

七等生正是透過「書寫父親」、「書寫自我」來揭開他內心世界裡
「黑暗」並「污穢」的父子關係，以「同情」的態度「展示」並
「解析」父子關係的前因後果來「告悔」過去對父親的卑視，並
「祈願著能與他再度重逢修好」。簡言之，「記憶」不堪的父親，
乃是為了「遺忘」並療治受創的父子關係。

㈡失去父親的「家」

　　王文興許多作品和七等生一樣，都以青少年為書寫對象。如果
七等生筆下男孩的行為可視為一種「離經」，那麼王文興筆下「逆
子」范曄的「虐父」行為就是一種「叛道」了⑱。

　　在王文興短篇小說中，男性往往被形塑為荏弱、怯懦、無用的
形象。如〈兩婦人〉（1961）中的丈夫是個「懶惰，賦閒，且喜愛
吹牛底男子」（頁 71），當他的妻子發現丈夫在大陸還有妻有子，
並大哭大鬧後，不僅大陸元配徹底消失，妻子也就此總攬家計重擔
與經濟大權，「贏獲全勝，奪得一個完整無缺底丈夫」，而這個本
來「就是一個貪圖舒適，無所作為底男子，也就更樂於一渡不需流
汗底生活。」（頁 79-80）〈寒流〉（1963）裏男主角的爸爸不僅體形

---

⑱　七等生，〈我年輕的時候〉，頁 252-253。
⑱　劉紹銘說：「如果王文興的『家變』是『叛道』之作，幾乎所有七等生的作
　　品，都可以看作『離經』的紀錄。」見劉紹銘，〈十年來的台灣小說（1965-
　　1975）——兼論王文興的「家變」〉，頁 16。

單薄，「清瘦得就像一隻鸛鳥」，和「胖胖的媽媽」形成強烈對比，在說話的氣勢上也與媽媽的理直氣壯截然不同（頁 143）；〈踐約〉（1962）裏林邵泉的教授父親時常柔順地接受妻子的喝斥，這是因為「在他們家，她是掌握了一切底母親。」（頁 85）然而，在這樣一個由母親／女性掌握大權的家庭裏，卻往往有一個極具叛逆性格的兒子，這些「逆子」們被塑造成「極端自我中心的、暴烈的、對一切都極為不滿的反叛青年」⓲，且各個「逆子」彼此關係密切，「似乎就在摹寫同一個人物的成長過程與成長經驗」⓳。如〈命運的跡線〉（1963）裏用刀片拉長手掌壽命線的小五學生高小明，成長至〈寒流〉裡的黃國華，在青春期有了成長的記號——夢遺後，開始以自焚般的激烈手段抗拒性的幻想和誘惑：避免走過玻璃店受裸女圖的誘惑、燒掉畫滿裸女的作業簿、大量發洩體力（不當值日生，願意上體育課）、向聖母禱告，甚至在寒流來襲的夜晚裸身不眠以抗拒「掉進陷阱裏去的睡眠和溫暖」（〈寒流〉）。又或者是服役出操時雖因動作呆笨受到軍官體罰，卻仍驕傲地站立著的青年（〈草原底盛夏〉）；或基於一種知識分子的榮譽感，面對「如一條牛，盡反芻以前吃過底乾草」的教授父親，時時覺得「他能遠勝過他底父親」的林邵泉（〈踐約〉）；或選擇以「以牙還牙」的激烈方式報復同學嘲弄的胡昭生（〈玩具手槍〉）。這種隱藏在內心深處對生活中一切事物抱持反抗態度的因子，一旦受過西式教育，握有經

⓲ 呂正惠，〈王文興的悲劇——生錯了地方，還是受錯了教育〉，頁 22。
⓳ 蔡英俊，〈試論王文興小說中的挫敗主題——范曄是怎麼長大的？〉，《文星》第 102 期（1986 年 12 月），頁 121。

濟大權後，過去隱忍母親在日常生活中使人惱怒的干擾，盡量學習閉口，用力吞口水，「將胸口底那一團塊疊吞下去」，好使她不再繼續叨擾的大學生林邵泉（〈踐約〉），就成了強橫霸道、乖張暴戾，對父母有強烈統治與支配慾望的范曄（《家變》）。

　　代與代、父與子間對父權文化的抗議，早在《家變》完成前的十七年前，朱西甯〈鐵漿〉裏的孟昭有與其子孟憲貴對鹽槽的過分堅持與漠視，其實已點出隨著現代社會的變遷，兒女已不再對父親產生認同，或以父親的價值信仰為準繩的跡象了。朱西甯〈鐵漿〉裏孟昭有的尖叫聲，是對父權文化的抗議，而父子相殘的殺戮戰場，則出現在《家變》。

　　《家變》以一個大陸來台的公務員家庭為藍本，寫在動盪不安的世局與西方現代文明的衝擊下，中國傳統的父子關係、倫理觀念、家庭制度如何因西潮衝擊致社會變化、思想變遷而經歷了一場「家變」。小說以范曄尋父過程為主軸，用英文字母 ABC 寫父親離家出走、兒子尋父而至放棄的過程；以數字 123 倒敘兒子范曄成長的心理過程與經驗，以對照他今日的想法與態度，其中夾雜大量范曄的抗議與憤怒。小說主角范曄在尋父的過程，回顧了他成長過程所經歷的挫敗與屈辱的經驗，尋父旅程其實是他自我發現、自我認同的過程：范曄小時候以「崇父」的心情看待自己的父親，父親的雄偉軀體、博學多聞，都激發年幼的毛毛（范曄小名）對父親的欽仰與讚佩，也以父親為追摹的對象。但這樣崇拜與依賴的時期並未維持很久，隨著年齡成長與知識積累，家境貧困的事實，使父親的形象日益在他心中萎頓傾塌：父親原來是個「個子奇矮的矮個子」與「拐了只腳的殘廢」，行為、觀念也相當荒謬、迂腐（頁 154），

在潛意識裏他開始產生與父親爭勝的念頭。後來范曄在大學謀得助教工作後，他還切恨父親的不負責任使家庭長期為貧困所苦，愈發覺得父親的平凡甚且卑瑣。經過「陳伯啟事件」和「三輪車伕事件」後，父親的怯儒無能、人窮志也窮的原形，使父親神話般的權威逐漸瓦解，范曄對父親的觀點全然改變。等到范曄掌握家中經濟大權後，他發現自己的相貌舉止都有著父親的影響與遺傳：招風耳和白皮膚，這更加深他對父親的鄙夷與輕視，開始在言語與行為上羞辱、虐待父親。最後父親終於不耐范曄的虐待，在一個黃昏以離家出走作為他對兒子精神暴力的無言抗議，而范曄也開始踏上尋父之途。小說最引人爭議的是結尾。父親終究沒有回來，而時間竟也沖淡了父親離去的事實，范曄與母親的感情甚至更加親近，「尋父」漸成了一個儀式，母子兩人頗能安於現狀，甚至怡然自得，而范曄也快遺忘他尋父的計畫了。

范曄的「尋父」與「叛父」，是他的「自我的醒悟（disillusion）」過程⑲，它以一場「父子衝突史」⑲的方式從范曄幼年起即呈現出來。第一次是當父親玩笑似地以范曄「不孝的面象」，預言范曄將來必是「大逆、叛統、棄扔父母底兒子」，而范曄「眼睛注投地上，而後仇恨地盯視他們。」（頁 24-25）范曄仇恨的眼光，是對范父武斷性預言的無聲抗議；第二次是范曄學父母說話而惹怒父親，結果遭來父親前所未有的一頓狠打。這場毒打不但

⑲ 蔡英俊，〈試論王文興小說中的挫敗主題——范曄是怎麼長大的？〉，頁119。
⑲ 顏元叔，〈苦讀細品談「家變」〉，頁327。

讓范曄震驚，也讓過去父親慈父的形象剎那間粉碎。范曄心中初次
萌發報復的念頭：

> ……他眼中迸露事後恨色之閃。他是這樣恨他父親，他想殺
> 了他：……他想著以後要怎麼報復去，將驅他出家舍，不照
> 養撫育他。這對待兒子不好的父親將來好好讓他受苦，等那
> 時候從從容容對付他！（頁53）

范曄孩子似的報復念頭，無疑預告了他將來虐父的忤逆行徑。上述
兩次父子間的爭戰、衝突，只是毛毛單方面在內心世界對父親的抗
拒，父親顯然並未意識到兒子的反抗心理。兩人正面衝突的開始，
來自於一次父子兩人的摔跤遊戲。當毛毛以偷巧的方式將父親「比
起他看來顯的龐大甚多」的「不可以征服之相」絆倒時，范父才真
真被兒子偷襲的行為激怒了：「怎麼可以對你父親那付樣」（頁
96）。這是毛毛對父親權威的反動過程：從內心世界的抗拒心理，
到外在的抗拒行為。

　　等到毛毛長大，受了西式教育後，他對父親的反抗已由表層單
純的心理、行為的排斥，深刻化為對整個父權文化的反抗。在父親
五十三歲生日當天，范曄抗拒母親要求的祭祖儀式，而在更早前，
范曄也因為在還未完成祭拜儀式的供案中撿取了一顆肉丸子吃，而
與母親發生爭執（頁109）。范曄剛開始接受新式破除迷信的教育，
他心中已是個反神鬼論的人，自然和傳統認知有所衝突。抗拒祭

祖,就是反抗傳統,而父親正是象徵一個文化上的傳統⑲,故抗拒
祭祖也是反抗父親。這是自小到大,范曄第一次在「理性」的認知
中反抗父親——雖然這種反抗是失敗的。小說第 149 節,王文興利
用一場父子相搏的夢境把范曄對父親的反抗意識極端化:范曄夢見
自己「以一柄亮晃晃鋼刀,一高舉貫歃進他之父親的胸部」,父親
瀝血狂奔,范曄追趕過去,再朝向父親背部補上二刀。「就在這時
他忽然感到一陣整個的扭轉乾坤,迴天掉地——范曄醒了過來,
是:正在大地震,極大的地震。」(頁 179)「地震」象徵「家
變」,王文興以長而促急的句型寫出范曄夢中弒父的過程,雖然是
一場夢,卻真實透露了范曄心中潛藏的意圖。

　　張新穎認為范曄的「虐父」行為應由父權的壓抑性角度觀察:

> ……儘管父親已經不具絲毫的實力,但父親的形象永遠是一
> 種象徵,這種象徵的意義由幾千年來中國的一貫的家庭倫理
> 觀念對之不斷強化而潛入無意識層次,父親的形象在下一代
> 人眼中主要成為具有壓抑性功能的符號,只要父親的形象還
> 存在,內在的壓抑性就存在。⑲

換言之,范曄反抗的,並不是肉身上的父親范閩賢,而是父親背後
幾千年來由家庭倫理觀念所累積而成的父權文化。范曄的「虐父」

---

⑲　康來新,《王文興的心靈世界》(台北:雅歌出版社,1990 年),頁 58。
⑲　張新穎,〈現代精神的成長——對王文興小說創作主題的一種貫通〉,《文
　　學的現代記憶》,頁 62。

行為或「弒父」意識，無非是為了從父權文化而來的壓抑與束縛中逃脫；而父親的離家，也意味著這具壓抑性功能的符號暫時從家中消失了。因此，范曄對父權文化的抗拒，表現在對中國傳統倫理觀念與家庭制度的強烈質疑：

> ——家！家是什麼？家大概是世界上最不合理的一種制度！牠也是最最殘忍，最不人道不過的一種組織！……為什麼要有家庭制？這個制度最初到底是誰無端端發明出來的？人類在開始的時候也許是出自「需要」，至需要靠一家的團結來拒對外患，可是時至今日我們顯然悉已經必定不會有外凌的傷害，想不到居然反而是一家人自相內部互相的相殘！（頁181-182）

這是范曄對家庭制度提出的嚴厲批評。中國家庭制度一直以父權為中心，由父親操縱家庭經濟，故父權文化的現實基礎來自於經濟大權。一旦父權沒落，誰賺錢養家，誰就是一家之主❿。經濟大權等同於家庭大權，要成為一家之主，最重要的就是握有經濟大權。

王文興把「經濟」凌駕親子關係之上的意識，在早期小說已有跡可尋。〈兩婦人〉的婦人要「奪得一個完整無缺底丈夫」的方法，就是讓自己賺的錢超過丈夫，好讓「她底地位、她底力量，非僅同等於他，甚且高過于他」（頁79）；〈踐約〉中強勢的母親對

---

❿ 劉紹銘，〈十年來的台灣小說（1965-1975）——兼論王文興的「家變」〉，頁11-12。

林邵泉百般討好,是因為她「日日處在恐懼之中,恐懼他會跟他底哥哥一樣,遠走高飛」(頁 88)。林太太潛意識裏的恐懼,正如《家變》裏范母的憂慮:「將來獨獨的路單有一個上和尚廟,一個住尼姑庵」(頁 96)。婦人、林母、范母對丈夫、兒子的態度,都呼應了范曄沈痛的抗議:老一輩談孝,只是為了「積穀防飢,養兒防老」的現實考量:

> ……如果我們開眼看一看人家其他的異種西方國家文明,看看其他的高等文明,就會知道根本就不認為什麼「孝」不「孝」是重要的東西,……一切的問題都在於「經濟」兩個字可以解釋。……一概是因為的需要「積穀防飢,養兒防老。」祇是這麼的為著自己自私己利的計算而已。(頁 182-183)

中國傳統家庭倫理重視孝道,但范曄卻大膽質疑孝道的存在。父權沒落,父子關係重新調整、倫理綱常大大乖違,王文興顛覆了傳統中國父慈子孝的倫理傳統,先是對家庭制度提出悲觀的預言,再提出西方兩代間以朋友對待的關係和人權的要求。小說真實呈現受過西化教育的知識分子帶給傳統家庭、父母的壓力與恐慌。這樣寫實的描寫雖再現了現實的殘忍,卻被視為「離經叛道」,范曄因此成為中國傳統文化和倫理的叛徒,而不是個「戀母」的兒子⑮。王文興筆下的「家」確實變了,小說結尾的弦外之音,使劉紹銘認為

---

⑮　同前註,頁 11-12。

《家變》「面對人心真相之勇氣，為二十年來台灣文學所僅見」，而小說勇於揭露這種真相也令仍在表面上講究傳統道德的社會的人「不敢也不忍迫視」⑲。這正是《家變》被視為洪水猛獸的原因。

從書寫父親到叛父、虐父，「審夫」、「審父」意識的形式是社會歷史和文化的載體，父權文化的腐朽性和虛偽性也在此被揭露的淋漓盡致，卻也令人不忍卒睹。

第三節　「性」的書寫及其不滿

「大敘述」標舉國家至上、民族至上，雄偉、陽剛的戰鬥文藝成為主流文學，個人微不足道的情慾則被擠壓至邊緣。但當十九世紀末、二十世紀初，精神分析學創始人佛洛伊德學說席捲世界後，佛氏強調「性本能」的學說，打破了科學理性對性心理的鄙視，也衝破中西文化傳統的禁慾主義，影響相當廣泛。佛洛依德以為精神疾病的產生，在於文明制度對本我的壓抑。文明社會訂立各式各樣的法律、規條限制人的行為，強大的社會規範壓抑本我的慾望，表面看來衣冠楚楚舉止合宜的紳士、淑女，往往在其隱而未見的內心世界隱含著諸多醜陋、不倫的慾望。

六〇年代的台灣文壇受到這股現代性潮流的影響，也在文學創作中出現許多以「性」、「情慾」為主題的創作。「性」是人類繁衍生命的唯一途徑，當它與生命的傳續有關時，往往被賦予「神聖」的地位；相反的，如果關涉到家族血緣或倫理道德，則「性」

---

⑲　同前註，頁 12。

立時成為一種「禁忌」。在六〇年代官方文藝政策公開反黃或直接查禁，以及保守文藝人士公開指責的情況下，婚外／前的「性」或「情慾」的發動往往被視為一種「禁忌」，書寫必得採取間接或具「道德」意識的方式處理。然而，以現代主義書寫來說，「性」、「情慾」主題的書寫，其真正意義並不在「性」本身，而是作家表達自身對所處環境的反抗意識，並藉由呈現醜惡、黑暗、不為人知的內心世界，批判戒嚴體制所建構出來的一套強調正面、光明書寫的正統美學書寫——特別是倫理綱常、道德意識對人心的桎梏。

一、性啓蒙

受到佛洛依德（Sigmund Freud）學說的影響，「性啟蒙」常是小說主要題材，而引發性啟蒙的對象，往往是母親或較年長的成熟女性。七等生〈放生鼠〉中羅武格的性啟蒙就是與寡母同眠的經驗：

> 在那些羅武格漸漸成長的夜晚，他的小小的生理在他的身體的內部變化著，產生著性慾的雛型，就像一隻童雞一樣地要躍躍一試。這常常把他的疲乏的母親從僵硬的休憩中擾醒，使她早已斷慾的清淨的身心感到又羞澀又生氣。（頁102）

這種戀慕母親的傾向，不僅是少年性啟蒙的過程，日後少年產生愛情的對象，也極有可能是母親意象的投射，或較年長的成熟女性。王文興〈欠缺〉的主角就是愛上一個年長的婦人——「不僅出於對她風姿的讚歎，也誠出於對她美德的一份景慕之忱」（頁165）。主角想像出來的美好品德：樸素、善良，都是男孩心目中最可貴的母

親的特質。這種對母親特質的戀慕，往往會投射至與母親年齡相近，但更具女性特質的鄰居上。王文興〈母親〉中的貓耳，就是在與母親「蒼白且憂傷，流露三十以後的美麗」（頁 29）相反的吳小姐身上得到「性」的啟蒙：

> 電風扇吹開了通往臥室的綠花布簾。　吳小姐在臥室。　站在床的前面，她伸手剝掉上衣，褪下裙子。　不久，她全身裸露，站立在臥室的中央。　她潔白完美地站立著。　他覺得從未見過甚麼比她更白。……她腳上換了一雙繡著金鳳的拖鞋。　吳小姐打開一盒巧克力糖請他。（頁 33）

小說寫貓耳「站立在樹蔭裏，一手插腰，姿態顯出模仿成年人的驕傲」（頁 31），顯示貓耳還只是在母親（樹蔭）庇護下急切地想要長大的小孩；而貓耳看到的吳小姐雪白完美的裸體，是他女性經驗的新發現。小說雖沒有透露貓耳對吳小姐的裸體是否有其他遐想，但「吳小姐打開一盒巧克力糖請他」暗示了吳小姐對貓耳的誘惑，而顯然貓耳已深受吸引，因為當吳小姐兩度提起他的母親時，貓耳都流露著羞恨與難堪的心情：

> 「貓耳，貓耳，貓耳，」她忽然清脆地笑起來，「啊，你媽媽為甚麼把你名叫貓耳？你的耳朵真的像貓的嗎？」她的小耳朵通紅。　他的眼睛像一隻憤怒的小獅子。　他恨著他的母親。（頁 32-33）

這種在心儀的人面前感覺丟臉的憤怒，無疑是相當「成人式」的。

　　然而，少年得著性啟蒙後，必須等到不再依戀母親或傾心於母性特質時，原始的性慾才得以真正甦醒。這種對單純肉體的好奇與對異性的興趣，是「成長」的象徵。王文興〈寒流〉中初二男孩黃國華被玻璃店裏的裸女圖吸引，他在作業簿上畫了無數「想像的比擬模的還要淫猥」的裸女，且從溫暖的床鋪「起身之前，他總要花上數十分鐘的時間，去耽想他和各種女人的做愛」（頁 146）。此時的黃國華已能清楚區分肉慾與愛情，他愛戀的對象不再是母親式的年長女性，而是與他同年的初中女生，「然而她一直是他心目中惟一的小情人。並且他從不在起床之前的耽想中包括她。」（頁 69）換言之，少年已懂得跳脫戀母情結，將注意力轉移至與自己年紀相仿的異性身上，並發展不含肉慾的純粹愛情。

　　這種性意識的啟蒙，往往到了大學時期會有一實質上的跳躍，真正走上「成長」之途。王文興〈踐約〉中的林邵泉在大學畢業後通過與「一群小部分的同學」的「踐約」——初次的「性體驗」——獲得身心的「成長」：

> 他底眼睛，似乎比前更澄明，更漂亮了。……他底動作，顯示得比從前緩慢持穩，彷彿他底四肢比從前沈重了些。……他底手指，掏進了皮箱底夾袋，取出來一個小盒子。那是一隻衛生套底空盒，盒上寫得有英文字。他把它拿在手中，看了一會，便揮手扔向凌亂底衣堆。（頁 104-105）

「現代」的「衛生套」，使「踐約」者得以擺脫傳統道德帶來的性

的「不潔」與「禁忌」感。從林邵泉對「性」的歡愉感，顯示「性」不再是「禁忌」的東西。這和犯了性的「禁忌」而自殺的康雄，簡直不可同日而語。不過，同樣是描寫年輕人的「性」意識，王文興在〈最快樂的事〉中卻安排年輕人與女性初試雲雨後感到極度乏味與沮喪：

> 「他們都說，這是最快樂的事，but how loathsome and ugly it was！」他對自己說。……假如，確實如他們所說，這已經是最快樂的事，再沒有其他快樂的事嗎？」這年輕人，在是日下午自殺。（頁27）

「性」除了滿足年輕人對「性」的好奇心外，並未帶給人真正的「快樂」，「最快樂的事」最後竟成了一件醜陋、令人作嘔的事。這似乎暗示無「愛」之「性」並非是解答人生疑惑的方式。不過，當漂泊異國他鄉，經驗多舛的人生後，通過「性」的洗禮，或許得以讓人重新開始另一個新的角色。白先勇〈謫仙怨〉的黃鳳儀在紐約留學，在男友背叛、學位無著後，成了吧女。在以肉身體驗無愛之性的生活後，她「覺得得到了真正的自由：一種獨來獨往，無人理會的自由」（頁283）。這種能夠享受「無愛之性」的歡愉，和林懷民〈安德烈·紀德的冬天〉中因與秦發生「男人之間的關係」後，備受良心和道德觀念譴責而作嘔、而自責的康齊，傳達了截然不同的性意識。

二、性壓抑

受到佛洛伊德（Sigmund Freud）泛性學說的習染，作家也著重由「性」的角度來開發人的精神底蘊，對人類壓抑的性心理或內在情慾的渴求都有充分的發揮，「性壓抑」因此成為六〇年代台灣現代主義小說書寫的主題。

施叔青小說由「性、死亡、瘋癲」與神秘的超自然力量組合而成⑲，「鄉俗世界」與「現代主義」的融合⑱，是施叔青現代主義小說書寫策略。在她早期以現代主義手法創作的小說中，由「性壓抑」而來的變態心理成為書寫基調，〈壁虎〉即首先揭示了壓抑的情慾對傳統家庭的破壞力量。

性愛原是夫妻生活正常現象，但在傳統禮教的桎梏下，往往使人壓抑對「性」的慾望與渴求，甚至將其視如「壁虎」般的醜惡而導致厭惡與抗拒心理。〈壁虎〉以一個篤信耶穌並恪守古訓的傳統家庭，因大哥娶了一個耽溺於情慾的大嫂，破壞了這個原本和諧的家庭的平靜，使故事主角——患肺病的十六歲少女——的妒恨導致的報復行為。小說的灰褐「壁虎」象徵大嫂與其可鄙的情慾。少女的大哥娶了「壁虎」般的大嫂後，少女哥哥們一一迷失其中：大哥與大嫂夜夜沈溺於肉慾快樂；譽滿門族的鋼琴好手二哥清朗的眼神蒙上了一層罪惡；「靈魂向上的么哥帶著懺悔回神學院」（頁

---

⑲　白先勇，〈《約伯的末裔》序〉，收入施叔青，《約伯的末裔》（台北：大林書店，1973 年），頁 4。

⑱　劉登翰，〈在兩種文化的衝撞之中——論施叔青早期的小說〉，收入施叔青，《那些不毛的日子》（台北：洪範書店，1988 年），序頁 4。

4）。由於少女對大哥有一種亂倫的迷戀，加上對「性」抱持不正確與壓抑的態度，出於捍衛傳統門風與對大嫂的妒恨，最後少女以一把利剪對大嫂作出攻擊行為。表面上這個家庭又恢復了往昔的寧靜，但情慾已對這個家庭造成破壞，也使少女時時陷入情慾與道德的糾葛中。直到婚後少女「過著前所不恥的那種生活」，並在丈夫「過多的撫愛下變得豐腴而美麗」（頁7、1），竟也燃起過去所不恥的慾念後，她才深切反省自己過去這段不堪的記憶，因為她「需要毫無愧怍去接受我的丈夫的溫存呵！」（頁7）小說傳達了一種弔詭意識：正常的情慾破壞少女家庭的和諧，並造成少女極端與變態的心理，但最後這種失衡的心理，卻又需要靠另一段情慾來取得平衡。〈壁虎〉是施叔青初試啼聲之作，雖被視為是佛洛伊德泛性學說的學舌之作——情慾是生命的動力，又是罪惡的根源，但已清楚傳達：情慾力量如失去控制，將導致毀滅性的力量，足以摧毀一個正常家庭的秩序，並造成悲慘的後果：二哥倉促離家留學、么哥皈依宗教、父親入獄、少女瘋狂的攻擊行為。

　　〈瓷觀音〉延續情慾帶來的毀滅性力量的思考，進一步指陳造成女性對「性」排斥的原因在於性的壓抑與性知識的缺乏。小說主角李潔幼年是在母親的家暴和「白痴弟弟不成調的悽號聲」中度過，時常有以死了結的衝動。最後導致李潔精神失常並付諸行動，企圖以白色絲絹自盡的主因，是因為她撞見有「一隻粗厚、泛紅的大手」，「留著顎鬚，一臉詭密」的男人和母親的姦情（頁3、6）。後來李潔住院療養後，嫁給了染織廠斷臂少東，準備作五月新娘。然而童年對母親那段不堪的回憶影響了她的心理，每當未婚夫「那一隻假手常發亮地伸縮在李潔底鼻尖的一帶」（頁5），李

潔就不禁把它和閃著白光的觀音瓷像聯想在一起，便下意識地抗拒著未婚夫，並蔑視起自己來。根據女性主義理論，女人受制於社會「永恆的陰柔」（Eternal Feminine）的理念下的無性的形象，使女人的性能量被壓制，而這壓制也影響到了其他方面的生活與活動[199]。施叔青以「瓷觀音」影射李潔童年有關情慾的不潔、不快經驗是她再度病發的原因。「瓷觀音」似乎是嘲諷這些神像對這個不幸少女苦難的漠然。

在〈凌遲的抑束〉中，情慾破壞的不再只是家庭表面的和諧，而是深入了維繫家庭的核心價值：倫理。小說中的浪子為鐵匠的兒子，父親白天打鐵，晚上則縱情酒樂，對家庭不聞不問。後來浪子母親在幼女夭折後精神失常，鎮日躲在低窄的小角樓縫做小白布人。在這樣不健全的家庭中，十三歲的浪子有著和年齡不相稱的懨懨與孤獨。這時，浪子外祖母適時住進家裏，倫常上的祖母竟成了青春期浪子性啟蒙的對象。在一個悶熱的夜晚，浪子無意間闖入外祖母房裏，祖母老皺鬆弛的肉體強烈衝擊著青春期少男的心理：

> 我為著要把扇子，推開外祖母的房門，一個景象使我甚至在呆楞中的心底還隱泛上從未有過的強烈興奮。……伊正對著斑漬累累且破裂多處的古老的圓鏡擦洗著。伊脫去上衣，對向著我的整個背因那截肥白的臂膀在前胸不停的揮動，並堆擠於脊骨兩岸鬆弛多皺的下垂的肉迅速的猛顫著。（頁6）

---

[199] 顧燕翎主編，《女性主義理論與流派》（台北：女書文化事業，2004 年），頁 125。

少年偶然見到的外祖母肉體，引起了他對外祖母的亂倫意念。小說巧妙地藉由一旁窺視著的雄貓來象徵男性的性慾衝動。雄貓對外祖母裸體的窺視，正是少男對祖母潛意識願望的投射，「這種黑暗的性力量襲擊到人身時，人與獸（浪子與雄貓）合為了一體，人變成了一個非理性非道德的獸類。」❷⓪⓪少男對祖母的亂倫心理，畢竟不見容於世，小說以外祖母之死與陰毒的蝙蝠形象疊合為一，暗示外祖母逝後，少男的墮落：他在父親死後，愛上了一個酷似外祖母的妓女卿卿。浪子對妓女卿卿的熱情，終於成功地轉移潛藏在記憶深處對外祖母「有罪的一種情感」（頁 3），他在向卿卿傾訴那場「心理風暴」的「惡醜」後，徹底解脫，擁有「脫出束壓後的快暢」（頁 3）。

　　「性壓抑」的主因，多和記憶中情慾的不潔感覺與經驗有關，而這往往導向瘋狂與自毀。〈約伯的末裔〉以木匠江榮的內心獨白，揭開長期性壓抑對一個正常男子的戕害。木匠江榮童年強烈缺乏母愛，養成其沈默、自閉的性格，鎮日沈醉在自己的幻想與觀察中，窺視隔壁鄰居老吉和其瘋妻的行為，成為他生活中唯一的樂趣。老吉是一懼內的挖墳工，長期在有遺傳性癲瘋症妻子的注視與威嚇下，終於生病死去。老吉瘋妻的惡劣形象，使年少江榮潛意識裏對女人產生莫名恐懼感；加上一次目睹一對年輕縱慾夫婦悽慘的下場後，導致他嚴重的性壓抑，對於性只停留在幻想層面而成為行動的侏儒，每天只是躲在木桶中，享受醬油廠上下的女孩們走過木桶時的踏步聲帶來的「屈辱的，卻不是沒有快感的悅樂。」（頁

---

❷⓪⓪　白先勇，〈《約伯的末裔》序〉，頁 6。

118）《聖經》約伯是在苦難中承受神所加給他的試煉，為要考驗
約伯的信心，然而江榮的痛苦無關神旨，只是來自抗拒性的誘惑。
「原慾的興奮被激發了，但卻未得到滿足，未被運用；於是產生了
焦慮不安。」⑳江榮無法逃避內心情慾的衝動，又受限於道德層面
加諸於他的罪惡感，只能在慾望與道德間痛苦掙扎。

三、性禁忌

㈠對性／宗教道德的批判

　　早在五〇年代反共文學當道時期，一向被視為反共作家的朱西
甯已有數篇觸及「情慾」主題的作品發表。〈偶〉（1958）寫一位
喪偶三十四年的瘸腿老裁縫，固守著「自己是個正經人」的觀念不
曾拈花惹草過。後來在替一對夫婦同來的妻子丈量身材時意外地因
木製人偶而誘發內心壓抑已久的慾情，從此老裁縫每夜都需懷抱著
木偶女人，咬著留有女性餘香的衣裳自慰才能入眠。由小說內容來
看，朱西甯的書寫意識仍在社會道德的尺律下。這種「發乎情，止
乎禮」的書寫意識，在〈小翠與大黑牛〉（1960）裏，似乎有動搖
的跡象。小說中的新郎因執著於表姐婚前的應許而為表姐「守
身」，然而表姐才「嫁過人就改口」，「從前喊他的名字，現在喊
他表弟」（頁 27），這讓曾經和表姐一起玩過、成長、互許過的新
郎相當不能接受──雖然他自己現在也已娶媳婦了。其實不是表姐
健忘、無情，而是表姐活在現實中，而新郎卻執著於「過去」，不

---

⑳　佛洛伊德（Sigmund Freud）著、葉頌壽譯，《精神分析引論·新論》（台
　　北：志文出版社，1991 年），頁 511-512。

肯面對現實。然而，愛慾源於人的基本生理和心理需求，沒有人能掙脫愛慾的網羅。在一個暴雨、巨雷的夜晚，新郎終耐不住心中的慾情，在新娘赤裸肉體的誘惑下，與新娘圓了房。「頭一次的春雨總沒有過這樣的暴烈、急驟」（頁41），兩人互擁並口裏喊著「小翠」、「大黑牛」。嘲諷的是，「小翠是那位表姐的小名兒，新郎可並不叫做大黑牛」（頁42）。這篇寫於五〇年代的懷鄉之作，探討的重點不在「情」，而在「慾」。新郎先前過度的執著，在他和新娘間劃下一道鴻溝，而他和已出嫁，這次回來幫忙婚事的表姐又差點逾越禮教的禁忌。這種糾葛於「慾」與「情」的感情，直到小說末尾的那場春雨才徹底滌清。〈小翠與大黑牛〉傳達的訊息是相當現代主義式的：人性中「慾」的力量往往大於「情」，這才是「真實」的人性。

朱西甯小說傳達了情慾力量的難以抵擋，這種「慾」的誘惑，即便是正直的國家公務員仍有其誘惑力。〈蛇屋〉（1962）中至南部山地鄉主持軍事組訓，協助國民學校辦理成人識字工作的蕭旋，在十六歲原住民少女杜蓮枝深夜來訪時，「無來由的，他感覺著自己有些欲念在隱約的湧動」（頁168）。但這種「欲念的本身，並不是想置人於死地的那種大惡」，「似乎和愛也是那麼接近」（頁168-169）。當象徵情慾的綠蛇誘惑／咬傷了他時，蕭旋最後還是以手槍迸散拇指，換回生命／道德的完整。小說表達的是：人原來都是軟弱而專生慾念的有機體。

〈偶〉、〈小翠與大黑牛〉、〈蛇屋〉的書寫仍不脫道德的框架，但在〈出殃〉（1962）中，情慾力量往往驚世駭俗，令人不忍卒睹。

〈出殃〉寫幹過「伺候死人的行業」、「玩屍玩過一年多」（頁 166）的下人徐三，替老爺送東西至三奶奶處，結果誤認風情萬種的丫頭為三奶奶而意圖非禮，卻遭遇頑強抵抗，徐三帶走三奶奶的翡翠玉鐲後落荒而逃。東窗事發後，徐三被老爺辭退，正牌三奶奶也被誤為和下人通姦而吞金自盡。在三奶奶做頭七回煞（出殃）日時，徐三意圖回去「人財兩得」，不料和深夜前來靈堂的丫頭（冒牌三奶奶）互相嚇昏，還被誤會成是合夥來靈堂偷竊三奶奶遺物的男女。朱西甯大膽地描寫了姦屍、通姦等驚世駭俗的情節，對性之「惡」的書寫達到極致。

在朱西甯一系列反共懷鄉之作中，觸及性、情慾主題的書寫，格外引人注意。然而，受基督教信仰的影響，朱西甯對逾越倫理道德的情慾發展，還是提供了一條救贖之道。〈狼〉裏的歐二嬸為傳宗接代而與人私通，即便她陰狠如狼，朱西甯還是給了她自新的機會。因此，宗教信仰提供了朱西甯小說人物一條救贖之路，不過，陳映真卻把由情慾而來的死亡歸咎於「禮教吃人」——宗教的罪。

陳映真〈我的弟弟康雄〉的青年康雄一方面在烏托邦的幻想世界中實現其淑世理想，一方面又在現實世界的自瀆中尋求快感，並在賃居公寓的已婚房東主婦身上失去童貞（頁 14），最後在自責、自咒、煎熬和痛苦中，「死在一個哀傷負罪的心靈裏」（頁 14）。小說藉由姊姊的口道出由「宗教」的「神聖」感而來的性道德對一個青年的迫害：「初生態的肉慾和愛情，以及安那琪、天主或基督都是他的謀殺者。」（頁 15）陳映真透過小說批判了基督教、天主教等「禮教吃人」的罪惡：宗教「道德」迫害了具理想性、道德感的青年，使他們囚禁在由「性禁忌」架構起來的「道德」和「貞

潔」的牢獄裏，一步步走向沒有光的所在。

㈡對倫理綱常的反叛

　　現代小說發展之初，有關「性」的書寫都被視為禁忌，書寫者往往將「性」以「道德」的眼光處理，情慾的誘發在反共的基本國策下被書寫者理智、道德的尺規嚴密監控著。因此，婚前／外之「性」或「情慾」之發動更被視為「罪惡」或「墮落」，特別是涉及家族倫理的情慾。

　　六〇年代初步觸及家族倫理與情慾禁忌的是女作家歐陽子。歐陽子小說描寫情欲心理最撼動人心者，是塑造了〈魔女〉（1967）中有著聖女、魔女雙重身份的母親一角。〈魔女〉的母親在大家眼中是「一切美德的化身」，有著完美的品格和外柔內剛的性情，更是眾人的「良心」（頁 166）。這樣一個聖女在丈夫死後未滿週年就迅速再婚，而再婚的對象是女兒倩如眼中性格不穩、沒有責任感的男子趙剛。母親再婚的舉動引起倩如極大的不諒解，於是設計讓同學美玲與繼父趙剛相戀，藉以報復母親的再婚。小說末尾，歐陽子透過母親自白，將「完美媽媽的真正面目」（頁 177）揭開，暴露了母親的內心世界：繼父也許是她的生父後，母親的形象立刻從完美的「聖女」變成了被愛情弄瞎了心眼的「魔女」：聖女般的母親為了一個不堪的男子背棄了丈夫與女兒，欺騙了天下人的眼睛。

　　〈魔女〉宣示情慾力量在親情／倫理關係裏可能導致的破壞力，這在〈牆〉（1960）中則以妹妹與姐夫間的精神亂倫關係呈現。〈牆〉中的妹妹若蘭在姐姐再婚時，原先抱持不諒解的態度，甚至搬離姐姐家。然而在一次姐夫刻意誘惑她的偶然機會裏，若蘭和「可憎」的姐夫竟產生了莫名的情愫，從此兩人展開固定的秘密

約會：姐夫每天「在矮牆的另一邊，抬頭對她微笑。」（頁 33）小說中的姐、妹、姐夫是法定的倫理關係，雖然若蘭和姐夫的情感關係似乎是浮上了檯面，但也僅止於被姐姐敏感地感知著，未踰越正常的倫理關係。不過，嚴格來說，兩人心照不宣的默契以及每天形式上的「約會」，其實已違背了世人、時代的倫理界限。

比〈牆〉更進一步挑動當代人嚴謹的倫理神經的是〈秋葉〉（1969）。〈秋葉〉寫中國留美的東方歷史學教授啟瑞，和美籍妻子生有兒子敏生。在前妻外遇離婚後，啟瑞與來自台灣的年輕寡婦宜芬再婚。在因緣際會下，啟瑞、宜芬和敏生陷入了難解的三角習題，年紀相仿的敏生和宜芬在「母子」的倫理綱常下發展著若有似無的「愛情」關係。敏生與宜芬「母子」兩人曖昧情愫的滋長，其實有合理的心理基礎。敏生之所以愛上宜芬，是幼時失去母親的「戀母情結」作祟，而宜芬也因丈夫的早逝，早年對愛情的渴求很容易被與自己年齡相仿（宜芬前夫鴻毅過世時也是敏生的年歲）的繼子吸引，發展出一段不被世人允許的愛情。從倫理的層面看，宜芬與敏生的感情是世人所謂的「亂倫」關係，但更進一步來看，他們倆和〈牆〉的若蘭和姐夫一樣，並無血緣關係，故他們的「悖德」似乎還未跨越世人劃定的倫理界限。可見歐陽子雖勇敢挑動時代神經，但在那個保守的年代畢竟不敢過於驚天動地，因此，小說寫及兩人一觸即發的越軌行動前，理性終究有效控制了情欲的發動，道德倫常的壓抑終使「一切復歸死寂」（頁 229）。

〈秋葉〉的亂倫關係在道德倫常的框架裏被有效地壓抑了，但在〈近黃昏時〉（1965）中，這種亂倫關係則透過另一種方式完成。

　　〈近黃昏時〉的情節由麗芬（母）、吉威（子）和王媽（女傭）三個人的說詞構成，每一個人都用第一人稱「我」進行敘述。麗芬和丈夫永福與〈秋葉〉的宜芬、啟瑞一樣，都是年紀相差二十歲的老夫少妻組合。麗芬和永福婚後生有吉威和瑞威二子。小說透過傭人王媽的眼光暗示吉威和余彬兩人的同性戀關係：吉威每天都和余彬「關在房裏，鎖著房門」，雕刻「那些個沒頭沒手又像男人又像女人」的木頭人體（頁 133）。瑞威車禍死亡後，麗芬性情大變，「開始和年輕伙子們廝混起來了」（頁 136），而吉威的同性戀友人吉彬顯然是麗芬複雜的性關係伴侶之一。小說並沒有明白交代麗芬對吉威的愛慕之情，也未見到吉威對麗芬的戀母情節，但讀者可以透過吉威暗示自己和余彬兩人是一體，且余彬表明自己喜歡麗芬的說法，合理推測吉威愛戀自己的母親（頁 128）。吉威透過與自己靈肉合一的余彬和母親麗芬的親密關係，滿足了他對母親亂倫的衝動。換言之，余彬是吉威與母親之間一個傳達的媒介，吉威在余彬和母親的親密關係中得到幻覺／精神上愛情的滿足。當余彬要拋棄麗芬時，幻覺破滅了，吉威頓時感到一種失戀般的痛苦，只好殺死余彬以維持他與母親愛情的完整。

　　《秋葉》於 1971 年出版，隨即在 1972 至 1973 年間引起熱烈反應，特別是批判、責難的聲音。這場《秋葉》論戰被視為是 1977 年鄉土文學論戰的先聲。論戰中，批判者多以政治意識型態而非美學的角度評論作品不符合社會道德規範，缺少和社會現實的脈動，是關在象牙塔裏寫小說。這種以「道德」框架評價文學作品的行為，在六○年代初期也曾發生過。1962 年，郭良蕙《心鎖》以女性婚後情慾出軌為題材，在《徵信新聞》（《中國時報》前身）

刊載後,由高雄大業書局出版。次年一月,該書因內容涉及亂倫(女主角在舊情人婚後仍繼續與其幽會,並與小姑的丈夫有染),中國文藝協會、婦女寫作協會、青年寫作協會先後開除了郭良蕙的會籍,判定她是一位「黃色小說家」,台灣省政府也以「妨害風化罪」查禁該書⑳,直到 1986 年,時報出版《郭良蕙作品集》時,將該書列入第二種公開發行,且多次再版,卻未聞再度遭受查禁。「心鎖事件」突顯的是國家機器主導下的文藝政策與團體的霸權與強勢。在那個「反共抗俄」年代,大家都寫家國情懷的東西,而郭良蕙「老往人生污黑的那一面去探」⑳,難怪難以抵擋這大時代氛圍的興論禁鎖。

　　歐陽子的亂倫、不倫題材多停留在精神層面的書寫,七等生則以隱晦的方式表達。〈浪子〉以母親和叔父的不倫為題材,寫女孩父親過世,母親改嫁,在清明節女孩與母親回鄉掃墓,在祖母家遇見「浪子」叔父。叔父見到女孩「內心觸及了一件不能告曉的往事」,而女孩則在當夜作了一場夢,夢境中女孩看見叔父和母親赤裸著身體,「他和她和母親在晚上睡在同一張床上」(頁 111-

---

⑳　主張查禁《心鎖》的代表作家和文章是:蘇雪林,〈評兩本黃色小說《江山美人》與《心鎖》〉,《文苑》第 2 卷第 4 期(1963 年 3 月);謝冰瑩,〈給郭良蕙女士的一封公開信〉,《自由青年》第 29 卷第 29 期。

⑳　三十五年後,《聯合文學》專訪郭良蕙,重新釐清「心鎖事件」始末,並刊載了郭良蕙的〈我沒有哭〉。這是當年郭良蕙回應謝冰瑩攻擊文字所寫而未發表的公開信。見葉美瑤採訪整理,〈開啟一把塵封三十五年的心鎖──訪郭良蕙女士談《心鎖》禁書事件始末〉,《聯合文學》第 14 卷第 10 期(1998 年 8 月),頁 60-64。郭良蕙,〈我沒有哭〉,《聯合文學》第 14 卷第 10 期(1998 年 8 月),頁 65-69。

112）。七等生不直接說出叔父和母親的不倫關係，而以一場夢境暗示兩人違反倫常的關係，保留了朦朧的美感。這顯示為避開國家機器嚴密的監控，六〇年代現代小說家雖勇於以違反倫理綱常的題材創作，但仍不敢正面挑戰道德規範和國家文藝政策。

(三)對婚姻／家庭制度的質疑

六〇年代現代主義小說中，相較於男性，女性多半勇於面對自己的情慾，追求婚外感情。例如七等生〈阿水的黃金稻穗〉（1966）中的劉俗豔，本與阿水自由戀愛而結婚，卻因阿水為了就近看顧田地，不顧她反對而搬離城鎮，兩人時生齟語，最後劉俗豔因往來大甲娘家而有了外遇，黃阿水不甘受辱而殺妻。其他如〈牌戲〉（1966）中周旋於多位男性之間的美女、〈碉堡〉（1968）中的瘋女余徐月霞、〈逝去的街景〉中的寡婦吳素妹等，他們都勇於面對自己的情慾問題，而七等生並未給予道德的譴責。

對婚外情抱持寬容態度的還有王禎和。王禎和〈嫁妝一牛車〉中的阿好在丈夫萬發駕駛牛車撞死小孩入獄後，並未訴請離婚，出獄後也由外遇對象簡底頂一台新牛車給萬發，且每週一次送瓶啤酒給他享用。這種「一女事二夫」的主題，不僅顛覆了傳統「一夫一妻」的倫常規範，最重要的是質疑婚姻制度帶給人的束縛。七等生〈某夜在鹿鎮〉就進一步質疑婚姻制度的本質。

〈某夜在鹿鎮〉寫敘述者乃弟回到鹿鎮拜訪昔日擔任家庭教師的學生小利一家，牽引出一段過去與小利母親阿代不為人知的不倫之戀。錫琛是鹿鎮數一數二的富豪和國大代表，他和阿代的婚姻表面看來幸福美滿，但兩人在宗教觀和價值觀上的南轅北轍，使兩人無法溝通。夫婦兩人為了兒子小利的教育問題，聘請乃弟擔任家庭

教師。阿代為了爭奪小利教育的主導權，竟用計誘惑了教師乃弟，與其發展出一段不倫之戀。多年後，乃弟重訪小利家，卻發現小利已病逝多年，而其母阿代因風韻猶存又勾起乃弟欲與其重溫舊情而被拒，原來阿代在乃弟離開後，另有了新歡——年輕的園丁。某日乃弟、阿代和阿代丈夫錫琛前往當年乃弟與阿代幽會的窩巢遊玩，阿代向其夫表示要和乃弟去游泳時，錫琛若無其事地向她表示：「妳回來不回來，對我已經不算損失，我已經很久很久以前就損失了妳。」（頁 249）這話顯然暗示阿代和乃弟的不倫之戀早被錫琛發現。七等生藉乃弟對阿代和錫琛這對貌合神離的夫婦的觀察和體認，提出他對婚姻制度的批判：

> 可是這個家庭從外表看來是異常美滿，由此推演，每一個家
> 庭是一個空的美的形式，這個社會是由許多這樣的空殼組
> 成，那麼這個社會不就是等於一個大的空的式形嗎？就是這
> 個世界亦然；……（頁 246）

個體組成家庭，家庭再組成社會、國家乃至世界。七等生透過對婚姻制度的批判，質疑社會與世界的構成原是一個個「空」的式形組成。其他又如王禎和〈來春姨悲秋〉（1966）裏，寡婦來春姨和鰥夫阿登叔以非婚姻關係同居多年，兩人相互扶持的感情，猶勝有法定婚姻關係的兒媳。從六○年代台灣作家對所謂「合法」婚姻關係、婚姻制度的質疑，可以看出作家挑戰傳統家庭倫理制度的企圖。

四、性救贖

「性」有可能導致人性墮落，走向毀滅，但也有可能是一條救贖之路。從〈花季〉（1969）開始到〈長跑者〉（1972）這一系列被劃為李昂早期現代主義階段的小說，其「中心意念都是指向一個曖昧的，然而與主角切身的處境的解決」❷❹。也就是說，這段期間的小說皆是李昂在聯考的陰影下急於擺脫的心理困境，而能夠幫助小說主角在困境中與之對抗的主要因素則是「性」❷❺。在〈花季〉裏，李昂寫出少女剛萌芽的對於性的恐懼，到了〈混聲合唱〉（1969）、〈有曲線的娃娃〉（1970），「性」開始扮演關鍵性的角色。

〈混聲合唱〉（1969）融入了李昂現代主義作品的閱讀經驗，是一篇由懷疑和幻覺組成的小說。小說透過女主角對其一向尊崇的合唱練習，對既有權威與自我的關係作了一次細膩的剖析❷❻。小說裏，男孩代表存在於女孩心中朦朧的理性，他以吻來征服女主角及她相信的一切❷❼。當牧師太太宣佈合唱比賽取消，本來為了神聖合唱目的而聚集的人群開始散去，女主角因而想到：「有一點我確知的是我必須考慮在以往練習合唱的這一段時間裏我該做些什麼。」（頁 68）這暗示女主角「開始懷疑一向支配她的東西，對她習慣於

---

❷❹　施淑，〈鹽屋──代序〉，《花季》（台北：洪範書店，1985 年），頁 14。

❷❺　此一看法是呂正惠最先提出的。見呂正惠，〈性與現代社會──李昂小說中的「性」主題〉，《小說與社會》，頁 155。

❷❻　施淑，〈鹽屋──代序〉，頁 9。

❷❼　同前註，頁 11。

接受的秩序進行必要的思索和追究」⑳。這是當時正處於聯考階段的李昂對所處困境的進一步探討。「性」是表現舊的制度（社會）的變形、崩潰和一種新的合理制度的誕生，只是「造成一條更向內探索的線索，作為一種假借」，「並不單指社會中的對它的某一定的觀點」，而是「與自身最有關的一個要素」，是「衝破那約定了的社會」的「最深刻的方法」⑳。

〈有曲線的娃娃〉（1970）是李昂受佛洛依德（Sigmund Freud）學說影響，在「性」主題的開拓上所交出的一篇實驗報告。小說寫一位母親早逝的已婚婦人因童年家貧，渴望擁有一個娃娃而不可得，這種對娃娃的渴望逐漸成為她婚後不安與焦慮的來源。一個偶然的機會給了婦人靈感，以為唯一可以解除這種煩悶與渴望的方法，就是能擁有一對肥腴並溫暖的乳房可以讓她舒服的倚靠休息。於是她固執地希望丈夫的胸前能長出乳房來，並且嘗試將自己豐腴的乳房依在丈夫胸前，以一虔誠的「跪禱」儀式祈求，希望她的乳房能移轉到丈夫身上。乳房是母性的象徵，母親早逝的主角將對母親的依戀移轉至對乳房的迷戀，是自然而然的。小說裏，主角不斷被記憶裏不同的娃娃召喚，又一再退回到自己的意識與潛意識世界裏。李昂以主角夢囈式的獨白語言，盡情地挖掘女性意識與潛意識裏，因慾望的無法滿足而引發的夢囈與諸般「病」態幻覺，深刻地傳達了人在不由自主的環境中的無助與掙扎。當婦人把對乳房的渴望告訴丈夫後，丈夫由哈哈大笑轉而以冷淡厭惡的態度回應。丈夫對婦人

---

⑳　同前註，頁 10。
⑳　同前註，頁 11-12。

慾望的無法理解，使「一向在她心中代表著完全正確合理的丈夫逐漸崩散了」（頁 83）。在失望中，婦人看見一連串超現實的異象：擁有一對黃綠色眼睛、森白獠牙的動物在黑暗中以充滿原始情慾而殘忍力量的眼光窺視、威嚇並嘲弄她。她明白這雙帶有原始情慾凶殘的黃綠色眼睛能帶給她快樂和解脫，她要得到它，必須回到故鄉──那陰暗無盡、不見天日的甘蔗園，可以讓她隱藏自己並安心休息。在幻想中，母親的乳房爆破並流出濃白液體：

> 她明白那一條白色的液體將永遠無法流到她的嘴裏，她永遠必須追尋和等待，但她要試著去抓住它，她相信只有在那裏她才能找尋到某種慰藉，某種足可以讓她奉獻出一切的真理。……她將向它出發，不管丈夫怎樣的反對，她堅信那是唯一的出路。……不是依著你的方式，必須照著我的方法。
>
> （頁 90）

婦人終於明白唯有自己而不依靠丈夫，她才能替自己的生命找到慰藉與出路──如櫥窗裏以全裸胴體示人的模特兒。在婦人堅持以自己的方式重建自我成長的歷史過程中，「性」扮演了一個積極、正面，甚至「救贖」的角色。這個意義在〈海之旅〉（1970）中更加明確。

　　〈海之旅〉寫到海邊旅行的主角以一個進入異教的闖入者的角色所展開的一連串神秘而無法控制的旅程。小說裏，「性」居於關鍵性的位置。當主角目睹和自己有著情侶關係的 A 被中途上車的大個子男人擁吻時，竟不覺難過，因為「性」是一種救贖的徵兆，

是一種衝破藩籬自我更新的祭典：

> 一種深沉的美感來到我的心頭，那是很久以來我再次的感受
> 到如此凝重的美，近乎來自天國，它在衝破一切障礙，宣佈
> 著另一個更歡愉更遙遠的世界。（頁99）

接著，提議海邊之旅的同伴被一隻漆白的手玩弄、親吻，並以刀尖在胸前雕刻如符咒般的圖案。這段間雜性、暴力、儀式、圖騰的過程，是在主角的夢境中發生，而這種恐怖的緊張狀態直到海的出現才解除。

　　〈長跑者〉（1972）的主角以薛西弗斯式的苦刑展開一段永無止盡的森林長跑。過程中，主角經歷／回憶了幾次與他發生性關係的女子：洞穴的女子、長跑前的神秘女子、岩洞裏的全裸女子、白色沙灘上的女子。長跑過程中，小說主角唯一可做的就是不斷向前奔跑，然後筋疲力竭地倒下來，「靜靜的絲毫不能反抗的等待那個判決」（頁142）。小說明顯具有存在主義的影子，真切地反映了一個陷入困境的自我在企圖衝破這個時代宿命時的無奈與絕望。雖然小說未提出任何自我存在的確證，但透過長跑者永盡止盡的精神折磨，李昂肯定並證明了那個把自我逼入絕境的時代的存在。小說裏一段主角被囚禁於「鹽屋」的意象，是李昂處於這一階段的象徵，也是她當時心理世界的一個模型：

> 每天我面對的只是白芭芭的鹽，顆粒不大卻堅硬殘酷，它們
> 貪婪的吸食我體內的水份，膨脹自己的軀體再縮小空間來壓

縮我，每天我醒過來後，總覺得它們是在一寸寸的迫近我，
我能活動的空間越來越小，多邊形的各個角尖銳的碰觸我，
割傷我，無論我以怎樣的姿勢，坐著、站著、躺著，它們都
觸著我，插入我的皮膚，當血液流出後它們又溶入其中化成
無數的小鑽來鑽我每個細胞，留下劇烈的疼痛。（頁 121-
122）

換言之，小說裏主角被囚禁於鹽屋的心情，就像被囚禁於聯考這個
時代牢獄的李昂的心理感受——「命定的必須」這聯考的支配下的
心理反映。施淑說：

> 李昂是個問題意識強烈的作家，……這問題意識的發生，台
> 灣在現代化過程中的文化空氣，特別是她一開始創作時服膺
> 的，有關個人存在、現實和歷史的非理性、荒謬一類的現代
> 主義信念，無疑起著關鍵性作用。[210]

被聯考支配下的心理、成長經驗的不安，加上現代主義文學思潮
「現代的」精神意識，構成李昂小說世界的背景。因此，李昂小說
的社會性極強。她以「性」為書寫主題，主要是重視「性」在社會
意義對人造成的影響[211]，以及衝破約定俗成的舊俗和法規的力量，

---

[210] 施淑，〈迷園內外——李昂集序〉，《李昂集》（台北：前衛出版社，1992
年），頁 10。
[211] 黃武忠，〈社會轉型中的女性——李昂印象〉，《台灣日報》副刊（1982 年
7 月 18 日）。

並不代表整個意義。故「性」在其作品是扮演著關鍵卻不主導、象徵而不具實質意義的作用。李昂以荒謬的性意識與性行為來表達對外在封閉、苦悶的環境的一種「反叛」——反叛一些習俗、既定法規，以及學校所代表的條理和約束。

　　綜上所述，六〇代台灣現代主義小說的現代性表現在創新的藝術形式上，而其反／批判現代的一面，則分別從政治環境、文化思想與倫理道德三個面向，批判官方文藝政策建構出來的，強調偉大、崇高、道德的正統美學書寫。小說家藉助了現代主義的美學實驗，抒發他們在高壓戒嚴體制下的苦悶與失落心情，現代主義的「負面書寫」特質也成為批判戒嚴體制的工具以及逃避思想檢查的書寫策略。另一方面，六〇年代台灣現代主義小說家也利用現代主義的「負面書寫」挑戰父權思想，批判父權和夫權對女性的雙重壓迫。倫理綱常是維繫中國傳統文化主脈之一，故台灣現代主義小說也以「性」、「情慾」為書寫主題，批判倫理綱常、道德意識對人心的桎梏。

第六章　結　論

　　西方現代主義的崛起，源於對西方現代性的批判與反思，而它所指涉的時空背景、文化傳統雖未出現於彼時的台灣，卻在五〇年代中期被引介來台後，在六〇年代的台灣掀起一全方位的現代藝術運動。如果六〇年代的現代主義是作家思考與定義台灣現代性的開始，本書以「六〇年代台灣現代主義小說的現代性」為題，正是基於對台灣主體性的強調，而對台灣現代主義文學的崛起與發展進行再認識、再理解與再詮釋的研究。本書透過挖掘並描繪湮沒於主流論述中隱而未彰的現代性線索，建構以台灣為主體的文學現代性論述；以六〇年代台灣現代小說對西方現代主義藝術的吸收、轉化／反思後的藝術表現，為台灣現代主義小說之書寫意義與文學表現作一適當之詮釋與評價，以為建構台灣文學主體性工程之基石。

第一節　在地／本土的台灣現代主義文學

　　目前學界對台灣現代主義崛起的詮釋進路，可歸納為雙重文化的斷裂、與自由主義的結盟、美援文化以及國府高壓戒嚴體制四個面向。若以「雙重文化的斷裂」詮釋戰後台灣現代主義的崛起，前提必須是台灣文學和五四文學原有傳承關係，才有日後斷裂與否的

問題,而對此一問題的爭議又衍生出有關台灣現代主義文學與五四關係的討論。事實上,戰後台灣現代主義文學的崛起,是雜揉了「部分」五四西化和反傳統精神在台灣開展,而台灣本土社會歷史也提供了現代主義紮根、生長的條件。

除了「五四」精神,戰後台灣現代主義是在五○年代與中國自由主義傳統結盟而在台灣開展。胡適隨國府遷台後,把中國自由主義思想帶到了台灣。他重新標舉「人的文學」,把「人的文學」和「自由的文學」等同起來,要求創作文藝的自由與人性的解放,從而與現代主義要求掙脫人性枷鎖的思想產生接軌。不過,台灣現代主義雖是與胡適帶來台灣的中國自由主義精神相互結盟而開展,但影響戰後台灣文學發展最關鍵的自由主義人物卻是梁實秋。戰後台灣文學描寫「普遍人性」的認知,正接近梁實秋的文學觀,而現代主義「為藝術而藝術」的文學主張,也切中梁實秋對胡適白話文學觀的修正。

另一方面,美援文化的輸入,也為台灣開啟吸收西方文化的管道。1951 年起,美國文化以「文化交流」之名,透過美援傳播來台,「美新處」透過《今日世界》和原文書籍的翻譯和出版,大量引介西方現代文學和藝術思潮。《今日世界》是一份綜合性刊物,是美國對台灣及東南亞華人地區最重要的宣傳刊物之一,它以「寓知識於宣傳」的方式,宣揚反共意識型態並傳播美國文化與文藝思潮。刊物著重介紹美國現代科技發展,文藝內容比重不高,所引介的外國文學則以美國文學最多,同時也包括大量的現代藝術思潮。不過,所謂的「美國文學」,並不等同於「現代主義」文學,也包含寫實主義等其他文學;「現代」藝術也不專指「現代主義」藝

術，而是以「美國文化」為核心的現代藝術。美國是基於「現代化」的冷戰策略，將「現代化」等同於「現代主義」傳播到世界各地，並以現代主義「現代」、「進步」、「為藝術而藝術」的特質，和中共堅持的社會寫實主義文學觀作區別。從 1956 年起，美國現代文學與藝術思潮透過「美新處」出版的西文譯著和《今日世界》、《文學雜誌》的譯介，影響台灣文壇，使原本以反共文學、法國現代主義為主流的台灣文學，逐步轉向英美現代主義。

　　西方現代主義在台灣的傳播，和美援文化的輸入有關。但若把美援文化的輸入視為台灣現代主義崛起僅有的歷史解釋，則忽略了國府高壓戒嚴體制對創作自由的箝制，並且抹煞了台灣文學／藝術創作者的主體性。因此，戰後台灣現代主義的崛起，也和國府高壓戒嚴體制下，作家的逃避心態或對戒嚴體制的抗拒有關。然而，若是只從政治層面考量，過度強調「文化真空」或「文化帝國主義」與現代主義的關係，勢必忽略求新求變的作家對文學藝術性的要求。因此，學者也把戰後台灣現代主義的崛起，定位為知識分子「精英主義的文化復興計畫」，認為西方現代主義的「菁英」特質，可以滿足作家創作現代中國「高層藝術」的需求。也有學者認為戰後台灣現代主義的崛起，正是作家為運用新的文學形式來表達文化衝擊所帶來的跨文化現代性經驗。就前者來說，以「高層文化」定義現代主義，顯然是透過對現代主義藝術高度的評價，回溯台灣現代主義崛起之因，並因此迴避了政治威權箝制文學創作的問題；就後者而言，「多音像匯流」反映的只是台灣經濟日趨穩定的趨勢，政治依舊高壓肅殺，白色恐怖氛圍猶在。台語片中「悲情愁苦」的台北，以及流行歌詞中「被人放捨的小城市」中的「亞細亞

孤兒」心情，足證現代主義作家內心的陌生與不安，其實不是來自跨文化交流的現代性衝擊，而是高壓戒嚴體制帶給作家的不安與恐慌。因此，台灣現代主義絕對具體指涉台灣時空背景，對六〇年代台灣現代主義文學的進一步研究，不能離開彼時台灣社會歷史脈絡。

　　六〇年代台灣現代藝術運動的開展有其因果脈絡可尋，創作者上承五四反傳統並創新求變的精神，融入個人生命經驗與歷史境遇，選擇最適合的西方現代主義，並加以轉化、運用。故六〇年代台灣文學藝術創作者對現代主義並不是被動接受，而是加入了主體性思考，並扮演著主動引介的角色。此外，台灣被殖民的歷史經驗，不僅指美國文化殖民，還包括長達五十年的日本殖民統治。日本移植自西歐的現代主義，後來也隨著殖民文化間接傳入台灣。這「二度翻譯」自日本的現代性，使台灣文學／藝術的現代性以更為迂迴並複雜的方式開展。故台灣多元文化傳統與西方現代性相遇下的「跨文化」現代性以及「二度翻譯」的現代性，才是我們定義台灣文學／藝術現代性的重心。

　　西方現代主義引介來台後，台灣文學藝術創作者運用了這種現代藝術形式後，確實使「傳統」的文學藝術產生前所未有的變化。因此，六〇年代台灣文學藝術之謂「現代」，多指創作者運用西方「現代主義」藝術而對台灣文學藝術的改造／革新，使其表現有別於過去的「傳統」而為「現代」。然而，藝術形式的「現代」，並不意味「傳統」的完全揚棄，而是對傳統有所繼承（因）、有所更新（革），從而使六〇年代台灣現代文學藝術表現有別於五四傳統風格，並呈現出與西方迥然不同的「現代」視野。換言之，六〇年

代台灣文學藝術之謂「現代」，不因其運用了西方「現代」藝術形式，而是指其對五四「傳統」風格的「創新」。另一方面，台灣文學藝術創作者以西方的「現代」藝術改革台灣的「傳統」時，他們所標舉的「現代」，有時是對西方現代性有意無意的「誤讀」而來，並不真的與西方並駕齊驅。而大量運用西方現代藝術形式，也導致西化而失根的危機。六〇年代中期後，台灣文學藝術創作者開始反思西化帶來的弊端，並回頭重估傳統的價值，企圖融合傳統與現代，再造傳統。因此，台灣現代文學藝術並不是遵循單一並直線的線性時間軸發展，而是依循著：傳統→西化→反思西化，再造傳統──這樣的圖式發展。故台灣文學藝術對現代性的追求，均指涉了台灣具體時空背景，不是落後的西方現代性的複製、盜版，而是跨文化交流下，「本土／台灣」的現代性。這本土／台灣的現代性由六〇年代台灣現代主義小說對現代性的追求與反思，最能清楚呈現。

第二節　現代／批判的台灣現代主義文學

　　「五四」的文以載道傳統，導致文學多以思想內容而不以形式技巧決定藝術價值。國府遷台後，台灣社會開始朝向現代化發展，求新求變的台灣作家要求文藝現代化的呼聲也隨之而起。六〇年代台灣作家所謂的文學「現代化」，是對「五四」以來的文學風格不滿，提倡「為藝術而藝術」的文學觀，希望以「現代人的手法」表現「現代人的意識」；在小說的表現上，則是運用「現代」藝術形式，以中國為題材，表達「現代人」的思想情感，形成一種「中西

融合」的台灣「現代」小說風貌。

　　受到西方現代主義的影響，台灣作家對小說現代性的認知，也著重藝術技巧的創新，特別是小說語言的表現。六○年代台灣現代小說要求文字「精省」以達「精確」之境後的「詩化文字」，經常利用意象或象徵來呈現書寫對象。此外，現代小說家也重視文字的速度、節奏和音樂性的表現，以歐化句法嚴整緊湊並富音樂性的特性，減緩讀者閱讀速度，以「慢」而「穩」的速度形成冷靜、理智的語言風格，並以富「節奏」感的文字傳達創作者思想起伏和情感的舒展，呈現「現代人的氣質」。

　　台灣多元傳統的殖民地社會性質，也表現在六○年代台灣小說語言與藝術形式的現代性上。台灣現代小說家吸收了中國古典文學養分，將文言文與古典詩詞融入創作，或化文言為白話，或融合白語、文言、詩詞和英文詞彙，呈現出「混雜」的現代性風格。同時適度在對話中穿插各地方言，以「真實的聲音」呈現當時代的樣貌，表達「現代人」的情感。「混雜」性的語言風格，正是台灣多元文化傳統與西方現代性相遇所產生的跨文化語言的現代性風貌。另一方面，現代小說家也從事形式創新的實驗，運用意識流技巧挖掘人物的內心世界，並以多重敘事觀點敘事，透過敘事觀點的轉換，增加作品的立體感和豐富性，並運用電影「蒙太奇」技巧捕捉人物的心理活動，壓縮時空，省略累贅的敘述。然而，台灣小說家對西方現代主義藝術技巧並不是直接套用，而是加以吸收、轉化。例如保留情節、行為和外在環境的描寫，以及結合台灣鄉土或中國古典傳統題材創作的意識流小說，或是繼承現代主義反傳統整體結構觀，卻吸收戲劇文學技巧而有明顯衝突情節與高潮的小說結構。

由此可知，台灣現代主義小說對西方現代主義有所繼承，也有所轉化。這種本土的／台灣的現代主義小說對現代性的追求，表現在創新的藝術形式上，而其反／批判現代性的那一面，則是指向六〇年代台灣社會的「現實」，即國府文藝政策建構出來的，以符合偉大、崇高、道德、性善標準的正統美學。

　　艾德華·薩依德強調「流亡」最主要的意義是精神上的流浪狀態，特別是不願被主流收編、納入的知識分子。「流亡」書寫正是以「寫作」達到批判的效果，抗拒權威或主流論述的收編。六〇年代台灣現代主義小說家就藉助現代主義的美學實驗，透過「流亡」主題的書寫，抒發他們在高壓戒嚴體制下的苦悶與失落心情。台籍作家陳映真以曲筆或簡筆塑造了一群因理想幻滅而墮落或自殺的理想主義者，反映了彼時台灣社會的封閉格局，以及知識分子的苦悶與頹唐心情。另一方面，林懷民與王尚義也透過「存在主義」命題的書寫，表達他們對政治社會現實的苦悶與無力感。林懷民小說雖有存在主義思想，卻具體反映並記錄六〇年代台灣社會的病態現象，和存在主義哲學的虛無精神是截然不同的表現。王尚義則以自由主義的思想，融合現代主義的創作手法，以個人苦難、家難為「國難」，批判了當時台灣的政治社會現實與文化傳統。此外，軍中作家也運用現代主義書寫，表達對專制政權的不滿。朱西甯「鐵漿時期」的鄉土小說，即為「委婉的反共」之作，所反之「共」乃是專制的蔣氏政權，而小說批判鄉土之「舊惡」，意在揭發六〇年代台灣現實之「國恥」，即「孫立人案」。

　　和第一代作家相較，顯然戰後第二代作家較能無畏忌地正面探究歷史事實的真相，揭露當時代台灣人的心理「真實」。陳映真一

系列「大陸人在台灣」的主題書寫，正為宣洩對「無能和無助的政治悶局」的苦悶心情，而小說人物的「死亡」或「分離」結局，是知識分子陳映真對台灣政治現實的無言抗議。另一方面，白先勇筆下的「台北人」雖懷念地理上的中國，但作家主要表達的是對中華文化傳統的記憶與懷念，認同的是中華文化，而不是地理上的中華民國。知識分子精神上的流亡狀態，也表現在以旅美留學生為題材的留學生文學。留學生在追尋故鄉的流亡情緒中，「家鄉」在「地理」位置上的中國，而不是「共產中國」或國民黨政權建構的「文化中國」。就六〇年代台灣現代主義小說的「流亡」書寫來說，無論外省或本省作家，無論精神或肉體流亡，凡是不認同國府建構的「文化中國」者，都是台灣的過客、邊緣人、局外人，是精神上的放逐者或孤兒。六〇年代台灣現代主義小說家透過「流亡」主題書寫，抒發高壓戒嚴體制下的苦悶心情，以現代主義這種「不同於尋常的回應」方式，使自己不成為被「安然定居的獎賞所誘惑」的「諾諾之人」，而是高壓戒嚴所圍困、壓制下的「諤諤之士」。

除了對高壓戒嚴體制下政治現實的批判，台灣作家也利用現代主義書寫挑戰支撐「文化中國」背後的父權思想。從歐陽子到施叔青再到陳若曦，女性書寫主題已由自我經歷與感受，轉向以女性普遍命運的關注乃至男性權力文化傳統的抗拒。然從小說結局可知，女性對傳統文化的審視，還只是停留在自我分析和自我解剖的意識上，能夠正面挑戰父權意識的是男作家。六〇年代台灣現代主義小說對父權文化的抗拒，表現在對中國傳統倫理觀念與家庭制度的強烈質疑，以及把「經濟」凌駕親子關係之上的意識。

倫理綱常是維繫中國傳統文化主脈之一，自是建構「文化中

國」的主要內涵。六〇年代台灣現代主義小說也以「性」、「情慾」為主題，批判大敘述下的倫理綱常、道德意識對人心的桎梏。「性啟蒙」是六〇年代台灣小說常見的書寫主題，而引發性啟蒙的對象，往往是母親或較年長的成熟女性。性意識的啟蒙，須以實質上的「性體驗」才得以獲得身心的成長與自由。然而，若是情慾的萌發未得到適當的抒解，過度壓抑的結果，往往導致心靈上的變態心理。「性壓抑」的原因有可能來自於性知識的缺乏或記憶中情慾的不潔感覺與經驗，其破壞力量既如此強大，那麼婚前／外之性或情慾之發動更在「文化中國」架構下被視為罪惡或墮落的象徵，特別是涉及家族倫理的情慾。為避開國家機器嚴密的監控，六〇年代台灣現代小說家雖勇於以違反倫理綱常的題材創作，但仍不敢正面挑戰道德規範和國家文藝政策，故亂倫、不倫題材的書寫多停留在精神層面，或以暗示手法保留朦朧的美感。於是，對「文化中國」內涵的挑戰，表現在對合法婚姻制度的質疑，以及對婚外之性／情慾的肯定上。現代主義小說中，女性多半勇於面對自己的情慾，追求婚外感情，作家以「一女事二夫」的情節，顛覆傳統「一夫一妻」的倫常規範，並以對婚外感情的肯定，質疑「合法」婚姻關係與婚姻制度。此外，性、情慾可能導致墮落，走向毀滅，但也有可能是一條救贖之路，故「性救贖」主題，正是翻轉「文化中國」內涵視「性」為一種「禁忌」下的批判書寫。

　　綜言之，六〇年代台灣現代主義小說的現代性，最主要表現在「流亡」以及「性」主題的書寫上，前者重點在突顯民族的流亡（大陸到台灣）和心靈的流亡，特別強調心靈的漂泊、孤獨與無助；後者則強調女性獨立自主意識的啟蒙。小說家在求新求變的新穎意

識下，選擇吸收現代主義藝術形式並加以改造，重視的是如何用
「文字世界」的「寫實」取代「客觀世界」的「現實」，以表現心
靈的「真實」。在小說藝術形式的表現上，就是對五四以來小說語
言與敘述技巧「革命性」的變革，嘗試以融合中西的「現代」語言
再造文字世界，透過「現代」藝術形式捕捉六○年代台灣社會的
「現實」與置身其中所感受到的心理「真實」，以創新的語言與形
式，批判國府建構出來的一套正統文藝美學觀。這種對西方現代主
義藝術形式有所吸收與轉化所創作出來的台灣現代主義小說，呈現
的是迥異於西方的現代性風貌，不是複製、盜版或脫離現實的失根
文學，而是台灣歷史文化傳統所孕育出來的在地的、本土的台灣現
代主義文學。它對殖民體制的批判、對主導文化的挑戰，並不亞於
寫實主義，卻因其西方現代藝術外貌，而被湮沒於主流論述中。透
過本書的論述，我們已挖掘並描繪湮沒於主流論述下隱而未彰的現
代性線索，重建台灣文學／藝術現代性的播散過程，為六○年代台
灣現代主義小說在台灣文學史上的書寫意義與藝術成就作一客觀的
詮釋與評價，建構出以台灣為主體的文學／藝術現代性論述，作為
台灣文學／藝術主體性工程之基石。我們期待本書的研究成果能為
台灣現代主義文學／藝術的研究帶來全新的想像，並敬祈方家的指
正。

附　錄

附錄一：《文學雜誌》譯介之西方文學創作與評論
（1956.9－1960.2）

西元	月	日	卷期	譯　介　內　容
1956	9	20	1	Henry Wadsworth Longfello 作，胡適譯〈一枝箭，一隻曲子〉。 Pierre Loti 作，黎烈文譯〈老囚犯的哀傷〉。 Nathaniel Hawthorne 作，齊文瑜譯〈古屋雜憶〉（上）。
	10	20	1：2	酈文德譯〈黎爾克詩三首〉。 夏濟安〈評彭歌的「落月」兼論現代小說〉。 Nathaniel Hwathorne 作，齊文瑜譯〈古屋雜憶〉（下）。
	11	20	1：3	Robert Penn Warren 作，張愛玲譯〈海明威論〉。 Thomas Mann 作，鍾憲民譯〈騎士〉。
	12	20	1：4	酈文德譯〈黎爾克詩二首〉。 Aldous Huxley 作，鄒卓譯〈畫像〉。
1957	1	20	1：5	Edith Wharton 作，王鎮國譯〈伊丹·傅羅姆〉（上）。
	2	20	1：6	T. S. Eliot 作，余光中譯〈論自由詩〉。 王鎮國譯〈伊丹·傅羅姆〉（中）。
	3	20	2：1	Edith Wharton 作，王鎮國譯〈伊丹·傅羅姆〉（下）。 Prosper Merimee 作，黎烈文譯〈雙重誤會〉。
	4	20	2：2	Evelyn Waugh 作，林以亮譯〈興仁嶺重臨記〉。 文孫〈一篇現代小說中象徵技巧的分析—試論 K.A. Porter's "Flowering Judas"〉。
	5	20	2：3	J. E. Spingarn 作，吳魯芹譯〈新批評〉。

	7	20	2：5	William Wordsworth 作，林以亮譯〈佈穀〉。
	8	20	2：6	Maurice Maeterlinck 作，黎烈文譯〈歌〉。
	9	20	3：1	Tamas Aczel 作，王鎮國譯〈匈牙利革命幕後故事〉。
	10	20	3：2	Irving Babbitt 作，梁實秋譯〈浪漫的道德之現實面〉。
	11	20	3：3	Charles Baudelaire 作，黎烈文譯〈散文詩〉。 Rabindranath Tagore 作，糜文開譯〈骷髏〉。 林光中〈從「包法利夫人」談福樓拜的藝術〉。
	12	20	3：4	Wallace Fowlie 作，葉維廉譯〈現代法國詩的象徵〉。 Isabel McLane Mowry 作，侯美蘭譯〈戴勝鳥的故事〉。
1958	1	20	3：5	林以亮〈密萊的生平與作品〉（Edna St. Vincent Millay）。 T. E. Hlulme 作，莊信正譯〈浪漫主義與古典主義〉。 Albert Camus 作，朱乃長譯〈客人〉。
	3	20	4：1	余光中譯〈詩的譬喻〉。 梁實秋等譯〈佛洛斯特詩選〉。 林以亮〈韋利夫人的生平與著作〉。 林以亮譯〈韋利夫人詩選〉。 Damon Runyon 作，張瑜琳譯〈馬麥圖・健士〉。
	4	20	4：2	Philip Rahv 作，齊文瑜譯〈論自然主義小說之沒落〉。 劉世超譯〈藝術的創造性〉。
	5	20	4：3	余光中〈愛倫坡的生平與作品〉。 余光中譯〈愛倫坡詩選〉。 Norman Podhoretz 作，朱乃長譯〈評卡繆的一部短篇小說集〉。
	6	20	4：4	Henry James 著，聶華苓譯〈德莫福夫人〉。
	7	20	4：5	Henry James 作，侯健譯〈小說的構築〉。 朱乃長譯〈論亨利・詹姆士的早期作品〉。 E. 左拉作，黎烈文譯〈浴〉。
	8	20	4：6	陳世驤〈關於傳統・創作・模仿—從「香港——一九五〇」詩說起〉。 夏濟安〈香港一九五〇—仿 T.S. Eliot 的 Waste Land〉。 Abel Beaufrere 作，顧保鵠譯〈火車查票員〉。

	9	20	5：1	George Plimpton 作，朱乃長譯〈海明威訪問記—論小說技巧〉。
				Henry James 作，聶華苓譯〈德莫福夫人〉（續完）。
	10	20	5：2	Ernest J. Simmons 作，朱南度譯〈一葉落而知天下秋—評俄國巴斯透納克的「席伐谷醫生」〉。
	11	20	5：3	Boris Pasternak 作，梁實秋譯〈關於莎士比亞之翻譯〉。
				糜文開、裴普賢譯〈泰戈爾詩兩首〉。
	12	20	5：4	吳魯芹〈小說的前途〉。
				Arthur Miller 作，蔡體綱譯〈神祇的陰影—論美國戲劇〉。
				Joergensen 作，顧保鵠譯〈第四賢士來朝〉。
				James M. Barrie 作，曼義譯〈十二英鎊的臉色〉。
1959	1	20	5：5	糜文開〈印度文學序論〉。
				Leslie A. Fiedler作，朱乃長譯〈美國小說中的女人與愛情〉。
				Kartherine Anne Porter 作，楚茹譯〈午酒〉（上）。
	2	20	5：6	蔡體綱〈亞里斯多德與近代戲劇〉。
				Kartherine Anne Porter 作，楚茹譯〈午酒〉（下）。
	9	20	7：1	Malcolm Cowley 作，劉紹銘譯〈論批評家影響下的美國現代小說〉。
				黃佑譯〈德國抒情詩選〉。
	10	20	7：2	Donald Malcolm 作，劉易水譯〈預言家與詩人—論「查泰萊夫人的情人」〉。
	11	20	7：3	Peter Kline 作，葉維廉譯〈艾略特戲劇的精神中心〉。
				Alfred Kazin 作，翁廷樞譯〈孤寂的一代〉。
	12	20	7：4	Alfred Kazin 作，翁廷樞譯〈孤寂的一代〉（下）。
				Kenri Bordeaux 作，顧保鵠譯〈服務〉。
1960	1	20	7：5	朱立民〈霍桑筆下的知識分子〉（上）。
	2	20	7：6	黃瓊玖〈索福克麗的悲劇藝術〉。
				朱立民〈霍桑筆下的知識分子〉（下）。
				Alfred Kazin 作，劉紹銘譯〈焦慮的時代—論杜思托也夫斯基〉。

附錄二：《今日世界》譯介之美國文學
（1953.3－1959.12）❶

西元	月	日	期	譯　介　內　容
1952	3	15	1	英詩試譯（John Lyly、Thomas D'urfey、E. Allde）
	4	15	3	美國白居易─桑白 朱鍾于〈騎大白馬的夏天〉
	8	1	10	索洛〈田園日記〉
	9	1	12	愛倫坡（Allen Poe）短篇小說〈漩渦〉（A Descent into the Maelstrom）
	9	15	13	朗費羅選詩（Henry Wadsworth Longfellow）
	11	1	16	荷馬（文選）
	11	15	17	但丁〈神曲〉（Divina Comedia）選譯
	12	15	19	聖經（文選）
1953	4	1	26	老人與海 青春常在─桑白
	5	1	28	美國思想點滴
	7	15	33	譯詩比賽結果
	8	1	34	譯詩比賽結果
	11	1	40	惠特曼（Walt Whitman）草葉集
	12	1	42	美國文壇山水人物
1955	1	1	68	《無頭騎士》
	1	15	69	諾貝爾文學獎得主海明威
	3	15	73	聾啞作家海倫凱勒

---

❶　本附錄為第三章第三節之資料表列，說明由本附錄內容可知《今日世界》共 186 期的內容中，前 40 期美國文學介紹的比例較高。

附錄三：《今日世界》譯介之現代藝術
（1952.3－1959.12）❷

西元	月	日	期	音樂	舞蹈	繪畫	戲劇	建築
1952	4	1	2	音樂開筆				
	10	1	14	音樂書簡		梵高		
1953	1	1	20	無調的音樂	多色的芭蕾舞	塞尚		
	2	15	23					世界建築學的結晶
	4	15	27	美國漁光曲鋼琴鬼才				
	6	1	30				幽默喜劇「夫婦之間」	
	6	15	31			史本塞的畫		
	8	15	35					最現代化的建築
	12	1	42	聽琴記				
1954	1	15	45			高更		
	4	15	51				美國的梨園科班	
	10	15	63	美國的音樂熱				
	12	15	67		林間的舞者			
1955	1	1	68			威廉・史密斯和他的畫		

❷　本附錄為第二章第三節之資料表列，說明由本附錄內容可知《今日世界》引介之西方現代藝術範圍相當廣泛，且都是美國當前流行的現代藝術。

	5	1	76	空中交響樂			
	10	15	87			畫壇怪傑洛克威耳	
	12	15	91		瑪它·高蘭罕—當代舞蹈發明家		
1956	1	15	93				現代的空中樓閣—勞思萊特的建築作品
	2	1	94		美國「冰上節目」舞團		
	5	1	100	風靡今日世界的自由抒情音樂			
	7	15	105			美國劇壇的新活力	
	9	15	109		美國芭蕾舞后成名史		
	11	1	112			美國的電視劇和舞台劇	
1957	1	1	116				中國建築師融合東西文化：貝聿銘
	10	1	134			傀儡戲專家的美國夫婦	
	11	15	137	最新式的特慢唱片			

	12	1	139		舞台下的芭蕾舞后—旱巴		
1958	12	1	162	紐堡城國際爵士音樂節			獨樹一格的美國建築家
1959	4	15	171	爵士樂王的故事—喬治·葛希溫			
	10	1	182		介紹美國大畫家霍姆畫壇傳奇人物安德洛·衛斯		

附錄四：《文星》引介之現代藝術

（1957.11－1965.12）

年	月	日	期	繪畫／雕塑	音樂／舞蹈	電影／戲劇
1957	11	5	1	張隆延〈藝術欣賞：樂之在得〉		
	12	5	2	怒弦〈現代繪畫簡介〉 張隆延〈藝術欣賞之二：得意而忘言〉 蕭勤〈馬德里和巴塞羅那美術界現況〉		
1958	1	5	3	張隆延〈藝術欣賞之三：無限清娛〉		
	2	5	4	張隆延〈藝術欣賞之四：六相圓融〉		
	3	5	5	張隆延〈藝術欣賞之五：溫故而知新〉		虞君質〈漫談劇運〉
	4	5	6	張隆延〈藝術欣賞之六：書道〉		
	5	1	7	張隆延〈藝術欣賞之七：書道〉		
	6	1	8	張隆延〈藝術欣賞之八：古典與摩登〉		
	7	1	9	張隆延〈藝術欣賞之九：摹擬與創造〉		
	8	1	10	張隆延〈藝術欣賞之十：征服太空〉		
	9	1	11	張隆延〈藝術欣賞之十一：象「形」與寫「意」〉		

參考書目

說明：

一、本書目依作者姓名筆畫多寡，由簡而繁依序排列。

二、同姓氏作者，依名字筆畫依序排列。

三、同一作者之作品，依出版時間先後排列。

壹、中文著作

一、小說書目

七等生，《離城記》，台北：晨鐘出版社，1973。

———，《僵局》，台北：遠景出版社，1986。

———，《白馬》，台北：遠景出版社，1986。

———，《我愛黑眼珠》，台北：遠景出版社，1986。

———，《精神病患》，台北：遠景出版社，1986。

———，《來到小鎮的亞茲別》，台北：遠景出版社，1990。

水　晶，《青色的蚱蜢》，台北：文星書店，1967。

———，《沒有臉的人》，台北：爾雅出版社，1985。

王文興，《玩具手槍》，台北：志文出版社，1970。

———，《十五篇小說》，台北：洪範書店，1988。

———，《家變》，台北：洪範書店，2000。

王尚義，《深谷足音》，台北：水牛出版社，1967。

———，《野百合花》台北：水牛出版社，1967。

———，《落霞與孤鶩》，台北：水牛出版社，1981。

———，《荒野流泉》，台北：水牛出版社，1983。

———，《狂流》，台北：大林出版社，1983。

———，《從異鄉人到失落的一代》，台北：水牛出版社，1989。

———，《野鴿子的黃昏》，台北：水牛出版社，1993。

王禎和，《嫁妝一牛車》，台北：洪範書店，2004。

———，《香格里拉：王禎和自選集》，台北：洪範書店，1980。

———，《人生歌王》，台北：聯合文學出版社，1993。

———，《玫瑰玫瑰我愛你》，台北：洪範書店，1994。

白先勇，《寂寞的十七歲》，台北：允晨文化，1989。

———，《台北人》，台北：爾雅出版社，1992。

朱西甯，《狼》，台北：印刻出版公司，2006。

———，《鐵漿》，台北：遠流出版公司，1994。

———，《朱西甯小說精品》，台北：駱駝出版社，1995。

李　昂，《混聲合唱》，台北：中華文藝出版社，1975。

———，《花季》，台北：洪範書店，1985。

———，《暗夜》，台北：時報文化出版公司，1986。

林懷民，《蟬》，台北：大地出版社，1973。

———，《變形虹》，台北：水牛出版社，1978。

施叔青，《那些不毛的日子》，台北：洪範書店，1988。

———，《約伯的末裔》，台北：大林出版社，1973。

陳映真，《我的弟弟康雄》，台北：洪範書店，2001。

———，《唐倩的喜劇》，台北：洪範書店，2001。

陳若曦，《陳若曦自選集》，台北：聯經出版公司，1976。

黃春明，《青番公的故事》，台北：皇冠出版社，1985。

劉大任，《落日照大旗》，台北：皇冠文化，1999。

歐陽子，《秋葉》，台北：爾雅出版社，1980。

叢　甦，《白色的網》，台北：仙人掌出版社，1969。

二、一般著作

七等生，《散步去黑橋》，台北：遠景出版社，1986。

中央大學中文系編印，《劉吶鷗國際研討會論文集》，台南：國家台灣文學館出版，2005。

中國古典文學研究會主編，《五四文學變遷與文化變遷》，台北：台灣學生書局，1990。

丹尼爾・貝爾（Daniel Bell）著、趙一凡・蒲隆、任曉晉譯，《資本主義的文化矛盾》，台北：桂冠圖書公司，1994。

井迎兆，《電影剪接美學——說的藝術》，台北：三民書局，2006。

文訊雜誌社主編，《台灣現代詩史論》，台北：文訊雜誌社，1996。

水晶，《拋磚記》，台北：三民書局，1968。

王文興，《書和影》，台北：聯合文學出版社，1988。

王秀雄，《台灣美術發展史論》，台北：國立歷史博物館，1995。

王尚勤，《王尚義和他所處的時代》，台北：水牛出版社，1995。

王晉民，《白先勇傳》，台北：幼獅文化出版社，1994。

王斑，《歷史與記憶　全球現代性經驗》，香港：牛津大學出版社，2004。

王集叢、穆中南主編，《戰鬥文藝論》，台北：文壇社，1955。

王夢鷗編選，《當代中國新文學大系：文學論評集》，台北：天視出版事業，1981。

王德威，《從劉鶚到王禎和》，台北：時報文化出版公司，1986。

———，《小說中國：晚清到當代的中國小說》，台北：麥田出版社，1993。

———，《如何現代，怎樣文學》，台北：麥田出版社，1998。

———，《被壓抑的現代性：晚清小說新論》，台北：麥田出版社，2003。

———等，《紀念朱西甯先生文學研討會論文集》，台北：行政院文化建設委員會，2003。

台北市立美術館，《中華民國美術思潮研討會論文集》，台北：台北市立美術館，1993。

———，《台灣美術新風貌（1945－1993）》，台北：台北市立美術館，1993。

丘為君、陳連順主編，《中國現代文學的回顧》，台北：龍田出版社，1978。

卡繆（Albert Camus）著、莫渝譯，《異鄉人》，台北：志文出版社，1993。

古繼堂，《台灣小說發展史》，台北：文史哲出版社，1989。

幼獅文化編輯委員會主編，《一個音樂家的畫像》，台北：幼獅出版社，
　　1978。

白先勇，《明星咖啡館》，台北：皇冠出版社，1984。

———，《驀然回首》，台北：爾雅出版社，1990。

———，《現文因緣》，台北：現文出版社，1991。

———，《第六隻手指》，台北：爾雅出版社，1995。

———，《樹猶如此》，台北：聯合文學出版社，2002 年。

白萩，《現代詩散論》，台北：三民書局，1983。

艾德華‧薩依德（Edward W. Said）著、單德興譯，《知識分子論》，台北：
　　麥田出版社，2005。

———著，蔡源林譯，《文化與帝國主義》，台北：立緒文化事業公司，
　　2004。

吳昌雄，《現代主義文學研究》，武昌：武漢大學出版社，1994。

吳密察監修、遠流台灣館編著，《台灣史小事典》，台北：遠流出版公司，
　　2000。

行政院文建會，《光復後台灣地區文壇大事紀要》（增訂本），台北：文訊
　　雜誌社，1985。

托里莫伊（Toril Moi）著、陳潔詩譯，《性別／文本政治：女性主義文學理
　　論》，台北：駱駝出版社，1995。

朱西甯，《朱西甯隨筆》，台北：水芙蓉出版社，1975。

余光中，《望鄉的牧神》，台北：純文學出版社，1968。

———，《焚鶴人》，台北：純文學出版社，1973。

———，《逍遙遊》，台北：時報文化出版公司，1985。

———，《掌上雨》，台北：大林出版社，1973。

———，《左手的繆思》，台北：水牛出版社，1986。

張大春，《張大春的文學意見》，台北：遠流出版公司，1992。

張恆豪主編，《火獄的自焚》，台北：遠行出版社，1977。

張素貞，《細讀現代小說》，台北：東大圖書公司，1986。

張新穎，《文學的現代記憶》，台北：三民書局，2003。

張道藩文藝中心主編，《張道藩先生文集》，台北：九歌出版社，1999。

張誦聖，《文學場域的變遷》，台北：聯合文學出版社，2001。

張寶琴、邵玉銘、紀弦主編，《四十年來中國文學》，台北：聯合文學出版
　　社，1995。

梁景峰，《鄉土與現代、台灣文學的片斷》，台北：台北縣文化中心，1995。

梁實秋，《秋室雜憶》，台北：傳記文學出版社，1970。

———，《梁實秋論文學》，台北：時報文化出版公司，1981。

———，《雅舍精品》，台北：九歌出版社，2002。

范銘如，《眾裏尋她——台灣女性小說縱論》，台北：麥田出版社，2002。

苗力田、李毓章，《西方哲學史新編》，北京：人民出版社，1990。

許世旭，《新詩論》，台北：三民書局，1998。

許常惠，《現階段台灣民謠研究》，台北：樂韻出版社，1986。

郭繼生，《當代台灣繪畫文選 1945－1990》，台北：雄獅出版社，1991。

陳少廷，《台灣新文學運動簡史》，台北：聯經出版公司，1991。

陳芳明，《台灣意識論戰選集》，台北：前衛出版社，1994。

———，《典範的追求》，台北：聯合文學出版社，1994。

———，《危樓夜讀》，台北：聯合文學出版社，1996。

———，《左翼台灣——殖民地文學運動史論》，台北：麥田出版社，1998。

———，《後殖民台灣——文學史論及其周邊》，台北：麥田出版社，2002。

———，《孤夜獨書》，台北：麥田出版社，2005。

陳映真（許南村）編，《知識人的偏執》，台北：遠行出版社，1976。

———，《第一件差事》，台北：遠景出版社，1987。

———，《美國統治下的台灣》，台北：人間出版社，1988。

———，《愛情的故事》，台北：人間出版社，1988。

———，《文學的思考者》，台北：人間出版社，1988。

———，《陳映真作品集 6·思想的貧困》，台北：人間出版社，1988。

———，《陳映真作品集 7·石破天驚》，台北：人間出版社，1988。

———，《陳映真作品集 8·鳶山》，台北：人間出版社，1988。

———，《陳映真作品集 11·中國結》，台北：人間出版社，1988。

———，《反對言偽而辯》，台北：人間出版社，2002。

陳若曦，《陳若曦自選集》，台北：聯經出版公司，1987。

陳義芝主編，《台灣現代小說史綜論》，台北：聯經出版公司，1998。

陳衛平，《影視藝術欣賞與批評》，上海：上海古籍出版社，2003。

陳儒修、廖金鳳編著，《尋找電影中的台北》，台北：萬象圖書公司，1995。

陳學明，《文化工業》，台北：揚智文化，1998。

麥穗，《詩空的雲煙：台灣新詩備忘錄》，台北：詩藝文出版社，1998。

揚孟哲，《日治時代台灣美術教育》，台北：前衛出版社，1999。

傅孟麗，《茱萸的孩子：余光中傳》，台北：天下文化，1999。

單德興，《對話與交流》，台北：麥田出版社，2001。

彭明敏文教基金會編，《台灣自由主義的傳統與傳承》，台北：彭明敏文教
　　基金會，1994。

彭瑞金，《台灣新文學運動 40 年》，台北：自立晚報，1991。

曾虛白，《美遊散記》，台北：文史哲出版社，1977。

曾慧佳，《從流行歌曲看台灣社會》，台北：桂冠圖書公司，1998。

游素凰，《台灣現代音樂發展探索 1945－1975》，台北：樂韻出版社，2000。

無非，《文星！問題！人物！》，台北：龍門出版社，1966。

馮品佳主編，《通識人文十一講》，台北：麥田出版社，2004。

湯姆·巴托莫爾（Tom Bottomore）著、任元杰譯，《現代資本主義理論》，
　　台北：巨流圖書公司，1989。

黃美序，《幕前幕後台上台下》，台中：學人文化事業公司，1980。

黃重添，《台灣長篇小說論》，台北：稻禾出版社，1992。

黃瑞祺，《馬學與現代性》，台北：允晨文化，2001。

黃維樑編著，《火浴的鳳凰——余光中作品評論集》，台北：純文學出版社，1986。

黃慶萱，《修辭學》，台北：三民書局，1992。

黃錦樹，《謊言或真理的技藝：當代中文小說論集》，台北：麥田出版社，2003。

———，《文與魂與體　論現代中國性》，台北：麥田出版社，2006。

黃繼持，《現代化‧現代性‧現代文學》，香港：牛津大學出版社，2003。

楚戈，《審美生活》，台北：爾雅出版社，1986。

莊喆，《現代繪畫散論》，台北：文星書店，1966。

楊孟瑜，《飆舞：林懷民與雲門傳奇》，台北：天下遠見出版公司，1998。

———，《少年懷民》，台北：天下遠見出版公司，2003。

楊牧編，《周作人文選 I》，台北：洪範書店，1989。

楊照，《文學的原像》，台北：聯合文學出版社，1994。

——，《文學、社會與歷史想像——戰後文學史散論》，台北：聯合文學出版，1995。

——，《夢與灰燼——戰後文學史散論二集》，台北：聯合文學出版社，1998。

——，《在閱讀的密林中》，台北：印刻出版公司，2003。

楊澤主編，《從四〇年代到九〇年代——兩岸三邊華文小說研討會論文集》，台北：時報文化出版公司，1994。

楊麗仙，《台灣西洋音樂史綱》，台北：橄欖基金會，1984。

齊邦媛，《千年之淚》，台北：爾雅出版社，1990。

瑪麗‧伊凡絲（Mary Evans）著、廖仁義譯，《高德曼的文學社會學》，台北：桂冠圖書公司，1990。

趙元任著、丁邦新譯，《中國話的文法》，香港：中文大學出版社，1980。

趙知悌，《現代文學的考察》，台北：遠景出版社，1978。

趙曉麗、屈長江，《反危機的文學》，西安：華岳文藝出版社，1988。

劉心皇選編，《當代中國新文學大系‧史料與索引》，台北：天視出版事業，

1981。

劉文三，《一九六二──一九七○年間的廖繼春繪畫之研究》，台北：藝術
　　　家，1988。

劉再復，《放逐諸神──文論提綱和文學史重評》，台北：風雲時代出版
　　　社，1995。

劉亮雅，《後現代與後殖民　解嚴以來台灣小說專論》，台北：麥田出版
　　　社，2006。

劉春城，《黃春明前傳》，台北：圓神出版社，1987。

劉國松，《中國現代畫的路》，台北：文星書店，1967。

───，《臨摹‧寫生‧創造》，台北：文星書店，1967。

劉紹銘，《小說與戲劇》，台北：洪範書店，1977。

───，《本地作家小說選集》，台北：大地出版社，1987。

葉石濤，《走向台灣文學》，台北：自立晚報社，1990。

───，《台灣文學史綱》，台北：文學界雜誌社，1993。

葉維廉，《中國現代小說的風貌》，台北：晨鐘出版社，1970。

───，《與當代藝術家的對話──中國現代畫的生成》，台北：東大圖書
　　　公司，1987。

葉維廉，《從現象到表現》，台北：東大圖書公司，1994。

鄭明娳主編，《當代台灣女性文學論》，台北：時報文化出版公司，1993。

───，《當代台灣政治文學論》，台北：時報文化出版公司，1994。

鄭泰丞，《科技、理性與自由：現代及後現代狀況》，台北：桂冠圖書公司，
　　　2000。

潘東波，《20 世紀美術全覽》，台北：相對論出版社，2002。

歐陽子，《移植的櫻花》，台北：爾雅出版社，1978。

───，《生命的軌跡》，台北：九歌出版社，1988。

───，《王謝堂前的燕子》，台北：爾雅出版社，1990。

盧建榮主編，《文化與權力：台灣新文化史》，台北：麥田出版社，2001。

應大偉，《台灣女人──半世紀的影像與回憶》，台北：田野影像出版社，

1996。

戴天，《前言與後語》，台北：仙人掌出版社，1968。

簡政珍主編，《當代台灣文學評論大系・小說批評卷》，台北：正中書局，1998。

蔡雅薰，《從留學生到移民　台灣旅美作家之小說析論（1960－1999）》，台北：萬卷樓圖書公司，2001。

蔡源煌，《從浪漫主義到後現代主義》，台北：雅典出版社，1987。

———，《海峽兩岸小說的風貌》，台北：雅典出版社，1989。

蔡漢勳編著，《文化頑童・李敖：李敖被忽視的另一面》，台北：大村出版社，1995。

鍾明德，《繼續前衛：尋找整體藝術和當代台北文化》，台北：書林出版社，1996。

鍾玲，《現代繆司——台灣女詩人作品析論》，台北：聯經出版公司，1989。

隱地，《隱地看小說》，台北：爾雅出版社，1987。

蕭瓊瑞，《五月與東方——中國美術現代化運動在戰後台灣之發展（1945－1970）》，台北：東大圖書公司，1991。

———，《台灣美術史研究論集》，台中：伯亞出版社，1991。

———編，《李仲生文集》，台北：台北市立美術館，1994。

———、林伯欣，《台灣美術評論全集：劉國松卷》，台北：藝術家出版社，1999。

薛化元，《《自由中國》與民主憲政——1950 年代台灣思想史的一個考察》，台北：稻鄉出版社，1996。

顏元叔，《談民族文學》，台北：台灣學生書局，1984。

羅森棟，《傳播媒介塑造映象之實例研究》，台北：嘉新水泥公司文化基金會，1972。

羅蘭・巴特（Luolan Baerte），《寫作的零度》，台北：久大文化，1991。

顧燕翎主編，《女性主義理論與流派》，台北：女書文化事業，2004。

龔鵬程，《文化符號學》，台北：台灣學生書局，1992。

貳、期刊資料

自由中國編輯委員會主編，《自由中國》，第 1 卷第 1 期－第 23 卷第 5 期，
　　1949.11－1960.9。
文藝創作編輯委員會主編，《文藝創作》，第 1 期－第 60 期，1951.10－1956.4。
美國新聞處編印，《今日世界》，第 1 期－第 187 期，1952.3－1959.12。
夏濟安主編，《文學雜誌》，第 1 卷第 1 期－第 7 卷第 6 期，1956.9－1960.2。
文星雜誌編輯委員會主編，《文星》，第 1 期－第 98 期，1957.11－1965.12。
現代文學編輯委員會，《現代文學》，第 1 期－第 51 期，1960.3－1973.9。
尉天驄主編，《筆匯》，第 1 期－第 24 期，1960.5－1961.11。
劇場雜誌編輯委員會主編，《劇場》，第 1 期－第 9 期，1965.1－1968.1。
文學季刊編輯委員會主編，《文學季刊》，第 1 期－第 10 期，1966.10－1970.2。

參、雜誌、報紙

文孫，〈一篇現代小說中象徵技巧的分析〉，《文學雜誌》第 2 卷第 2 期，
　　1957 年 4 月 20 日。
王文興，〈「新刻的石像」序〉，《現代文學》第 35 期，1968 年 11 月 5 日。
王梅香，〈肅殺歲月的美麗／美力：試論五〇年代美援文化與文化中國建構
　　之權力邏輯──以《今日世界》（1952－1959 年）為觀察對象〉。下載
　　自「2004 台灣社會學會年會暨研討會」，網址：http://tsa.sinica.edu.tw/
　　Imform/filel/2004。
王禎和，〈王禎和作品與社會〉，《大學雜誌》第 119 期，1978 年 11 月。
王鼎鈞等，〈談「家變」〉，《書評書目》第 6 期，1973 年 7 月 1 日。
史惟亮，〈民歌採集工作的大豐收〉，《幼獅月刊》第 178 期，1967 年 10 月。
江寶釵，〈重省五〇年代台灣文學史的詮釋問題──一個奠基於「場域」的
　　思考〉，《東華漢學》第 3 期，2005 年 5 月。
向明，〈古今多少詩，盡付笑談中！──五〇年代現代詩的回顧與省思〉，
　　《文星》第 115 期，1988 年 1 月 1 日。

向陽，〈青春與憂愁的筆記——從台語歌謠的「悲情城市」中走出〉，《聯合文學》第 7 卷第 10 期，1991 年 8 月。

成英姝，〈人生採訪——當代作家映象 8〉《中國時報》三十七版，1999 年 11 月 18 日－23 日。

朱西甯，〈被告辯白〉，《中央日報》十六版，1991 年 4 月 12 日。

何欣，〈三十年來的小說〉，《中華文化復興月刊》第 10 卷第 9 期，1977 年 9 月。

——，〈六十年代的文學理論簡介〉，《文訊月刊》第 13 期，1984 年 8 月。

何慧姚、張詠梅記錄，鄭樹森、盧瑋鑾、黃繼持對談，〈五、六十年代香港文學現象三人談——導讀《香港新文學年表（1950－1969 年）》〉，《中外文學》第 28 卷第 10 期，2003 年 3 月。

余光中，〈天狼星〉，《現代文學》第 8 期，1961 年 5 月。

余思，〈虹與蟬——談林懷民的小說〉，《東吳青年》第 62 期，1975 年 4 月。

余素記錄，〈五月十三節——從紅樓夢談到王禎和的小說〉，《大學雜誌》第 70 期，1973 年 12 月 1 日。

杜若洲，〈五十年代的奇葩〉，《藝術家》第 73 期，1981 年 6 月。

吳魯芹，〈瑣憶「文學雜誌」的創刊和夭折〉，《傳記文學》第 30 卷第 6 期，1977 年 6 月。

呂正惠，〈小說家的誕生　王禎和的第一篇小說及其相關問題〉，《聯合文學》第 7 卷第 2 期，1990 年 12 月。

李文彬，〈《龍天樓》的象徵技巧〉，《中華文藝》第 12 卷第 5 期，1977 年 1 月。

李元澤，〈七〇年代回看抽象水墨〉，《雄獅美術》第 79 期，1977 年 9 月。

李昂，〈在小說中記史——朱西甯訪問記〉，《書評書目》第 16 期，1974 年 8 月 1 日。

——，〈長跑選手的孤寂——王文興訪問錄〉，《中外文學》第 4 卷第 5 期，1975 年 10 月。

——，〈李昂先生，你好〉，《聯合文學》第 7 卷第 11 期，1991 年 9 月。

李欣倫記錄整理，〈抗拒速度的現代音樂──王文興座談會〉，《中國時報》三十七版，1999 年 12 月 15 日。

李歐梵，〈回望文學年少──白先勇與現代文學創作〉，《中外文學》第 30 卷第 2 期，2001 年 7 月。

───著、林秀玲譯，〈在台灣發現卡夫卡──一段個人回憶〉，《中外文學》第 30 卷第 6 期，2001 年 11 月。

周伯乃，〈西方文藝思潮對我國六十年代文學的影響〉，《文訊月刊》第 13 期，1984 年 8 月。

周揚，〈關於社會主義現實主義和革命浪漫主義〉，《現代》第 4 號，1933 年 4 月。

周寧，〈通往成長的橋樑〉，《幼獅文藝》第 36 卷第 4 期，1972 年 10 月。

林秀玲，〈林秀玲專訪王文興：談《背海的人》與南方澳〉，《中外文學》第 30 卷第 6 期，2001 年 11 月。

林惺嶽，〈透視國內繪畫現代化運動及其未來〉，《人與社會》第 1 卷第 2 期，1973 年 6 月。

林淇瀁〈五〇年代台灣現代詩風潮試論〉，《靜宜人文學報》第 11 期，1999 年 7 月。

林淑貞，〈覃子豪在台之詩論及其實踐活動探究〉，《台灣文學觀察雜誌》第 4 期，1991 年 11 月。

林慧峰，〈王文興‧鄭愁予　走上文學語言的不歸路〉，《中央日報》十版，1987 年 10 月 12 日。

林燿德，〈現實與意識之間的蜃影　粗窺一九八〇年以前王禎和的小說創作〉，《聯合文學》第 7 卷第 2 期，1990 年 12 月。

───，〈傳統之軸與前衛之輪──半世紀的台灣散文面目〉，《聯合文學》第 11 卷第 12 期，1995 年 10 月。

邱貴芬，〈「在地性」的生成：從台灣現代派小說談「根」與「路徑」的辯證《中外文學》第 34 卷第 10 期，2006 年 3 月。

侯作珍，〈藍星詩社對現代詩發展的貢獻──以五〇年代三場論戰為探討中

hoe-tiunn-siongseng.htm。2009 年 10 月 13 日最後檢視。

程榕寧，〈從「東方」與「五月」畫會 25 週年談台灣現代繪畫的啟蒙與發展〉，《藝術家》第 73 期，1981 年 6 月。

黃武忠，〈社會轉型中的女性──李昂印象〉，《台灣日報》，1982 年 7 月 18 日。

黃美序，〈民國五〇──六〇年之台灣舞台劇初探〉，《文訊月刊》第 13 期，1984 年 8 月。

───，〈原鄉與亂離〉，《聯合文學》第 221 期，2003 年 3 月。

黃發有，〈論台灣女性文學的父親主題〉，《晉陽學刊》第 94 期，1996 年 1 月 25 日。

黃瑞祺，〈現代性的省察──歷史社會學的一種詮釋〉，《台灣社會學刊》第 19 期，1996 年 3 月。

單德興，〈王文興談王文興〉，《聯合文學》第 3 卷第 3 期，1987 年 6 月 1 日。

楚戈，〈二十年來之中國繪畫〉，《人與社會》第 1 卷第 4 期，1973 年 10 月。

楊昌年，〈淺談王禎和〉，《中華文化復興月刊》第 10 卷第 9 期，1977 年 9 月。

楊祖愛，〈談林懷民的蟬〉，《書評書目》第 7 期，1973 年 9 月 1 日。

楊照，〈六〇年代的青年受難像　王尚義的《野鴿子的黃昏》〉，《中國時報》廿七版，1997 年 12 月 23 日。

楊錦郁，〈在洛杉磯和白先勇對話　把心靈的痛楚變成文字〉，《幼獅文藝》第 64 卷第 4 期，1986 年 10 月。

蜀弓，〈蟬音〉，《自由青年》第 42 卷第 6 期，1969 年 12 月。

齊邦媛，〈江河匯集成海的六十年代小說〉，《文訊月刊》第 13 期，1984 年 8 月。

廖咸浩，〈逃離國族──五十年來的台灣現代詩〉，《聯合文學》第 11 卷第 12 期，1995 年 10 月。

趙綺娜，〈美國政府在台灣的教育與文化交流活動（1951－1970）〉，《歐美研究》第 31 卷第 1 期，2001 年 3 月。

銀正雄，〈我讀「朱西甯自選集」〉，《中華文藝》第 12 卷第 4 期，1976 年 12 月。

蔡源煌，〈台灣四十年來的文學與意識型態〉，《中國論壇》第 319 期，1989 年 1 月 10 日。

樊善標，〈戰場與戰略——余光中六十年代散文革新主張的一種詮釋〉，《人文中國學報》第 10 期，2004 年 5 月。

劉立化，〈解剖林懷民的「蟬」〉，《自由青年》第 43 卷第 3 期，1970 年 3 月。

劉正偉，〈戰後台灣第一場現代詩論戰——關於紀弦與覃子豪的現代詩論戰〉，《創世紀》第 140－141 期，2004 年 10 月。

劉小楓，〈流亡話語與意識型態〉，《廿一世紀》第 1 期，1990 年 10 月。

劉昌元，〈盧卡奇的小說反映〉，《中外文學》第 17 卷第 8 期，1988 年 1 月。

劉若緹、趙書琴，〈試論《文星》雜誌〉，《聯合學報》第 15 期，1997 年 11 月。

劉現成，〈六〇年代台灣「健康寫實」影片之社會歷史分析〉，《電影資料館》第 72 期，1994 年 11 月 12 日。

劉紹銘，〈現代中國小說之時間與現實觀念〉，《聯合文學》第 2 卷第 2 期，1973 年 1 月。

歐陽子，〈論「家變」之結構形式與文字句法〉，《中外文學》第 1 卷第 12 期，1973 年 5 月 1 日。

葉石濤，〈六十年代的台灣鄉土文學〉，《文訊月刊》第 13 期，1984 年 8 月。

葉美瑤採訪整理，〈開啟一把塵封三十五年的心鎖——訪郭良蕙女士談《心鎖》禁書事件始末〉，《聯合文學》第 14 卷第 10 期，1998 年 8 月。

葉維廉，〈現代中國小說的結構〉，《現代文學》第 33 期，1967 年 12 月 15 日。

葉龍彥，〈「五月畫會」在台灣美術史上的地位〉，《台北文獻直字》第 135 期，2001 年 3 月。

鄭雅云，〈談王文興早期的十五篇小說〉，《文壇》第 249 期，1981 年 3月。

薛茂松，〈六十年代文學大事紀要〉，《文訊月刊》第 13 期，1984 年 8 月。

龍彼德，〈大風起於深澤——論洛夫的詩歌藝術〉，《台灣文學觀察雜誌》第 4 期，1991 年 11 月。

應鳳凰，〈《自由中國》《文友通訊》作家群與五十年代台灣文學史〉，《文學　台灣》第 26 期（1998 年 4 月）。網址：www.ncku.edu.tw/。

———，〈十五年來台灣現代主義文學的再評價〉，《文學台灣》第 21 期，1997 年 1 月。

蔡英俊，〈試論王文興小說中的挫敗主題——范曄是怎麼長大的？〉，《文星》第 102 期，1986 年 12 月。

簡政珍，〈白先勇的敘述者與放逐者〉，《中外文學》第 26 卷第 2 期，1997 年 7 月。

謝冰瑩，〈給郭良蕙女士的一封公開信〉，《自由青年》第 29 卷第 9 期，1963 年 5 月 1 日。

謝材俊，〈返鄉之路〉，《聯合文學》第 221 期，2003 年 3 月。

鍾雷，〈五十年代劇運的拓展〉，《文訊》第 9 期，1984 年 3 月。

蕭蕭，〈創世紀風雲〉，《創世紀》第 65 期，1984 年 10 月。

魏子雲，〈我印象中的香港文化界〉，《文訊月刊》第 20 期，1985 年 10 月。

羅森棟，〈「今日世界」塑造映象的內容與範圍（上）〉，《思與言》第 9 卷第 4 期，1971 年 11 月。

———，〈「今日世界」塑造映象的內容與範圍（下）〉，《思與言》第 9 卷第 5 期，1971 年 12 月。

譚石，〈台灣流行音樂的歷史方案——一個初步觀察〉，《聯合文學》第 7 卷第 10 期，1991 年 8 月。

饒博榮（Steven L. Riep）作、李延輝譯，〈〈龍天樓〉情文兼茂，不是敗筆——王文興對官方歷史與反共文學的批判（節譯）〉，《中外文學》第 30 卷第 6 期，2001 年 11 月。

蘇雪林，〈評兩本黃色小說《江山美人》與《心鎖》〉，《文苑》第 2 卷第 4
　　期，1963 年 3 月。

蘇玄玄，〈朱西甯———個精誠的文學開墾者〉，《幼獅文藝》第 31 卷第 3
　　期，1969 年 9 月。

龔鵬程，〈五四的典範〉，《文訊》第 282 期，2009 年 4 月。

肆、學位論文

王若萍，《一個反支配論述的形成——七〇年代台灣鄉土文學的論述與形
　　構》，台灣師範大學歷史研究所碩論，1996 年 6 月。

王梅香，《肅殺歲月的美麗／美力？戰後美援文化與五、六〇年代反共文
　　學、現代主義思潮發展之關係》，成功大學台灣文學研究所碩論，
　　2005 年 6 月。

江寶釵，《論《現代文學》女性小說家——從一個女性經驗的觀點出發》，
　　台灣師範大學國文研究所博論，1994 年 6 月。

吳嘉瑜，《史惟亮研究》，台灣師範大學音樂研究所碩論，1990 年 6 月。

李宜靜，《王禎和小說研究》，東吳大學中國文學研究所碩論，1994 年 6
　　月。

李雅婷，《建構台灣藝術主體性的困境——戰後國民黨的文藝政策》，台灣
　　大學政治所碩論，2003 年 6 月。

沈靜嵐，《當西風走過——六〇年代《現代文學》派的論述與考察》，成大
　　歷史語言研究所碩論，1993 年 6 月。

周永芳，《七十年代台灣鄉土文學論戰研究》，文化大學中國文學研究所碩
　　論，1992 年 6 月。

林偉淑，《《現代文學》小說創作及譯介的文學理論的研究》，中山大學中
　　國文學研究所碩論，1995 年 6 月。

林培瑩，《被誤解的本土現代主義者——歐陽子作品初探》，靜宜大學中國
　　文學研究所碩論，1990 年 6 月。

邱茂生，《中國新文學現代主義思潮研究（1917－1949）》，文化大學中國

文學研究所博論，1994 年 6 月。

侯作珍，《自由主義傳統與台灣現代主義文學的崛起》，文化大學中國文學
　　研究所博論，2003 年 1 月。

洪珊慧，《性・女性・人性——李昂小說研究》，清華大學中國文學研究所
　　碩論，1998 年 6 月。

徐筱薇，《戰後台灣現代主義思潮之出發——以《自由中國》、《文學雜誌》
　　為分析場域》，成大台灣文學所碩論，2004 年 6 月。

張怡仙，《民國五十六年民歌採集運動始末及成果研究》，台灣師範大學音
　　樂研究所碩論，1988 年 6 月。

張雅惠，《存在與慾望：七等生小說主題研究》，政治大學中國文學研究所
　　碩論，2004 年 6 月。

張瀛太，《朱西甯小說研究》，台灣大學中國文學研究所博論，2001 年 1 月。

陳正然，《台灣五〇年代知識分子的文化運動——以「文星」為例》，台大
　　社會學研究所碩論，1985 年 6 月。

陳季嫻，《「惡」的書寫——七等生小說研究》，彰化師範大學國文研究所碩
　　論，2003 年。

陳美美，《台灣現代主義文學的萌芽與再起》，佛光人文社會學院文學研究
　　所碩論，2004 年 6 月。

陳瑤華，《王文興與七等生的成長小說比較》，清華大學文學所碩論，1994
　　年 1 月。

傅怡禎，《五十年代台灣小說中的懷鄉意識》，文化大學中國文學研究所碩
　　論，1993 年 6 月。

楊政源，《家，太遠了——朱西甯懷鄉小說研究》，成功大學中國文學研究
　　所碩論，1997 年 6 月。

詹曜齊，《台灣的現代化論戰與現代主義運動》，世新大學社會研究所碩論，
　　2006 年 2 月。

廖淑芳，《七等生文體研究》，成功大學歷史語言研究所碩論，1989 年 6 月。

———，《國家想像、現代主義文學與文學現代性——以七等生文學現象為

核心》，清華大學中國文學研究所博論，2005 年 7 月。

董淑玲，《白先勇、歐陽子、王文興小說觀念之形成與實踐》，高雄師範大
　　學國文研究所博論，2002 年 12 月。

韓維君，《等待果陀及其他──從《劇場》雜誌談一九六○年代現代主義在
　　台灣之發展》，藝術學院戲劇研究所理論組碩論，1998 年 6 月。

魏文瑜，《施叔青小說研究》，政治大學中國文學研究所碩論，1999 年 6 月。

羅夏美，《陳映真小說研究──以盧卡奇理論為主要探討途徑》，成功大學
　　歷史語言研究所，1990 年 6 月。

龔炳源，《王文興小說中的文化認同研究》，靜宜大學中國文學研究所碩論，
　　2004 年 7 月。

國家圖書館出版品預行編目資料

六〇年代台灣現代主義小說的現代性

朱芳玲著. – 初版. – 臺北市：臺灣學生，2010.
面；公分
參考書目：面

ISBN 978-957-15-1493-2 (平裝)

1. 台灣小說 2. 現代小說 3. 文學評論

863.27   99003597

六〇年代台灣現代主義小說的現代性

著　作　者：朱　　　　芳　　　　玲
主　編　者：國　立　編　譯　館
　　　　　　10644 臺北市和平東路一段一七九號
　　　　　　電　話：（02）33225558
　　　　　　傳　眞：（02）33225598
　　　　　　網　址：www.nict.gov.tw
著作財產權人：國　立　編　譯　館
發　行　者：臺　灣　學　生　書　局　有　限　公　司
　　　　　　10643 臺北市和平東路一段七十五巷十一號
　　　　　　郵　政　劃　撥　帳　號：00024668
　　　　　　電　話：（02）23928185
　　　　　　傳　眞：（02）23928105
　　　　　　E-mail：student.book@msa.hinet.net
　　　　　　http：//www.studentbooks.com.tw
展　售　處：國　家　書　店　松　江　門　市
　　　　　　10485 臺北市松江路 209 號一樓
　　　　　　電　話：02-2518-0207（代表號）
　　　　　　國家網路書店http://www.govbooks.com.tw
　　　　　　台　中　五　南　文　化　廣　場
　　　　　　40042 臺中市中區中山路 6 號
　　　　　　電話：04-22260330　傳眞：04-22258234

定價：平裝新臺幣七〇〇元

西 元 二 〇 一 〇 年 四 月 初 版

86304　　　　有著作權 • 侵害必究
ISBN 978-957-15-1493-2(平裝)
GPN：1009900949

臺灣 學生書局 出版
現當代文學叢刊

臺灣學生書局 出版
中國文學研究叢刊